NOAH GORDON

Die Klinik

Buch

Boston, Suffolk General Hospital: Hier arbeiten Spurgeon Robinson, Adam Silverstone und Rafael Meomartino. Spurgeon, ein junger Farbiger und leidenschaftlicher Hobbymusiker, steht noch ganz am Anfang seiner Karriere. Er ist durch und durch Arzt, aber wenn er drei Wochen lang in Sechsunddreißig-Stunden-Schichten als Begleitarzt mit dem Krankenwagen fahren muß, geht ihm sein Job reichlich auf die Nerven. Adam Silverstone ist Oberarzt in der chirurgischen Abteilung. Der vielversprechende Operateur und Wissenschaftler ist halb jüdischer und halb italienischer Abstammung. Er hat sich aus kleinen Verhältnissen hochgearbeitet und schämt sich für seinen versoffenen Vater. Rafael Meomartino ist Exilkubaner. Der Bilderbucharistokrat und ehemalige Playboy ist Gastchirurg der Klinik und auf Organtransplantationen spezialisiert. Obwohl die Hierarchie die drei Ärzte trennt, so verbindet sie doch eins: Sie alle fürchten Dr. Longwood, den Leiter des sogenannten Todeskomitees. In den Sitzungen des Komitees werden die Todesfälle in der Klinik besprochen. Eigentlich eine Routinearbeit, aber Longwood führt die Sitzungen, als stehe er einem Inquisitionstribunal vor. Am schlimmsten ist es, wenn er den Tod eines Patienten als »vermeidbar« einstuft, denn dann muß ein Schuldiger gefunden werden. So auch im Fall der jungen Susan Garland. Meomartino hatte dem Mädchen eine Niere eingepflanzt und es dann in die Obhut von Silverstone gegeben. Alles schien gut zu laufen, aber dann ist Susan über Nacht innerlich verblutet. Und Longwood wittert einen Kunstfehler …

Autor

Noah Gordon, 1926 in Worcester, Massachusetts, geboren, arbeitete lange Jahre als Journalist beim Bostoner *Herald,* bevor er mit seinem ersten Roman »Der Rabbi« den Durchbruch als Schriftsteller erlebte. Mit »Der Medicus« gelang ihm ein Weltbestseller, der auch in Deutschland viele Monate auf der Bestsellerliste stand. Noah Gordon lebt mit seiner Frau auf einer Farm in Massachusetts.

Von Noah Gordon außerdem erschienen:

Der Medicus. Roman (43768) · Der Medicus von Saragossa. Roman (45114) · Der Rabbi. Roman (44842)

Noah Gordon

Die Klinik

Roman

Aus dem Amerikanischen
von Emi Ehm

GOLDMANN

Titel der Originalausgabe:
»The Death Committee«

Besonderer Dank gilt den Verlegern der *Medical World News* für
die Erlaubnis, ein Zitat aus der Nummer vom 12. Juni 1969, Seite 72,
auf dem Titelblatt des Romans wiederzugeben;
den Verlegern des *Massachusetts Physician*
und den Verlegern des *New England Journal of Medicine*
für die Erlaubnis, die Namen ihrer Zeitschriften
im Zusammenhang mit fingiertem Material zu verwenden.

Umwelthinweis:
Alle bedruckten Materialien dieses Taschenbuches
sind chlorfrei und umweltschonend.

Der Wilhelm Goldmann Verlag, München,
ist ein Unternehmen der Verlagsgruppe Random House GmbH

Einmalige Sonderausgabe Februar 2003

Umschlaggestaltung: Design Team München
Umschlagfoto: Picture Press
Druck: Elsnerdruck, Berlin
Titelnummer: 45547
KvD · Herstellung: sc
Made in Germany
ISBN 3-442-45547-2
www.goldmann-verlag.de

1 3 5 7 9 10 8 6 4 2

Wieder für Lorraine:
das Mädchen, das ich geheiratet,
die Frau, zu der sie wurde

Jemand gibt einem Arzt Geld.
Vielleicht wird er geheilt.
Vielleicht wird er nicht geheilt.

Talmud
Kethubot 105

Ein junger Arzt betritt einen Tunnel;
etwas geschieht dort drinnen,
und später, nach sechs oder sieben
oder noch mehr Jahren,
taucht er wieder auf,
als Chirurg.

Medical World News
16. Juni 1967

PROLOG

Als Spurgeon Robinson drei Wochen lang in Sechsunddreißig-Stunden-Schichten als Begleitarzt mit dem Krankenwagen gefahren war, ging ihm der Fahrer Meyerson schon längst auf die Nerven, das viele geronnene Blut, all die Verletzungen zermürbten ihn, und sein Dienst gefiel ihm ganz und gar nicht. Er entdeckte, daß er mitunter entrinnen konnte, wenn er seine Phantasie spielen ließ, und auf der jetzigen Fahrt hatte er sich soeben eingeredet, daß er nicht in einem Krankenwagen saß; es war ein gottverdammtes Raumschiff, er war kein Spitalarzt mehr, sondern der erste Schwarze im Weltraum. Das Sirenengeheul war der zu Klang verwandelte Schubstrahl.

Maish Meyerson, der Lümmel, weigerte sich jedoch, mitzumachen und den Piloten zu spielen. »Idiot«, schnauzte er den eigensinnigen Fahrer eines Chrysler Convertible an, als er ihn mit dem Krankenwagen schnitt.

In einer Stadt wie New York hätten sie vielleicht die Baustelle nur schwer finden können, in Boston jedoch gab es noch immer erst wenige wirklich hohe Gebäude. Das kahle, skelettartige Metallgerüst mit seiner roten Rostschutzfarbe stieß wie ein blutiger Finger in den grauen Himmel.

Dieser Finger winkte sie geradewegs zum Schauplatz des Unfalls. Noch während die Sirene wimmernd verklang, warf Spurgeon schon die Wagentür hinter sich zu, und langsam löste sich der Menschenknäuel um die auf dem Boden liegende Gestalt.

Spurgeon kauerte sich neben den Mann. Die unbeschädigte Kopfhälfte verriet ihm, daß der Mann noch jung war. Seine Augen waren geschlossen. Ein dünnes Geriesel tropfte von dem fleischigen Ohrläppchen.

»Einer hat einen Schraubenschlüssel aus dem dritten Stock fallen lassen«, sagte ein beleibter Mann, der Polier, als Antwort auf die nicht gestellte Frage.

Spurgeon teilte das verfilzte Haar mit den Fingern und spürte, wie sich die Knochenstückchen lose und scharfkantig wie zertrümmerte Eierschalen unter dem zerfetzten Fleisch bewegten. Wahrscheinlich Rückenmarksflüssigkeit, die aus dem Ohr kam, dachte er. Es hatte keinen Sinn, die Wunde zu säubern, solange der arme Kerl auf dem Boden lag, entschied er, nahm einen sterilen Mulltupfer und legte ihn auf die Wunde, wo er sich sofort rot färbte.

Der Polier kaute an seiner kalten Zigarre und blickte auf den Verletzten. »Er heißt Paul Connors. Ich sage den Schweinehunden immer wieder: Setzt die Helme auf. Wird er sterben?«

»Man kann von hier aus nicht viel sagen«, sagte Spurgeon. Er schob das eine geschlossene Augenlid hoch und sah, daß die Pupille erweitert war. Der Puls war sehr schwach.

Der Dicke sah ihn mißtrauisch an. »Sind Sie Arzt?«

Ein Schwarzer?

»Ja.«

»Geben Sie ihm etwas gegen die Schmerzen?«

»Er spürt keine Schmerzen.«

Spurgeon half Maish die Tragbahre herausholen, und sie luden Paul Connors in den Krankenwagen.

»He!« schrie der Polier, als Spurgeon die Tür schließen wollte. »Ich fahre mit.«

»Gegen die Vorschrift«, log Spurgeon.

»Bin früher auch immer mitgefahren«, sagte der Mann unsicher. »Von welchem Krankenhaus sind Sie?«

»County General.« Spurgeon zog an der Tür und ließ sie heftig ins Schloß fallen. Vorne startete Meyerson den Motor.

Der Krankenwagen fuhr mit einem Ruck los. Der Patient atmete flach und unregelmäßig. Spurgeon befestigte den Beatmungsschlauch aus schwarzem Gummi in Connors' Mund so, daß die Zunge nicht dazwischenkommen konnte, und drehte den Respirator auf. Er legte die Maske auf das Gesicht des Patienten, und der Sauerstoff aus dem Zylinder begann in schnellen, kurzen Stößen, die wie das Rülpsen eines Babys klangen, einzuströmen. Die Sirene fing mit einem kurzen Aufstöhnen zu heulen an, und wieder entrollte sich ein dickes Band elektronischer Geräusche hinter dem Krankenwagen. Seine Räder sausten kreischend über die Fahrbahn. Spurgeon überlegte, wie er den Vorfall als Musikstück instrumentieren würde. Trommeln, Hörner, sonstige Blasinstrumente. Man konnte alles verwenden. Fast alles.

Geigen würde man nicht brauchen.

Im Zimmer des Oberarztes döste Adam Silverstone, den Kopf auf die über der harten Schreibtischplatte gekreuzten Arme gelegt, und träumte. Er lag wieder auf einem Bett aus dürren, gekräuselten Blättern, einem Haufen angesammelter Reste vieler vergangener Herbste, auf dem er einst als Junge gelegen war, den Blick versonnen in den stillen Tümpel eines Wildbachs verloren. Es war im Spätfrühling seines vierzehnten Lebensjahres gewesen, eine schlimme Zeit, in der sich sein Vater angewöhnt hatte, auf die empörten italienischen Flüche seiner Großmutter mit betrunkenen jiddischen Beschimpfungen eigener Erfindung zu antworten. Um Myron Silberstein und der *vecchia* zu entfliehen, hatte sich Adam eines Samstag morgens einfach zur Überlandstraße begeben und war drei Stunden lang per Anhalter dahingefahren, ohne bestimmtes Ziel, er wollte nur einfach weg von dem Rauch und dem grobkörnigen Staub Pittsburghs, weg von all dem, was es für ihn bedeutete, bis ihn ein Kraftfahrer schließlich auf einem durch Wälder führenden Straßenabschnitt absetzte. Später hatte Adam ein halbes dutzendmal versucht, die Stelle wiederzufinden, konnte sich jedoch nicht genau erinnern, wo sie eigentlich war. Vielleicht aber war auch der Wald zu der Zeit, als Adam ihn wieder suchte, längst von einem Bulldozer vergewaltigt worden und hatte Häuser ausgebrütet. Nicht daß die Stelle etwas Besonderes gewesen wäre; alle diese Wälder waren spärlich und schütter, weil man zu viele Bäume gefällt hatte, das Rinnsal des Baches hatte nie eine Forelle beherbergt, der Tümpel war nichts als eine tiefe, klare Pfütze. Aber das Wasser war kalt, und Sonnenkringel spielten darüber hin. Er hatte, bäuchlings auf den Blättern ausgestreckt, den Geruch des kühlen Waldmoders eingesogen. In seinem Magen begann der Hunger zu rumoren, aber es kümmerte ihn nicht, als er so dalag und zusah, wie kleine Insekten über das Wasser wanderten. Was hatte er in der halben Stunde, in der er dort lag, erlebt – bevor die hartnäckige Frühlingsfeuchtigkeit durch die trockenen Blätter heraufkroch und ihn bewog, sich fröstelnd loszureißen –, was ließ ihn für den Rest seines Lebens von dem kleinen Tümpel träumen? Friede, entschied er Jahre später.

Dieser Friede wurde jetzt durch das Klingeln des Telefons zerschlagen, dessen Hörer er, noch halb im Schlaf, abhob.

»Adam? Hier Spurgeon.«

»Ja«, sagte er gähnend.

»Freundchen, wir haben vielleicht einen Nierenspender.«

Seine Schläfrigkeit wich etwas. »Ja?«

»Ich habe soeben einen Patienten hereingebracht. Komplizierte eingedrückte Schädelfraktur mit schweren Gehirnschäden. Meomartino assistiert Harold Poole. Er läßt Ihnen sagen, daß das EEG keinerlei elektrische Aktivität mehr zeigt.«

Jetzt war Adam hellwach.

»Welche Blutgruppe hat der Patient?« fragte er.

»AB.«

»Susan Garland hat AB. Das heißt also, daß diese Niere Susan Garland gehört.«

»Ah – Meomartino meint, ich soll Ihnen auch sagen, daß die Mutter des Patienten im Wartezimmer sitzt. Sie heißt Connors.«

»Gottverdammt.« Die Aufgabe, die Einverständniserklärung der Angehörigen für eine Transplantation zu sichern, fiel dem Oberarzt und dem Fellow der Chirurgie zu. Meomartino, der Fellow, hatte regelmäßig andere dringende Pflichten, wenn es an der Zeit war, mit den engsten Angehörigen zu sprechen. »Ich bin sofort unten«, sagte er.

Mrs. Connors saß neben ihrem Pfarrer und schien nur wenig durch die Tatsache getröstet, daß ihr Sohn die Letzte Ölung erhalten hatte. Sie war eine vom Leben verbrauchte Frau mit einer Begabung für Ungläubigkeit.

»Ah, erzählen Sie mir nicht so etwas«, sagte sie mit Tränen in den Augen und einem zitternden Lächeln, als sei sie imstande, ihm das Ganze auszureden. »Er nicht«, sagte sie beharrlich. »Er liegt nicht im Sterben. Nicht mein Paulie.«

Formal hat sie recht, dachte Adam. In diesem Augenblick war ihr Junge schon tot. Nur die Boston Edison Company ließ ihn noch atmen. Sowie der elektrische Respirator abgedreht war, würde er in zwanzig Minuten völlig weg sein.

Adam konnte ihnen nie sein Beileid ausdrücken; es war so unzulänglich. Sie begann bitterlich zu weinen.

Er wartete lange, bis sie sich etwas gefaßt hatte, und erklärte ihr dann so schonend wie möglich die Sache mit Susan Garland. »Verstehen Sie das mit dem kleinen Mädchen? Auch sie wird sterben, wenn wir ihr keine andere Niere schenken.«

»Armes Lämmchen«, sagte sie.

»Dann würden Sie also die Zustimmung zur Nierenverpflanzung unterschreiben?«

»Er ist schon genug zerstückelt worden. Aber wenn es das Kind einer anderen Mutter rettet...«

»Das hoffen wir«, sagte Adam. Als er sich die Zustimmung gesichert hatte, dankte er ihr und entfloh.

»Unser Herr hat Seinen ganzen Leib für Sie und für mich hingegeben«, hörte er den Priester noch im Fortgehen sagen. »Übrigens auch für Paul.«

»Ich habe nie behauptet, daß ich die Muttergottes bin, Vater«, sagte die Frau.

Seine Niedergeschlagenheit würde vielleicht verfliegen, wenn er sich dem hoffnungsvolleren Teil des Falles zuwendete, dachte Adam.

Im Zimmer 308 saß Bonita Garland, Susans Mutter, in einem Sessel und strickte. Wie gewöhnlich, wenn ihn das Mädchen von ihrem Bett aus sah, zog es die Decke über die eichelförmigen kleinen Brüste unter dem Nachthemd bis zum Hals herauf, eine Geste, die zu bemerken er sorgfältig vermied. Von zwei Kissen gestützt, las Susan *Mad*, was ihn irgendwie erleichterte. Vor Wochen, als sie in einer langen schlaflosen Nacht an die plätschernde Blutwäschemaschine angeschlossen war, die in periodischen Abständen ihr Blut von den angesammelten Giften reinwusch, hatte er gesehen, wie sie *Seventeen* durchblätterte, und hatte sie damit aufgezogen, daß sie diese Zeitschrift las, obwohl sie selbst kaum vierzehn war.

»Ich wollte sie mir auf keinen Fall entgehen lassen«, hatte sie, eine Seite umblätternd, gesagt.

Jetzt stand er, übersprudelnd vor guten Neuigkeiten, am Fußende ihres Bettes. »Hallo, Schätzchen«, sagte er. Sie machte eben eine Periode glühender Schwärmerei für englische Musikbands durch, ein Spleen, den er schamlos ausnutzte. »Ich kenne ein Mädchen, das behauptet, ich sähe aus wie der Bursche, der immer auf dem Umschlag dieser Zeitschrift zu sehen ist. Wie heißt er?«

»Alfred E. Neumann?«

»Ja.«

»Sie sehen viel besser aus.« Sie legte den Kopf schief, um ihn zu betrachten, und er sah, daß sich die dunklen Ringe unter ihren Augen vertieft hatten, ihr Gesicht schmäler geworden war und um die Nase feine Schmerzlinien trug. Als er dieses Gesicht zum erstenmal gesehen hatte, war es lebhaft und spitzbübisch gewesen. Auch jetzt versprach es, obwohl sich die Sommersprossen scharf gegen die fahl werdende Haut abzeichneten, noch immer eine große Anziehungskraft, wenn sie einmal erwachsen sein würde.

»Danke«, sagte er. »Du solltest mit deinen Komplimenten mir gegenüber lieber vorsichtig sein. Ich könnte es mit Howard zu tun kriegen.« Howard war ihr Freund. Die Eltern hatten ihnen verboten, miteinander zu gehen, hatte sie Adam eines Abends anvertraut, aber sie taten es trotzdem. Manchmal las sie Adam Stellen aus Howards Briefen vor.

»Er wird mich dieses Wochenende besuchen.«

»Warum bittest du ihn nicht, statt dessen nächstes Wochenende zu kommen?«

Sie erstarrte, aufgeschreckt durch das heimliche Warnsystem chronisch Kranker. »Warum?«

»Du wirst gute Neuigkeiten für ihn haben. Wir haben eine Niere für dich.«

»O Gott.« Jubel stand in Bonita Garlands Augen. Sie legte ihre Strickerei nieder und sah ihre Tochter an.

»Ich will sie nicht«, sagte Susan. Ihre dünnen Finger verbogen die Deckblätter der Zeitschrift.

»Warum nicht?« fragte Adam.

»Du weißt nicht, was du redest, Susan«, sagte ihre Mutter. »Wir haben so lange darauf gewartet.«

»Ich habe mich an die Dinge gewöhnt, so wie sie sind. Ich weiß, was ich zu erwarten habe.«

»Nein, das weißt du nicht«, sagte er sanft. Er löste ihre Finger von der Zeitschrift und hielt sie in seinen Händen. »Falls wir nicht operieren, wird es schlechter. Viel schlechter. Nach der Operation wird es besser. Keine Kopfschmerzen mehr. Keine Nächte mehr an der verdammten Maschine. Bald kannst du in die Schule zurück. Du kannst mit Howard tanzen gehen.«

Sie schloß die Augen. »Versprechen Sie mir, daß nichts schiefgeht?«

Jesus. Er sah, daß ihm ihre Mutter zunickte.

»Natürlich«, sagte er.

Bonita Garland ging zu dem Mädchen und nahm es in die Arme. »Liebling, es wird einfach großartig laufen. Du wirst sehen.«

»Mami.«

Bonita drückte den Kopf ihrer Tochter an die Brust und begann sie zu wiegen. »Susie – Kleines«, sagte sie. »O mein Gott, haben wir Glück.«

»Mami, ich habe nur so viel Angst.«

»Du hast gehört, daß dir Dr. Silverstone sein Wort gibt.«

Er verließ das Zimmer und ging die Treppe hinunter. Keine hatte gefragt, woher die Niere kam. Er wußte, wenn er sie das nächstemal sah, würden sie sich dafür schämen.

Der Straßenverkehr flaute allmählich ab. Der Wind blies vom Meer über die schmutzigsten Stadtviertel hin und trug eine vielfältige Mischung von Gerüchen mit sich, meist üblen. Adam verspürte den Drang, zwanzig schnelle Runden zu schwimmen oder ausgiebig zu lieben, irgendeine körperlich rasend anstrengende Tätigkeit zu unternehmen, welche die Last erleichtern würde, die ihn jetzt fast zu Boden drückte. Wäre er nicht der Sohn eines Säufers gewesen, dann hätte er jetzt eine Bar gesucht. Statt dessen ging er über die Straße zu Maxie, aß Chowder aus der Dose und trank zwei Tassen schwarzen Kaffee.

Der Fellow der Chirurgie, Meomartino, hatte die Verbindungen zwischen den Operationssälen und den engsten Verwandten des Spenders organisiert. Man mußte ihm zugestehen, daß das System funktionierte, dachte Adam Silverstone widerwillig, während er seine Fingernägel bürstete.

Spurgeon Robinson war an der Tür des OP 3 postiert.

Im Büro der chirurgischen Station im ersten Stock wartete ein zweiter Spitalarzt namens Jack Moylan bei Mrs. Connors. In Moylands Tasche steckte ein Zettel mit der Zustimmung zur Autopsie. Er saß mit dem Telefonhörer am Ohr da und wartete. Am anderen Ende der Leitung saß ein Facharztanwärter im ersten Jahr namens Mike Schneider hinter dem Schreibtisch auf dem Gang vor der OP-Tür. Drei Meter von jener Stelle entfernt, wo Spurgeon stand und wartete, lag Paul Connors auf dem Operationstisch. Es war mehr als vierundzwanzig Stunden her, seit er in das Krankenhaus eingeliefert worden war, aber noch immer atmete der Respirator für ihn. Meomartino hatte Connors bereits für den Eingriff vorbereitet und legte ein steriles Plastiktuch über das Operationsfeld.

Neben ihm sprach Dr. Kender, der stellvertretende Chefarzt der Chirurgie, leise mit Dr. Arthur Williamson von der Inneren.

Gleichzeitig ging nebenan im OP 4 Adam Silverstone, jetzt reingebürstet und vermummt, zum Operationstisch, auf dem Susan Garland lag. Das Mädchen starrte ihn schläfrig an. Sie erkannte ihn hinter der Operationsmaske nicht.

»Hallo, Schätzchen«, sagte er.

»Oh. Sie sind's.«

»Wie geht's?«

»Alle verkleidet. Ihr seht aus wie Gespenster.« Sie lächelte und schloß die Augen.

Um 7 Uhr 55 setzten Dr. Kender und Dr. Williamson im OP 3 die Elektroden eines Elektroenzephalographen an Paul Connors' Schädel.

Wie am Abend zuvor zog der Griffel des EEG eine gerade Linie auf dem Millimeterpapier und bestätigte damit, was sie ohnehin wußten: daß sein Geist nicht mehr lebte. Zweimal in vierundzwanzig Stunden hatten sie das Fehlen elektrischer Tätigkeit im Gehirn des Patienten verzeichnet. Die Pupillen waren stark erweitert, die peripheren Reflexe fehlten.

Um 7 Uhr 59 drehte Dr. Kender den Respirator ab. Fast gleichzeitig hörte Paul Connors zu atmen auf.

Um 8 Uhr 16 suchte Dr. Williamson den Herzschlag, und als er keinen fand, erklärte er Connors für tot.

Spurgeon Robinson öffnete die Tür zum Gang. »Jetzt«, sagte er zu Mike Schneider.

»Er ist ex gegangen«, sagte Schneider ins Telefon.

Sie warteten schweigend ab. Schneider horchte gespannt, wandte sich dann kurz darauf ab und sagte. »Sie hat unterzeichnet.«

Spurgeon ging in den OP 3 zurück und nickte Meomartino zu. Während Dr. Kender zusah, nahm der Fellow ein Skalpell und machte den transversalen Einschnitt, der es ihm ermöglichte, die Niere aus der Leiche zu entfernen.

Meomartino arbeitete mit äußerster Sorgfalt und wußte, daß seine Nephrektomie sauber und richtig war, weil Dr. Kender beifällig schwieg. Er war es gewohnt, vor den kritischen Augen der Älteren zu operieren, und ließ sich nie aus der Fassung bringen. Dennoch schwankte seine Selbstsicherheit für den Bruchteil einer Sekunde, als er aufblickte und Dr. Longwood auf der Galerie sitzen sah.

Waren es Schatten? Oder waren es die von ihm in diesem kurzen Augenblick wahrgenommenen angeschwollenen dunklen Zeichen urämischer Vergiftung, die unter den Augen des Alten bereits erkennbar waren?

Dr. Kender räusperte sich, und Meomartino beugte sich wieder über die Leiche.

Er brauchte nur sechzehn Minuten, um die Niere zu entfernen, anscheinend eine gute, mit einer einzigen, klar umrissenen Arterie. Während er mit behandschuhten Fingern das Abdomen abtastete, um sich zu vergewissern, daß kein Tumor vorhanden war, nahm die Verbindungsmannschaft, deren sämtliche Mitglieder jetzt bereits steril gewaschen waren und warteten, die freigelegte Niere und hängte sie an ein Perfusionssystem, das eiskalte Flüssigkeit durch das Organ pumpte.

Die große rote Fleischbohne wurde vor ihren Augen weiß, als das Blut aus ihr herausgewaschen wurde, und schrumpfte vor Kälte zusammen.

Sie trugen die Niere auf einem Tablett in den OP 4, und Adam Silverstone assistierte, als Dr. Kender das Organ zu einem Teil des Mädchenkörpers machte und dann dessen eigene Nieren entfernte, von der Krankheit verwüstete und verrunzelte Stückchen, die seit langem nicht mehr funktioniert hatten. Adam wußte, als er die zweite aus der Zange auf das Tuch fallen ließ, daß jetzt Susan Garlands einzige Lebensader jene Arterie war, die ihr Blut an Paul Connors' Niere anschloß. Nunmehr aber färbte sich das übertragene Organ bereits mit einem gesunden Rosarot, erwärmt von neuem, jungem Blut.

Nicht ganz eine halbe Stunde nach Beginn der Transplantation schloß Adam die abdominale Inzision. Er half dem Krankenwärter, Susan Garland in den sterilen Erholungsraum zu tragen, und war daher der letzte, der in das Zimmer der Jungchirurgen zurückkam. Robinson und Schneider hatten bereits die grünen Operationsanzüge gegen weiße ausgetauscht und waren in ihre Abteilungen zurückgekehrt. Meomartino stand noch in der Unterwäsche da.

»Sieht nach einem Erfolg aus«, sagte er.

Adam hielt die gekreuzten Finger hoch.

»Haben Sie Longwood gesehen?«

»Nein. Der Alte war da?«

Meomartino nickte.

Adam öffnete den Metallschrank, in dem sein weißer Anzug hing, und begann die schwarzen isolierten OP-Stiefel abzustreifen.

»Ich weiß nicht, warum er eigentlich zusehen wollte«, sagte Meomartino nach kurzem Schweigen.

»Er wird bald selbst eine bekommen, wenn wir Glück haben, einen B-negativen Spender zu bekommen.«

»Das wird nicht leicht sein. B-negative sind rar.«

Adam zuckte die Achseln. »Wahrscheinlich wird Mrs. Bergstrom die nächste Niere bekommen«, räumte er ein.

»Seien Sie dessen nicht so sicher.«

Es gehörte zu den ständigen Sticheleien zwischen Fellow und Oberarzt, daß man, wenn einer eine Information erhielt, die den anderen noch nicht erreicht hatte, sich so benahm, als besäße man eine direkte Leitung zum lieben Gott. Adam knüllte den schmutzigen grünen Anzug zusammen und warf ihn in den halbgefüllten Wäschekorb in der Ecke. »Was, zum Teufel, soll denn das heißen? Bergstrom wird eine Niere von ihrer Zwillingsschwester bekommen, oder?«

»Die Schwester weiß noch nicht, ob sie eine hergeben will.«

»O Gott.« Adam zog seinen weißen Anzug aus dem Schrank und stieg in die Hose, die, wie er bemerkte, allmählich schmuddelig wurde und am nächsten Tag durch eine frische ersetzt werden mußte.

Meomartino ging hinaus, als Adam sich die Schuhe zuband. Silverstone wollte eine Zigarette rauchen, aber das kleine elektronische Ungeheuer in dem Täschchen an seinem Rockaufschlag summte leise, und als Adam zurückfragte, erfuhr er, daß Susan Garlands Vater wartete und ihn sprechen wollte, also ging er sofort hinauf.

Arthur Garland war Anfang Vierzig, wurde aber bereits dick, hatte unsichere blaue Augen und einen fliehenden rötlichbraunen Haaransatz. Ein Lederwarenhändler, wie sich Adam erinnerte.

»Ich wollte nicht gehen, ohne mit Ihnen zu sprechen.«

»Ich bin nur ein Hausarzt. Vielleicht sollten Sie mit Dr. Kender sprechen.«

»Ich habe soeben mit Dr. Kender gesprochen. Er sagte, daß alles soweit gutging.«

Adam nickte.

»Bonnie – meine Frau – bestand darauf, daß ich mit Ihnen spreche. Sie sagte, Sie seien so verständnisvoll gewesen. Ich wollte mich bedanken.«

»Nicht nötig. Wie geht es Mrs. Garland?«

»Ich habe sie heimgeschickt. Das Ganze war ein bißchen viel für sie, und Dr. Kender sagte, wir würden Susan einige Tage nicht sehen können.«

»Je weniger Kontakt sie mit der Außenwelt hat, selbst mit Menschen, die sie lieben, um so weniger ist eine Infektionsgefahr gegeben. Die Medikamente, die wir anwenden, damit ihr Körper die neue Niere nicht abstößt, schwächt ihre Widerstandskraft.«

»Ich verstehe«, sagte Garland. »Dr. Silverstone, kann man hoffen, daß alles in Ordnung ist?«

Er war überzeugt, daß Garland bereits Dr. Kender gefragt hatte.

»Der chirurgische Teil verlief glatt«, sagte er. »Es war eine gute Niere. Es spricht viel für uns.«

»Was unternehmen Sie als nächstes?«

»Auf sie aufpassen.«

Garland nickte. »Ein kleines Zeichen der Dankbarkeit.« Er zog eine Brieftasche heraus. »Krokodilleder. Aus meiner Firma.«

Adam war verlegen.

»Ich habe auch Dr. Kender eine geschenkt. Bitte keinen Dank. Ihr gebt mir mein Mädchen wieder.« Die verängstigten blauen Augen glänzten, schwammen, gingen über. Beschämt schaute der Mann weg, zu der ausdruckslosen Wand.

»Mr. Garland, Sie sind todmüde. Ich gebe Ihnen ein Rezept für ein Beruhigungsmittel, und dann gehen Sie heim.«

»Ja. Bitte.« Er schneuzte sich. »Haben Sie Kinder?«

Adam schüttelte den Kopf.

»Sie sollten sich das Erlebnis nicht entgehen lassen. Wir haben sie adoptiert, wissen Sie das?«

»Ja. Ja, ich weiß.«

Garland nahm das Rezept, wollte noch etwas sagen, schüttelte den Kopf und ging.

Die Transplantation war am Freitag durchgeführt worden. Am nächsten Mittwoch war sich Adam sicher, daß sie es geschafft hatten.

Susan Garlands Blutdruck war zwar noch immer hoch, aber die Niere funktionierte wie angeboren.

»Ich hätte nie gedacht, daß ich je Herzklopfen bekäme, nur weil jemand nach einer Bettflasche verlangt«, sagte ihm Bonita Garland. Es würde noch eine gute Weile bis zur Genesung ihrer Tochter dauern. Die Wunde plagte sie, und das Mädchen war durch die Medikamente geschwächt, die man anwandte, damit ihr Körper die Niere nicht abwies. Susan war deprimiert. Sie fuhr bei gutgemeinten Bemerkungen auf und weinte nachts. Am Donnerstag lebte sie während eines Besuchs von Howard auf, der sich als magerer und entsetzlich schüchterner Junge entpuppte.

Es war Howards Wirkung auf Susan, was Adam auf die Idee brachte.

»Welchen Discjockey im Radio hat sie am liebsten?«

»Ich glaube, J. J. Johnson«, sagte ihre Mutter.

»Warum rufen Sie ihn nicht an und bitten ihn, Samstag

abend Susan einige Platten zu widmen? Wir können Howard einladen, sie zu besuchen. Sie wird zwar nicht tanzen oder auch nur ihr Bett verlassen können, aber unter den Umständen könnte es ein annehmbarer Ersatz sein.«

»Sie sollten Psychiater werden«, sagte Mrs. Garland.

»Ein Ball für mich allein?« fragte Susan, als sie es ihr erzählten. »Ich muß mir die Haare waschen lassen. Sie sind schmutzig.« Ihre Stimmung schlug derart um, daß Silverstone, hingerissen, telefonisch einen Blumenstrauß bestellte, für rote Rosen Geld ausgab, das er anderen Zwecken zugedacht hatte, mit einer Karte:

»Viel Spaß zum Ball, Schätzchen.«

Am Freitag war ihre Stimmung gut, sank jedoch gegen Abend. Als Adam auf Visite vorbeikam, erfuhr er, daß sie bei der Schwester verschiedene Beschwerden vorgebracht hatte.

»Was ist los, Susie?«

»Mir tut's weh.«

»Wo?«

»Überall. Mein Bauch.«

»Etwas Schmerzen mußt du schon in Kauf nehmen. Schließlich hast du eine schwere Operation hinter dir.« Er wußte, daß man einen Patienten nicht zu sehr verzärteln durfte. Er untersuchte die Wunde, an der nichts Auffallendes zu bemerken war. Ihr Puls ging schneller, aber als er ihr den Blutdruck maß, grinste er vor Genugtuung. »Normal. Zum erstenmal. Wie gefällt dir das?«

»Gut.« Sie lächelte schwach.

»Jetzt schau, daß du schlafen kannst, damit du morgen abend frisch für deinen Ball bist.«

Sie nickte, und er eilte davon.

Sechs Stunden später entdeckte die Stationsschwester, die mit Medikamenten in Susans Zimmer kam, daß das Mädchen in den stillen Nachtstunden innerlich verblutet war.

»Dr. Longwood will den Fall Garland bei der nächsten Sitzung des Todeskomitees erörtern«, sagte Meomartino am nächsten Tag beim Mittagessen.

»Das halte ich für unfair«, sagte Adam.

Sie saßen mit Spurgeon Robinson zusammen an einem Tisch an der Wand. Adam stocherte in dem gräßlichen Schmorfleisch herum, das es im Krankenhaus jeden Samstag gab. Spurgeon aß seines lustlos, während Meomartino es buchstäblich in sich hineinschaufelte. Wie, zum Teufel, hatte sich die Vorstellung entwickelt, daß die Reichen empfindliche Mägen haben, fragte sich Adam.

»Warum?«

»Die Nierentransplantation ist kaum über das experimentelle Stadium hinaus. Wie können wir versuchen, jemandem die Verantwortung für den Tod auf einem Gebiet anzuhängen, das wir noch immer verdammt wenig beherrschen?«

»Das ist der springende Punkt«, sagte Meomartino ruhig und wischte sich den Mund ab. »Sie ist längst über das experimentelle Stadium hinaus. Im ganzen Land werden diese Operationen erfolgreich durchgeführt. Wenn wir uns schon zu einer klinischen Anwendung entschließen, müssen wir auch die Verantwortung dafür tragen.«

Er hat leicht reden, dachte Adam; seine Rolle in diesem Fall hatte sich darauf beschränkt, die verdammte Niere aus der Leiche zu holen.

»Gestern abend ging's ihr doch gut, als Sie sie sahen?« fragte Spurgeon Robinson.

Adam nickte und sah den Spitalarzt scharf an. Dann zwang er sich zur Ruhe, im Gegensatz zu Meomartino hatte Spurgeon nichts gegen ihn.

»Ich glaube, daß Dr. Longwood die Sitzung eigentlich nicht leiten dürfte«, sagte Robinson. »Er ist nicht gesund. Er hat diese Exituskonferenzen immer so geführt, als sei er Torquemada und stehe einem Inquisitionstribunal vor.«

Meomartino grinste. »Mit seinem Gesundheitszustand hat das nicht das geringste zu tun. Das Aas hat die Konferenz schon immer so geleitet.«

Die können einem die Karriere in einer solchen Sitzung total versauen, dachte Adam. Er legte die Gabel weg und schob den Stuhl zurück. »Eines möchte ich wissen«, sagte er in einem plötzlichen Anfall von Streitlust zu Meomartino. »Sie sind doch der einzige auf unserer Station, der von Longwood nie als ›der Alte‹ spricht. Finden Sie den Ausdruck zu respektlos?«

Meomartino lächelte. »Im Gegenteil. Ich halte ihn für einen Ausdruck der Zuneigung«, sagte er ruhig. Und aß mit unvermindertem Genuß weiter.

Kurz vor Dienstschluß erinnerte sich Adam an den Rosenstrauß.

»Blumen? Ja, die sind angekommen, Dr. Silverstone«, sagte die Schwester am Empfang. »Ich habe sie an die Garlands weiterschicken lassen. Das tun wir immer.«

Viel Spaß zum Ball, Schätzchen…

Das wenigstens hätte er ihnen ersparen können, dachte er.

»Es ist doch in Ordnung, nicht?«

»Aber sicher.«

Er ging in das kleine Zimmer im sechsten Stock hinauf, setzte sich nieder und rauchte vier Zigaretten, ohne Genuß, eine nach der anderen, und merkte, daß er Nägel kaute, eine Gewohnheit, die er längst abgelegt zu haben geglaubt hatte.

Er dachte an seinen Vater, von dem er nichts gehört hatte, fragte sich, ob er versuchen sollte, ihn in Pittsburgh anzurufen, beschloß dann erleichtert, es seinzulassen.

Lange danach verließ er das Zimmer, ging hinunter auf die verlassene Straße. Maxies Lokal war geschlossen und finster. Die Straßenlampen zeichneten einen Weg durch das Dunkel wie Leuchtspurmunition, den Block entlang, da und dort unterbrochen, wo vermutlich Kinder die Glühbirne mit einem Stein zertrümmert hatten.

Zunächst ging er.

Dann begann er zu laufen.

Zur Ecke hinunter; seine Sohlen schlugen hart gegen den zementierten Gehsteig.

Um die Ecke.

Die Avenue entlang, schneller.

Ein Wagen brauste vorbei, hupte, ein Frauenzimmer schrie etwas und kicherte. Er spürte ein erstickendes Gefühl in der Brust und lief noch schneller, trotz der stechenden Schmerzen in seiner rechten Seite.

Um die Ecke.

Am Hof mit den Krankenwagen vorbei. Leer. Der grüne Blechschirm der riesigen gelben Leuchte über dem Eingang zur Ambulanz flatterte in der nächtlichen Brise und warf unruhig tanzende Schatten, als Adam vorbeilief.

An der Laderampe des Lagerhauses nebenan sog ein menschliches Wrack – in der Dunkelheit eine flüchtige Form, ein Klumpen, ein Schatten, sein Vater – die letzten Tropfen aus einer Flasche und schmiß sie dann leer durch das Unbekannte, durch die Luft hinter Adam her, der jetzt mit rudernden Armen dahinrannte, von Rückenschmerzen und dem klirrenden Geräusch zerbrechenden Glases gehetzt.

Um die Ecke.

In den dunkelsten Abschnitt seiner Strecke hinein, auf die Rückseite des Mondes. Vorbei an den leeräugigen Häusern des leeräugigen Elendsviertels der Schwarzen, die in barmherzigem Schlaf lagen.

An geparkten Wagen vorbei, wo die sich windenden Gestalten ihren Rhythmus nicht unterbrachen, das Mädchen jedoch über die Schulter seines Liebhabers und durch die Scheibe nach der gespenstischen Schindmähre spähte, die da vorbeigaloppierte.

Vorbei an der Sackgasse, wo der Lärm seiner Füße irgend etwas Kleines, Lebendiges aufschreckte und Krallen gegen die hartgestampfte Erde schlugen, als er tiefer in den Tunnel hineinfloh.

Um die Ecke.

Wieder die Straßenlampen. Mit brennender Lunge, unfähig zu atmen, den Kopf zurückgeworfen, einen bohrenden Schmerz in der Brust vor Anstrengung, das Band zu durchreißen, obwohl keine Menge dastand und brüllte, erreichte er Maxies Laden, taumelte und blieb stehen.

Jesus.

Er rang nach Luft, fürchtete sich übergeben zu müssen, rülpste laut und mußte sich doch nicht übergeben.

Er war naß unter den Armen und zwischen den Beinen, sein Gesicht war naß. Narr. Keuchend lehnte er sich an Maxies Schaufenster, das bedrohlich knarrte, glitt an der Scheibe hinunter, bis seine Sitzbacken auf der schmalen Holzkante ruhten, die die Scheibe trug.

Er warf den Kopf zurück und schaute in den sternenlosen Himmel. Sie haben kein Recht, von mir ein Versprechen zu verlangen, sagte er. Warum bitten sie nicht Dich darum?

Er senkte die Augen, und sein Blick fiel auf das Gebäude, das fast bis in den Himmel ragte, er sah die alten roten Ziegel. Er fühlte die unendliche Geduld der narbenreichen Fassade, mit der sie den Schmutz und Rauch der Stadt ertrug, die rings um das Haus gewachsen war. Davon war sie braun geworden.

Er erinnerte sich an den Augenblick, in dem er das Krankenhaus zum erstenmal erblickt hatte, erst vor wenigen Monaten, und doch schon vor tausend Jahren.

ERSTES BUCH

Sommer

ADAM SILVERSTONE

Die Sterne am erbleichenden Himmel hatten sich langsam in ihr Versteck gedrückt. Als der hustende Lastwagen die Überlandstraße von Massachusetts verließ und durch die menschenleeren Randbezirke ratterte, flackerte die lange Reihe von Straßenlampen den Fluß entlang zweimal auf und erstarb dann in der Finsternis. Der heiße Tag nahte, aber das Erlöschen der Lichterkette verlieh dem Tagesanbruch eine kurze trügerische Kühle und Dunkelheit.

Er starrte durch die staubige Windschutzscheibe, als sie sich Boston näherten, jener Stadt, die seinen Vater geformt, aufgerieben und zerbrochen hatte.

Mir werdet ihr das nicht antun, sagte er zu den vorbeiziehenden Häusern, der Skyline, dem Fluß.

»Sieht gar nicht nach einer schwierigen Stadt aus«, sagte er.

Der Fahrer sah ihn überrascht von der Seite an. Ihr Gespräch war schon vor achtzig Meilen, zwischen Hartford und Worcester, in ein ermüdendes Schweigen gemündet, als Folge einer heftigen Meinungsverschiedenheit über die John Birch Society. Jetzt sagte der Mann etwas Undeutliches, das im Dröhnen des Motors unterging.

Adam schüttelte den Kopf. »Verzeihung, ich habe nicht verstanden.«

»Was ist los, bist du taub?«

»Ein wenig, am linken Ohr.«

Der Mann runzelte die Stirn, weil er sich gefoppt fühlte. »Ich habe gefragt: Wartet ein Job auf dich?«

Adam nickte.

»Und was für einer?«

»Ich bin Chirurg.«

Der Fahrer sah ihn angewidert an, jetzt überzeugt, daß sein Verdacht gerechtfertigt war. »Natürlich, du schäbiger Beatnik. Ich bin Astronaut.«

Adam öffnete den Mund zu einer Erklärung, besann sich, dachte: zum Teufel mit ihm, schloß ihn wieder und wandte seine Aufmerksamkeit der Szenerie zu. Auf der anderen Seite des Charles River vermochte er in der Dunkelheit weiße Türme zu entdecken, zweifellos Harvard. Irgendwo dort drüben war das Radcliffe College, und dort schlief Gaby Pender wie ein Kätzchen, dachte er und fragte sich, wie lange er es wohl aushielt, sie nicht anzurufen. Würde sie sich an ihn erinnern? Unwillkürlich kam ihm ein Zitat in den Sinn – etwas darüber, wie oft ein Mann eine Frau sehen muß, daß es einmal genügt, das zweitemal aber die Bestätigung bringt.

Der kleine Computer in seinem Kopf sagte ihm, wer der Autor der Zeilen war. Wie gewöhnlich erfüllte ihn die Fähigkeit, sich an nichtmedizinische Dinge zu erinnern, mit gereizter Unzufriedenheit statt mit Stolz. Wortverschwender, hörte er seinen Vater sagen. Adamo Roberto Silverstone, du selbstgefälliges Aas, sagte er zu sich, schau, wo dein famoses Gedächtnis bleibt, wenn du mit einem Lehrsatz aus Thoreks *Anatomy in Surgery* oder Wangensteens *Intestinal Obstruction* ringst.

Kurz darauf schlug der Mann das Lenkrad ein, der Lastwagen polterte vom Storrow Drive weg, über eine Rampe, und plötzlich waren erleuchtete Lagerhausfenster da, Lastwagen, Personenwagen, Leute, ein Marktbezirk. Der Fahrer lenkte den Lastwagen eine kopfsteingepflasterte Straße hinunter, an einem Speisehaus vorbei, dessen Neonlicht noch immer blitzte, dann eine zweite lange, kopfsteingepflasterte Straße hinauf und blieb vor »Benj. Moretti & Sons Produce«

stehen. Auf sein Hupen hin trat ein Mann ins Freie und schaute von der Laderampe nach ihnen aus. Fleischig und mit beginnender Glatze sah er in seinem weißen Arbeitskittel einem der Pathologen vom Krankenhaus in Georgia ähnlich, wo Adam seine Spitalspraxis und das erste Jahr seiner fachärztlichen Ausbildung absolviert hatte. *Eh, paysan.*

»Was bringst du?«

Der Fahrer rülpste, als würde ein Teppich zerrissen. »Melonen. Zitronen.« Der Mann in Weiß nickte und verschwand.

»Endstation, Kleiner.« Der Fahrer öffnete die Tür und kletterte schwerfällig aus der Fahrerkabine.

Adam griff hinter den Sitz, nahm den abgewetzten billigen Koffer und sprang zu dem Mann auf die Straße hinunter. »Kann ich Ihnen abladen helfen?«

Der Fahrer sah ihn finster und mißtrauisch an. »Das tun die«, sagte er, mit dem Kopf zum Lagerhaus deutend. »Wenn du einen Job haben willst, frag sie.«

Adam hatte das Angebot aus Dankbarkeit gemacht, sah jedoch erleichtert, daß es unnötig war. »Danke fürs Mitnehmen«, sagte er.

»Schon recht.«

Er ging die Straße hinunter bis zum Speisehaus, mühte sich mit dem Koffer ab, ein kleiner O-beiniger Mann, zu groß für einen Jockey, zu schwach für die meisten Sportarten, außer für Tauchen, das seit fünf Jahren für ihn kein Sport mehr war. In solchen Momenten bedauerte er, den muskulösen Brüdern seiner Mutter nicht ähnlicher zu sein. Er haßte es, der Gnade eines Menschen ausgeliefert oder von irgend etwas abhängig zu sein, einschließlich eines Gepäckstückes.

Aus dem Speisehaus kamen verlockende Düfte und der geschäftige Lärm billiger Restaurants: Reden und Lachen, das hohle Geklapper von Kochgeschirr drang durch das kleine Fenster zur Küche, das massive Geräusch von Kaffeekannen, die auf die weiße Marmortheke gestellt wurden, das Zischen von Dingen, die am Grill brutzelten. Teure Dinge, entschied er.

»Kaffee, schwarz.«

»Erst zahlen«, sagte das strohhaarige Mädchen. Sie war voll entwickelt, von festem Fleisch, mit einer blassen, milchigen Haut, und würde mit dem Problem der Fettleibigkeit zu kämpfen haben, bevor sie noch dreißig war. Unter der weißbeschürzten linken Brust stachen zwei parallele Schmutzstreifen wie Stigmata hervor. Der Kaffee schwappte über den Rand der Kanne, als sie ihn Adam zuschob; sie nahm sein Zehncentstück mürrisch entgegen und wandte sich dann mit einem beleidigenden Hüftschwung ab.

Muh.

Der Kaffee war sehr heiß, und er trank ihn langsam, wagte hie und da sehr mutig einen größeren Schluck und hatte ein siegreiches Gefühl, daß er sich die Zunge nicht verbrannt hatte. Die Wand hinter der Theke war mit Spiegeln verkleidet, aus denen ihn ein Landstreicher anstarrte, stoppelbärtig, zerrauft, in einem verschmutzten, abgetragenen blauen Arbeitshemd. Als er den Kaffee ausgetrunken hatte, stand er auf und trug den Koffer in die Herrentoilette. Er drehte versuchsweise die Wasserhähne auf, aus beiden kam aber nur kaltes Wasser, was Adam nicht überraschte. Er ging in den Speisesaal zurück und bat das Mädchen um eine Tasse heißes Wasser.

»Für Suppe oder für Tee?«

»Einfach nur Wasser.«

Sie ignorierte ihn mit einer Miene langmütigen Widerwillens. Schließlich gab er nach und bestellte Tee. Als er ihn erhielt, bezahlte er, nahm den Teebeutel aus der Tasse und ließ ihn auf die Theke fallen. Er trug die Tasse in die Herrentoilette. Der Boden war mit Schichten von Sand und, dem Geruch nach zu urteilen, eingetrocknetem Urin bedeckt. Adam stellte die Tasse auf den Rand des schmutzigen Waschbeckens, balancierte den Koffer auf dem Heizkörper und öffnete ihn, um seine Toilettensachen herauszunehmen. Indem er kaltes Wasser in der hohlen Hand auffing und heißes aus der Tasse hinzufügte, gelang es ihm, seinen Bart einzuseifen und sich das Gesicht mit dem Wasser genügend warm zu spülen, um die Stoppeln aufzuweichen. Als er mit dem Rasieren fertig war, sah das Gesicht, das ihn aus dem fleckigen Spiegel anblickte, schon zivilisierter aus. Dr. Silverstone. Braune Augen. Eine große Nase, die er gern für römisch hielt, an sich nicht extrem groß, aber doch durch seine geringe Körpergröße auffallend. Ein breiter Mund, wie eine zynische Schnittwunde in dem mageren Gesicht. Ein trotz der Sonnenbräune unleugbar hellhäutiges Gesicht, von braunen Haaren gekrönt. Einem glanzlosen, faden Braun. Er nahm eine Bürste aus dem Koffer und drückte sie in sein Haar. Sein Teint verursachte ihm immer ein leichtes Schuldbewußtsein. Ein Kind sollte die Farbe von Oliven haben, nicht von Zitronen oder Hafergrütze, hatte er einmal seine Mutter sagen hören. Sein Teint war wie Hafergrütze, ein Kompromiß zwischen seinem blonden Vater und seiner italienischen Mutter.

Seine Mutter war dunkel gewesen, eine Frau mit unglaublich schwarzen Augen und unglaublich schweren Lidern, den Schlafzimmeraugen einer irdischen Heiligen. Er konnte sich kaum an ihr Gesicht erinnern, aber um ihre Augen zu sehen, brauchte er bloß die seinen zu schließen. An den Abenden, wenn sein Vater betrunken heimgekommen war – der abtrünnige Myron Silberstein, der im Schnaps ertrank, eine Gewohnheit, die er zusammen mit italienischen Lieblingsphrasen angenommen hatte, um seine Vorurteilslosigkeit zu demonstrieren – und seine nach Anis riechenden Hilfeschreie ausstieß *(O putana nera! O troia scura! O Donna! Oi, nafke!)*, an solchen Abenden pflegte der kleine Junge in der Dunkelheit wach zu liegen, und er zitterte bei dem dumpfen Schlag der Fäuste seines Vaters auf dem Fleisch seiner Mutter, der ihn krank machte, bei dem Klatschen ihrer Handfläche gegen sein Gesicht, und die Geräusche mündeten oft in anderen, hitzigen, rasenden, keuchenden, die ihn starr daliegen und die Nacht hassen ließen.

Als er in die High-School ging und seine Mutter schon vier Jahre lang tot war, entdeckte er die Sache mit Gregor Johann Mendel und den Erbsen, machte sich daran, sein eigenes Erbbild zusammenzubrauen, und hoffte im stillen, daß seine braunen Haare und Augen sich als genetische Unmöglichkeit erweisen würden: daß er die Blondheit seines Vaters hätte erben müssen und daß er vielleicht doch ein Bastard war, das Erzeugnis seiner schönen toten Mutter und eines unbekannten Mannes, der alle jene edlen Tugenden besaß, die dem Mann, den er Paps nannte, so sehr fehlten.

Aber die Biologiebücher enthüllten ihm, daß die Kombination von Mondlicht und Schatten eben – Hafergrütze ergab.

Na schön.

Jedenfalls war er zu jener Zeit bereits mit einer Art Haßliebe an Myron Silberstein gebunden.

Um das zu beweisen, du verdammter Narr, sagte er zu seinem Spiegelbild, kratzt du zweihundert Dollar zusammen und läßt sie dir dann von ihm herauslocken, fast die ganze Summe. Was war es, das in seinen Augen aufleuchtete, als sich seine Hände – diese Hände eines hebräischen Fiedlers und Hausmeisters, in deren Knöcheln der Kohlenstaub eingefressen war – um das Geld geschlossen hatten?

Liebe? Stolz? Die Verheißung der schönsten Überraschung im Leben, einer unverhofften Trunkenheit? Jagte der alte Mann noch immer nach Liebe? Wohl kaum. Die bei Alkoholikern übliche Impotenz des mittleren Alters. Gewisse Ketten binden früher oder später jeden, selbst einen Myron Silberstein.

Nur ein Mensch, die Großmutter, seine *vecchia*, war je imstande gewesen, seinen Vater einzuschüchtern. Rosella Biombetti war eine kleine Süditalienerin gewesen: das weiße Haar zu einem Knoten gedreht, alles übrige natürlich schwarz: Schuhe, Strümpfe, Kleid, Halstuch, oft sogar die Stimmung, als trauere sie um die Welt. In ihrem olivfarbenen Gesicht standen Narben, die ihr geblieben waren, als sie vierjährig in dem Avellino-Dorf Petruro lebte und alle acht Kinder der Familie an *vaiolo*, den gefürchteten Pocken, erkrankten. Die Krankheit raffte keines hinweg, entstellte jedoch sechs der Kinder und zerstörte das siebente, einen Achtjährigen namens Muzi, dessen Hirn das hohe Fieber zu weicher Asche verbrannte und ihn als ein Etwas hinterlassen hatte, das schließlich zu einem alternden kahlköpfigen Mann in East-Liberty von Pittsburgh, Pennsylvanien, wurde; er spielte den ganzen Tag mit seinen Löffeln und Flaschenkappen und trug, selbst wenn die Julihitze die Luft über der Larimer Avenue schimmern ließ, einen zerlumpten Sweater.

Einmal fragte Adam die Großmutter, warum der alte Großonkel so war.

»L'Arlecchino«, sagte sie.

Er lernte schon früh, daß der Harlekin die innere Angst war, die das Leben seiner Großmutter durchzog, das Universalübel, ein Erbe aus dem Europa vor zehn Jahrhunderten. Ein Kind stirbt an einem plötzlichen Anfall einer unerwarteten Krankheit? Es wurde vom Harlekin geraubt, der nach Kindern giert. Eine Frau wird schizophren? Der schlanke, teuflisch-schöne dämonische Liebhaber hat sie verführt und ist mit ihrer Seele durchgebrannt. Ein Arm schrumpft gelähmt zusammen, ein Mensch vergeht langsam unter den Verheerungen der Tuberkulose? Der Harlekin pflückt und pflückt Lebenskraft von seinem Opfer und schlürft die Lebensessenz wie Sirup.

In dem Versuch, ihn zu bannen, machte sie ihn zu einem

Familienmitglied. Als Adams Kusinen immer mehr erblühten und mit Lippenstiften und hohen, spitzen Büstenhaltern zu experimentieren begannen, kreischte die alte Frau, daß sie den Harlekin anlocken würden, der in der Nacht die Jungfernschaft stahl. Während Adam der *vecchia* jahrelang zuhörte, erfuhr er Einzelheiten. Der Harlekin trug eine Kniehose und eine Jacke aus bunten Flicken und war unsichtbar, außer bei Vollmond, der seine Buntscheckigkeit in einen vor tausend Lichtern glitzernden Anzug verwandelte. Er besaß keine Stimme, aber das Geklingel der Glöckchen an seiner Narrenkappe verriet seine Anwesenheit. Er trug ein hölzernes Zauberschwert, eine Art Narrenzepter, das er als Zauberstab verwendete.

Manchmal dachte der Knabe, es wäre ein wunderbares Abenteuer, der Harlekin zu sein, so allmächtig, so herrlich böse. Als Adam elf war und seine ersten Samenergüsse während der nächtlichen Träume hatte, durch die die üppige dreizehnjährige Lucy Sangano geisterte, beschloß er zu Halloween, dem Abend vor Allerheiligen, der böse Geist zu sein. Während die anderen Kleinen in ihren Verkleidungen zu Spaß und Schmaus von Tür zu Tür rannten, wandelte er langsam durch die plötzlich behagliche Dunkelheit und stellte sich wilde Szenen vor, in denen er den zarten jungen Hinterbacken Lucy Sanganos einen leichten Schlag mit seinem Schwert aus einer Kistenlatte gab und stumm befahl: »Zeig mir alles.«

Rosella wehrte den Bösen mit vier Mittelchen ab, von denen Adam nur zwei, das Weihwassersprengen und den täglichen Besuch der heiligen Messe, für harmlos hielt. Ihr Brauch, die Türknöpfe mit Knoblauch einzureiben, war ihm wegen der ständig klebrigen Hände lästig und brachte ihn wegen des stechenden Geruchs in der Schule immer wieder in Verlegenheit, obwohl er selbst heimlich den letzten Rest, der in seiner verschwitzten Handfläche zurückgeblieben war, genoß, wenn er sie nachts in seinem Bett an die Nase hielt. Den wirkungsvollsten Schutz erreichte man, wenn man die zwei Mittelfinger unter den Daumen klemmte, den Zeigefinger und den kleinen Finger in Nachahmung der Teufelshörner ausstreckte und zwischen ihnen trocken durchspuckte sowie das Sprüchlein folgen ließ: *Scutta mal occhio,* brich den bösen Blick, *pf, pf, pf.* Rosella führte diesen Ritus täglich viele Male durch, was ihm ebenfalls peinlich war, denn für einige von Adams gleichaltrigen Freunden war das Fingerzeichen ein Geheimsignal anderer Art, eine Abfuhr, ein geringschätziges Zeichen von Ungläubigkeit, die in einem einzigen schnellen, unschönen Wort zusammengefaßt wurde. Für diese Uneingeweihten war es erheiternd, wenn die Großmutter Damo Silverstones das pöbelhafte Geheimzeichen machte. So kostete ihn die Großmutter seine erste blutige Nase und sehr viel Ärger.

Seine junge Seele wurde zwischen dem frommen Aberglauben der alten Frau und dem Vater hin und her gerissen, der an jedem Jom Kippur vorsichtig nüchtern blieb, damit er aus irgendeinem wichtigen geheimen Grund fischen gehen konnte. Ihr Aberglaube und ihre Religion besaßen ihre Reize, aber zuviel von dem, was sie sagte, war einfach nur dumm. Größtenteils ergriff er schweigend die Partei seines Vaters, vielleicht weil er in dem Mann so eifrig nach etwas Bewundernswertem suchte.

Und dennoch, als sie in ihrem achtzigsten und seinem fünfzehnten Lebensjahr kränkelte und es mit ihr zu Ende ging, sehnte er sich schmerzlich nach ihr. Als Dr. Calabreses langer schwarzer Packard mit zunehmender Regelmäßigkeit vor dem Mietshaus in der Larimer Avenue parkte, betete er für sie. Und als sie eines Morgens mit einem koketten Lächeln auf den Lippen starb, weinte er um sie und wußte endlich, wer der Harlekin wirklich war. Er wünschte nicht mehr, den verliebten Spaßmacher zu verkörpern, der der Tod war; statt dessen beschloß er, eines Tages wie Dr. Calabrese einen langen neuen Wagen zu fahren und den *arlecchino* bis ans Ende zu bekämpfen.

Er verabschiedete sich von der alten Frau bei dem schönsten Begräbnis, das ihr die Versicherung »Söhne Italiens« nur bieten konnte, aber ganz verließ sie ihn nie. Jahre später, als er Arzt und Chirurg geworden war und Dinge getan und gesehen hatte, die sich in Petruro oder selbst in East Liberty nie hätten träumen lassen, war seine erste Reaktion auf ein Mißgeschick eine spontane unterbewußte Suche nach dem Harlekin. Wenn er eine Hand in der Tasche hatte, machten die Finger unwillkürlich das Zeichen der Hörner. Sein Vater und seine Großmutter hatten ihn in einem unaufhörlichen inneren Konflikt hinterlassen: Scheiße, spottete der Wissenschaftler, während der kleine Junge flüsterte: *Scutta mal occhio, pf, pf, pf.*

Nun packte er in der Herrentoilette des Speisehauses seine Toilettensachen ein. Wie ein ungeschickter Wasservogel, zuerst das eine, dann das andere Bein hochgezogen, um seine Kleider nicht durch den Schmutz des unerquicklichen Fußbodens zu gefährden, zog er die Blue jeans und das blaue Arbeitshemd aus. Das Hemd und der Anzug, die er aus dem Koffer grub, waren etwas zerknittert, aber präsentabel. Die Krawatte sah bei weitem nicht mehr so gut aus wie vor achtzehn Monaten, als er sie aus zweiter Hand »neu« erstanden hatte, von einem Studenten aus dem dritten Studienjahr, der ein schlechter Pokerspieler war. Die dunklen Schuhe, die er gegen die Turnschuhe austauschte, glänzten noch immer schön.

Als er durch den Speisesaal zurück- und hinausging, starrte ihn die Kuh hinter der Theke an, als versuchte sie sich zu erinnern, wo sie ihn schon einmal gesehen hatte.

Draußen war es heller geworden. Am Randstein summte ein Taxi ein ruhiges mechanisches Lied, der Chauffeur saß verloren hinter der Wettliste und träumte den ewigen Traum vom Höchstgewinn. Adam fragte ihn, ob das Suffolk County General Hospital zu Fuß zu erreichen sei.

»Das Allgemeine Krankenhaus? Sicher.«

»Wie komme ich hin?«

Ein schnelles Grinsen spaltete die Lippen des Taxichauffeurs. »Auf die schwere Tour. Quer durch die ganze verdammte Stadt. Zu früh für einen Bus, nirgendwo in der Nähe eine Untergrundbahn.« Der Mann legte die Wettliste hin, überzeugt, daß eine Fahrt herausschaute.

Wieviel steckte in seiner Brieftasche? Weniger als zehn Dollar, wußte Adam. Acht, neun. Und noch ein Monat bis zum Zahltag. »Fahren Sie mich für einen Dollar?«

Ein angewiderter Blick.

Adam hob den Koffer auf und ging die Straße hinunter. Er kam bis zu »Benj. Moretti & Sons Produce«, als das Taxi an ihm vorbeifuhr und anhielt.

»Steigen Sie hinten ein«, sagte der Taxifahrer. »Ich schau den ganzen Weg nach einem Fahrgast aus. Wenn ich einen andern aufgable, steigen Sie aus. Für einen Dollar.«

Dankbar kletterte Adam hinein. Das Taxi kroch durch die Straßen, er blickte aus dem offenen Fenster und ahnte, was für ein Krankenhaus es sein würde. Die Straßen waren alt und traurig, gesäumt von Mietshäusern mit zerbrochenen Stufen und überquellenden Mülleimern, Armeleutegegenden, in denen die Menschen in äußerster Armut zusammengepfercht waren. Es würde ein Krankenhaus sein, wo die Bänke seiner Ambulanz allmorgendlich von den Kranken und Verstümmelten besetzt sein würden, die in die selbstgebauten Fallen der Gesellschaft geraten waren.

Unangenehm für euch, sagte er stumm zu den schlafenden Opfern hinter ausdruckslosen Fenstern, als das Taxi vorbeirollte. Aber gut für mich, ein Lehrhospital, wo ich vielleicht Chirurgie erlernen kann.

Der Krankenhauskomplex ragte wie ein Monolith in das frühe Morgenlicht; große Parklampen leuchteten noch immer gelb um das leere Geviert des Hofes für die Krankenwagen.

Die Eingangshalle war düster und altmodisch. Ein ältlicher Mann mit hängenden verrunzelten Wangen und unwahrscheinlich pechschwarzem Haar saß hinter dem Empfangstisch. Adam sah in dem Brief nach, den er vor vier Wochen vom Verwalter erhalten hatte, und fragte dann nach dem Fellow der Chirurgie, Dr. Meomartino. Ah, Italiener in aller Welt, wir sind überall.

Der Mann sah in einem Telefonverzeichnis des Krankenhauses nach. »Vierte chirurgische Station. Vielleicht schläft er noch«, sagte er zweifelnd. »Soll ich ihn anläuten?«

»Gott, nein.« Er dankte ihm und ging hinaus. Auf der gegenüberliegenden Straßenseite brannte grelles Licht in einem Kaffeehaus, und als er darauf zuging, konnte er einen kleinen dunklen Mann hinter der Theke sehen, der eben Wasser in die Kaffeemaschine zugoß; die Tür war jedoch versperrt, und der kleine Mann blickte nicht auf, als Adam an ihr rüttelte. Er ging ins Krankenhaus zurück und fragte den Mann mit dem gefärbten Haar, wie man zur Abteilung der Vierten chirurgischen Station gelangte.

»Die Halle da immer geradeaus, an der Unfallstation vorbei, dann die zweite Treppe in den ersten Stock. Abteilung Quincy. Können es nicht verfehlen.«

Als er zur Unfallstation kam, zog er halb in Betracht, freiwillig seine Dienste anzubieten. Zum Glück verging der Impuls, noch bevor er in den großen Raum spähte und sah, daß noch keine Patienten gekommen waren. Ein Spitalarzt saß zusammengesunken in einem Sessel und las. Am anderen Ende des Saals saß eine Schwester und schielte schläfrig auf ihre Strickerei. Auf einer Tragbahre in einer Ecke lag ein Pfleger mit leicht geöffnetem Mund wie ein schlafender Bär.

Adam kletterte die Treppe zur Abteilung Quincy hoch und kam in den stillen Gängen nur an einem mageren blonden Spitalarzt vorbei, dessen offener Kragen unter seinem mit Pickeln übersäten Kinn schlaff wie eine Flagge bei einer Flaute herunterhing.

Mit Ausnahme der Nachtlichter war der Krankensaal dunkel. Die Patienten lagen in Reihen da, einige wie Klötze, andere jedoch unruhig und im Schlummer von Teufeln geritten.

Aus einem Bett kam das Weinen einer Frau. Adam blieb stehen. »Was gibt es denn?« fragte er sanft. Ihr Gesicht war verborgen.

»Ich habe Angst.«

»Dazu ist kein Grund vorhanden«, sagte er. Schau, zum Teufel, daß du hier herauskommst, sagte er sich wütend. Soviel du weißt, ist durchaus Grund dazu vorhanden.

»Wer sind Sie?«

»Ein Arzt.«

Die Frau nickte. »Auch Jesus war es.«

Es gab ihm zu denken, als er wegging.

Im Schwesternzimmer traf er eine ältere Stationsschwester, die an neue Ärzte gewöhnt war. Sie gab ihm Kaffee und frische knusprige Brötchen und Butter aus der Küchenabteilung, köstlicherweise gratis. »Alles, was Sie brauchen, Doktor, ist ein reicher Distrikt. Ich bin Rhoda Novak.« Plötzlich lachte sie. »Sie haben Glück, daß Helen Fultz heute nacht dienstfrei war. Die gäbe niemandem auch nur das Schwarze unterm Nagel.«

Sie ging, bevor er seine Brötchen aufgegessen hatte. Er hätte gern noch eines gehabt, war jedoch für jede Kleinigkeit dankbar. Ein riesiger Mann im grünen OP-Anzug kam herein und seufzte, als er einen Stuhl unter sich begrub. Er hatte rotes Haar unter der Operationskappe, und das Gesicht war trotz seiner Größe weich und ungeformt, ein Knabengesicht.

Er nickte Adam zu und griff eben nach der Kaffeekanne, als der kleine Signalapparat an seiner Uniform summte. »Ah«, sagte er. Er ging zum Wandtelefon und sprach hinein, sagte schnell ein paar Worte und eilte fort.

Adam ließ den Rest Kaffee stehen und ging der riesigen grünen Gestalt nach, durch ein Labyrinth von Gängen zur chirurgischen Station hinunter.

Die Chirurgische Abteilung des Krankenhauses in Georgia war rein gewesen, hell erleuchtet, nicht so vollgestopft, der Durchgang nicht behindert. Hier war die Beleuchtung bestenfalls trüb zu nennen. Die Gänge schienen Speicher für zusätzliche Möbel, überflüssige Tragbahren, Büchergestelle und alles mögliche sonst zu sein; bei Hochbetrieb stellte man wahrscheinlich Patienten vor und nach Operationen ebenfalls hier ab. Die Schwingtüren der Operationssäle waren an beiden Seiten zehn Zentimeter breit abgewetzt, wo der Rand unzähliger Betten angestoßen war.

Er ging eine Treppe zur Zuschauergalerie hinauf, die dunkel und von einem seltsamen lauten Atmen erfüllt war. Es war das Keuchen eines Patienten, das über die Sprechanlage kam, die man angestellt gelassen und zu laut aufgedreht hatte. Da Adam den Lichtschalter nicht finden konnte, tastete er sich zu einem Sitz in der ersten Reihe und ließ sich auf ihn fallen. Durch die Glasscheibe konnte er den Mann auf dem Operationstisch unten sehen, einen Mann mit schütter werdendem Haar, dem Blick eines gefangenen Tieres, ungefähr vierzig Jahre alt, der offensichtlich Schmerzen hatte und einer Schwester beim Auflegen der Instrumente zusah. Seine Augen waren trüb; er hatte bestimmt ein Sedativ erhalten, bevor man ihn hereingebracht hatte, wahrscheinlich Scopolamin.

Wenige Minuten später kam der Dicke, der in der Küche Kaffee getrunken hatte, geschrubbt und behandschuht in den OP.

»Doktor«, sagte die Schwester.

Der Dicke nickte teilnahmslos und begann zu anästhetisieren. Seine Wurstfinger spielten am linken Arm des Patienten herum, fanden mühelos die Vene im Bereich der Armbeuge und ließen den intravenösen Katheter hineingleiten. Um den zweiten Arm legte er die Manschette und begann den Blutdruck zu messen.

»Es war einer, den wir nicht erwarteten«, sagte die Schwester.

»Könnten verdammt gut ohne ihn auskommen«, sagte der Dicke.

Er verabreichte ein muskelentspannendes Mittel sowie eine Schlafdosis Pentothal, dann führte er den Intubator in die Luftröhre des Patienten ein und regulierte die Atmung des Mannes mit dem Druckgerät.

Der Spitalarzt kam herein, der große, schlampig aussehende, den Adam auf dem Gang gesehen hatte. Weder der Anästhesist noch die Schwester nahmen seine Anwesenheit zur Kenntnis. Er begann die Operation vorzubereiten, indem er den Bauch mit antiseptischen Mitteln, oben beginnend, abrieb. Adam sah interessiert zu, weil er sehen wollte, wie man es hier machte. Es sah aus, als benutzte der Spitalarzt eine einzige Lösung. In dem Krankenhaus in Georgia mußten sie das Operationsfeld zuerst mit Äther, dann mit Alkohol, dann ein drittes Mal mit Betadin waschen.

»Bestimmt habt ihr bemerkt, was für ein glattrasierter Mann Mr. Peterson ist«, sagte der Spitalarzt. »Im Vergleich dazu ist ein Babyarsch ein wahrer Urwald.«

»Für einen Chirurgen bist du ein ziemlich guter Barbier, Richard«, sagte der Dicke.

Der mit Richard Angesprochene beendete das Waschen des Bauchs, begann den Patienten mit sterilen Tüchern abzudecken und ließ nur ein dreißig Zentimeter großes Viereck offen.

Ein Chirurg kam herein. Meomartino, der Fellow der Chirurgie, vermutete Adam, war jedoch nicht sicher, weil niemand grüßte. Ein großer Mann mit einer gebrochenen Habichtsnase und einer alten, fast unsichtbaren Narbe auf der Wange, der gähnte, sich streckte und fröstelte. »Ich habe so hübsch geträumt«, sagte er. »Wie geht's unserem perforierten Ulcus? Blutet er?«

»Ich glaube nicht, Rafe«, sagte der Dicke. »Herzschlag 96. Atmung 30.«

»Blutdruck?«

»110/60.«

»Also los. Ich wette, da drin schaut's aus, als hätte man ein Loch mit einer Zigarette hineingebrannt.«

Adam sah ihn das Skalpell von der Schwester entgegennehmen und auf der rechten Seite den paramedianten Schnitt führen, eine wohlüberlegte Teilung des Fleisches, die zwei Lippen bildete, wo vorher schlaffer Bauch gewesen war. Meomartino schnitt durch die Haut und das fettige gelbe subkutane Gewebe, und Adam bemerkte interessiert, daß der Spitalarzt die Blutung mit Schwämmen statt Klammern abstoppte, wobei er gleichzeitig den Druck des Schwamms ausnutzte, um die Wundränder so zu spreizen, daß die glänzende graue Hülle der Faszies sichtbar wurde. Das ist verdammt praktisch, dachte Adam; in Georgia war es ihnen nie eingefallen, das zu tun. Zum erstenmal empfand er den Schimmer eines Glücksgefühls: Die hier können mir noch was beibringen.

Meomartino hatte den Schnitt langsam und sorgfältig geführt, jetzt aber durchtrennte er die Faszies schnell und sauber. Um das so gekonnt zu machen, mit einem einzigen sicheren Schnitt, der nicht in den gleich darunterliegenden Rektusmuskel drang, mußte es dieser Mann schon oft und oft gemacht haben. Einen Augenblick lang war er töricht genug, dem Fellow seine leichte Geschicklichkeit übelzunehmen. Er erhob sich halb, um zuzuschauen, aber der Schlampsack von Spitalarzt bewegte Kopf und Schultern über dem Operationsfeld, und Adam konnte nichts sehen.

Er lehnte sich im Stuhl zurück, schloß die Augen in der Dunkelheit und sah im Geiste, was der Chirurg unten vermutlich machte: Er würde die Faszies heben, sie mit der scharfen Schneide des Skalpells unterfahren, dann mit dem stumpfen Rand auslösen und damit die Mittellinie, wo die beiden Teile des Rektus aneinandertrafen, bloßlegen. Dann würde er den Muskel hochheben, ihn seitwärts zurückziehen und durch das Bauchfell weiter in die Bauchhöhle vordringen.

In den Bauch vordringen. Für jemanden, der sich der allgemeinen Chirurgie widmen wollte, die hauptsächlich aus Bauchoperationen bestand, war das der springende Punkt.

»Da hätten wir's, Richard. Hier ist es«, sagte der Chirurg nach einer Weile. Seine Stimme war tief, sein Englisch um eine Spur zu exakt, dachte Adam, so, als hätte er es als Zweitsprache gelernt. »Direkt durch die Hinterwand des Duodenums. Was tun wir jetzt?«

»Stich, Stich, Stich?«

»Und dann?«

»Vagotomie?«

»Ah, Richard, Richard, ich kann es nicht glauben, so jung und so clever, und doch nur zur Hälfte richtig, mein Junge. Eine Vagotomie *und* eine Drainage. Dann wird es wunderhübsch heilen. Ein Meilenstein in den Annalen.«

Danach arbeiteten sie schweigend weiter, und Adam hoch über ihnen grinste im Dunkeln, als er den Verdruß des schlampigen Spitalarztes fühlte, den er selbst so oft in ähnlichen Situationen empfunden hatte. Es war warm auf der Galerie, wie in einem Mutterleib. Er döste und träumte einen alten Alptraum von den beiden Hochöfen, die er an den Abenden seiner ersten Semester gefüttert und deren gähnende orangefarbene Mäuler er gehaßt hatte, die nach mehr

Kohle gierten, als er zu schaufeln vermochte. Er stöhnte im Schlaf, riß sich dann wach; steif und unglücklich und für einen Augenblick unsicher, warum seine Stimmung umgeschlagen war. Dann erinnerte er sich, fuhr sich mit der Zunge über die Lippen und grinste: wieder der verdammte Traum. Er hatte ihn schon so lange nicht mehr geträumt, es mußte das neue Krankenhaus sein, die ungewohnte Situation.

Unter ihm arbeitete das Chirurgenteam noch immer. »Hilf mir den Bauch schließen, Richard«, sagte der Fellow. »Ich nähe, du bindest ab. Ich will es schön eng haben.«

»So eng wie bei deiner ersten Liebe«, sagte Richard, der zwar zu Meomartino sprach, aber die OP-Schwester ansah, die mit keinem Zeichen verriet, daß sie es gehört hatte.

»Ich will es noch viel enger haben, Doktor«, sagte Meomartino.

Als er schließlich befriedigt nickte und sich vom Operationstisch abwandte, verließ Adam die Galerie und eilte gerade rechtzeitig hinunter, um den Mann abzufangen, als dieser den Operationstisch verließ.

»Dr. Meomartino.«

Der Fellow blieb stehen. Er war kleiner, als es, von oben gesehen, den Anschein hatte. Er hätte ein Kind meiner Mutter sein können, dachte Adam albernerweise, als er auf ihn zutrat. Aber kein Italiener, entschied er, Spanier vielleicht. Olivfarben, dunkle Augen, dunkle Haut trotz der üblichen Krankenhausblässe, das Haar unter der OP-Kappe dunkel vor Feuchtigkeit, aber fast völlig ergraut. Dieser Mann ist älter als ich, dachte er.

»Ich bin Adam Silverstone«, sagte er leicht keuchend. »Der neue Oberarzt.« Abschätzende Augen maßen ihn, und er schüttelte eine Hand, die wie ein Holzklotz war.

»Sie sind um einen Tag zu früh eingetroffen. Ich bekomme offenbar Konkurrenz«, sagte Meomartino mit einem leichten Lächeln.

»Ich bin per Anhalter gekommen. Ich habe mir einen zusätzlichen Tag gelassen und brauchte ihn dann nicht.«

»Oh? Haben Sie eine Unterkunft?«

»Hier. In dem Brief heißt es, daß das Krankenhaus ein Zimmer stellt.«

»Üblicherweise benutzt es der Oberarzt nur, wenn er Nachtdienst hat. Ich wohne lieber anderswo. Sie und ich stünden verdammt zu leicht zur Verfügung, wenn wir hier wohnten.«

»Ich werde zur Verfügung stehen. Ich bin bankrott.«

Meomartino nickte ohne Überraschung. »Ich bin zwar nicht ermächtigt, Ihnen ein Zimmer anzuweisen. Aber ich kann Ihnen helfen, einen Platz zu finden, wo Sie sich hinhauen können. Soweit es noch Nacht ist.«

Der Lift war alt und langsam. »Im Notfall dreimal läuten!« riet ein Schild neben der Glocke. Adam stellte sich vor, in einem Notfall auf dieses knarrende Ungeheuer warten zu müssen, und Zweifel überfielen ihn.

Endlich kam es an und trug sie in den sechsten Stock. Der Gang war besonders eng und dunkel. Die Zimmernummer war 6-13, was kein schlimmes Zeichen sein mußte. Die Decke war schief; das Zimmer lag unter den Dachtraufen des alten Gebäudes. Die Jalousien waren heruntergelassen. In dem trüben Licht konnte er einen riesigen kotfarbenen Riß in einer der Gipswände ausmachen. Unter ihm, den beiden Betten gegenüber, stand ein hölzerner Stuhl zwischen einem Schreibpult und einem Schreibtisch, alles von der Farbe alten Senfs. Auf einem Bett ausgestreckt, lag ein Mann im weißen Ärztekittel, das *New England Journal of Medicine* aufgeschlagen auf der Brust, das er sichtlich um des Schlafes willen im Stich gelassen hatte.

»Harvey Miller, Turnusarzt von der schicken Institution am anderen Ende der Stadt«, sagte Meomartino, ohne den geringsten Versuch zu flüstern. »Für das Haus dort kein schlechter *hombre.*« Sein Ton war geringschätzig. Gähnend winkte er Adam zu und ging hinaus.

Die Luft im Zimmer war muffig. Adam ging zum Fenster und schob die Jalousie eine Handbreit hoch. Sofort begann sie zu flattern; er schob sie so zurecht, daß das Flattern aufhörte. Der Mann auf dem Bett bewegte sich, wachte jedoch nicht auf.

Adam nahm Harvey Miller die Zeitschrift weg und legte sie vor sich hin. Er versuchte sich zu erinnern, wie Gaby Pender aussah, entdeckte jedoch, daß er Details nicht mehr rekonstruieren konnte; er erinnerte sich nur an eine sehr tiefe Sonnenbräune und ein wunderbares Muttermal auf ihrem Gesicht, und daß das Ganze ein Mädchen war, das ihm sehr gefallen hatte. Die Matratze war dünn und klumpig, Abfall aus den Krankensälen. Aus dem offenen Fenster unter ihm kam ein Schmerzenslaut in sein offenes Fenster geweht, ein Mittelding zwischen Stöhnen und Schreien. Harvey Miller tätschelte seine Leistengegend im Schlaf, ohne zu wissen, daß er nicht mehr allein war. »Alice«, sagte er deutlich.

Adam wandte sich den Annoncenseiten der Zeitschrift mit den Stellenangeboten zu und gab sich den Phantasien über eine Zukunft hin, die ihm alle jene Dinge des Lebens bieten würde, welche er sich nie hatte leisten können, und so viel Geld, daß Myron Silbersteins hingestreckte Hand keine Bedrohung mehr bedeuten würde. Gewisse Annoncen überging er oder las sie nur verächtlich, die Aufforderung an Bewerber zur Fortsetzung des Studiums nach dem Doktorat, Auslagen bezahlt, nur kleine oder gar keine Stipendien; die Bekanntmachungen über Forschungsstipendien mit einem Einkommen von siebentausend Dollar pro Jahr; die Universitätsdozentenstellen, die saftige Zehntausende eintrugen; die trügerisch verlockenden Beschreibungen von billigen Praxen, die in den großen medizinischen Zentren Boston, New York, Philadelphia, Chicago, Los Angeles zum Verkauf standen; dort gab es eingesessene praktische Ärzte, die einem Anfänger die Hände banden und ihn mit dem Blechnapf in der Hand zu Stückarbeit bei den Versicherungsgesellschaften zu sechs Dollar pro Stunde schickten. Gelegentlich veranlaßte ihn eine Annonce, sie mehrmals zu lesen.

»Vielfältig spezialisierte Zehn-Mann-Privatklinik in Nordmichigan, im Herzen des Fischerei- und Jagdgebietes, sucht Allgemeinen Chirurgen. Neues Klinikgebäude und Gewinnbeteiligungsplan. Anfangsgehalt 20 000 Dollar. Besitzanteil nach zwei Jahren. Anteilseinkommen zwischen 30 000 und 50 000 Dollar. Anschrift F-213, *New Eng. J. Med. 13-2t.*«

Er wußte, daß er in einem Jahr ein Arbeitsgebiet brauchen würde, das von der berauschenden medizinischen Atmosphäre der Lehrkrankenhäuser, von alteingesessenen Rivalitäten weit entfernt sein mußte. Ideal wäre ein kränkelnder oder alternder Chirurg in einer abgelegenen Gegend, der gewillt war, einen allmählich steigenden Gewinn zu akzeptieren, während er seine Praxis stufenweise abbaute, indem er sie nach und nach einem jungen Partner übergab. So etwas würde gleich zu Beginn 33 000 Dollar wert sein, wobei 75 000 pro Jahr auf längere Sicht nicht unmöglich waren.

Bei den seltenen Gelegenheiten, wenn er seine Gefühle für die Medizin einmal nicht analysierte, wußte er, daß er beides sein wollte: ein Heilender und ein Kapitalist zugleich. Jesus Christus und die Geldwechsler in einer Person. Nun, warum auch nicht? Leute, die es sich leisten konnten, ihre Rechnungen zu bezahlen, wurden genauso krank wie bedürftige Arme. Niemand hatte von ihm ein Gelübde der Armut verlangt. Von der hatte er auch ohne Gelübde genug kennengelernt.

Baby! flüsterte Spurgeons Mami mit federleichter Stimme.

Spurgeon, Baby, sagte sie wieder, nun schon mit schwerer Stimme, die sich aber doch aufschwang wie ein Vogel, der den Raum mit seinem Flattern erfüllte.

Seine Augen waren geschlossen, aber er konnte sie sehen. Sie war über sein Bett gebeugt, wie ein fruchtschwerer Pfirsichbaum, ihr Körper in dem glatten Flanellnachthemd weich und hart zugleich, ihre nackten Zehen knorrig wie Wurzeln unter den stämmigen, ruinierten Beinen. Er schämte sich, daß ihn die Mutter so überrascht hatte, weil er unter der dünnen Decke eine Erektion hatte, das Ergebnis seiner Träume. Vielleicht, dachte er, wenn ich so tue, als schliefe ich, geht sie weg, aber im selben Augenblick wurde jeder Schlaf unmöglich, wegen eines dünnen, feinen metallischen Schlags, als sich der Ablaufmechanismus in seinem Wecker einschaltete. Die Uhr rasselte, ein vertrauter, fast tröstlicher Klang, der ihn seit Jahren getreulich weckte, und er erwachte sofort, obwohl er einen Augenblick brauchte, um sich zu erinnern, daß er erwachsen war, und was er war.

Doktor Robinson, erinnerte er sich?

Und wo – in einem schäbigen, miserablen Krankenhaus in Boston. Sein erster Tag als Spitalarzt.

In der Toilette am Ende der Halle stand jemand auf Zehenspitzen vor dem fleckigen Spiegel und kratzte mit einem Rasiermesser an seinem Kinn herum.

»Morgen. Ich bin Spurgeon Robinson.«

Der weiße Junge trocknete sich sorgfältig mit seinem Handtuch ab und streckte dann eine gute Chirurgenhand aus, nicht groß, aber kräftig, mit einem festen, aber leichten Griff. »Adam Silverstone«, sagte er. »Ich brauche nur noch etwa drei Striche zu einer sauberen Rasur.«

»Keine Eile«, sagte Spurgeon, obwohl sie beide wußten, daß es eilig war. Das Badezimmer hatte Holzböden, und die Malerei an den Wänden schälte sich ab. An die Tür einer der beiden Kabinen hatte ein Philanthrop geschrieben: Rita Leary ist eine Krankenschwester, die es wie ein zärtliches Häschen macht, A Spinwall 7-9910. Es war der einzige Lesestoff in dem Raum, den Robinson schnell erforscht hatte, und er warf als Reflexbewegung einen Blick auf den Weißen, ob der bemerkt hatte, daß er es las.

»Wie ist der Oberarzt?« fragte er beiläufig.

Das Rasiermesser, das eben schaben wollte, stoppte einen halben Zoll vor der Wange. »Manchmal mag ich ihn. Manchmal mag ich ihn gar nicht«, sagte Silverstone.

Spurgeon nickte und beschloß, den Mund zu halten und den Mann nicht beim Rasieren zu stören. Wenn er noch länger wartete, würde er schon am ersten Tag zu spät kommen, dachte er. Er hängte seinen Bademantel auf, stieg aus der Unterhose und unter die Brause; anfangs wagte er es nicht, sich den Luxus langen Duschens zu gönnen, konnte aber nach der langen Nacht der Hochsommerhitze, die sich in dem Zimmer unter dem Dach angesammelt hatte, unmöglich widerstehen.

Als er herauskam, war Silverstone fort.

Spurgeon rasierte sich sorgfältig, aber schnell, wie ein gespanntes schwarzes Fragezeichen über das einzige altmodische Waschbecken gebeugt; an seinem ersten Tag in einem neuen Krankenhaus mußten Präzedenzfälle gesetzt werden. Einer von ihnen war, zu den Morgenvisiten nicht als letzter im Büro des Oberarztes einzutreffen.

In seinem Zimmer zwängte er sich in den weißen Anzug, der so steif gestärkt war, daß er knisterte, in reine weiße Socken und die Schuhe, die er am Abend vorher geputzt hatte. Es blieben ihm nur noch wenige Minuten. Mit dem Frühstück war es nichts, dachte er bedauernd. Der Lift fuhr langsam; es würde lange dauern, bis er sich angesichts der Hast eines gedrängten Stundenplans an das zähflüssige Tempo der uralten Kabine gewöhnt haben würde. Das Büro des Oberarztes im zweiten Stock war voll junger Männer in weißen Ärztemänteln, die herumsaßen, -lümmelten oder -standen; einige von ihnen versuchten, gelangweilt dreinzusehen, ein paar von ihnen gelang es sogar.

Der Oberarzt saß hinter seinem Schreibtisch und las die *Surgery*. Es war Silverstone, sah Robinson bestürzt. Ein Komödiant oder ein Philosoph, dachte er und ärgerte sich über seinen Lapsus, einen völlig Fremden um dessen Meinung über den ihm noch unbekannten Chef zu fragen. Er ließ seinen Blick über die Gesichter im Zimmer gleiten. Alles Weiße. Bitte, lieber Gott, laß mich nicht schlappmachen, sagte er stumm, das Gebet, das er jahrelang vor jeder Prüfung gesprochen hatte.

Er trat von einem Fuß auf den anderen. Endlich kam der letzte, ein überstellter Facharztanwärter im ersten Jahr, sechs Minuten zu spät, die ersten sechs Minuten seiner Ausbildungszeit zum Facharzt.

»Wie heißen Sie?« fragte Silverstone.

»Potter, Doktor. Stanley Potter.«

Silverstone sah ihn starr an. Die Neuen warteten auf ein Zeichen, eine Enthüllung, eine Vorschau auf Kommendes.

»Dr. Potter, Sie haben uns warten lassen. Jetzt lassen wir die Patienten und Schwestern warten.«

Der Facharztanwärter nickte und lächelte verlegen.

»Haben Sie mich verstanden?«

»Ja.«

»Das hier ist ein klinischer Lehrgang und keine Show, die zu Ihrem Vergnügen inszeniert wurde, die Sie verspätet oder beiläufig besuchen können. Wenn Sie auf dieser Station arbeiten wollen, werden Sie sich wie ein Chirurg bewegen, denken und handeln.«

Potter lächelte unglücklich.

»Haben Sie mich verstanden?«

»Ja.«

»Gut.« Silverstone sah sich langsam im Zimmer um. »Haben Sie mich alle verstanden?«

Einige der Neuen nickten fast glücklich und tauschten heimlich vielsagende Blicke aus, da ihre Frage beantwortet war.

Ein Schwein, sagten sie einander mit den Augen.

Silverstone ging voraus, hinter ihm ein Schwarm von Facharztanwärtern und Spitalärzten. Er blieb nur an bestimmten Betten stehen, plauderte einen Augenblick mit dem Patienten, sprach kurz über die Krankengeschichte, stellte ein, zwei Fragen mit einer schläfrigen, fast teilnahmslosen Stimme und drängte dann weiter. Die Gruppe nahm ihren Weg rund um den großen Saal.

Aus einem der Betten starrte eine Farbige, deren rotes Haar aus einer billigen Flasche stammte, durch ihn hindurch, als er vor ihr stehenblieb und sie von einer stummen Mauer weißgekleideter junger Männer umringt wurde.

»Hallo«, sagte Silverstone.

Sie sieht einem halben Dutzend Huren aus meiner alten Gegend sehr ähnlich, dachte Spurgeon.

»Das ist...«, Silverstone sah auf der Tabelle nach, »... Miß Gertrude Soames.« Er las einige Augenblicke. »Gertrude war schon früher wegen einiger Symptome im Krankenhaus, die auf Leberzirrhose deuteten – und die wahrscheinlich der üblichen Ursache zuzuschreiben ist. Es scheint eine fühlbare Verhärtung vorhanden zu sein.«

Er zog das Laken zurück, hob das grobe Baumwollhemd hoch und ließ dünne Schenkel sehen, die zu einem melancholischen Dreieck und einem Bauch mit zwei alten Inzisionsnarben aufstiegen. Er betastete ihren Unterleib zuerst mit den Fingerspitzen einer Hand und dann mit beiden Händen, während sie ihm jetzt den Blick zuwandte. Spurgeon dachte an einen Hund, der gern zugebissen hätte, es aber nicht wagte.

»Genau hier«, sagte Silverstone, nahm Spurgeons Hand und legte sie auf die Stelle.

Gertrude Soames sah Spurgeon Robinson an.

Du bist dasselbe wie ich, sagten ihre Augen. Hilf mir.

Er sah weg, bevor ihr seine Augen sagen konnten: Ich kann dir nicht helfen.

»Spüren Sie es?« fragte Silverstone.

Robinson nickte.

»Gertrude, wir müssen etwas machen, das man eine Leberbiopsie nennt«, sagte der Oberarzt freundlich aufmunternd.

Sie schüttelte den Kopf.

»O doch.«

»Nein«, sagte sie.

»Wir können sie nicht machen, wenn Sie es nicht wollen. Sie müssen ein Papier unterschreiben. Aber mit Ihrer Leber stimmt etwas nicht, und wir werden nicht wissen, wie wir Ihnen helfen sollen, falls wir diesen Test nicht machen.«

Wieder schwieg sie.

»Es ist bloß eine Nadel. Wir stecken eine Nadel hinein, und wenn wir sie herausnehmen, ist ein winziges Stückchen Leber an ihrer Spitze, nicht sehr viel, aber für unsere Zwecke reicht es.«

»Tut das weh?«

»Es tut nur ein kleines bißchen weh, aber wir haben keine Wahl. Es muß gemacht werden.«

»Ich bin kein verdammtes Meerschweinchen für euch.«

»Wir brauchen kein Meerschweinchen. Wir wollen Ihnen helfen. Wissen Sie, was geschehen wird, wenn wir es nicht tun?« fragte er sanft.

»Ich habe verstanden.« Ihr Gesicht blieb steinern, aber die

trüben Augen glänzten plötzlich, und Tränen liefen ihr zum Mund hinunter. Silverstone nahm ein Papiertaschentuch vom Nachttisch und wollte ihr das Gesicht abwischen, aber sie wandte den Kopf mit einem Ruck ab.

Er zog das Nachthemd wieder herunter und richtete das Laken. »Überlegen Sie es sich«, sagte er, tätschelte ihr Knie, und sie gingen weiter.

In der Männerabteilung lag, von drei Kissen gestützt, ein großer Mann, so breit, daß das Bett überzuquellen schien, und beobachtete sie aufmerksam, als sie sich ihm näherten.

»Mr. Stratton ist Lastkraftwagenfahrer eines Abfüllkonzerns für alkoholfreie Getränke«, sagte Silverstone, die Augen auf die Tabelle gerichtet. »Vor einigen Wochen fiel eine Holzkiste von seinem Lastwagen und traf ihn unterhalb des rechten Knies.« Er entfernte das Laken und enthüllte das Bein des Mannes, stämmig, aber weiß und ungesund aussehend, mit einer häßlichen, schwärenden und ungefähr zwölf Zentimeter langen Wunde.

»Fühlt sich Ihr Bein kalt an, Mr. Stratton?«

»Die ganze Zeit.«

»Man versuchte es mit Absaugen und Antibiotika, aber es heilt nicht richtig, und das Bein hat Farbe verloren«, sagte Silverstone. Er wandte sich an den Facharztanwärter, den er wegen seines Zuspätkommens so scharf gerügt hatte. »Was meinen Sie, Dr. Potter?«

Potter lächelte wieder, sah unglücklich drein, sagte jedoch nichts.

»Dr. Robinson?«

»Ein Arteriogramm.«

»Musterschüler. Wo würden Sie das Kontrastmittel injizieren?«

»Arteria femoralis.«

»Was, ich soll operiert werden?«

»Wir reden nicht über eine Operation, zumindest noch

nicht«, sagte Silverstone. »Ihr Bein ist kalt, weil das Blut darin nicht so gut zirkuliert, wie es sollte. Wir müssen herausfinden, warum. Wir werden etwas Kontrastmittel in eine Arterie in Ihrer Leistengegend injizieren und dann einige Aufnahmen machen.«

Mr. Strattons Gesicht färbte sich rot. »So was kann ich nicht ertragen«, sagte er.

»Was meinen Sie damit?«

»Warum saugen Sie es nicht einfach weiter ab, so wie das Dr. Perlman getan hat?«

»Weil es Dr. Perlman versuchte und es Ihnen nicht gutgetan hat.«

»Versuchen Sie es weiter.«

Langes Schweigen.

»Wo ist Dr. Perlman?« sagte der Mann. »Ich will mit Dr. Perlman sprechen.«

»Dr. Perlman ist hier nicht mehr Oberarzt«, sagte Silverstone. »Wie ich höre, ist er jetzt Hauptmann Perlman und auf dem Weg nach Vietnam. Ich bin Dr. Silverstone, der neue Oberarzt.«

»Ich könnte die Spritzen nicht einmal ertragen, wenn ich in der Handelsmarine wäre«, sagte der Mann. Jemand aus der Gruppe kicherte, Silverstone drehte sich um und starrte den Betreffenden kalt an.

»Es ist vielleicht komisch, daß ein Kerl meiner Größe Angst vor euch Schweinen hat«, sagte Stratton. »Aber es ist nicht komisch, glaubt mir. Den ersten, der Hand an mich legt, schlag ich zu Hackfleisch.«

Silverstone legte eine Hand leicht, fast geistesabwesend, auf die Brust des Patienten. Sie sahen einander an. In Mr. Strattons Augen standen Tränen.

Niemand kicherte. Sein Gesicht war, Spurgeon sah es staunend, von derselben Angst gezeichnet, die auch das Gesicht der alternden Prostituierten jenseits des Ganges überzogen hatte, ein derart ähnlicher Ausdruck, daß sie seine Schwester hätte sein können.

Diesmal griff Silverstone nicht nach Papiertüchern. »Jetzt hören Sie mir gut zu«, sagte er wie ein Mann, der zu einem verirrten Kind spricht. »Passen Sie gut auf. Sie können es sich nicht leisten, Zeit zu verschwenden. Wenn Sie uns Schwierigkeiten machen – irgendwelche Schwierigkeiten –, Sie zu untersuchen, brauchen wir uns erst gar nicht davor zu fürchten, daß Sie uns zu Hackfleisch machen. Sie werden nicht einmal mehr imstande sein, selbst ein kleines Waisenkind zu Hackfleisch zu machen, mein Bürschchen. Entweder haben Sie dann nur noch ein Bein, oder Sie sind tot. Verstanden?«

»Schlächter«, flüsterte Mr. Stratton.

Silverstone drehte sich auf dem Absatz um und ging, gehorsam gefolgt von vierzehn weißgekleideten Schatten.

Sie versammelten sich zur Exituskonferenz im Operationssaal mit den amphitheatralisch ansteigenden Sitzreihen.

»Was, zum Teufel, ist die Exituskonferenz?« flüsterte Jack Moylan, der neben Spurgeon sitzende Spitalarzt, nach einem Blick auf das hektographierte Programm des ersten Tages.

Spurgeon wußte es. Sie hatten auch in New York Exituskonferenzen abgehalten, obwohl er ihnen als Student nicht beiwohnen durfte. »Eine Versammlung, in der Ihre Fehler wie ein Bumerang zu Ihnen zurückfliegen«, sagte er.

Moylan sah ihn verblüfft an.

»Auch Sie werden es bald, wie alle anderen, das Todeskomitee nennen. Der gesamte chirurgische Stab trifft sich, um die Todesfälle der Station zu überprüfen und zu entscheiden, ob sie zu verhindern gewesen wären – und wenn ja, warum sie nicht verhindert wurden. Es ist eine Methode, die Ausbildung und Kontrolle der Chirurgen ständig fortzusetzen. Die Frage nach der Verantwortung, um Sie beruflich in Schwung zu halten, eine Art beruflichen Festnagelns.«

»O Gott«, sagte der andere Spitalarzt.

Sie saßen in den ansteigenden Sitzreihen und tranken Kaffee oder Pepsi-Cola aus Pappbechern. Eine Krankenschwester reichte Teller mit Keksen herum. Unten saßen Silverstone und Meomartino an einem kleinen Tisch, auf dem Krankengeschichten aufgestapelt lagen, einander gegenüber. Zu Verwaltungs- und Lehrzwecken waren die Hausärzte in zwei Gruppen geteilt, in das Blaue und das Rote Team. Fälle, die das Rote Team betrafen, wurden von Meomartino behandelt, während das Blaue Team von Silverstone beaufsichtigt wurde.

Neben einem leeren Sitz ganz oben in der ersten Reihe saß der Chefstellvertreter der Chirurgischen Station, Dr. Bester Caesar Kender (»In Schwierigkeiten nicht verzagen, immer Bester Kender fragen«), ein zigarrenkauender ehemaliger Luftwaffenoberst, der sich als Nierenchirurg und Entdecker neuer Transplantationsmethoden einen im ganzen Land berühmten Namen gemacht hatte, und erzählte Dr. Joel Sack, dem Chef der Pathologie, eine saftige Geschichte. Sie waren ein Bild physischer Gegensätze: Kender ein großer behaarter Mann mit blühendem Teint, in dessen Rede noch immer der langsame Tonfall seiner Herkunft aus der Kartoffelgegend von Maine mitschwang, Sack hingegen war kahl und fahrig wie ein nervöses Eichhörnchen.

Die beiden Chinesen des Stabs, Dr. Lewis Chin, gebürtiger Bostoner und Konsiliarchirurg, und der mondgesichtige Dr. Harry Lee aus Formosa, Facharztanwärter im dritten Jahr, saßen beisammen, und wie zu gegenseitigem Trost auch die beiden Frauen, Dr. Miriam Parkhurst, ebenfalls Konsiliarärztin, und Dr. Helena Manning, eine kühle, selbstsichere junge Frau, Facharztanwärterin im ersten Jahr. Alle erhoben sich, als der Chef der Chirurgie den Saal betrat. Spurgeon verschüttete dabei Cola auf seinen wunderschön frischen weißen Anzug.

Dr. Longwood nickte, und sie setzten sich gehorsam wieder hin.

»Meine Herren«, sagte er, »ich heiße diejenigen unter Ihnen willkommen, die am Allgemeinen Krankenhaus des Suffolk County neu sind.

Unser Krankenhaus ist eine vielbeschäftigte städtische Institution, die Ihnen höllisch viel Arbeit bietet und dafür sehr viel von Ihnen verlangt.

Unsere Maßstäbe sind hoch. Es wird erwartet, daß jeder von Ihnen sein Bestes gibt.

Die hiermit beginnende Sitzung ist die Exituskonferenz. Sie ist für Ihre berufliche Weiterbildung höchst wichtig. Sowie Sie den Operationssaal verlassen, gehört die chirurgische Arbeit, die Sie dort leisteten, der Vergangenheit an. In dieser Versammlung werden Ihre und meine Versager vorgelegt und von unseren Kollegen eingehend geprüft. Was hier geschieht, ist vielleicht sogar mehr als das, was im Operationssaal geschieht, das nämlich, was letztlich aus Ihnen Chirurgen machen wird.«

Er nahm eine Handvoll Kekse, setzte sich in die erste Reihe und nickte Meomartino zu. »Sie können anfangen, Doktor.«

Als der Fellow der Chirurgie die Einzelheiten vorlas, stellte sich heraus, daß der erste Fall eine Routineangelegenheit war, ein Neunundfünfzigjähriger mit fortgeschrittenem Leberkrebs, der zu spät Hilfe gesucht hatte.

»Vermeidbar oder unvermeidbar?« fragte Dr. Longwood und streifte Keksbrösel von seiner Hose ab. Jeder Dienstältere stimmte für unvermeidlich, und der Chef nickte. »Bei weitem zu spät«, sagte er. »Weist darauf hin, wie notwendig eine Frühdiagnose ist.«

Der zweite Fall betraf eine Frau, die an Herzversagen gestorben war, während sie in der Abteilung wegen eines gastrischen Leidens behandelt wurde. In der Krankengeschichte stand nichts über eine frühere Herzerkrankung, und die Autopsie hatte ergeben, daß die gastrischen Schäden tatsächlich nicht bösartig gewesen waren. Wieder erklärten alle Chirurgen den Tod für unvermeidlich.

»Ich stimme zu«, sagte Dr. Longwood, »muß jedoch bemerken, daß wir sie, wenn sie nicht an einer Koronarerkrankung gestorben wäre, falsch behandelt hätten. Sie hätte aufgemacht und untersucht werden sollen. Ein interessanter Artikel in der *Lancet* vor zwei Monaten hob hervor, daß die Überlebensrate von fünf Jahren für medizinisch behandelte Magentumoren – gleichgültig, ob gutartig oder bösartig – zehn Prozent beträgt. Wenn der Patient einer Probelaparatomie unterzogen wird, um herauszufinden, was da drinnen eigentlich vor sich geht, steigt die Überlebensrate von fünf Jahren auf fünfzig bis siebzig Prozent.«

Wie in der Schule, dachte Spurgeon. Seine Spannung ließ nach, und er begann es zu genießen – nur wie in der Schule.

Dr. Longwood stellte Dr. Elizabeth Hawkins und Dr. Louis Solomon vor. Spurgeon spürte eine leichte Veränderung in der Atmosphäre, bemerkte, daß sich Dr. Kender, der Nierentransplantationsmann, vorbeugte und nervös etwas in seiner schinkenförmigen Hand schüttelte.

»Wir freuen uns, daß Dr. Hawkins und Dr. Solomon unserer Einladung gefolgt sind«, sagte Dr. Longwood. »Sie sind Facharztanwärter in der Pädiatrischen Station, wo sie sich dem Ende ihrer Spitalpraxis näherten, als folgender Todesfall eintrat.«

Adam Silverstone las die Krankengeschichte der fünfjährigen Beth-Ann Meyer vor, die eine dreißigprozentige Verbrennung der Hautoberfläche erlitten hatte, als sie sich mit kochendem Wasser verbrühte. Nach zwei Hautverpflanzungen in der Kinderabteilung des Krankenhauses hatte sie eines Nachts um drei Uhr gespien, und herausgewürgte Speisereste hatten ihr die Luftröhre verschlossen. Ein Facharztanwärter der Anästhesiologie hatte sechzehn Minuten gebraucht, bis er sich meldete. Als er kam, war die kleine Patientin schon tot.

»Es gibt natürlich keine Entschuldigung für die Zeitverschwendung des Anästhesisten«, sagte Dr. Longwood. »Aber sagen Sie mir...«, die kühlen Augen wanderten von Dr. Hawkins zu Dr. Solomon, »... warum haben Sie keinen Luftröhrenschnitt gemacht?«

»Es ging alles so schnell«, sagte das Mädchen.

»Es war kein Tracheotomie-Besteck vorhanden«, sagte Dr. Solomon.

Dr. Kender hielt zwischen Daumen und Zeigefinger den Gegenstand hoch, den er in seiner Faust geschüttelt hatte. »Wissen Sie, was das ist?«

Dr. Solomon räusperte sich. »Ein Federmesser.«

»Ich habe es immer bei mir«, sagte der Nierenchirurg leise. »Ich könnte damit eine Luftröhre in der Straßenbahn öffnen.«

Die beiden Facharztanwärter der Pädiatrie schwiegen. Spurgeon konnte die Augen nicht von dem blassen Gesicht des Mädchens abwenden. Die verpassen es ihnen eiskalt, dachte er. Sie sagen ihnen: Du – du allein – hast dieses Kind umgebracht.

Dr. Longwood sah Dr. Kender an.

»Vermeidbar«, sagte der Chefstellvertreter, ohne die Zigarre aus dem Mund zu nehmen.

Dr. Sack.

»Vermeidbar.«

Dr. Paul Sullivan, ein Konsiliarchirurg.

»Vermeidbar.«

Dr. Parkhurst.

»Vermeidbar«, sagte sie.

Spurgeon saß da, als das Wort wie ein kalter Stein rund um den Saal gereicht wurde, und war nicht mehr fähig, einen der beiden Facharztanwärter der Pädiatrie anzusehen.

Gott, dachte er, laß das hier nie mir widerfahren.

Er wurde mit Silverstone der Abteilung Quincy zugeteilt, und sie gingen miteinander hin. Es war eine arbeitsreiche Stunde für die Schwestern, die Zeit der Routinearbeit, Wechseln einfacher Verbände und Temperaturmessen, Obstsaft austragen und Bettflaschen reichen, Pillen austeilen und Aufzeichnungen ergänzen. Die beiden Ärzte standen auf dem Gang, während der Oberarzt die Notizen durchsah, die er sich während der Morgenvisite gemacht hatte, und Spurgeon beobachtete zwei kichernde Schwesternschülerinnen beim Bettenmachen, bis Dr. Silverstone schließlich aufblickte.

Und der Herr sprach, dachte Spurgeon, und sagte…

»Harold Krebs, postoperative Prostatektomie, Zimmer 304, braucht zwei Einheiten Blutkonserve. Beginnen Sie mit einer Intravenösen bei Abraham Batson auf 310. Und dann holen Sie ein Inzisionsbesteck, und wir führen Roger Cort, 308, einen Katheter in die Hauptvene ein.«

In der Karteiabteilung saß eine magere alte Frau mit strähnigem Haar und dem Streifen der Oberschwester an ihrem Häubchen. Spurgeon griff mit einer gemurmelten Entschuldigung an ihr vorbei und hob den Hörer ab.

»Haben Sie die Nummer der Blutbank?« fragte er sie.

Ohne ihn anzusehen, reichte sie ihm ein Telefonverzeichnis.

Als er die Nummer gewählt hatte, war sie besetzt.

Eine sehr hübsche brünette Schwester mit einer guten Figur, die in einer Nylonuniform zur Schau gestellt wurde, kam herein und schrieb eine Nachricht auf die schwarze Tafel: *Dr. Levine, bitte rufen Sie W Ayland 872-8694.*

Wieder wählte Robinson die Blutbank. »Verdammt.«

»Kann ich etwas für Sie tun, Doktor?« fragte die junge Schwester.

»Ich versuche, die Blutbank zu erreichen.«

»Diese Nummer ist im Haus am schwersten zu bekommen. Die meisten Hausärzte gehen einfach hinunter und holen sich die Blutkonserven selbst. Die Person, an die Sie sich dort unten wenden müssen, heißt Betty Callaway.«

Er dankte ihr, und sie eilte aus dem Zimmer. Er beugte sich wieder an der Oberschwester vorbei und legte den Hörer auf. Alte weiße Hexe, dachte er, warum hast du mir das nicht gesagt? Teufel, ich weiß nicht einmal, wie ich die verdammte Blutbank finde, merkte er verärgert.

Er beugte sich vor und versuchte das Namensschild der Oberschwester zu entziffern. »Miß Fultz«, sagte er. Sie schrieb weiter in ihren Aufzeichnungen.

»Können Sie mir sagen, wie ich die Blutbank finde?«

»Kellergeschoß«, sagte sie, ohne aufzublicken.

Er fand die Blutbank nach drei weiteren Erkundigungen, bestellte die Blutkonserve bei Betty Callaway und wartete ungeduldig, während sie langsam und umständlich die Blutgruppe von Harold Krebs heraussuchte. Als er in dem trägen Lift hinauffuhr, schimpfte er sich einen Esel, der gegen die Herren des Hauses kämpfte, statt im Krankenhaus herumzuwandern, um zu erkunden, wo sich alles befand.

Nach diesem Anfang wäre er nicht überrascht gewesen, wenn der Patient auf 304 unsichtbare Venen gehabt hätte, aber es stellte sich heraus, daß Harold Krebs ein Mann mit einem guten, klar umrissenen Venensystem war, wie geschaffen für Katheter, und Robinson brachte die Transfusion ohne Schwierigkeiten in Gang.

Jetzt die Intravenöse für 310. Aber wo wurden die Intravenösen aufbewahrt? Er konnte Miß Fultz nicht fragen, überlegte es sich dann aber anders: Warum sollte er der alten Hexe erlauben, ihn abzuschrecken?

»Schrank im Hauptgang«, sagte sie, noch immer mit gesenktem Kopf.

Alte Dame, schau mich an, befahl er stumm. Es ist bloß schwarze Haut, die tut deinen Augen nicht weh. Er holte die I.V. Abraham Batson auf 310 war genau das, was Robinson auf 304 erwartet hatte. Ein vertrocknetes Männchen mit haarfeinen Venen und vielen Einstichen, die zeigten, daß es schon andere vergeblich versucht hatten. Es gelang erst nach dem achten Versuch, während das Nadelkissen stöhnte und ihm anklagende Blicke zuwarf, dann endlich konnte Robinson entfliehen.

O Gott, das Inzisionsbesteck.

»Miß Fultz«, sagte er.

Diesmal sah sie ihn an. Er war wütend über die Verachtung in ihren Augen, die von verblichenem Blau waren.

»Wo finde ich ein Inzisionsbesteck?«

»Dritte Tür unten links.«

Er fand es, holte es und traf Silverstone in der Frauenabteilung der Station.

»Gott, ich wollte schon Alarm schlagen lassen«, sagte der Oberarzt.

»Ich habe mich ständig verirrt.«

»Ich mich auch.« Zusammen gingen sie auf 308.

Roger Cort hatte Darmkrebs. Wenn man genau hinsah, dachte Spurgeon, konnte man den Engel auf Roger Corts rechter Schulter hocken sehen.

»Haben Sie je eine Inzision gemacht?«

»Nein.«

»Schauen Sie genau zu. Das nächstemal werden Sie sie allein machen.«

Er sah zu, während Silverstone die Haut über dem Knöchel sterilisierte, Novokain injizierte, dann Handschuhe überstreifte und einen winzigen Einschnitt vor der Innenseite des Knöchels machte, dann zwei Stiche, einen oben, einen unten, die Kanüle einführte und sie mit dem zweiten Stich befestigte. Einige Sekunden später tropfte Glukose in Roger Corts Blutbahn. Wie Silverstone es gemacht hatte, sah es ganz leicht aus. Das werde ich auch fertigbringen, dachte Spurgeon. »Was ist Ihre nächste Nummer?« fragte er.

»Kaffee«, sagte Silverstone, und sie gingen Kaffee trinken.

Die hübsche brünette Schwester schenkte ihnen ein.

»Was halten Sie von unserer Station?« fragte sie.

»An welchem heimlichen Kummer leidet eure Oberschwester?« fragte der Oberarzt. »Sie hat den ganzen Vormittag nichts anderes getan, als mich anzuknurren.«

Das Mädchen lachte. »Oh, sie ist eine legendäre Figur des Krankenhauses. Sie spricht nicht mit den Ärzten, außer wenn sie einen mag, und sie mag sehr wenige Ärzte. Einige der Konsiliarärzte kennen sie schon seit dreißig Jahren, und sie werden immer noch angeknurrt.«

»Welch ein Vermächtnis«, sagte Silverstone düster.

Wenigstens ist es nicht die Farbe, die sie haßt, dachte Spurgeon. Sie haßt jeden. Irgendwie machte ihn der Gedanke froh. Er trank seinen Kaffee aus, verließ Silverstone und wechselte verschiedene Verbände, ohne Miß Fultz fragen zu müssen, wo etwas war. Besser, ich fange an, dieses Haus zu erforschen, dachte er und fragte sich plötzlich, was er täte, wenn jemand einen Herzschlag bekäme. Er wußte nicht, wo der Defibrillator oder der Wiederbelebungsapparat war. Eine Schwester eilte den Gang entlang. »Können Sie mir sagen, wo das Instrumentarium für akutes Herzversagen aufbewahrt wird?« fragte er.

Sie blieb stehen, als sei sie in eine gläserne Wand hineingelaufen.

»Ein akuter Fall?«

»Nein«, sagte er.

»Erwarten Sie einen Notfall, Doktor?«

»Nein.«

»Nun, ich habe eine Frau, die sich die Eingeweide aus dem Leib speit«, sagte sie empört und lief weiter.

Um acht Uhr abends, sechsunddreißig Stunden nach dem Beginn seiner Laufbahn als Spitalarzt, öffnete Spurgeon die

Tür zu seinem Zimmer im sechsten Stock und zuckte zurück, als die Hitze ihm entgegenschlug.

»Hui«, sagte er leise.

Er hatte in der vergangenen Nacht nur wenige Stunden hier geschlafen, da die Spitalärzte Bereitschaftsdienst hatten, während der Oberarzt nur in einigermaßen ernsten Fällen gestört werden sollte. Acht- oder neunmal war er geweckt worden, um Medikamente zu verschreiben, die den Patienten jenen Schlaf bringen würden, der ihrem Spitalarzt verwehrt war.

Er stellte die Papiertragetasche nieder, die er mitgebracht hatte, und stieß das Fenster weit auf, zog die Schuhe aus, ohne die Schnürsenkel aufzuknüpfen, streifte seinen weißen Anzug ab und schälte sich aus dem durchnäßten Unterhemd. Aus der Tasche holte er eine Sechserpackung Bierdosen, riß die Aluminiumlasche von der einen, trank ein Drittel des Inhalts in einem langen, kalten Zug aus. Dann ging er seufzend zum Schrank und holte die Gitarre.

Auf dem Bett sitzend, trank er die Bierdose leer, begann an den Saiten zu zupfen und leise den Tenorpart eines Madrigals zu singen.

There's a rose in my gar-den
And it has one sharp thorn.
And I prick myself on it
At least twice a morn.
And I hasten to plead
As I hasten to bleed:
Wipe the blood
Off the rose
In my gar-den ...

Teufel, nein, dachte er bekümmert, die Stimmung in diesem Haus war eben nicht das richtige.

Was er selbst immer als Anregung gebraucht hatte, war ein

bewunderndes Publikum, ein schlankes Kätzchen, das ihm mit den Augen »kluger Spurgeon« sagte, den leichten, vielversprechenden Druck eines Knies, wenn sie neben ihm auf der Klavierbank saß, Burschen, die ihm einen Drink um den anderen aufdrängten, als sei er Ellington persönlich, und die ihn bestürmten, den einen oder anderen Song zu spielen.

Er vermißte diesen Wirbel.

»Deine Schuld, Onkel Calvin«, sagte er laut.

Onkel Calvin war überzeugt gewesen, daß Spurgeon in irgendeiner Harlemer Kaschemme als Klavierspieler enden und sich für ein Butterbrot oder noch weniger umbringen würde. Er grinste, öffnete eine zweite Dose und trank auf das Wohl seines Stiefvaters, dessen Geld einen Arzt aus ihm gemacht hatte, trotz Spurgeons Weigerung, sich zur Weiterführung des Unternehmens einschulen zu lassen, für das sich der Alte den Großteil seines Lebens abgerackert hatte. Und dann trank er in dem winzigen überhitzten Loch von Zimmer, vor Schweiß triefend, auf sein eigenes Wohl.

»Onkel Calvin«, gestand er sich, »das hier ist nicht ganz das, was ich mir unter Erfolg vorstelle.«

Er ging zum Fenster und blickte auf die Lichter hinaus, die plötzlich aufzuleben begannen, je mehr sich die Stadt verdunkelte. Ich muß aus diesem Kleiderschrank hier weg, sagte er sich. Irgendwo da unten war eine behagliche Bude, wo er vielleicht ein altes Klavier aufstellen konnte.

»Ihr Schweinehunde«, sagte er zu der Stadt.

Drei Tage lang wohnte er im Statler-Hotel, während er Wohnungsanzeigen im *Herald* und im *Globe* beantwortete. Die Makler hatten auf Anrufe von Dr. Robinson herzlich reagiert, aber immer, wenn er auftauchte, um sich die betreffende Wohnung anzusehen, war sie soeben vermietet worden.

»Haben Sie je von Crispus Attucks gehört?« fragte er den letzten Wohnungsmakler.

»Von wem?« hatte der Mann nervös gefragt.

»Er war ein Farbiger wie ich. Er war der erste Amerikaner, der in eurer gottverfluchten Revolution getötet wurde.«

Der Mann hatte verständnisvoll genickt und erleichtert gelächelt, als Robinson ging.

Nun, vielleicht hatte er sich Wohnungen angesehen, die zu hübsch waren. Er konnte sich ein behagliches Heim leisten. Einmal monatlich würde ein Scheck von Onkel Calvin kommen, obwohl Spurgeon erklärt hatte, daß er jetzt vom Krankenhaus Gehalt beziehen würde. Sie hatten lange miteinander diskutiert, bis er begriffen hatte, daß Calvin an jedem dritten Donnerstag im Monat, wenn er den Scheck unterzeichnete, zwei Dinge verschenkte: Geld, das er schätzte, denn es hatte eine Zeit gegeben, da er es nicht gehabt hatte, und Liebe, das Wunderbarste in seinem Leben.

Guter Onkel, dachte Spurgeon zärtlich. Warum bringe ich es nicht fertig, ihn Vater zu nennen?

Es hatte eine Zeit gegeben, an die er sich deutlich wie an einen bösen Traum erinnerte, als sie arme Nigger gewesen waren, bevor seine Mutter Calvin geheiratet hatte und sie reiche Neger geworden waren. Er hatte in einem Kinderbett neben dem Bett seiner Mutter geschlafen, in einem kleinen öden Zimmer im westlichen Teil der Stadt, in der 172. Straße. Der Raum hatte verschossene braune Tapeten mit Wasserflecken am oberen Rand der einen Wand, die vor langer Zeit entstanden, als im darüberliegenden Stockwerk etwas übergelaufen oder ein Dampfrohr leck geworden war. Er sah die Flecken immer als Tränenspuren, denn wenn er weinte, deutete seine Mutter auf sie und sagte, wenn er nicht zu heulen aufhöre, bekämen seine Wangen Flecken wie die Tapete. Er erinnerte sich an einen knarrenden Schaukelstuhl mit einem abgenutzten karierten Sitzkissen, an den zweiflammigen Gasherd, der schlecht funktionierte, so daß es lange dauerte, bis das Wasser kochte, an den kleinen Spieltisch, auf dem man nichts Eßbares über Nacht stehenlassen konnte, wegen der hungrigen Dinger, die aus den Wänden krochen.

Er dachte an all das nur, wenn ihn die Erinnerung daran überwältigte. Er dachte lieber an Mami, damals, als sie noch jung war.

Seine Mutter hatte ihn täglich bei Mrs. Simpson zurückgelassen, die drei Zimmer des unteren Stockwerks bewohnte, selbst drei Kinder hatte und, da sie weder einen Ehemann noch eine Beschäftigung aufzuweisen hatte, einen Notstandsscheck bezog. Mami bekam keinen Scheck. Als er noch ein Knabe war, arbeitete sie als Kellnerin in allen möglichen Restaurants, und die schwere Arbeit trug ihr schlechte Füße und geschwollene Beine ein. Trotzdem war sie außerordentlich hübsch. Sie hatte ihn geboren, als sie noch ein junges Mädchen war, und über ihren kaputten Beinen war ihr Körper zwar gereift, jedoch schlank und fest geblieben.

Manchmal weinte Mami im Schlaf, und sie rieb immer Desinfektionsmittel auf den Sitz der Toilette, die sie mit den Hendersons und den Catletts gemeinsam benutzten. Wenn er gebetet hatte, flüsterte er manchmal ihren Namen in der Dunkelheit: Roe-Ellen Robinson … Roe-Ellen Robinson …

Wenn sie ihn ihren Namen flüstern hörte, ließ sie ihn zu sich ins Bett kommen. Dann legte sie die Arme um ihn und drückte ihn so heftig an sich, bis er schrie, danach kraulte sie ihm den Rücken und sang ihm Lieder vor –

Oh, the river is deep and wide, hallelujah!
Milk and honey on the other side …

und erzählte ihm, was für ein gutes Leben sie haben würden, wenn sie in das Land kämen, wo Milch und Honig fließt, und er legte seinen Kopf auf ihre großen weichen Brüste und schlief glücklich, überglücklich ein.

Er ging in die Schule seines Bezirks, ein altes Gebäude aus roten Ziegeln, mit Fenstern, die schneller zerbrachen, als die Stadt das Glas ersetzen konnte, mit einem betonierten Spielplatz im Freien und einem eigenartigen Dunst drinnen, in dem sich hauptsächlich der Geruch von Kohlengas mit dem von Körpern mischte, die nicht an Privatbäder und Heißwasser gewöhnt waren. Als er mit der ersten Klasse begann, sagte ihm seine Mutter, er solle ja lesen lernen, weil sein Vater ein Mann sei, der gern lese und immer mit der Nase in einem Buch stecke. Daher lernte Spurgeon und tat es allmählich gern. In den höheren Klassen, in der vierten, fünften und sechsten, wurde es schwieriger, in der Schule zu lesen, weil es fast immer irgendeine Störung gab, aber da hatte er schon den Weg in die öffentliche Leihbücherei gefunden und nahm ständig Bücher mit nach Hause.

Er lief mit besonderer Vorliebe mit zwei Buben herum, mit Tommy White, der sehr schwarz war, und Fats McKenna, der lichtgelb und sehr mager war, weshalb man ihn »den Fetten« nannte. Zuerst hatten ihn nur ihre Namen fasziniert, später wurden sie auch seine Freunde. Sie liebten alle ein Mädchen namens Fay Hartnett, die wie Satchmo singen und mit den Lippen furzen konnte wie eine nervöse Trompete. Meistens streiften sie einfach nur in der Umgebung der 172. Straße West herum, spielten Baseball, lobten die Giants und kritisierten die Yankees und ihre lausigen weißen Lehrer. Hie und da mausten sie etwas, wobei immer zwei die Aufmerksamkeit des Ladenbesitzers fesselten, während der dritte klaute, gewöhnlich etwas Eßbares. An drei Samstagabenden hatten sie Betrunkene verdroschen, wobei Tommy und Spurgeon die Arme des Mannes hinter dessen Rücken festhielten, während Fats, der meinte, er sähe wie Sugar Ray aus, den physischen Teil verrichtete.

Sie hatten die Veränderungen, die sich an Fay Hartnetts Körper vollzogen, genau beobachtet, und eines Abends zeigte sie ihnen auf dem Dach von Fats' Haus, wie man etwas machte, das ihr einige ältere Buben gezeigt hatten. Sie prahlten damit in alle Winde, und einige Abende später verrichtete sie den gleichen Dienst für sie und eine große Gruppe ihrer Freunde und Bekannten. Zwei Monate später wurde sie aus der Schule entlassen, und von Zeit zu Zeit sahen sie sie dann auf der Straße und kicherten, weil ihr Bauch anschwoll, als hätte sie einen Basketball geschluckt, den jemand aufblies. Spurgeon drückte weder ein Schuld- noch Verantwortungsgefühl; das erstemal war er der zweite, das zweitemal der siebente oder achte in der Reihe gewesen. Und wer weiß, wie viele andere Partys es gegeben hatte, zu denen er nicht eingeladen worden war. Aber es fehlte ihm manchmal, sie wie Louis singen zu hören.

Er konnte sich nicht vorstellen, daß Mami das tat, was Fay getan hatte, die Beine spreizen und sich ganz naß und erregt winden, und dennoch wußte er irgendwo tief innen, daß sie es wahrscheinlich doch manchmal tat. Roe-Ellen kannte immer viele Männer, und hie und da pflegte sie Mrs. Simpson dafür zu bezahlen, daß Spurgeon in ihrer Wohnung bei ihren beiden Buben, Petey und Ted, übernachtete. Besonders ein Mann, Elroy Grant, ein großer, schöner Mann, der eine Kleiderreinigung in der Amsterdam Avenue führte, lief Mami ständig nach. Er roch stark nach Whisky und beachtete Spurgeon nicht, der ihn haßte. Er trieb sich mit tausend Frauen herum, und eines Tages fand Spurgeon Roe-Ellen weinend auf dem Bett liegen, und als er Mrs. Simpson fragte, was los sei, erzählte sie ihm, Elroy habe eine Witwe geheiratet, die eine Kneipe in Borough Hall besaß, habe die Kleiderreinigung zugesperrt und sei nach Brooklyn übersiedelt. Noch Wochen danach war Mami niedergeschlagen, dann riß sie sich endlich zusammen und verkündete, Spur müsse sich jetzt besonders vernünftig betragen, weil sie sich in einen Sekretärinnenkurs habe einschreiben lassen und vier Abende der Woche nach der Arbeit in der Patrick Henry High School am oberen Broadway verbringen würde. An den Abenden, an denen sie nicht in die Schule ging, richtete er es immer so ein, daß er zu Hause war; es wurden seine Feiertage.

Roe-Ellen besuchte den Unterricht zwei Jahre lang, und als sie den Kurs beendet hatte, konnte sie 72 Wörter in der Minute tippen und 100 Wörter pro Minute im Greggschen Stenographiesystem aufnehmen. Sie vermutete, daß sie nur schwer eine Stelle finden würde, aber nach zwei Wochen Arbeitssuche wurde sie im Schreibsaal der Lebensversicherungsgesellschaft »American Eagle« angestellt. Jeden Abend kam sie mit strahlenden Augen und mit Geschichten über neue Wunder heim, den Schnellift, die wunderbaren Mädchen im Sekretariat, die Zahl der Briefe, die sie an diesem Tag zustande gebracht hatte, die kurze Arbeitszeit, die Freude, ihre Beine ausruhen zu können und trotzdem einen vollen Arbeitstag bewältigt zu haben.

Eines Tages kam sie heim und sah fast verstört aus. »Liebling, heute hab ich den Präsidenten gesehen.«

»Eisenhower?«

»Nein. Mr. Calvin J. Priest, Präsident der American Eagle Life Insurance Company. Spur, Liebling, er ist ein Farbiger!«

Es klang unsinnig. »Du mußt dich geirrt haben, Mami. Wahrscheinlich ist er ein sehr dunkler Weißer.«

»Ich sage dir, er ist so schwarz wie du. Und wenn Calvin J. Priest etwas so Wundervolles schaffen konnte, wie Präsident der Lebensversicherung American Eagle zu werden, warum sollte es Spurgeon Robinson nicht auch? Baby, Baby, wir werden das Land, wo Milch und Honig fließt, doch noch sehen, das verspreche ich dir!«

»Ich glaube dir, Mami.«

Ihr Transportmittel in das Land von Milch und Honig war natürlich Onkel Calvin.

Als Spurgeon erwachsen war, wußte er alles über Calvin Priest, wußte, wie er zur Zeit ihrer ersten Begegnung, und auch, wie er früher gewesen war. Calvin war ein mitteilsamer Mensch, der seine Stimme anwandte, um Kontakte herzustellen, und die nach Roe-Ellen und ihrem Sohn mit Worten griff, als seien es Hände. Spurgeon trug im Laufe einer langen Zeit in vielen Gesprächen Stück um Stück von Calvins Leben zusammen, nachdem er endlose Erinnerungen und weitschweifige Geschichten gehört hatte, bis er das wahre Bild dieses Mannes, seines Stiefvaters, besaß.

Calvin Priest wurde während eines Tropengewitters am 3. September 1907 in der Stadt Justin geboren, im Pfirsichdistrikt von Georgia. Die Initiale J seines Namens bedeutete Justin, den Namen der Gründerfamilie der Gemeinde, in deren Haus Calvins Großmutter mütterlicherseits, Sarah, einst als Dienstmädchen und Sklavin gearbeitet hatte.

Das letzte überlebende Mitglied der Familie Justin, Mr. Osborne Justin – Rechtsanwalt, Stadtsyndikus, ein älterer Possenreißer und Erbe gewisser traditioneller Rollen –, hatte der alten Sarah zehn Dollar geboten, wenn ihre Tochter das Baby Judas nennen würde, aber die alte Dame war zu stolz und auch zu gerissen. Sie nannte das Baby nach der Familie des Weißen, trotz – oder vielleicht wegen – der Tatsache, daß dem Lokaltratsch zufolge ihr Verhältnis zum Sohn des Hauses in ihren jüngeren Tagen weit mehr war als das einer Sklavin, und sicher in dem Wissen um den Brauch, daß der alte weiße Mann dem Kind in Anerkennung seines Familiennamens auf alle Fälle das Geschenk geben mußte.

Calvin wuchs als ländlicher Neger auf. Solange er in Georgia war, fehlte nie der Nachdruck auf seinem mittleren Namen – Calvin *Justin* Priest –, und vielleicht führte dieses Bindeglied mit einem privilegierten Hintergrund und Omen stolzer zukünftiger Dinge dazu, daß ihm eine erweiterte

Schulbildung zugestanden wurde. Er war ein frommer Junge, der das Theatralische der Gebetsversammlung genoß, und er dachte lange daran, Priester zu werden. Es war eine glückliche Kindheit, obwohl seine Eltern von der Influenza-Epidemie hinweggerafft wurden, die 1919 verspätet, aber ebenso tödlich aus den Städten aufs Land hinaussickerte. Drei Jahre später wußte Sarah, daß Gott ihr zwar ein reiches und langes Leben gegönnt hatte, es sich jedoch seinem Ende näherte. Sie diktierte dem jungen Calvin einen Brief, den er sorgfältig in Schriftsprache übersetzte und nach Chicago sandte, dem Ort der tausend Möglichkeiten und der Freiheit. In dem Brief bot Sarah ehemaligen Nachbarn namens Haskins ihr Begräbnisgeld, 170 Dollar, an, wenn sie Calvin in ihr Heim und an ihr Herz nehmen würden. Sarah war überzeugt, daß sich Osborne Justin um ihr Begräbnis kümmern würde; es war die letzte Chance, ihm auf seine Kosten eins auszuwischen.

Die Antwort kam in Form einer Penny-Postkarte, auf die jemand mit Bleistift gekritzelt hatte: Schick den Jungen.

Als er nach Georgia zurückkehrte, war aus ihm ein Mann geworden. Es stellte sich heraus, daß Moses Haskins ein gemeines Scheusal war. Er verdrosch Calvin und seine eigene Brut regelmäßig und unparteiisch, und Calvin lief davon, noch bevor er ein Jahr in der Haskins-Familie gelebt hatte. Er trug den Chicago American aus, arbeitete als Schuhputzer, gab sich für älter aus und arbeitete als Packer in einem Schlachthof. Die Arbeit war bitter hart – wer hätte gedacht, daß tote Tiere so schwer sind? –, und anfangs glaubte er nicht, daß er durchhalten würde, aber sein Körper wurde zäher, und die Bezahlung war gut. Als sich zwei Jahre später die Gelegenheit ergab, bei einem Wanderzirkus für weniger Geld Handlanger zu werden, ergriff er sie begierig. Er reiste mit dem Zirkus durch das weite Land, nahm es in sich auf, all seine Herrlichkeiten, die hochgelegenen Dörfer und fernen, abgelegenen Täler, die verschiedensten Menschen. Er verrichtete alle Arbeiten, die einen starken Rücken verlangten, packte die Planen aus und wieder ein, stellte die Zelte auf und brach sie wieder ab, fütterte und tränkte die armseligen Tiere: ein paar räudige Katzen, einige Affen, eine Meute dressierter Hunde, einen alten Bären, einen Adler mit gestutzten Flügeln, der, an seine Sitzstange gekettet, mit hängenden weißen Schwanzfedern dasaß. Der Adler starb in Chillicothe, Ohio.

Nach zehn Monaten kam der Wanderzirkus auch in die Südstaaten, und an dem Tag, an dem sie in Atlanta einzogen, half er noch die Zelte aufstellen und sagte dann dem Vorarbeiter, er müsse auf ein paar Tage fort, nahm einen Bus und saß im hinteren Teil des Wagens, bis er in Justin ankam.

Sarah war vor einigen Jahren gestorben, und er hatte sie längst beweint, aber er wollte sehen, wo sie begraben war, konnte jedoch das Grab seiner Großmutter nicht finden. Als er am Abend den Prediger aufsuchte, brummte der Mann, weil er nach einem langen Tag vom Pfirsichpflücken müde war, holte dann doch eine Taschenlampe und ging mit Calvin suchen, bis er das Grab fand, klein und unbezeichnet und – wo Sarah im Leben nie hingehört hatte – im Armenwinkel.

Am nächsten Tag nahm Calvin einen Mann als Hilfskraft auf. Neben seiner Mutter war keine Grabstelle frei, hingegen eine nicht allzuweit entfernt. Er grub mit dem Mann zusammen ein Grab, und sie betteten seine Großmutter um. Die Kiste, in der sie begraben worden war, zerbröckelte etwas, als sie sie aufhoben, war aber doch nach zwei Jahren in dem feuchten roten Lehm in überraschend gutem Zustand. Calvin stand abends an dem neuen Grab, während der Prediger schön klingende biblische Sätze in den sich verdunkelnden Himmel sandte. Irgendwo ganz hoch oben schwebte stolz ein Vogel. Ein Adler, entschied Calvin, aber anders als der gefangene Vogel im Zirkus, der gestorben war. Dieser hier bewegte sich frei in der Luft, die ihm gehörte, und Calvin mußte weinen, als er ihm zusah. Es wurde ihm klar, daß Osborne Justin, Rechtsanwalt, Stadtsyndikus, älterer Possenreißer und Erbe gewisser traditioneller Rollen, schließlich doch zuletzt gelacht hatte, als er die alte Niggerdame in ein Armengrab verwies. Calvin hinterließ bei dem Prediger Geld für einen Grabstein und nahm dann den Bus zum Zirkus zurück. Er verwendete seinen mittleren Namen, Justin, nie wieder. Von dem Tag an war er einfach Calvin J. Priest.

Als die amerikanische Wirtschaft zusammenbrach, war er zweiundzwanzig Jahre alt. Er hatte das Land gesehen, seine Weiten und Höhen, die Riesenstädte und die verschlafenen Städtchen, und hatte entdeckt, daß er es verzweifelt liebte. Er wußte, daß es ein Land war, das nicht wirklich ihm gehörte, aber 1700 Dollar davon, sicher in einen braunen Socken gewickelt, gehörten ihm doch.

Der Markt brach zusammen, als der Zirkus seine herbstliche Südtour begann, und als Geschäfte Bankrott machten und Firmen sich auflösten, konnte die ständig zunehmende Depression an der schwindenden Publikumszahl jeder Vorstellung abgelesen werden, bis der Zirkus in Memphis, Tennessee, seine Vorstellung vor elf Zuschauern hielt und ebenfalls Bankrott machte.

Calvin mietete dort ein Zimmer und verbrachte den Herbst damit, zu überlegen, was er jetzt machen sollte. Zunächst lungerte er herum. Es war ein trockener Sommer gewesen, und er hatte viele Tage lang mit einer Mistgabel und einem Sack gefischt, eine Kunst, die ihm einmal ein Zirkusarbeiter aus Missouri beigebracht hatte. Er ging zu dem freiliegenden Bett des zurückgetretenen Flusses und brach die ausgetrocknete, zersprungene oberste Schlammschicht auf, bis er auf den üppig feuchten Untergrund stieß, wo sich die Katzenwelse wie fette schwarze Juwelen bis zu den Winterregen eingegraben hatten. Er erntete sie wie Kartoffeln und schleppte den Sack voller Welse heim, half seiner Hausfrau beim Abhäuten und Säubern; sie briet das süße weiße Fleisch, und die ganze Pension aß davon und sang Hosianna auf seine Fertigkeit mit Angel und Leine. Nachts im Bett las er in der Zeitung über Weiße, die früher Millionäre waren und jetzt aus den Fenstern der Wolkenkratzer sprangen, während er die Hand in die Tasche steckte und das Geld streichelte, wie ein Mann, der geistesabwesend sein Geschlechtsteil berührt, und er überlegte, ob er in den Norden gehen sollte.

Die Tochter der Hausfrau namens Lena war eine Vagabundin, mit Augen wie weiße Tümpel in dem braunen Gesicht, entkräuseltem Haar und einem heißen Mund, der über Calvins Körper hinspielte, und eines Nachts lag er mit dem Mädchen im Zimmer und wollte sie auf der Matratze lieben, unter der das Geld verborgen war, aber ihr Liebesspiel wurde von einem Geräusch verdorben, das klang, als breche jemandem das Herz.

Als er das Mädchen fragte, wer denn hier weine, sagte sie ihm, es sei ihre Mutter.

Auf seine Frage nach dem Warum erzählte sie ihm, die Bank der Weißen, in der ihre Mutter ihr Begräbnisgeld aufbewahrt hatte, habe soeben Bankrott gemacht und sie weine wegen des Begräbnisses, das sie nun nie haben würde.

Nachdem ihn das Mädchen verlassen hatte, dachte er an die alte Sarah und das Begräbnisgeld, das sie ihm seinerzeit mit einer Sicherheitsnadel an die Unterwäsche geheftet hatte. Er erinnerte sich an das dürftige Armengrab in Justin, Georgia.

Am nächsten Morgen streifte er in Memphis umher, wanderte nach dem Mittagessen aus der Stadt hinaus, an den Randbezirken vorbei, ins offene Land. Nach fünftägiger

Suche entschied er sich für ein Grundstück von zwei Morgen, eine ausgelaugte Wiese, die sich zwischen eine Tannengruppe und ein ausgebranntes Flußufer drängte. Es kostete ihn sechs Einhundertdollarnoten, und seine Hände zitterten, als er das Geld auszahlte und die Urkunde entgegennahm, aber nichts hätte ihn abhalten können, denn er hatte sich alles genau überlegt und wußte, daß es das einzig Richtige für ihn war.

Weitere einundzwanzig Dollar und fünfzig Cent kostete ein schönes, großes schwarzweißes Schild mit der Aufschrift *Shadowflower Cemetery,* Friedhof Schattenblume. Der Name entstammte einem Vers des Buches Hiob, das Sarahs Lieblingsbuch gewesen war: Er gehet auf wie eine Blume/und fället ab,/fleucht/wie ein Schatten/und bleibet nicht.

Calvin traf seine Hausfrau in der Küche der Pension gerade beim Wäscheauskochen an, und ihre rotgeränderten Augen strömten im Dampf der Lauge über. Ein Krug mit Buttermilch stand auf dem Tisch, Calvin setzte sich nieder und trank drei volle Gläser, ohne etwas zu sagen. Dann legte er ein Fünfcentstück und ein Zehncentstück auf den Tisch, um die Erfrischung zu bezahlen, und begann zu reden. Er erzählte ihr von seinen Plänen für den Friedhof Schattenblume, von den schönen Grabstellen, größer als die irgendeines Weißen; von den Singvögeln in den Tannen und auch von den großen Katzenwelsen im Fluß, die, wie er irgendwie wußte, dort sein mußten, obwohl er sie nicht gesehen hatte.

»Es nützt nichts, Junge«, sagte sie. »Mein Begräbnisgeld ist weg.«

»Du mußt doch etwas Geld haben. Du hast Pensionsgäste.«

»Nicht wirklich Geld, das ich entbehren könnte. Nicht einmal fürs Begräbnis.«

»Nun, schau her.« Er berührte die Münzen, die er auf den Tisch gelegt hatte. »Du hast das hier.«

»Fünfzehn Cent? Du wirst mir eine Begräbnisstätte für fünfzehn Cent geben?«

»Hör zu«, sagte er. »Rück jede Woche mit fünfzehn Cent heraus, und die Grabstelle gehört dir, jetzt, sofort.«

»Mann«, sagte sie, »was ist, wenn ich in drei Wochen sterbe?«

»Das wäre ein böser Verlust.«

»Und was ist, wenn ich nie sterbe?«

Er lächelte. »Dann werden wir beide glücklich sein, Schwester. Aber du weißt, daß alle Menschen eines Tages sterben müssen. Stimmt's?«

»Das stimmt wirklich«, sagte sie.

Er verkaufte ihr zwei weitere Parzellen, je eine für ihre beiden Töchter. »Hast du Freundinnen, die ihr Begräbnisgeld genauso wie du verloren haben, als die Bank zusammenkrachte?«

»Aber sicher. Eine Grabstelle für fünfzehn Cent! Ich kann es kaum glauben.«

»Gib mir ihre Namen, ich werde sie besuchen«, sagte Calvin. Das war der Auftakt zur Lebensversicherungsgesellschaft American Eagle.

Spurgeon erinnerte sich an den Tag, an dem Mami Calvin heimbrachte. Er saß im Zimmer und machte Hausaufgaben, als der Schlüssel in der versperrten Tür knirschte, und er wußte, das mußte Mami sein. Er stand auf, um sie zu begrüßen, und als sich die Tür öffnete, war ein Mann bei ihr, nicht groß, mit beginnender Glatze und silbergefaßter Brille, spöttischen braunen Augen, die ihn geradewegs ansahen, ihn abschätzten, ihn beurteilten und denen offensichtlich gefiel, was sie sahen, weil der Mann lächelte, Spurgeons Hand nahm und sie mit einem sicheren, trockenen Griff drückte.

»Ich bin Calvin Priest.«

»Der Präsident?«

»Was? Oh.« Er lachte. »Ja.« Er blickte sich langsam im Zimmer um, sah die Wasserflecken an der Decke, die düstere Tapete, die zerbrochenen Möbel.

»Hier können Sie nicht mehr wohnen«, sagte er zu ihr.

Ihre Stimme brach. »Mr. Priest«, flüsterte sie. »Sie haben eine falsche Vorstellung von mir. Ich bin nichts als ein einfaches, gewöhnliches farbiges Mädchen. Ich bin nicht einmal eine wirkliche Sekretärin. Den größten Teil meines Lebens war ich Kellnerin.«

»Sie sind eine Dame«, sagte er. Wenn Roe-Ellen die Geschichte für den Rest ihres Lebens immer wieder erzählte, sagte sie stets, der genaue Wortlaut sei gewesen: »Sie sind meine Dame«, Don Quichotte und Dulcinea.

Weder Spurgeon noch Calvin widersprachen ihr je.

In der folgenden Woche hatte Calvin beide in einer Wohnung in Riverdale untergebracht. Sie mußte ihm eine Menge über sie beide erzählt haben. Als sie hinkamen, stand in einem eisgefüllten Champagnerkübel eine Flasche Borden's Grade-A auf dem Speisezimmertisch neben einem Glas mit Gristede's Honig.

»Du meinst, wir haben's geschafft, Mami? Ist es das?« fragte Spurgeon.

Roe-Ellen konnte ihm nicht antworten, aber Calvin rieb den wolligen Schädel. »Du hast den Fluß überquert, mein Sohn«, sagte er.

Eine Woche später heirateten sie und fuhren für einen Monat auf die Virgin Islands. Eine dicke, fröhliche Frau namens Bessie McCoy blieb bei Spurgeon. Sie löste den ganzen Tag Kreuzworträtsel, kochte feine Mahlzeiten und ließ ihn in Ruhe, außer einer gelegentlichen Frage nach ausgefallenen Wörtern, die er nie beantworten konnte.

Als die Jungvermählten zurückkehrten, widmete Calvin mehrere Wochen der Suche nach einer guten Privatschule für Spurgeon und entschied sich schließlich für Horace Mann, eine sehr gute liberale Vorschule, die nicht weit von dem Apartmenthaus in Riverdale lag, und nach den Aufnahmeprüfungen und -gesprächen wurde Spurgeon zu seiner ungeheuren Erleichterung angenommen.

Sein Verhältnis zu Calvin war gut, nur einmal fragte er seinen Stiefvater, warum er nicht mehr für andere Leute seiner eigenen Rasse tue.

»Spurgeon, was kann ich tun? Wenn ich mein ganzes Geld nähme und es nur in einem einzigen Wohnblock Harlems unter allen Brüdern aufteilte, gäbe es dort nicht einen, der nicht früher oder später alles verschleudert hätte. Du mußt dir klarwerden, daß alle Menschen gleich sind. Denke daran, Junge, ganz gleich, wie immer ihre Farbe sein mag, man kann sie nur einteilen in solche, die stinkfaul, und in solche, die zu arbeiten bereit sind.«

»Das kann doch nicht dein Ernst sein«, sagte Spur angewidert.

»Doch. Kein Mensch kann ihnen helfen, wenn sie nicht ihre eingefleischten Gewohnheiten ablegen und sich selbst helfen.«

»Wie können sie sich ohne Bildung oder genügend Chancen selbst helfen?«

»Ich habe es gekonnt, oder?«

»Ja, du. Du bist einer unter einer Million. Für uns andere bist du eine Ausnahme, eine Laune der Natur. Ist dir das nicht klar?«

In seiner jungen Unbeholfenheit hatte er es sozusagen als Kompliment gemeint, aber die bittere Verzweiflung in seiner Stimme klang für den Mann wie Verachtung. Trotz ihrer gegenseitigen Bemühungen stand noch Monate später eine dünne Glaswand zwischen ihnen. In jenem Sommer – Spur war damals sechzehn – lief er davon, fuhr zur See und sagte sich, er versuche herauszufinden, was sein toter Seemannsvater gewesen war, aber in Wirklichkeit wollte er seine eigene

Unabhängigkeit prüfen. Als er im Herbst zurückkam, vermochten er und Calvin wieder von vorne anzufangen. Die alte Wärme war wieder da, und keiner von beiden wagte es je wieder, sie mit einem Streit über ihre Rasse zu gefährden. Schließlich erstarb der Grund zur Auflehnung in dem Jungen, und es gelang ihm schließlich, über die Einwohner von Bezirken wie der Amsterdam Avenue so zu denken, wie er über Weiße dachte.

Das waren eben »diese Leute«.

Schließlich verwirrte ihn das Zusammenleben mit Calvin völlig. In Riverdale, mit schwarzer Haut, aber weißen Lebensgewohnheiten, wußte er weder, was er war, noch was für eine Art Mensch zu werden man von ihm erwartete. Jetzt, als Arzt, wußte er, daß er Calvin Stolz auf seine Rasse schenkte (selbst die Justins aus Justin, Georgia, hatten nie einen Doktor in der Familie gehabt). Aber noch nach Jahren, nachdem er Riverdale verlassen hatte, dachte Spur sofort an das Apartmenthaus mit dem weißen Portier, wenn er den Godfrey-Cambridge-Standardwitz über die reichen Neger hörte: Wenn man denen sagte, daß ein Nigger in der Nähe lauerte, schrien sie auf, blickten verstört um sich und kreischten in wilder Angst: »Wo? Wo? Wo denn?!«

Das kleine Zimmer unter dem Krankenhausdach war unerträglich heiß und ebenso weit von der Amsterdam Avenue wie von der behaglichen Klimaanlage in Riverdale entfernt. Er stand auf und blickte aus dem Fenster; das sechste Stockwerk des Krankenhauses war zurückgesetzt. Direkt unter ihm sprang das Dach des fünften Stocks ungefähr drei Meter vor. Er überlegte einen Augenblick, nahm dann ein Kissen und eine Decke, ließ beides aus dem Fenster fallen und kletterte dann mit der Gitarre und dem Bierkarton über das Fensterbrett.

Eine leichte Salzbrise wehte vom Meer herüber, und mit einem Gefühl der Dankbarkeit lag er, mit dem Kissen gegen die Wand gestützt, auf dem Dach. Unter ihm flimmerten die phantastischen Lichter der Stadt, drüben rechts begann das weite Rund der endlosen Finsternis, der Atlantische Ozean, und in der Ferne flackerte gleichmäßig wie ein Zwinkern ein gelbes Licht, ein Leuchtturm.

Durch das offene Fenster hörte er im Zimmer nebenan Adam Silverstone die Tür aufsperren, hereinkommen und dann wieder hinausgehen. Man hörte das Geräusch einer fallenden Münze im Einwurfschlitz des Wandtelefons auf dem Gang, und dann fragte Silverstone jemanden, ob er Gabriele sprechen könne.

Ich bin kein Horcher, dachte Spurgeon; was, zum Teufel, soll ich denn tun – vom Dach springen?

»Hallo, Gaby? Adam. Adam Silverstone. Erinnern Sie sich – aus Atlanta ...?«

Er lachte. »Ich sagte Ihnen doch, daß ich herkommen würde. Ich habe eine Stellung als Facharztanwärter im County Hospital ... Oh? Ich bin sehr schreibfaul. Wirklich, ich schreibe niemandem ... Ich auch. Es war wunderbar. Ich habe viel an Sie gedacht.«

Seine Stimme klang sehr jung, dachte Spurgeon, und ohne jene Sicherheit, die er als Arzt zur Schau stellte. Spurgeon sog an der Bierdose und dachte an das Leben, das dieser Weiße wohl gehabt haben mußte. Jude, dachte er, es ist ein jüdischer Name. Wahrscheinlich in ihn vernarrte Eltern, neues Fahrrad, Tanzschule, Tempel, Haus im Kolonialstil. Adam, bleib in deinem Zimmer, das ist ein häßliches Wort, bring sie mit heim, Lieber, stell sie uns vor.

»Schauen Sie, ich möchte Sie gern wiedersehen. Wie wär's mit morgen abend?... Oh«, sagte er niedergeschlagen, und Spurgeon grinste mitfühlend in der Dunkelheit.

»Nein, dann bin ich wieder auf der Station, sechsunddreißig Stunden Dienst, sechsunddreißig Stunden frei. Und die nächsten Male, wenn ich dienstfrei habe, muß ich ein bißchen Nachtarbeit nebenbei machen, um etwas Geld zu erbeuten... Nun, schließlich wird es mir doch gelingen, Sie zu sehen«, sagte er. »Ich bin ein geduldiger Mensch. Ich rufe Sie nächste Woche an. Bleiben Sie brav.«

Der Hörer wurde aufgelegt, und die Schritte kamen langsam ins Zimmer zurück.

Dem Weißen hängt der Arsch nach. Oberarzt hin oder her, seine erste Schicht in diesem Haus war wahrscheinlich genauso schwer wie die meine, dachte Spurgeon.

»Hei«, sagte er laut. Er mußte es zweimal sagen, bis Silverstone aus dem Fenster schaute.

Adam sah Robinson in der kurzen Unterhose im Türkensitz wie einen schwarzen Buddha auf dem Dach hocken und grinste.

»Kommen Sie doch heraus. Bier.«

Adam kam, und Spurgeon reichte ihm eine Dose. Er hockte sich nieder, trank, seufzte und schloß die Augen.

»Das war wirklich eine Art Einweihungsfest für uns«, sagte Spurgeon.

»Amen. Jesus. Es wird Tage dauern, bis wir wissen, wo, zum Teufel, alles ist. Sie hätten uns zumindest einmal herumführen können.«

»Ich habe einmal irgendwo gehört, daß in der ersten Juliwoche, wenn die neuen Spitalärzte und Facharztanwärter ankommen, mehr Leute als sonst in den Krankenhäusern sterben.«

»Würde mich verdammt nicht überraschen«, sagte Adam. Er trank wieder und schüttelte den Kopf. »Diese Miß Fultz.«

»Dieser Silverstone.«

»Wie ist der Oberarzt?« fragte Silverstone ausdruckslos.

»Manchmal mag ich ihn, manchmal nicht.«

Sie merkten plötzlich, daß sie lachten.

»Ich mag Ihre Art, mit den Patienten umzugehen«, sagte Spurgeon. »Sie sehen sich ziemlich gut vor.«

»Ich sehe mich schon seit geraumer Weile gut vor«, sagte Silverstone.

»Stratton läßt uns sein Arteriogramm machen. Keine Schwierigkeiten mehr.«

»Diese Farbige, Gertrude Soames, hat heute nachmittag das Krankenhaus auf eigene Gefahr verlassen«, sagte Adam. »Reiner Selbstmord.«

Vielleicht gibt es nichts, wofür sie leben sollte, mein Junge, sagte Spurgeon stumm.

Es waren noch zwei Dosen Bier da. Er reichte Adam eine und behielt die letzte für sich. »Etwas warm«, entschuldigte er sich.

»Gutes Bier. Das letzte Bier, das ich trank, war Bax.«

»Nie gehört.«

»Seifenschaum und Pferdepiß. Tief unten im Süden.«

»Sie sprechen nicht wie ein Südstaatler.«

»Aus Pennsylvania. Pitt, Jefferson Medical School. Sie?«

»New Yorker. N.Y.-Uni, die ganze Zeit. Wo haben Sie Ihre Spitalpraxis gemacht?«

»Am Allgemeinen in Philadelphia. Den ersten Teil meiner Ausbildung zum Facharzt absolvierte ich in der Chirurgischen Klinik von Atlanta.«

»Hostvogels Klinik?« sagte Spurgeon, wider Willen beeindruckt. »Haben Sie viel von dem großen Alten gesehen?«

»Ich war Hostvogel als Facharztanwärter zugeteilt.«

Spurgeon pfiff lautlos. »Was hat Sie hergeführt? Das Nierentransplantationsprogramm?«

»Nein. Ich gehe in die allgemeine Chirurgie. Das Transplantationszeug ist nur der Zuckerguß auf dem Kuchen.« Er lächelte. »Hostvogel zugeteilt zu sein war nicht so gut, wie es klingt. Der große Mann operiert leidenschaftlich gern. Hausärzte bekommen dort unten kaum ein Messer in die Hand.«

»Allmächtiger.«

»Oh, er tut es nicht aus Bosheit. Aber wenn es etwas zu

schneiden gibt, kann er es einfach nicht hergeben. Vielleicht bleibt er gerade deshalb ein großer Chirurg.«

»Ist er wirklich groß? So gut, wie man es von ihm behauptet?«

»Er ist wirklich groß«, sagte Silverstone. »Er ist so großartig, daß er noch einen Puls spürt, den sonst niemand auf der Welt finden kann, weil einfach keiner vorhanden ist. Und die Statistiken wurden eigens für ihn erfunden. Ich erinnere mich an die Versammlung einer medizinischen Gesellschaft, bei der er verkündete, daß sich dank einer von ihm erfundenen chirurgischen Methode nur bei drei von tausend Prostatektomien Schwierigkeiten entwickeln, und da stand so ein alter billiger Chirurg auf, der die Methode anwandte, und näselte: ›Tjaa, un' alle drei sind meine Patienten.‹« Adam grinste. »Ein großer Ruf, ein lausiger Lehrer. Nachdem ich meine Zeit meist damit verbrachte zuzusehen, sagte ich mir, zum Teufel damit, und kam her, um Chirurgie statt Tiraden zu lernen. Longwood kann sich mit Hostvogels Glanz nicht vergleichen, aber er ist ein phantastischer Lehrer.«

»Er hat mir bei der Exituskonferenz einen höllischen Schrecken eingejagt.«

»Nun, Gerüchten zufolge ist das kein Theater. Dieser chinesische Facharztanwärter – Lee? – erzählte mir, die Tradition in diesem Krankenhaus gehe Jahre zurück, als Longwoods Vorgänger, Paul Harrelmann, gegen Kurt Dorland um den Posten des Chefarztes kämpfte. Sie trugen ihre Rivalität im Komitee aus, forderten einander heraus, debattierten, stichelten, verlangten eine Rechtfertigung der jeweiligen Methode. Schließlich erhielt Harrelmann den Posten, Dorland ging und wurde – natürlich – in Chicago berühmt. Aber sie hatten gezeigt, daß durch das Todeskomitee der Stab veranlaßt wurde, auf chirurgischem Gebiet das Beste zu geben.« Silverstone schüttelte den Kopf. »Es sind keine zahmen Leute. Habe ich auch nicht erwartet.«

Spurgeon zuckte die Achseln. »Es ist nichts Einzigartiges. Selbst ohne jemand wie Longwood sind es nicht nur die Neuen, die während der Sitzung strammstehen müssen. Diese alten Berufshasen wissen recht gut, wie sie einander zur Sau machen können.« Er sah Silverstone neugierig an. »Es klingt, als wäre es Ihnen neu. Hielten Sie dort unten im Land der Pfirsichpfuscher und Lester Maddox' keine Exituskonferenzen ab?«

»O doch. Vielleicht macht man dort eine Pflichtautopsie zu Lehrzwecken. Ein Kerl namens Sam Mayes, Hostvogels Unterbefehlshaber, sitzt mit zwei, drei Ärzten herum, redet darüber, daß Jerry Winters' Sohn drüben in Florida in die Medical School aufgenommen wurde, vielleicht fluchen sie über die Kampftrupps der sozialisierten Medizin in Washington und machen eine Bemerkung über den wohlgeformten Hintern einer neuen Schwester. Dann gähnen sie, einer sagt: ›Zu schlimm für diesen armen Kerl, Tod natürlich unvermeidlich!‹, alle nicken, gehen heim und vögeln ihre Frauen.«

Sie schwiegen einen Augenblick. »Mir gefällt es besser so, wie es hier ist«, sagte Spurgeon schließlich. »Es ist zwar weniger bequem – ja, es jagt mir einen Heidenschrecken ein –, aber es läßt uns bestimmt nicht abstumpfen; vielleicht garantiert es uns, daß wir nicht zu dem werden, was die Öffentlichkeit allmählich von den Ärzten denkt.«

»Und das wäre?«

»Sie wissen doch – Cadillacfahrer. Feiste Burschen. Reiche Spießer.«

»Sch ... auf die Öffentlichkeit.«

»Leichter gesagt als getan.«

»Was weiß die schon, was es heißt, sich einen Weg in die Medizin zu erzwingen? Ich bin sechsundzwanzig. Ich war sechsundzwanzig Jahre lang bettelarm. Ich persönlich freue mich auf den längsten, teuersten, luxusärschigsten Cadillac, der für Geld zu haben ist. Und auf viele andere Dinge, materielle Dinge, die ich mir mit dem Geld verschaffen werde, das ich als Chirurg verdiene.«

Spurgeon sah ihn an. »Teufel, wenn Sie diese Dinge haben wollen, brauchen Sie sich nicht mit einer langen Spezialausbildung herumzuquälen. Sie haben Ihre Spitalpraxis hinter sich. Sie können schon morgen hinausgehen und Ihr gutes Geld verdienen.«

Adam schüttelte lächelnd den Kopf. »Ah, da steckt der Irrtum. Gutes, aber nicht vieles. Was in dieser Welt wirklich viel Geld bedeutet, ist das Facharzt-Diplom des Medical Board. Und um das zu erlangen, braucht es Zeit. Daher investiere ich diese Zeit. Für mich wird das kommende Jahr die ärgste Selbstfolterung sein, sozusagen die letzten angestrengten Augenblicke vor dem Orgasmus.«

Spurgeon mußte über das Bild grinsen. »Wenn Sie ein paarmal vor dieses Todeskomitee gestellt werden, können Sie ins Kloster gehen«, sagte er.

Sie tranken wieder, dann deutete Adam mit der Bierdose auf die Gitarre. »Sie spielen dieses Ding?«

Spur hob sie auf und klimperte einige Takte. »Oh, ich wollt, ich wär im Baumwolland …«

Adam grinste. »Verfluchter Lügner.« Einige Häuserblocks weiter heulte die Sirene eines Krankenwagens; der einsame, todverkündende Ton verstärkte sich, je näher er kam.

Als er verklungen war, kicherte Spurgeon. »Heute sprach ich mit einem Krankenwagenfahrer, einem netten bierbäuchigen Schwindler namens Meyerson, Morris Meyerson. ›Nennen Sie mich Maish‹, sagte er. Nun jedenfalls, letzten Monat wurde er in den frühen Morgenstunden ausgeschickt, um einen Burschen in Dorchester zu holen. Anscheinend litt der Patient an Schlaflosigkeit, und eines Nachts konnte er nicht schlafen. Das Geräusch eines tropfenden Wasserhahns in der Küche machte ihn wahnsinnig. Also kletterte er aus dem Bett und ging hinunter, um ihn zu reparieren.« Spur rülpste. »Verzeihung. Jetzt hören Sie zu. Der Mann gehört zu den Leuten, die nur in der Pyjamajacke schlafen. Keine Hose, verstehen Sie. Also er geht in den Keller, um seinen Franzosen oder so etwas zu holen. Und im Keller halten sie ihren großen, ordinären alten Kater. Auf dem Rückweg in die Küche vergißt der Mann die Kellertür zu schließen und liegt auf allen vieren unter dem Abwaschbecken und dreht das Wasser ab – vergessen Sie nicht, unten herum nichts an –, als lieb Katerlein leise heraufgeschlichen und hereinkommt, dieses gewisse seltsame Ding sieht und –« Die schwarze Hand hob sich, die Finger bogen sich zu Krallen, dann fuhr sie hinunter.

»Nun, natürlich fährt der Mann kerzengerade hoch und haut sich fürchterlich den Kopf an der Unterseite des Abwaschbeckens an. Es ist nur eine leichte Gehirnerschütterung, und als Meyerson und sein Begleitarzt eintreffen, ist der Mann wieder bei Bewußtsein. Sie tragen ihn aus dem Haus. Als Meyerson ihn fragt, wie es geschah, und als es ihm der Mann erzählt, muß Maish derart lachen, daß ihm die Krankentrage aus den Händen rutscht, der Mann fällt herunter und bricht sich die Hüfte. Jetzt prozessiert er mit der Distriktsverwaltung.«

Es war eher ihre Müdigkeit als die Geschichte selbst, die beide umwarf. Sie lachten, schüttelten sich, brüllten, die Tränen liefen ihnen über die Wangen, sie hätten sich in ihrer Torheit herumgewälzt, wären sie dem Dachrand nicht so nahe gewesen. Die plötzliche, unerwartete Erheiterung kam tief aus ihren Bäuchen herauf, und die durch die eben vergangenen sechsunddreißig Stunden angestaute Spannung entlud sich so heftig, wie eine eng zusammengedrückte Feder hochschnellt. Mit nassen Wangen strampelte Adam mit den Beinen, und sein Fuß traf eine leere Dose. Sie schlitterte auf der Teerpappe dahin und verschwand über den Dachrand. Sie fiel.

Und klatschte schließlich auf den Beton des Hofes.

Die beiden warteten schweigend und atmeten dann gleichzeitig auf.

»Ich sehe lieber nach«, flüsterte Adam.

»Lassen Sie das mich tun. Angeborene Tarnung.« Spurgeon kroch nach vorn und schob den Kopf Zoll um Zoll über den Dachrand.

»Was sehen Sie?«

»Nichts als eine Blechdose«, sagte er. Er lag mit der Wange auf dem Dachrand. Die Ziegel waren noch immer warm von der Sonne des langen Tages. Ihn schwindelte vor Müdigkeit und Erheiterung und zuviel Bier. Mit mir und diesem Haus kann es vielleicht doch noch ganz gut werden, sagte er sich.

Später in der Nacht verlor er seinen Optimismus. Es war noch heißer, Wärmeblitze zuckten durch die Dunkelheit, aber es kam kein Regen. Spur lag nackt auf dem Bett und vermißte Manhattan. Als nebenan jedes Geräusch einer Bewegung erstarb und er sicher war, daß Silverstone schlief, nahm er die Gitarre und spielte leise im Dunkel, zuerst herumklimpernd, dann jedoch ernsthaft improvisierend, eine fortlaufende, namenlose Melodie, eine, die er noch nie gehört hatte, aber die für ihn sprach und erzählte, was er fühlte, eine Mischung aus Einsamkeit und Hoffnung. Erst nach zehn Minuten hörte er zu spielen auf.

»He«, sagte Silverstone. »Wie heißt das?«

Spur antwortete nicht.

»He, Robinson!« rief Silverstone. »Mensch, das war großartig. Spielen Sie das noch einmal, ja?«

Spur lag still. Er hätte es nicht wieder spielen können, selbst wenn er gewollt hätte. Dieses Haus, dachte er, keine Abgeschlossenheit, aber eine schöne Akustik. Die Blitze flammten und riefen hie und da ein murmelndes Donnern herauf. Noch zweimal heulte der Krankenwagen. Ein phantastischer Klang für ein Musikstück, dachte er. Man müßte Hörner verwenden.

Schließlich aber verwandelte er den Klang in Schlaf, ohne erkannt zu haben, daß das möglich war.

HARLAND LONGWOOD

Als die Rechtsanwälte Harland Longwoods in den ersten Augusttagen die Bedingungen für den Treuhandfonds aufgesetzt hatten, rief er Gilbert Greene an, den Vorsitzenden des Verwaltungsrates des Krankenhauses, und bat ihn, in sein Büro zu kommen, um die Klauseln seines Testaments mit ihm durchzugehen, in dem er Greene zum Testamentsvollstrecker bestimmt hatte.

Er hatte das Gefühl, daß das Dokument gut abgefaßt war. Der Ertrag aus Wertpapieren würde einen neuen Lehrstuhl für Kender an der medizinischen Schule dotieren. Longwoods Gehalt als Chefchirurg war seinen unmittelbaren Bedürfnissen mehr als angemessen, aber er hatte die angeborene Abneigung des gebürtigen Neuengländers, Kapital anzugreifen.

Der größte Teil seines Vermögens würde der Stiftung erst nach seinem Tod zufließen, wenn man einen Beratungsausschuß der Fakultät zwecks Verwendung des Einkommens zum Nutzen der Medical School einsetzen würde.

»Ich hoffe, daß sich dieser Ausschuß noch lange nicht konstituieren muß«, sagte Greene, als er die Dokumente gelesen hatte.

Diese Bemerkung kam einem gefühlsbetonten Ausspruch so nahe, wie Longwood ihn von dem Bankier nur selten gehört hatte.

»Danke, Gilbert«, sagte er. »Darf ich dir einen Drink anbieten?«

»Etwas Brandy.«

Dr. Longwood öffnete das tragbare Schnapskästchen hinter seinem Schreibtisch und schenkte aus einer alten blauen Flasche ein. Nur ein Glas, keines für sich selbst.

Er hatte den kleinen Barschrank aus wunderschönem dunklem Mahagoni und altem Silber besonders gern. Erstanden hatte er ihn eines Nachmittags bei einer Antiquitätenauktion in der Newbury Street, erst zwei Stunden nachdem er der Berufung Bester Kenders in den Krankenhausstab zugestimmt hatte. Kender hatte sich mit seinen Neuerungen bereits einen Namen als Transplantationschirurg in Cleveland gemacht, und an jenem Nachmittag war sich Harland Longwood neuerlich bewußt geworden, wie dringend jüngere und klügere Männer in seiner Welt nötig waren. Er bezahlte mehr, als das kleine antike Schränkchen wert war, teils weil er wußte, daß es Frances gefallen würde, teils weil er sich in schwarzem Humor sagte, daß er, wenn ihn die jungen Feuerköpfe in einen stillen Winkel verwiesen, die Flaschen mit seinem Lieblingsgetränk füllen und die langen Nachmittage betäuben konnte.

Jetzt, zehn Jahre später, war er noch immer Chefchirurg, dachte er nicht ohne Genugtuung. Kender hatte weitere junge Genies in den Stab gelockt, aber jedes von ihnen war nur auf seinem engen Spezialgebiet eine Leuchte. Es bedurfte noch immer eines alten, ergrauten Allgemeinen Chirurgen, der alle Bruchstücke zusammenfügte und das Haus als eine echte chirurgische Station leitete.

Greene schnupperte am Glas, schlürfte, drückte den Brandy gegen den Gaumen und schluckte ihn bedächtig. »Ein großzügiges Geschenk, Harland.«

Longwood zuckte die Achseln. Sie fühlten sich beide dem Krankenhaus und der Medical School gleichermaßen verpflichtet. Obwohl Greene selbst kein Mediziner war, war doch sein Vater Chefarzt gewesen, und er war fast automatisch in den Verwaltungsrat ernannt worden, sowie er sich hochgearbeitet und seine Stelle in der Bankwelt ihn zu einem Gewinn für das Krankenhaus gemacht hatte. Longwood wußte, daß Gilberts Testament Klauseln enthielt, die dem Krankenhaus sogar noch mehr bringen würden als seine eigenen.

»Bist du sicher, daß deine Treue zu diesem Haus dich nicht dazu veranlaßt hat, die übrigen Nutznießer zu vernachlässigen?« fragte Greene. »Ich sehe, daß die einzigen anderen Legate zu je zehntausend Dollar an Mrs. Marjorie Snyder in Newton Center und an Mrs. Rafael Meomartino in der Back Bay gehen.«

»Mrs. Snyder ist eine alte Freundin«, sagte Dr. Longwood.

Greene, der Harland Longwood sein ganzes Leben lang kannte und auch alle seine alten Freunde zu kennen glaubte, nickte ohne Überraschung. Er war an überraschende Testamente gewöhnt.

»Sie hat ein behagliches Jahreseinkommen, braucht meine finanzielle Unterstützung nicht und wünscht sie auch nicht. Mrs. Meomartino ist meine Nichte Elizabeth, die Tochter von Florence«, fügte er hinzu und erinnerte sich, daß Gilbert einmal ein wenig verliebt in Florence gewesen war.

»Mit wem ist sie verheiratet?«

»Mit unserem Fellow der Chirurgie. Er ist recht gut situiert. Familienvermögen.«

»Ich muß ihn schon einmal kennengelernt haben«, sagte Greene zögernd. Longwood hatte bemerkt, daß Gilbert nicht zugeben konnte, daß er die jüngeren Leute des Krankenhauses nicht mehr so genau kannte, als wäre es noch immer eine kleine, eng miteinander verbundene Gemeinschaft.

»Sonst gibt es niemanden«, sagte Dr. Longwood. »Das ist der Grund, warum ich den Lehrstuhl für Kender ohne Aufschub stiften wollte. Dieser Lehrstuhl ist längst überfällig.«

»Der Harland-Mason-Longwood-Lehrstuhl für Chirurgie«, sagte Greene und genoß den Titel wie den Brandy. Er nickte. »Das ist sehr nett. Es hätte Frances gefallen.«

»Da bin ich nicht so sicher. Ich glaube eher, es hätte sie in Verlegenheit gebracht«, sagte Longwood. »Ich will, daß ihr versteht, daß es nicht das Budget der Abteilung schmälert, Gilbert. Das wäre durchaus nicht der Zweck des Geschenks. Ich will etwas von den Geldern, die dadurch frei werden, nutzbar machen.«

»Wie?« fragte Greene vorsichtig.

»Einmal um eine neue chirurgische Dozentenstelle zu finanzieren. Wir haben unseren eigenen Leuten an der Fakultät zu keiner Weiterentwicklung verholfen. Ich glaube, wir sollten wirklich damit beginnen, und zwar verdammt bald.«

Greene nickte nachdenklich. »Das klingt vernünftig. Hast du einen bestimmten Kandidaten im Auge?«

»Eigentlich nicht. Meomartino vielleicht, aber ich weiß noch nicht, ob er daran interessiert ist. Und ein junger Bursche namens Silverstone, der erst vor kurzem zu uns gekommen ist und äußerst fähig zu sein scheint. Wir müssen uns nicht unbedingt schon jetzt entscheiden. Das ist Sache der Abteilung. Wir können die Augen offenhalten und uns durch den Ernennungsausschuß den Besten, der verfügbar ist, rechtzeitig im Juli sichern.«

Greene erhob sich, um zu gehen. »Wie geht es dir wirklich, Harland?« fragte er, als sie einander die Hand reichten.

»Fein. Ich verständige dich, wenn es sich ändert«, sagte er; er wußte, daß Greene regelmäßig Berichte über seinen Gesundheitszustand erhielt.

Der Vorsitzende des Verwaltungsrates nickte. Er zögerte. »Ich dachte erst unlängst an jene Samstagnachmittage, die wir immer draußen auf dem Bauernhof verbrachten«, sagte er. »Es waren gute Zeiten, Harland. Wirklich herrlich.«

»Ja«, sagte Dr. Longwood erstaunt. Ich muß viel schlechter aussehen, als ich gedacht habe, wenn sich Gilbert soviel Gefühl abringt. Als Greene gegangen war, ließ er sich wieder in seinen Sessel fallen und dachte an die Sommernachmittage, an denen er als junger Konsiliarchirurg Nachmittagsvisiten machte und dann drei Wagenladungen Leute – Hausärzte, Angehörige des Stabs, gelegentlich einen Treuhänder – zu dem Bauernhof in Weston brachte, wo sie auf einem holprigen Wiesenabhang übermütig Ball spielten, bis es Zeit für das samstägliche Abendessen war – Würstchen, gebackene Bohnen und Schwarzbrot –, das Frances zubereitet hatte.

Es war nach einem dieser schönen Samstagnachmittage, als sie krank geworden war. Er hatte sofort gewußt, daß es der Blinddarm war und daß noch viel Zeit blieb, um sie in sein eigenes Krankenhaus zu bringen.

»Wirst du ihn selbst herausnehmen?« hatte sie gefragt, trotz der Schmerzen und der Übelkeit lächelnd, weil es so verdammt komisch war, eine seiner Patientinnen zu sein.

Er schüttelte den Kopf. »Harrelmann. Ich werde dabeisein, Liebling.« Er wollte sie nie selbst operieren. Nicht einmal einen Blinddarm.

Im Krankenhaus hatte er sie zwecks Vorbereitung dem jungen Puertoricaner, dem Spitalarzt Samirez, übergeben.

»Meine Frau ist gegen Penicillin allergisch«, hatte er gesagt, für den Fall, daß sie vergaß, es zu erwähnen.

Er hatte es noch zweimal wiederholt, bevor er sie geküßt hatte und davongeeilt war, Harrelmann zu suchen. Später hatten sie entdeckt, daß der Junge fast kein Englisch konnte. Er hatte keine Krankengeschichte von Frances aufgenommen, weil er weder Fragen stellen noch Antworten verstehen konnte. Das einzige Wort, das klar zu ihm durchgedrungen war, war offensichtlich »Penicillin«, und pflichtgetreu hatte er ihr 400 000 Einheiten intramuskulär gegeben. Noch bevor Harland Dr. Harrelmann auch nur gefunden hatte, hatte Frances einen anaphylaktischen Schock erlitten und war tot.

Obwohl seine Freunde versucht hatten, ihn von der Exituskonferenz fernzuhalten, hatte er ihr beigewohnt und auf der Anwesenheit eines Dolmetschers bestanden, damit Dr. Samirez jedes Wort verstehen konnte. Unter Harrelmanns aufmerksamen, analysierenden Augen hatte er den Jungen rücksichtsvoll und mit großer Selbstbeherrschung behandelt. Aber er war unbarmherzig gründlich gewesen. Einen Monat nach dem Schuldspruch des Komitees, nachdem Dr. Samirez seine Spitalpraxis aufgegeben hatte und in seine Inselheimat zurückgekehrt war, hatte Dr. Harrelmann Harland zum Mittagessen eingeladen und ihn überredet, nach seiner eigenen Pensionierung die Leitung der Abteilung zu übernehmen. Longwood hatte seine Privatpraxis aufgeben müssen, hatte es jedoch nie bedauert. Er brach, soweit er konnte, mit seinen bisherigen Lebensgewohnheiten. Im folgenden Herbst verkaufte er die Farm, wobei er einen Profit von 5000 Dollar von einem Buchhalter namens Rosenfeld ausschlug, um sie einem Rechtsanwalt aus Framingham, Bancroft, zu verkaufen. Rosenfeld und seine Frau schienen nette Leute zu sein, und er erzählte keinem seiner Freunde je von ihrem Angebot. Er wußte, daß Frances wütend darüber gewesen wäre, und dennoch war ihm der Gedanke unerträglich, daß das Bauernhaus, das sie geliebt hatte, nun Leuten gehört hätte, die so ganz anders waren als sie.

Er schüttelte den Kopf und stellte die Brandyflasche nach kurzem Kampf zurück.

Er war nie ein großer Trinker gewesen, aber in letzter Zeit hatte er eine leichte genüßliche Neigung für Brandy entwickelt, genährt durch die vernünftige Überlegung, daß der Alkoholgehalt von Brandy fast völlig metabolisiert wurde und daher als eine Art Verordnung *ad usum proprium* betrachtet werden konnte.

Als die ersten Symptome auftauchten, hatte er den Verdacht auf eine Prostatavergrößerung. Er war einundsechzig, gerade in dem Alter, in dem das wahrscheinlich wurde.

Die Aussicht, sich einer Prostatektomie unterziehen zu müssen, war ärgerlich; es bedeutete, daß er Urlaub nehmen mußte, und er begann eben mit einem Projekt, das er jahrelang mit sich herumgeschleppt hatte, einem neuen Lehrbuch über Allgemeine Chirurgie.

Aber es war nicht die Prostata.

»Haben Sie in letzter Zeit Halsschmerzen gehabt?« hatte ihn Arthur Williamson gefragt, als er den Internisten endlich aufgefordert hatte, ihn zu untersuchen. Es war genau die Frage, die er erwartet hatte, und sie ärgerte ihn.

»Ja. Nur einen Tag. Vor ungefähr zwei Wochen.«

»Haben Sie eine Bakterienkultur anlegen lassen?«

»Nein.«

»Haben Sie ein Antibiotikum genommen?«

»Es waren keine Streptokokken.«

Williamson hatte ihn angestarrt. »Wieso wissen Sie das?«

Aber sie vermuteten beide, daß es doch Streptokokken gewesen waren, und irgendwie wußte er mit einer seltsam resignierten Gewißheit, noch bevor die Tests durchgeführt waren, daß die Infektion seine Nieren beschädigt hatte. Williamson überwies ihn sofort an Kender.

Sie hatten ein arteriovenöses Verbindungsstück in eine Vene und eine Arterie seines Beines eingeführt.

Von Anfang an war er ein sehr schlechter Patient, der sich gefühlsmäßig im selben Augenblick gegen die Nierenmaschine wehrte, in dem er an sie angeschlossen wurde.

Der Apparat war laut und unpersönlich, und während des Blutwäschevorgangs, der vierzehn Stunden dauerte, lag Longwood unruhig auf dem Bett, litt an heftigen Kopfschmerzen und versuchte vergeblich, mit den Karteiblättern zu arbeiten, auf denen er das Material für das erste Kapitel des Buchs gesammelt hatte.

»Oft sprechen die Nieren sofort an und beginnen nach einigen Behandlungen mit der Maschine wieder zu funktionieren«, sagte Kender aufmunternd.

Aber er machte das obszöne Ritual mit der verdammten Maschine einen Monat lang zweimal wöchentlich durch, und es stellte sich heraus, daß seine Nieren nicht reagieren und ihn nur der Apparat am Leben halten würde.

Sie gaben ihm feste Behandlungstermine, jeden Montag- und Donnerstagabend um 8 Uhr 30.

Er sagte alle Operationstermine ab und spielte mit dem Gedanken, ganz abzutreten, entschied dann jedoch – wie er hoffte – leidenschaftslos, daß er als Verwalter und Lehrer zu wertvoll war. Er machte weiterhin täglich Visiten.

Am Donnerstag der siebenten Woche an der Maschine ging er jedoch, aus einem plötzlichen Entschluß heraus, einfach nicht ins Nierenlabor. Er hinterließ die Nachricht, sie sollten an seiner Stelle einen anderen Patienten an die Maschine anschließen.

Vielleicht würde Kender versuchen, ihn zu überreden, an die Maschine zurückzukehren, aber der Nierenspezialist unternahm am nächsten Tag nichts, um ihn zu sprechen.

Zwei Abende später bemerkte er, daß seine Knöchel infolge eines Ödems angeschwollen waren. Er lag den größten Teil der Nacht wach, rief morgens zum erstenmal seit Jahren seine Sekretärin an und sagte ihr, daß er heute nicht kommen würde.

Einige Kapseln erlaubten es ihm, bis zwei Uhr zu schlafen. Er erwachte nervös und gereizt, machte sich etwas Suppe aus der Dose, die er nicht wirklich wollte, nahm dann noch eineinhalb Tabletten und schlief wieder bis fünf Uhr dreißig.

Da er nichts Besseres zu tun hatte, duschte er, rasierte sich und zog sich an. Dann saß er in dem dunkel werdenden Wohnzimmer, ohne Licht zu machen. Nach einer Weile ging er zum Vorzimmerschrank und nahm eine Flasche Château

Mouton-Rothschild Jahrgang 1955 heraus, die ihm vor drei Jahren ein dankbarer Patient mit dem Rat geschenkt hatte, sie für eine besondere Gelegenheit aufzubewahren. Er öffnete sie mühelos und schenkte sich ein Glas ein, dann ging er in das Wohnzimmer zurück, saß in der Dämmerung und schlürfte den warmen dunklen Wein.

Er überlegte scharf.

So weiterzumachen hatte einfach keinen Sinn. Es war nicht so sehr der Schmerz als die Würdelosigkeit dieser Krankheit, was ihn entmutigte.

Die Schlaftabletten waren wirklich schwach, man würde sehr viele nehmen müssen, aber in der kleinen Flasche waren mehr als genug. Er versuchte sich Situationen vorzustellen, in denen man ihn vielleicht brauchen würde.

Liz hatte Meomartino und ihren kleinen Jungen, und – weiß Gott – ihr bei irgendeinem ihrer Probleme zu helfen war ihm nicht gelungen.

Marge Snyder würde ihn vermissen, aber sie hatten einander schon seit Jahren sehr wenig gegeben. Sie hatte ihren Mann knapp vor Frances' Tod verloren, und sie hatten in der Zeit der gemeinsamen Not ein Verhältnis gehabt, aber das war schon sehr lange her. Sie würde ihn nur als alten Freund vermissen, und in ihrem geordneten Leben würde er keine Lücke hinterlassen.

Eher vielleicht im Krankenhaus, aber obwohl Kender lieber Spezialist für Transplantationen bleiben würde, würde er die Verantwortung des Chefchirurgen als eine Verpflichtung auffassen, und Longwood wußte, daß er die Rolle sehr gut, zweifellos sogar glänzend spielen würde.

Also blieb nur das Buch.

Er ging in sein Arbeitszimmer und blickte auf die zwei schäbigen Karteikästen mit den vier Laden voll Krankengeschichten und auf die Stapel von Verweiskarten auf dem Schreibtisch.

Würde es wirklich der große Beitrag werden, den er sich vorstellte? Er nahm die Flasche mit den Schlaftabletten und steckte sie in die Tasche.

Trotzig trank er ein zweites Glas Wein und verließ die Wohnung. Er nahm den Wagen, fuhr durch die umwölkte frühe Dunkelheit zum Harvard Square und überlegte, ob er vielleicht in ein Kino gehen sollte, aber man spielte einen alten Bogart-Film, und so fuhr er über den Platz weiter, den Frances sicher nicht mehr erkennen würde, nichts als Barfüßige und Bärtige und entblößte Schenkel.

Er fuhr rund um den Yard und parkte unweit der Appleton-Kapelle, ohne zu wissen, warum er ausstieg und eintrat, denn sie war still und verlassen; wie es auch die Religion immer für ihn gewesen war. Bald darauf erklangen Schritte. »Kann ich Ihnen behilflich sein?« Longwood wußte nicht, ob der höfliche junge Mann ein Kaplan war, aber er sah, daß er kaum älter als ein Spitalarzt war.

»Ich glaube nicht«, sagte er.

Er ging wieder hinaus und stieg in den Wagen. Diesmal wußte er, wohin er fuhr. Er fuhr nach Weston, und als er das Bauernhaus erreichte, parkte er den Wagen so, daß er die Wiese überblicken konnte, auf der sie Ball gespielt hatten.

In der Dunkelheit vermochte er nicht viel zu erkennen, aber die Wiese schien unverändert geblieben zu sein. In einiger Entfernung vom Wagen stand noch immer eine große, alte silbergraue Birke; er war froh, daß sie noch da war.

Fast ungläubig spürte er einen einst vertrauten Druck in seiner Blase stärker werden.

Er stieg aus, ging zu einer Stelle zwischen dem Auto und dem großen Baum. Vor der alten Steinmauer öffnete er den Zippverschluß, holte sein Glied heraus und konzentrierte sich.

Es dauerte sehr lange, bis zwei Tropfen herausdrangen und müde, wie von einem abgedrehten Wasserhahn, hinunterfielen.

Scheinwerfer tauchten auf und näherten sich. Er stopfte sein Glied in die Hose zurück wie ein kleiner Junge, der von einer sich öffnenden Tür überrascht wird. Der Wagen brauste vorbei, und er stand zitternd da, ein Idiot, ein Idiot, dachte er wütend, der versuchte, in der Dunkelheit auf ein Beet Maiglöckchen zu pissen, die er hier vor einem Vierteljahrhundert gepflanzt hatte.

Ein Regentropfen küßte ihn kalt auf die Stirn.

Er fragte sich, ob das Todeskomitee, wenn die Zeit kam, entscheiden würde, daß das Versagen Harland Longwoods vermeidbar oder unvermeidlich gewesen war.

Falls er durch irgendeinen Wiedergeburtstrick jener Konferenz vorsitzen sollte, würde er die Verantwortung unzweideutig Dr. Longwood zuschreiben, dachte er.

Für so viele falsche Entscheidungen.

Erschüttert sah er es ganz deutlich:

Die Krankengeschichte begann mit dem ersten Augenblick des verantwortungsbewußten Daseins.

Und früher oder später – zuerst nur im Schneckentempo, dann aber mit verblüffender Schnelligkeit – kam für jeden Menschen der Augenblick, daß die Krankengeschichte abgeschlossen werden mußte. Und er stand vor der Summe seiner eigenen unvollkommenen Leistung.

Und so anfechtbar, so schrecklich anfechtbar.

Meine Herren, überlegen wir uns den Fall Longwood.

Vermeidbar oder unvermeidlich?

Als er wieder in den Wagen stieg, regnete es bereits so stark, als hätte sein Körper das Wasser vom Himmel heruntergezogen.

Als er den Wagen wendete, beleuchteten die Scheinwerfer das Schild am Ende der Auffahrt, und er sah, daß die Bancrofts den Besitz an Leute namens Feldstein verkauft hatten.

Er hoffte, daß die Feldsteins ebenso nett wie die Rosenfelds waren. Plötzlich begann er zu lachen, bis es ihn schüttelte und er den Wagen wieder am Straßenrand abstellen mußte.

Oh, Frances, sagte er zu ihr, wie konnte ich, ohne es zu merken, zu diesem dummen, schlecht funktionierenden alten Mann geworden sein?

In der Erinnerung fühlte er sich innerlich noch immer als derselbe junge Mann, der nackt vor ihr gekniet war, als sie einander zum erstenmal geliebt hatten.

Und nachdem er sein ganzes Leben lang ein solches Heiligtum angebetet hatte, konnte er nicht plötzlich an einen rettenden Gott zu glauben beginnen, einfach weil er es jetzt nötig hatte, gerettet zu werden.

Und er konnte aber auch nicht – wurde ihm plötzlich erschreckend klar –, nachdem er sein ganzes Leben lang den Tod bekämpft hatte, sich jetzt selbst zum Tod verhelfen.

Als er das Krankenhaus erreichte, fand er Kender noch immer im Nierenlabor, wo er mit dem jungen Silverstone Röntgenaufnahmen durchsah.

»Ich möchte an die Maschine zurück«, sagte er.

Kender studierte einen Film, den er hochhielt. »Sie sind alle für den Rest des Abends besetzt«, sagte er. »Ich kann Sie erst morgen anschließen.«

»Wann?«

»Oh, sagen wir, zehn Uhr. Wenn Sie mit der Maschine fertig sind, will ich, daß Sie eine Bluttransfusion bekommen.«

Es war eine Feststellung, keine Bitte; Kender sprach zu einem Patienten, erkannte Longwood.

»Wir glauben nicht, daß die Maschine auf die Dauer die Lösung für Sie ist«, sagte Kender. »Wir werden versuchen, Ihnen eine Niere zu verschaffen.«

»Ich weiß, wie schwer es ist, Nierenempfänger zu wählen«, sagte Dr. Longwood steif. »Ich will keine Begünstigungen.«

Dr. Kender lächelte. »Sie erhalten keine. Ihr Fall wurde auf

Grund seines Interesses für Lehrzwecke durch das Transplantationskomitee ausgewählt, aber Sie haben eine seltene Blutgruppe, und natürlich kann es sehr lange dauern, bis wir einen Spender finden. Bis dahin werden Sie zuverlässig zweimal wöchentlich zur Behandlung mit der Maschine hier erscheinen.«

Dr. Longwood nickte. »Gute Nacht«, sagte er.

Draußen vor dem Laboratorium war dank der geschlossenen Türen das Geräusch der Maschine nicht zu hören, und es war still. Er hatte schon fast den Lift erreicht, als er die Tür öffnen und schließen und das Geräusch eiliger Schritte hörte.

Als er sich umdrehte, sah er, daß es Silverstone war.

»Sie haben das hier auf Dr. Kenders Tisch liegenlassen«, sagte Adam und hielt ihm die Phiole mit den Schlaftabletten hin.

Longwood suchte in den Augen des Jüngeren nach Mitleid, fand aber nur wachsames Interesse. Gut, dachte er, der da könnte vielleicht einen Chirurgen abgeben.

»Danke«, sagte er, als er die Flasche entgegennahm. »Ich werde vergeßlich.«

ADAM SILVERSTONE

Die Sechsunddreißig-Stunden-Schichten ließen die Tage und Nächte seltsam ineinanderfließen, so daß Silverstone in Zeiten zusätzlicher Arbeit nicht sicher war, ob es draußen dunkel oder hell war.

Er entdeckte, daß das Suffolk County General etwas war, nach dem er unbewußt schon lange gesucht hatte.

Das Krankenhaus war alt und schäbig, nicht so sauber, wie er es gern gehabt hätte, die ungewaschene Armut der Patienten war nervenzermürbend; die Verwaltung geizte auf üble, kleinliche Art, indem sie zum Beispiel an die Hausärzte nicht oft genug saubere weiße Anzüge ausgab. Aber die Chirurgie, die sie auf der Station praktizierten, war ungeheuer aufregend. Von Anfang an operierte er fast pausenlos, schon in den ersten Monaten, interessantere Fälle verschiedenster Art, als er sie je in Georgia in einem halben Jahr gehabt hatte.

Er hatte ein Gefühl der Entmutigung verspürt, als er zum erstenmal hörte, daß Rafe Meomartino mit der Nichte des Alten verheiratet war, mußte jedoch zugeben, daß die guten Fälle unparteiisch zwischen ihnen aufgeteilt wurden. Zwischen Meomartino und Longwood herrschte jedoch eine unerklärliche Kälte, und er war zu der Erkenntnis gelangt, daß das Verwandtschaftsverhältnis für Rafe eher ein Nachteil war.

Unbehaglich fühlte er sich nur, wenn er den sechsten Stock betrat, den er in einem unbedachten Augenblick zu einem kalten, einsamen Ort gemacht hatte.

Das Schlimmste an der ganzen Seifenepisode war, daß er Spurgeon Robinson wirklich gern hatte.

Er war eines Morgens ins Badezimmer gekommen, in dem sich der Spitalarzt eben rasierte, und sie hatten über Baseball gesprochen, während er aus seinen Kleidern und unter die Dusche stieg.

»Zum Teufel«, murmelte er.

»Was ist los?«

»Verdammt noch mal, ich habe keine Seife.«

»Nehmen Sie meine.«

Adam hatte die weiße Seife in Robinsons Hand angesehen und den Kopf geschüttelt. »Nein, danke.«

Unter dem warmen Sprühregen verflog sein Ärger, und einige Minuten später nahm er – gedankenlos – die dünne Scheibe gebrauchter Seife aus der Seifenschüssel und seifte seinen Körper damit ein.

Als Robinson ging, hatte er einen Blick in die Dusche geworfen.

»Ah, ich sehe, Sie haben ja doch eine gefunden«, sagte er.

»Ja«, sagte Adam in plötzlichem Unbehagen.

»Das ist dasselbe Stück, das ich gestern benutzt habe, um meinen schwarzen Arsch zu waschen«, hatte Spur liebenswürdig gesagt.

Geldmangel bedrohte ihn nicht mehr. Er wurde Nachtarbeiter, dank einem Freundschaftsdienst des dicken Anästhesisten, den die OP-Schwestern den »fidelen grünen Riesen« nannten und den er im stillen den »Dicken« nannte, der jedoch schlicht und einfach Norman Pomerantz hieß. Eines Tages schlenderte Pomerantz in das Ärztezimmer und fragte, während er sich Kaffee einschenkte, ob jemand daran interessiert sei, einige Nächte in der Woche Dienst in der Unfallstation eines Gemeindekrankenhauses zu machen, westlich von Boston.

»Es ist mir egal, wo es ist«, sagte Adam, noch bevor sonst jemand antworten konnte. »Wenn es was einbringt, mache ich es.«

Pomerantz lachte. »Es ist in Woodborough. Sie werden von der Krankenhausversicherung bezahlt.«

Also verhökerte er seinen Schlaf und war mit dem Handel durchaus nicht unzufrieden. Am ersten dienstfreien Abend im Suffolk County General nahm er die Hochbahn zum Park Square und einen Bus nach Woodborough; es war ein wunderliches New-England-Fabrikdorf, das sich erst vor kurzem in einen sich ständig ausbreitenden und dichtbevölkerten Pendlervorort verwandelt hatte. Das Krankenhaus war gut, aber klein, die Arbeit kaum anregend – Schwellungen und Prellungen, Schrammen und Schnitte; der komplizierteste Fall, der ihm unterkam, war eine Colles-Fraktur im Handgelenk –, aber finanziell war es wunderbar. Am folgenden Abend saß er im Bus nach Boston, als ihm plötzlich einfiel, daß er solvent war, und es erfüllte ihn fast mit Ehrfurcht. Natürlich war das Geld direkt aus seiner Haut geschnitten; er war sechzig Stunden lang nicht mehr im Bett gewesen – sechsunddreißig Stunden Dienst im Suffolk County General und anschließend weitere vierundzwanzig Stunden in Woodborough, aber das plötzliche Gefühl von Wohlstand war es wert. Als er in sein Zimmer im Krankenhaus zurückkehrte, schlief er acht Stunden durch und erwachte mit leerem Kopf, pelzigem Mund, aber – seltsamerweise – reich.

Er absolvierte die Busfahrt nach Woodborough jedesmal, wenn er dienstfrei war. Als er immer erschöpfter wurde, gewöhnte er sich gierige kleine Nickerchen an – auf Krankentragen, im Ärztezimmer sitzend, einmal sogar an eine Korridorwand gelehnt, und er genoß die Augenblicke des Schlafs wie ein Kind, das an einer Kugel aus hartem Zuckerwerk lutscht.

Er fühlte sich noch einsamer als gewöhnlich. Eines Nachts lag er auf seinem Bett und hörte Spurgeon Robinson auf der Gitarre spielen. Er hatte nicht gewußt, daß es solche Musik gab. Sie erzählte ihm eine Menge über den Spitalarzt. Nach einer Weile stand er auf, ging in einen Spirituosenladen und kaufte eine Sechserpackung Bier. Als er anklopfte, öffnete Robinson die Tür, stand einen Augenblick wortlos da und sah ihn an.

»Beschäftigt?« fragte Adam.

»Nein. Kommen Sie herein.«

»Ich dachte, wir könnten wieder auf das Dach hinaus und einen Schluck trinken.«

»Verrückte Idee, aber –«

Als perfekter Gastgeber öffnete Robinson das Fenster, ergriff den Papiersack und ließ Adam als ersten über das Fensterbrett steigen. Sie tranken und plauderten belangloses Zeug, dann aber ging ihnen plötzlich der Faden aus, und sie fühlten sich unbehaglich, bis Adam rülpste und Spur wild anstarrte.

»Gottverdammt«, sagte er, »es tut mir leid. Wir können

nicht herumgehen und aufeinander böse sein wie zwei kleine Jungen. Wir haben einen Beruf. Wir haben es mit Kranken zu tun, die darauf angewiesen sind, daß wir uns verständigen.«

»Wenn ich wütend werde, platze ich heraus«, sagte Spurgeon.

»Zum Teufel, Sie hatten recht. Ich mag überhaupt keine fremde Seife benutzen –«

Spurgeon grinste. »Ich würde die Ihre auch nicht benutzen, und wenn es um eine Wette ginge.«

»– aber je mehr ich darüber nachdenke, um so mehr weiß ich, daß das nicht der eigentliche Grund war, warum ich ablehnte«, sagte er leise.

Spurgeon sah ihn bloß an.

»Ich habe noch nie einen Farbigen wirklich gut gekannt. Als ich ein kleiner Junge in einer italienischen Umgebung in Pittsburgh war, fielen oft Banden schwarzer Kinder über uns her. Bis jetzt war das der erste Versuch, Kontakt mit der anderen Rasse anzuknüpfen.«

Spurgeon sagte noch immer nichts, und Silverstone griff nach einer frischen Bierdose. »Sie kennen viele Weiße?«

»In den letzten zwölf Jahren lebte ich mitten unter ihnen und war ihnen zahlenmäßig unterlegen.«

Sie schauten beide über die benachbarten Dächer zum Meer.

Robinson streckte ihm etwas entgegen. Adam griff danach, in der Meinung, es sei eine Bierdose, aber es war eine Hand.

Die er drückte.

Mit dem ersten Scheck von der Versicherung zahlte er den Vorschuß zurück, den er am Tage seiner Ankunft vom Krankenhaus erhalten hatte, und als der zweite Scheck eintraf, ging er in eine Bank und eröffnete ein Sparkonto. In Pittsburgh gab es den alten Mann, derzeit stumm, der sich aber jeden Augenblick melden und Geld verlangen konnte. Adam schwor sich, ihm zu widerstehen: mein ganzes Vermögen im Fall einer Katastrophe, aber keinen einzigen Cent für Schnaps. Obwohl er das Geld nicht abhob und die Gebrauchtwagenhöfe abzugrasen begann, erlebte er zum erstenmal das Verlangen, rücksichtslos Geld hinauszuwerfen. Er wollte ein Fahrzeug besitzen, mit dem er parken und in dem er mit einem Mädchen schlafen konnte, mit Gaby Pender vielleicht.

Nach sechs Wochen hatte er sie noch immer nicht gesehen. Er hatte ein paarmal mit ihr telefoniert, sich jedoch mit einer Einladung zurückgehalten, da er dem Drang nicht widerstehen konnte, nach Woodborough zu fahren, um seinen kleinen Schatz zu vergrößern.

Wenn sie wirklich miteinander ausgehen sollten, sagte er sich, würde er nicht jeden Penny umdrehen müssen.

Aber dann merkte er, daß sie am anderen Ende des Drahtes merklich steifer und mit jedem Anruf kühler wurde, und schließlich fühlte er sich gezwungen, ihr zu sagen, was er mit seiner dienstfreien Zeit anfing.

»Aber Sie werden vor Erschöpfung tot umfallen«, sagte sie entsetzt.

»Ich bin gerade dabei, mich zu bremsen.«

»Versprechen Sie mir, daß Sie sich das nächste Wochenende freinehmen.«

»Ich tue es, wenn Sie mit mir ausgehen. Sonntag abend.«

»Schlafen Sie sich lieber aus.«

»Erst nachdem ich Sie gesehen habe.«

»Schön«, sagte sie nach kurzer Pause. Es klang, als gebe sie gern nach, dachte er optimistisch.

»Wir gehen ganz groß aus.«

»Hören Sie«, sagte sie. »Ich habe eine wunderbare Idee. Sonntag abend wird ein Konzert der Bostoner Symphoniker aus Tanglewood übertragen. Ich bringe meinen Transistor mit, wir können eine Decke auf dem Gras der Esplanade ausbreiten und es uns anhören.«

»Sie wollen mir sparen helfen. Aber ich kann mir einen besseren Abend leisten.«

»Kostspieliger, nicht besser. Bitte. Wir können dort ungestört plaudern.« Sie war mit sechs Uhr einverstanden, damit ihnen mehr Zeit blieb.

»Sie sind verrückt«, sagte er, und das mit der Decke gefiel ihm großartig.

Sonntag nachmittag war seine frohe Erwartung auf ihrem Höhepunkt angelangt. Es war ein ruhiger Tag. Vorausschauend erledigte er alle routinemäßigen Einzelheiten schon frühzeitig, um jede lästige Verzögerung von vornherein auszuschalten. Über dem Schwesternzimmer hing eine große alte Uhr, die Zeiger standen auf fünfundzwanzig Minuten vor fünf, wie die Beine eines Charlestontänzers, der unmittelbar nach dem Kniefächeln erstarrt war. Noch fünfundachtzig lange Minuten, dachte er. Er würde duschen, sich umziehen und nach allen Seiten abgesichert das Krankenhaus verlassen. Gesalbt, gegürtet und behelmt, rasiert, das Gesicht mit Lotion abgerieben, gepudert, Schuhe geputzt, Haare niedergebürstet, mit hochfliegenden Träumen – um Gaby Pender abzuholen.

Er lehnte sich in seinem Stuhl zurück und schloß die Augen. Das große Gebäude war wie ein schlafender Hund, dachte er; es konnte zufrieden dahindösen, aber früher oder später...

Das Telefon surrte.

Schon war die alte Hündin wach, dachte er mit gequältem Lächeln und meldete sich: Unfallstation mit drei Verbrennungsfällen.

»Ich komme«, sagte er und ging. Im Lift überfiel ihn

Angst, ob es wohl etwas war, weshalb er sich bei seiner Verabredung verspäten würde?

Schon im Gang zur Halle schlug ihm Brandgeruch entgegen.

Es waren ein Mann und zwei Frauen. Adam sah sofort, daß die Frauen nicht allzu schlimm dran und bereits sediert waren; zwei Punkte für den neuen Facharztanwärter der Unfallstation, ein Bürschchen namens Potter, das gute Noten dringend brauchte. Potter hatte eine Tracheotomie bei dem Mann durchgeführt, wahrscheinlich seine erste (ein Pluspunkt für den Mut, und fünf Punkte minus: In diesem Fall hätte er noch ein paar Minuten warten und sie im Operationssaal machen sollen), und hantierte geschäftig und zitternd mit einem Beatmungskatheter herum und versuchte, Sekretionen abzusaugen.

»Hat man Meomartino angerufen?«

Potter schüttelte den Kopf, und Adam rief den Fellow an. »Wir könnten Hilfe brauchen, Doktor.«

Meomartino zögerte. »Können Sie nicht allein damit zurechtkommen?« fragte er scharf.

»Nein«, sagte Adam und legte den Telefonhörer auf die Gabel zurück.

»Gott, schauen Sie sich dieses Zeug an, das ich ihm aus der Lunge ziehe«, sagte Potter.

Adam sah hin und stieß ihn mit der Schulter beiseite. »Das ist gastrischer Inhalt aus dem Magen. Erkennen Sie denn nicht, daß er aspiriert ist?« sagte er ärgerlich. Er begann, soweit das möglich war, die Kleidung von dem verbrannten Fleisch abzuschneiden und abzuziehen. »Wie ist es passiert?«

»Der Branddirektor untersucht den Fall, Doktor«, sagte Maish Meyerson von der Tür her. »Es war in einem Delikatessenladen. Soweit wir herausbekommen konnten, explodierte eine Bratpfanne. Der Laden war wegen Renovierung geschlossen. Dem Geruch nach zu schließen, war die Pfanne mit einer Mischung aus Kerosin und Heizöl gefüllt. Wahrscheinlich entzündete sie sich, knapp bevor man sie zudeckte.«

»Ein Glück für ihn, daß es keine Pizzeria war. Nichts Schlimmeres als Mozzarella-Verbrennungen dritten Grades«, sagte Potter und bemühte sich mühsam, seine Fassung einigermaßen wiederzugewinnen.

Der Mann stöhnte.

Adam vergewisserte sich, daß er noch nicht sediert worden war, gab ihm fünf Milligramm Morphium und sagte dem Facharztanwärter, er solle die Verletzten soweit wie möglich reinigen, was unter den gegebenen Umständen nicht viel war; Feuer verursacht so viel Schweinerei.

Meomartino erschien mit steinernem Gesicht, wurde jedoch etwas umgänglicher, als er sah, daß tatsächlich mehr Hände benötigt wurden, nahm den Frauen Blut für Laborzwecke ab und bestimmte die Blutgruppen, während Adam dasselbe bei dem Mann durchführte; dann gaben sie den Patienten die ersten Elektrolyten und Kolloide mit denselben Nadeln, mit denen sie das Blut entnommen hatten. Als man die drei Patienten in den OP 3 brachte, hatte eine Schwester inzwischen die Brieftasche des Patienten durchsucht, Namen und Alter festgestellt, Joseph P. – für Paul – Grigio, 48. Rafael Meomartino überwachte Potter, der sich um die Frauen kümmerte, während Adam den Harnkatheter bei Mr. Grigio einführte und dann einen Schnitt auf der langen Vena saphena des Knöchels machte, eine Kunststoffkanüle einführte und sie mit Seidenligaturen fixierte, um die intravenöse Rettungsleine herzustellen.

Der Mann hatte schwere Verletzungen, etwa fünfunddreißig Prozent seiner Körperoberfläche – Gesicht (Lunge?), Brust, Arme, Leistengegend, an einem kleinen Teil der Beine und des Rückens. Früher einmal war er muskulös gewesen, jetzt aber war er schlaff. Wieviel Kraftreserven besaß wohl dieser Körper mittleren Alters?

Adam merkte plötzlich, daß ihn Meomartino beobachtete, wie er den Patienten abschätzte.

»Nichts zu machen, morgen ist er nicht mehr da«, sagte der Fellow, als sie ihre Handschuhe abstreiften.

»Ich glaube doch«, sagte Adam unwillig.

»Warum?«

Er zuckte die Achseln. »Bloß so ein Gefühl. Ich habe ziemlich viel Verbrennungen erlebt.« Im selben Augenblick wurde er wütend über sich: Er hatte sich wohl kaum auf Verbrennungen spezialisiert.

»In Atlanta?«

»Nein, als ich noch an der Medical School in Philadelphia war, arbeitete ich als Famulus in der Leichenkammer.«

Meomartino sah ihn gequält an. »Es ist nicht dasselbe, wie an Lebenden zu arbeiten.«

»Das weiß ich. Aber ich habe das Gefühl, daß es dieser Bursche schaffen wird«, sagte er störrisch.

»Ich hoffe es, aber ich glaube es nicht. Er gehört Ihnen.« Meomartino wandte sich zum Gehen, blieb dann aber stehen. »Ich mache Ihnen einen Vorschlag. Falls er es schafft, bezahle ich Ihnen eine Woche lang den Kaffee in Maxies Laden.«

Verfluchter Witzbold, dachte Adam, als er ihm nachsah, wie er die Frauen zur Station begleitete.

Er verabreichte dem Mann eine vorbeugende Tetanusspritze und folgte ihm dann, als er in die Station hinaufgebracht wurde. Er errechnete nach der Evansregel, wieviel Flüssigkeitsersatz für einen Mann von fünfundachtzig Kilo Körpergewicht nötig war, kam auf 2100 Kubikzentimeter Kolloide, 2100 Kubikzentimeter Salze und 2000 Kubikzentimeter Wasser zwecks Harnabsonderung. Die Hälfte davon mußte in den ersten acht Stunden in die Vene geträufelt werden, gleichzeitig mit einer massiven Dosis Antibiotika, um die Bakterien zu bekämpfen, die sich auf der gesamten verkohlten und verschmutzten Fläche einnisten würden.

Als sie im zweiten Stock das Bett aus dem Lift schoben, sah er mit plötzlicher Bestürzung auf die Uhr. Sechs Uhr fünfzehn.

Er hätte sich schon längst für Gaby fertigmachen sollen. Statt dessen lagen noch mindestens zwanzig Minuten Arbeit vor ihm, bis er seinen Patienten verlassen konnte.

Das Zimmer 218 war frei, er legte Mr. Grigio hinein und überlegte, wie er die Verbrennungen lokal behandeln könnte; was wohl Meomartino bei den Patienten in der Frauenabteilung unternahm? Miß Fultz saß in der Schwesternstation und arbeitete mit ihrem dicken schwarzen Füllfederhalter an den unvermeidlichen Krankengeschichten. Wie gewöhnlich hätte er auch der Schatten einer Mücke sein können. Es war sinnlos zu warten, bis sie aufschaute; er räusperte sich. »Wo finde ich ein großes steriles Becken? Und ich brauche noch einige andere Sachen.«

Eine Lernschwester eilte soeben vorbei. »Miß Anderson, geben Sie ihm, was er braucht«, sagte die Oberschwester leise, ohne die Feder abzusetzen.

»Joseph P. Grigio liegt auf 218. Er braucht Spezialschwestern für mindestens drei Schichten.«

»Keine verfügbar«, sagte sie zu ihrem Schreibtisch.

»Zum Teufel, wieso nicht?« sagte er, mehr verärgert über ihre Weigerung, mit ihm zu sprechen, als über das Problem selbst.

»Aus irgendwelchen Gründen werden Mädchen heute nicht mehr Krankenschwestern.«

»Wir werden ihn auf die Station für Intensivpflege legen müssen.«

»Die Pflege auf der Station für Intensivpflege ist gar nicht so intensiv. Sie ist seit einer Woche überbelegt«, sagte sie, während die große Lanze der Feder enge kleine Kreise in der Luft zog, bevor sie auf die Seite niederstieß und einen Punkt festnagelte.

»Fordern Sie Spezialschwestern an. Benachrichtigen Sie mich, sobald Sie etwas wissen, bitte.«

Er nahm eine weiße sterile Schüssel von Miß Anderson entgegen und mischte darin seinen Hexentrank. Eiswürfel, um die Verbrennungen zu kühlen und zu betäuben und das Anschwellen soweit wie möglich niederzuhalten. Bittersalz, weil gewöhnliches Wasser eine auslaugende Wirkung auf die Elektrolyten des Körpers gehabt hätte. Phisohex zum Reinigen; es gerann zu Wirbeln, als er die Mischung umrührte. Fehlten nur noch Drachenblut und die Zunge eines Wassermolchs …

Er wollte Mulltupfer aus einem Schrank nehmen, als er jedoch auf einem höheren Bord Monatsbinden entdeckte, nahm er drei Schachteln Kortex heraus, ideal für seine Zwecke.

»Ah – Sie sind zufällig nicht frei, um diesem Patienten eine kleine Hilfe zu leisten?«

»Nein, Herr Doktor. Miß Fultz beschäftigt mich mit tausend Dingen gleichzeitig, einschließlich Austragen von Bettflaschen für die ganze Station.«

Er nickte seufzend. »Würden Sie wenigstens eines für mich tun? Schnell einen Anruf machen?« Er schrieb Gabriele Penders Namen und Telefonnummer auf einen Rezeptblock und riß den Zettel ab. »Sagen Sie ihr, daß ich mich etwas verspäten werde.«

»Gut. Sie wird warten. Ich jedenfalls täte es.« Das Mädchen grinste und war weg; er dachte eine Weile über die Anziehungskraft kleiner skandinavischer Hinterbacken nach, aber nicht lange. Er trug die Schüssel vorsichtig auf Zimmer 218, verschüttete nur wenig auf dem gewachsten Boden des Ganges und ließ die Bauschen in das Gebräu fallen. Er drückte sie leicht aus, um die überflüssige Nässe zu entfernen, und legte dann jeden nassen Bausch auf verbranntes Fleisch, beim Kopf beginnend und nach unten arbeitend, bis

Mr. Grigio einen verrückten Anzug aus durchtränkten Kortextüchern trug. Als er die Schienbeine bedeckt hatte, fing er wieder oben an und ersetzte die ersten, schon erwärmten Bauschen durch kalte, nasse.

Mr. Grigio schlief, von einer Opiumwelle getragen. Vor zehn Jahren war sein Gesicht zweifellos schön gewesen, das Gesicht eines italienischen Fechters, aber das gute Aussehen des Südländers hatte durch den zurückweichenden Haaransatz und die Hängebacken gelitten. Morgen früh würde das Gesicht ein grotesker Ballon sein.

Der Verbrannte bewegte sich. *»Dove troviamo i soldi?«* stöhnte er. Er fragte sich, woher er Geld bekommen konnte. Nicht von der Versicherung, dachte Adam. Armer Mr. Grigio. Das Öl und das Kerosin waren auf dem Ofen gewesen, aber jetzt, da sich das Amt des Branddirektors für den Fall interessierte, hieß das für Mr. Grigio, Öl ins Feuer gießen.

Der Mann bewegte sich unruhig und murmelte einen Namen, vielleicht den seiner Frau, gepeinigt von seinem Gewissen oder einer Vorahnung kommender Schmerzen, falls er am Leben blieb.

Adam tauchte die Bäusche in die eisige Schüssel, wand sie aus, legte sie auf, und die Armbanduhr, die er am Arm hochgeschoben hatte, tickte spöttisch.

Kurz nachdem er den Inhalt der vierten eisgekühlten Schüssel aufgebraucht und wieder aufgefüllt hatte, machte er eine Pause und bemerkte, daß Miß Fultz neben ihm stand und ihm eine bauchige Kanne hinstreckte.

Erstaunt nahm er den Tee entgegen.

»Ich glaube, ich habe für heute abend eine Spezialschwester aufgetrieben«, sagte Miß Fultz. »Sie ist um elf fällig, und ich bin bis dahin frei. Es ist nur eine Stunde. Gehen Sie jetzt.«

»Ich hatte tatsächlich eine Verabredung«, sagte er, als er seine Sprache wiedergefunden hatte.

Zehn Uhr fünf!

In der nächsten Telefonzelle wählte er Gabys Nummer und hörte gleich darauf eine amüsierte weibliche Stimme. »Das muß wohl Doktor Silverstone sein?«

»Ja.«

»Hier spricht Susan Haskell, Gabys Zimmergenossin. Sie wartete und wartete. Vor ungefähr einer Stunde sagte sie mir, wenn Sie anrufen, soll ich Ihnen sagen, daß Sie sie auf der Esplanade treffen sollen.«

»Sie ist allein hingegangen, um in der Dunkelheit am Fluß zu warten?« fragte er und dachte an Mord und Vergewaltigung.

Es entstand eine Pause. »Sie kennen Gaby nicht sehr gut, nicht wahr?« sagte die Stimme.

»Wo auf der Esplanade?«

»Neben dem Podium der Musikkapelle, das wie eine Muschel geformt ist. Kennen Sie es?«

Er kannte es nicht, wohl aber der Taxifahrer. »Heute abend gibt's kein Konzert«, sagte der Taxifahrer.

»Ich weiß, ich weiß.«

Als er aus dem Taxi stieg, ging er vom Storrow Drive über das weiche Gras in die Dunkelheit hinein. Zuerst dachte er, sie sei nicht da, dann aber sah er sie ziemlich weit vorne auf ihrer Decke unter einem Laternenpfahl sitzen, als sei dieser eine schützende Tanne.

Als er sich neben sie auf die Decke fallen ließ, lächelte sie ihn warm an, und er vergaß, daß er müde war.

»War es etwas Welterschütterndes, dessentwegen Sie mich fast sitzenließen?«

»Ich bin soeben erst fertig geworden. Ich war überzeugt, daß Sie nicht warten würden.« Er wies auf seinen Ärztekittel. »Ich habe mir nicht einmal die Zeit genommen, mich umzuziehen.«

»Ich bin froh, daß Sie schließlich doch gekommen sind. Sind Sie hungrig?«

»Am Verhungern.«

»Ich habe Ihre belegten Brote verschenkt.«

Er sah sie an.

»Sie sind nicht aufgetaucht. Da sind drei hoch aufgeschossene Schuljungen dahergekommen. Einer war ein lieber kleiner Kerl, dem herausrutschte, daß sie kein Geld fürs Abendessen hätten. Hier ist eine Pflaume.«

Er nahm und aß sie, weil ihm nichts Charmantes einfiel, das er hätte sagen können. Die Pflaume war peinlich saftig. Er bekleckerte sich und fühlte sich im Nachteil, wo er doch diesem Mädchen Eindruck machen wollte. Ihre Zimmergenossin hatte, während er fast krank war vor Sehnsucht, sie wiederzusehen, absolut recht gehabt: Er kannte sie überhaupt nicht; praktisch war er nur drei Stunden mit ihr beisammengewesen, eine davon mitten in einer Gesellschaft in dem überfüllten Wohnzimmer von Herb Shagers Schwester in Atlanta.

»Schade, daß Sie die Symphonie versäumt haben«, sagte sie.

»Kommt das häufig vor?«

»Nicht ganz so häufig«, sagte er, weil er sie nicht abschrecken wollte. Er legte sich auf die Decke zurück. Später erinnerte er sich daran, daß er mit ihr über Musik und ihren Lehrplan in Psychologie gesprochen hatte und ihm dann die Augen zugefallen waren. Als er sie wieder öffnete, merkte er, daß er geschlafen hatte, wußte jedoch nicht, wie lange. Sie saß da, blickte zum Fluß hinüber und wartete geduldig. Wie hatte er dieses Gesicht nur vergessen können. Falls die Nase das Ergebnis einer Schönheitsoperation war, hatte sich das Geld dafür gelohnt. Die Augen waren braun, jetzt still, aber sehr lebendig. Ihr Mund war vielleicht etwas groß, die Oberlippe dünn und deutete auf Bissigkeit, die Unterlippe üppig.

Das dunkelblonde Haar, das im Laternenlicht schimmerte, hatte Sonnenstreifen. Ein Muttermal saß unter dem linken Auge und betonte den Backenknochen. Ihre Züge waren nicht regelmäßig genug, um sie zu einem wirklich hübschen Mädchen zu machen. Sie war zwar sehr klein, aber sexuell zu anziehend, um das Prädikat »nett« nicht zu verdienen. Etwas zu dünn, entschied er.

»Das ist die tiefste Sonnenbräune, die ich seit langem gesehen habe. Sie müssen Ihr Leben am Strand verbringen«, sagte er.

»Ich habe eine Höhensonne. Drei Minuten täglich, das ganze Jahr hindurch.«

»Auch im Sommer?«

»Aber sicher. Mehr Abgeschlossenheit in meinem Schlafzimmer.«

Es würden keine weißen Flecken oder Trägerstreifen vorhanden sein. Er spürte eine Schwäche in den Knien.

»Einer der Jungen an der Uni behauptet, meine Leidenschaft für körperliche Wärme rühre daher, daß ich aus einer zerrütteten Familie komme. Ich liebe heiße Tage.«

»Ihr analysiert einander im Psychologieunterricht?«

Sie lächelte. »Nach dem Unterricht. Ständig.« Sie legte sich neben ihn auf die Decke zurück. »Sie riechen nach starken männlichen Säften«, sagte sie, »und als wären Sie bei einem Brand gewesen.«

»Gott, so schlimm ist es? Ich hatte vor, duftend wie eine Blume zu Ihnen zu kommen.«

»Wer will schon, daß ein Mann wie eine Blume riecht?«

Ihre Köpfe waren einander auf der Decke sehr nahe, und es bedurfte nur geringer Anstrengung, sie zu küssen.

Er küßte das Muttermal.

Aus dem Transistor klang leise das Leitmotiv aus »Sonntags nie«.

»Können Sie Hasapiko?«

»Ich möchte es gern lernen«, sagte er wollüstig.

»Den griechischen Tanz.«

»Oh, den. Nein.«

Er erhob sich unwillig, als sie darauf bestand, ihm die Schritte zu zeigen. Er hatte den angeborenen Rhythmus eines guten Tauchers und lernte den Grundschritt schnell. Sie hielten einander an den Händen, tanzten zu dem trägen Rhythmus und dann, als die Musik aus dem Apparat zu einem Crescendo anschwoll, immer wilder. Sorbas und seine Frau auf dem weichen Gras der Esplanade, aber natürlich machte er einen Fehler, und sie stürzten, lachend und atemlos, und er küßte sie wieder und fühlte ihre Wärme unter seinem Mund, in seinen Armen.

Es war hübsch. Sie lagen da, ohne zu reden und mit einem Gefühl der Geborgenheit, während hinter ihnen der Verkehr über den Storrow Drive donnerte und der Fluß vor ihnen bis zu den Lichtern des Memorial Drive auf dem Cambridge-Ufer dunkel dahinzog; in seiner Mitte schwebte ein verschwommenes weißes Segel.

Natürlich wurden sie unter ihrem Laternenpfahl von den Scheinwerfern des Bootes erfaßt.

Das Segel zog weiter. »Ich möchte eine Bootsfahrt machen«, sagte er.

»Im Segelklub, gleich hinter der Konzertmuschel, gibt es ein paar Ruderboote.«

Er streckte die Hand aus, sie ergriff sie, und sie liefen zum Dock. Die Ruder fehlten, aber er half ihr trotzdem in ein Boot. »Wir können so tun, als sei ich Odysseus«, sagte er, noch immer in hellenischer Stimmung. »Du bist eine Sirene.«

»Nein. Ich bin einfach nur Gabriele Pender.«

Sie saßen im Heck, mit dem Gesicht zum gegenüberliegenden Ufer und den Lichtern, die eigentlich die Stimmung hätten stören müssen, es aber nicht taten, Cambridge Electric und die Electronic Corporation of America und alle anderen. Wieder küßte er sie, und als er sich von ihr löste, sagte sie: »Er war verheiratet.«

»Wer?«

»Odysseus. Erinnerst du dich an die arme Penelope, die daheim in Ithaka wartete?«

»Er hatte sie zwanzig Jahre lang nicht mehr gesehen. Also schön, dann bin ich jemand anders.« Er vergrub sein Gesicht in ihrem Haar. Gott, roch sie gut. Ihr kaum merkbarer Atem wurde schneller, als er ihren Hals küßte, und ihr zarter Puls trommelte kleine Hammerschläge auf seinen Lippen. Das Boot hob und senkte sich auf den winzigen Wellen, die von der Flußmündung zu ihnen kamen und unter dem Dock plätscherten.

Die Stechmücken trieben sie an Land. Er half ihr, die Dekke zu falten, und sie verstauten sie in ihrem Wagen, einem arg mitgenommenen blauen Plymouth Convertible Baujahr 1963, der abseits vom Storrow Drive geparkt war. Sie gingen in eine Cafeteria in der Charles Street, saßen an einem Tisch an der Wand und tranken Kaffee.

»War es ein Unfall, der dich im Krankenhaus festhielt?«

Er erzählte ihr von Grigio. Sie war eine gute Zuhörerin und stellte intelligente Fragen.

»Ich fürchte mich nicht vor Feuer oder Ertrinken«, sagte sie.

»Das heißt, daß du dich doch vor etwas fürchtest.«

»Wir hatten viele Krebsfälle in der Familie, auf beiden Seiten. Meine Großmutter ist vor kurzem daran gestorben.«

»Das tut mir leid. Wie alt war sie?«

»Einundachtzig.«

»Darauf würde ich mich einlassen.«

»Nun ja, ich auch. Aber meine Tante Louisa zum Beispiel.

Eine junge, schöne Frau. Ich will nicht sterben, bevor ich wirklich alt bin«, sagte sie. »Sterben sehr viele Patienten in dem Krankenhaus? Eine hohe Zahl, meine ich?«

»In einer Abteilung wie der unseren monatlich ein paar. Wenn auf unserer Station ein Monat ohne Todesfall vergeht, gibt der Oberarzt oder der Fellow ein Fest.«

»Feiert ihr viele Feste?«

»Nein.«

»Ich könnte das nicht tun, was du tust«, sagte sie. »Ich könnte den Schmerzen und dem Sterben nicht zusehen.«

»Es gibt viele Arten zu sterben. Auch in der Psychologie gibt es Leiden, denen man zusehen muß, nicht?«

»Sicher, in der klinischen. Das ist auch der Grund, warum ich dabei landen werde, süße kleine Jungen zu testen, um zu sehen, warum sie nicht unter dem Bett hervorkommen.«

Er nickte lächelnd.

»Wie ist das, jemanden sterben zu sehen?«

»Ich erinnere mich an das erste Mal ... Ich war noch Student. Da war dieser Mann ... Nun, ich sah ihn auf meinen Visiten. Er war einfach prima, lachte und riß Witze. Während ich seine I. V. fixierte, blieb sein Herz stehen. Wir versuchten alles nur Mögliche, um ihn zurückzuholen. Ich erinnere mich, wie ich ihn ansah und mich fragte: Wohin ist er gegangen? Was war es, das fortging? Was hat ihn von einem Menschen in ... das hier verwandelt?«

»Gott«, sagte sie. Dann: »Ich habe so einen Knoten bekommen.«

»Was?« sagte er.

Sie schüttelte den Kopf.

Aber er hatte es doch gehört. »Wo?«

»Das möchte ich lieber nicht sagen.«

»Um Christi willen«, sagte er, »ich bin doch Arzt, nicht?« Wahrscheinlich die Brust, dachte er.

Sie schaute weg. »Bitte. Es tut mir leid, daß ich es erwähnt habe. Ich bin überzeugt, es ist nichts. Ich gehöre zu der Sorte, die sich pausenlos Sorgen macht.«

»Warum meldest du dich dann nicht bei einem Arzt zu einer Untersuchung an?«

»Ich werde es tun.«

»Versprichst du es mir?«

Sie nickte, lächelte ihn an und wechselte das Thema, erzählte ihm von sich: Eltern geschieden; Vater wiederverheiratet und Kurdirektor in einem Ort in den Berkshires, Mutter mit einem Viehzüchter in Idaho wiederverheiratet. Er erzählte ihr, daß seine Mutter Italienerin gewesen und gestorben und sein Vater Jude war, vermied es aber sorgfältig, mehr von sich zu erzählen. Sie merkte es und drängte ihn nicht.

Als jeder drei Tassen Kaffee getrunken hatte, bestand sie darauf, ihn zum Krankenhaus zurückzufahren. Er gab ihr keinen Gutenachtkuß, teils weil sie am Eingang zum Krankenhaus nicht ungestört waren, teils weil er zu müde war, um Sorbas oder Odysseus oder sonst jemand sein zu wollen, außer einer schlafenden Gestalt auf einem Bett in dem Zimmer im obersten Stock.

Dennoch ließ er den Lift im zweiten Stock anhalten und ging, wie von einem Magneten angezogen, zu Zimmer 218. Nur einmal schnell nachsehen, versprach er sich, dann würde er zu Bett gehen. Helen Fultz lehnte steif über Joseph Grigio.

»Was tun Sie da?«

»Die Schwester von elf bis sieben ist nicht aufgetaucht.«

»Nun, jetzt bin ich hier.« Sein Schuldgefühl äußerte sich in Ärger.

»Bitte gehen Sie schlafen.« Wie alt sie wohl war, fragte er sich. Sie sah erledigt aus, ihr graues Haar hing in Strähnen über das zerfurchte Gesicht mit den verkniffenen Lippen.

»Ich gehe nicht. Es ist zu lange her, seit ich altmodischen

Schwesterndienst verrichtet habe. Schreibarbeiten verwandeln einen in einen Beamten.« Ihr Ton duldete keine Widerrede, aber er suchte sie doch zu überreden. Schließlich schlossen sie einen Kompromiß. Es war kurz nach Mitternacht. Er sagte, sie könne bis ein Uhr bleiben. Die Anwesenheit eines zweiten, fand er, machte alles anders. Sie hüllte sich zwar weiterhin in ihr neurotisches Schweigen, braute jedoch einen Kaffee, der heißer war als Gabys Fleisch und schwärzer als Robinsons Haut. Sie wechselten einander beim Auflegen der Verbände ab, wenn ihre Hände durch das ständige Eintauchen in die eisgekühlte Salzlösung steif wurden.

Joseph Grigio atmete weiter. Diese alte Schraube, diese stumme graue Hexe, diese müde alternde Frau hatte ihn am Leben erhalten. Mit Hilfe eines Chirurgen erholte er sich jetzt vielleicht doch und würde sich als Esel erweisen. Shakespeare.

Um zwei Uhr früh vertrieb er sie trotz ihrer bösen Blicke. Allein war es schwerer. Die Augenlider fielen ihm zu, in seinen verkrampften Rückenmuskeln meldete sich ein leiser Schmerz. Das linke Bein seiner einst weißen Hose war vom tropfenden Salzwasser der Naßpackungen feuchtkalt.

Das Krankenhaus war still.

Mit Ausnahme gelegentlicher kleiner Geräusche. Schmerzensschreie, unterdrücktes hohles Trommeln von Urin in Bettflaschen, das Klopfen von Gummiabsätzen auf Linoleumböden; alles verschmolz mit dem Hintergrund wie Grillenzirpen und Vogelrufen auf dem Land, mehr erahnt als tatsächlich gehört.

Zweimal döste er kurz ein und riß sich wach, um hastig die Eiswasserpackungen zu wechseln.

Entschuldigen Sie, Mr. Grigio, sagte er stumm zu der auf dem Bett liegenden Gestalt.

Wäre ich nicht so geldgierig gewesen, dann wäre ich jetzt

ausgeruhter, besser imstande, mich um Sie zu kümmern. Aber ich bin mit gutem Grund geldgierig, und ich brauche das Geld, das ich für die Nachtarbeit erhalte. Brauche es wirklich.

Nur bitte, sterben Sie nicht, weil ich einschlafe.

Gott, laß mir das nicht zustoßen. Laß ihm das nicht zustoßen.

Seine Hände tauchten in das Eiswasser.

Würgten das kalte Tuch.

Legten die eisige Packung auf.

Nahmen das Gewebe, das für warme weibliche Lenden bestimmt war, dessen Hitze jedoch jetzt von männlichem Fleisch ausging, und ließen es zum Erkalten wieder in die Schüssel fallen.

Er wiederholte die Prozedur immer wieder, während Joseph Grigio unbewußt leise Seufzer hauchte, hie und da unverständliche italienische Sätze wimmerte. Sein verbranntes Gesicht und sein Körper waren nun merklich geschwollen.

Höre, sagte Adam zu ihm.

Wenn du stirbst, komme ich in höllische Schwierigkeiten. Du wirst mir nicht wegsterben, du erbarmungswürdiger Hurensohn von einem Brandopfer.

Tu's lieber nicht, drohte er.

Einmal meinte er, den Harlekin durch die Gänge der Station gehen zu hören.

»Weg von hier«, sagte er laut.

Scutta mal occhio, pf, pf, pf.

Und wiederholte es wie eine Litanei, als er die Hände in die kalte Nässe zwang.

Er merkte nicht mehr, wie die Stunden vergingen, aber er mußte nicht mehr gegen den Schlaf kämpfen. Schmerzen spornten ihn an und hielten ihn wach. Manchmal weinte er fast vor Schmerz, wenn er in die Schüssel griff, deren Eis er im Laufe der Nacht noch dreimal nachgefüllt hatte. Seine

Hände schwollen an und wurden blau, die Finger ließen sich nur schwer krümmen, die Fingerspitzen waren runzelig und gefühllos.

Einmal vergaß er vor eigener Qual den Patienten und verließ ihn.

Er stand auf, rieb sich die Hände, streckte sich, krümmte den steifen Rücken, bog die Finger, blinzelte heftig, ging in die Toilette, erleichterte sich, wusch die wunden Hände in wunderbar warmem Wasser.

Als er ins Zimmer 218 zurückkehrte, waren die Packungen auf Mr. Grigios Körper warm, viel zu warm. Wütend drückte er neue aus, legte sie auf, ließ die gebrauchten in die Schüssel fallen.

Mr. Grigio stöhnte, und er antwortete ihm mit einem Stöhnen.

»Sie waren doch nicht die ganze Nacht hier?« sagte Meomartino.

Er erwiderte nichts.

»*Christos.* Offenbar tun Sie alles, um den Kaffee zu gewinnen.«

Er hörte die Stimme wie durchs Telefon, obwohl der Fellow jetzt neben ihm stand.

Es war Tag, erkannte er.

Mr. Grigio atmete noch immer.

»Zum Teufel, Sie gehen jetzt hinauf, schlafen.«

»Eine Schwester?« fragte er.

»Ich werde jemanden auftreiben, Dr. Silverstone«, sagte Miß Fultz. Er hatte nicht gesehen, daß sie in der Tür stand.

Er stand auf.

»Soll ich Ihnen das Frühstück hinaufschicken? Oder Kaffee?« frage Miß Fultz.

Er schüttelte den Kopf.

»Los. Ich fahre mit Ihnen hinauf«, sagte Meomartino.

Als sie den Lift betraten, sprach ihn Helen Fultz wieder an. »Haben Sie besondere Anweisungen, Dr. Silverstone?«

Er schüttelte den Kopf. »Wecken Sie mich, wenn es Schwierigkeiten geben sollte.« Er merkte, daß er sehr sorgfältig artikulieren mußte.

»Sie wird *mich* rufen«, sagte Rafe Meomartino verärgert.

»Sicher, Dr. Silverstone. Schlafen Sie gut«, sagte sie, als sei Meomartino gar nicht vorhanden.

Während der Lift hinauffuhr, sah ihn Meomartino neugierig an. »Wie lange sind Sie jetzt hier, sechs, sieben Wochen? Noch keine zwei Monate. Und sie spricht mit Ihnen. Ich habe zwei Jahre dazu gebraucht. Einigen Burschen gelingt es nie. Sechs Wochen sind die kürzeste Zeit, von der ich je gehört habe.«

Adam öffnete den Mund, um etwas zu sagen, aber es wurde nur ein Gähnen.

Um 7 Uhr 15 sank er in Schlaf und wurde irgendwann nach 11 Uhr 30 durch ein Trommeln an seiner Zimmertür geweckt. Meyerson, der Ambulanzfahrer, stand draußen und sah ihn mit freundlicher Verachtung an.

»Nachricht aus dem Büro, Doktor. Sie haben auf Ihren Anruf nicht reagiert.«

Adams Kopf tobte. »Herein«, flüsterte er, sich die Schläfen reibend. »Gottverfluchter Traum.«

Meyerson sah ihn mit neuem Interesse scharf an. »Worum ging's?«

Er und Gaby Pender waren gestorben. Sie hatten einfach aufgehört lebendig zu sein, waren jedoch nirgendwohin gegangen; es hatte sich nichts geändert, es gab weder *kein* noch *ein* Leben nach dem Tod.

Meyerson hörte interessiert zu.

»Sie haben keine Zahlen geträumt?«

Adam schüttelte den Kopf. »Was wollen Sie mit Zahlen?«

»Ich bin ein Mystiker.«

Ein Mystiker? »Was geschieht mit der Seele nach dem Tod, Maish?«

»Wie gut kennen Sie Ihren Talmud?«

»Das Alte Testament?«

Meyerson sah ihn sonderbar an. »Nein. Jesus Christus, wo sind Sie in die hebräische Schule gegangen?«

»Ich habe keine besucht.«

Der Ambulanzfahrer seufzte. »Ich weiß ja nicht viel, aber so viel weiß ich. Der Talmud ist das Buch der alten Gesetze. Darin heißt es, daß die guten Seelen unter Jehovas Thron gestellt werden.« Er grinste. »Es muß ein verflucht großer Thron sein, oder aber es gibt verdammt wenige, die was taugen.«

»Und die bösen Seelen?« fragte Adam unwillkürlich.

»An den entgegengesetzten Ecken der Welt stehen zwei Engel und spielen Fangball mit den schlechten Kerlen.«

»Sie ziehen mich auf.«

»Nein. Schmeißen die armen *momsers* hin und her.« Meyerson erinnerte sich an seinen Auftrag. »Hören Sie, unten ist ein R-Gespräch aus Pittsburgh. Wenn Sie es annehmen, wählen Sie die Zentrale…« Er sah auf einem Zettel nach. »…Apparat 284.«

O Gott.

»Danke. He!« Er rief ihn zurück. »Können Sie mir wechseln?«

»Nur mein Schmu-Geld.«

»Was?«

»Meinen Spieleinsatz. Pokergeld.«

»Oh, geben Sie mir etwas davon ab?« Er reichte ihm zwei Noten und erhielt dafür Silbermünzen.

»Nur Sie und das Weibsbild in dem Traum? Keine Zahlen?«

Adam schüttelte den Kopf.

»Das sind zwei Leute. Ich werde 222 spielen. Kleines Lotto. Wollen Sie, daß ich einen halben Dollar für Sie setze?«

So etwas nennt sich Mystiker. »Nein.«

Maish zuckte die Achseln und ging. Adams Kopf schmerzte, und sein Mund war trocken, als er zu dem Wandtelefon in der Halle ging.

Einmal mußte es ja kommen, dachte er.

Endlich ist er von einer Brücke gestürzt. Oder hinuntergesprungen. Oder er ist vielleicht in einem Krankenhaus, möglicherweise verbrannt wie Mr. Grigio. Es passiert jeden Tag, daß Kinder Betrunkene anzünden.

Aber der Anruf kam von seinem Vater persönlich, sagte die Telefonistin. Fünfmal ein 25-Cent-Stück, ein 5- und ein 10-Cent-Stück.

»Adam? Bist du's, mein Sohn?«

»Was ist los, Paps?«

»Nun, ich brauche ein paar Hunderter. Ich will, daß du sie mir beschaffst.«

Erleichterung und Zorn, wie eine Kinderschaukel.

»Ich habe dir das letztemal Geld gegeben. Deshalb bin ich auch wie ein Vagabund hierhergekommen und mußte mir selbst Geld leihen, einen Vorschuß vom Krankenhaus.«

»Ich weiß, daß du selbst keines hast. Ich habe gesagt: Beschaff es mir. Hör zu. Borg es dir wieder aus.«

»Wozu brauchst du es?«

»... krank wie ein Hund.«

Plötzlich war es ganz leicht. Er mußte betrunken sein, sonst hätte er nicht so plump gelogen. Nur nüchtern war er gerissen und gefährlich. »Geh in die Medical School und sag Maury Bernhardt – Dr. Bernhardt –, daß ich dich schicke. Er wird mich anrufen, und ich sage ihm, daß er dir alle Pflege angedeihen lassen soll, die du brauchst.«

»Ich brauche Geld, das Geld.«

Es hat eine Zeit gegeben, dachte Adam, da hätte ich etwas versetzt, nur damit du es bekommst.

»Von mir bekommst du nichts mehr.«

»Adam –«

»Wenn du stockbesoffen bist, und es klingt ganz danach, dann werde nüchtern und such dir Arbeit. Ich schicke dir zehn Dollar Zehrgeld.«

»Adam, tu mir das nicht an. Sei barmherzig, Sohn...« Das Schluchzen kam prompt wie auf ein Stichwort.

Adam wartete, bis der Anfall vorbei war, und wurde um eine Spur nachgiebiger. »Ich lege noch fünf drauf. Fünfzehn Dollar, aber das ist alles.«

Sein Vater schneuzte sich gemächlich in Pittsburgh auf Kosten der Zusatzgebühr für Ferngespräche. Als er wieder sprach, lag die alte Arroganz wieder in seiner Stimme. »Ich habe ein Zitat für deine Sammlung, du Dampfplauderer.«

»Paps...« Aber dann wartete er aufmerksam.

»Schade, daß du klüger geworden bist, schade, daß du größer geworden bist... Verstanden?«

Adam wiederholte es.

»Ja«, sagte Myron Silberstein und legte auf. Oh, der alte Schurke, wie er den großen Abgang liebte!

Adam stand mit dem Hörer am Ohr da und wußte nicht, sollte er lachen oder weinen, die Augen geschlossen gegen das beharrliche Dröhnen im Kopf, das immer lauter wurde. Er spürte, wie er wegen seiner Gedanken von dem Engel gepackt, hochgehoben, durch die eisige Finsternis geschleudert, von den schrecklichen wartenden Händen aufgefangen und wieder zurückgeschleudert wurde.

Als er den Hörer auflegte, läutete das Telefon sofort wieder, und gehorsam warf er die von der Zentrale geforderten zusätzlichen dreißig Cent ein.

Er ging wieder zu Bett, aber an Schlaf war nicht zu denken. Er kannte das Zitat nicht. Schließlich gab er es auf, zog sich an und ging in die Krankenhausbibliothek, um in Bartletts »Zitatenschatz« nachzuschlagen. Das Zitat stammte von Aline Kilmer:

Schade, daß du klüger geworden bist,
schade, daß du größer geworden bist.
Mir warst du lieber, als du noch dumm warst,
mir warst du lieber, als du noch klein warst.

Der Stich saß, wie sein Vater es beabsichtigt hatte. Ich sollte ihn einfach vergessen, dachte er, ihn aus meinem Leben streichen.

Statt dessen setzte er sich hin, schrieb einen kurzen Brief, legte die fünfzehn Dollar bei und sandte ihn mit einer Flugpostmarke ab, die er im Schwesternzimmer stahl, während Helen Fultz so tat, als bemerkte sie es nicht.

Gaby Pender.

Sie hatte ihn hypnotisiert, mit ihrer Sonnenbräune am ganzen Körper und mit ihrer saftigen Pflaume. Er dachte ständig an sie, rief sie zu oft an. Sie war beim Studentischen Gesundheitsdienst gewesen, erzählte sie, als er fragte; der Knoten hatte sich als ein Nichts herausgestellt, es war nicht einmal ein Knoten, nur ein Muskel, eine Einbildung. Dankbar sprachen sie über anderes. Er wollte sie wiedersehen, so bald wie möglich.

Susan Garland trat dazwischen, als sie starb. Die Rettung von Joseph Grigios Leben wog den Verlust von Susan Garland nicht auf: Adam entdeckte, daß es in der Medizin keinen Punktausgleich gibt.

Er wurde von einer Weltmüdigkeit befallen, die ihn erschreckte, aber er vermochte sie nicht abzuschütteln. Vielleicht hatte ihn Gabys Angst vor dem Sterben sensibler gemacht, als ihm lieb war, dachte er. Was immer der Grund sein mochte, eine tiefe Wut über die Ohnmacht der Ärzte, der

Verschwendung schöner Leben nicht Einhalt gebieten zu können, wallte in ihm hoch.

Zum erstenmal, seit er die Medical School verlassen hatte, überfielen ihn große Zweifel bei seinen Visiten auf der Station. Er entdeckte, daß er eine Bestätigung seiner fachlichen Meinungen suchte, daß er davor zurückscheute, selbständige Entscheidungen zu treffen, die er noch vor wenigen Wochen ohne Zögern getroffen hätte.

Er kehrte seinen Zorn gegen sich selbst und fand tausend Fehler an Adam Silverstone.

An seinem Körper, zum Beispiel.

Die alten Zeiten des Tauchens waren vorbei, aber er war noch immer jung, sagte er sich verdrossen, als er in den Spiegel blickte und an die weichen weißen Maden dachte, die sein Onkel mit dem Spaten zutage förderte, wenn er im Frühling die Erde in seinem Tomatengarten umgrub.

Wenn er in der Unterwäsche dastand und an sich hinunterblickte, konnte er eine leichte Wölbung des Bauches sehen, die Art Abdomen, die nur eine Schwangere im Frühstadium haben durfte, nicht aber ein junger Mann.

Er kaufte Turnschuhe und einen Turnanzug im Harvard-Konsumladen und begann regelmäßig zu laufen, ein halbdutzendmal um den Block, wann immer er eine Dienstpause hatte. Nachts schützte ihn die Dunkelheit, aber wenn er morgens trainierte, mußte er vor kichernden Schwestern Spießruten laufen.

Eines Morgens blickte ein kleiner farbiger Junge, etwa sechs oder sieben Jahre alt, vom Staubsieben im Rinnstein auf. »Mensch, wer ist hinter dir her?« rief er leise.

Das erstemal antwortete Adam nicht, um Luft zu sparen. Als ihm jedoch die Frage jedesmal wieder gestellt wurde, wenn er um die Ecke des Blocks bog, begann er dem Jungen Antworten, kleine Geständnisse zuzuwerfen.

»Susan Garland.«

»Myron Silberstein.«

»Spurgeon Robinson.«

»Gaby Pender.«

Er litt unter dem Zwang, die Frage ehrlich zu beantworten. Als er daher auf seiner letzten Strecke um den Block herumkam, mit Beinen wie Pumpenschwengel, mit Armen, die wie Dreschflegel durch die Luft flogen, rief er dem Kind über die Schulter zu: »Ich bin hinter mir selbst her!«

An dem Vormittag, an dem sie den Fall Susan Garland diskutierten, entdeckte er etwas Neues an der Exituskonferenz.

Er machte die Erfahrung, daß das Todeskomitee dann, wenn man selbst in einen der untersuchten Fälle verwickelt war, plötzlich zu einem ganz anderen Tier wurde.

Es war wie der Unterschied zwischen dem Spiel mit einer Hauskatze und mit einem Leoparden.

Er schlürfte Kaffee, der ihm sofort den Magen versäuerte, während Meomartino die Krankengeschichte vortrug und Dr. Sack dann den Post-mortem-Bericht erstattete.

Die Autopsie hatte ergeben, daß die transplantierte Niere in Ordnung gewesen war, was Meomartino sofort freisprach.

Bei der Transplantationsmethode Dr. Kenders hatte es mit den Anastomosen oder irgendeinem anderen Faktor kein Problem gegeben.

Damit blieb nur einer übrig, erkannte Adam.

»Dr. Silverstone, wann haben Sie sie das letztemal untersucht?« fragte Dr. Longwood.

Plötzlich waren aller Augen auf ihn gerichtet. »Knapp vor neun Uhr abends«, sagte er.

Die Augen des Alten sahen größer aus als gewöhnlich, weil der Gewichtsverlust seine langgezogenen häßlichen Gesichtszüge fast hager gemacht hatte. Dr. Longwood fuhr sich nachdenklich mit den Fingern durch das schüttere weiße Haar. »Es waren keinerlei Anzeichen einer Infektion vorhanden?«

»Nein, keine.«

Die Schwester hatte sie um 2 Uhr 42 früh tot vorgefunden.

Dr. Sack räusperte sich. »Die Zeit ist unwichtig. Sie wäre in verhältnismäßig kurzer Zeit verblutet. Vielleicht in eineinhalb Stunden.«

Dr. Kender klopfte die Asche von seiner Zigarrenspitze. »Hat sie über etwas geklagt?«

Sie wollte die Haare gewaschen haben, dachte Adam idiotischerweise. »Allgemeines Unbehagen«, sagte er. »Leichte Bauchschmerzen.«

»Welche Anzeichen?«

»Der Puls leicht erhöht. Auch ihr Blutdruck schien erhöht, war jedoch normal, als ich ihn maß.«

»Wie haben Sie sich diese Tatsache erklärt?« fragte Dr. Kender.

»Zu der Zeit hielt ich es für ein günstiges Zeichen.«

»Wofür halten Sie es jetzt, nach allem, was Sie heute wissen?« fragte Dr. Kender nicht unfreundlich.

Sie behandelten ihn sehr sanft. Vielleicht war das ein Zeichen dafür, daß sie eine gute Meinung von ihm hatten. Dennoch war ihm elend zumute. »Vermutlich blutete sie innerlich bereits, als ich sie untersuchte, was den gesenkten Blutdruck erklärt.«

Dr. Kender nickte. »Sie haben einfach noch keine genügend große Anzahl von Transplantationspatienten erlebt. Daraus kann man Ihnen keinen Vorwurf machen.« Er schüttelte den Kopf. »Ich möchte Ihnen jedoch klarmachen, daß Sie in Zukunft, wenn Sie bei einem meiner Patienten vor einem Rätsel stehen, einen der Stabsangehörigen holen müssen. Jeder Konsiliarchirurg an unserer Station hätte sofort gewußt, was los ist. Wir hätten ihr Blut spenden, sie sofort aufmachen und versuchen können, die Arterie zu reparieren, ein tiefes Entleerungsrohr hinter die Niere setzen und sie mit

Antibiotika vollpumpen können. Selbst wenn die Niere nicht zu reparieren gewesen wäre, hätten wir sie entfernen können.«

Und Susan Garland wäre noch am Leben, dachte Adam. Er erinnerte sich dumpf, seitdem mit dem latenten Wissen herumgegangen zu sein, daß er in jener Nacht einen Konsiliarchirurgen hätte rufen sollen. Das war der Grund, warum er in letzter Zeit selbst in Routineangelegenheiten Konsiliarärzte befragt hatte.

Er nickte Kender zu.

Der Transplantationsspezialist seufzte. »Das verdammte Abstoßungsphänomen verfolgt uns noch immer. Als chirurgische Mechaniker sind wir gerade gut genug, um rein physisch alles transplantieren zu können – Herzen, Glieder oder Hundejungenschwänzchen. Aber dann machen sich die Antikörper des Empfängers an die Arbeit, das übertragene Organ abzustoßen, und um das zu verhindern, vergiften wir den Organismus mit Chemikalien und setzen den Patienten weitgehend einer Infektion aus.«

»Planen Sie bei der nächsten Transplantation – die Niere für Mrs. Bergstrom – eine Verminderung der Dosis?« fragte Dr. Sack.

Dr. Kender zuckte die Achseln. »Wir werden ins Laboratorium zurückmüssen. Wir werden weitere Tierversuche machen und dann erst entscheiden.«

»Kehren wir zum Fall Garland zurück«, sagte Dr. Longwood ruhig.

»Wie klassifizieren Sie den Tod?«

»O Himmel, vermeidbar«, sagte Dr. Parkhurst.

»Vermeidbar«, sagte Dr. Kender und sog an seiner Zigarre.

»Auf jeden Fall«, sagte Dr. Sack.

Als Meomartino an die Reihe kam, hatte er die Gnade, bloß stumm zu nicken.

Der Alte fixierte Adam mit seinen riesigen Augen. »Wann

immer ein Patient auf unserer chirurgischen Station verblutet, Dr. Silverstone, wird angenommen, daß der Tod hätte vermieden werden können.«

Wieder nickte Adam. Es schien zwecklos, etwas zu sagen.

Dr. Longwood stand auf, die Sitzung war geschlossen.

Am selben Abend nach Dienstschluß suchte Adam Dr. Kender im Tierlabor auf und traf ihn beim Zusammenstellen einer neuen Reihe von Medikamentenexperimenten an Hunden an.

Kender begrüßte ihn herzlich. »Ziehen Sie sich einen Stuhl herbei, mein Sohn. Anscheinend haben Sie Ihre Feuerprobe überlebt.«

»Nicht ohne mich versengt zu haben«, sagte Adam.

Der ältere Mann zuckte die Achseln. »Sie haben es verdient, sich den Arsch zu verbrennen, aber es war ein Fehler, den die meisten von uns mit Ihrer Unerfahrenheit in Transplantationen begangen hätten. Sie machen sich ausgezeichnet. Zufällig weiß ich, daß Dr. Longwood ein Auge auf Sie hält.«

Adam zitterte innerlich vor Freude und Erleichterung.

»Natürlich würde ich mich nicht darauf verlassen, falls Sie regelmäßig vor die Exituskonferenz zitiert werden«, sagte Kender nachdenklich, während er sich am Ohrläppchen zupfte.

»Das werde ich nicht.«

»Ich glaube es auch nicht. Nun, was kann ich für Sie tun?«

»Ich glaube, es wäre gut, wenn ich etwas über diese Seite der Medaille lerne«, sagte Adam. »Könnte ich mich hier nützlich machen?«

Kender warf ihm einen interessierten Blick zu. »Wenn Sie einmal so lange hiergewesen sind wie ich, werden Sie niemanden ablehnen, der sich freiwillig zur Arbeit meldet.« Er ging zu einem Wandschrank und nahm ein Tablett voll Fläschchen heraus. »Vierzehn neue Medikamente. Wir bekommen sie zu Dutzenden von den Krebsleuten. Auf der ganzen Welt entwickeln die Forscher Chemikalien zur Krebsbekämpfung. Wir haben herausgefunden, daß die meisten Agenzien, die gegen Tumoren wirksam sind, auch die Fähigkeit des Körpers, Fremdgewebe abzustoßen oder zu bekämpfen, ausschalten.« Er wählte zwei Bücher von seinem Bücherbord und reichte sie Adam. »Wenn Sie wirklich daran interessiert sind, lesen Sie das hier. Dann schauen Sie wieder herein.«

Drei Abende darauf war Adam wieder im Tierlabor, diesmal, um Kender bei der Übertragung einer Hundeniere zuzusehen und die beiden Bücher gegen ein drittes umzutauschen. Sein nächster Besuch verzögerte sich wegen seiner Geldgier und der Gelegenheit, seine Freizeit in Woodborough zu verkaufen. Aber eine Woche später, abends nach Dienstschluß, war er wieder auf dem Weg zum Labor und stieß die alte Tür mit der abgeblätterten Farbe auf. Kender begrüßte ihn ohne ein Zeichen der Überraschung, schenkte ihm Kaffee ein und sprach mit ihm über eine neue Reihe von Tierexperimenten, die er beginnen wollte.

»...Meinen Sie, daß Sie das alles verstanden haben?« fragte er schließlich.

»Ja.«

Kender grinste und griff nach seinem Hut. »Prima primissima. Dann gehe ich heim und versetze meiner Frau einen Schock.«

Adam sah ihn an. »Sie wollen, daß ich allein damit anfange?«

»Warum nicht? Ein Medizinstudent namens Kazandjian kommt in einer halben Stunde. Er arbeitet als Techniker hier und weiß, wo alles zu finden ist.« Er nahm ein Heft vom Bücherbord und warf es auf den Schreibtisch. »Machen Sie genaue Aufzeichnungen. Wenn Sie nicht weiterwissen, dann ist hier das ganze Schema skizziert.«

»Prima primissima«, sagte Adam schwach.

Er sank auf einen Stuhl und erinnerte sich, daß er am nächsten Tag in der Unfallstation in Woodborough eingeteilt war.

Als der Medizinstudent eintraf, hatte er das Notizbuch schon studiert und war froh, daß er hier war. Er half Kazandjian, eine Hündin namens Harriet für die Operation vorzubereiten, einen Colliebastard mit einem gräßlichen Atem und glänzenden braunen Augen, der ihm mit einer warmen rauhen Zunge die Hand leckte. Am liebsten hätte er einen Knochen gekauft und die Hündin heimlich in das Zimmer im sechsten Stock geschmuggelt, aber er dachte an Susan Garland, stählte sich und betäubte statt dessen den Hund mit einer kräftigen Spritze Pentothal. Er schrubbte ihn ab und machte ihn bereit, genauso wie er es bei einem menschlichen Patienten getan hätte, und während Kazandjian einen deutschen Schäferhund, der Wilhelm hieß, vorbereitete, entfernte er bei Harriet eine Niere, später, während Kazandjian Harriets Niere durchschwemmte, eine bei Wilhelm, und von da an vergaß er, daß es Hunde waren. Die Venen waren Venen und die Arterien Arterien, und er wußte nur, daß er seine erste Nierenübertragung durchführte. Er arbeitete sehr sorgfältig und sauber, und als Harriet endlich eine von Wilhelms Nieren besaß und Wilhelm eine von Harriets, war es fast ein Uhr morgens, aber er spürte Kazandjians stummen Respekt, der ihn mehr freute, als wenn der Student etwas gesagt hätte.

Sie gaben Harriet eine Minimaldosis Imuran, Wilhelm eine Maximaldosis; es war kein neues Mittel – es war dasselbe, das sie bei Susan Garland verwendet hatten –, aber Kender wollte zuerst mit den schon eingeführten Medikamenten experimentieren, um für die kommende Transplantation bei Mrs. Bergstrom gerüstet zu sein. Kazandjian stellte einige intelligente Fragen über Immununterdrückung, und nachdem sie die Hunde in ihre Käfige zurückgebracht hatten, braute der Student Kaffee über einem Bunsenbrenner, während ihm Adam erklärte, daß die Antikörper in dem Organismus des Empfängers wie Verteidigungssoldaten waren, die so reagieren, als sei das übertragene Gewebe eine einmarschierende Armee, und daß das immunounterdrückende Medikament einen entscheidenden Schlag gegen die Verteidigungskräfte führen sollte, damit diese das fremde Organ nicht abstoßen konnten.

Als er wieder in sein Zimmer kam, war es fast zwei Uhr geworden. Er hätte eigentlich wie ein Klotz ins Bett fallen müssen, aber der Schlaf entzog sich ihm. Das Erlebnis der Transplantation hatte ihn aufgepeitscht, und ein schrecklicher Zwang verfolgte ihn, Arthur Garland anzurufen und sich zu entschuldigen.

Es war vier Uhr vorbei, als er endlich einschlief. Spurgeon Robinsons Wecker weckte ihn um sieben.

Um etwa acht Uhr beschloß er, aufzustehen, einen kurzen Lauf und dann eine sehr lange Dusche zu absolvieren, nach seiner Erfahrung beides zusammen fast ein Schlafersatz.

Er zog einen Turnanzug und die Turnschuhe an, ging hinunter und begann dahinzutraben. Als er um die Ecke zum Viertel der Schwarzen bog, sah er, daß der kleine Junge bereits aus der Höhle geflohen war, die seine Familie bewohnte.

Der Junge hockte im Rinnstein und siebte Staub. Sein dunkles Gesicht leuchtete auf, als er Adam müde auf sich zutrotten sah.

»Mensch, wer ist hinter dir her?« flüsterte er.

»Das Todeskomitee«, antwortete Adam.

ZWEITES BUCH

Herbst und Winter

RAFAEL MEOMARTINO

Die einzigen Geräusche im Büro Rafe Meomartinos waren die Stimme der Frau und das Singen der komprimierten Luft, die wie Blut durch die Rohre kreiste, die an der Decke des kleinen Raumes entlangliefen. Das summende Geräusch erfüllte ihn immer mit dem Gefühl einer unerklärlichen heimwehkranken Euphorie, bis er eines Morgens erkannte, daß es dasselbe Gefühl war, das er in einer anderen Welt, in jenem anderen Leben erlebt hatte, als er auf der Veranda des Klubs saß, *El Ganso Oro*, der »Goldenen Gans«, eines der Stammlokale seines Bruders am Prado; damals war er zwar von Alkohol betäubt gewesen, aber er hörte doch, wie der heiße kubanische Wind in den Palmen krächzend stöhnte, ähnlich dem Geräusch, das jetzt aus den Heißluftrohren des Krankenhauses kam.

Sie sieht müde aus, dachte er, aber es war nicht nur Müdigkeit, die die Gesichter der beiden Schwestern unterschied; die Frau auf Zimmer 211 hatte einen weichen, fast schlaffen Mund, etwas schwächlich vielleicht, aber auch sehr feminin. Der Mund dieser Zwillingsschwester war... eher weibhaft als weiblich, entschied er. Da war keine Schwäche. Wenn die harten, gemeißelten Züge durch das Make-up hindurch überhaupt etwas ausstrahlten, dann war es die Andeutung einer Sprödigkeit, die wie eine Schutzmaske über dem Gesicht lag.

Während er sie beobachtete, strichen seine Finger über die winzigen Engel, die als Basrelief in die schweren Silberdeckel seiner Taschenuhr, die jetzt vor ihm auf dem Schreibtisch lag, gebosselt waren. Das Spielen mit der Uhr war eine Schwäche, ein nervöser Fetischismus, in den er nur verfiel, wenn er sich in einem Spannungszustand befand; als er es merkte, ließ er davon ab.

»Wo haben wir Sie endlich erwischt?« fragte er.

»Bei Harold in Reno. Ich habe gerade ein vierzehntägiges Engagement beendet.«

»Vor drei Tagen waren Sie in New York. Ich habe Sie abends im Fernsehen in der Sullivan Show gesehen.«

Sie lächelte zum erstenmal. »Nein, dieser Teil der Show wurde schon vor Wochen auf Band aufgenommen. Ich habe gearbeitet und daher nicht einmal Gelegenheit gehabt, es mir selbst anzuschauen.«

»Es war sehr gut«, sagte er wahrheitsgetreu.

»Danke.« Das aufblitzende Lächeln wurde automatisch strahlender und verschwand sofort wieder. »Wie geht's Melanie?«

»Sie braucht eine neue Niere.« Wie Dr. Kender dich schon telefonisch unterrichtete, dachte er, bevor du ihm die Andeutung machtest, daß es wahrscheinlich keine von dir sein würde. »Gedenken Sie eine Zeitlang in Boston zu bleiben?«

Sie erkannte die Bedeutung dieser Frage. »Ich weiß noch nicht. Wenn Sie mich erreichen müssen: Ich bin im Sheraton Plaza abgestiegen. Als Margaret Weldon gemeldet«, fügte sie nachträglich hinzu. »Mir wäre es lieber, wenn es nicht bekannt wird, daß Peggy Weld hier ist.«

»Ich verstehe.«

»Warum muß es meine sein?« fragte sie.

»Es muß nicht«, sagte er.

Sie sah ihn an, bemüht, ihre Erleichterung zu verbergen.

»Wir könnten Mrs. Bergstrom eine Niere aus einer Leiche übertragen, aber wir werden keine immunologisch so gut passende wie die Ihre bekommen.«

»Kommt das daher, weil wir Zwillinge sind?«

»Wenn Sie eineiige Zwillinge wären, dann würden Ihre Gewebe voll harmonieren. Aber soviel uns Melanie erzählt hat, sind Sie zweieiige Zwillinge. Wenn das stimmt, dann ist die Sache schon nicht mehr so vollkommen, aber Ihr Gewebe würde vom Körper Ihrer Schwester bereitwilliger angenommen werden als irgendein anderes, das wir finden könnten.« Er zuckte die Achseln. »Sie hätte damit eine größere Chance.«

»Ein Mädchen hat nur zwei Nieren«, sagte sie.

»Nicht jedes Mädchen.«

Sie schwieg. Dann schlug sie die Augen auf und sah ihn an.

Er fuhr fort:

»Man braucht nur eine Niere zum Leben. Viele Leute sind bloß mit einer Niere geboren worden und haben doch ein hohes Alter erreicht.«

»Und einige Leute haben eine Niere gespendet, und dann ist mit der anderen etwas schiefgegangen. Und sie sind gestorben«, sagte sie ruhig. »Ich habe das Meine getan.«

»Stimmt«, gab er zu.

Sie nahm eine Zigarette aus der Handtasche und zündete sie geistesabwesend selbst an, noch bevor er eine Bewegung machen konnte.

»Wir können die Risiken nicht verkleinern. Wir dürfen Sie in moralischer Hinsicht gar nicht dazu drängen. Es ist eine absolut persönliche Entscheidung.«

»Es ist sehr viel mit hineinverwickelt«, sagte sie müde. »Ich soll an die Westküste fahren, um einen Film über die große Zeit des Jazz zu machen. Es ist die Chance, auf die ich immer gewartet habe.«

Diesmal schwieg er.

»Sie verstehen nicht, wie das zwischen manchen Schwestern ist«, sagte sie. »Ich habe gestern abend im Flugzeug viel darüber nachgedacht.« Sie lächelte freudlos. »Ich bin die Ältere, wußten Sie das?«

Er lächelte ungläubig.

»Um zehn Minuten. Nach dem Getue meiner Mutter könnte man meinen, es seien zehn Jahre. Melanie war die Babypuppe mit dem hübschen Namen, und Margaret war die verläßliche ältere Schwester. Unser ganzes Leben lang war ich diejenige, die sich um sie kümmern mußte. Seit unserem sechzehnten Lebensjahr sangen wir in Kneipen, wo wir uns fürchteten, die Toilette zu benutzen, und ich mußte sie überwachen, daß sie es hinter dem Podium nicht mit irgendeinem lausigen Trompeter trieb. So ging das sechs Jahre lang. Aber nach einer guten Saison mit Leonard Rathbones Fernsehshow begannen wir Erfolg zu haben, wurden für Blinstrub gebucht, und unser Agent stellte Melly seinem Bostoner Vetter vor. Und das war das Ende der Weldon-Zwillinge.«

Sie stand auf, ging zum Fenster und starrte auf den Parkplatz hinaus. »Ich habe mich für sie gefreut. Ihr Mann ist ein netter, anständiger Junge. Hochschulabsolvent, der recht gut verdient. Er behandelt sie wie eine Königin. Mir lag nichts an unserem gemeinsamen Auftreten. Ich habe wieder ganz von vorn angefangen, allein, als eigene Nummer.«

»Sie haben viel Erfolg gehabt«, sagte Meomartino.

»Von dem habe ich mir jedes bißchen selbst verdient. Es bedeutete, wieder ganz unten anzufangen, in den gleichen öden obskuren Lokalen, immer unterwegs. Es bedeutete, jeden Sommer mit der USO in Grönland und Vietnam und Korea und Deutschland und wer weiß wo noch überall auf Tournee zu sein, in der Hoffnung, daß mich jemand Wichtiges sehen würde. Es bedeutete auch vieles andere.« Sie sah ihn kühl an. »Sie sind Arzt, für Sie dürfte es nichts Neues sein, daß auch eine Frau ein Sexleben braucht.«

»Nichts sehr Neues.«

»Nun, es bedeutete auch viele schreckliche Affären einer einzigen Nacht, weil ich nie lange genug an einem Ort blieb, um eine echte Beziehung entwickeln zu können.«

Er nickte, wie immer empfänglich für aufrichtige Frauen.

»Schließlich hatte ich Glück und machte ein paar Platten mit Novitäten, die die kleinen Dummköpfe alle kaufen. Aber wer weiß, was für Platten sie nächstes Jahr oder vielleicht schon nächsten Monat kaufen? Mein Agent erzählt allen, ich sei sechsundzwanzig, aber ich bin dreiunddreißig.

»Das ist kaum alt zu nennen.«

»Es ist alt, wenn man seinen ersten Film macht. Und es ist zu alt, wenn man zum erstenmal groß im Fernsehen und in den Klubs herauskommt. Dieser Erfolg hätte mir zehn Jahre früher beschieden sein sollen. Es wird immer schwieriger, die Figur zu halten, und in ein paar Jahren habe ich einen faltigen Hals. Wenn ich jetzt nicht ganz hart anziehe, ist alles vorbei. Sie verlangen daher von mir, ihr nicht nur eine Niere zu schenken. Sie verlangen von mir, ihr mehr zu geben, als ich ihr je wieder geben will.«

»Ich verlange nicht, daß Sie ihr überhaupt etwas geben«, sagte Meomartino.

Sie drückte ihre Zigarette aus. »Nun, dann tun Sie es bitte wirklich nicht. Ich muß mein eigenes Leben führen.«

»Möchten Sie sie sehen?«

Sie nickte.

Ihre Schwester schlief, als sie ihr Zimmer betraten.

»Wecken wir sie lieber nicht«, sagte Meomartino.

»Ich werde nur hier sitzen und warten.«

Aber Melanie öffnete die Augen. »Peg«, sagte sie.

»Hallo, Mellie.« Sie beugte sich über sie und küßte sie. »Wie geht's Ted?«

»Fein. Wie wunderbar, aufzuwachen, und du bist da.«

»Und den beiden kleinen Schweden?«

»Sie sind bezaubernd. Sie haben die Sullivan Show gesehen. He, du, die war so gut, ich war ganz stolz.« Sie blickte zu ihrer Schwester hoch und setzte sich im Bett auf. »Ah, nein, Peg. Nicht.«

Sie nahm ihre Zwillingsschwester in die Arme und streichelte ihren Kopf. »Bitte, Peggy. Peggy, Liebling, tu's nicht...«

Rafe ging in sein Büro zurück. Er saß an seinem Schreibtisch und versuchte, schriftliche Arbeiten loszuwerden.

Sie verstehen nicht, wie das zwischen manchen Schwestern ist. Aber ich weiß, wie es zwischen manchen Brüdern ist, dachte er.

Der Grundstein der brüderlichen Beziehung war gelegt worden, als Rafael fünf und Guillermo sieben Jahre alt war.

Leo, das Familienfaktotum – ein großes, watschelndes Menschentier, das Rafe liebte –, versuchte es ihm eines Tages zu erklären, als er Rafael eben dabei erwischt hatte, wie er mit Papierflügeln, die ihm Guillermo an die Schultern gebunden hatte, aus dem Fenster springen wollte.

»Er wird dein Ruin sein, dieser kleine Hurensohn, möge deine Mutter mir verzeihen«, sagte Leo und spuckte durch das offene Fenster. »Höre nie auf ihn, denk daran, was ich dir sage.«

Aber es war immer so interessant, Guillermo zuzuhören.

Wochen später sagte Guillermo: »Ich hab was.«

»Laß es mich sehen.«

»Es ist ein Ort.«

»Nimm mich mit.«

»Es ist ein Ort für große Jungen. Du pißt noch immer in die Hose.«

»Nein«, sagte Rafael hitzig und fürchtete, daß er weinen würde, weil er genau in dieser Minute das leise Ziehen in seiner Leistengegend spürte und sich erinnerte, daß er erst vor drei Tagen das Badezimmer nicht rechtzeitig erreicht hatte.

»Es ist ein wunderbarer Ort. Aber ich glaube nicht, daß du schon groß genug bist, um dich mitnehmen zu können.

Wenn du dort in die Hose machst, wird dich die alte Hexe holen. Sie kann sich in jedes Tier verwandeln, in das sie will. Und dann heißt's Adio.«

»Du hältst mich zum Narren.«

»Nein. Aber es ist ein großartiger Ort.«

Rafael schwieg. »Hast du sie gesehen?« fragte er schließlich.

Guillermo starrte ihn düster an. »Ich mach nie in die Hose.«

Sie spielten und wanderten nach einer Weile in das Elternzimmer. Guillermo stellte sich auf das Bett, um die oberste Lade der Kommode zu erreichen, und nahm die rote Samtschachtel heraus, in die der Vater allabendlich die Uhr legte und aus der er sie jeden Morgen holte.

Er öffnete und schloß sie mit einem Knall, öffnete und schloß sie wieder, ein befriedigendes Geräusch.

»Du wirst bestraft«, sagte Rafael.

Guillermo gab ein rüdes Geräusch von sich. »Ich darf sie anfassen, weil sie mir gehören wird.« Die Uhr wurde jeweils an den ältesten Sohn weitergegeben, hatte man den Jungen erklärt. Dennoch legte er sie in die Lade zurück und schlenderte in sein Zimmer zurück, Rafael im Schlepptau.

»Nimm mich mit, Guillermo. Bitte.«

»Was schenkst du mir dafür?«

Rafael zuckte die Achseln. Sein Bruder wählte die drei Spielsachen, von denen er wußte, daß sie dem Herzen des kleinen Jungen am nächsten standen, einen roten Soldaten, ein Bilderbuch über einen traurigen Clown, einen Teddybären namens Fabio, bucklig, weil Rafael ihn immer so krampfhaft an sich drückte, wenn er nachts mit ihm schlief.

»Nicht den Bären.«

Guillermo warf ihm einen eiskalten Blick zu und willigte dann ein. Am selben Nachmittag, als man meinte, daß sie ihr Schläfchen hielten, führte ihn Guillermo durch den Wald mit den verkrüppelten Tannen hinter dem Haus. Sie brauchten über den alten gewundenen Pfad zehn Minuten, um die kleine Lichtung zu erreichen. Die Räucherkammer war ein großer fensterloser Kasten. Die rohen Balken waren von der Sonne gebleicht und vom Regen silbergrau geworden.

Innen war Nacht.

»Geh voraus«, drängte Guillermo. »Ich gehe direkt hinter dir.«

Aber als Rafe eintrat und die Welt des Lichts und Grüns verließ, fiel hinter ihm die Tür zu, und der Riegel wurde mit einem Klicken zugeworfen.

Rafe plärrte.

Gleich darauf hörte er auf.

»Guillermo«, sagte er dann mit einem glucksenden Lachen, »halt mich nicht zum Narren.«

Ob er die Augen öffnete oder schloß, sie waren gefüllt von Licht. Purpurschatten schwangen an ihm vorbei, auf ihn zu, durch ihn hindurch. Formen, die er nicht erkennen wollte, die Farbe des Bluts von dem großen Schwein, das hier gehangen hatte. Sein Vater hatte ihn ein paarmal zum Schlachten mitgenommen. Er erinnerte sich an die Gerüche und das Blut und das Grunzen, an das wilde Augenrollen.

»Guillermo«, schrie er keuchend, »du kannst Fabio haben.«

Die Stille war schwarz.

Weinend warf er sich vorwärts und stieß unerwartet an die nicht sichtbare Wand, die er erst einige Fuß weiter vermutet hatte. Anstelle seiner Nase war nichts als ein großer Schmerz. Als die Knie unter ihm nachgaben, riß ein vorstehender Nagel seine weiche Wange auf, knapp an seinem rechten Auge vorbei. Auf seinem Gesicht war etwas Nasses, das weh tat, so weh, und in seinem Mundwinkel sammelte sich Salz.

Als er auf den kühlen harten Lehmboden sank, spürte er eine sich ausbreitende weiche Wärme, ein gräßliches Hinunterrieseln an der Innenseite seiner Schenkel.

In der dunklen Ecke raschelten Blätter, und etwas Kleines hastete davon.

»Ich will ein großer Junge sein, ich will ein großer Junge sein«, kreischte Rafael.

Fünf Stunden später, als man auf der Suche nach ihm, seinen Namen schreiend, immer wieder an ihm vorbeigegangen war, hatte jemand – das Faktotum Leo – die Idee, die Tür der Räucherkammer zu öffnen und hineinzuschauen.

In dieser Nacht, beruhigt, behutsam gewaschen, die Rißwunde im Gesicht vernäht und mit grotesker, aber versorgter Nase, schlief er in den Armen seiner Mutter ein.

Leo hatte berichtet, daß die Räucherkammer von außen verriegelt gewesen war. Im Bett des Kindräubers entdeckte man Fabio. Guillermo beichtete und wurde gebührend verprügelt. Am nächsten Morgen fand er sich bei seinem Bruder ein und brachte eine beredte und bußfertige Entschuldigung vor. Zur Verblüffung der Eltern spielten die beiden Knaben zehn Minuten später wieder miteinander, und Rafael lachte zum erstenmal seit vierundzwanzig Stunden.

Aber sein Intelligenzquotient betrug 147, und selbst im Alter von fünf Jahren war er schon klug genug, um zu wissen, daß er etwas gelernt hatte.

Sein Leben wurde davon geformt, daß er seinem Bruder auswich. Die Männer der Meomartinos pflegten im Ausland zu studieren; als Guillermo sich entschieden hatte, an die Sorbonne zu gehen, wurde Rafael ein Jahr später Student an der Harvard-Universität. Vier angenehme Jahre lang wohnte er mit einem Jungen aus Portland, Maine, zusammen, George Hamilton Currier, dem derbknochigen Erben einer Konservenfabrik für gebackene Bohnen, deren Produkte als Grundvorrat in drei von zehn amerikanischen Küchenschränken standen. »Beany« Currier verlieh ihm seinen ersten und einzigen Spitznamen – Rafe – und setzte ihm ständig seine Ansichten über die Herrlichkeiten der medizinischen Laufbahn auseinander. Guillermo hatte beschlossen, an der Universität von Kalifornien Jus zu studieren – es war Tradition bei den Männern der Meomartinos, sich für einen Intelligenzberuf zu entscheiden, wenn sie auch später ihr Leben damit verbrachten, sich den Zuckerinteressen der Familie zu widmen, und als Rafe Cambridge als Zweitbester verließ, entschloß er sich nach genauer Überlegung, in Kuba Medizin zu studieren. Sein Vater war einige Jahre zuvor einem Schlaganfall erlegen. Die Welt seiner Mutter, die immer um das milde Feuer ihres Gatten gekreist war, erhielt ihre Stabilität durch eine ähnliche Kreisbahn um ihren Jüngsten. Sie war eine schöne Frau mit einem süßen, aber gequälten Lächeln, eine altmodische kubanische Dame, deren lange, schlanke Hände leicht und geschickt Filetspitze zauberten, die aber doch so modern war, um abstrakte Kunst zu sammeln und sofort zum Hausarzt der Familie zu gehen, als sie schließlich den Knoten in ihrer rechten Brust entdeckte. Das schreckliche Wort wurde in ihrer Gegenwart nie ausgesprochen. Die Brust wurde eilig und unter besänftigenden Worten entfernt.

Rafes Jahre an der Facultad de Medicina de la Universidad de la Habana waren schön, so wie sie nur einmal im Leben kommen, zusammengesetzt aus Jugend und Unsterblichkeit und Sicherheit in allem, woran er glaubte. Von Anfang an war der Krankenhausgeruch für ihn berauschender als die ekelerregende Süße des Preßrückstands von Zuckerrohr. Es war ein Mädchen da, eine Kommilitonin, Paula, klein und dunkel und warm, mit leicht vorstehenden Zähnen, mit nicht ganz vollkommenen Beinen, aber mit einem birnenförmigen Gesäß und einer Wohnung in der Nähe der Universität und einer absolut klinischen Verläßlichkeit in Sachen Geburtenkontrolle. Wurde Batista erwähnt, sah sie finster drein und verlor alles Interesse, daher ließ er es, Batista zu erwähnen –

kaum ein Problem. Es gab Zeiten, da er in ihre Wohnung kam und eine kleine Gruppe, nie mehr als ein halbes Dutzend schnell redender Männer und Frauen, antraf, die seltsam verstummte, wenn er in das Zimmer trat, das er dann sofort, ohne verstimmt zu sein, verließ.

Er kümmerte sich nicht um die Fädchen, die Paula in den geheimen Zusammenkünften ohne ihn spann; es verlieh dem Gewürz Paula nur ein zusätzliches Ingrediens. Was die Zusammenkünfte selbst betraf, so hatte es in Kuba immer geheime Treffen gegeben, wer regte sich schon über Zusammenkünfte auf? Über Zukünftiges, das nie kam, zu träumen und zu planen gehörte genauso zu der Atmosphäre wie die Sonne, die Liebenden auf dem Gras, das Handballspiel *jai alai,* wie Hahnenkämpfe, wie die geheimnisvollen Flecken auf den Marmorgehsteigen des Prado, wenn man auf die dunkelblauen Beeren trat, die von den niedrig gestutzten Bäumen fielen. Er kümmerte sich um seine eigenen Angelegenheiten, und niemand lud ihn zu Zusammenkünften ein, da er ein Meomartino war, einer Familie angehörte, welche die jeweiligen Machthaber bereicherte, mochte auch die Regierung unvermeidlicherweise und periodisch wechseln.

Guillermo kehrte heim, als Rafael sein letztes Jahr an der medizinischen Fakultät absolvierte, das Jahr als Spitalarzt am Hospital Universitario General Calixto García. Guillermo hängte sein Jus-Diplom an die Wand eines Büros in der Zuckerfabrik und verbrachte seine Zeit damit, so zu tun, als zeichnete er Tabellen, die das Verhältnis zwischen Zuckerrohr, braunem Rohzucker und Sirup zeigten. Die Feder in seiner Hand schwankte oft dank einer leidenschaftlichen Vorliebe für doppelt und dreifach destillierte Getränke, einheimische und importierte. Rafael sah ihn selten, da seine Spitalpraxis seine ganze Zeit beanspruchte und die Tage in der Hitze des Gefechts mit zusätzlicher Arbeit, zu vielen Kranken und zu wenig Ärzten dahinschmolzen.

Zwei Tage nach seiner Graduierung zum *Doctor en Medicina* kam Erneida Pesca auf Besuch. Der Bruder seiner Mutter war ein großer, hagerer Mann mit militärischem Gehaben, einem grauen, aber gefärbten Schnurrbart in einem faltigen, eingefallenen Gesicht und einer Vorliebe für Partagas-Zigarren und gut gebügelte weiße Leinenanzüge. Er nahm seinen Panamahut ab, enthüllte seine blaugraue Mähne, seufzte, verlangte einen Drink – worunter er Rum verstand – und sah mißbilligend zu, als sich sein Neffe einen Scotch einschenkte.

»Wann trittst du in die Firma ein?« fragte er schließlich.

»Ich dachte«, sagte Rafael, »mich vielleicht der Medizin zu widmen.«

Erneido seufzte. »Dein Bruder«, sagte er, »ist ein Narr und ein liederlicher Schwächling. Vielleicht Schlimmeres.«

»Ich weiß.«

»Dann mußt du in die Firma eintreten. Ich werde nicht ewig leben.«

Sie stritten leise, aber hitzig.

Schließlich kam es zu einem Kompromiß. Er würde das Büro neben Guillermo in der Zuckerfabrik bekommen. Er würde auch ein Laboratorium an der medizinischen Fakultät erhalten. Erneido würde dafür sorgen. Drei Tage der Woche in der Fabrik, zwei Tage der Woche an der medizinischen Fakultät; so weit war Erneido als Familienoberhaupt und Nachfolger von Rafes Vater bereit nachzugeben.

Resigniert stimmte Rafe zu. Es war mehr, als er erhofft hatte.

Der Dekan, ein in akademischen Diensten ergrauter Veteran mit einer Begabung im Auftreiben von Stiftungsgeldern, führte ihn persönlich in das große, aber schäbige Laboratorium mit einer Ausstattung, die für drei Forscher gereicht hätte, und das Rafe zusammen mit dem Titel eines wissenschaftlichen Assistenten als Geschenk erhielt.

Als er Paula das Labor zeigte, war er stolz wie ein kleiner

Junge auf ein neues Spielzeug. Sie sah ihn verwundert und amüsiert an. »Du hast nie etwas von Forschung gesagt«, sagte sie. »Woher dieses plötzliche Interesse?« Sie hatte eine Stellung beim Gesundheitsdienst der Regierung angenommen und war im Begriff, wegzufahren und Gesundheitsbeamtin in einem kleinen Bergdorf in der Provinz Oriente in der Sierra Maestra zu werden.

Weil ich bis zum Arsch in Preßrückständen von Zuckerrohr stecke, weil ich nicht in Zucker ertrinken will, dachte er. »Forschung ist notwendig«, sagte er und überzeugte damit weder sich noch sie.

Im Laboratorium nebenan saß ein Dr. phil. und Biochemiker, Rivkind, der aus dem Staat Ohio dank einem kleinen Stipendium der Cancer Foundation nach Kuba gekommen war. Der Grund seiner Anwesenheit hier war, wie er Rafael gestand, daß man in Havanna billiger als in Columbus lebte. Das einzige Mal, als Rivkind ein Gespräch begann, war eine bittere Klage, daß ihm die Universität keine lausige 270-Dollar-Zentrifuge kaufen wollte. Rafe besaß eine in seinem neuen Labor, schämte sich jedoch, es zu erwähnen. Sie freundeten sich nicht an. Jedesmal, wenn Rafe in Rivkinds enge, überfüllte Koje kam, schien der Amerikaner zu arbeiten.

Verzweifelt beschloß er, selbst zu arbeiten.

Er begann zu schreiben und verfaßte eine Liste.

Leptospirose, ein gemeiner kleiner Kerl.
Lepra, ein zerlumpter Bettler.
Gelbsucht, ein gelber Bastard.
Malaria, etwas zum Schwitzen.
Andere fieberhafte Krankheiten, viele heiße Probleme.
Elephantiasis, ein einziges großes Problem.
Dysenterieähnliche Krankheiten, ein Haufen Scheiße.
Tuberkulose, können wir ihr einen Tritt geben?
Parasiten, leben von der Substanz.

Er trug die Liste tagelang gefaltet in der Tasche und zog sie immer wieder heraus, um sie zu lesen, bis sie zerfetzt und reif zur Vernichtung war.

Auf welches Problem sollte er sich zuerst konzentrieren?

Er begann zu lesen. Aus der Bibliothek holte er ganze Stapel von Büchern, saß jede Woche Montag und Dienstag mitten unter ihnen in seinem Privatlaboratorium, las und machte sich ausführliche Notizen, deren einige er sogar zu retten vermochte. Mittwoch, Donnerstag und Freitag ging er in sein Büro in der Zuckerfabrik und sammelte andere Literatur, *Pythium Root Rot and Smut in Sugar Cane, The Genesis and Prevention of Chlorotic Streak,* Marktberichte, Traktate des US-Landwirtschaftsministeriums, Verkaufsberichte, vertrauliche Memoranden, eine ganze Zuckerbibliothek, die Onkel Erneido liebevoll für ihn zusammentrug. Die las er allerdings mit geringerem Interesse. Ab der dritten Woche ignorierte er die Zuckerliteratur, brachte in der Aktentasche ein medizinisches Buch in das Büro der Zuckerfabrik und las es wie ein Dieb bei versperrter Tür.

Oft ließ sich am späten Nachmittag ein zaghaftes Kratzen an der Tür hören. »Pst. Gehen wir doch heute abend aus und versuchen wir unser Glück«, sagte dann Guillermo mit einer schon vom Whisky heiseren Stimme. Es war eine Einladung, die er oft vorbrachte, eine, die Rafe mit, wie er hoffte, brüderlicher Liebenswürdigkeit ablehnte. Hätte Pasteur die Mikrobiologie begründen, hätte Semmelweis das Wochenbettfieber bremsen, hätte Hippokrates den verfluchten Eid schreiben können, wenn sie sich die ganze Zeit gedrückt hätten, um mit Weibern zu schlafen? Er verbrachte seine Abende im Laboratorium, trödelte herum, züchtete Schimmelpilze, betrachtete im Mikroskopspiegel seine Wimpern.

Eines Nachmittags kam Paula aus dem kleinen Dorf in der Sierra Maestra, wo sie als Gesundheitsbeamtin eingesetzt war, nach Havanna.

»Woran arbeitest du?« fragte sie.

»Lepra«, sagte er in plötzlichem Entschluß.

Sie lächelte skeptisch. »Ich werde lange nicht mehr nach Havanna kommen«, sagte sie.

Er verstand, daß sie ihm Lebewohl sagte. »Gibt es dort so viele Kranke, die auf dich angewiesen sind?« Der Gedanke erfüllte ihn mit Neid.

»Das ist nicht der Grund. Es ist etwas Persönliches.«

Etwas Persönliches? Was war bei ihr persönlich? Sie erörterten ihre Monatsregel wie Baseballpunkte. Das einzige Persönliche in ihrem Leben war Politik. Fidel Castro steckte irgendwo in jenen Bergen und veranstaltete in regelmäßigen Abständen einen Wirbel. »Bring dich nicht in Schwierigkeiten«, sagte er, streckte die Hand aus und berührte ihr Haar.

»Läge dir etwas daran?« Überraschenderweise standen Tränen in ihren Augen.

»Natürlich«, sagte er. Zwei Tage später war sie aus seinem Leben verschwunden. Er sollte erst wieder an sie denken, als er ihre Stimme – zum letztenmal – hörte.

Da er ihr erzählt hatte, daß er über Lepra arbeite, studierte er eifrig den *Index Medicus,* stellte lange Listen von Quellenmaterial auf, holte weitere Berge von Zeitschriften aus der Bibliothek, um noch mehr zu lesen.

Es führte zu nichts.

Er saß einfach in seinem kostspieligen Labor, sah zu, wie Stäubchen in dem Sonnenstrahl schwebten, der durch die leicht verschmutzten Fenster hereinfiel, und versuchte, ein Forschungsprogramm aufzustellen.

Wäre er fähig gewesen, sich etwas Böses auszudenken, hätte er auch nicht verschreckter sein können.

Es kam überhaupt nichts dabei heraus.

Schließlich schob er alle Angst von sich. Er sah sein Spiegelbild an, kritisch, aber aufrichtig, und gestand sich zum erstenmal ein, daß dieser Mensch, den er da sah, kein Forscher war.

Den Korridor auf und ab und über drei Stockwerke, manchmal fast laufend, verschenkte er, wie ein kubanischer Weihnachtsmann der modernen Medizin, alle kleineren tragbaren Ausrüstungsgegenstände, alle Retorten, alle die schönen unbenutzten Chemikalien. Er nahm die Zentrifuge und trug sie in das kleine Labor Rivkinds. Das Mikroskop – ein nützlicher Gegenstand für die öffentliche Gesundheitsfürsorge? – packte er sorgfältig ein und sandte es an Paula in die wilden Berge, wo sie eine wirkliche Ärztin war. Dann hinterließ er seinen Schlüssel und einen kurzen, aber dankbaren Brief mit der Mitteilung seines Rücktritts im Briefkasten des Dekans, verließ das Gebäude, und sein Herz ließ, fast sichtbar, große schmerzliche Tropfen zurück.

Das war es also.

Er war kein medizinischer Forscher.

Er würde den Genen seines Vaters gehorchen und ein Zuckermensch werden.

Er ging täglich in das Büro im *central.*

Zu Onkel Erneidos Linken (Guillermo zu dessen Rechten) wohnte er Verkaufsberatungen bei, Produktionssitzungen, Beratungen über die Besetzung wichtiger Posten und der Entlassung wichtiger Angestellter, Programmsitzungen, Transportkonferenzen.

Kein großer, zu schnell aufgeschossener kleiner Junge mehr, der Wissenschaftler spielte.

Jetzt war er ein großer aufgeschossener kleiner Junge, der Geschäftsmann spielte.

Jeden Abend, wenn er das Büro verließ, ging er, wie verabredet, in eines der verschiedenen Sauflokale, wo kurz darauf Guillermo mit den Frauen aufzutauchen pflegte, meist Halbberuflichen, manchmal aber auch nicht, quasi als Appetitanreger; wenn sie durch den Raum auf Rafe zugingen, versuchte er zu erraten, was sie waren, irrte sich aber oft. Von einem Paar, das er als Callgirls eingestuft hatte, stellte sich heraus, daß es zwei Lehrerinnen aus Flint in Michigan waren, die bei allem Schuldbewußtsein doch ihrem Bedürfnis nachgaben, sich nützlich zu fühlen.

Guillermo war, wie Rafe bald erkannte, auch in diesen Angelegenheiten nur zweitklassig. Sie besuchten banal-verruchte Lokale, Rauschgifthöhlen, Sex-Bumsen, Klischees, die beschlagene und klügere Habañeros als Fallen für verlegene Yankeetouristen und Hemingway-Sucher verächtlich abtaten. Er erkannte, daß er einer aufgedunsenen Zukunft zutrieb. Er sah sich, wie er in zehn Jahren trübäugig und gleichgültig an einer Zuckerwarze saugte und mit Guillermo in den Bars am Prado dreckige Geschichten austauschte. Trotzdem fühlte er sich seltsam ohnmächtig, sich aus diesem Sumpf zu ziehen, als sei er eine Hindufigur, die gegen ihren Willen in einem obszönen Steinfries erstarrt war und den Bildhauer verfluchte.

Später bestand für ihn kein Zweifel, daß ihn Fidel Castro gerettet hatte.

Einige Tage blieben alle in ihren Häusern. Da und dort kam es zu Zerstörung und Plünderung im Namen der Gerechtigkeit, wie etwa beim Deauville-Kasino, wo Batista mit amerikanischen Spielern die Einnahmen geteilt hatte.

Überall waren Castroleute in allen möglichen schmutzigen Kleidern. Ihre Uniformen bestanden aus rot-schwarzen Armbinden, *26 de Julio,* geladenen Gewehren und Bärten, wodurch einige Christus, andere aber nur Ziegen ähnelten. Im Sportpalast von Havanna begannen die Hinrichtungskommandos mit ihrer Arbeit, die täglich fortgesetzt wurde, manchmal schon morgens.

Als Rafe eines Nachmittags in dem fast verlassenen Jockey-

Klub saß, wurde er ans Telefon gerufen. Er hatte niemandem gesagt, wohin er gegangen war. Jemand muß mir gefolgt sein, dachte er.

»Hallo?«

Die Frau am anderen Ende der Leitung nannte sich »eine Freundin«. Er erkannte Paulas Stimme sofort.

»Diese Woche ist gut zum Verreisen.«

Kleine Kinder, die Theater spielen, dachte er, aber unwillkürlich fühlte er den weichen Kuß der Angst. Was hatte sie erfahren?

»Meine Familie?«

»Auch. Es sollte eine lange Reise werden.«

»Wer spricht?« fragte er barmherzig.

»Stellen Sie keine Fragen. Noch etwas. Ihr Telefon daheim und im Büro wird überwacht.«

»Haben Sie das Mikroskop bekommen?« fragte er und machte Schluß mit der Barmherzigkeit.

Jetzt weinte sie, trocken und schmerzlich.

»Ich liebe dich«, sagte er und haßte sich dafür.

»Lügner.«

»Nein«, log er.

Das Telefon verstummte plötzlich. Er stand mit dem Hörer in der Hand da, ein Gefühl der Lähmung und der Dankbarkeit erfaßte ihn zugleich, und er fragte sich, was er sich wohl hatte entgehen lassen, als er sie so sorgsam von seinen Problemen ferngehalten hatte. Dann legte er den Hörer auf und eilte zu seinem Onkel.

Sie schliefen nicht in jener Nacht. Den Boden, die Gebäude, die Maschinen, die langen guten Jahre konnten sie nicht mitnehmen. Wohl aber waren Wertsachen vorhanden, Juwelen, die kostbarsten Gemälde seiner Mutter sowie Geld auf der Bank. Vom Standpunkt der Meomartinos aus gesehen, würden sie arm sein; an den gängigen Maßstäben gemessen, würden sie noch immer wohlhabend sein.

Das Schiff, das Erneido besorgte, war kein Fischerboot. Es war eine Motorbarkasse, eine siebzehn Meter lange Christ-Craft 320 mit Zwillingsmotoren der General Motors, einer Luxuskabine, einem mit Teppichen ausgelegten Salon und einer Küche; ein schnelles, komfortables Boot, als Hobby für reiche Leute gebaut. Als sie in der darauffolgenden Nacht in Matanzas ablegten, gab er seiner Mutter 0,16 Gramm Nembutal. Sie schlief fest.

Seine Mutter und er blieben nur zehn Tage in Miami. Guillermo und Onkel Erneido richteten sich ein Wohn- und Hauptquartier in zwei Zimmern des Holiday Inn ein und entwarfen einen juristischen Feldzugsplan, von dem sie hofften, daß er ihnen irgendwie die Besitzungen der Familie Meomartino *in absentia* erhalten würde. Sie betrachteten Rafes Entschluß, in den Norden zu gehen, als vorübergehende Geistesverwirrung.

Seine Mutter genoß die Eisenbahnfahrt nach Boston mit dem East Coast Champion sehr. Sie fuhren durch die eiskalte Frühlingsluft New Englands direkt zum Ritz.

Einige Wochen lang spielten sie Touristen und trieben sich in den Welten Paul Reveres und George Apleys herum. Die Kräfte seiner Mutter verrieselten wie Sägemehl aus einer zerrissenen Puppe. Als sie ständig erhöhte Temperatur aufzuweisen begann, fand er einen berühmten Krebsarzt im Massachusetts General Hospital und blieb bei ihr, bis das Fieber verschwunden war. Dann nahm er seine rastlose Suche – wonach? – ohne sie wieder auf.

Es war ein kühler, grausamer März. Die Flieder- und Magnolienbüsche an der Commonwealth Avenue hatten noch feste harte Knospen, braun und schwarz, aber in dem öffentlichen Park gegenüber dem Ritz setzten Beete mit Glashaustulpen Farbkleckse auf den noch schlafenden Rasen.

Er fuhr die kurze Strecke nach Cambridge, ging im Yard

auf und ab, betrachtete die rosenwangigen Studenten, von denen einige Castrobärte trugen, studierte die robusten, nüchternen Studentinnen des Radcliffe-College mit ihren Büchersäcken aus grünem Filz und fühlte sich nicht wieder zu Hause.

Er traf sich einmal mit Beany Currier, nunmehr Facharztanwärter für Pädiatrie im zweiten Jahr am Bostoner Floating Hospital for Infants and Children. Durch Beany lernte er andere junge Spitalärzte kennen, trank mit ihnen Bier bei Jake Wirth und hörte ihnen zu. Eines Morgens erkannte er glücklich, daß die Medizin für ihn doch nicht erledigt war. Er begann das Gebiet aus einer neuen Perspektive zu betrachten, langsam und sorgfältig, und Krankenhäuser und chirurgische Abteilungen zu studieren. Er verbrachte ganze Abende damit, durch die Gänge des Massachusetts General zu wandern, des Peter Bent Brigham, Varney, Beth Israel, Boston City, des New England Medical Center. In dem Augenblick, als er das Suffolk County General Hospital erblickte, spürte er ein seltsames Flattern im Bauch, als hätte er eben ein begehrenswertes Mädchen erblickt. Es war ein großes altes Ungeheuer von einem Krankenhaus, vollgestopft mit Armen. Seine Mutter hätte er nicht hierhergeschickt, aber er wußte, daß es ein Haus war, in dem er die Chirurgie mit einem Skalpell in der Hand erlernen würde. Es zog ihn an, und die Geräusche und Gerüche, die zu ihm herausdrangen, erwärmten ihm das Blut.

Dr. Longwood, der Chef der Chirurgie, war alles andere als herzlich. »Ich weiß nicht, ob ich Ihr Ansuchen befürworten kann«, sagte er.

»Warum nicht?«

»Lassen Sie mich offen sein, Doktor«, sagte Longwood mit einem kalten Lächeln. »Ich habe sowohl persönliche wie berufliche Gründe, Ärzten, die im Ausland geschult wurden, zu mißtrauen.«

»Ihre persönlichen Gründe gehen mich nichts an«, sagte Rafe vorsichtig. »Aber würde es Ihnen etwas ausmachen, mir Ihre beruflichen zu verraten?«

»Wie alle Krankenhäuser im Land haben auch wir Schwierigkeiten mit ausländischen Hausärzten gehabt.«

»Was für Schwierigkeiten?«

»Wir haben gierig nach ihnen gegriffen, um das Problem unseres Ärztemangels zu lösen. Und wir haben entdecken müssen, daß manche nicht einmal eine Krankengeschichte aufnehmen können. Oft können sie zu wenig Englisch, um überhaupt zu verstehen, was in Notfällen zu geschehen hat.«

»Ich glaube, Sie werden sehen, daß ich eine Krankengeschichte aufnehmen kann. Englisch beherrsche ich von Kindheit an, noch bevor ich Harvard besuchte«, sagte er und bemerkte Dr. Longwoods eigenes Harvarddiplom an der Wand.«

»Die Schulen im Ausland behandeln die gleichen breiten Gebiete nicht mit der Gründlichkeit amerikanischer Fakultäten.«

»Ich weiß nicht, wie das in Zukunft sein wird, aber meine medizinische Fakultät wurde in diesem Land immer anerkannt. Sie hat eine berühmte Tradition.«

»Sie würden hier die Spitalpraxis wiederholen müssen.«

»Das wäre für mich nur nützlich«, sagte Rafe ruhig.

»Und Sie würden die Prüfung des Erziehungsrats für Absolventen ausländischer medizinischer Fakultäten machen müssen. Ich darf hinzufügen, daß ich zu jenen gehöre, die für die Einführung der Prüfung verantwortlich waren.«

»Gut.«

Er legte die Prüfung im State House in Gesellschaft eines Nigerianers ab, mit zwei Männern aus Irland und einer Gruppe unglücklicher, schwitzender Puertoricaner und Lateinamerikaner. Es war die einfachste Prüfung über die einfachsten Grundregeln der Medizin und der englischen

Sprache, fast eine Beleidigung für einen Mann, der die Hochschule mit *magna cum* absolviert hatte.

Den Vorschriften der American Medical Association entsprechend, legte er sein Diplom der Facultad de Medicina de la Universidad de la Habana zusammen mit einer beglaubigten Berlitz-Übersetzung vor.

Im weißen Ärzteanzug, wieder Spitalarzt, meldete er sich am 1. Juli im Krankenhaus zum Dienst. Longwood behandelte ihn so, wie er selbst einst die Aussätzigen an der Küste von Havanna behandelt hatte, höflich, aber mit gezwungener Duldung. Er besaß kein großes Labor mehr, niemand hätte im Traum daran gedacht, ihm eine Zentrifuge oder sonst etwas zu kaufen; aber er fühlte sich noch immer wohl und ohne Angst, wenn er ein Skalpell in der Hand hielt, und er war überzeugt, daß er im Laufe der Zeit immer besser werden würde.

Es war im Massachusetts General Hospital. Seine Mutter wartete in einem Büro im achten Stock des Warren Building auf ihre wöchentliche Untersuchung und einen frischen Vorrat an zeitgewinnenden Steroiden. Er wanderte in Bakers Café im Erdgeschoß und bestellte eine Tasse schwarzen Kaffee bei einem Mädchen in dem üblichen blauen Arbeitskittel, in den über der linken Brust das Wort »Freiwilige« gestickt war. Sie war dunkelblond, hatte schwere Lider und war attraktiv in einer sicheren, überlegenen Art, die ihn im allgemeinen nicht anzog, vielleicht deshalb, weil es genau das war, was Guillermo bei einer Frau in Schwung brachte, ein Hauch von früherer Wollust.

Er hatte seinen Kaffee halb ausgetrunken, als das Mädchen die Theke verließ und zu seinem Tisch mit einem Tablett herüberkam, auf dem eine Zeitschrift, eine Tasse und ein Dessertteller mit einem Stück Torte lagen.

»Darf ich?«

»Natürlich«, sagte er.

Sie machte es sich bequem. Es war ein kleiner Tisch, und ihre Zeitschrift war groß. Sie stieß mit ihr an seine Untertasse, als sie sie auf den Tisch legte, so daß der Kaffee schaukelte, aber nicht überlief.

»Verzeihung!«

»Unsinn, nichts passiert.«

Er trank und starrte durch die Glaswände in den Gang hinaus. Sie las, trank, knabberte an ihrer Torte. Er spürte ein zartes, zweifellos teures Parfüm, Moschus und Rosen, entschied er. Unwillkürlich schloß er die Augen und sog es ein. Neben ihm blätterte sie eine Seite um.

Er riskierte einen schnellen Seitenblick und wurde dabei ertappt – direkte graue Augen, die Kraft und Tiefe verrieten, eine Andeutung von Krähenfüßen in den Augenwinkeln, Lachfältchen oder Lasterspuren? Statt wegzuschauen, wandte er trotz seiner Verlegenheit den Kopf nicht ab, sondern schlug nur die Augenlider schuldbewußt wie Falltüren nieder.

Sie lachte wie ein Kind.

Als er die Augen wieder aufschlug, sah er, daß sie eine Zigarette aus ihrer Handtasche geholt hatte und nach einem Streichholz tastete. Er zündete eines an, überzeugt, daß seine Chirurgenhände nicht zittern würden, aber dann, als ihre Fingerspitzen seine Hand streiften, um die Flamme an das Zigarettenende zu führen, zitterten sie doch. Dieser Augenblick gab ihm die Chance, sie anzusehen. Ihr Blond war nicht ihre natürliche Haarfarbe, eine zwar kostspielige, aber trotzdem erkennbare Tönung. Ihre Haut war gut, die Nase leicht vorspringend, gebogen, leidenschaftlich; der Mund um eine Spur zu breit, aber voll.

Sie merkten beide gleichzeitig, daß er sie anstarrte. Sie lächelte, und er kam sich wie ein Abenteurer vor.

»Sind Sie mit einem Patienten hier?«

»Ja«, sagte er.

»Es ist ein sehr gutes Krankenhaus.«

»Ich weiß«, sagte er. »Ich bin Arzt, Spitalarzt am Suffolk County General.«

Sie hob den Kopf. »Welche Abteilung?«

»Chirurgie.« Er streckte die Hand aus. »Ich heiße Rafe Meomartino.«

»Elizabeth Bookstein.« Aus irgendeinem Grund lachte sie, was ihn ärgerte. Er hatte sie nicht für eine dumme Frau gehalten. »Dr. Longwood ist mein Onkel«, sagte sie, als sie ihm die Hand gab.

Christos.

»Oh?«

»Ja«, sagte sie. Sie lachte nicht mehr, beobachtete jedoch sein Gesicht und lächelte. »Himmel. Sie mögen meinen Onkel nicht. Gar nicht.«

»Nein«, sagte er, zurücklächelnd. Er hielt noch immer ihre Hand. Zu ihrer Ehre fragte sie nicht, warum. »Es heißt, er sei ein guter Lehrer«, sagte sie.

»Das ist er auch«, sagte Rafe. Die Antwort schien sie zu befriedigen.

»Ihr Name. Woher haben Sie das ›Bookstein‹?«

»Ich bin eine geschiedene Frau.«

Er sah seine Mutter durch die Tür kommen, sie sah viel kleiner aus als gestern und bewegte sich viel langsamer, als sie sich einst bewegt hatte.

»Mama«, sagte er und stand auf. Als sie herüberkam, stellte er sie einander vor. Dann verabschiedete er sich höflich von dem Mädchen und verließ langsam das Kaffeehaus, seinen Schritt dem seiner Mutter anpassend.

Bei ihren späteren Krankenhausbesuchen suchte er das Mädchen, aber sie war nicht im Kaffeehaus; die Freiwilligen arbeiteten unregelmäßig und kamen mehr oder weniger, wann sie wollten. Er hätte ihre Telefonnummer finden können – aber er nahm sich nicht einmal die Mühe, das Buch aufzuschlagen. Die Arbeit im Krankenhaus war sehr schwer, und der sich verschlimmernde Zustand seiner Mutter lag mit jedem Tag schwerer auf seinen Schultern. Ihr Fleisch schien dünner und durchsichtiger zu werden, sich fester über das zarte Rahmenwerk ihrer Knochen zu spannen. Ihre Haut entwickelte eine leuchtende Helligkeit, die er für den Rest seines Lebens bei Krebskranken sofort erkennen sollte, wann immer er sie sah.

Sie sprach jetzt öfter von Kuba. Manchmal, wenn er heimkam, fand er sie im Zimmer am Fenster sitzend und auf den Verkehr hinunterschauend, der leise über die Arlington Street glitt.

Was sah sie, fragte er sich: Kubanische Gewässer? Kubanische Wälder, kubanische Felder? Gesichter von Geistern, von Menschen, die er nie gekannt hatte?

»Mamacita«, sagte er eines Abends, unfähig zu schweigen. Er küßte ihren Scheitel. Er wollte die Hand ausstrecken, ihr Gesicht streicheln, sie sanft an sich ziehen, seine Arme um sie legen, damit nichts sie erreichen und alles, was ihr schaden konnte, zuerst durch ihn hindurchgehen mußte. Aber er fürchtete, daß er sie erschrecken würde, daher tat er nichts von alledem.

Nach sieben Wochen hatten sich Aspirin und Kodein als unwirksam erwiesen. Der Krebsarzt ersetzte diese Mittel durch Demerol. Elf Wochen später brachte Rafe sie wieder in das hübsche sonnige Zimmer im Phillips House des Massachusetts General Hospital. Reizende Schwestern füllten ihre Venen regelmäßig mit der Gabe der Mohnblumen.

Zwei Tage, nachdem seine Mutter ins Koma verfiel, sagte ihm der Krebsspezialist gütig, aber sachlich, er könne zwar weiterhin einiges unternehmen, um das Funktionieren ihrer lebenswichtigen Organe zu verlängern, er könne aber auch damit aufhören, so daß sie ziemlich schnell sterben würde.

»Wir sprechen nicht von Euthanasie«, sagte der alternde Arzt. »Wir sprechen von dem Entschluß, ein Leben zu stützen, in dem keine Hoffnung mehr auf ein wirkliches Leben besteht; nur Perioden schrecklicher Schmerzen. Ich treffe diesen Entschluß nie allein, wenn ein Verwandter vorhanden ist. Überlegen Sie es sich. Es ist ein Entschluß, vor dem Sie als Arzt immer wieder stehen werden.«

Rafe brauchte nicht lange zu überlegen. »Lassen Sie sie gehen«, sagte er.

Als er am folgenden Morgen das Krankenzimmer seiner Mutter betrat, sah er einen dunklen Schatten über sie gebeugt, einen großen mageren Priester, dessen sommersprossiges Babygesicht und Karottenhaar über seiner schwarzen Soutane wie ein Witz wirkten. Schon schimmerte Öl auf den Augenlidern seiner Mutter und spiegelte winzige Lichtfünkchen.

»...Möge dir der Herr deine Sünden vergeben, welche immer du begangen hast«, sagte der Priester soeben; sein in Weihwasser getauchter Daumen machte das Kreuzzeichen auf ihrem verzerrten Mund, seine Stimme war ein Greuel, ärgster Südbostoner Akzent. Du ungesund nüchterner junger Mann, was für ernsthafte Sünden konnte sie schon begangen haben, fragte sich Rafe. Wieder wurde der jungenhafte Daumen eingetaucht. »Durch diese Heilige Ölung ...«

Gott, es heißt, es gäbe Dich nicht, denn, wenn Du existiertest, würdest Du uns dann so quälen? Ich liebe dich, Mutter. Stirb nicht. Ich liebe dich. Bitte.

Aber laut sagte er nichts.

Er verharrte am Fußende des Bettes seiner Mutter und fühlte sich plötzlich allein, eine gräßliche Isolierung, und wußte, daß er nichts als ein Fleckchen Taubenmist in der grauenhaften Leere war.

Bald darauf bemerkte er, daß sie nicht mehr atmete. Er ging zu ihr, schob die Hand des Priesters mit einem Achselzucken beiseite und nahm sie in die Arme.

»Ich liebe dich. Ich liebe dich. Bitte.« Seine Stimme war laut in dem stummen Zimmer.

Seine Mutter ging in kostspieligem, aber einsamem Prunk dahin. Rafe veranlaßte, daß sie in Blumen schwamm. Der Sarg war ein kupferner Cadillac, mit blauem Samt austapeziert. Das letzte, was er noch für sie tun konnte, war, die feierliche Seelenmesse in der Cäcilienkirche zu bezahlen. Guillermo und Onkel Erneido flogen von Miami her. Die Wirtschafterin und das Zimmermädchen aus dem Ritz kamen und saßen in der letzten Reihe. Ein zitternder Trunkenbold, der vor sich hin murmelte und zu den falschen Zeiten niederkniete, saß allein in der Ecke, vier Sitze vom Mesner entfernt.

Ansonsten war die St.-Cäcilia-Kirche völlig leer, ein poliertes Echo, das nach Bodenwachs und Weihrauch roch.

Am Grab in Brookline standen sie allein, fröstelnd vor Kummer und Angst und der bis in die Knochen dringenden Kälte. Als sie zum Ritz-Carlton zurückkehrten, entschuldigte sich Erneido und ging mit Kopfschmerzen und Pillen zu Bett. Rafe und Guillermo zogen sich in die Hotelhalle zurück und tranken Scotch. Es war wie in den schlimmen alten Zeiten: trinken und Guillermo nicht zuhören. Schließlich verstand er durch einen Alkoholdunst wie aus der Ferne, daß Guillermo ihm etwas höchst Wichtiges erzählte.

»…geben uns Waffen, Flugzeuge, Panzer. Schulen uns ein. Sie werden Schulter an Schulter mit uns kämpfen, diese Marinesoldaten sind wundervolle Kämpfer! Wir werden Deckung aus der Luft haben, wir werden jeden Offizier brauchen, du wirst mit jedem, den du kennst, Kontakt aufnehmen müssen. Ich bin Hauptmann. Auch du wirst zweifellos Hauptmann werden.«

Rafe konzentrierte sich, erkannte, worüber sein Bruder sprach, und lachte freudlos. »Nein«, sagte er. »Danke.«

Guillermo hörte zu reden auf und sah ihn an. »Was meinst du damit?«

»Ich brauche keine Invasionen. Ich gedenke hierzubleiben. Ich werde um die amerikanische Staatsbürgerschaft ersuchen.«

Sechzig Prozent Entsetzen, dreißig Prozent Haß, zehn Prozent Verachtung rechnete er, als er die verschleierten Meomartino-Augen seines Bruders beobachtete.

»Du glaubst nicht an Kuba?«

»Glauben?« Rafe lachte. »Ich werde dir die Wahrheit sagen, großer Bruder. Ich glaube, daß alle ideologischen Bewegungen, alle großen Organisationen dieser Welt Lügen und Profit für irgend jemanden sind. Vermutlich glaube ich nur an Menschen, die anderen Menschen sowenig wie möglich schaden.«

»Edel. Was dir fehlt, ist Mut.«

Rafe starrte ihn an.

»Du hast nie welchen gehabt.« Guillermo stürzte seinen Drink hinunter und schnalzte mit den Fingern nach dem Kellner. »Ich habe Mut genug für alle Meomartinos. Ich liebe Kuba.«

»Du redest nicht über Kuba, *alcahuete.*« Sie hatten spanisch gesprochen; plötzlich entdeckte Rafe, daß er aus unerfindlichen Gründen ins Englische verfallen war. »Du redest über Zucker, Kuba ist nur das Alibi. Was wird es schon den armen Schweinen helfen, die das wirkliche Kuba sind, wenn wir Fidel in den *nalgas* zum Teufel jagen und uns alle unsere Schätze zurückholen?« Wütend nahm er einen Schluck Scotch. »Würde sie einer, den wir an seine Stelle setzen, anders behandeln? Niemals«, beantwortete er seine eigene Frage. Zu seinem Verdruß merkte er, daß er zitterte.

Guillermo wartete, bis er zu Ende gesprochen hatte.

»In unserer Bewegung sind nur wenige Zuckerleute. Darunter sind einige der Besten«, sagte er, als spräche er zu einem Kind.

»Vielleicht sind sie alle Patrioten. Selbst wenn sie es sind, sind ihre Gründe zweifellos genauso schlecht wie deine.«

»Es ist wundervoll, allwissend zu sein, du rückgratloser Hurensohn.«

Rafael zuckte die Achseln. Guillermo war auf seine Art ein liebevoller Sohn gewesen. Rafe wußte, daß die gedankenlose Beleidigung ihm und nicht ihrer Mutter gegolten hatte. Endlich, dachte er mit einem seltsamen Gefühl der Erleichterung, beschimpfen wir einander laut mit den Bezeichnungen, die wir immer verdrängt haben.

Dennoch bedauerte Guillermo offensichtlich seine Wortwahl.

»Mama«, sagte er.

»Was ist mit ihr?«

»Glaubst du, sie kann friedlich in einem Grab ruhen, auf dem Schnee liegt? Sie muß zurückgebracht werden, um in Kubas Erde zu schlafen.«

»Warum gehst du nicht zum Teufel?« fragte Rafe wütend. Er stand auf, ließ den Rest seines Getränks stehen, ging weg und ließ seinen Bruder sitzen und ins Glas starren.

Guillermo und Onkel Erneido fuhren am selben Abend zurück, nachdem sie ihm wie Fremde die Hand gegeben hatten.

Vier Tage später versetzte der letzte Nordostwind des kalten Frühlings New England einen weißen Schlag, indem er von Portland bis Block Island die Küste entlang zwölf Zentimeter hoch Schnee ablud. Am nächsten Nachmittag nahm Rafe ein Taxi zum Holyhood-Friedhof. Der Sturm war vorbei, aber der Wind blies Schneewirbel hoch, die in den Kragen und in die Ärmel seines Mantels drangen. Auf dem Weg zum Grab drang ihm Schnee in die Schuhe. Der Hügel war noch immer hoch aufgehäuft; zwischen den gefrorenen Erdklumpen liefen Adern gefangenen Schnees. Er stand da, solange er konnte, bis seine Nase lief und er seine erstarrten Füße nicht mehr spürte. Als er in sein Zimmer zurückkam, saß er im Finstern am Fenster, wie sie dagesessen hatte, und sah dem Verkehr zu, der sich weiter über die Arlington Street bewegte. Zweifellos zum Teil dieselben Maschinen; Autos sterben langsamer als Menschen.

Er übersiedelte aus dem Ritz in eine Pension. Jenseits der Halle lebten zwei aalglatte Studenten, vielleicht in Sünde. Einen Stock höher wohnte ein schielendes Mädchen, das er für eine Hure hielt, obwohl es keine Anzeichen dafür gab.

Er verbrachte den Großteil seiner Freizeit im Krankenhaus, verstärkte seinen Ruf kompetenter Verläßlichkeit und erreichte, daß er im folgenden Jahr für eine fachärztliche Ausbildung ausgewählt wurde, lehnte es jedoch ab, formell dort zu wohnen, weil er sich selbst nicht eingestehen wollte, daß er eine Zuflucht brauchte.

Der Frühling überfiel ihn unversehens. Er vergaß, sich die Haare schneiden zu lassen; brütete über die Möglichkeit eines Lebens nach dem Tod und kam dank seiner Intelligenz zu dem Schluß, daß es kein Jenseits gab; er erwog, sich psychotherapeutisch behandeln zu lassen, bis er in einem Artikel Anna Freuds las, daß der einzelne außerhalb der Reichweite des Analytikers steht, wenn er in Trauer um einen Toten oder verliebt ist.

Die Invasion in der Schweinebucht riß ihn jäh aus seiner Lethargie. Er hörte die Nachricht zuerst über einen Transistorapparat in der Frauenabteilung. Der Bericht klang optimistisch in bezug auf den Erfolg der Invasion, war jedoch skizzenhaft und übermittelte sehr wenige Tatsachen außer der, daß die Landung in der Schweinebucht erfolgt war.

Rafe erinnerte sich gut an sie, ein Gebiet mit Erholungsorten, wohin ihn seine Eltern manchmal mitgenommen hatten, als er noch klein war. Er und Guillermo hatten jeden Morgen, während die Eltern noch schliefen, am Strand große Haufen Schätze aus dem Meer gesammelt, die abends bereits stanken, und kleine, glatte, weiße Steine wie versteinerte Vogeleier.

Mit jedem Bericht wurden die Nachrichten schlechter.

Er versuchte, Guillermo in Miami anzurufen, ohne Erfolg, erreichte jedoch endlich Onkel Erneido.

»Unmöglich zu sagen, wo er ist. Er ist irgendwo dort. Es scheint sehr schlecht zu stehen. Dieses gottverfluchte Land, von dem wir glaubten, daß es unser Freund sei ...«

Der alte Mann konnte nicht weitersprechen.

»Laß es mich wissen, sobald du etwas hörst«, sagte Rafe.

In wenigen Tagen war es möglich, einen Teil des schrecklichen Bildes zu rekonstruieren und den Rest zu erraten: das ungeheure Ausmaß der Niederlage, die geringe Vorbereitung der angreifenden »Brigade«, die veraltete Ausrüstung, die mangelhafte Unterstützung aus der Luft, die arrogante Pfuscherei des CIA, die offensichtliche Qual des jungen amerikanischen Präsidenten, das Fehlen der Marine der Vereinigten Staaten, als sie so verzweifelt gebraucht wurde. Rafe verbrachte viel Zeit damit, sich vorzustellen, wie es gewesen sein mußte. Das Meer in ihrem Rücken, vor ihnen der Sumpf und Fidel Castros von den Sowjets bewaffnete Miliz. Die Toten, die spärlichen Einrichtungen zur Behandlung der Verwundeten.

Als er langsam durch das Krankenhaus ging, sah er bestimmte Dinge zum erstenmal.

Einen Wiederbelebungsapparat, einen Schrittmacher.

Einen Absaugapparat.

Betten, die Wärme und Ruhe für geschockte Patienten boten.

Die einfach phantastische Reihe von Operationssälen, die aufeinander eingespielten Ärzte und Schwestern.

Gott, die Blutbank. Alle Meomartinos hatten seltene Blutgruppen

Er hatte nie ein Hehl daraus gemacht, daß er Kubaner war; eine Anzahl der Stabsangehörigen und einige Patienten murmelten mitfühlende Worte, aber die meisten vermieden das Thema. Manchmal verstummte das Gespräch schuldbewußt, wenn er eintrat.

Plötzlich konnte er nachts schlafen; sowie er sich ins Bett legte, versank er in den tiefen bewußtlosen Schlaf eines Menschen, der die Flucht ergreift.

Eines Tages im Mai kam die schwere Silberuhr mit den Engeln auf dem Deckel wie eine weiße Feder dahergeschwebt, von Onkel Erneido eingeschrieben übersandt. Der Begleitbrief war kurz, enthielt jedoch einige Mitteilungen.

Mein Neffe,

wie Du weißt, gehört diese Familienuhr zum Meomartino-Erbe. Sie wurde von jenen, die sie mit treuen Händen für Dich bewahrten, in Ehren gehütet. Bewahre sie sorgfältig. Mögest Du sie noch an viele Generationen Meomartinos weitergeben.

Wir wissen nicht, wie Dein Bruder starb, aber wir haben es aus erster Quelle, daß er zugrunde ging und sich vor seiner Vernichtung gut hielt. Ich will versuchen, im Laufe der Zeit mehr zu erfahren.

Ich glaube nicht, daß wir einander in naher Zukunft treffen. Ich bin ein alter Mann, und die Energien, die mir noch geblieben sind, will ich anwenden, so gut ich nur kann. Ich hoffe und vertraue darauf, daß Deine ärztliche Laufbahn gut verläuft. Ich glaube nicht mehr daran, mein Kuba in Freiheit zu erleben. Es gibt nicht genügend Patrioten mit Männerblut in den Adern, um Fidel Castro das zu entreißen, was zu Recht das Ihre ist.

Dein Onkel Erneido Pesca

Rafe legte die Uhr in seinen Schreibtisch und fuhr ins Krankenhaus. Als er vierzig Stunden später zurückkehrte und die Lade öffnete, war sie da und wartete auf ihn. Er starrte sie an, schloß die Lade, zog den Mantel an und verließ die Pension. Draußen versuchte der Nachmittag mit sich ballenden Regenwolken zu entscheiden, ob er Ausklang des Frühlings oder Auftakt des Sommers war. Rafe ging lange, Block um Block, über die Gehsteige Bostons durch die Nachmittagshitze.

Auf der Washington Street verspürte er, wie eine plötzliche Überraschung, Hunger und betrat ein Gasthaus im Schatten der Hochbahn. Der Bostoner *Herald-Traveler* war einen Häuserblock entfernt. Es war ein gutes Lokal, eine Bar für arbeitende Menschen, voll von Zeitungsleuten, die ihr Abendessen einnahmen oder tranken, einige Setzer trugen noch immer die Kappe aus gefalteten Zeitungsblättern, um das Haar vor Druckerschwärze und Fett zu schützen.

Auf dem Barhocker am Ende der Theke bestellte er ein Kalbskotelett mit Parmesan. Ein Fernsehapparat über dem Spiegel spie eine Nachrichtensendung aus, die letzten Daten der Katastrophe in der Schweinebucht.

Wenige Invasoren waren evakuiert worden.

Ein großer Prozensatz von ihnen war getötet worden.

Praktisch alle Überlebenden waren in Gefangenschaft.

Als sein Kalbskotelett kam, nahm er sich nicht einmal die Mühe, es anzuschneiden. »Einen doppelten Scotch.«

Er trank ihn, dann einen zweiten und fühlte sich besser, und dann einen dritten, von dem ihm sehr schlecht wurde. Da er Luft brauchte, ließ er eine Banknote auf die Mahagoniplatte fallen und ging auf müden Beinen fort.

Draußen hing der neue Nachthimmel niedrig und schwarz, der Wind klatschte wie eine Reihe nasser Handtücher vom Meer herein. Er suchte einen Unterstand, als ein Taxi hielt.

»Bringen Sie mich zu irgendeiner guten Bar. Und warten Sie dort, bitte.«

Park Square. Das Lokal hieß The Sands. Die Beleuchtung war trüb, aber der Scotch entschieden nicht verwässert. Als er hinauskam, stand das Taxi da, ein gespenstisches Schlachtroß, das ihn mit tickendem Taxameter im Galopp zu den neonerleuchteten Vergnügungspalästen der Lebenden brachte. Sie rückten mit häufigen Pausen nach Norden vor. Als Rafe vor einer Taverne in der Charles Street ausstieg, drückte er dem Fahrer, dankbar für seine Loyalität, eine Banknote in die Hand und bemerkte den Irrtum erst, als das Taxi wegfuhr.

Als er das Lokal in der Charles Street verließ, waren alle Gegenstände verschwommene Flecken, einige heller als andere. Der Wind vom Charles River herüber war rauh und naß. Der Regen trommelte und zischte auf dem Gehsteig zu seinen Füßen. Seine Kleider und Haare sogen ihn auf, bis sie ihn nicht mehr halten konnten, und liefen dann über wie die übrige Welt. Der Regen, hart und kalt, biß ihn ins Gesicht und bewirkte, daß ihm unerklärlich übel wurde.

Er ging an der Massachusetts-Augenklinik und an den triefenden Umrissen des Allgemeinen Krankenhauses vorbei. Er war sich nicht sicher, wann eigentlich die Feuchtigkeit in ihm hochwallte, um der Nässe draußen zu begegnen, aber plötzlich entdeckte er, daß er von tief, tief innen her weinte.

Um sich selbst.

Um den Bruder, den er so sehr gehaßt hatte.

Um seine tote Mutter.

Um den Vater, an den er sich kaum erinnern konnte.

Um seinen verlorenen Onkel.

Um die Tage und Orte seiner Kindheit.

Um die lausige Welt.

Er hatte ein erleuchtetes Vordach vor einem scheinwerfererhellten Hafen erreicht, wo von Menschen errichtete Springbrunnen im Regen plätscherten.

»Weg da«, sagte der Türhüter des Charles River Park drohend *sotto voce*. Rafe drückte sich beiseite, um zwei Frauen vorbeizulassen, die nach zerquetschten Rosen rochen. Die eine war schon in das Taxi gestiegen, als die andere zurückkam und die Hand ausstreckte, als wollte sie ihn berühren. »Doktor?« sagte sie ungläubig.

Er erinnerte sich von irgendwoher an sie und versuchte zu sprechen.

»Doktor«, sagte sie. »Ich habe Ihren Namen vergessen. Wir haben einander in dem Kaffeehaus im Massachusetts General kennengelernt. Ist Ihnen nicht gut?«

Ich bin ein Feigling, sagte er, aber es kam kein Ton heraus.

»Elizabeth!« rief das andere Mädchen aus dem Taxi.

»Kann ich etwas für Sie tun?« fragte Elizabeth.

Jetzt war das andere Mädchen ausgestiegen. »Wir sind doch ohnehin schon spät dran«, sagte sie.

»Weinen Sie nicht«, sagte Elizabeth. »Bitte.«

»Elizabeth«, sagte das andere Mädchen, »was fällt dir eigentlich ein? Was glaubst du, wie lange die Burschen warten?«

Liz Bookstein legte den Arm um seine Mitte und begann ihn unter dem Vordach über den blutroten Teppich zum Eingang des Hotels hinunterzulotsen. »Sag ihnen, es täte mir leid«, sagte sie, ohne sich umzudrehen.

Als er das erstemal erwachte, sah er in dem trüben Licht der Nachtlampe, daß sie in dem Sessel neben dem Bett schlief; sie trug noch immer ihr Kleid, aber ihr Strumpfbandgürtel, die Strümpfe und Schuhe lagen auf dem Boden, und sie hatte die bloßen Füße unter sich gezogen, um sich gegen die Kälte zu schützen. Das zweitemal lag das graue Licht der ersten Dämmerung im Zimmer, sie war wach und sah ihn mit jenen Augen an, an die er sich jetzt mühelos erinnerte; sie lächelte nicht, sie sagte nichts, sondern schaute nur, und nach einer kleinen Weile schlief er wieder, ohne es zu wollen. Als er erwachte, strömte die helle Vormittagssonne durch die Fenster. Sie saß in demselben Sessel, trug noch immer ihr Kleid, ihr Kopf war auf die Seite gesunken; sie war seltsam wehrlos und sehr schön im Schlaf.

Er erinnerte sich nicht, daß er entkleidet worden war, aber als er aus dem Bett stieg, war er nackt. Zu seiner eigenen Verlegenheit hatte er eine starke Erektion und tappte hastig ins Badezimmer. Er war ein schlechter Betrunkener, überlegte er düster, als er seinen Körper von Giften reinigte.

Nach einer Weile klopfte sie an die Tür.

»Im Arzneischränkchen ist eine neue Zahnbürste.«

Er räusperte sich. »Danke.«

Er entdeckte sie neben einem Rasierapparat, was ihm einen Schock versetzte, bis er sich wütend sagte, daß er ihr gehörte, für die Beine. Unter der Dusche merkte er, daß die Seife mit dem Duft zerdrückter Rosen imprägniert war, zuckte jedoch die Achseln und wurde zum Sybariten. Er gönnte sich eine Rasur und öffnete dann die Tür einen Spaltbreit, während er sich fertig abtrocknete.

»Kann ich meine Kleider haben?«

»Sie waren verschmutzt. Ich habe alles zum Reinigen geschickt, bis auf Ihre Schuhe. Die Kleider kommen bald zurück.«

Er schlang sich das feuchte Handtuch um seine Lenden und ging hinaus.

»Na also. Jetzt sehen Sie schon besser aus.«

»Entschuldigen Sie, daß ich Ihr Bett benutzt habe«, sagte er. »Als Sie mich gestern abend gefunden haben –«

»Nicht«, sagte sie.

Er setzte sich in den Sessel, und dann kam sie auf ihren bloßen Füßen zu ihm. »Entschuldigen Sie sich nicht dafür, daß Sie ein Mann sind, der weinen kann«, sagte sie.

Die Erinnerung überfiel ihn, und er schloß die Augen.

Ihre Finger berührten seinen Kopf, er stand auf und legte die Arme fest um sie, fühlte ihre weichen, warmen Handflächen auf seinem nackten Rücken. Er wußte, daß sie ihn durch das Handtuch hindurch spürte, aber sie trat nicht zurück.

»Meine einzige Absicht war, Sie aus dem Regen hereinzuholen.«

»Das glaube ich Ihnen nicht.«

»Sie kennen mich schon gut. Ich glaube, Sie könnten der eine sein. Ich habe so sehr gesucht.«

»Wirklich?« sagte er traurig.

»Sind Sie irgendein Südamerikaner?« fragte sie dann.

»Nein. Kubaner.«

»Warum muß ich immer in Minoritätengruppen geraten!« sagte sie in seine Brust hinein.

»Vielleicht, weil Ihr Onkel ein solches Schwein in diesen Dingen ist.«

»Ja, aber seien Sie nett. Bitte, entpuppen Sie sich nicht als garstiges Etwas. Ich könnte es nicht ertragen.« Sie hob das Gesicht, und er mußte den Kopf neigen, um sie auf den Mund zu küssen, der bereits weich war und sich bewegte. Er tastete an ihrem Nacken, um die Knöpfe des zerdrückten Kleides zu öffnen. Als er es schließlich aufgab und sie zurücktrat, um es selbst zu tun, rutschte das Handtuch an ihm hinunter, und ihre Kleidungsstücke fielen eines nach dem anderen daneben auf den blauen Teppich. Ihre Brüste waren klein, aber schon Jahre jenseits des Knospenstadiums, ja, sie waren leicht überreif, mit Warzen wie Fingerspitzen. Sie trug sonnenbraune Strümpfe an ihren hübschen, molligen, muskulösen Beinen – Tennisspielerin? –, deren volle Schenkel wie ein Begrüßungskomitee bereit waren.

Einige Augenblicke später mußte er zu seinem Entsetzen feststellen, daß es genauso war wie am Abend vorher, als er halb verhungert eine Mahlzeit bestellt und sich dann außerstande gesehen hatte, sie zu essen.

»Mach dir nichts draus«, sagte sie schließlich und drückte ihn sanft nach hinten, bis er rücklings mit geschlossenen Augen auf der Matratze lag; die Sprungfedern seufzten, als sie aufstand.

Sie war eine sehr erfahrene Frau.

Als er nach ganz kurzer Zeit die Augen öffnete, stand ihr Gesicht dicht vor seinem und verdeckte die ganze Welt für ihn, ein sehr ernstes Gesicht, wie das eines kleines Mädchens, das in ein Problem versunken ist; dort, wo sich die Nasenflügel an der grausam gebogenen Nase weiteten, begann Schweiß zu schimmern, die grauen Augen waren sehr groß, die Iris flammendes Jett, die Pupillen warm und feucht, allumfassend; die Augen wurde größer und größer, bohrten sich in seine und sogen seinen Blick an, bis er es zuließ, daß der seine in sie hineinglitt, tief, tief, mit einer Zärtlichkeit, die seltsam und neu war. Vielleicht, Gott, dachte er flüchtig, ein eigenartiger Augenblick, um religiös zu werden.

Monate später, als sie zum erstenmal jenen Morgen in Worte zu fassen und zu erörtern vermochten – es war lange bevor sie wieder rastlos geworden war und er begonnen hatte, ihre Liebe wie Sand zwischen seinen Fingern verrieseln zu spüren –, erzählte sie ihm, daß sie sich ihrer Erfahrenheit geschämt hatte und traurig gewesen war, ihm nicht das Geschenk der Unschuld machen zu können.

»Wer kann das schon?« hatte er sie gefragt.

Jetzt wurde das stöhnende Geräusch der in den Rohren gefangenen Luft zu einem hohlen Pfeifen. Angewidert gab Meomartino jeden Versuch auf, sich auf die schriftlichen Arbeiten zu konzentrieren, und schob den Stuhl zurück.

In der Tür erschien Peggy Weld mit geröteten Augen und das Gesicht von allem Make-up reingewaschen. Ihr Mascara muß zerflossen sein, sagte er sich.

»Wann wollen Sie meine Niere herausnehmen?«

»Ich weiß es nicht genau. Es sind viele Vorbereitungsarbeiten zu machen. Tests und solche Dinge.«

»Wollen Sie, daß ich ins Krankenhaus ziehe?«

»Wenn es soweit ist, ja, aber noch nicht gleich. Wir verständigen Sie, wenn es an der Zeit ist.«

Sie nickte. »Vergessen Sie lieber, daß ich Ihnen erzählt habe, ich sei im Hotel zu erreichen. Ich werde bei meinem Schwager und den Kindern in Lexington wohnen.«

Mit dem frisch gewaschenen Gesicht war sie unendlich anziehender, dachte Meomartino.

»Wir nehmen die Sache in Angriff«, sagte er.

SPURGEON ROBINSON

Spur lebte genau im Mittelpunkt einer ihm vertrauten Insel, die sich mit ihm bewegte, wohin er auch ging. Einige Patienten schienen dankbar für seine Hilfe zu sein, aber er wußte, daß andere ihre Augen nicht von dem Purpur seiner Hände auf ihrer blassen Haut losreißen konnten. Eine uralte Polin stieß seine Finger von ihrem verrunzelten Bauch dreimal zurück, bis sie ihm erlaubte, ihr Abdomen abzutasten.

»Sie Arzt?«

»Ja.«

»Echter Arzt? Auf Schule gewesen, und so alles?«

»Ja.«

»Na ja… ich weiß nicht…«

Bei den schwarzen Patienten war es meistens leichter, aber nicht immer, da ihn einige automatisch für einen Überläufer hielten: Wenn ich hier niggerarm und voller Schmerzen im Bett liege und der Weiße da die ganze Zeit an mir herumbohrt und mir weh tut, was hast dann du in diesem weißen Anzug und einem feinen Leben zu suchen?

Er fühlte sich nie ganz wohl in seiner Rolle als Schwarzer

in einem Intelligenzberuf, umgeben von Weißen, so wie es zum Beispiel für die Orientalen im Stab ganz selbstverständlich war, voll anerkannt zu werden. Eines Tages sah er im OP Dr. Chin und Dr. Lee warten, um Dr. Kender als dem chirurgischen Chefstellvertreter in seinen Operationsanzug hineinzuhelfen. Alice Takayawa, eine der Anästhesieschwestern, Tochter eingewanderter Japaner und in erster Generation Amerikanerin, also eine *nisei,* hatte soeben einen Hocker dicht an den Kopf des Patienten gerückt und setzte sich nieder. Dr. Chins Gesicht war ausdruckslos, als er Dr. Kender die Handschuhe geöffnet hinhielt.

»Sir, Sie kennen ja wohl das Blaue und das Rote Team?«

Dr. Kender wartete.

»Darf ich Ihnen das Gelbe Team vorstellen?«

Der Ausspruch rief großes Gelächter hervor, wurde im ganzen Krankenhaus herumgetragen und machte die chinesischen Ärzte noch beliebter, als sie es schon vorher gewesen waren. So etwas hätte Spur in nüchternem Zustand einem weißen Vorgesetzten niemals über seine Farbe sagen können. Seine Freundschaft mit Adam Silverstone ausgenommen, wußte er von Stunde zu Stunde nie wirklich, wie er mit dem übrigen Stab stand.

Als er eines Morgens um drei Uhr eben auf seinem Weg zu einer Kaffeepause allein dahinschlenderte, sah er Lew Holtz und Ron Preminger einen dritten Spitalarzt, Jack Moylan, im Gang aufhalten. Sie flüsterten mit heftig zitternden Schultern und vielen verstohlenen Blicken in Richtung Unfallstation miteinander. Moylan zog zuerst eine Grimasse wie bei einem schlechten Geruch, dann jedoch grinste er und ging zur Unfallstation.

Holtz und Preminger gingen breit grinsend durch die Halle hinunter, und beide sagten hallo zu Spur. Holtz sah aus, als wollte er stehenbleiben und noch etwas sagen, aber Preminger zupfte ihn am Ärmel, und sie gingen weiter.

Ein schwarzer Junge – vermutlich sechzehn Jahre alt – saß auf der Holzbank allein in dem nur schwach erhellten Gang. Er sah Surgeon an. »Sind Sie ein Spezialist?«

»Nein. Nur ein Spitalarzt.«

»Wie viele Ärzte braucht man? Ich hoffe, sie kommt wieder in Ordnung.«

»Bestimmt sorgt man gut für sie«, sagte er vorsichtig. »Ich bin gerade auf einen Kaffee heruntergekommen. Willst du einen?«

Der Junge schüttelte den Kopf.

Spur warf zwei Münzen in die Kaffeemaschine, zog den vollen Becher heraus und setzte sich neben den Jungen auf die Bank.

»Unfall?«

»Nein... Ah, es ist etwas Persönliches. Ich habe es dem Doktor drinnen erklärt.«

»Oh.« Spurgeon nickte. Langsam schlürfte er den Kaffee.

Zwei Türen weiter unten kam Jack Moylan aus der Unfallstation. Spurgeon meinte ihn lachen zu hören, als er die Halle hinunterging. Jedenfalls sah er, wie Moylan den Kopf schüttelte.

»Jetzt paß auf. Ich bin Arzt«, sagte Spurgeon. »Wenn du mir sagst, was geschehen ist, kann ich vielleicht helfen.«

»Haben die hier viele farbige Ärzte?«

»Nein.«

»Wir... äh... haben geparkt, ja?« sagte der Junge, der beschlossen hatte, ihm zu trauen.

»Ja.«

»Wir haben das gemacht. Sie wissen, was ich meine?«

Spurgeon nickte.

»Bei ihr war es zum erstenmal. Nicht bei mir. Das... äh... Ding rutschte von mir herunter und blieb in ihr drin.«

Wieder nickte Spurgeon, schlürfte Kaffee und hielt die Augen auf den Becher gerichtet.

Er begann das Ausspülen zu erklären, aber der Junge unterbrach ihn.

»Sie verstehen nicht. Ich habe alles darüber gelesen. Aber wir konnten es nicht einmal aus ihr herauskriegen. Uuh, wurde sie hysterisch! Wir konnten nicht zu meinem Bruder oder auch nicht zu ihrer Mutter gehen. Die hätten uns umgebracht. Daher habe ich sie direkt hierher gebracht. Der Doktor da drinnen hat fast eine Stunde lang Spezialisten hineingerufen.«

Spurgeon trank seinen Kaffee aus, stand auf und ging in die Unfallstation.

Sie waren in einem Untersuchungszimmer mit zugezogenen Vorhängen. Das Mädchen hielt die Augen geschlossen. Ihr Gesicht, der Wand zugekehrt, war wie eine geballte braune Faust. Sie lag in Lithotomiestellung auf dem Tisch, die Füße in den Steigbügeln. Potter, der durch einen otolaryngologischen Kopfspiegel, der ein Auge bedeckte, spähte, verwendete eine dünne Stablampe als Zeigestab und hielt einem Spitalarzt, der hinter dem Kopf des Mädchens stand, einen gelehrten Vortrag. Der Spitalarzt war aus der Anästhesiologie. Spurgeon kannte seinen Namen nicht. Er krümmte sich vor stummem Gelächter.

Als der Vorhang sich teilte, fuhr Potter erschrocken auf, aber als er Spurgeon erkannte, grinste er. »Ah, Dr. Robinson, ich bin froh, daß Sie für eine Konsultation frei sind. Hat Sie Dr. Moylan geschickt?« Ohne einen der beiden Männer anzusehen, nahm Spurgeon eine Zange, fand den verpönten Gegenstand, entfernte ihn und ließ ihn in den Abfalleimer fallen. »Ihr Freund wartet draußen, um Sie heimzubringen«, sagte er.

Sie entfernte sich sehr schnell.

Der Spitalarzt aus der Anästhesiologie hatte zu lachen aufgehört. Potter stand da und schaute Spurgeon durch den dummen runden Spiegel auf seiner Stirn an. »Es war harmlos, Robinson. Nur ein Witz.«

»Du gottverdammter Halunke.«

Er wartete einen Augenblick auf einen Wirbel, aber natürlich kam keiner; er verließ die Unfallstation und ging leicht zitternd in seine Abteilung hinauf.

Wenn er sich einen Feind im Stab hätte machen müssen, dann wäre seine Wahl auf Potter gefallen; er war ein völliger Versager. Als er angewiesen wurde, einem Spitalarzt zu zeigen, wie man eine Krampfader herauszieht, hatte Lew Chin den ganzen Vorgang theoretisch mit ihm durchgesprochen. Als der Konsiliarchirurg in den danebenliegenden OP geholt worden war, um bei einem Herzstillstand zu helfen, war Potter hingegangen und hatte irrtümlicherweise statt der Krampfader die Oberschenkelarterie herausgezogen. Dr. Chin, so wütend, daß er kaum sprechen konnte, hatte versucht, den Schaden zu beheben und die lebenswichtige Arterie durch einen Nylonschlauch zu ersetzen. Aber es war ein Schlamassel: Die Übertragung war unmöglich durchzuführen; und eine Frau, die wegen einer einfachen Korrektur in den Operationssaal gekommen war, wurde mit einer Amputation in die Abteilung zurückgebracht. Dr. Longwood hatte sich in einer Diskussion über die Komplikationen der Woche sehr scharf zu dem Fall geäußert. Aber kaum eine Woche später hatte Potter, als er die einfachste Bruchoperation durchführte, die Samenschnur mit dem Bruchsack zusammen abgebunden. Die Blutversorgung in diesem Gebiet war schwer gefährdet, und innerhalb von Tagen hatte der Mann unwiederbringlich die Funktion einer Hode verloren. Diesmal hatte der Alte den Fall noch schärfer kritisiert und den Stab daran erinnert, daß die Medizin noch keinen Zutritt zu einem Ersatzteillager habe. Potter hatte Spurgeon leid getan, aber die arrogante Dummheit des Facharztanwärters machte jedes Mitgefühl weiterhin unmöglich, und jetzt genoß er es, verächtlich ignoriert zu werden, wann immer er Potter auf dem Gang traf. Auf Jack Moylan hatte der

Vorfall in der Unfallstation die entgegengesetzte Wirkung, er versuchte besonders freundlich zu sein, eine Bestechung, die Spur verachtete. An dem Vorfall waren nur wenige Leute beteiligt gewesen, und die meisten Kollegen behandelten ihn wie vorher. Er und Silverstone hatten den sechsten Stock rassenintegriert. Ansonsten aber lebte er allein auf seiner Insel. Hier und da war ihm seine Einsamkeit sogar lieb.

Mitte September gab es einige kalte Tage, dann einen Hitzeeinbruch, aber trotzdem konnte er es in der Luft spüren, die jeden Morgen durch sein offenes Fenster wehte, eine seltsame Mischung von Meeresozon und Stadtgestank, daß selbst der Nachsommer bald vorbei sein würde. An seinem nächsten freien Tag, einem Sonntag, zog er die Decke vom Bett, nahm seine Badehose und fuhr mit dem alten Volkswagenbus zum Revere-Strand, dort war es hübscher als am Coney, wenn auch bei weitem nicht so nett wie am Jones. Als Spur um halb elf Uhr vormittags hinkam, lag der Strand fast verlassen da, aber nach dem Essen, das für ihn aus heißen Würstchen, einem Brötchen und einer Flasche Millers' bestand, kamen die Leute.

Er nahm seine Decke, beschloß, auf Erkundung auszugehen, und wanderte mühsam am Rande des Wassers dahin, bis er die städtischen Strandanlagen verlassen hatte. Die Anlagen hier waren zwar noch immer öffentlich, wurden jedoch nicht instand gehalten. Der Sand war aschgrau und spärlich statt weiß und tief, mit Lastwagen herangefahren, und streckenweise gab es nur rauhe Steine. Aber hier waren weniger Menschen. In unmittelbarer Nachbarschaft ließen sich vier gutgewachsene Kerle voller Selbstgefälligkeit und strotzender Muskeln nieder; ein dicker Mann mit einem blassen Bauch lag wie ein Schwamm im Sand, das Gesicht mit einem Handtuch bedeckt; zwei Kinder liefen und sprangen tänzelnd am weißschäumenden Rand der Brecher dahin und kreischten wie kleine Tiere; ein farbiges Mädchen lag ausgestreckt in der Sonne.

Er ging langsam an dem Mädchen vorbei, um mehr Zeit zu haben, es zu betrachten, dann kehrte er um und wählte einen Platz etwa vier Meter von der Stelle entfernt, wo sie mit geschlossenen Augen auf dem Rücken lag. Anderswo gab es schöne Sandstellen, dort, wo er seine Decke ausbreitete, nur Steine; als er sich setzte, gruben sie sich in sein Fleisch.

Sie war heller als er, eine Art Schokoladenbraun gegenüber seinem Purpurschwarz. Sie trug einen einteiligen Trikotanzug, sehr weiß, auf Sittsamkeit bedacht, ein Eindruck, der jedoch dank der Figur des Mädchens nicht zustande kommen konnte. Ihr Haar war kraus, schwarz und so kurz geschnitten, daß es ihren schönen Kopf wie eine prächtige enganliegende Kappe schmückte. Sie war, wie kein weißes Mädchen je zu sein erhoffen konnte.

Nach einer Weile waren es die Kerle müde, alle möglichen Muskeln spielen zu lassen, und warfen sich in den Atlantik. Der vierte, anscheinend von Johnny Weismüller mit Isadora Duncan gezeugt, trabte verächtlich über das entmutigende Gelände und hockte sich neben die Decke des Mädchens. Ah, er bestand nur aus Muskeln, vom Scheitel bis zur Sohle: er redete über das Wetter, die Gezeiten und lud sie großzügig auf ein Coca-Cola ein. Endlich sah er seine Niederlage ein und zog sich finster zurück, um einen Bizeps, groß wie eine nachgeburtliche Brust, anschwellen zu lassen.

Spurgeon hielt sich zurück und gab sich damit zufrieden, sie einfach nur zu beobachten, gewarnt, daß das keine Frau für eine beiläufige Annäherung war.

Nach unbestimmter Zeit setzte sie ihre Badekappe auf, stand auf und ging ins Meer. Klinisch geschult, wie er war, bemerkte er interessiert, daß es ihn körperlich schmerzte, ihr zuzusehen.

Er verließ seine Decke und machte die lange Wanderung

zu dem blauen Volkswagenbus zurück; er ging schnell, zwang sich jedoch, nicht zu laufen. Die Gitarre lag, wo er sie gelassen hatte, auf dem Boden unter dem zweiten Sitz. Er trug sie zur Decke zurück und verbrannte sich auf den heißen Steinen jämmerlich die Sohlen. Er war überzeugt, daß sie, wenn er zurückkam, für immer fort sein würde, aber sie saß auf ihrer Decke, nachdem sie sichtlich lange geschwommen und ihr Haar trotz der Kappe naß geworden war. Sie hatte sie abgenommen und saß zurückgelehnt, das Gewicht auf die Arme gestützt. Von Zeit zu Zeit schüttelte sie den Kopf, während ihr Haar in der Sonne trocknete.

Er setzte sich nieder und begann die Saiten zu zupfen. Auf Gesellschaften und bezahlten Veranstaltungen hatte er diese Kraftprobe unzählige Male versucht, ein Mädchen ohne Worte, nur mit den Klängen seiner Gitarre zu erobern. Manchmal hatte es funktioniert, manchmal war es danebengegangen. Er vermutete, daß meistens, wenn es funktioniert hatte, auch alles andere funktioniert hätte, Augen, Rauchsignale, ein gesungenes Telegramm oder ein winkender Finger.

Trotzdem, in der Liebe ist jede Waffe erlaubt.

Die Gitarre sprach sie schüchtern an, in offener, tapfer jede Erotik zurückdrängender Unaufrichtigkeit.

Ich möchte Ihr Freund sein, namenloses Fräulein.

Ich möchte wie ein Bruder zu Ihnen sein.

Glauben Sie mir.

Das Mädchen starrte aufs Meer hinaus.

Ich möchte mit Ihnen über die Trugschlüsse Schopenhauers reden.

Ich möchte mit Ihnen über die besten künstlerischen Filme streiten.

Ich möchte mit Ihnen an einem Regennachmittag fernsehen und Ihnen die Hälfte meiner Haferflockenkekse schenken.

Sie warf ihm schnell einen Blick zu, sichtlich verblüfft.

Ich möchte über Ihre Wortspiele kichern, gleichgültig, wie pathetisch sie sind.

Ich möchte von Herzen über alle Ihre Witze lachen, selbst, wenn sie mir unverständlich sind. Seine Finger flogen dahin, spielten Läufe und freudige kleine Lachausbrüche, und sie wandte ihm den Kopf zu ... und ... ah, sie lächelte!

Ich möchte diesen amüsierten afrikanischen Mund küssen. Vorsicht, heimtückische Gitarre.

Du bist eine schwarze Blüte, die nur ich auf diesem wunderbaren schmutziggrauen Strand entdeckt habe.

Jetzt war die Musik kaum mehr unerotisch zu nennen. Sie flüsterte ihr ins Ohr, streichelte sie.

Das Lächeln verblaßte. Jetzt wandte sie das Gesicht von seinen Augen ab.

Ich muß mein Gesicht in dem runden Braun deines Bauchs vergraben.

Jetzt träume ich davon, nackt mit dir zu tanzen, dein Gesäß in meinen Handflächen.

Das Mädchen stand auf. Sie hob ihre Decke auf, ohne sie zu falten, und verließ den Strand, sie ging schnell, vermochte jedoch nicht, ihren wunderbaren Gang zu verbergen, zu verstellen oder zu ruinieren.

Gottverdammte heißärschige Gitarre.

Er hörte zu spielen auf und sah erst jetzt einen Wald häßlicher Knie vor sich. Die vier Kerle, der Dicke, die beiden Kinder und einige Fremde standen wie erstarrt neben seiner Decke.

»Hui«, flüsterte er, ihr nachblickend.

Die folgenden sechsunddreißig Stunden waren arg. Noch am selben Abend bereitete er vier Patienten für einen chirurgischen Eingriff vor, eine Aufgabe, die er haßte; den Bauch oder den Hodensack eines Patienten zu rasieren, mit dem

Messer in unerwartete Muttermale zu geraten, unvermutete Flecken abzuschneiden und widerborstige kleine Haarbälge, die der schärfsten Klinge spotteten, war etwas ganz anderes, als das eigene, wenn auch häßliche, Gesicht zu rasieren. Er assistierte Silverstone am Montag morgen getreulich bei einer Blinddarmoperation und durfte zur Belohnung ein übles Paar infizierter Mandeln ausschälen.

Dienstag, acht Uhr früh, war er dienstfrei und um zehn Uhr dreißig am Strand. Der Vormittag war bedeckt und windig, und als er hinkam, waren nur sehr wenige Leute da. Er sah den Möwen zu und lernte eine Menge über leichte Aerodynamik. Um etwa elf Uhr dreißig brach die Sonne durch, er fror nicht mehr so, und als er vom Mittagessen zurückkam, waren allmählich mehr Leute eingetroffen, aber es blieb leicht windig, und von dem Mädchen keine Spur.

Er verbrachte den frühen Nachmittag damit, auf der Suche nach sinnlichen braunen Beinen über andere zu steigen. Aber er fand das richtige Paar nicht, daher übte er Kraulen und Hand-über-Hand-Schwimmen, schlief etwas, wobei er von Zeit zu Zeit mit einem jähen Ruck erwachte, sich aufsetzte und auf dem Strand herumstarrte. Schließlich las er eine Sechsjährige namens Sonja Cohen auf, und sie bauten aus Sand Jerusalem, ein interkonfessionelles Bauprojekt, das um vier Uhr sieben von einer römischen Welle zerstört wurde. Das kleine Mädchen setzte sich ans Wasser und weinte.

Er verließ den Strand im allerletzten Augenblick, kehrte gerade noch rechtzeitig ins Krankenhaus zurück, um ganz schnell zu duschen, und meldete sich in der Abteilung zum Dienst, immer noch mit leicht knirschendem Sand von Sonjas Schaufel auf der Kopfhaut.

Die Schicht in der Abteilung war langweilig, aber leichter zu ertragen. Er hatte sich mittlerweile mit der Tatsache abgefunden, daß er das Mädchen nie wiedersehen würde, und er war zu der Überzeugung gelangt, daß sie nicht so auffallend gewesen sein konnte wie in seiner Erinnerung. Am Donnerstag abend stellte der Kretin Potter in einer Selbstdiagnose einen Virus fest, was wahrscheinlich bedeutete, daß er etwas ganz anderes hatte, und befahl sich ins Bett. Adam stellte die Diensteinteilung um, mit dem Ergebnis, daß Spurgeon vier Stunden Dienst in der Unfallstation bezog.

Als er dort eintraf, saß Meyerson trübsinnig auf einer Bank und las eine Zeitung.

»Was muß ich über den Betrieb hier wissen, Maish?«

»Sehr wenig, Doc«, sagte der Fahrer. »Merken Sie sich eins: Wenn jemand hereinkommt, der aussieht, als kratze er ab, dann weisen Sie ihn in eine andere Abteilung ein. Schnell. Alte ungeschriebene Regel.«

»Warum?«

»In Stoßzeiten ist dieser Laden gerammelt voll. Manchmal müssen die Patienten lange warten. Sehr lange. Es spricht sich herum, daß irgendwer im Unfall abgekratzt ist, und das erste, was die Leute denken, ist, daß in dieser gottverdammten Station jeder stirbt, bevor sich einer um ihn kümmert.«

Dies veranlaßte Spurgeon, sich auf eine anstrengende Arbeit gefaßt zu machen, aber es wurden vier ruhige Stunden, überhaupt nichts von der wahnwitzigen Tätigkeit, die er erwartet hatte. Er las die einzige Notiz auf dem Wandbrett dreimal.

An: Das gesamte Personal
Von: Emmanuel Brodsky, R.N.Ph. B.
Chefpharmazeut
Betrifft: Fehlende Rezeptblöcke

Der pharmazeutischen Abteilung kam zur Kenntnis, daß in den vergangenen zwei Wochen eine Anzahl von Rezeptblöcken verschiedener Kliniken als fehlend gemeldet wurden. Im Sommer dieses Jahres entdeckte man, daß auch eine gewisse Menge von Barbituraten und Amphetaminen fehlte. Wegen des zunehmenden Mißbrauchs von Rauschgift legt die pharmazeutische Abteilung dem Personal nahe, weder Rezeptformulare noch Drogen und Medikamente an Stellen zu hinterlassen, wo sie in unverantwortliche Hände fallen können.

Am frühen Abend brachte Maish eine Alkoholikerin herein, die Spur nicht sehr überzeugend erzählte, die Quetschungen von ihrem mißhandelten Körper rührten von einem Sturz auf der Treppe her. Er wußte, daß sie jemand – ihr Mann, ein Liebhaber? – geschlagen hatte. Die Röntgenaufnahmen erwiesen sich als negativ, aber er wartete mit der Entlassung, bis er, der Krankenhausregel folgend, daß nur vorgesetzte Fachärzte endgültige Anordnung über Unfallpatienten treffen dürfen, einen Oberarzt herbeigerufen hatte. Adam hatte einen freien Abend und arbeitete in Woodborough. Endlich kam Meomartino und schickte die Frau zu heißen Bädern heim. Es war genau das, was er selbst zwanzig Minuten früher getan hätte, dachte Spurgeon und hielt Krankenhausregeln für läppisch. Kurz nach zehn Uhr abends kam ein farbiges Paar namens Sampson mit seinem vierjährigen Kind, das schrie und aus einer zerschnittenen Handfläche blutete. Nachdem er die Glassplitter entfernt hatte, legte er ein Dutzend Nähte an; der kleine Junge war irgendwie vom Waschbecken im Badezimmer heruntergefallen, während er eine Medizinflasche in der Hand hielt.

»Was war in der Flasche?«

Die Frau blinzelte. »Irgendein altes Zeug. Ich habe vergessen, was. Es war rötlich. Ich hatte es schon sehr, sehr lange.«

»Sie hatten Glück. Er hätte den Inhalt auch trinken können. Jetzt wäre er vielleicht tot.«

Sie schüttelten verständnislos den Kopf, als spräche er eine fremde Sprache.

Diese Leute, dachte er.

Er konnte ihnen nur eine kleine Flasche Ipecac geben und hoffen, daß sie, falls der Junge je etwas Giftiges, aber Nichtätzendes schluckte, daran denken würden, ihm sofort eine Dosis davon zu geben, so daß er speien würde, während sie auf den Arzt warteten. Falls sie einen Arzt rufen, dachte er.

Kurz nach Mitternacht brachte ein Polizeistreifenwagen Mrs. Therese Donnelly herein; sie war angeschlagen, aber wütend.

»Ich habe ein Rätsel für Sie. Was wird aus einem Iren, wenn man ihn zum Polizisten macht?«

»Ich passe«, sagte er.

»Ein Engländer.« Der Polizist an ihrer Seite bewahrte sorgfältig eine ausdruckslose Miene.

Mrs. Donnelly war einundsiebzig. Sie war mit ihrem Wagen mit voller Wucht an einen Baum gefahren. Sie hatte sich bei dem Aufprall den Kopf angeschlagen, behauptete jedoch, sie fühle sich wohl. Es war erst der dritte Unfall, den sie in mehr als achtunddreißig Jahren vorsichtigen Fahrens gehabt hatte, betonte sie.

»Die beiden anderen waren ganz winzig, verstehen Sie, und ich war nie schuld. Die Männer, diese Esel, zeigen ihre wahre Natur erst, wenn man sie hinter das Steuer setzt.« Und gab, zusammen mit ihrer Empörung, die schwachen Dünste von geistigen Getränken von sich.

»Jetzt habe ich ein Rätsel für Sie«, sagte Spurgeon und zog aus irgendeiner Gedächtnislade die Witzfrage heraus, die er vor Jahren in einem zweifellos schon lange verbrannten Witzbuch gelesen hatte: »Falls Irland versinkt, was würde auf dem Wasser schwimmen?«

Der Polizist und die alte Dame dachten angestrengt nach, sagten jedoch nichts.

»Kork«, sagte er.

Sie kreischte vor Entzücken. »Was ist der größte Teil eines

Pferdes?« Über ihren Kopf hinweg tauschten er und der Polizist ein Grinsen wie einen heimlichen brüderlichen Händedruck.

»Nein, ihr Schmutzfinken! Die Antwort lautet: der Hauptteil!«

Senilität? fragte er sich. Sie war munter genug, um bissig zu sein, und protestierte während der ganzen Untersuchung, die nichts Bemerkenswertes ergab.

Er ordnete Schädelaufnahmen an und studierte eben das feuchte Röntgenbild, als ihr Sohn eintraf. Arthur Donnelly hatte ein fleischiges Gesicht und war sichtlich besorgt.

»Ist sie in Ordnung?«

Die Filme zeigten keine Schädelfrakturen. »Anscheinend ja. Aber ich halte es für unklug, sie in ihrem Alter noch selbst fahren zu lassen.«

»Ich weiß, ich weiß. Aber es ist ihr größtes Vergnügen. Seit dem Tod meines Vaters ist es ihre einzige Freude, mit dem Wagen Freundinnen zu besuchen. Sie spielen Bridge zu dritt und genehmigen sich vielleicht hier und da einen kleinen Schluck.«

Oder auch zwei, dachte Spurgeon. »Sie scheint ausgezeichnet in Form zu sein«, sagte er. »Aber angesichts der Tatsache, daß sie einundsiebzig ist, behalten wir sie vielleicht über Nacht zur Beobachtung hier.«

Mrs. Donnelly machte bei dem Vorschlag ein steinernes Gesicht.

»Was ist ein Narr?« fragte sie.

»Ich passe«, sagte er hilflos.

»Jemand, der nicht verstehen kann, daß ich nach dem, was ich durchgemacht habe, im eigenen Bett schlafen will.«

»Schauen Sie, wir kennen dieses Haus«, sagte ihr Sohn. »Mein Bruder Vinnie – Sie kennen ihn, Vincent X. Donnelly, den Abgeordneten?«

»Nein«, sagte Spurgeon.

Donnelly sah verärgert drein. »Nun, er ist einer der Treuhänder des Krankenhauses, und ich weiß, er würde wünschen, daß sie heimgeht.«

»Wir werden Ihrer Mutter hier alle Pflege angedeihen lassen, Mr. Donnelly«, sagte Spurgeon.

»Lassen Sie das. Wir kennen dieses Haus. Es ist kein Rosenbeet. Euch fallen genug Menschen zur Last, ohne daß ihr euch auch noch um unsere alte Dame Sorgen machen müßt. Seien Sie nett und lassen Sie sie mich mit nach Hause nehmen in ihr eigenes Bett. Wir werden Dr. Francis Delahanty rufen, der sie seit dreißig Jahren kennt. Wir stellen sogar Privatschwestern zu ihrer Pflege an. So lange Sie wollen.«

Spurgeon rief Meomartino an, der ungeduldig zuhörte, während Spurgeon kurz die Befunde umriß.

»Ich beobachte unter anderem gerade einen Herzstillstand«, sagte Meomartino. »Außerdem brauche ich heute abend unbedingt noch etwas Schlaf. Brauchen Sie mich wirklich?«

Es war bestenfalls ein stillschweigender Vertrauensbeweis, aber er klammerte sich daran. »Ich kann es selbst erledigen«, sagte er. Er entließ die alte Frau aus dem Krankenhaus und kam sich wie ein richtiger Arzt vor.

Der Rest der Nacht verlief ruhig. Er machte seine eigenen Nachtvisiten, gab Medikamente aus, wechselte einige Verbände, sagte dem gespenstischen alten Gebäude gute Nacht, es gelang ihm sogar, drei Stunden ununterbrochener Ruhe vor dem Morgen zu erhaschen, und er kehrte am Ende seiner Schicht ins Bett zurück, um bis mittags zu schlafen.

Auf dem Weg zum Eßsaal der Hausärzte änderte er seinen Entschluß fast mitten in einem Schritt, und ohne erst seine Badesachen zu holen, verließ er das Krankenhaus und fuhr zum Revere-Strand.

Sonja Cohen war nirgendwo zu sehen, aber das Mädchen lag auf dem Platz, wo er es zuerst gesehen hatte, und beobachtete ihn, als er mit Sand in seinen Wildlederschuhen auf es zuging.

Er meinte etwas zu erkennen – ein kurzes freudiges Aufblitzen in den Augen? –, bevor sie ihn anblickte, als hätte sie ihn noch nie gesehen.

»Darf ich mich neben Sie setzen?«

»Nein«, sagte sie.

Er humpelte mit seinen sandgefüllten Schuhen zu der steinigen Stelle für stumme Verehrer, wo er seine Decke am ersten Tag ausgebreitet hatte. Als er sich niedersetzte, verbrannten ihm die Steine das Fleisch durch den Stoff seiner Hose.

Das Mädchen versuchte sich zu benehmen, als sei es allein am Strand, bewegte sich von Zeit zu Zeit mit zielloser Anmut, um ins Wasser zu gehen, schwamm mit einem Vergnügen, das ungeziert und echt zu sein schien, und verließ dann das Wasser, um sich wieder auf der alten US-Navy-Decke niederzulassen.

Es war einer jener frühherbstlichen Tage, wie sie manchmal direkt aus den Tropen nach New England kommen. Er saß in der strahlenden Sonne und spürte die Säfte aus seinen Poren fließen, bis sein verfilztes, kurz geschnittenes Haar naß war, der Schweiß wie Regentropfen über seine Wangen rollte, seine Kleidung am Körper klebte. Er hatte das Mittagessen versäumt. Gegen drei Uhr hatte er ein hohles, leichtes Gefühl im Kopf, als sei sein Gehirn durch die mächtig ausdörrende Sonne zu gewichtsloser Asche verbrannt. Seine Augen schmerzten von seinem eigenen Salz. Wenn er sie jetzt offenhielt, sah er drei Mädchen, die sich wie ein schickes modernes Ballett-Team in anmutiger Eintracht bewegten. Periodischer Strabismus, sagte er sich und dachte, wie wunderbar tüchtige Augenmuskeln für gewöhnlich sind.

Kurz nach drei Uhr dreißig gab sie auf und entfloh wie am ersten Tag. Diesmal jedoch folgte er ihr.

Er wartete vor dem Badehaus, als sie herauskam. Jetzt trug sie ein gelbes Baumwollkleid, ihre Decke und ihre Badesachen. Er ging ihr entgegen.

»Hören Sie …«, sagte sie.

Er sah, daß sie Angst hatte.

»Bitte«, sagte er. »Ich bin weder ein Lustmörder noch ein Zuhälter, noch sonst etwas dergleichen. Ich heiße Spurgeon Robinson. Ich bin ehrbar, äußerst – sogar bis zur Langeweile, aber ich will es nicht riskieren, Sie nicht mehr zu treffen. Es ist ja niemand da, der uns einander vorstellen könnte.«

Sie wandte sich zum Gehen. »Werden Sie morgen wieder hier sein?«

Sie antwortete nicht.

»Sagen Sie mir wenigstens Ihren Namen.«

»Ich bin nicht das, was Sie suchen«, sagte sie. Sie blieb vor ihm stehen, sah ihn an, und die harte Verachtung in ihren Augen gefiel ihm. »Sie wollen ein kleines, aufregendes Mädchen, um die langweiligen Tage am Strand amüsanter zu gestalten. Ich habe Ihnen nichts Aufregendes zu bieten, Mister. Warum versuchen Sie es nicht einfach bei einer anderen?«

Das nächstemal sah sie sich um, als sie die Treppe an der Hochbahn erreichte.

»Sagen Sie mir bloß Ihren Namen. Bitte«, sagte er leise.

»Dorothy Williams.«

Dazustehen und hinaufzustarren, wie sie die steile Treppe emporkletterte, war kaum etwas Ehrbares, aber er konnte seine Augen nicht losreißen, bis sie die Marke in das Drehkreuz oben fallen ließ und verschwand.

Sehr bald löschte ein Zug, ein Drache, der alles erbeben ließ, das Licht oben, und als er abfuhr, ging auch Spur.

Die Sonne schien, aber die Hitze war vorbei, zweifellos endgültig. Er trug trotzdem seine Badehose und war irgendwie nicht überrascht, sie dort zu finden, als er ankam. Sie begrüßten einander schüchtern, und sie protestierte nicht, als er seine Decke neben der ihren ausbreitete, wo der Sand am weichsten war.

Sie plauderten.

»Ich habe mir die ganze Woche die Augen aus dem Kopf geschaut.«

»Ich war in der Schule. Gestern war mein erster freier Tag.«

»Sie sind Studentin?«

»Lehrerin. Kunstunterricht an der High-School, siebente und achte Klasse. Sie sind Musiker?«

Er nickte in dem Bewußtsein, daß es keine Lüge war und weil er noch nicht auf den Rest eingehen und zunächst lieber alles über sie erfahren wollte. »Malen Sie, bildhauern Sie, machen Sie Sachen aus Ton?«

Sie nickte.

»Was davon?« fragte er. »Ich meine, was ist Ihr Spezialfach?«

»Ich bin in allem ganz gut, aber nirgends wirklich gut. Deshalb unterrichte ich. Wenn ich eine Begabung wäre – wenn ich so arbeiten könnte, wie Sie spielen –, würde ich es ausschließlich und ständig machen wollen.«

Er lächelte und schüttelte den Kopf. »Das ist der Ausspruch eines Amateurs. ›Tut das Schöpferische oder sterbt dafür, alle ihr schrecklich Begabten, während wir übrigen Unglückseligen euch behaglich zusehen.‹«

»Sie haben kein Recht, mich als Heuchlerin hinzustellen«, sagte sie.

Selbst ihr Mißvergnügen machte ihm Freude. »Das tue ich nicht. Aber mein ursprünglicher Eindruck ist der, daß Sie kein Mädchen sind, das Risiken auf sich nimmt.«

»Eine altjüngferliche Tante.«

»Zum Teufel nein. Das habe ich nicht gesagt.«

»Aber ich bin ja fast eine alte Jungfer«, räumte sie ein.

»Wie alt?«

»Letzten November vierundzwanzig.«

Das überraschte ihn; sie war nur um ein Jahr jünger als er. »Sie glauben, daß Sie schon zu verwelkt zum Heiraten sind?«

»Oh, es hat nichts mit Heiraten zu tun. Ich spreche über eine Geistesverfassung. Ich werde allmählich konservativ.«

»Eine kleine Farbige hat kein Recht darauf, konservativ zu werden.«

»Interessieren Sie sich sehr für Politik?«

»Dorothy, ich bin schwarz«, sagte er. Es war das erstemal, daß er sie bei ihrem Namen nannte; sie schien erfreut, entweder darüber oder über seine Antwort.

Er begann Sandburgen zu bauen, und sie kniete nieder und grub ein Loch, damit sie feuchten Sand von unten bekäme, dann begann sie selbst mit dem feuchten Sand zu spielen, modellierte ein Gesicht, die Augen auf seine Züge gerichtet, während sie mit langen zarten Fingern den Sand in einer Art streichelte, daß sich seine Knochen in Gelee verwandelten. Sie hatte recht mit ihrem Talent, dachte er, als er das Gesicht im Sand betrachtete, das keine sehr starke Ähnlichkeit mit dem seinen trug.

Als sie schließlich voll Sand waren, sprang sie plötzlich auf und lief ins Wasser, und er folgte ihr durch die eisige Brise und entdeckte zu seiner Erleichterung, daß das Wasser im Gegensatz zur kalten Luft seine Haut wie warme Seide bedeckte. Sie schwamm direkt ins Meer hinaus, und er plantschte tapfer dahin, um neben ihr zu bleiben. Als er fast aufgeben mußte, kehrte sie um, und sie begannen Wasser zu treten, die Körper nahe beisammen, aber einander nicht berührend. »Sie sind eine tolle Schwimmerin«, keuchte er mit einem stechenden Schmerz in der Brust.

»Wir wohnen in der Nähe eines Sees. Ich bin sehr viel im Wasser.«

»Ich habe erst mit sechzehn Jahren schwimmen gelernt, an der Riviera.« Sie glaubte, er scherze. »Nein, ehrlich.«

»Was haben Sie denn dort gemacht?«

»Ich habe meinen Vater nie gekannt. Er war Matrose der Handelsmarine, auf Öltankern. Meine Mutter heiratete wieder, als ich zwölf war, einen wunderbaren Menschen. Meinen Onkel Calvin. Als ich nach meinem wirklichen Vater fragte, war alles, was sie mir je erzählten, nur, daß er tot sei. In dem Sommer, als ich sechzehn wurde, beschloß ich, den Versuch zu machen, die Welt so zu sehen, wie er sie gesehen hatte. Jetzt erscheint es dumm, aber vermutlich dachte ich irgendwie, daß ich ihn vielleicht finden würde. Zumindest aber verstehen.«

Sie trat das Wasser mit sehr wenig Bewegung, der weiße Badeanzug war untergetaucht, ihre glatten braunen Schultern über der Oberfläche sahen nackt und lieblich aus. »Es ist nicht dumm«, sagte sie.

Auf ihrer Oberlippe über dem vollen rosa Mund lag eine ganz schwache weiße Staubschicht, als das Meerwasser in der Sonne trocknete. Er hätte sie lieber mit seiner Zunge gelöscht, hob jedoch einen nassen Daumen und fuhr ihr sanft über die Lippe.

»Salz«, erklärte er, als sie zurückzuckte. »Nun, ich konnte keinen Job auf einem Tanker bekommen, was ein Glück für mich war. Aber ich sagte, ich sei achtzehn, und wurde auf der Île de France als Pianist aufgenommen. Die erste Nacht in Le Havre herrschte dichter Nebel, und ich lungerte einfach nur in den Straßen herum, sah mir alles an, sagte nein zu den Huren und versuchte mir vorzustellen, daß ich älter und zäher sei und eine Frau und einen kleinen Sohn hätte, die auf mich in den Staaten drüben warteten, aber natürlich ging das nicht. Ich konnte es mir nicht vorstellen, wie es für meinen Vater wirklich gewesen war.«

»Gott. Das ist das Traurigste, was ich je gehört habe.«

Er beschloß, ihre Traurigkeit auszunutzen, und bewegte

sich wie ein ungeschickt werbender Seelöwe, um mit seinem Mund den ihren zu berühren. Sie riß sich los, überlegte es sich dann, legte die Hände auf seine Schultern und für einen kurzen Augenblick die Lippen weich auf die seinen, ein Kuß, der nach Meer schmeckte, ohne Leidenschaft, aber mit sehr viel Zärtlichkeit.

»Ich kann mich an viel Trauriges erinnern«, sagte er und griff wieder nach ihr, und sie zeigte ihm ihre schönen Zähne, stemmte beide Füße gegen seine Brust und stieß sich von ihm ab, kein wirklicher Fußtritt, aber es genügte, daß er unterging und Ozean inhalierte, und als er zu husten aufhörte, waren sie einer Meinung, daß es Zeit war, das Wasser zu verlassen.

Sie schwammen an Land, zitterten vor Kälte, bekamen eine Gänsehaut, und er bot ihr an, sie mit dem Handtuch warmzureiben, aber sie lehnte ab. Sie lief den Strand entlang, um sich aufzuwärmen, und es war sogar noch schöner, als wenn sie ging. Es war zu schnell vorbei, sie kehrten zur Decke zurück, und sie öffnete einen Sack, den er für einen Strickbeutel gehalten hatte, und teilte einen sehr guten Lunch mit ihm. »Aber Sie haben mir noch immer nicht erzählt, wie Sie schwimmen lernten«, sagte sie.

»Oh.« Er schluckte Thunfischsalat auf Roggenbrot. »Ich machte die Rundfahrt den ganzen Sommer mit, Manhattan – Southampton – Le Havre, zwei Tage Pause, und dann denselben Weg zurück. Es war ein elegantes Schiff, und ich sparte Geld, aber alles, was ich sah, war Wasser. Ich hatte viel zu große Angst, auch nur den Nachtzug nach Paris zu nehmen. Gerade um diese Zeit blieb das Schiff zum Überholen eine Woche lang in Le Havre. Auf dem Schiff gab es einen Zahlmeister, einen Burschen, der Dusseault hieß. Seine Frau führte eine Boutique für Schmarotzer in Cannes, und er bot mir die Mitfahrt an, wenn ich abwechselnd mit ihm den Peugeot lenkte. Die Fahrt dauerte dreißig Stunden.

Während er es mit seiner Frau trieb, saß ich täglich am

Strand und starrte in Bikinis. Eine französische Teenagerbande adoptierte mich gewissermaßen. Eines der Mädchen lehrte mich in drei Tagen schwimmen.«

»Haben Sie sie geliebt?« fragte sie nach einer Pause.

»Es war ein weißes Mädchen. Meine Erinnerungen an die Amsterdam Avenue waren noch zu deutlich. Damals hätte ich mir eher die Kehle aufgeschlitzt.«

»Und jetzt?«

»Jetzt?« Jahrelang war das kleine französische Mädchen eine Hauptfigur seiner sexuellen und sozialen Phantasien gewesen. Wiederholt hatte er sich gefragt, was wohl geschehen wäre, wenn er dortgeblieben wäre, sie wirklich kennengelernt, sie umworben, sie geheiratet hätte, ein Europäer geworden wäre. Manchmal hatte ihn der verlorene Traum in Sehnsucht und Bedauern erstarren lassen; meistens jedoch sagte er sich, daß es eine Katastrophe geworden wäre.

Er bat sie, mit ihm zu Abend zu essen, aber sie lehnte ab. »Meine Eltern erwarten mich.«

»Ich fahre Sie heim.«

»Es ist zu weit«, sagte sie, aber er bestand darauf. Sie lachte, als sie den VW-Bus sah. »Sie sind kein Musiker. Sie sind irgendein Lieferant.«

»Ein Band-Leader ist ein Lieferant. Man transportiert einen Baßspieler, ein paar Hörner, einen Sänger und einen Burschen, der ein ganzes Bündel von Trommeln schleppt.«

Sie schwieg.

»Was ist los?«

»Nichts«, sagte sie.

»Sie tun, als hätten Sie Angst.«

»Woher soll ich wissen, wer Sie sind?« platzte sie heraus. »Ein Mann, dem ich erlaubte, mich an einem öffentlichen Strand aufzulesen. Sie können ein Pusher sein. Sie können etwas viel Schlimmeres sein.«

Er lachte hell auf. »Ich bin ein Strandgutjäger«, sagte er. »Ich werde Sie auf eine einsame Insel entführen und Ihnen Frangipani ins Haar flechten.« Fast hätte er ihr die Sache mit der Medizin erzählt, aber er unterhielt sich so gut, und sein Heiterkeitsausbruch war so spontan, daß sie beruhigt war. Ihre Stimmung schlug um, sie wurde gesprächig, fast heiter. Es machte ihm Spaß, nur mit ihr beisammen zu sein, und bevor er es merkte, bog der Volkswagen auch schon bei einem Ort namens Natick von der Massachusetts-Autobahn ab. Das Haus war nur einige Minuten von der Mautstraße entfernt, ein peinlich sauberer Bungalow, mit verwitterten Schindeln verkleidet, in einer sonst weißen Umgebung. Die Mutter war dünn und mager, mit scharfen Zügen, die auf eine längst vergessene weiße Vergewaltigung hindeuteten. Der Vater war ein brauner, stiller Mann, der aussah, als verbringe er seine freien Stunden damit, den Rasen zu maniküren, die Hecke zu stutzen, ängstlich vergleichende Blicke auf die nahe gelegenen angelsächsischen und semitischen Rasen und Büsche zu werfen.

Die Eltern gaben ihm unsicher die Hand, waren jedoch aufrichtig erfreut, daß das Mädchen jemanden heimgebracht hatte. Es war ein Kind da, eine dreijährige Marion mit verfilztem schwarzem Haar und einer Milchkaffeehaut. Er entdeckte, daß er unwillkürlich von einem Gesicht zum anderen schaute und die sich wiederholenden Züge bemerkte.

Ihr Kind, sagte er sich.

Mrs. Williams besaß eine feine angeborene Wahrnehmungsgabe. »Wir nennen sie Midge«, sagte sie. »Die Tochter meiner Jüngsten, Janet.«

Sie führten ihn in die Laube hinter dem Haus, einem Platz im tiefen Schatten, nach Trauben duftend, aber voll Stechmücken. Während Spurgeon nach ihnen schlug, schenkte Mr. Williams Bier ein, bei dessen Herstellung er mitgeholfen hatte.

»Qualitätskontrolle. Vom Produkt Proben nehmen, während es durch die einzelnen Herstellungsphasen geht. Chemische und bakteriologische Überprüfungen jeder Partie während der Gärung durchführen.« Er hatte in der Brauerei als Kehrer begonnen und dann sechs Jahre als Verlader gearbeitet, vertraute er Spur an, während seine Frau und seine Tochter mit einer Geduld schwiegen, die deutlich lange Praxis verriet. Er mußte eine Unzahl von Prüfungen bestehen, um den Job zu erhalten. Und dann kam sein Schlager:

»Gegen drei Weiße!«

»Wunderbar«, sagte Spurgeon.

»Bildung ist wunderbar«, sagte Mr. Williams. »Das ist der Grund, warum es mich freut, Dorothy als Lehrerin das tun zu sehen, was sie für die jungen Leute nur tun kann.« Er hob den Kopf. »Was machen Sie, mein Sohn?«

Er und das Mädchen sprachen gleichzeitig.

»Er ist Musiker.«

»Ich bin Arzt.«

Ihre Eltern waren offensichtlich verblüfft. »Ich bin Arzt«, sagte er. »Spitalarzt an der chirurgischen Abteilung im Suffolk County General Hospital.«

Sie sahen ihn an, die Eltern staunend, das Mädchen angewidert.

»Mögen Sie Hühnerpastete?« fragte Mrs. Williams und strich sich die Schürze glatt. Er mochte sie so, wie sie aufgetragen wurde, dampfend, mit Semmelbröseln überbacken und mit mehr mageren Hühnerstücken als Gemüse darin, mit frischem Sommerkürbis und kleinen Kartoffeln, die sie wahrscheinlich selbst in dem großen Gemüsegarten hinter dem Haus zogen. Als Nachtisch gab es eisgekühltes Rhabarber-Apfel-Mus, gefolgt von eisgekühltem Zitronentee. Während die Frauen das Geschirr spülten, spielte Mr. Williams alte Carusoplatten, die zerkratzt, aber interessant waren. »Er konnte mit seiner Stimme ein Glas zum Bersten bringen«, sagte Mr. Williams. »Vor einigen Jahren, bevor ich Qualitätskontrolleur wurde, habe ich hier und da an Wochenenden einen Dollar dazu verdient. An einem Samstag morgen räumte ich eine Garage drüben im Framingham Center aus, und so eine hochnäsige Dame kam heraus und legte einfach einen großen Stapel Carusoplatten auf den Mist.

›Ma'am‹, sagte ich, ›Sie werfen soeben ein Stück Ihrer Kultur weg.‹ Sie maß mich nur geringschätzig, und so legte ich die Platten auf den Rücksitz meines Wagens.«

Sie lauschten der großen toten Stimme, wie sie sich hochschwang; das kleine Mädchen saß leicht wie eine Schneeflocke auf Spurgeons Knie, während aus der Küche das Geräusch von Geschirr kam, das mit der Hand gespült wurde. Nachher sah Spurgeon den Berg Platten durch und suchte nach Dixie oder moderner Musik, fand jedoch nichts Gutes. Es stand ein altes Pianino da, abgenutzt und nachgestrichen, aber als er einige Tonleitern versuchte, von schönem Klang. »Wer spielt?«

»Dorothy hat einige Stunden genommen.«

Die Frauen waren eben zurückgekommen. »Ich habe genau acht Stunden genommen. Ich spiele drei Kinderlieder von Anfang bis zum Ende und eine Handvoll Bruchstücke. Spurgeon spielt wie ein Berufsmusiker«, erzählte sie ihren Eltern boshaft.

»Oh, spielen Sie uns einige Hymnen vor«, bat die Mutter.

Was, zum Teufel, dachte er. Er saß auf dem Drehschemel und spielte *Steal Away, Go Down Moses, Rock of Ages, That Old Rugged Gross* und *My Lord, What a Morning*. Keiner von den vieren hatte eine anständige Stimme, und jeder mistige Weiße, der behauptet, alle Schwarzen besäßen einen angeborenen Rhythmus, hätte den alten Herrn hören sollen. Aber er lauschte dem Mädchen, nicht, wie er einer Berufssängerin zugehört hätte, sondern als ein Mensch, der einem anderen zuhört, und als sich ihre Stimme erhob, dünn und schrill wie eine Rohrpfeife und voll echten Gefühls, als sie so mit ihrer Mutter und ihrem Vater sang, fühlte er sich wie ein Fisch, der mit einem Köder herumgespielt hat und plötzlich erkennt, daß ihm der Widerhaken in der Kehle sitzt.

Sie sagten allerlei Herzliches über sein Spiel, und er murmelte Heucheleien über ihren Gesang, dann gingen die Eltern das Kind schlafen legen und Kaffee kochen. Sobald sie allein waren, behandelte sie ihn, als sei er keinen Fußtritt wert.

»Warum mußten Sie lügen?«

»Habe ich nicht.«

»Sie haben ihnen erzählt, daß Sie Arzt seien.«

»Das bin ich.«

»Mir haben Sie gesagt, daß Sie Musiker seien.«

»Das bin ich. Ich war Musiker, bevor ich Arzt wurde, aber jetzt bin ich Arzt.«

»Ich glaube Ihnen nicht.«

»Ihr Pech.«

Der Vater kam zurück, dann die Mutter mit einem Tablett, und sie tranken Kaffee und aßen Bananenbrot. Er sah, daß es draußen dunkel geworden war, und sagte, daß er gehen müsse.

»Sind Sie Kirchgänger?« fragte die Mutter.

»Nein, Ma'am. Ich glaube, ich war in den letzten fünf Jahren keine sechsmal in der Kirche.«

Sie schwieg einen Augenblick. »Ich schätze Ihre Aufrichtigkeit«, sagte sie endlich. »Welche Kirche besuchen Sie, wenn Sie gehen?«

»Meine Mutter ist Methodistin«, sagte er.

»Wir sind Unitarier. Wenn Sie morgen früh mit uns kommen wollen, sind Sie willkommen.«

»Ich habe irgendwo gehört, daß ein Unitarier jemand ist, der an die Vaterschaft Gottes, die Brüderlichkeit der Menschen und an seine Bostoner Adresse glaubt.«

Henry Williams warf den Kopf zurück und brüllte vor Lachen, aber Spurgeon sah die zusammengepreßten Lippen von Mrs. Williams und merkte, daß er sich wie ein verdammter Narr betrug. »Ich habe die nächsten beiden Sonntage Dienst im Krankenhaus. Ich möchte sehr gern in drei Wochen in der Kirche neben Dorothy sitzen, wenn die Einladung bis dahin noch gilt.«

Er sah, daß beide Eltern sie ansahen.

»Ich gehe nicht in die Kirche«, sagte sie rundheraus. »Ich bin in den Bostoner Tempel Elf gegangen.«

»Sie sind Muslimin?«

»Nein«, sagte ihre Mutter schnell. »Sie interessiert sich nur sehr für diese Bewegung.«

»Einiges an dieser Religion klingt ganz vernünftig«, sagte Henry Williams unbehaglich. »Ohne Frage.«

Spur bedankte sich bei ihnen und verabschiedete sich, und das Mädchen begleitete ihn zur vorderen Veranda.

»Mir gefallen Ihre Eltern«, sagte er.

Sie lehnte sich an die Haustür und schloß die Augen. »Mein Vater und meine Mutter sind Onkel Tom und seine alte Dame. Und Sie«, sagte sie, öffnete jetzt die Augen und sah ihn an, »Sie haben sie wie ein Scharlatan aus der Hand fressen lassen. Mir erzählen Sie, daß Sie der und der sind, und ihnen sagen Sie, daß Sie ganz jemand anders seien.«

»Kommen Sie nächstes Wochenende mit mir zum Strand.«

»Nein«, sagte sie.

»Ich halte Sie für ein sehr schönes Mädchen. Aber ich bettle nicht. Danke für die Einladung.«

Er kam bis zur Gartentür, als ihn ihre Stimme zurückhielt. »Spurgeon.«

Das Weiße ihrer Augen schimmerte in der Dunkelheit auf der weinbewachsenen Veranda. »Auch ich bettle nicht. Aber kommen Sie vor dem Mittagessen, und bringen Sie einen warmen Sweater mit. Wir machen einen Spaziergang.« Sie lächelte. »Ich habe mir den Hintern abgefroren, als ich auf dem elenden Strand auf Sie wartete.«

Im Krankenhaus war alles so, wie er es verlassen hatte. Derselbe Geruch kranker Armut hing schwer und verdrossen in der Luft. Der Aufzug knarrte und stöhnte, als er langsam hochstieg. Einem Impuls folgend, stieg Spurgeon im vierten Stock aus und schaute prüfend in die Abteilung. Sie war unterbesetzt, da sich einige Schwestern mit dem gleichen Coxsackie-Virus hingelegt hatten, der Potter und mehrere andere Stabsmitglieder gefällt hatte.

»Bitte«, sagte eine Stimme. Hinter einem zugezogenen Vorhang lag die uralte Polin, die Glieder dürr wie Stöcke, von eitrigen Wunden übersät, und starb in den schrecklichen Gerüchen ihrer Ausscheidungen langsam dahin. Er reinigte sie, wusch sie vorsichtig, gab ihr ein Betäubungsmittel, richtete ihren Harnkatheter, beschleunigte das Fließen der intravenösen Flüssigkeit und ließ sie süßer sterbend zurück, als sie vorher dahingestorben war.

Als er auf dem Rückweg zum Lift an Silverstones Büro vorbeikam, öffnete sich die Tür.

»Spurgeon.«

»Hallo, Chefmensch.«

»Komm herein, ja?«

Er fühlte sich wieder wohl, hatte die alte Frau, deren Leben verebbte, schon vergessen und erinnerte sich an die Frau, deren Leben erst heranreifte. »Was ist los, Baby?«

»Du hattest unlängst abends im Unfall eine Patientin namens Mrs. Therese Donnelly?«

Die Rätseldame. Ein winziger Angstknoten bildete sich in seiner Brust. »Ja, sicher. Ich erinnere mich an den Fall.«

»Sie kam vor sechs Stunden ins Krankenhaus zurück.«

Der Knoten wuchs, versteifte sich. »Willst du, daß ich vorbeigehe und sie mir anschaue?«

Adams Augen waren direkt und ohne zu blinzeln auf ihn gerichtet. »Es wäre eine gute Idee für uns beide, in der Frühe dem Pathologen bei der Autopsie über die Schulter zu sehen«, sagte er.

ADAM SILVERSTONE

Adam Silverstone hatte große Achtung vor den Pathologen, beneidete sie aber nicht. Er hatte ihre lebenswichtige Arbeit oft genug selbst verrichtet, um zu wissen, daß sie die Kenntnisse eines Wissenschaftlers und die Geschicklichkeit eines Detektivs erforderte, aber gefühlsmäßig hatte er nie verstanden, daß sie jemand als Lebensaufgabe der Ausübung der Medizin an Lebenden vorzog. Er mochte Obduktionen noch immer nicht.

Ein Chirurg lernt den menschlichen Körper als wunderbare Maschine aus Fleisch kennen, eingehüllt in eine bemerkenswerte epidermische Verpackung. Das ganze Ding pulst vor vielschichtigen Prozessen. Seine Säfte und Fasern, die eindrucksvolle Kompliziertheit seiner wunderbaren Substanz sind durchströmt von Leben und ständiger Veränderung. Chemikalien reagieren auf Enzyme; Zellen ersetzen sich selbst, manchmal sogar verbrecherisch; Muskeln wirken auf Hebel, und Glieder bewegen sich auf Kugellagern, daneben gibt es noch Pumpen, Ventile, Filter, Verbrennungskammern, neurale Netzwerke, komplizierter als die elektronischen Anlagen eines Riesencomputers – alles arbeitet, während der Arzt versucht, die Bedürfnisse des ganzen integrierten Organismus vorauszusehen. Im Gegensatz dazu müht sich der Pathologe an verwesenden Objekten ab, in denen nichts arbeitet.

Dr. Sack kam herein, mürrisch vor Sehnsucht nach seinem Morgenkaffee. »Was führt Sie her?« begrüßte er Adam. »Wissensdurst? War doch nicht Ihre Patientin, oder?« Er kochte den Kaffee in einer riesigen angeschlagenen grünen Kanne mit der Aufschrift MUTTER.

»Nein, aber sie wurde auf meiner Station behandelt.«

Dr. Sack knurrte etwas.

Als er ausgetrunken hatte, begleiteten sie ihn in den weißgekachelten Obduktionsraum. Mrs. Donnellys Leiche lag auf dem Tisch. Die Instrumente waren vorbereitet und warteten.

Adam sah sich beifällig um. »Sie müssen einen guten Famulus haben«, sagte er.

»Verdammt richtig«, sagte Dr. Sack. »Er ist seit elf Jahren bei mir. Was wissen Sie über Famuli?«

»Ich habe in meiner Studentenzeit als Famulus gearbeitet. Für den Leichenbeschauer in Pittsburgh.«

»Für Jerry Lobsenz? Gott geb' ihm die ewige Ruh', er war ein guter Freund von mir.«

»Auch von mir«, sagte Silverstone.

Dr. Sack hatte es nicht sehr eilig anzufangen. Er saß in dem einzigen Sessel des Raums und las langsam und sorgfältig die Krankengeschichte durch, während sie warteten.

Endlich verließ er seinen Sessel und ging zu der Leiche. Er hielt den Kopf in den Händen und bewegte ihn von einer Seite zur anderen. »Dr. Robinson«, sagte er nach einem Augenblick, »wollen Sie bitte herkommen?«

Spurgeon ging hin, und Adam folgte ihm. Dr. Sack bewegte den Kopf wieder. Im Tod schien die alte Frau etwas hartnäckig zu leugnen. »Hören Sie?«

»Ja«, sagte Spurgeon.

Adam, der neben ihm stand, konnte das kleine kratzende Geräusch ebenfalls vernehmen. »Was ist das?«

»Das werden wir bald mit Sicherheit wissen«, sagte Dr. Sack. »Helft mir, sie umzudrehen. Ich glaube, wir werden einen Bruch des *processus odontoideus*, des Zahnfortsatzes, am zweiten Halswirbel finden«, sagte er zu Spurgeon. »Kurz, das arme alte Frauenzimmer hat sich den Hals gebrochen, als sie sich bei dem Autounfall den Kopf anschlug.«

»Aber sie hatte keine Schmerzen, als ich sie sah«, sagte Spurgeon. »Es war überhaupt kein Schmerz vorhanden.«

Dr. Sack zuckte die Achseln. »Es müssen nicht unbedingt Schmerzen auftreten. Sie hatte alte, mürbe Knochen, die leicht brechen konnten. Der Zahnfortsatz ist nur ein winziges Ding, ein knochiger Vorsprung des Wirbels. Ihr Sohn berichtete, daß sie sich gestern abend sehr wohl fühlte, mit gutem Appetit aß, praktisch nur eine Stunde vor ihrem Tod. Sie lag im Bett, mit drei Kissen als Stütze im Rücken. Sie war hinuntergerutscht und warf sich ziemlich gereizt auf die Kissen zurück. Ich würde sagen, daß der Stoß und dazu eine teilweise Drehung des Kopfes das lose Bruchstück in das Rückenmark trieb, was den Tod fast sofort eintreten ließ.«

Er führte eine Laminektomie durch, indem er in den Nacken schnitt, um die Wirbel der Halswirbelsäule bloßzulegen, und durchtrennte gekonnt den roten Muskel und die weißlichen Sehnen. »Haben Sie den harten Überzug des Rückenmarks bemerkt, Dr. Robinson?«

Spurgeon nickte.

»Genau wie die Membran, die das Gehirn einhüllt.« Mit seiner behandschuhten Fingerspitze und dem Skalpell hielt er den Einschnitt weit offen, so daß sie das Gebiet des Blutergusses und das durch das Knochenstückchen zerdrückte Rückenmark, die Todesursache, sehen konnten.

»Da haben wir's«, sagte er heiter. »Sie haben keine Halsröntgen machen lassen, Dr. Robinson?«

»Nein.«

Dr. Sack schürzte die Lippen und grinste. »Ich prophezeie Ihnen, daß Sie es das nächstemal tun werden.«

»Ja«, sagte Spurgeon.

»Drehen Sie sie wieder herum«, sagte Dr. Sack. Er sah Silverstone an. »Schauen wir, wie gut Sie der alte Jerry unterrichtet hat«, sagte er. »Machen Sie das statt mir.«

Ohne zu zögern, nahm Adam das Skalpell von ihm entgegen und machte den breiten, tiefen Y-Einschnitt über dem Brustbein.

Als er einige Minuten später aufblickte, las er in Dr. Sacks Augen Befriedigung. Aber als er zu Spurgeon hinüberblickte, erstarb sein frohes Gefühl. Die Augen des Spitalarztes waren auf Adams Messer gerichtet, aber sein Gesicht war starr und verstört.

Was immer er sah, war von der kleinen Gruppe um den Seziertisch sehr weit entfernt.

Spurgeon tat Adam leid. Aber das lähmende Wissen, daß man allein dafür verantwortlich ist, den Tod nicht verhindert zu haben, ist ein Gorgonenhaupt, das sich früher oder später vor jedem Arzt erhebt, und Adam wußte instinktiv, daß es dem Spitalarzt erlaubt werden mußte, sich ihm auf eigene Weise zu stellen.

Adam hatte seine eigenen Probleme im Tierlabor.

Der deutsche Schäferhund Wilhelm, der erste Hund, dem er eine große Dosis Imuran gegeben hatte, entwickelte fast dieselben Symptome wie Susan Garland vor ihrem Tod, und innerhalb von drei Tagen ging Wilhelm an einer Infektion zugrunde.

Die Mischlingshündin Harriet, der er eine Minimaldosis des immunounterdrückenden Medikaments gegeben hatte, stieß die übertragene Niere am Tag vor Wilhelms Tod ab.

Adam operierte eine Reihe von Hunden, einige alt und häßlich, andere ganz jung und so reizend, daß er sein Herz wappnen mußte, um nicht an die wunderlichen, verrückten Zeitungsaufrufe der Antivivisektionsgruppen zu denken, die lieber Kinder opferten, um Tiere zu retten. Im Lauf seiner Arbeit steuerte er auf die wirkungsvollsten Dosen hin, indem er die Maximalmengen senkte und die Minimaldosen anhob, und verzeichnete die Ergebnisse sorgfältig in Kenders kaffeefleckigem Heft.

Drei der Hunde, die große Mengen des Medikaments erhalten hatten, entwickelten Infektionen und starben.

Vier von den Tieren, die kleinere Dosen erhalten hatten, stießen die übertragene Niere ab.

Als er das Gebiet der Wahlmöglichkeiten eingeengt hatte, zeigte sich, daß der Grad der wirkungsvollsten und zugleich sichersten Dosierungen zwischen Abstoßung der übertragenen Niere auf der einen Seite und der Herausforderung einer Infektion auf der anderen hauchdünn war.

Er fuhr fort, andere Medikamente zu prüfen, und hatte über neun Agenzien Tierstudien abgeschlossen, als Dr. Kender Peggy Weld für eine voroperative Untersuchung im Krankenhaus aufnahm.

Kender studierte das Laborheft sorgfältig. Miteinander berechneten sie das Verhältnis von tierischen und menschlichen Gewichten sowie die entsprechende Medikamentendosierung.

»Welches die Immunitätsreaktion unterdrückende Medikament werden Sie bei Mrs. Bergstrom anwenden?« fragte Adam.

Kender ließ seine Fingerknöchel knacken, ohne zu antworten, dann zupfte er sich am Ohrläppchen. »Welches würden Sie verwenden?« Adam zuckte die Achseln. »Unter den Medikamenten, die ich bisher getestet habe, scheinen keine Allheilmittel zu sein. Ich vermute, daß vier bis fünf unbefriedigend sind. Ein paar sind ungefähr so wirkungsvoll wie Imuran, würde ich sagen.«

»Aber nicht besser?«

»Ich glaube nicht.«

»Ich stimme mit Ihnen überein. Ihr Versuch ist ungefähr der zwanzigste, den wir hier gemacht haben. Ich selbst habe zehn oder zwölf davon durchgeführt. Zumindest ist unser Übertragungsteam mit dem Medikament vertraut. Wir bleiben bei Imuran.«

Adam nickte.

Sie setzten die Transplantation auf den Operationskalender für den Donnerstag morgen an. Mrs. Bergstrom im OP 3 und Miß Weld im OP 4.

Adam war gut bei Kasse und machte wesentlich weniger Nachtarbeit, kam jedoch noch immer nicht zu genügend Schlaf, jetzt wegen Gaby Pender. Sie besuchten Museen, gingen in Konzerte und nahmen an einigen Parties teil. Eines Abends blieben sie in Gabys Wohnung, und alles ließ sich sehr erfolgversprechend an, aber ihre Zimmergenossin kam nach Hause. An Tagen, an denen sie sich nicht sehen konnten, telefonierten sie miteinander.

Dann erzählte sie ihm Anfang November beiläufig, daß sie auf vier Tage nach Vermont fahren müsse, und fragte ihn, ob er mitkommen könne. Er überlegte, was sich aus diesem Angebot alles ergeben konnte, und dann ihre Wortwahl. »Was meinst du mit: Du mußt?«

»Ich muß meinen Vater besuchen.«

»Oh.«

Warum nicht, dachte er. Er war der Bergstrom-Transplantation zugeteilt, aber Donnerstag abend konnten sie abreisen. Regulär hatte er nur sechsunddreißig Stunden frei, aber er tauschte mit Meomartino eine künftige Doppelschicht, so daß sie mehr Zeit haben würden.

Miriam Parkhurst und Lewis Chin, die beiden Konsiliarchirurgen, hatten in den frühen Morgenstunden des Donnerstags im OP 3 einen dringenden Fall gehabt, einen mit viel Schmutz verbundenen Fall, was bedeutete, daß der ganze Operationssaal geschrubbt werden mußte, bevor Mrs. Bergstrom hineingebracht werden konnte. Adam wartete im

Gang vor dem OP mit Meomartino neben den fahrbaren Krankentragen, auf denen die Zwillinge lagen, sediert, aber bei Bewußtsein.

»Peg?« sagte Melanie Bergstrom schläfrig.

Peggy Weld stützte sich auf einen Ellbogen und sah zu ihrer Schwester hinüber.

»Ich wollte, sie hätten uns eine Probe gegönnt.«

»Das hier können wir aus dem Stegreif.«

»Peg?«

»Mmm?«

»Ich habe dir die ganze Zeit noch nicht danke gesagt.«

»Fang nicht jetzt damit an, ich könnte es nicht aushalten«, sagte Peggy Weld trocken. Sie grinste. »Erinnerst du dich, daß ich dich, als wir noch Kinder waren, immer in die Damentoilette führte? In gewisser Weise nehme ich dich noch immer in die Damentoilette mit.«

Berauscht von Pentothal, bekam sie einen Kicheranfall, der in Schweigen verrann.

»Wenn mir irgend etwas zustößt, kümmere dich um Ted und die Mädchen«, sagte Melanie Bergstom.

Ihre Schwester antwortete nicht.

»Versprichst du's, Peggy?« fragte Melanie.

»Oh, halt den Mund, du dumme Gans.«

Die Türen des OP 3 flogen auf, und zwei Pfleger kamen heraus, die den fahrbaren Kippeimer mit den Füßen vor sich herstießen.

»Gehört ganz Ihnen, Doc«, sagte der eine.

Adam nickte, und sie schoben Mrs. Bergstrom in den OP.

»Peg?« fragte sie wieder.

»Ich liebe dich, Mellie«, sagte Peggy Weld.

Sie weinte, als Adam ihren Wagen in den OP 4 schob. Ohne daß man es ihm sagen mußte, gab ihr der Dicke eine weitere Injektion in den Arm, bevor man sie auf den Operationstisch hob.

Adam ging sich die Hände schrubben. Als er zurückkam, saß der Anästhesist bereits auf seinem Hocker neben ihrem Kopf und hantierte an seinen Ziffernscheiben herum. Rafe Meomartino, der dem anderen OP zugeteilt war, stand über Peggy Weld und wischte ihr mit einem sterilen Mullstück sanft streichelnd die Nässe vom Gesicht.

Es ging reibungslos. Peggy Weld hatte sehr gesunde Nieren. Adam assistierte, während Lew Chin eine von ihnen entfernte, dann spülte er die Niere durch und sah im andern OP zu, während Meomartino Kender bei der Übertragung half.

Danach verlief der Tag ohne Höhepunkte und rückte nur langsam vor, und Adam war sehr glücklich, Gaby zu sehen, als sie abends vorfuhr, um ihn abzuholen.

Auf der Straße sprachen sie sehr wenig. Die Landschaft war auf eine strenge herbstliche Weise sehr hübsch, aber bald wurde es finster, und außerhalb des Wagens war nichts zu sehen als sich bewegende Schatten; drinnen war Gaby im spärlichen Licht des Armaturenbretts eine liebliche Silhouette, die sich nur hie und da veränderte, etwa wenn sie einen langsamer fahrenden Wagen überholte oder bremste, um nicht durch ein Lastauto hindurchzusausen. Sie fuhr zu schnell; sie raste dahin, als jagten sie den Teufel oder Lyndon Johnson.

Sie merkte, daß er sie betrachtete, und lächelte.

»Paß lieber auf die Straße auf«, sagte er.

Als sie ins Vorgebirge kamen, sank die Temperatur. Er kurbelte das Fenster herunter und zog den scharfen Herbstgeruch ein, der in der Luft lag, die von den pflaumenblauen Bergen auf sie herunterströmte, bis Gaby ihn bat, das Fenster zu schließen, weil sie Angst hatte, sich zu erkälten.

Das Kurhotel ihres Vaters hieß Pender's North Wind. Es war ein großes, unregelmäßig angelegtes Landhaus, das in friedlicheren Zeiten große Tage erlebt hatte. Gaby bog von der Straße ab, fuhr zwischen zwei steinernen Wasserspeiern durch, einen langen, knirschenden Kiesweg entlang auf ein viktorianisches Herrenhaus zu, das unglaublich hoch aufragte, weil nur im Mittelteil des Erdgeschosses Lichter brannten.

Als sie aus dem Wagen stiegen, stieß irgend etwas in der Nähe, ein Tier oder ein Vogel, einen schrillen, hohen, klagenden Schrei aus, der immer wieder in einer rastlosen, kummervollen Litanei wiederholt wurde.

»Gott«, sagte er, »was ist das?«

»Ich weiß nicht.«

Ihr Vater kam zu ihrer Begrüßung heraus, als Adam die Reisetasche aus dem Wagen holte. Pender war ein großer Mann, mager und in guter Form, in Arbeitshose und einem blauen Baumwollhemd. Sein Haar war grau, aber dicht und gewellt. Er sah sehr gut aus mit einem klaren Profil, das besonders eindrucksvoll gewesen sein mußte, als er noch jünger war.

Er scheute sich, seine Tochter zu küssen, merkte Adam. »Na«, sagte er. »Also hast du's geschafft, mit einem Freund. Freue mich, daß du diesmal jemanden mitgebracht hast.«

Sie machte die beiden Männer miteinander bekannt, und sie reichten sich die Hand. Mr. Penders Augen waren hell und hart. »Nennen Sie mich Bruce«, befahl er. »Lassen Sie die Taschen. Wir werden dafür sorgen, daß man sich um sie kümmert.« Er führte sie einen Seitenpfad hinunter, an einem Golfplatz vorbei, wo die letzten Nachtfalter um die Lichtträger flitzten, und blieb vor einer stummen schimmernden Wasserfläche stehen. »Das hast du noch nicht gesehen, nicht wahr?«

»Nein«, sagte sie.

»Olympische Ausmaße. Darin könnte eine ganze verdammte Armee schwimmen, Wettschwimmen darin abhalten. Dennoch hättest du sehen sollen, wie es in diesem Sommer an schönen heißen Wochenenden mit Fleisch vollgepackt war. Hat mich einen Haufen Geld gekostet, war es aber wert.«

»Sehr hübsch«, sagte sie mit einer seltsam förmlichen Stimme.

Er führte sie durch eine Seitentür eine Innentreppe hinunter, durch einen Tunnel, und bald befanden sie sich in einer Kellerbar. Der Raum war für etwa zweihundert Menschen gebaut. Vor dem großen Kamin, in dem die Flammen über den Leichen dreier Scheiter tanzten und knisterten, saßen eine Frau und zwei kleine Mädchen und warteten, die gleichen schlanken bloßen Beine gegen das Feuer gestreckt, das sich schimmernd in dreißig gelackten Zehennägeln wie in kleinen blutroten Muscheln spiegelte.

»Sie hat einen Freund mitgebracht«, sagte Gabys Vater. Pauline, Gabys Stiefmutter, war eine sorgfältig gepflegte Rothaarige; ihr üppiger Körper war noch immer jung, aber nicht so jung, wie nach ihrem Haar zu schließen gewesen wäre. Die Mädchen, Susan und Buntie, waren ihre Töchter aus einer früheren Ehe, elf und neun Jahre alt und noch im Kicherstadium. Ihre vorsichtige Mutter redete wenig; wenn sie etwas sagte, schien jedes Wort vorausgeplant zu sein.

Bruce Pender warf noch ein Scheit ins Feuer, das für Adams Geschmack ohnehin schon zu heiß war. »Habt ihr gegessen?« Sie hatten schon vor langer Zeit gegessen, und Adam war jetzt hungrig, aber beide nickten. Mr. Pender schenkte mit schwerer Hand Drinks ein.

»Was hörst du von deiner Mutter?« fragte er Gaby.

»Es geht ihr gut.«

»Noch immer verheiratet?«

»Soweit ich weiß, ja.«

»Gut. Prima Frau. Zu schade, daß sie so ist, wie sie ist.«

»Ich glaube, es ist Zeit, daß ihr Kinder zu Bett geht«, sagte Pauline. Die Mädchen protestierten, fügten sich jedoch, schlüpften in ihre Schuhe und sagten schläfrig gute Nacht. Adam bemerkte, daß Gaby sie mit einer Wärme küßte, die sie Pauline oder ihrem Vater gegenüber nicht aufbrachte.

»Pauline kommt gleich wieder zurück«, sagte Bruce, als sie allein waren. »Das Haus ist gleich unten an der Straße.«

»Oh, Sie leben nicht hier im Hotel?«

Pender lächelte und schüttelte den Kopf. »Den ganzen Sommer lang und jedes Wochenende in der Skisaison ist dieses Haus ein Irrenhaus. Musikalische Betten. Mehr als tausend Gäste, hauptsächlich Alleinstehende, die heraufkommen, um einen Höllenwirbel zu veranstalten und Orgasmen zu haben.«

»Wie du siehst, ist mein Vater sehr taktvoll«, sagte Gaby.

Pender zuckte die Achseln. »Man muß die Dinge beim richtigen Namen nennen. Ich mache Geld damit, daß ich einen legalisierten Puff führe. Alle wirtschaftlichen Vorteile, keinerlei legales Risiko. Hauptsächlich New Yorker, aber gute Zahler, Unmengen von Bargeld.«

Sie schwiegen. »Silverstone«, sagt er. Er zwinkerte Adam zu. »Sie sind ein Judenjunge?«

»Mein Vater ist Jude. Meine Mutter war Italienerin.«

»Oh.« Er schenkte weiter Schnaps für sich, Gaby und die abwesende Pauline ein. Adam legte abwehrend die Hand über das Glas.

»Im vergangenen Sommer, eines Morgens ungefähr gegen zwei Uhr«, sagte Pender, »wäre um ein Haar einer im Springbrunnen auf dem Rasen ertrunken. Nicht im Schwimmbecken, wohlgemerkt, im Springbrunnen. Originell. Zwei Collegestudenten, stockbesoffen.«

Gaby sagte nichts und nippte an ihrem Drink.

»Einige Mädchen sind außerdem zum Anbeißen. Aber Pauline hält mich kurz.« Er trank nachdenklich. »Das ist natürlich ihr Haus. Ich meine, es ist auf ihren Namen geschrieben. Gabys Mutter hat mich ausgeräumt. Hat mich bar zahlen lassen.«

»Sie hatte ihre Gründe, teurer Vater.«

»Zum Teufel mit den Gründen.« Er trank.

»Ich kann mich noch gut an die Szenen aus meiner Kindheit erinnern, Väterchen. Bietet ihr, du und die liebe Pauline, Suzy und Buntie das gleiche Theater?«

Pender sah seine Tochter ausdruckslos an. »Ich habe geglaubt, daß man leichter mit dir auskommt, wenn ein Gast da ist«, sagte er.

Draußen setzte das klagende Tremolo wieder ein. »Was ist das nur?« fragte Adam.

Pender schien gewillt, das Thema zu wechseln. »Kommen Sie«, sagte er. »Ich zeig es Ihnen.«

Auf dem Weg nach draußen schaltete er ein Außenlicht an, das einen Teil des Rasens hinter dem Schwimmbecken beleuchtete. In einem Drahtkäfig schritt ein großer Waschbär wie ein Löwe auf und ab, die kleinen Augen funkelten bösartig rot in der schwarzen Gesichtsmaske.

»Wo haben Sie den her?« fragte Adam.

»Einer der Collegejungen holte ihn mit einer Stange aus einem Baum und fing ihn, indem er einen Brotkarton darüberstülpte.«

»Werden Sie ihn als eine – Touristenattraktion halten?«

»Teufel, nein, sie sind gefährlich. Eine Bärin wie die hier kann einen Hund umbringen.« Er hob einen Besen auf, stieß den Stiel durch den Draht und bohrte ihn in die Rippen des Tiers. Die Waschbärin drehte sich um; ihre Pfoten, die zierlichen Damenhänden glichen, ergriffen den Stock, das Maul schnappte nach ihm und zersplitterte ihn. »Sie ist läufig. Ich habe sie hierhergebracht, damit sie Bärenmännchen anlockt.« Er wies auf zwei kleinere Kisten am Rand des Lichttümpels. »Fallen.«

»Was tun Sie mit ihnen, wenn Sie sie gefangen haben?«

»Köstlich rösten, mit Süßkartoffeln. Delikatesse.«

Gaby wandte sich ab, ging ins Haus zurück, und sie folgten ihr. Als sie sich mit frischen Drinks vor den Kamin setzten, kam Pauline herein.

»Brr«, sagte sie und klagte über die Nachtkühle. Sie schmiegte sich an ihren Mann und stellte Gaby Fragen über die Hochschule. Bruce legte den Arm um sie und zwickte besitzbetont einmal in eine der melonenrunden Brüste. Adam schaute weg. Die beiden Frauen sprachen weiter und taten, als hätten sie nichts bemerkt.

Das Gespräch schleppte sich mühsam dahin und wurde mitunter aus reiner Verzweiflung wieder lebhafter. Sie sprachen über Theater, Baseball, Politik. Mr. Pender beneidete Kalifornien, weil es Ronald Reagan hatte, murmelte in sein Glas, daß die Republikanische Partei durch Rockefeller und Javits nur verdorben werde, behauptete, die Vereinigten Staaten sollten die Kraft aufbringen und Rotchina in einem 4.-Juli-Feuerwerk von Atomexplosionen ausradieren. Adam, nunmehr fasziniert von seiner ungeheuren Abneigung gegen den Mann, konnte es nicht über sich bringen, ernsthaft über den Massenwahn zu streiten. Außerdem war er unglaublich müde. Nachdem er dreimal gegähnt hatte, nahm Pender endlich die fast leere Flasche Bourbon an sich zum Zeichen, daß der Abend vorbei sei. »Gewöhnlich bringen wir Gabriele bei uns im Haus unter. Aber angesichts dessen, daß sie sich einen Spielgefährten mitgebracht hat, haben wir euch im dritten Stock Zimmer nebeneinander gegeben.«

Sie sagten Pauline gute Nacht, die dasaß und sich nachdenklich mit einem der scharfen Fingernägel, die in der Farbe zu ihren blutroten Zehen paßten, den schmalen weißen Fuß kratzte. Pender führte sie hinauf.

»Gute Nacht«, sagte Gaby kalt, sichtlich zu beiden Männern. Sie ging in ihr Zimmer, ohne sie anzusehen, und schloß die Tür.

»Alles, was Sie brauchen, müssen Sie sich selbst holen. Gabriele weiß, wo alles ist. Ihr habt das ganze gottverdammte Haus für euch.«

Wie konnte ein Mann so lüstern grinsen, wenn das Mädchen, von dem er glaubt, daß es sofort Verkehr haben wird, seine eigene Tochter ist, fragte sich Adam.

Er war überzeugt, daß Gaby auf der anderen Seite der geschlossenen Tür horchte.

»Gute Nacht«, sagte er.

Pender winkte ihm und ging.

Adam legte sich angezogen aufs Bett. Er hörte, wie Pender die Treppe hinunterging, kurz mit seiner Frau zusammen lachte, und dann das Geräusch beider, als sie das Hotel verließen. Das alte Haus war sehr still. Im Zimmer nebenan konnte er Gaby Pender umhergehen hören, offensichtlich machte sie sich zum Schlafen bereit.

Die Zimmer waren durch ein Badezimmer getrennt. Er durchquerte es und klopfte an die geschlossene Tür.

»Was ist?«

»Möchtest du gern mit mir reden?«

»Nein.«

»Nun, dann gute Nacht.«

Er schloß die beiden Badezimmertüren, zog seinen Pyjama an, löschte das Licht und lag im Dunkeln. Vor dem offenen Fenster zirpten Grillen eine schrille Serenade, vielleicht in der Ahnung, daß der Frost, der sie töten würde, irgendwo dicht über dem Horizont lauerte. Die Waschbärin jammerte verzweifelt und weinerlich. Gaby Pender ging ins Badezimmer, und er konnte durch die geschlossene Tür das Rieseln und die Wasserspülung hören, Geräusche, die ihn trotz seiner langen klinischen Erfahrung starr daliegen und ihren Vater hassen ließen.

Er stand auf und schaltete das Licht ein. Auf dem Schreibtisch lag Briefpapier mit dem Briefkopf des Hotels. Er benutzte seine eigene Feder und schrieb so schnell, als kritzelte er ein Rezept.

An den Beauftragten für Fischerei und Wildhege
Montpellier, Vermont

Sehr geehrte Herren,
ein großer weiblicher Waschbär, ungesetzlicherweise gefangen, wird in diesem Hotel in einem Käfig als Köder für illegales Fangen männlicher Waschbären gehalten. Ich habe mit angesehen, wie das Tier mißhandelt wurde, und ich stelle mich gern als Zeuge zur Verfügung. Ich ersuche um Ihre unverzügliche Untersuchung des Falles, da die Waschbären verzehrt werden sollen.

Hochachtungsvoll
Dr. med. A. R. Silverstone

Er steckte das Schreiben in einen Briefumschlag, befeuchtete den Umschlag mit der Zunge und versiegelte ihn sorgfältig, fand Marken in seiner Brieftasche und klebte eine auf, dann steckte er den Brief in seine Reisetasche und legte sich wieder ins Bett. Ungefähr eine Viertelstunde lang warf er sich herum, trotz seiner überwältigenden Müdigkeit überzeugt, daß er jetzt nicht einschlafen konnte. Das alte Hotel knarrte, als hüpften wollüstige Geister von Zimmer zu Zimmer in die Betten und schwangen befreite Keuschheitsgürtel statt Ketten. Die Grillen zirpten ihren schrillen Schwanengesang. Der Waschbär weinte und wütete. Einmal dachte Adam, er höre Gaby weinen, entschied jedoch, daß er sich vielleicht geirrt hatte. Und schlief ein.

Er wurde – seinem Gefühl nach fast sofort danach – von ihrer Hand geweckt.

»Was ist?« fragte er und dachte zuerst, er sei im Krankenhaus.

»Adam, bring mich weg von hier.«

»Natürlich«, sagte er benommen, halb im Schlaf, halb wach, und schloß dann die Augen gegen das Licht, als sie es aufdrehte. Er sah, daß sie in Hose und Sweater war. »Du meinst, jetzt?«

»Auf der Stelle. Jetzt sofort.« Ihre Augen waren verweint. Eine Welle von Zärtlichkeit und Mitleid überschäumte ihn. Gleichzeitig drückte ihm die Müdigkeit den Kopf in das Kissen zurück.

»Was werden sie denken?« sagte er. »Ich glaube nicht, daß wir einfach bei Nacht und Nebel verschwinden sollten.«

»Ich hinterlasse einen Brief. Ich sage ihnen, daß du vom Krankenhaus zurückgerufen wurdest.«

Er schloß die Augen.

»Wenn du nicht mitkommst, fahre ich allein.«

»Geh den Brief schreiben. Ich ziehe mich inzwischen an.«

Sie mußten sich die breite Treppe im Finstern hinuntertasten. Der Mond stand jetzt niedrig, warf jedoch ein Licht, durch das sie ihren Weg zum Wagen leicht zurückgehen konnten. Die Grillen waren eingeschlafen, oder was immer sie taten, wenn sie zu zirpen aufhörten. Hinter dem Becken sang der arme Waschbär noch immer sein Klagelied.

»Warte«, sagte sie.

Sie drehte die Scheinwerfer auf und kniete in ihrem Licht nieder, um einen großen Stein auszusuchen. Als er ihr folgen wollte, hielt sie ihn zurück. »Ich will es allein machen.«

Er saß auf dem Ledersitz, der naß vom Tau war, und fröstelte, während sie das Schloß des Käfigs zerschlug, und fragte sich, ob er den Brief mit der Anzeige gegen ihren Vater wirklich abgesandt hätte. Nach einem Augenblick verstummte das Wehklagen. Er hörte, daß sie zu ihm zurücklief, dann das Geräusch eines Aufschlages und ihr Fluchen.

Als sie den Wagen erreichte, lachte und schluchzte sie gleichzeitig und sog an ihrer abgeschürften Handfläche. »Ich hatte Angst, daß sie mich beißen würde, und als ich wegrannte, stolperte ich über eine der Fallen«, sagte sie. »Ich bin fast in das gottverdammte Schwimmbecken gestürzt.«

Er begann mit ihr zu lachen; sie lachten den ganzen Weg die lange Auffahrt hinunter, an den steinernen Wasserspeiern vorbei und auf der Überlandstraße. Als er zu lachen aufhörte, sah er, daß sie weinte. Einen Augenblick überlegte er, ob er das Lenkrad von ihr übernehmen sollte, damit sie ungestört weinen konnte, aber er war so müde, daß er möglicherweise hinter dem Steuer eingeschlafen wäre.

Sie gehörte zu den Menschen, die geräuschlos weinen; es ist viel schlimmer, solche Leute zu beobachten als die dramatischen, dachte er.

»Hör zu«, sagte er schließlich mühsam, da seine Stimme schwer vor Müdigkeit war, als sei er betrunken. »Du hast kein Monopol auf gräßliche Eltern. Bei deinem Vater ist es der Sex, bei meinem die Flasche.« Er erzählte ihr die wesentlichen Einzelheiten über Myron Silberstein, nüchtern, sachlich und ohne Erregung, und ließ nur sehr wenig aus: die Geschichte eines Wandermusikanten aus Dorchester, der zufällig in eine Anstellung im Orchesterraum des Davis-Theaters in Pittsburgh geraten war und eines Abends ein viel jüngeres und unerfahrenes, kleines italienisches Mädchen kennenlernte.

»Ich bin überzeugt, er hat sie nur geheiratet, weil ich unterwegs war«, sagte er. »Er begann zu trinken, noch bevor ich mich an ihn erinnern konnte, und er hat noch nicht damit aufgehört.«

Als sie wieder auf der Route 128 waren und der Wagen sich in die Nacht hinein in die Richtung bohrte, aus der sie gekommen waren, berührte sie seinen Arm.

»Wir könnten der Beginn einer neuen Generation sein«, sagte sie. Er nickte und lächelte. Dann schlief er ein.

Als er aufwachte, überquerten sie soeben die Sagamore-Brücke.

»Wo, zum Teufel, sind wir?«

»Wir hatten unsere Freizeit schon arrangiert«, sagte sie. »Es schien mir zu schade, einfach heimzufahren und die freien Tage zu verschwenden.«

»Aber wohin fahren wir?«

»An einen mir bekannten Ort.«

Er schwieg wieder und ließ sie fahren. Fünfundvierzig Minuten später waren sie in Truro, dem Wegweiser nach, der kurz aufleuchtete, als sie den Wagen von der Route 6 weg und auf eine Straße nach Cape Cod lenkte, zwei Wagenspuren aus weißem Sand, zwischen denen ein Streifen Riedgras wuchs. Sie fuhren eine kleine Anhöhe hinauf, und rechts, hoch über ihnen, tastete ein sich drehender Lichtfinger den schwarzen Himmel am Rand des Meeres ab. Plötzlich war der Lärm der Brandung da, als hätte ihn jemand mit einem Schalter angedreht.

Der Wagen rollte ganz langsam dahin. Er wußte nicht, was sie suchte, aber sie fand es schließlich und lenkte das Auto von der Straße weg. Er sah nichts als tintenschwarze Nacht, aber als sie ausstiegen, vermochte er die massigere Dunkelheit eines kleinen Hauses zu erkennen.

Ein sehr kleines Gebäude, ein Bauernhaus oder eine Hütte.

»Hast du einen Schlüssel?«

»Es gibt keinen Schlüssel«, sagte sie. »Es ist von innen verriegelt. Wir gehen durch den Geheimeingang.«

Sie führte ihn hintenherum, und kleine Föhren zerrten mit unsichtbaren Fingern an ihnen. Die Fenster waren mit Brettern vernagelt, sah er bei näherer Untersuchung. »Zieh fest an den Brettern«, sagte sie.

Er tat es, und die Nägel glitten so leicht heraus, als wären sie es gewohnt. Sie schob das Fenster hoch und schlüpfte über das niedrige Fensterbrett hinein. »Gib auf deinen Kopf acht«, sagte sie. Er schlug ihn sich trotzdem an, an der oberen Schlafkoje. Das Zimmer war nicht viel größer als ein Wandschrank und ließ seine Kammer im Krankenhaus im Vergleich dazu geräumig erscheinen. Die derben Holzkojen nahmen den meisten Platz ein, so daß man gerade knapp zur Tür durchgehen konnte. Die nackten Glühbirnen leuchteten auf, wenn man an Schnüren zog. Es waren noch zwei andere Kammern vorhanden, ganz ähnlich der, durch die sie eingedrungen waren; ein winziges Badezimmer mit Dusche, aber ohne Wanne; ein Mehrzweckraum mit Kücheneinrichtung, einem altersschwachen Schaukelstuhl und einem mottenzerfressenen Sofa voller Beulen und Gruben. Der Zimmerschmuck war klassischer Cape-Cod-Stil. Meeresmuscheln als Aschenbecher, ein Hummerkorb als Kaffeetisch, Seeigel und Seesterne auf dem Kaminsims, eine gebrauchsfertige Angelrute lehnte in einer Ecke, in einer anderen stand ein Gasherd, den sie fachmännisch in Gang setzte und mit Leichtigkeit anzündete.

Er stand schwankend da. »Was kann ich tun?« fragte er.

Sie sah ihn an und erkannte zum erstenmal, wie müde er war. »O Gott«, sagte sie. »Adam, es tut mir so leid.« Sie führte ihn zu einer unteren Koje, zog ihm die Schuhe aus, deckte ihn zärtlich mit einer braunen Wolldecke zu, die ihn am Kinn kitzelte, küßte ihn auf die Augen, schloß ihm damit die Lider und ließ ihn allein, damit er im Tosen der Brandung versinken konnte.

Endlich erwachte er beim Tuten von Nebelhörnern, das wie ein ungeheures Magenknurren klang, vom Duft und Gebrutzel des Essens und mit dem Gefühl, daß er im Zwischendeck auf einem sehr kleinen Schiff reiste. Ein rauchiger Nebel trübte das Fenster und machte es stumpf wie die Augen eines kleinen Waisenmädchens.

»Ich habe gehofft, daß du lange schläfst«, sagte sie, den Speck wendend. »Aber ich bin so verdammt hungrig geworden, daß ich zu dem Laden am Campingplatz um Lebensmittel fahren mußte.«

»Wem gehört diese Hütte?« fragte er und sah sich schon samt Gaby wegen Einbruchs verhaftet.

»Mir. Sie wurde mir als kleines Legat von meiner Großmutter vermacht. Mach dir keine Sorgen, wir sind legal hier.«

»Jesus, eine Erbin.«

»Es gibt viel heißes Wasser aus einem guten Boiler«, sagte sie stolz. »Zahncreme ist im Schränkchen.«

Die Dusche stellte seine Begeisterung wieder her, aber der Inhalt der Hausapotheke dämpfte sie wieder. Da lag ein Ding, von dem er zuerst fürchtete, daß es eine Birnspritze sei, das sich aber als Klistierspritze herausstellte, daneben Arzneien, Nasentropfen und Augentropfen, Aspirin und schmerzstillende Mittel verschiedenster Art sowie ein Durcheinander von Vitaminen, unbeschrifteter Pillen und Fläschchen, die Ansammlung einer Hilf-dir-selbst-Apotheke einer pillensüchtigen Neurotikerin.

»Gott«, sagte er verdrießlich, als er auftauchte, »willst du mir einen Gefallen tun?«

»Was für einen?«

»Diesen … Mist in deinem Schränkchen wegschmeißen.«

»Ja, Herr Doktor«, sagte sie zu nachgiebig.

Sie frühstückten Pfirsiche aus der Dose, Speck und Eier und tiefgekühlte Maiskolben, die am Toaster klebenblieben und als Krümel gegessen werden mußten.

»Du machst den besten Kaffee der Welt«, sagte er in milderer Stimmung.

»Spezielle Kenntnis der Kaffeebraukunst. Ich habe ein Jahr lang allein hier gelebt.«

»Ein ganzes Jahr? Du meinst, den ganzen Winter hindurch?«

»Gerade im Winter. Unter solchen Umständen kann eine gute Tasse Kaffee absolut lebensrettend sein.«

»Warum wolltest du dich verkriechen?«

»Nun, ich will es dir sagen. Man hat mich sitzengelassen.«

»Wirklich?«

»Wirklich.«

»Der verdammte Narr.«

Sie lächelte. »Danke, Adam. Das ist sehr lieb.«

»Es ist mein Ernst.«

»Nun, wie dem auch sei. Zusammen mit meinem nicht gerade idealen Verhältnis zu meinen Eltern – mit dem du etwas vertraut geworden bist – bin ich echt gemütskrank geworden. Ich glaubte, war für eine Thoreau gut war, müsse für alle gut sein. Also nahm ich einige Bücher und bin hergekommen. Um die Dinge zu Ende zu denken. Um herauszufinden, wer ich wirklich bin.«

»Hast du das? Herausgefunden, meine ich.«

Sie zögerte. »Ich glaube ja.«

»Dann bist du zu beneiden.«

Er half ihr beim Geschirrspülen. »Es sieht so aus, als wären wir eingenebelt«, sagte er, als sie die Tassen aufstapelten.

»O nein. Hol dir eine Jacke. Ich will dir etwas zeigen.«

Vor der Hütte führte sie ihn über einen Pfad, der in der niedrigen, dichten Vegetation fast nicht zu erkennen war. Adam erkannte Lorbeer und hie und da eine blattlose Strandpflanze. Der Nebel war so dicht, daß Adam nur die nächsten paar Schritte weit und den schönen Schwung ihrer Hüfte in den enganliegenden Blue jeans direkt vor sich sehen konnte.

»Weißt du auch, wohin du gehst?«

»Ich könnte mit geschlossenen Augen gehen. Vorsicht jetzt. Langsam. Wir sind fast da.«

Die Klippe, an deren Rand sie stehenblieben, schien senkrecht in die Tiefe zu fallen. Der Nebel stand wie eine Wand vor ihnen, aber er spürte den Abgrund unter ihnen – trotz des dichten Nebels, der in Adams Phantasie grauenerregend war, ähnlich dem, in den er sich einst, um Geld in Bensons Aquacade zu machen, vom Dreißig-Meter-Turm stürzte.

»Ist es steil? Und tief?«

»Sehr steil. Und sehr tief. Es erschreckt alle, wenn sie es zum erstenmal sehen. Aber es ist ungefährlich. Ich komme hinunter, wenn ich mich niedersetze und mit dem Hintern auf einer kleinen Erdscholle hinunterfahre.«

»Na, kein übles Fahrzeug.«

Sie grinste, nahm es als Kompliment. Während er sich nervös in einiger Entfernung hinter sie setzte, ließ sie die Füße über den Rand der Klippe baumeln und sog mit geschlossenen Augen den kalten salzigen Nebel ein.

»Du liebst es«, sagte er vorwurfsvoll.

»Die Küste hier ändert sich ständig, ist aber trotzdem noch immer so, wie sie war, als mein Großvater diese Hütte für meine Großmutter bauen ließ. In Provincetown bietet mir ein Grundstücksmakler ständig ein kleines Vermögen für den Grund, aber ich will, daß meine Kinder es sehen, und ihre Kinder auch. Es ist ein Teil der John-F.-Kennedy-Seashore, daher darf hier nichts anderes gebaut werden, aber der Ozean knabbert an dem Land und nimmt jedes Jahr ein paar Fuß weg. In ungefähr fünfzig Jahren wird die Klippe fast bis zur Hütte abgenagt sein. Ich werde das Haus zurücksetzen lassen müssen, sonst holt es sich der Ozean.«

Ihm war es, als hingen sie schwebend im Nebel. Weit unten dröhnte und zischte die Brandung. Er lauschte und schüttelte den Kopf.

»Was ist?« fragte sie.

»Der Nebel. Es ist eine fremdartige Atmosphäre.«

»Im Wasser ist er etwas völlig Fremdes, ein fast mystisches Erlebnis«, sagte sie. »Als ich hier lebte, brauchte ich keinen Badeanzug und ging im Nebel nackt baden. Es war unbeschreiblich – als würde man zu einem Teil des Meeres.«

»Ist das nicht gefährlich?«

»Man kann die Brandung hören, selbst von weit draußen. Sie sagt einem, wo das Land ist. Ein paarmal …« Sie ließ den Anfang des Satzes ungewiß in der Luft hängen, dann aber, als hätte sie einen Entschluß gefaßt, fuhr sie fort: »Ein paarmal schwamm ich hinaus, hatte aber nicht den Mut weiterzuschwimmen.«

»Gaby, warum wolltest du weiterschwimmen?« Hinter ihnen im Nebel begann eine Wachtel zu rufen. »Hat dir der Mann, der dich verließ, so viel bedeutet?«

»Nein, er war ein Junge, kein Mann. Aber ich war … Ich dachte, daß ich im Sterben liege.«

»Warum?«

»Ich hatte furchtbare Schmerzen. Dann wieder stellenweise Gefühllosigkeit, überwältigende Müdigkeit. Die gleichen Symptome, die meine Großmutter hatte, als sie im Sterben lag.«

Ah. Plötzlich paßte die Sammlung von Quacksalbereien im Medizinschränkchen zu der Erzählung. »Klingt wie ein klassischer Fall von Hysterie«, sagte er sanft.

»Natürlich.« Sie ließ eine Handvoll Sand durch die Finger rieseln. »Ich weiß, daß ich eine Hypochonderin bin. Aber damals war ich überzeugt, daß mich eine schreckliche Krankheit das Leben kosten würde. Wenn man überzeugt ist, daß man so eine Krankheit hat, kann das genauso schlimm sein, als hätte man sie wirklich. Glauben Sie mir, Herr Doktor.«

»Ich weiß.«

»Vermutlich war das Schwimmen ein Weg, herauszufinden, was ich fürchtete, ein Versuch, Schluß damit zu machen.«

»Jesus, aber warum bist du hierhergekommen? Warum bist du nicht zu einem Arzt gegangen?«

Sie lächelte. »Ich bin ja bei Ärzten gewesen. Noch und noch. Ich habe ihnen einfach nicht geglaubt.«

»Glaubst du ihnen jetzt, wenn sie sagen, daß du in Ordnung bist?«

Sie lächelte. »Meistens.«

»Das freut mich«, sagte er. Irgendwie wußte er, daß sie log.

Der Nebel um sie herum begann sich zu lichten. Über ihnen drang ein Glanz durch den Dunst.

»Was haben deine Eltern dazu gesagt, daß du hier draußen allein lebst?«

»Meine Mutter hatte eben wieder geheiratet. Sie war ... zu beschäftigt. Gelegentlich kam ein Brief von ihr. Von meinem Vater nicht einmal eine Postkarte.« Sie schüttelte den Kopf. »Er ist wirklich ein Schwein, Adam.«

»Gaby ...« Er suchte die richtigen Worte. »Ich mag ihn nicht, aber wir haben alle unsere Fehler, jeder von uns. Ich wäre ein Heuchler, wenn ich ihn verurteilte. Ich bin überzeugt, daß ich das meiste von dem getan habe, weswegen du ihn haßt.«

»Nein.«

»Ich war den größten Teil meines Lebens auf mich allein gestellt. Ich habe viele Frauen gekannt.«

»Du verstehst nicht. Er hat mir nie etwas gegeben. Nie einen Teil von sich. Er bezahlte mein Hochschulstudium, dann lehnte er sich bequem zurück und wartete, daß ich ihm gebührend dankbar sei.«

Adam sagte nichts.

»Ich habe das Gefühl, daß du dir dein High-School-Studium selbst verdient hast«, sagte sie.

»Ich bin dank meinem Onkel Vito durch die High-School in Pittsburgh gekommen.«

»Deinem Onkel?«

»Ich hatte drei Onkel. Joe, Frank und Vito. Frank und Joe waren stark wie Stiere, sie arbeiteten in Stahlwerken. Vito war groß, aber zart. Er starb, als ich fünfzehn war.«

»Er hinterließ dir Geld?«

Er lachte. »Nein. Er hatte kein Geld. Er war Wäschebeschließer im Umkleideraum der Zweigstelle East Liberty des Pittsburgher Christlichen Jungmännervereins. Und unter anderem drückte er auf den kleinen Summer, wenn die Leute in das Schwimmbecken durften. Jeden Tag, wenn ich aus der Schule kam und die *Pittsburgh Press* ausgetragen hatte, ging ich in die Whitfield Street, und Vito ließ mich in das Schwimmbecken. Als sie schließlich mitkriegten, daß ich kein Eintrittsgeld zahlte, kannte mich schon jeder, und sie gaben mir ein Stipendium des Zeitungsjungen-Klubs. Ein großer Trainer, Jack Adams, nahm mich in die Hand, und als ich zwölf war, war ich Kunsttaucher. Ich tauchte soviel, daß ich mir eine Ohreninfektion zuzog, deshalb höre ich jetzt schlecht.«

»Das habe ich nie bemerkt. Bist du taub?«

»Nur ganz leicht, links. Gerade genug, um nicht zum Militär eingezogen zu werden.«

Sie berührte sein Ohr. »Armer Adam. Hat es dich sehr gestört?«

»Nicht wirklich. Als Taucher vertrat ich den Verein und meine High-School, und als Mitglied der Schwimmannschaft lebte ich vier Jahre in Pitt von einem Sportstipendium. Ich schöpfte aus dem vollen. Dann entdeckte ich in meinem ersten Jahr an der Medizinischen Schule, daß ich plötzlich wieder arm war. Um Geld für Essen und ein Bett aufzutreiben, holte ich jeden Morgen die Wäsche von allen Schlafsälen für eine Trockenreinigung und lieferte sie wieder ab. Und jeden Abend legte ich dieselbe Tour mit einem Karton Sandwiches zurück.«

»Ich wollte, ich hätte dich damals gekannt«, sagte sie.

»Ich hätte keine Zeit gehabt, mit dir auch nur zu reden. Nach einer Weile mußte ich sowohl den Reinigungsdienst als auch die Tour mit den belegten Broten aufgeben, die Schule stellte zu hohe Anforderungen. Zwei Semester arbeitete ich in einem billigen Restaurant für meine Mahlzeiten, und für mein Zimmer lieh ich mir Geld von der Universität. Im ersten Sommer arbeitete ich als Kellner in einem Hotel in den Poconos. Ich hatte eine Affäre mit einem der weiblichen Gäste, einer reichen Griechin, deren Mann sich nicht scheiden ließ; er war Präsident eines Warenhauskonzerns. Sie lebte in Drexel Hill, nicht weit von meiner Universität. Ich sah sie ständig, fast ein Jahr lang.«

Gaby saß da und hörte zu.

»Es war nicht bloß eine Affäre. Manchmal gab sie mir Geld. Ich mußte nicht arbeiten. Wenn sie mich anrief, ging ich zu ihr, und nachher steckte sie mir oft eine Banknote in die Tasche. Eine große Banknote.«

Sie hatte den Kopf von ihm abgewandt. »Hör auf«, sagte sie.

»Schließlich stellte ich meine Besuche ein. Ich konnte mich selbst nicht mehr ausstehen. Ich bekam einen Job als Kohlenschaufler, wo ich für mein Geld wirklich schwitzen mußte, wie zur Sühne.«

Von weit her begann eine zweite Wachtel der ersten zu antworten. Jetzt sah sie ihn an. »Warum erzählst du mir das?«

Weil ich ein Narr bin, dachte er staunend. »Ich weiß nicht. Ich habe es noch nie jemandem erzählt.«

Wieder streckte sie die Hand aus und berührte sein Gesicht. »Darüber bin ich froh.« Nach einem Augenblick sagte sie: »Darf ich dich etwas fragen?«

»Natürlich.«

»Wenn du mit jener Frau beisammen warst ... nun, das war eine flüchtige Affäre. Aber mit jemandem, den du liebst – ist es dann anders?«

»Ich weiß es nicht«, sagte er. »Ich habe noch nie jemanden geliebt.«

»Das ist wie ... wie bei Tieren.«

»Wir sind Tiere. Es ist nichts dabei, Tier zu sein.«

»Aber wir sollten mehr sein.«

»Das ist nicht immer möglich.«

Der Nebel zerriß. Adam sah einen ungeheuren Sonnenreflektor durch den Dunst schimmern, viel mehr Ozean, als er je gesehen hatte. Der Strand war breit, weiß, nur an den höher gelegenen Rändern von Strandgut und Treibholz gesäumt, an der tiefer gelegenen Küste glänzend und hart und von Brechern glattgehämmert, so daß er in der Sonne funkelte.

»Ich wollte, daß du das siehst«, sagte sie. »Hier saß ich immer und sagte mir, wenn man dort unten alle die scheußlichen Schmerzen und das Leid aufhäufte, würde sie die Flut wegschwemmen.«

Er dachte darüber nach, als sie zu seinem Entsetzen einen freudigen Schrei ausstieß und vor seinen Augen über den Rand des Abgrunds verschwand, der weit unten in einem schwindelerregenden Winkel von mindestens hundert Grad endete. Ihre Sitzbacken hinterließen in dem weichen roten Sand eine gerade Furche. Im nächsten Augenblick lachte sie von unten zu ihm herauf. Es blieb ihm nur eines übrig. Er setzte sich auf den Rand, schloß die Augen und glitt hinunter. Die Allmacht schleuderte ihn lodernd in furchtbarem Verderben und Brand aus den ewigen Himmeln hinab in bodenlose Verdammnis. John Milton. Er hatte Sand in den Schuhen, und zweifellos war seine Scholle nicht groß genug gewesen: Sein Gesäß war aufgeschunden. Das Mädchen bog sich vor Lachen. Als er die Augen öffnete, sah er, daß sie, wenn sie glücklich war, äußerst hübsch war; nein, mehr als das, sie war das schönste Mädchen, das er je gesehen hatte.

Sie kämmten den Strand ab, fanden eine Anzahl stinkender Schwämme, aber keinen Schatz.

Als sie zu frieren begannen, versuchten sie erfolglos, den Sand aus ihren Schuhen zu klopfen, kletterten die steile

Klippe über die altersschwache Holztreppe empor und gingen in die warme Hütte zurück. Die Sonne strömte durch das Fenster und übergoß das verbeulte Sofa. Während er im Kamin Feuer machte, legte sie sich nieder, und als es prasselte, machte sie Platz für ihn; er legte sich neben sie, und sie schlossen die Augen und ließen den Sonnengott ihre Welt in einen großen roten Kürbis verwandeln.

Nach langer Zeit öffnete er die Augen, rollte sich herum, küßte sie sehr zart und berührte sie noch zärtlicher mit den Fingerspitzen. Ihre Lippen waren warm und trocken und salzig. Es war still, bis auf die Brandung und das Gekreisch einer Möwe draußen, das Knistern des Feuers und ihres Atems drinnen. Er berührte ihre kleine, feste Brust durch das blaue Wollhemd, und sie dachten beide an ihren Vater, als er die gleiche Geste in ein verächtliches Brandmal verwandelte, mit dem er seine Frau gezeichnet hatte.

Das hier ist etwas anderes, sagte er ihr stumm. Verstehe es. Bitte verstehe es. Er konnte in ihr ein schwaches Zittern wie einen unterdrückten Schauer spüren, mehr Angst als Verlangen, die sich irgendwie, trotz all der Mädchen und Frauen, die er besessen hatte, auf ihn übertrug, so daß auch er zu zittern begann; dennoch ließ er seine Hand weiter den Raum zwischen ihnen überbrücken, bis er spürte, daß das Zittern nachließ, seines und ihres. Diesmal küßte sie ihn, zuerst zögernd, und dann in einem Gefühlsausbruch, als wollte sie ihn verschlingen, und es erschütterte ihn; schließlich trennten sie sich in stummer Übereinkunft und halfen einander hastig mit Dingen wie Knöpfen, Reißverschlüssen und Schnallen. Es war, wie er es erwartet hatte: keine weißen Stellen, keine Trägerzeichen, sah er mit flüchtigen Blicken, die seine Beine unter ihm wegzogen.

»Du hast einen kleinen Dickbauch«, bemerkte sie.

»Ich bin regelmäßig gelaufen«, sagte er, sich verteidigend.

»Du bist sehr fest«, sagte er.

»Nicht immer.«

Dann lagen sie wieder dicht beieinander. Gott, wie süß in der warmen Sonne! Sie küßte sein beschädigtes Ohr und weinte, und er erkannte mit einem plötzlichen neuen Gefühl, daß er nichts nehmen wollte, er sehnte sich nur danach, zu geben, ihr zärtlich alles, was er in der Welt besaß, zu geben, alles, das Adam Silverstone war.

Schließlich verspürten sie Hunger.

»Morgen«, sagte sie, »stehen wir rechtzeitig für die frühe Flut am Head-of-the-Meadow auf. Ich fange dir einige kleine, aber dicke Flundern, und du kannst sie als guter Chirurg für mich putzen, und ich röste sie dir auf Holzkohle, eingerieben mit frischem Zitronensaft und einer Menge Butter.«

»Mmmm …« Dann: »Aber was ist mit heute?«

»Heute … wir haben noch einige Eier übrig.«

»Glaube ich nicht.«

»Portugiesische Suppe?«

»Was ist das?«

»*Specialité de la région.* Nudeln und Gemüse, hauptsächlich Kohl und Tomaten, mit Schweinefleisch zusammen gekocht. In Provincetown gibt es ein gutes Lokal. Mit heißem knusprigem Weißbrot serviert. Dazu gutes kaltes Bier vom Faß, wenn du magst.«

»Gemacht, Charlie.«

»Ich bin kein Charlie.« Sie funkelten einander an, und er grinste.

»Das habe ich gemerkt.«

Sie wanderten im Zimmer herum, hoben hingeworfene Kleidungsstücke vom Fußboden auf, zogen sich nur leicht verlegen an, gingen dann zum Wagen hinaus und fuhren langsam durch den vollkommenen Tag die Route 6 hinunter, an den Dünen vorbei, die fünf Meilen nach Provincetown. Sie aßen die Suppe, die heiß und rauchig schmeckte, voll köstlicher Fleischstücke, gingen dann, als ein Boot einlief, an den Fischkai, und Gaby handelte schamlos, bis sie für fünfunddreißig Cent eine noch immer um sich schlagende wunderschöne große Flunder kaufte, als Versicherung gegen die Möglichkeit, daß es am nächsten Morgen regnete oder sie verschlafen und nicht fischen gehen würden.

Als sie in die Hütte zurückkamen, legte sie den Fisch in den Eisschrank, kam zu ihm, nahm sein Gesicht in ihre Hände und hielt es fest. »Deine Hände riechen nach Flunder«, klagte er, küßte sie dann lange und sah sie an, und sie wußten beide, daß er sie wieder lieben würde, ohne ihr die Möglichkeit zu geben, sich den Fischgeruch von den Händen wegzuwaschen.

»Adam«, sagte sie mit schwankender Stimme, »ich will dir sechs Kinder schenken. Mindestens sechs. Und fünfundsiebzig Jahre lang mit dir verheiratet sein.«

Verheiratet, dachte er.

Kinder?

Dieses verrückte Weibsbild.

»Gaby, hör zu ...« sagte er ängstlich.

Sie zog sich zurück, und er griff wieder nach ihr, um sie festzuhalten, während er sprach, aber sie wollte nichts davon hören. Sie sah ihn fest an.

»Oh, Herrgott«, sagte sie.

»Hör zu ...«

»Nein«, sagte sie. »Ich will nichts hören. Ich bin nicht sehr geschickt. Es ist keine Überraschung für mich, ich habe es immer gewußt. Aber du. Gott«, sagte sie. »Armer Adam. Du bist ein – ein Nichts.«

Sie lief ins Badezimmer und versperrte die Tür. Er hörte kein Weinen, aber nach einer Weile kam das Geräusch von etwas Schrecklichem, das stoßweise Geräusch von Speien, das Ziehen der Wasserspülung.

Mit einem tiefen Schuldgefühl klopfte er an die Tür. »Gaby, fühlst du dich nicht wohl?«

»Geh zum Teufel«, keuchte sie, und jetzt weinte sie.

Nach langer Zeit hörte er das Geräusch von fließendem Wasser, als sie sich wusch, und endlich öffnete sie die Tür, und sie erschien.

»Ich will weg«, sagte sie.

Er trug die Reisetaschen zum Wagen, sie drehte das Gas ab und versperrte die Tür von innen und kletterte durch das Fenster, an dem er die Bretter wieder festmachte. Als er versuchte, sich hinter das Lenkrad zu setzen, fauchte sie ihn an. Sie fuhr selbstmörderisch, bis sie schließlich auf der Route 128 in Hingham ein Strafmandat wegen überhöhter Geschwindigkeit bekam, wobei der Polizist als Hüter und Bewahrer der öffentlichen Sicherheit bissig und sarkastisch war.

Nachdem sie den Strafzettel bekommen hatte, fuhr sie vorsichtiger, begann jedoch zu husten, eine Reihe krächzender asthmatischer Anfälle, die ihre ganze Gestalt schüttelten, während sie sich über dem Lenkrad krümmte.

Er ertrug das Geräusch, so lange er nur konnte. »Fahr von der Autobahn herunter, und suche eine Apotheke«, sagte er. »Ich schreibe dir ein Rezept für Ephedrin.«

Aber sie fuhr weiter.

Die Dämmerung brach schon herein, als sie schließlich mit dem Wagen vor dem Krankenhaus anhielt. Sie hatten ihre Fahrt nicht unterbrochen, um zu essen, und Adam war wieder müde, hungrig und zermürbt.

Er stellte seine Reisetasche auf den Gehsteig.

Er konnte ihr Husten hören, als sie das Gaspedal niedertrat. Der Plymouth schoß auf die Straße, einem herankommenden Taxi in den Weg und wieder heraus, der Fahrer fluchte und drückte heftig auf seine Hupe.

Adam stand auf dem Gehsteig, und plötzlich fiel ihm ein, daß sie vergessen hatte, den Fisch aus dem Eisschrank zu holen. Wenn sie das nächstemal in ihre Hütte fuhr, würde sie der ekelerregende Geruch an ihre unterbrochenen Ferien erinnern. Widersprechende Gefühle, Kummer, Schuld und Bedauern bedrückten ihn. Er hatte sie mit peinlichen Geständnissen der entwürdigendsten Art bis über beide Ohren angefüllt, und dann hatte er sich erlaubt…

Verdammt, dachte er, habe ich denn etwas versprochen?

Habe ich einen Vertrag unterzeichnet?

Aber in plötzlichem Ekel vor sich selbst wußte er, daß er, während er ihren Körper zärtlich behandelte, wie ein Tier ihre Seele zerfleischt hatte.

Er warf den Kopf zurück und schaute zu dem alten Ungeheuer von Gebäude hinauf.

Als die Dunkelheit hereinbrach, gingen die Lichter an, und das Krankenhaus sah ihn mit vielen Augen an. Er dachte an das, was drinnen vorging, an all die Ameisen in dem großen Haufen, und fragte sich, wie viele Patienten der Abteilung in der kommenden Woche von ihm operiert werden würden.

Als Mensch bin ich ein leidiges Miststück und ein Narr, dachte er, aber als Chirurg funktioniere ich gut, und das ist immerhin etwas. Gott gebe denen Klugheit, die sie schon haben; und diejenigen, die Narren sind, sollen ihre Talente anwenden. Will Shakespeare.

Er hob seine Reisetasche auf. Das Haupttor öffnete sich wie ein Maul, und grinsend schluckte ihn das Gebäude.

Als er ausgepackt hatte, ging er in die Station hinunter, um sich eine Tasse Kaffee zu stehlen, und es tat ihm fast sofort doppelt leid, daß er wieder da war.

Mrs. Bergstrom war es sehr gut gegangen, erzählte ihm Helen Fultz, aber seit dem frühen Nachmittag gab es Anzeichen dafür, daß sie die Niere abstieß. Ihre Temperatur war hoch, und sie klagte über Unbehagen und Schmerzen in der Wunde.

»Sondert die Niere Urin ab?« fragte er.

Miß Fultz schüttelte den Kopf. »Sie hat prächtig funktioniert, aber heute ist die Leistung abgesunken.«

Er warf einen Blick auf die Tabelle und sah, daß Dr. Kender versuchte, durch Anwendung von Prednison und Imuran die Abstoßung zu unterbinden.

Das hat als Krönung des Tages noch gefehlt, sagte er sich.

Er dachte kurz daran, ins Tierlabor zu gehen und zu arbeiten, konnte sich jedoch nicht dazu aufraffen. Für den Augenblick hatte er genug von Hunden und Frauen und Chirurgie. Er ging hinauf, um sich schlafen zu legen, als sei das eine Medizin, und genoß mit Behagen die Aussicht auf Bewußtlosigkeit.

SPURGEON ROBINSON

Spurgeon verbrachte viel Zeit damit, sich Sorgen zu machen.

Wenn schon einer deiner Fälle der Exituskonferenz vorgelegt werden muß, überlegte er, so sollte es dann sein, wenn sonst alles in Ordnung war. Jetzt aber, mit einer Nierenübertragung, die eine zunehmende Anzahl von Abstoßungserscheinungen zeigte, da der Alte wie der Teufel dreinsah, würden die Stabsangehörigen bei der Konferenz in der Stimmung sein, jemanden zu zerfleischen.

Er fragte sich, was er anfangen würde, falls sie ihn hinauswarfen. Statt zu schlafen, dachte er an die Rätsel der Mrs. Donnelly. Eines Nachts träumte er wieder von dem Vorfall in der Unfallstation, nur statt die Frau aus dem Krankenhaus zu entlassen und sie in den Tod zu schicken, erlaubte ihm diesmal seine große ärztliche Kunst, sofort zu erkennen, daß ein Bruch des Zahnfortsatzes vorlag. Am Morgen erwachte er mit einem Glücksgefühl in jeder Faser seines Körpers, und als er sich fragte, warum, erinnerte er sich, daß er Mrs. Donnelly gerettet hatte. Schließlich aber wußte er wieder, daß es ein

Traum gewesen war und sich nichts an den Tatsachen geändert hatte. Er hatte sie umgebracht. Todunglücklich lag er da, unfähig, aus dem Bett zu steigen.

Er war Doktor der Medizin. Das konnten sie ihm nicht nehmen. Aber sonst – falls man ihn aus der Spitalpraxis entfernte, blieb ihm einzig eine Stellung mit Gehalt, irgendwo. Onkel Calvin würde ihm liebend gern einen medizinischen Posten bei der American Eagle Life geben, Aufstieg garantiert. Und manche große pharmazeutische Firmen stellten schwarze Ärzte an. Aber er wußte, wenn sie ihn aus dem Krankenhausstab feuern und er die Medizin nicht so ausüben konnte, wie er wollte, dann würde er dorthin zurückkehren, wo er vor ein paar Jahren gewesen war, und versuchen, seine Vorstellungen von Musik zu verwirklichen.

Er begann Vorwände zu erfinden, um in Peggy Welds Zimmer gehen und die Sängerin in Gespräche über Musik verwickeln zu können.

Zuerst hielt sie ihn nur für einen jungen Burschen, der ein bißchen spielte und sich einbildete, Musiker zu sein, dann aber entdeckten sie einen Namen, den sie beide kannten.

»Sie wollen sagen, daß Sie bei Dino in der 52. Straße spielten? In Manhattan?«

»Meine kleine Band. Drei andere Burschen, ich am Klavier.«

»Wer ist der Manager?« forderte sie ihn heraus.

»Vin Scarlotti.«

»Das stimmt. Ich habe selbst ein paarmal dort gesungen. Sie müssen gut sein. Vin ist schwer zufriedenzustellen.«

Aber mit der Zeit gingen ihm die Ausreden aus, über Musik mit ihr zu reden, und sie hatte ihre Schwester im Kopf. Er hörte auf, sie zu belästigen.

Wenn er nach sechsunddreißig Stunden dienstfrei hatte und sich nach Schlaf sehnte, saß er auf seinem Bett und spielte Gitarre und zwang sich zu üben, wie er es einige Jahre nicht mehr getan hatte. Er brauchte dringend ein Klavier.

An einem Nachmittag nahm er nach einem kurzen Schlaf die Hochbahn nach Roxbury, stieg an der Haltestelle Dudley Street aus, wo viele Farbige ausstiegen, und ging in die Washington Street hinunter, bis er das Lokal fand, das er suchte, eine schäbige Ghettokneipe mit rot-schwarz bemalten Fenstern, deren noch dunkles Neonschild eine Pokerhand und den Namen des Klubs in weißen Glasröhren zeigte, »Ace High«. Nachtklub wäre ein zu großartiges Wort dafür gewesen, es war eine billige Kaschemme für Farbige, aber in einer Ecke stand ein Piano.

Er bestellte einen Scotch mit Milch, den er nicht wollte, und trug ihn zum Klavier. Der zerkratzte Baldwin war verstimmt, aber als er zu spielen begann, war es Musik wie Balsam. Er vergaß alles, was Onkel Calvin sagen würde, daß er doch nicht so fähig war wie die Weißen. Er vergaß sogar die tote Irin und ihre Rätsel.

Der Barmann kam herüber. »Kann ich Ihnen sonst etwas bringen, Freund?« fragte er und warf einen Blick auf den Drink auf dem Klavier, den Spurgeon kaum berührt hatte.

»Tja, ich trinke noch einen.«

»Sie spielen wirklich gut, aber wir haben schon einen Pianisten. Einen Burschen namens Speed Nightingale.«

»Ich spiele nicht zur Probe.«

Der Kellner brachte den zweiten Drink, und Spur bezahlte einen Dollar achtzig. Danach ließ ihn der Barmann in Ruhe. Am späten Nachmittag verließ Spur das Klavier, setzte sich auf einen Barhocker und bestellte sich noch einen Drink. Die Augen des Barmanns huschten zu den zwei noch immer auf dem Klavier stehenden Gläsern, von denen nur eines leer war.

»Sie brauchen nichts zu bestellen, nur um mit mir zu reden. Wollen Sie mich etwas fragen?«

»Ich bin Arzt drüben im Distriktkrankenhaus. Ich kann

mir kein Klavier in mein Zimmer stellen. Ich möchte herkommen und an einigen Nachmittagen der Woche spielen, so wie heute.«

Der Barmann zuckte die Achseln. »Mir tut es nicht weh, ist mir doch völlig egal.«

Aber es stellte sich heraus, daß es ihm doch nicht egal war. Er liebte Debussy, den er mit Scotch-and-Milk statt Applaus belohnte.

Als er einige Tage später wieder in den Klub kam, stand ein magerer brauner Mann mit Zulu-Haaren und einer dünnen Schnurrbartlinie an der Bar und sprach mit dem Barmann. Spurgeon nickte und ging sofort zum Klavier. Den ganzen Weg herüber hatte Musik in seinem Kopf geklungen, und jetzt setzte er sich hin und spielte sie. Bach. Das Wohltemperierte Klavier, und dann das eine und andere aus den Französischen Suiten und der Chromatischen Phantasie und Fuge.

Nach einer Weile kam der magere Braune mit zwei Scotch-and-Milk herüber.

»Große Klasse, wie Sie klassische Klaviermusik spielen.« Er hielt ihm ein Glas hin.

Spurgeon nahm es entgegen und lächelte. »Danke.«

»Können Sie auch etwas weniger Anstrengendes?«

Spur nahm einen kleinen Schluck, stellte dann das Glas hin und spielte etwas von Shearing.

Der Mann zog einen Stuhl heran, seine Linke übernahm den Baß, und seine Rechte schlich in die Harmonie ein, Spur rückte nach rechts und begann auf den hohen Tasten zu improvisieren, immer wilder, als ihn der Baß in ein schnelleres Tempo drängte. Der Barmann vergaß die Gläser zu polieren und hörte einfach zu. Abwechselnd übernahmen sie die Führung, kämpften es untereinander aus, bis Schweiß auf ihren Gesichtern glänzte, und als sie in gegenseitigem Einverständnis Schluß machten, hatte Spur das Gefühl, als sei er eine lange Strecke durch strömenden Regen gerannt. Er streckte die Hand aus, und sie wurde ergriffen.

»Spurgeon Robinson.«

»Speed Nightingale.«

»Oh, diese Musicbox gehört Ihnen?«

»Unsinn. Gehört dem Lokal. Ich bin bloß Angestellter. Danke fürs Mitspielen. Es hat schon lange nicht mehr so gut bei mir geklungen.«

Sie übersiedelten an einen Tisch, und Spurgeon gab eine Runde aus.

»Ein paar von uns treffen sich regelmäßig und improvisieren, schon am frühen Vormittag, in einer kleinen Wohnung in der Columbus Avenue, unten in der Wohnhausanlage, Wohnung 4-D, Haus 11. Wirkliche Musik. Kommen Sie doch hin.«

»He.« Spur zog sein Notizbuch heraus und notierte die Anschrift. »Abgemacht.«

»Gut. Wir spielen ein bißchen, rauchen und trinken ein bißchen. Sie können auch einen Joint nehmen – meistens bringt jemand einen guten Stoff mit.«

»Ich nehme keine Drogen.«

»Überhaupt keine?«

Spur schüttelte den Kopf.

Nightingale zuckte die Achseln. »Kommen Sie trotzdem. Wir sind demokratisch.«

»Schön.«

»Seit kurzem ist guter Stoff in dieser Stadt schwerer zu bekommen als eine gute Hure.«

»Wirklich?«

»Tja. Sie sind Arzt?«

»Wer hat Ihnen das gesagt?« Der Mann hinter der Bar polierte beflissen Gläser. Spur wartete. Im nächsten Augenblick kam es, wie es kommen mußte.

»Bringen Sie etwas Stoff zu einer unserer kleinen Sitzungen mit, wir wären Ihnen wirklich dankbar.«

»Aber woher soll ich ihn nehmen, Speed?«

»Zum Teufel, jeder weiß doch, daß in Krankenhäusern alles mögliche Zeug herumliegt. Niemand wird ein bißchen davon vermissen. Nicht, Doc?«

Spurgeon stand auf und ließ eine Banknote auf den Tisch fallen.

»Wissen Sie was«, sagte Nightingale. »Vergessen Sie es. Unterschreiben Sie mir nur ein paar Rezepte. Ich verschaffe uns einen erstklassigen Stoff.«

»Adieu, Speed«, sagte er.

»Verdammt guten Stoff.«

Als er an dem Mann hinter der Bar vorbeiging, blickte der Musikliebhaber nicht einmal vom Gläserpolieren auf.

Er fand in der Musik jene Katharsis, die ihn im OP lockerer machte, ihn als Chirurg tüchtiger und intensiver arbeiten ließ. Verglichen mit den anderen, war er wirklich nicht schlecht. An einem Freitag sah er sich als Assistent für Dr. Parkhurst und Stanley Potter eingeteilt. Es ließ sich nicht vermeiden, immer wieder mit dem Facharztanwärter zusammenzuarbeiten, aber jedesmal war es ein unerfreuliches Erlebnis, ohne die üblichen, kollegialen Neckereien, bei dem die Zeit nur langsam verging.

An jenem Morgen machten sie an Joseph Grigio, dem Verbrennungsfall, weitere Hautübertragungen und verpflanzten frische Haut vom Schenkel auf die Brust. Dann hatten sie eine Blinddarmoperation bei einem sehr dicken Patienten namens Macmillan, einem Sergeanten der Städtischen Polizei. Die Fettleibigkeit des Mannes zwang sie, durch anscheinend nicht enden wollendes Fett zu schneiden, und dann entfernte Dr. Parkhurst den Wurmfortsatz und ließ sie den Darmstumpf abbinden und schließen.

Spurgeon schnitt, während Potter festhielt und abband. Es schien Spur, daß der Facharztanwärter den Katgutfaden zu fest um den Stumpf anzog, und er war sich dessen sicher, als die Naht im Gewebe zu verschwinden begann.

»Sie haben zu straff angezogen.«

Potter sah ihn kalt an. »Das ist genauso, wie ich es bisher immer mit Erfolg gemacht habe.«

»Die Naht sieht aus, als könnte sie durch die Serosa schneiden.«

»Es ist schon in Ordnung so.«

»Aber …«

Potter hielt die Naht, starrte ihn höhnisch an und wartete, daß Spur schnitt.

Spurgeon zuckte die Achseln und schüttelte den Kopf.

Er ging nie wieder ins Ace High. Statt dessen bat er an diesem Sonntag Mrs. Williams, ob er hie und da auf ihrem Klavier üben dürfe. Es war ein schlechtes Instrument, und nach Natick zu fahren war nicht so bequem, wie die Untergrundbahn zur Washington Street zu nehmen, aber die Musik erfreute Mrs. Williams und gab ihm die Möglichkeit, Dorothy zu sehen.

Am Dienstag abend, während draußen der erste Winterschnee fiel, saßen sie flüsternd im Wohnzimmer beieinander, während die Eltern und das kleine Mädchen nebenan hinter teilweise geschlossenen Türen schliefen, und sie sagte ihm, sie habe bemerkt, daß ihn irgend etwas quäle.

Schließlich erzählte er ihr heiser flüsternd von der alten Dame, die seinetwegen gestorben war, vom Todeskomitee und davon, daß er mit seiner Musik immer noch ganz gut verdienen konnte.

»Oh, Spurgeon.«

Sie zog seinen Kopf an sich, und er ruhte so weich wie bei Roe-Ellen, als er noch ein kleiner Junge war. Dorothy beugte sich nieder, um seine geschlossenen Augen zu küssen, und er spürte alles aus ihr hervorbrechen, während sie ihn in den Armen hielt, Mitgefühl, Verlangen, die Bereitschaft, in seiner Welt alles wieder in Ordnung zu bringen.

Aber als er auf diese Annahme hin handelte, heimste er nur eine zerbissene Lippe ein, einen zerkratzten Handrücken und die Erkenntnis, daß sie noch immer an einer der Grundlehren der Muslime festhielt.

Er konnte es nicht glauben. In den Milieus, in denen er aufgewachsen war, den schwarzen und weißen, gab es nur wenige vierundzwanzigjährige Jungfrauen. Es erfüllte ihn mit Ehrfurcht, aber er lächelte trotz der schmerzenden Lippe über sie.

»Ein Stückchen Fleisch. Dünn, oft sehr zart. Hat nichts mit Intimität zu tun. Was bedeutet es schon? Wir sind ja schon intim.«

»Kennst du dieses Haus, diesen Hof? Es ist nichts anderes als Bauholz, Glas, ein paar Bäume, ein halbes Dutzend Sträucher. Aber weißt du, was es für meine Familie bedeutet?«

»Achtbarkeit des Mittelstandes?«

»Genau.«

Ungeduldig rief er aus: »Gott, was für eine Analogie! Ihr wollt so sehr konform gehen, daß ihr schließlich als Nonkonformisten endet. Es gibt in dieser Straße kein zweites Anwesen, das so gut gehalten ist wie das deines Vaters. Und ich würde wetten, daß ärztliche Untersuchungen bestimmt keine Armee vierundzwanzigjähriger Jungfrauen feststellen könnten. Du glaubst, du müßtest strenger zu dir sein als zu all diesen Weißen, um dir deinen Weg in ihre Welt zu erkaufen?«

»Wir versuchen nicht, konform zu gehen. Wir glauben nur, daß viele Weiße etwas verloren haben, das sie einmal besaßen, etwas sehr Wertvolles. Wir versuchen, es zu gewinnen«, sagte sie und griff in seine Tasche nach einer Zigarette.

Er zündete ein Streichholz an. Im Aufflammen des weichen, flüchtigen Lichts ließ das afrikanische Gesicht seine Hand erzittern, und das Streichholz ging aus, aber die Zigarettenspitze glühte, als Dorothy den Rauch einsog. »Schau«, sagte sie, »du hast geglaubt, Midge sei mein Kind, nicht wahr? Nun, du warst fast auf der richtigen Spur. Sie gehört meiner Schwester. Meiner unverheirateten Schwester Janet.«

»Deine Mutter hat es mir erzählt. Ich wußte nicht, daß kein Ehemann vorhanden ist.«

»Nein, keiner. Du weißt, wie Lena Horne aussah, als sie jung war? Füge eine Portion ... unbekümmerter Wildheit hinzu. Das ist meine kleine Schwester.«

»Wieso habe ich sie noch nicht kennengelernt?«

»Sie kommt nur sehr selten nach Hause. Dann spielt sie mit Midge, aber nicht wie eine Mutter, sondern als wäre sie selbst ein kleines Mädchen. Sie sagt, sie fühle sich nicht als Mutter. Sie lebt in Boston mit einem Pack weißer Hippies zusammen.«

»Das tut mir leid.«

Sie zuckte die Achseln. »Janet sagt, bei ihnen spiele die Farbe keine Rolle. Sie wird es nie lernen. Midges Vater war ein Baseballspieler aus Minneapolis, der einige Wochen probeweise bei den Red Sox war. Er spielte Third base. Und mit meiner Schwester.«

»Sie ist nicht das erste Mädchen, das diesen Fehler gemacht hat«, sagte er sanft.

»Sie hätte wissen sollen, daß sich weiße Baseballspieler nicht mit farbigen Mädchen verabreden, um die amerikanische Demokratie zu fördern. Als er in der Unterliga war, blieb ihre Periode zum erstenmal aus.« Sie drückte die Zigarette aus. »Sie wäre froh gewesen, das Kind herzugeben, aber mein Vater ist der seltsamste Mensch. Er nahm das Baby zu sich, wollte den Baseballspieler nicht wegen Unterhaltspflicht verklagen und gab Midge seinen Namen. Er sah allen weißen

Nachbarn in die Augen und forderte sie stillschweigend heraus, ihm zu sagen, daß seine Familie eben doch der Mist sei, aus dem er sich alle die Jahre herauszuarbeiten bemüht hatte. Meines Wissens sagte nie jemand ein Wort zu ihm. Aber mein Vater, sehr viel an ihm …«

Er nahm sie in die Arme.

»Sie war sein Liebling«, sagte sie in seine Schulter hinein. »Er würde es leugnen, aber ich weiß, daß sie es war.«

»Liebling, du kannst deinen Vater nicht damit entschädigen, daß du wie eine Nonne lebst«, sagte er leise.

»Spur, es wird dich zweifellos sofort verjagen, aber ich sage es trotzdem. Er geht den ganzen Tag mit angehaltenem Atem herum, weil er glaubt, es bestehe eine Chance, daß sich zwischen uns etwas Ernstes entwickelt, daß du mich vielleicht bittest, dich zu heiraten. Ein schwarzer Schwiegersohn, der Arzt ist, mein Gott!«

Er ließ seine Handfläche auf ihrem Rücken auf und ab gleiten. »Ich glaube nicht, daß es mich verjagen wird.« Als er sie diesmal küßte, küßte sie ihn wieder.

»Vielleicht sollte es das doch«, sagte sie atemlos. »Ich will, daß du mir etwas versprichst.«

»Was?«

»Sollte ich je … die Beherrschung verlieren … bitte, schwöre mir …«

Er war nur einen Augenblick lang erbittert, dann mußte er sehr kämpfen, um nicht zu grinsen. »Wenn du heiratest, bekommt dein Gatte das Päckchen ganz, mit unversehrtem Siegel«, sagte er trocken. Dann warf er den Kopf zurück, brüllte vor Lachen, machte sie schrecklich böse und weckte ihre Eltern auf. Mr. Williams kam in Bademantel und Pantoffeln heraus, und Spurgeon sah, daß er in langer Unterhose schlief. Ihre Mutter tauchte blinzelnd und murrend und ohne ihr oberes Gebiß auf. Sie machte ihm heißen Kakao, bevor sie wieder ins Bett ging, aber sein Gelächter hatte Midge geweckt, und als das kleine Mädchen zu weinen begann, schalt sie ihn unverfroren, weil er so laut und äußerst rücksichtslos war.

Als er ins Krankenhaus zurückkehrte, war es zwei Uhr vorbei. Auf dem Weg zu seinem Zimmer kontrollierte er einige Patienten, darunter auch Macmillan. Er traf den dicken Polizisten stöhnend und fiebernd an. Die Tabelle zeigte eine erschreckend hohe Temperatur und hundert Puls.

»Hat Dr. Potter diesen Mann heute abend gesehen?« fragte er die Schwester.

»Ja, er hat über Unbehagen und Schmerzempfindlichkeit geklagt. Dr. Potter sagt, er habe eine sehr niedrige Schmerzschwelle. Er verordnete Demerol«, sagte sie und wies auf die Anordnung auf der Tabelle.

Noch eine Sorge mehr, dachte er, als er auf den Lift wartete. Er lag wach in seinem Bett und spähte in die Dunkelheit, auf die verschiedenen Pfade, die er einschlagen konnte.

Wenn sie ihn hinauswarfen, konnte ihm vielleicht einer seiner ehemaligen Professoren helfen, ihn in einem der New Yorker Krankenhäuser unterzubringen.

Aber er würde Dorothy verlassen müssen. Er konnte es sich nicht leisten, sie zu heiraten. Er wollte nicht, daß Onkel Calvin seine Frau ernährte.

Bis zur Exituskonferez, die den Fall Donnelly prüfen würde, war nur noch eine Woche …

Es war sein letzter Gedanke, bis er im trügerischen Licht der frühen Dämmerung erwachte; trotz des kalten Zimmers waren die Laken feucht von Schweiß.

Er konnte sich deutlich erinnern, daß er sowohl von dem Mädchen als auch vom Todeskomitee geträumt hatte.

Als er Samstag in die Abteilung kam, ging es Macmillan viel schlechter. Das Gesicht des Mannes war hochrot, die Lippen trocken und aufgesprungen. Er stöhnte vor Schmerzen, die, wie er sagte, tief in seinem harten Bauch wühlten. Sein Puls hämmerte hundertzwanzigmal in der Minute, und seine Temperatur war auf vierzig gestiegen.

Potter war auf einer mit viel Publicity aufgemachten Exkursion zu den Fleischtöpfen von New York City. Oh, du elender Schlampsack, ich wünsche dir viel Vergnügen, dachte Spurgeon, und hoffentlich entgeht dir auch nichts. Er ging zum Telefon und verlangte Dr. Chin, den Konsiliarchirurgen, der Bereitschaftsdienst hatte. »Wir haben einen Fall hier, der einen klassischen septischen Verlauf nimmt«, sagte er. »Ich bin fast sicher, daß es Bauchfellentzündung ist.« Er beschrieb die Symptome.

»Rufen Sie den OP an, und setzen Sie die Operation sofort an«, sagte Dr. Chin.

Sie brachten den Mann hinunter und machten ihn auf. Der Blinddarmstumpf war geplatzt. Von Ödemen angeschwollen, hatte sich das Gewebe gegen den engen Ring des Katguts gepreßt wie Käse gegen ein scharfes Messer, mit dem gleichen Ergebnis.

»Wer hat dieses verdammte Ding abgebunden?«

»Dr. Potter«, sagte Spurgeon.

»Wieder dieser Kerl.« Der Konsiliarchirurg schüttelte den Kopf. »Das Gewebe ist ödematös. Es ist zu brüchig, um damit herumzuspielen. Wenn wir es mit einer Zange anrühren, fällt es auseinander. Wir werden den Blinddarm zur Bauchwand hinaufziehen und eine Coecostomie machen müssen.«

Unter der geduldigen Anleitung des älteren Chirurgen brachte Spurgeon Potters Pfuscherei in Ordnung.

Am Montag morgen gab es einen Turnuswechsel im Dienst, und Spurgeon sah fünf Wochen Unfallstation vor sich; er erstarrte innerlich, weil dies ein Ort war, wo er bereits einmal versagt hatte, ein Ort, wo alles sehr schnell vor sich ging, wo Entscheidungen schnell getroffen werden mußten. Eine Wiederholung des Falles Donnelly, wußte er, und…

Er versuchte, nicht daran zu denken.

Er machte Ambulanzdienst mit Maish Meyerson, das bedeutete einen intensiven Debattierkurs, einen »Überblick über die Weltnachrichten«, einen mündlichen Schmierzettel, ein Seminar in Philosophie. Die Ansichten des Ambulanzfahrers waren endgültig und aufreizend, und mittags konnte ihn Spurgeon nicht mehr ertragen.

»Nehmen Sie zum Beispiel das Rassenproblem«, sagte Meyerson.

»Schön, in dem stecke ich bereits.«

Maish sah ihn mißtrauisch an. »Warten Sie nur, Sie werden nichts zu lachen haben. Zwei Armeen, eine weiß, eine schwarz. Das Land wird in Flammen stehen.«

»Warum?«

»Sie glauben, alle Weißen seien Liberale?«

»Nein.«

»Wetten Sie Ihren Arsch dagegen. Für viele von uns ist der Farbige eine Bedrohung.«

»Ich bin eine Bedrohung für Sie?«

»Sie?« sagte Meyerson verächtlich. »Nein, Sie sind ein gebildeter junger Hund, ein Doktor. Ein schwarzer Weißer. Ich bin mehr Nigger als Sie, ich bin ein weißer Nigger. Es sind die schwarzen Nigger, die eine Gefahr für mich sind, und es gibt verdammt viele schwarze Nigger. Zuerst werde ich mir selbst helfen. Das Hemd ist mir näher als die Jacke.«

Spurgeon sagte nichts. Meyerson warf ihm einen Blick von der Seite zu. »Ich bin ein schlechter Kerl, stimmt's?«

»Stimmt verdammt.«

»Sie sind besser?«

»Ja«, sagte Spurgeon, aber weniger nachdrücklich.

»Einen Dreck sind Sie. Haben Sie sich je selbst mit einem farbigen Patienten reden hören? Es klingt, als täten Sie dem armen Schlucker aus reiner Herzensgüte einen ungeheuren Gefallen.«

»Tun Sie mir einen Gefallen. Halten Sie den Mund«, sagte Spur mit einem wilden Blick.

Triumphierend zwängte sich Meyerson hinter einen langsamen, von einer Frau gelenkten Sportwagen und erschreckte sie mit schnellen, ungeduldigen Signalen, obwohl der Krankenwagen leer war und sie gemächlich ins Spital zurückfuhren.

Irgendwie brachte Spurgeon die Stunden herum.

An diesem Abend tat ihm Stanley Potter sehr leid.

»Bist du sicher?« fragte er Adam.

»Ich habe es selbst gesehen«, sagte Adam. »Er war im Zimmer der Jungchirurgen, las die Zeitung und trank eine Tasse Kaffee, als er in das Büro des Alten hinuntergerufen wurde. Als er bald darauf zurückkam, sah er aus, als hätte man auf ihm herumgetrampelt, er räumte seinen Schrank aus und trug seine Sachen in einem Papiersack weg. Adieu, Dr. Stanley Potter.«

»Amen. Der nächste bin ich.«

Er wußte nicht, daß er laut gesprochen hatte, bis er sah, daß ihn Adam anblickte.

»Sei kein Esel«, sagte Adam scharf.

»Noch zwei Tage, Mensch. Das Todeskomitee wird mich in der Luft zerreißen.«

»Bestimmt. Aber wenn man dich hinausschmeißen wollte, Freundchen, würde man auf keine Komiteesitzung warten. Man hat bei Potter nicht viel Zeit verschwendet, oder? Weil er überhaupt eine Niete war. Du bist ein Spitalarzt, der einen Fehler gemacht hat. Eine Frau starb, und das ist eine lausige Schande, aber wenn man jeden Arzt vor die Tür setzte, der einen Fehler gemacht hat, dann gäbe es bald keine Ärzte mehr im Krankenhaus.«

Spurgeon antwortete nicht. Sollen sie mir nur die Facharztanwartschaft vorenthalten, sagte er stumm. Wenn ich nur als Spitalarzt arbeiten darf!

Er mußte in der Medizin bleiben.

Er brauchte die Musik, um von der Häßlichkeit der Krankheit, die ihn verfolgte, in die Schönheit fliehen zu können. Aber selbst wenn die Welt auf vierzig verschiedene Arten zum Teufel ginge, konnte er sich nicht einreden, daß er den Rest seines Lebens nur mit Klavierspielen verbringen wollte.

Am Mittwoch morgen war er nicht mehr so sicher. Der Tag begann unheilverkündend. Adam Silverstone blieb mit Fieber im Bett, als letztes Opfer des Virus, der den Krankenhausstab in Patienten verwandelte. Spurgeon hatte bis dahin nicht gewußt, wie sehr er von Adams stiller Unterstützung abhängig war.

»Kann ich irgend etwas für dich tun?« fragte er unglücklich.

Adam sah ihn an und stöhnte. »O Gott, geh einfach hinunter und bring es hinter dich.«

Er schlang das Frühstück hinunter. Draußen schneite es heftig. Einige Gastärzte hatten telefoniert, sie würden an der Sitzung nicht teilnehmen; er hielt das für eine gute Nachricht, bis durchgegeben wurde, daß die Exituskonferenz vom Operationssaal in die Bibliothek verlegt worden war; diese Intimität würde die Untersuchung noch qualvoller machen.

Als er um neun Uhr fünfzig telefonisch gesucht und ihm gesagt wurde, er möge sich in Dr. Kenders Büro melden, reagierte er wie betäubt, überzeugt, daß man ihn noch vor der Exituskonferenz von seiner Entlassung unterrichten würde. In dieser Woche räumten sie die Versager aus.

Als er in das Büro kam, waren zwei Männer bei Kender, die Spurgeon als Leutnant James Hartigan vom Rauschgiftdezernat und Mr. Marshall Colfax, ein Pharmazeut aus Dorchester, vorgestellt wurde.

»Haben Sie das hier geschrieben, Dr. Robinson?« fragte Kender ruhig.

Spurgeon nahm die Rezepte und blätterte sie durch. Jedes

war auf vierundzwanzig Tabletten Morphiumsulfat ausgeschrieben, 0,015 Gramm, auf Namen, die ihm unbekannt waren. George Moseby, Samuel Parkers, Richard Meadows.

Alle waren mit seinem Namen unterzeichnet.

»Nein.«

»Weshalb können Sie so sicher sein?« fragte der Leutnant.

»Erstens habe ich bis zur Beendigung meiner Spitalpraxis nur eine beschränkte Lizenz, zu praktizieren: das heißt, daß ich zwar Rezepte für die Krankenhausapotheke ausschreibe, jedoch keine Rezepte für auswärts ausstellen darf. Zweitens ist das zwar mein Name, nicht aber meine Unterschrift. Und außerdem hat jeder Arzt eine Registriernummer des Bundesrauschgiftdezernats, aber die Nummer auf diesen Rezepten ist nicht meine.«

»Sie brauchen sich keine Sorgen zu machen, Dr. Robinson«, sagte Kender schnell. »Sie sind nicht der einzige Arzt hier, dessen Name verwendet wurde. Bloß der neueste. Ich bitte Sie, das hier niemandem gegenüber zu erwähnen.«

Spurgeon nickte.

»Was veranlaßte Sie zu dem Verdacht, daß diese Rezepte gefälscht waren?« fragte Kender Mr. Colfax.

Der Apotheker lächelte. »Mir fiel allmählich auf, wie sauber sie ausgefüllt waren. Und so vollständig. Nehmen Sie zum Beispiel die Abkürzungen. Wissen Sie, fast jeder Arzt, den ich kenne, kritzelt nur *prn*, für *pro re nata*.«

»Was heißt das?« fragte Hartigan.

»Lateinisch, ›wie es die Umstände verlangen‹«, sagte Spurgeon.

»Ja. Nun schauen Sie sich einmal diese Rezepte an«, sagte Colfax. »Die Abkürzung ist ausgeschrieben. Als ich zurückblätterte, sah ich, daß ein Rezept wie das andere aussah, als hätte der Mann, der sie geschrieben hat, alle auf einen Sitz kopiert.«

»Aber er hat einen Fehler gemacht«, sagte Hartigan. »Als

mir Mr. Colfax die Rezepte am Telefon vorlas, wußte ich sofort, daß es ein Schwindel ist. Der Mann verwendete eine Bundesnummer mit sechs Ziffern. So viele Ärzte haben wir in Massachusetts gar nicht.«

»Haben Sie den Mann gefunden, der das hier weitergegeben hat?« fragte Kender.

Hartigan schüttelte den Kopf.

»Ich habe ihm einige Fragen gestellt, als er das letztemal hereinkam, kurz bevor ich die Polizei anrief«, sagte Colfax. »Ich muß ihn abgeschreckt haben.« Er lächelte. »Ich bin ein lausiger Detektiv.«

»Im Gegenteil«, sagte Hartigan. »Es gibt nicht viele Apotheker, denen das aufgefallen wäre. Können Sie Dr. Robinson den Mann beschreiben?«

Colfax zögerte. »Nun, es war ein Schwarzer ...« Er schaute unbehaglich zur Seite.

Schau dir nur unsere Gesichter an, sagte ihm Spurgeon stumm. »Er hatte einen Schnurrbart. Leider kann ich mich sonst an keine besonderen Merkmale erinnern.«

Speed Nightingale?

Hartigan lächelte. »Es ist mir klar, daß man damit nicht sehr viel weiterkommt.«

Es wäre unfair gewesen, Nightingale zu nennen, dachte Spurgeon; es gab sehr viele Schwarze mit Schnurrbärten, von denen sicher einige Drogen nahmen. »Es könnte jeder sein.«

Hartigan nickte. »Viele Leute können ihre Hand auf leere Rezeptformulare legen. Arbeiter in der Druckerei, Leute im Krankenhaus, Patienten und ihre Familien, wenn ihr ihnen den Rücken zukehrt.« Er seufzte.

Dr. Kender sah auf seine Armbanduhr und schob den Stuhl vom Schreibtisch zurück. »Sonst noch etwas, meine Herren?«

Beide Besucher lächelten und standen auf.

»Leider müssen Dr. Robinson und ich einer Konferenz beiwohnen«, sagte Dr. Kender.

Um zehn Uhr dreißig saß Spurgeon auf einem der Stühle an dem langen blankpolierten Tisch, knabberte Kekse, schlürfte Cola und blickte auf die Wand vor sich, die mit dem Kunstdruck einer pharmazeutischen Firma, einem Porträt Marcello Malpighis, geschmückt war, dem Entdecker der Kapillarzirkulation; er sah ein bißchen wie Dr. Sack aus und trug einen Bart.

Sie kamen nacheinander herein, und schließlich stand er beim Eintritt Dr. Longwoods mit ihnen zusammen auf.

Meomartino trug einen Fall vor, einen langen.

Meomartino trug einen weiteren verdammten Fall vor. Nicht *den* Fall. Vielleicht, betete Spur, werden sie ihn überhaupt nicht angreifen. *Vielleicht* würde keine Zeit mehr bleiben. Aber als er die Augen zu der Wanduhr hob, sah er, daß noch mehr als genug Zeit bleiben würde; sein Magen drehte sich um, und er dachte schon, er würde der erste Spitalarzt in der Geschichte des Krankenhauses sein, der sich über den polierten Tisch, die Pepsi-Flaschen, die Kekse und den Chef der Chirurgie hin übergeben würde.

Und dann trug Meomartino weiter vor, und er hörte alle Einzelheiten, die er so gut kannte. Ihren Namen und ihr Alter und die Umstände des Autounfalls, das Datum, an dem er sie in der Unfallstation gesehen hatte, ihre frühere Krankengeschichte, die Filme, die im Röntgenlabor gemacht worden waren, und, o Gott, die Filme, die nicht gemacht wurden, wie er sie aus eigener Initiative entlassen hatte, wie sie heimgefahren war.

Jetzt aber halt, dachte er plötzlich. Was geht hier vor?

O du gemeiner Schweinehund.

Was ist mit meinem Anruf beim Surgical Fellow? Dem Anruf, den ich bei dir machte, dachte er dumpf.

Aber Meomartino kam zum Schluß und erzählte, wie die Rätseldame zum letztenmal ins Krankenhaus kam, tot.

Dr. Sack beschrieb, was sie bei der Obduktion erfahren

hatten, und legte die Ergebnisse in wenigen Minuten knapp und bündig dar.

Dr. Longwood lehnte sich in seinem Sessel zurück. »Einen solchen Fall zu verlieren ist das Schlimmste«, sagte er. »Dennoch verlieren wir immer wieder solche Patienten. Warum, glauben Sie, geschieht das, Dr. Robinson?«

»Ich weiß es nicht.«

Die hohlen Augen hielten ihn fest. Er sah mit einer erschreckenden Faszination, daß ein schwacher Tremor Dr. Longwoods Kopf fast unmerklich zu schütteln begonnen hatte.

»Es kommt daher, weil gerade ein solcher Fall verlangt, daß wir auch eine ungewöhnliche Verletzung erkennen, die uns nicht alle Tage begegnet. Eine Verletzung, die korrigierbar ist, die aber, wenn sie nicht korrigiert wird, den Tod verursachen kann.«

»Ja«, sagte Spurgeon.

»Niemand braucht mir zu erzählen, unter welchem Druck und welcher schweren Arbeitslast unsere Hausärzte stehen. Vor ziemlich vielen Jahren war ich hier Spitalarzt und Facharztanwärter, dann Konsiliarchirurg, bis ich eine Ganztagsstellung in diesem Krankenhaus übernahm. Ich weiß, wir bekommen vernachlässigte Fälle, komplizierte, und sie werden uns in solcher Zahl aufgehalst, daß einige Privatinstitutionen einfach nicht glauben würden, was wir vollbringen.

Aber es sind gerade die armselige Verfassung vieler unserer Patienten und die Anforderungen an unsere Zeit, die uns eine doppelte Aufmerksamkeit auferlegen, die es einem Spitalarzt nicht ersparen, sich zu fragen, ob tatsächlich jeder diagnostische Vorgang, jede nötige Röntgenaufnahme durchgeführt wurde. Haben Sie sich diese Dinge gefragt, Dr. Robinson?«

Der Tremor war stärker geworden. »Ja, das habe ich, Dr. Longwood«, sagte er fest.

»Warum also ist diese Frau gestorben?«

»Ich nehme an, ich wußte nicht genug, um ihr helfen zu können.«

Dr. Longwood nickte. »Es fehlte Ihnen die Erfahrung. Und dies ist der Grund, warum ein Spitalarzt es niemals auf sich nehmen sollte, einen Patienten aus diesem Krankenhaus zu entlassen, obwohl sich der Patient vielleicht bitter beklagt, daß man ihn warten läßt, bis ein erfahrener Arzt Zeit finden kann, ihn zu entlassen. Kein Patient ist je daran gestorben, weil er klagte. Wir sind dafür verantwortlich, ihn vor sich selbst zu schützen. Wissen Sie, was geschehen wäre, wenn Sie die Frau nicht entlassen hätten?«

Spurgeon suchte mit den Augen Meomartino, aber der Surgical Fellow war in die Krankengeschichte vertieft. »Sie würde noch leben«, sagte er.

Alles schwieg, und er sah wieder Dr. Longwood an. Die tiefliegenden blauen Augen, die ihn die ganze Sitzung hindurch beunruhigt hatten, waren noch immer auf ihn gerichtet.

»Dr. Longwood?« sagte Dr. Kender. »Harland«, fuhr Dr. Kender sanft fort. »Sollen wir abstimmen lassen?«

»Wie?«

»Sollen wir abstimmen lassen, Harland?«

»Ja«, sagte er.

»Ein vermeidbarer Tod«, sagte Dr. Kender.

Dr. Longwood fuhr sich mit der Zunge über die trockenen Lippen und sah Dr. Sack an.

»Vermeidbar.«

Dr. Parkhurst.

»Vermeidbar.«

Vermeidbar.

Vermeidbar.

Wieder versuchte Spurgeon, Meomartinos Augen einzufangen, vermochte es jedoch nicht. Es konnte auch unbeabsichtigt gewesen sein, sagte er sich, daß er Dasa und Marcello Malpighis Porträt studierte.

Als er in Silverstones Zimmer im sechsten Stock kam, dachte er, daß Adam in seiner Wut die Wände hochgehen würde.

Eine Wut, die sich gegen Spurgeon richtete, entdeckte er erstaunt.

»Wie konntest du Meomartino so etwas durchgehen lassen?«

»Er hat mir nicht gesagt, ich solle sie entlassen. Es stimmt, daß ich ihn anrief, aber er hat mir nicht ein verdammtes Wort gesagt, Mensch. Er fragte mich nur, ob ich ihn wirklich brauchte, und ich sagte, ich könne selbst damit zurechtkommen.«

»Aber du hast ihn angerufen«, sagte Adam. »Er hätte dir sagen müssen, daß du die Patientin festhalten sollst, bis er hinunterkommen könnte. Das Komitee hätte das gewußt.«

Spurgeon zuckte die Achseln.

»Ich gehe zum Alten.«

»Es wäre mir lieber, wenn du es nicht tätest. Er sieht so schlecht aus, daß ich nicht sicher bin, ob er fähig ist, sich mit einer solchen Situation auseinanderzusetzen.«

»Dann geh zu Kender.«

Spurgeon schüttelte den Kopf.

»Warum nicht?«

»Weil«, sagte er, »es tatsächlich eine Regel gibt, nach der Spitalärzte Patienten nicht entlassen dürfen, und ich habe diese Regel gebrochen. Weil Meomartino mir nicht sagte, ich solle sie heimschicken. Weil ich, wenn ich irgendeine Beschwerde hätte vorbringen wollen, das in der Konferenz hätte tun sollen.«

»Robinson, du bist der dümmste Mensch, dem ich je in meinem Leben begegnet bin«, hörte er Adam hinter sich rufen, als er hinausging.

Meomartino hatte sich als jämmerlicher Feigling entpuppt, dachte er, als er todunglücklich zum Lift stapfte.

Während der qualvollen Fahrt vom sechsten Stock ins Kellergeschoß zwang er sich jedoch, besessen von der alten, widerlichen Furcht, den eigentlichen Grund einzugestehen, warum er während der Sitzung nichts von dem Anruf erwähnt hatte.

Alle diese weißen, weißen Gesichter hatten ihm Entsetzen eingeflößt.

Der Tag ging weiter, wie er begonnen hatte. Katastrophal.

Er und Meyerson hatten nichts zu tun und ödeten einander bis in den tiefen Nachmittag hinein an. Von drei Uhr dreißig bis kurz vor acht Uhr dreißig hatten sie sechs Abholfahrten, vier davon lange und schwierige Transporte. Um acht Uhr fünfunddreißig wurden sie ausgeschickt, um Mrs. Thomas Catlett zu holen, eine bevorstehende Entbindung, Simmons Court 31, Charlestown. Meyerson verließ jedoch die Schnellstraße und wand sich durch die Straßen, die nicht mehr verbreitert worden waren, seit man sie als breit genug für Paul Reveres Pferd erklärt hatte. Zum Schluß fuhr er in eine Parkverbotszone vor Shapiros Buchladen in der Essex Street ein.

»Wohin fahren Sie?« fragte Spurgeon mißtrauisch.

»Ich habe Hunger. Ich hole ein belegtes Brot und einen Drink im Delikatessenladen, Sie fahren, während ich esse. In Ordnung?«

»Machen Sie schnell.«

»Beruhigen Sie sich. Soll ich Ihnen etwas mitbringen? Ein Corned beef?«

»Nein, danke.«

»Pastrumi? Das Fleisch wird dort gedünstet.«

»Maish, ich will keine Zeit verschwenden.«

»Essen müssen wir.«

Spurgeon gab nach und reichte ihm einen Dollar aus seiner Brieftasche. »Schweizerkäse auf Weißbrot. Kaffee, normal.«

Er saß auf dem Fahrersitz der Ambulanz und studierte die Bücher in Shapiros Auslagen, während die Sekunden zu Minuten wurden und Maish nicht auftauchte. Nach einer Weile stieg er aus, ging zur Ecke und spähte durch die Auslage des Essex-Delikatessenladens. Durch die Scheibe sah er Maish, eingerahmt von einem riesigen Salamiring im Schaufenster, den Torso hinter einer Pyramide von Knackwürsten versteckt, Schlange stehen und mit zwei Taxifahrern reden.

Ungeachtet der etlichen hundertzwanzig Augen, die sich ihm sofort zuwandten, klopfte Spurgeon an das Fenster und deutete auf seine Armbanduhr.

Maish zuckte die Achseln und deutete auf den Ladentisch. Himmel, er war noch immer nicht bedient worden. Spur drehte sich um und ging in die andere Richtung, an dem Buchladen vorbei zum Ende des Wohnblocks. Drüben lag Chinatown, ein blitzender Neondschungel von Palmen und Drachen.

Er ging zurück. Eine Weile lehnte er am Krankenwagen.

Schließlich hielt er es nicht länger aus, ging zum Essex und trat ein.

»Lösen Sie einen Scheck«, sagte der Mann am Eingang.

»Ich kaufe nichts.«

»Dann geben Sie ihn auf dem Weg hinaus zurück.«

Maish saß mit den Taxifahrern an einem Ecktisch, den Teller vor sich leer bis auf ein paar Fleischkrümel. In seiner Flasche war noch zwei Finger hoch Bier.

»Jetzt aber raus hier und in den Krankenwagen, verdammt noch mal«, sagte Spurgeon.

Maish sah die Taxifahrer an und hob die Augenbrauen. »Ein Neuling«, sagte er.

Im Wagen reichte er Spurgeon einen braunen Papiersack und zwanzig Cent Wechselgeld. »Ich habe mir gedacht, ich freß es lieber drinnen«, sagte er. »So kann ich selbst fahren. Ich kenne Charlestown. Ich hab mir gedacht, Sie könnten sich verfahren.«

»Beeilen wir uns lieber, diesen Entbindungsfall abzuholen. Wäre vielleicht keine schlechte Idee, was?«

»Sobald wir sie eingeliefert haben, garantiere ich Ihnen, daß sie noch eineinhalb Tage brauchen wird.«

Sie fuhren durch Chinatown zur Schnellstraße. »Essen Sie«, befahl Maish, die jüdische Mutter des Ambulanz-Korps. Das belegte Brot schmeckte auf Spurs nervöser Zunge wie Pappe, der Kaffee war ekelhaft kalt, und er schluckte ihn hinunter, als sie über die Tobin-Gedächtnisbrücke rumpelten. »Haben Sie fünfundzwanzig Cent?« Es war Sache des Fahrers, Mauten zu bezahlen, aber Spurgeon rückte mit dem Geld heraus und nahm sich vor, es später einzutreiben.

Die Straßen sahen alle gleich aus, die Häuser sahen alle gleich aus. Maish brauchte zehn Minuten, bis er zugab, daß er Simmons Court nicht finden konnte, und weitere fünf, bis er die Suche auf der Straßenkarte aufgab.

Nach längeren Beratungen mit zwei Polizisten und einer Küstenpatrouille der Marine fanden sie ihren Bestimmungsort, eine unbeleuchtete Sackgasse am Ende einer Privatstraße mit tiefen Schneefurchen. Natürlich wohnten die Catletts im dritten Stock. Die Wohnung war dunkel und schmutzig und roch nach Unterstützungsgeldern. Aus dem Schlaf gerissene Kinder und ein stummer, mürrischer Mann. Die Frau war aufgeschwemmt von allzu stärkehaltiger Ernährung, Sorgen und zu häufigen Geburten. Sie legten sie, beide keuchend, auf die Krankentrage. Das älteste Mädchen legte einen braunen Papiersack neben die Mutter auf die Tragbahre. »Mein Nachthemd und so Sachen«, sagte die Frau stolz zu Spurgeon.

Sie gingen zur Tür, dann aber blieb Spurgeon stehen, wobei sich ihm die Tragbahre in die Kniekehlen bohrte. »Wollen Sie ihr nicht Adieu sagen?« fragte er den Mann.

»’dieu.«

»’dieu«, sagte sie.

Sie war sehr schwer. Spurgeon und Meyerson manövrierten sie die schmalen knarrenden zwei Treppen hinunter und aus dem düsteren Gestank des Vorhauses hinaus.

»Vorsicht auf dem Eis«, warnte Maish.

Ihre Arme und Beine waren steif und zitterten, als sie sie endlich in den Krankenwagen hoben.

Sie schrie wild auf.

»Was ist los?« fragte Spurgeon.

Es dauerte fast eine Minute, bis sie antworten konnte. In seinem ersten Schrecken hatte er nicht daran gedacht, auf die Uhr zu schauen.

»Ich hab Schmerzen.«

»Was für Schmerzen?«

»War das die erste Wehe?«

»Nein. Hab schon eine Menge gehabt.«

»Meyerson, fahren Sie lieber los«, sagte er. »Schalten Sie Ihr Spielzeugpfeifchen ein.«

Maish, der Prahler, der Kretin, drückte sofort auf die Sirene, und sie fuhren durch den leeren Hof auf die leere Straße hinunter, während in jeder Wohnung Lichter angingen und ein schwarzes oder braunes Gesicht aus einem Fenster spähte.

Spur setzte sich neben die Frau und stemmte die Füße gegen die gegenüberliegende Wand, um, auf seinen Knien schreibend, die Personalien aufzunehmen.

»Ich stelle lieber gleich den ersten Teil der Krankengeschichte zusammen«, brüllte er gegen das anstürmende Sirenengeheul. »Wie ist Ihr voller Name, Mutter?«

»Was?«

»Ihr voller Name!«

»Martha Hendricks Catlett. Hendricks ist mein Mädchenname.«

Heiser buchstabierte sie.

Er nickte. »Wo geboren?«

»Rochester.«

»New York?« Sie nickte. »Thomas heißt Ihr Mann. Mittlerer Anfangsbuchstabe?«

»C. Für Charlie.« Ihr Gesicht verzog sich, sie kreischte auf und rollte sich auf der Tragbahre herum.

Diesmal blickte er auf die Uhr. 9.42. Die Wehe dauerte fast eine Minute.

»Wo ist Ihr Mann geboren?«

»Choctaw, Alabama. Verdammter Lügner.«

»Warum?«

»Erzählt den Kindern, daß er Halbindianer ist.«

Grinsend nickte er. Allmählich mochte er sie. »Wo arbeitet er?«

»Arbeitslo – oos« – der Schrei verwandelte sich in Angstgekreische.

Er blickte wieder auf seine Uhr. 9.44. Zwei Minuten.

Ich kann kein Kind entbinden, dachte er benommen.

Seine Erfahrung beschränkte sich auf fünf Tage Unterricht in Geburtshilfe während seines dritten Jahres an der Medizinischen Schule, vor zwei Jahren.

Hatte er sich etwas von damals gemerkt?

»Haben Sie eine Bettflasche, Doc?«

»Können Sie nicht warten?«

»Ich glaube nicht.«

Das war die Entscheidung; er wußte, daß das Kind fast da war. Er stürzte nach vorn und klopfte Meyerson auf die Schulter. »Fahren Sie an den Straßenrand und halten Sie.«

»Warum?«

»Ich will Ihnen noch ein gottverdammtes Cornedbeefsandwich kaufen!« schrie er.

Der Krankenwagen verlangsamte sein Tempo, hielt an, verschluckte sein Sirenengeheul mit einem Geräusch, das wie Schluckauf klang. Plötzlich war es sehr still, mit Ausnahme des Fsch, fsch, fsch der sehr schnell und sehr dicht vorbeifahrenden Autos.

Spurgeon blickte hinaus, ihm wurde schwach. Sie standen auf der Brücke.

»Haben Sie Rauchsignale, Sie wissen schon, Verkehrsfackeln?« fragte er Meyerson.

Maish nickte.

»Nun, stellen Sie sie auf, damit wir nicht umgebracht werden.«

»Soll ich sonst noch was tun?«

»Reiben Sie zwei Hölzer aneinander, und machen Sie Feuer. Kochen Sie viel Wasser. Bitte. Bleiben Sie mir zum Teufel vom Leib.«

»Aaach«, stöhnte die Frau.

Unter der Bahre befanden sich ein kleiner Behälter mit Nitrooxid und eine Gesichtsmaske für Notfälle. Und ein Geburtshilfe-Instrumentarium. Er zerrte die Sachen heraus und dachte angestrengt nach. Sie war bestimmt keine *primipara*, keine Erstgebärende. Aber wie viele Kinder waren dort gewesen? Eine Vielgebärende?

»Wie viele Kinder haben Sie, Mutter?«

»Acht«, sagte sie keuchend.

»Wie viele Buben?« fragte er, obwohl es ihn überhaupt nicht interessierte. Sie war eine *multipara*, und die Chance war groß, daß sie das Baby wie eine Bombe fallen ließ.

»Die beiden ersten sind Buben, sonst lauter Mädchen«, sagte sie, als er ihr die Schuhe auszog. Natürlich waren keine Steigbügel vorhanden. Er hob ihre Füße und stemmte sie gegen die Bänke auf beiden Seiten der Trage, damit das Blut abfließen konnte.

Meyerson öffnete die Tür und ließ Verkehrsgeräusche ein. »Doktor, haben Sie Kleingeld? Ich geh zu einem Telefon, das Krankenhaus anrufen.«

Er gab ihm eine Münze.

»Ich muß noch einige andere Anrufe machen.«

Also gab er ihm eine Handvoll Kleingeld, drängte ihn aus dem Krankenwagen und versperrte die Tür von innen. Die Frau stöhnte.

»Ich gebe Ihnen ein bißchen was gegen die Schmerzen, Mutter.«

»Zum Einschlafen?«

»Nein. Nur für einen kleinen Schwips.«

Sie nickte, und er ließ sie ein, zwei Züge Nitrooxid einatmen, wobei er die Menge aufs Geratewohl dosierte, aber sehr vorsichtig war, um keinen Fehler zu begehen. Es wirkte schnell.

»Froh«, murmelte sie.

»Worüber?«

»Farbiger Doktor. Hab noch nie einen farbigen Doktor gehabt.«

Mein Gott, arme Frau, dachte er. Ich würde mit Freuden zulassen, daß das Baby von George Wallace oder Louise Day Hicks entbunden würde, wenn der eine ein Geburtshelfer oder die andere eine Hebamme, aber beide bloß hier wären.

Er öffnete den Instrumentenkasten, der nicht viel enthielt: einen kleinen Absaugballon, ein paar blutstillende Mittel, Scheren und Zangen. Er zog ihr Kleid hoch und legte Schenkel wie Eichenstämme und eine braunseidene Unterhose bloß, die er von ihr abzuschneiden begann.

Sie fing zu weinen an. »Geschenk von meiner Zweitältesten.«

»Ich kaufe Ihnen eine neue.«

Bloßgelegt war der Bauch erschreckend, eine Masse dunklen Fleisches mit Fettwülsten, die Haut voll Schwangerschaftsstreifen; auf ihm hatte ihr Mann gelegen und sich dem einzigen Vergnügen hingegeben, das sich ein armer Schwarzer leisten kann, der einzigen Freude, die kein Geld kostet, billiger als Kino, billiger als Suff, um den winzigen Samen abzulegen, der zu diesem Ding geworden war, groß und fest wie eine Wassermelone unter ihrer Haut.

So tief unten, so tief.

Ich habe eine Frage an Sie, Doktor Robinson. Wie bekomme ich einen Gegenstand, der so groß wie das zweifellos dicke Baby dieser fetten Frau ist, durch eine Öffnung, die – obwohl ich kleinere gesehen habe – dennoch verhältnismäßig klein ist?

So klein.

Es war eine Gelegenheit, erkannte er grimmig, gleich zwei Patienten auf einmal zu verlieren, Schlag zwei und Schlag drei auf dem Schuldkonto zu buchen, sozusagen.

Es war eine Flasche Zephiran vorhanden. Er schraubte die Kappe ab und goß es großzügig über den Scheideneingang und den Damm, dann etwas davon auf seine Hände und schlenkerte sie, bis sie trocken waren, kein vollwertiger Ersatz für das Bürsten der Hände, aber immerhin der beste verfügbare.

Die Frau keuchte, schnaubte, blies, als versuchte sie, ein ganzes Haus niederzublasen.

»Wie geht's, Mutter?« Sie knurrte bloß.

Bitte, Gott.

Ein großer Wassersturz ergoß sich über seine weiße Hose, ein strohfarbener Niagarafall. Sie hielt die Augen geschlossen, die großen Beinmuskeln waren verkrampft. In der Öffnung tauchte ein kleiner kahler Kopf auf und trug die Haare der unvorbereiteten und daher unrasierten mütterlichen Genitalien wie eine Tonsur.

Zwei weitere Wehen, und der Kopf lag frei. Spurgeon verwendete den Ballon, um Flüssigkeit aus dem winzigen Mund zu saugen, und erkannte dann, daß die Frau es mit den Schultern des Kindes schwer hatte. Er machte einen kleinen Einschnitt in den Damm, der sehr wenig blutete. Als sich die Frau das nächstemal zusammenkrümmte, half er mit den

Händen nach, und das ganze Baby war draußen in der kalten Welt. Er steckte zwei Klemmen auf die Nabelschnur, schnitt sie zwischen ihnen durch und sah sofort pflichtbewußt auf die Uhr: Es war aus legalen Gründen wichtig, die Zeit der Geburt zu verzeichnen.

In einer Hand hielt er den winzigen Hals und Kopf, mit der anderen den kleinen Steiß, warmer Samt, weich wie – wie eben ein Babyarsch. Du Musikschreiber, Musikmacher, versuch's doch und verwandle dieses Geschehen in Klang, sagte er sich, und er wußte, daß es nicht zu machen war. Das Baby öffnete den Mund, machte eine Backpflaume aus seinem Gesicht, stieß einen kleinen Schrei aus und sandte gleichzeitig einen Urinstrom aus dem winzigen Penis – ein strammer Junge.

»Sie haben einen prächtigen Buben«, sagte er zu der Frau. »Wie wird er heißen?«

»Wie heißen Sie, Doktor?«

»Spurgeon Robinson. Sie wollen ihn nach mir nennen?«

»Teufel, nein. Nenne ihn nach seinem Papa. Wollte nur Ihren Namen wissen.«

Einen Augenblick später lachte er noch immer, als Meyerson und der Polizist an die Tür des Krankenwagens klopften.

»Kann ich Ihnen irgendwie helfen, Doktor?« fragte der Polizist.

»Ich habe alles unter Kontrolle, danke.« Hinter ihnen staute sich der Verkehr eine halbe Meile weit. Das Hupen kam ihm zum erstenmal zum Bewußtsein. Es war ohrenbetäubend.

»Einen Augenblick. Kommen Sie herein, und halten Sie Thomas Catlett einen Augenblick, ja bitte?«

Bei einer Entbindung war es genauso wie bei jedem anderen chirurgischen Eingriff, die Möglichkeit eines Schocks war vorhanden. Er leitete eine intravenöse Infusion bei der Frau ein, Dextrose und Wasser.

Dann deckte er sie mit einer Decke zu und beschloß, zur Entbindung der Nachgeburt auf aseptischere Verhältnisse zu warten. Er nahm dem Polizisten das Baby wieder ab.

»Mr. Meyerson«, sagte Dr. Robinson sehr würdevoll, »wollen Sie uns bitte von dieser verdammten Brücke wegfahren?«

Als sie den Hof des Krankenhauses erreichten und er die Tür des Krankenwagens öffnete, überraschte ihn das erste Blitzlicht.

»Halten Sie das Baby hoch, Doktor. Steigen Sie noch einmal ein, und setzen Sie sich neben die Mutter«, befahl ein Kameramann.

Es waren zwei Fotografen, drei Reporter und zwei Fernsehteams da. Wie zum Teufel, fragte er sich, und dann erinnerte er sich an all das Kleingeld, das Meyerson gebraucht hatte, um Anrufe zu machen. Er sah sich böse um.

Maish war eben dabei, durch den Eingang zur Ambulanz zu verschwinden.

Viel später kam Spurgeon in sein Zimmer. Er schälte sich aus dem weißen Anzug, der stark nach Blut und Fruchtwasser roch. Die Dusche in der Halle unten lockte, aber lange saß er in seiner Unterwäsche einfach nur auf dem Bett, dachte wenig und fühlte sich großartig.

Champagner, dachte er schließlich. Er würde duschen und sich umziehen und zwei kleine Flaschen erstklassigen Champagners holen. Die eine würde er mit Adam Silverstone trinken. Die zweite mit Dorothy.

Dorothy.

Er ging hinaus, ließ zwei Münzen ins Hallentelefon fallen und wählte Dorothys Nummer.

Mrs. Williams kam ans Telefon.

»Wissen Sie, wie spät es ist?« fragte sie scharf, als er Dorothy verlangte.

»Ja. Das ist eben eines der Dinge aus dem Leben eines Arztes. Gewöhnen Sie sich lieber schon jetzt daran, Mama.«

»Spurgeon?« fragte Dorothy einen Augenblick später. »Was war in der Konferenz?«

»Ich bleibe Spitalarzt.«

»War es gräßlich?«

»Sie haben mir die Nase drin gerieben, wie man das bei einem Hundejungen macht.«

»Geht's dir halbwegs?«

»Mir geht's prima. Die größte lebende Kapazität der Welt in Sachen Zahnfortsatz.« Plötzlich erzählte er mit belegter Stimme von der großen dicken Seelenschwester und dem süßesten kleinen, weichärschigen, gut gebauten Babyjungen, der das Licht der Welt erblickte, weil Dr. Robinson als furchtloser Arzt an der vordersten Front stand.

»Ich liebe dich, Spurgeon«, sagte sie sehr leise, aber deutlich, und er konnte sich vorstellen, wie sie da in der Küche in ihrem Nachthemd stand, ihre wunderschöne Hand um den Hörer gekrümmt, und ihre Mutter wie ein großer dunkler Schmetterling herumflatterte.

»Hör zu«, sagte er ganz laut, und es war ihm gleichgültig, ob Adam Silverstone oder sonst jemand auf der ganzen Welt ihn hörte. »Auch ich liebe dich, sogar mehr, als ich deinen heiratsfähigen nubischen Körper besitzen will. Was sehr viel mehr als beträchtlich ist.«

»Du bist verrückt«, sagte sie mit ihrer altjüngferlichen Lehrerinnenstimme.

»Aha. Aber wenn deine Fahrkarte in die große Welt des weißen Mittelstandes endlich gelocht ist, werde ich das Annullierungswerkzeug sein.«

Er glaubte sie lachen zu hören, war sich jedoch nicht sicher, weil sie einfach eingehängt hatte. Er blies einen lauten schmatzenden Kuß in das summende Telefon.

Im Verlauf seiner Krankheit gewöhnte sich Harland Longwood an sie wie an ein häßliches, verhaßtes Kleidungsstück, das man aus wirtschaftlichen Gründen nicht wegwerfen kann. Er fand nachts immer weniger Schlaf, worüber er jedoch nur zum Teil unglücklich war, da er am besten schreiben konnte, wenn das Wohnhaus in Cambridge in schwarzen Samt gehüllt war und die Welt mit einem Minimum an Geräuschen durch die geschlossenen Fenster drang. Er schrieb schnell, arbeitete das Material auf, das im Laufe vieler Jahre gewissenhaft und langsam angesammelt worden war, und vollendete für jedes Kapitel einen sorgfältigen zweiten Entwurf, bevor er zum nächsten schritt. Als er drei Kapitel geschrieben hatte, wußte er, daß es Zeit für eine Überprüfung war, und nach langer Überlegung wählte er drei hervorragende Chirurgen, die weit genug von Boston entfernt lebten, so daß die Nachricht von seiner Krankheit noch nicht zu ihnen gedrungen sein konnte. Das Kapitel über Thoraxchirurgie ging an einen Professor am McGill-Institut, das Kapitel über Bruchoperationen an einen Chirurgen am Loma-Linda-Hospital in Los Angeles, das Kapitel über die Methodik an einen Mann an der Mayo-Klinik in Minnesota.

Als ihre Rezensionen eintrafen, wußte er, daß er keinem aus bloßer Ichsucht geborenen närrischen Traum nachgejagt war.

Der Professor vom McGill war von dem Teil über die Thoraxchirurgie begeistert und bat um die Erlaubnis, ihn in einer von ihm herausgegebenen Zeitschrift veröffentlichen zu dürfen. Der Chirurg der Mayo-Klinik zollte ihm hohes Lob, wies jedoch auf ein zusätzliches Gebiet hin, das in diesem Zusammenhang interessant sein würde, was drei weitere Wochen mühevoller Arbeit bedeutete. Der Kalifornier, ein eifersüchtiger Pedant, mit dem er jahrelang in Streit gelegen hatte, räumte zwar mürrisch den Wert des Materials ein, fügte aber drei haarspalterische redaktionelle Korrekturen hinzu, mit denen Longwood nicht übereinstimmte und die er überging.

Er schrieb mit einer Feder und füllte liniertes Papier mit einer verkrampften, spinnenartigen Schrift. Gelegentlich überwältigte ihn der Schlaf bei Tag, wenn er einen Teil an dem Buch fertiggeschrieben hatte, und zum erstenmal im Leben begann er häufig im Krankenhaus zu fehlen und daheim zu bleiben, dankbar für Bester Kenders Fähigkeit, ihn abzulösen.

Er fühlte sich jetzt sicher genug, eines Tages beim Mittagessen das Buch Elizabeth gegenüber zu erwähnen, und war gerührt, als sie sich freiwillig anbot, das Manuskript zu tippen, weil er glaubte, sie wolle über ihn wachen. Zwei Tage spielte sie wie ein Kind an der Schreibmaschine herum, am dritten Vormittag stand sie jedoch nach zwanzig Minuten auf und verbrachte lange Zeit vor dem Spiegel, um sich den Hut aufzusetzen.

»Ich habe Edna Brewster versprochen, mit ihr einkaufen zu gehen, Onkel Harland«, sagte sie, und als er nickte, küßte sie ihn auf die Wange.

Nach einigen Tagen war es Bernice Lovett, die krank war und besucht werden mußte.

Zwei Vormittage später sagte sie, Helen Parkinson habe darauf bestanden, daß sie dem Komitee die neue Vincent-Club-Show planen helfe.

Danach wurde ihre Anwesenheit von Susan Silberger, Ruth Moore, Nancy Roberts gebraucht, während der Stapel des ungetippten Manuskripts neben der Schreibmaschine wuchs.

Der Kubaner war nicht fähig, ihr Halt zu geben, dachte er, endlich in seiner Mißbilligung Meomartinos bestätigt.

Sie blieb immer eine Weile in seiner Wohnung und ging

dann, nachdem sie nachdrücklich die Frau genannt hatte, mit der sie den Tag verbringen würde. Er brauchte nur bis zu dem Vormittag mit Helen Parkinson, um sich die Dinge zusammenzureimen.

»Du meinst, falls dein Mann anruft«, bemerkte er, als sie es ihm sagte.

Liz sah ihn an und lächelte dann. »Jetzt sei nicht töricht und sage ja nichts, was wir beide bedauern würden, Onkel Harland«, sagte sie.

»Elizabeth, du bist hergekommen, um mir bei der Arbeit zu helfen. Möchtest du mit mir über... irgend etwas sprechen? Kann ich dir helfen?«

»Nein«, sagte sie.

Statt darüber nachzudenken, rief er ein Schreibbüro an und traf eine Vereinbarung über die stundenweisen Dienste einer Typistin, die jederzeit für ihn bereitstand.

Am schlimmsten waren die Nächte, die er an dem Blutwäscheapparat verbrachte, festgehalten von Nadelfingern, während sich die Glasrohre hellrot färbten, ihm wie ein Vampir das Blut aussaugten. Er lag da, lange Stunden an das Bett gefesselt, Gefangener einer Maschine, die ihm Leben spendete.

Sie machte keinen Lärm, aber sie plätscherte leise. Er wußte, daß es ein lebloses Produkt der menschlichen Begabung für Mechanik war, dennoch kam ihm mitunter das Plätschern wie ein leises spöttisches Lachen vor.

Wenn er befreit wurde, entfloh er ihr erleichtert und ging in die Stadt wie ein Seemann auf Urlaub, nahm einen Drink im Ritz-Carlton, aß bei Locke-Ober, wo er oft seine Diätregeln mit dem Gefühl durchbrach, daß ihm die Kochsalzbeschränkung buchstäblich etwas vom Salz des Lebens raubte. Regelmäßig bestellte er nach dem Essen reichlich Brandy. Er war nie knausrig gewesen, jetzt aber erstaunte er Louie, den Kellner, der ihn seit dreißig Jahren bediente, mit verschwenderischen Trinkgeldern.

Besessen von dem Wunsch, das Buch fertigzuschreiben, arbeitete er jede Nacht; er schrieb, so schnell er nur konnte, und beobachtete sich mit der Distanz eines Fremden, der einem Pferderennen zusieht und ironisch-amüsiert fragt, wer wohl gewinnen würde.

Ein-, zweimal ließ Elizabeth den kleinen Jungen bei ihm in der Wohnung, und Longwood spielte mit seinem Großneffen auf dem Boden, während die Sonne durch das Fenster strömte und er sich in seiner Schwäche mit dem Jungen gleichaltrig fühlte, sich zufriedengab, die Spielzeugautos, die Miguel mitgebracht hatte, herumzurollen; das blaue wurde von der kleinen, dicken Hand und das rote von den langen, knochigen Fingern geschoben, die noch vor kurzem chirurgische Instrumente gehalten hatten, um den Teppich herum, zwischen den Sesselbeinen hindurch und unter dem Speisezimmertisch. Manchmal nahm er nachmittags den Jungen auf wirkliche Fahrten in einem wirklichen Auto mit, gewöhnlich auf kurze Ausflüge, aber eines Nachmittags befand er sich auf der Route 128, hielt das Gaspedal niedergedrückt, die Tachometernadel rückte immer höher und höher, und der Wagen jagte über die Straße.

»Du fährst zu schnell, Lieber«, sagte Frances milde.

»Ich weiß«, sagte er grinsend.

Dann hörte er, wie er glaubte, einen Krankenwagen, und als er seinen Irrtum erkannte, hatte der Verkehrspolizist bereits sein Motorrad neben ihm angehalten, und er fuhr den Wagen an den Straßenrand.

Der Polizist sah sein graues Haar und dann die Nummerntafel des Arztes am Wagen. »Ein Notfall, Doktor?«

»Ja«, sagte er.

»Soll ich Sie begleiten?«

»Nein, danke«, sagte er, und der Polizist nickte, salutierte und fuhr weg.

Als Longwood wieder nach Frances blickte, war sie verschwunden, bevor er sie hatte fragen können, was er wegen Elizabeth tun solle, und der kleine Junge schlief auf dem Vordersitz, eingerollt wie ein Kätzchen. Longwood begann zu zittern, zwang sich jedoch weiterzufahren, kehrte mit dreißig Stundenkilometern nach Cambridge zurück und hielt sich dicht an der rechten Straßenseite.

Er nahm den Jungen nie wieder auf eine Fahrt in dem wirklichen Auto mit.

Die Kanülen eiterten in seinem Fleisch. Man versetzte die Anschlußstücke mehrmals, bis die kleinen Einschnittnarben ein Muster auf seinem Bein bildeten. In seinem Organismus hatten sich Toxine angesammelt, und eines Nachmittags begann sein ganzer Körper zu jucken. Er kratzte sich, bis er blutete, und dann lag er im Bett und wand sich, und Tränen strömten ihm über das Gesicht.

Am Abend ging er zur Blutwäsche ins Krankenhaus, und als sie die Kratzspuren sahen, verschrieben sie ihm Benadryl und Stelazin, und Dr. Kender sagte ihm, daß er statt zweimal wöchentlich nunmehr dreimal an die Maschine müsse. Sie gaben ihm Montag, Mittwoch und Freitag neun Uhr als Termine, statt wie bisher Dienstag- und Donnerstagabend. Das bedeutete, daß er, selbst wenn er sich an jenen Tagen wohl fühlte, nicht zur Arbeit ins Krankenhaus kommen konnte. Er rief noch immer jeden Abend Silverstone und Meomartino an, um einen Bericht über die Station zu erhalten, stellte jedoch die Visiten ein.

Gelegentlich, wenn er allein war, weinte er. Einmal blickte er auf und sah Frances neben seinem Bett sitzen.

»Kannst du mir nicht helfen?« fragte er sie.

Sie lächelte ihn an. »Du mußt dir selbst helfen, Harland«, sagte sie.

»Was hätten wir für diesen Mann tun können, meine Herren?« fragte er das Todeskomitee.

Aber niemand antwortete.

Er versuchte nicht mehr, in die Appleton-Kapelle oder eine andere Kirche zu gehen, aber eines Nachts, als er dasaß und an dem Buch arbeitete, erfüllte ihn plötzlich eine neue Gewißheit: Er würde es beenden. Dieses Wissen war zu stark. Es überfiel ihn nicht in einem Ausbruch farbiger Lichter oder aufklingender Musik, wie solche Augenblicke immer in schlechten Fernsehsendungen am Ostermorgen geschildert wurden. Es war einfach ein ruhiges, kraftvolles Versprechen.

»Danke, Herr«, sagte er.

Am nächsten Morgen ging er, bevor er sich an der Maschine meldete, in Mrs. Bergstroms Zimmer und stand an ihrem Bett. Sie schien zu schlafen, aber nach einigen Augenblicken öffnete sie die Augen.

»Wie fühlen Sie sich?« fragte er.

Sie lächelte. »Nicht sehr gut. Und Sie?«

»Sie wissen von mir?« fragte er interessiert.

Sie nickte. »Wir sitzen im selben Boot. Sie sind der Doktor, der krank ist, nicht?«

Also wußten es sogar die Patienten. Es gehörte zu jenen Neuigkeiten, die sich in einem Krankenhaus schnell verbreiteten.

»Kann ich irgend etwas für Sie tun?« fragte er.

Sie fuhr sich mit der Zunge über die Lippen. »Dr. Kender und seine Leute kümmern sich um alles. Machen Sie sich keine Sorgen. Sie werden sich auch um Sie kümmern.«

»Ja, bestimmt«, sagte er.

»Sie sind wunderbar. Es ist gut, jemanden zu haben, dem man vertrauen kann.«

»Ja, wirklich«, sagte er.

Kender kam herein und sagte ihm, daß sie warteten, um ihn an den Apparat anzuschließen. Sie verließen zusammen das Zimmer, und auf dem Gang wandte sich Longwood an den jüngeren Mann. »Sie hat ein unglaubliches Vertrauen zu Ihnen. Sie glaubt, Sie seien unfehlbar.«

»Das kommt vor und ist kein Nachteil. Es hilft uns«, sagte Kender.

»Aber es ist natürlich ein Nachteil, daß ich mir Ihrer Grenzen bewußt bin«, sagte er.

Longwood legte sich nieder und ließ sich von der Schwester an die Maschine anschließen. Im nächsten Augenblick begann der Apparat spöttisch zu plätschern.

RAFAEL MEOMARTINO

Meomartino kam an diesem Abend nach Hause, als Huntley eben Brinkley im Fernsehen gute Nacht sagte. Liz lag in einem Hauskleid auf der Couch im Wohnzimmer, die Schuhe auf dem Boden, das Haar nur ganz leicht in Unordnung, und ihre Müdigkeit betonte die zarten Linien um ihre Augen. Sie drehte den Kopf herum und bot ihm die Wange zum Kuß. »Wie war es heute?«

»Schrecklich«, sagte er. »Wo ist der Junge?«

»Im Bett.«

»So früh?«

»Weck ihn nicht. Er ist total erschöpft, und ich auch.«

»Papi?« rief Miguel aus seinem Zimmer.

Er ging hinein und setzte sich auf das Bett. »Wie geht's?«

»Gut«, sagte der Junge; er fürchtete sich im Dunkeln, und sie ließen eine Lampe mit einer schwachen Birne auf dem Schreibtisch brennen.

»Kannst du nicht einschlafen?«

»Nein«, sagte er. Als Rafe die Hand des Kindes unter der Decke hervorholte, sah er, daß sie schmutzig war.

»Hast du nicht gebadet?«

Miguel schüttelte den Kopf. Rafe ging ins Badezimmer,

ließ eine Wanne mit warmem Wasser vollaufen und trug dann den Jungen aus dem Bett ins Bad, zog ihn aus und wusch ihn sehr behutsam. Gewöhnlich schlug Miguel um sich und planschte, jetzt aber war er schläfrig und lag still. Er begann schneller zu wachsen, als sein Fleisch nachkommen konnte. Seine Hüftknochen standen vor, seine Arme und Beine waren dünn.

»Du wirst ein sehr großer Mann werden«, sagte Rafe.

»Wie du.«

Rafe nickte. Er rieb ihn mit einem Tuch ab, zog ihm einen frischen Pyjama an und trug ihn ins Schlafzimmer zurück.

»Mach ein Zelt«, bat Miguel.

Er zögerte, denn er war müde und hungrig.

»Bitte«, sagte der Junge.

Also ging er in sein Arbeitszimmer und kam mit einer Ladung Büchern zurück, nahm eine Decke vom Bett, breitete sie zwischen Bett und Schreibtisch aus und beschwerte jede Ecke des Tuchs mit vier, fünf Büchern. Dann löschte er das Licht, und er und sein Sohn krochen in das Zelt. Der Acrylteppich war weicher als ein Rasen. Der kleine Junge schmiegte sich an ihn und umfing ihn mit den Armen.

»Erzähl mir über den Regen. Du weißt schon.«

»Draußen regnet es sehr stark. Alles ist kalt und naß«, sagte Rafe gehorsam.

»Was noch?« Der Bub gähnte.

»Im Wald zittern die kleinen Tiere vor Kälte und vergraben sich im Laub und in der Erde, damit ihnen warm wird. Die Vögel haben die Köpfe unter ihre Flügel gesteckt.«

»Ja.«

»Aber ist uns kalt und sind wir naß?«

»Nein«, murmelte der Junge.

»Warum nicht?«

»Ein Zelt.«

»Ganz richtig.« Er küßte die Wange, die noch immer

babyweich war, und berührte seinen Sohn sanft zwischen den dünnen Schulterblättern, halb tätschelnd, halb streichelnd.

Nach einer Weile verriet ihm das ruhige gleichmäßige Atmen, daß das Kind schlief. Vorsichtig machte er sich frei, kroch dann hinaus, nahm das Zelt auseinander und brachte Miguel wieder in sein Bett. Im Wohnzimmer lag Liz noch immer auf der Couch.

»Das hättest du nicht tun müssen«, sagte sie.

»Was?«

»Ihn baden. Ich hätte ihn in der Frühe gebadet.«

»Es macht mir nichts aus, ihn zu baden.«

»Er wird nicht vernachlässigt. Ich habe viele Fehler, aber ich bin eine gute Mutter.«

»Was gibt's zum Abendessen?« fragte er.

»Ich hab eine *Casserolle.* Ich brauche nur den Herd anzudrehen, um sie zu wärmen.«

»Bleib nur«, sagte er. »Ich mach schon.«

Während er wartete, daß das Essen warm wurde, dachte er, ein Drink würde sie beide erfrischen. Er suchte in einem Küchenschrank nach dem Kräuterlikör, als er die Beefeater-Flasche hinter einer runden Hafermehlschachtel entdeckte. Sie war noch immer kalt, als er sie berührte, und hatte sichtlich bis kurz vor seiner Heimkehr im Eisschrank gestanden.

Es wird Zeit, dachte er, daß du diesen Dingen ins Auge blicken mußt.

Er stellte die Flasche auf ein Tablett mit zwei Gläsern und trug sie in das Wohnzimmer.

»Martini?«

Sie sah die Flasche an, sagte aber nichts. Er goß den Drink ein und reichte ihn ihr.

Sie schlürfte. »Er müßte kälter sein«, sagte sie. »Aber sonst hätte selbst ich keinen besseren mixen können.«

»Liz«, sagte er, »warum das Theater? Du willst untertags

trinken? Dann trinke. Du brauchst die Flasche nicht vor mir zu verstecken.«

»Halte mich«, sagte sie nach einem Augenblick. »Bitte.«

Er legte sich neben sie und hielt sie in den Armen, während er auf dem Rand des schmalen Sofas balancierte.

»Warum hast du getrunken?«

Sie lehnte sich zurück und sah ihn an. »Es hilft«, sagte sie.

»Wogegen?«

»Ich habe Angst.«

»Warum?«

»Du brauchst mich nicht mehr.«

»Liz –«

»Es ist wahr. Als ich dich kennenlernte, hast du mich schrecklich gebraucht. Jetzt bist du stark. Selbständig.«

»Muß ich schwach sein, um dich zu brauchen?«

»Ja«, sagte sie. »Ich werde es verderben, Rafe. Ich weiß es. Ich tue es immer.«

»Unsinn, Liz. Siehst du nicht, wie dumm das ist?«

»Vor unserer Ehe kam es nie wirklich darauf an. Nachdem ich es mit Bookstein verpfuscht hatte und wir geschieden waren, war ich tatsächlich glücklicher. Aber ich kann den Gedanken nicht ertragen, es wieder zu verpfuschen.«

»Wir werden nichts verpfuschen«, sagte er hilflos.

»Wenn du daheim bist, ist alles in Ordnung. Aber das verdammte Krankenhaus nimmt dich alle sechsunddreißig Stunden wieder weg. Wenn du nächstes Jahr in die Praxis gehst, wird es noch schlimmer werden.«

»Nächstes Jahr wird es besser sein«, sagte er. »Nicht schlimmer. Ich verspreche es dir.«

»Nein«, sagte sie. »Wenn ich mich an Tante Frances erinnere, dann sehe ich sie vor mir, wie sie auf meinen Onkel wartete. Sie sah ihn fast nie. Er verkaufte seine Praxis und ging erst, nachdem sie gestorben war, ins Krankenhaus arbeiten. Als es zu spät war.«

»Du wirst dein Leben nicht damit verbringen, auf mich zu warten«, sagte er. »Das verspreche ich dir.«

Sie umschlang ihn fester. Um nicht von der Couch zu fallen, hielt er sie dort fest, wo die Rückseite des Schenkels breiter wurde, eine massive Stelle zum Festhalten. Bald darauf wurde ihr Atem an seinem Hals langsam und regelmäßig; sie schlief ein wie der Junge, dachte er. Er spürte Verlangen, unternahm jedoch nichts, da er die behagliche Vertrautheit nicht verletzen wollte. Gleich darauf döste er selbst ein und träumte unerklärlicherweise, daß er wieder ein kleiner Junge war, der in seinem Schlafzimmer in dem großen Haus in Havanna schlief. Es war ein unglaublich klarer und realistischer Traum, und er war sicher, daß seine Eltern in dem großen geschnitzten Bett im Schlafzimmer unten bei der Halle lagen und Guillermo nebenan schlief.

Der Summer am Herd der Bostoner Wohnung weckte sie gleichzeitig, die schlafende Traumfamilie und den Mann, dessen Frau aus Fleisch und Blut aufsprang, um die Herduhr abzudrehen, bevor diese ihren Sohn störte.

Meomartino blieb auf dem Sofa liegen.

Der Fernsehapparat brachte noch immer Nachrichten, und er beobachtete einen dreizehnjährigen Südvietnamesen, der von einem amerikanischen Infanterieregiment gegen den Wunsch seiner Eltern adoptiert worden war. Die Soldaten hatten dem Jungen Zigaretten und Bier und ein Gewehr gegeben, und er hatte bereits zwei Vietcong getötet.

»Was für ein Gefühl war es, zwei Menschen zu töten?«

»Ein gutes Gefühl. Sie waren schlecht«, sagte der Junge, obwohl er seine zwei erschossenen Landsleute erst knapp vor dem Abdrücken gesehen hatte, als er das automatische Gewehr abfeuerte; es war so konstruiert, daß es reibungslos und ohne Rücksicht auf die Mentalität des Benutzers arbeitete.

Rafe stand auf und stellte den Apparat ab.

Sie weiß nicht das geringste von mir, dachte er.

Manchmal träumte er jetzt wieder vom Krieg.

Die Alpträume begannen immer mit der Schweinebucht und betrafen auch Guillermo, aber gewöhnlich endeten sie in Vietnam. Als eingebürgerter Staatsbürger und Arzt würde ihn der Einberufungsbefehl erreichen, sowie er das letzte Jahr der Facharztanwartschaft beendet hatte, und viele der jungen Doktoren, die im vergangenen Jahr am Krankenhaus gewesen waren, dienten jetzt in Vietnam. Einer war schon getötet und einer verwundet worden. Das war ein Krieg, der keinen Respekt vor Ärzten hatte, überlegte er düster. Statt rekrutierter Medizinstudenten waren Fachchirurgen an die Front geschickt worden, und die Krankenhäuser in Saigon waren genauso exponiert wie die Truppenverbandsplätze.

Seine Frau hatte teilweise recht, entschied er. Er war tatsächlich stärker geworden.

Denn nun stellte er sich mutig der Tatsache, daß er ein Feigling war.

Es war sehr ungewöhnlich. Der Brief enthielt nur eine Zeile: »Sind Sie zum Mittagessen frei?« Er war mit »Harland Longwood« unterschrieben. Kein Titel. Wenn es eine berufliche Angelegenheit betroffen hätte, wäre unter der Unterschrift säuberlich »Chefchirurg« getippt gewesen. Das hieß, daß die Zusammenkunft wahrscheinlich irgend etwas mit Liz zu tun haben würde. Das einzige persönliche Thema, das Rafe mit dem Onkel seiner Frau erörterte, war seine Frau.

Er sprach im Vorbeigehen im Büro des Alten vor und sagte der Sekretärin, er stehe für das Mittagessen zur Verfügung. Er hatte nur einmal mit Dr. Longwood allein gegessen, fünf Tage vor seiner Hochzeit mit Liz. Sie waren in die Herrenbar des Locke-Ober gegangen, wo Dr. Longwood inmitten von Zinngeschirr und poliertem Mahagoni ihm taktvoll und mürrisch nahezulegen versuchte, daß Liz zwar viel zu gut für einen Ausländer sei, trotzdem nicht unproblematisch war,

Alkohol, Sex und anderes, das er bloß andeutete, und Dr. Meomartino würde allen Beteiligten, besonders aber sich selbst einen großen Gefallen erweisen, wenn er seine Besuche sofort einstellte.

Und so heirateten sie.

Diesmal nahm ihn Longwood zu Pier Four mit. Die Krabben in den weichen Schalen waren sehr gut. Der Wein war mild und hatte genau die richtige Temperatur. Er half Rafe durch das mühsame Einleitungsgeplauder.

Beim schwarzen Kaffee, den er allein trank, riß ihm die Geduld. Er sah Longwood fest an.

»Was haben Sie auf dem Herzen?«

Dr. Longwood nahm einen kleinen Schluck Brandy. »Ich möchte gern wissen, wohin Sie nächstes Jahr gehen.«

»Vermutlich in die Privatpraxis. Wenn ich durch ein Wunder der Armee entgehe.«

»Ihre Frau ist eine Frau mit Problemen. Sie braucht einen Halt«, sagte Longwood.

»Das weiß ich.«

»Sie haben für das kommende Jahr noch keine Maßnahmen getroffen?«

Diese Frage verriet Rafe sofort den Grund der Einladung zum Mittagessen. Der alte Mann fürchtete, daß er Liz und den Jungen um die halbe Welt entführen würde.

Longwood sah jetzt wirklich sehr krank aus, dachte er mitleidig. Er wandte den Blick ab und ließ ihn über das gut besuchte Restaurant gleiten. »Ich habe noch keine Maßnahmen getroffen, obwohl es vermutlich an der Zeit ist, daß ich damit beginne. Boston ist mit Chirurgen überfüllt, und wollte ich hier eine Praxis eröffnen, müßte ich mit einigen der besten Leute der Welt konkurrieren. Ich könnte versuchen, mich einem von ihnen als Partner anzuschließen. Wissen Sie jemanden mit einer vielbeschäftigten Praxis, der Unterstützung sucht?«

»Es gibt ein, zwei Leute.« Longwood holte ein Zigarrenetui aus einer Innentasche, öffnete es, bot Rafe eine an, der jedoch ablehnte. Dr. Longwood beschnitt die Zigarre und beugte sich vor, als Rafe das Feuerzeug aufschnappen ließ, dann nickte er dankend, während er an ihr sog. »Sie sind finanziell unabhängig. Sie brauchen kein großes Anfangsgehalt. Stimmt das?«

Rafe nickte.

»Haben Sie je an eine wissenschaftliche Laufbahn gedacht?«

»Nein.«

»Wir werden im September einen Dozenten für Chirurgie einstellen.«

»Bieten Sie mir die Ernennung an?«

»Nein«, sagte Dr. Longwood vorsichtig. »Wir werden noch mit einigen anderen Leuten sprechen. Ich glaube, Ihr einziger Konkurrent könnte Adam Silverstone sein.«

»Ein guter Mann«, sagte Meomartino zögernd.

»Man hält ihn für gut, aber das sind Sie auch. Wenn Sie auf die Stelle reflektieren, würde ich mich natürlich für Sie verwenden. Dennoch glaube ich, daß Sie dank Ihrer Verdienste eine vortreffliche Chance haben.«

Rafe merkte leicht amüsiert, daß ihm der Alte mit dem gleichen Mangel an Begeisterung Lob zollte, mit dem er von Adams Verdiensten gesprochen hatte.

»Eine Dozentur bedeutet Forschung«, sagte er. »Silverstone hat mit Kenders Hunden gearbeitet. Ich weiß längst, daß ich kein Forscher bin.«

»Sie muß nicht unbedingt Forschung bedeuten. In der Jagd nach Zuschüssen und Laborgebäuden haben die Medizinischen Schulen den Grund für ihre Existenz aus den Augen verloren – die Studenten –, und wir beginnen das allmählich zu erkennen. Gute Lehrer werden immer wichtiger, denn der Unterricht wird immer schwieriger.«

»Jedenfalls ist da noch mein Militärdienst«, sagte Rafe.

»Wir ersuchen für Dozenten um Aufschub«, sagte Dr. Longwood. »Man kann ihn jährlich erneuern.«

Seine Augen verrieten nichts, aber Rafe hatte das unbehagliche Gefühl, daß Longwood jetzt innerlich lächelte.

»Ich werde es mir überlegen«, sagte er.

In den nächsten zwei Tagen versuchte er sich einzureden, es bestehe eine Möglichkeit, sich nicht um die Stellung zu bewerben.

Dann kam der Vormittag mit der Exituskonferenz, und er saß benommen und voll Scham da, während Longwood Spurgeon Robinson an die Wand der Bibliothek nagelte, obwohl er wußte, daß er die Wucht des Angriffs – die Kreuzigung – mit der Feststellung mildern konnte, daß ihn der Spitalarzt angerufen hatte, bevor er die Frau aus dem Krankenhaus entließ.

Es hätte nur eines einfachen erklärenden Satzes bedurft.

Nachher versuchte er sich mit wenig Erfolg zu überzeugen, daß er ihn nicht ausgesprochen hatte, da er den kranken Dr. Longwood schonen und die Sitzung so schnell wie möglich beenden wollte.

Aber er war sich bewußt, daß sein Schweigen der erste Schritt zu seiner Kandidatur gewesen war.

Am Abend traf er auf seinem Weg zum Speisesaal Adam Silverstone, der eben aus dem Lift trat.

»Ich sehe, daß Sie das Krankenbett verlassen haben«, sagte er.

»Fühlen Sie sich besser?«

»Ich habe es überlebt.«

»Vielleicht sollten Sie sich etwas länger ausruhen. Diese Viren können gemein sein.«

»Hören Sie. Sie haben heute morgen Spurgeon Robinson im Stich gelassen.«

Meomartino starrte ihn an, sagte jedoch nichts.

»Er leidet mehr als andere an dieser Quälerei«, sagte Silverstone.

Nach einer Pause fuhr er fort:

»Von jetzt ab heißt es: Was Sie ihm antun, tun Sie mir an.«

»Sehr heroisch von Ihnen«, sagte Meomartino ruhig.

»Ich bin für solche Situationen gewappnet, verstanden?«

»Ich werde es mir merken.«

»Auge um Auge, Zahn um Zahn«, sagte Adam. Er nickte und ging weiter zum Speisesaal.

Rafe folgte ihm nicht. Statt Hunger erfüllte ihn jene kalte, dunkle Angst, die er seit Jahren nicht mehr gekannt hatte. Er brauchte die Aufmunterung seiner Familie, dachte er; vielleicht würde Liz' Reaktion auf die Neuigkeit, daß er sich um den Lehrauftrag bemühen würde, etwas davon verjagen.

Er rief Harry Lee an und bat ihn, für ihn einzuspringen, während er zum Essen nach Hause fuhr.

Es war eine noch nie dagewesene Bitte, und dem Facharztanwärter gelang es nicht ganz, seine Überraschung zu verbergen, als er zustimmte.

Die Stoßzeit war lange vorbei, und der Verkehr auf der Schnellstraße floß ruhig dahin. Rafe umfuhr die Innenstadt, bog dann in die Seitengasse der Charles Street ein und parkte so, daß der Wagen fast den Verkehr in der engen Gasse blockierte. Seine Armbanduhr zeigte sieben Uhr zweiundvierzig, als er die Treppe hochstieg. Zeit genug, dachte er, um schnell ein belegtes Brot zu essen, den Jungen zu küssen, seine Frau zweimal an sich zu drücken und zum Krankenhaus zurückzufahren, ohne dort auch nur vermißt worden zu sein.

»Liz?« rief er, als er mit einem Schlüssel aufsperrte.

»Sie ist nicht zu Hause.« Es war das Babysittermädchen, an deren Namen er sich nie erinnern konnte, und ein Junge, der neben ihr auf der Couch saß. Beide waren leicht zersaust und offenkundig beim Schmusen unterbrochen worden.

»Wo ist sie?«

»Sie sagte, falls Sie anriefen, solle ich Ihnen sagen, daß sie sich mit ihrem Onkel zum Abendessen trifft.«

»Dr. Longwood?«

»Ja.«

»Wann?«

»Das sagte sie nicht.« Das Mädchen stand auf. »Ah, Herr Doktor, darf ich Ihnen meinen Freund Paul vorstellen.«

Rafe nickte und fragte sich, ob es wohl im Interesse seines Sohnes lag, daß sie beim Kinderhüten Gesellschaft hatte. Vielleicht gedachte der Junge wegzugehen, bevor Liz und ihr Onkel heimkamen.

»Wo ist Miguel?«

»Im Bett. Er ist gerade eingeschlafen.«

Rafe ging in die Küche, zog sein Jackett aus, hängte es über den Stuhl und fühlte sich in seiner eigenen Wohnung wie ein Eindringling, als das Gespräch im Wohnzimmer zu einer Reihe kurzer geflüsterter Sätze und einem gelegentlichen unterdrückten Kichern wurde.

Brot war da, etwas altbacken, und Reste von Schinken und Käse. Und eine Beefeater-Flasche, halb voll, mit Martini, die sie, sicher vor seiner programmgemäßen Rückkehr aus dem Krankenhaus, am nächsten Morgen aus dem Eisschrank genommen hätte.

Er machte sich das Sandwich, öffnete eine kleine Flasche Ingwerbier, trug alles durch das Wohnzimmer in das Schlafzimmer seines Sohns und schloß die Tür vor den neugierigen Augen der beiden jungen Leute auf der Couch.

Miguel schlief mit einer ausgestopften orangefarbenen Schlange namens Irving quer über dem Gesicht, das Kissen lag auf dem Fußboden. Rafe stellte Sandwich und Getränk auf dem Schreibtisch ab, hob das Kissen auf und starrte seinen Sohn im Schein des trüben Nachtlichts an. Sollte er das ausgestopfte Tier wegnehmen? Er wußte sehr gut, daß keine Erstickungsgefahr bestand, rückte es aber doch weg, so hatte er die Möglichkeit, das kleine Gesicht zu betrachten. Miguel bewegte sich, wurde jedoch nicht wach. Der Junge hatte dunkles, strähniges Haar, schon im Alter von zweieinhalb Jahren im Beatlestil geschnitten, hinten lang, über der Stirn in Fransen; Liz mochte es so, Rafe gefiel es überhaupt nicht. Liz' Onkel haßte den Haarschnitt sogar noch mehr, als er den »ausländisch« klingenden Namen des Jungen ablehnte, den er durch das annehmbarere »Mike« ersetzte. Miguel hatte männliche, sogar häßlich abstehende Ohren, die seine Mutter unglücklich machten. Sonst war er schön, zäh und drahtig, mit der hellen Haut seiner Mutter und den warmblütigen zarten Zügen seiner Großmutter väterlicherseits. Der Señora Mamacita.

Das Telefon klingelte.

Er erreichte es vor dem Mädchen und erkannte Longwoods kultivierte Aussprache, die eine Nennung des Namens überflüssig machte.

»Ich dachte, Sie haben heute abend Dienst in der Abteilung.«

»Ich bin zum Essen heimgefahren.«

Longwood erkundigte sich nach mehreren Fällen, und Rafe berichtete, während beide wußten, daß der Chefchirurg keine Möglichkeit mehr hatte, das Wohlergehen der betreffenden Patienten aktiv zu beeinflussen. An Rafes Ohr drangen Restaurantgeräusche aus dem Hintergrund, leises Murmeln von Stimmen, das Klirren von Metall gegen Glas.

»Kann ich Elizabeth guten Abend sagen?« fragte Longwood, als Rafe mit seinem Bericht fertig war.

»Ist sie nicht mit Ihnen zusammen?«

»Heiliger Himmel, sollte ich sie treffen?«

»Zum Abendessen.«

Einen Augenblick herrschte Schweigen, dann bemühte sich der alte Knabe angestrengt um eine Ausrede. »Diese verdammte Sekretärin! Das Mädchen hat meinen Terminkalender völlig durcheinandergebracht. Ich weiß nicht, wie ich das Elizabeth je erklären soll. Wollen Sie ihr meine aufrichtigste Entschuldigung übermitteln?« Die Verlegenheit in seiner Stimme war echt, aber es war noch mehr, und Rafe erkannte mit plötzlichem Widerwillen, daß es Mitgefühl war.

»Ja«, sagte Rafe.

Er hängte ein, holte das Sandwich und das Ingwerbier, setzte sich an das Fußende vom Bett seines Sohnes, kaute, trank und schluckte und dachte an viele Dinge und beobachtete das regelmäßige, ruhige Heben und Senken von Miguels Brust beim Atmen. Die Ähnlichkeit des Kindes mit der Señora war in dem Zwielicht besonders stark.

Etwas später überließ er die Wohnung den jungen Verliebten und kehrte ins Krankenhaus zurück.

Früh am nächsten Morgen machten Dr. Kender und Lewis Chin Mrs. Bergstrom auf und entfernten das Stück verdorbenes Fleisch, das einst Peggy Welds Niere gewesen war.

Nachher saßen sie alle im Aufenthaltsraum der Chirurgen und tranken bitteren Kaffee.

»Was jetzt?« fragte Harry Lee.

Kender zuckte die Achseln. »Das einzige, das uns bleibt, ist, es wieder mit der Niere einer Leiche zu versuchen.«

»Man wird es Mrs. Bergstroms Schwester sagen müssen«, sagte Rafe.

»Ich habe es ihr bereits gesagt«, sagte Kender.

Als Rafe den Aufenthaltsraum verließ und in Peggy Welds Zimmer kam, traf er sie beim Packen an.

»Sie verlassen das Krankenhaus?«

Sie nickte. Ihre Augen waren rot, aber ruhig. »Dr. Kender sagte, ich brauchte nicht länger zu bleiben.«

»Wohin gehen Sie?«

»Nur nach Lexington. Ich werde Boston erst verlassen,

wenn meine Schwester diese Sache hinter sich gebracht hat. So oder so.«

»Ich möchte Sie gern irgendwann einmal am Abend sehen«, sagte er.

»Sie sind verheiratet.«

»Wieso wissen Sie das?«

»Ich habe gefragt.«

Er schwieg.

Sie lächelte. »Sie versteht Sie vermutlich nicht.«

»Ich verstehe *sie* nicht.«

»Nun, das ist nicht das Problem.«

»Nein.« Er sah sie an. »Tun Sie mir einen Gefallen?«

Sie wartete.

»Verwenden Sie weniger Make-up. Sie sind sehr anziehend. Es tut mir leid wegen der Niere. Es tut mir leid, wenn ich es war, der Sie dazu überredet hat, sie zu spenden.«

»Mir auch«, sagte sie. »Aber es täte mir nicht leid, wenn sie nicht abgestoßen worden wäre. Daher brauchen Sie sich nicht länger schuldig zu fühlen, weil ich meine Entscheidungen selbst treffe. Auch über mein Make-up.«

»Kann ich irgend etwas für Sie tun?«

Sie schüttelte den Kopf. »Ich habe mir die Dinge ganz gut zurechtgelegt.« Sie täschelte seine Hand und lächelte. »Doktor, eine Frau, die nur eine Niere hat, kann es sich nicht leisten, nach jedem Mann zu greifen, der mit ihr herumspielen will.«

»Ich will nicht herumspielen«, sagte er nicht überzeugend. »Ich möchte Sie kennenlernen.«

»Wir haben nichts gemeinsam.« Der Koffer schnappte mit einem harten, entschiedenen Knacken zu.

Er ging in sein Büro und rief Liz an.

»Wie schade, daß ich dich gestern abend verfehlt habe«, sagte sie.

»Hast du das Abendessen genossen?«

»Ja, aber es war zu dumm. Ich habe die Verabredung verwechselt. Ich war gar nicht mit Onkel Harland zum Abendessen verabredet.«

»Ich weiß«, sagte er. »Was hast du unternommen?«

»Ich rief schließlich Edna Brewster an. Zum Glück mußte Bill bis spätabends arbeiten, daher aßen wir beide bei Charles und saßen dann in ihrer Wohnung herum und haben den neuesten Klatsch ausgetauscht. Kommst du nach Hause?«

»Ja«, sagte er.

»Ich sage es Miguel.«

Er räumte seinen Schreibtisch auf, schloß die Tür und zog sich um. Dann setzte er sich und suchte Edna Brewsters Nummer im Telefonbuch.

Sie war Liz' Freundin, nicht seine, und sie war verblüfft, aber erfreut, von ihm zu hören.

»Ich habe versucht, mir zu Weihnachten für Liz etwas Besonderes auszudenken«, sagte er. »Ihr Mädchen habt ja alles.«

Sie stöhnte. »Ich bin die Ungeeignetste, zu der man um Geschenkvorschläge kommen könnte.«

»Keine Vorschläge. Halten Sie nur Ihre Ohren offen, wenn Sie mit ihr beisammen sind. Versuchen Sie herauszufinden, ob es etwas gibt, das sie wirklich gern hätte.«

Sie versprach getreulich zu spionieren, und er dankte ihr. »Wann sehen wir Sie beide einmal? Liz sagte erst unlängst, sie hätte Sie seit Ewigkeiten nicht mehr gesehen.«

»Seit Monaten. Ist das nicht schrecklich?« sagte sie. »Anscheinend hat man nie Zeit, die Leute zu sehen, die man wirklich sehen möchte. Spielen wir doch einmal eine Partie Bridge! Sagen Sie Liz, daß ich sie anrufe.« Sie kicherte. »Wenn ich es mir genauer überlege, sagen Sie ihr lieber nicht, daß wir miteinander gesprochen haben. Es bleibt unser Geheimnis. Einverstanden?«

»Einverstanden«, sagte er.

Adam schrieb es seiner Wut auf Meomartino zu, ihn aus dem Bett getrieben zu haben, aber er kehrte, aus dem Gleichgewicht gebracht und brütend, in den Dienst zurück, dachte in den unwahrscheinlichsten Momenten an Gaby Pender, wie sie rein und unbefleckt, mit geschlossenen Augen, in der Sonne geruht hatte, an ihre vollkommene, eindringliche kleine Gestalt, an ihr scheues, gebrochenes Lachen, als sei sie nicht sicher, ob sie ein Recht darauf habe. Er versuchte, sie aus seinen Gedanken zu verdrängen, indem er an alles mögliche dachte.

Dr. Longwood unterrichtete ihn von der bevorstehenden Postenbesetzung an der chirurgischen Fakultät, und er verstand plötzlich, was in Meomartino vorgegangen war. Er erzählte Spurgeon davon, als sie in seinem Zimmer saßen und Bier tranken, das sie im Schnee auf dem Fensterbrett kühlten.

»Ich werde diesen Job festnageln«, sagte Adam. »Meomartino wird ihn nicht bekommen.« Seine Finger unklammerten eine leere Bierdose so fest, daß er sie zusammendrückte.

»Nicht nur, weil du ihn nicht magst«, sagte Spurgeon. »So unsympathisch kann dir niemand sein.«

»Stimmt zum Teil. Ich will den Posten wirklich haben.«

»Weil er in das Plansoll Silverstones paßt?«

Adam lächelte und nickte.

»Die Prestigestellung, die geradewegs zu einer anderen führt, die dicke Gelder einbringt?«

»Jetzt hast du's erraten.«

»Du betrügst doch nur dich selbst, Freundchen. Weißt du, was das Plansoll Silverstones in Wirklichkeit ist?«

»Was denn?« fragte Adam.

»Scheißdreck und Kuhmist.«

Adam lächelte nur.

Spurgeon schüttelte den Kopf. »Mensch, du glaubst, du hättest dir alles fein ausgerechnet, nicht?«

»Alles, woran ich nur denken kann«, sagte Adam.

Unter anderem hatte er sich ausgerechnet, daß Spurgeons Episode mit dem Zahnfortsatz ein Zeichen dafür war, daß der Spitalarzt mehr über Anatomie wissen mußte. Als er ihm das Angebot machte, mit ihm zu arbeiten, nahm es Spurgeon voll Eifer an, und Dr. Sack erlaubte ihnen, im Pathologielabor der Medizinischen Schule zu sezieren. Sie arbeiteten dort mehrmals in der Woche, Spurgeon lernte schnell, und Adam machte die Lehrtätigkeit Spaß. Eines Abends kam Sack herein und nickte ihnen zur Begrüßung zu. Er sagte wenig, aber statt wieder zu gehen, zog er einen Stuhl herbei und sah ihnen zu. Zwei Abende später kam er wieder, und diesmal bat er Adam, als sie fertig waren, in sein Büro zu kommen.

»Wir könnten stundenweise eine Hilfe in der Pathologischen Abteilung des Krankenhauses brauchen«, sagte er. »Wollen Sie uns helfen?«

Die Arbeit würde bei weitem nicht so viel einbringen wie die Nachtarbeit in der Unfallstation in Woodborough, aber sie würde auch nicht so an seinen Kräften zehren oder seinen wertvollen Schlaf so stark beschneiden. »Ja«, sagte er ohne Zögern.

»Jerry Lobsenz hat gute Arbeit an Ihnen geleistet. Könnten wir Sie vielleicht nächstes Jahr in die Pathologie locken?«

Langsam kamen die Angebote, ein Zeichen, daß der Kampf zu Ende war. »Leider nein.«

»Die Bezahlung nicht hoch genug?«

»Stimmt zum Teil, aber nicht ganz. Ich möchte es nicht hauptberuflich machen.« Es lag nicht im Plansoll Silverstones.

Sack nickte. »Nun, Sie sind diesbezüglich wenigstens ehrlich. Lassen Sie es mich wissen, sollten Sie es sich je anders überlegen.«

Er hatte also wenig Grund, das Krankenhaus zu verlassen. Die alten Backsteingebäude wurden seine Welt. Seine Stunden in der Pathologie waren unregelmäßig, aber nicht unangenehm. Es machte ihm Spaß, allein in der summenden Stille des weißen Labors in dem Bewußtsein zu arbeiten, daß es eine Umwelt war, in der einige Leute zusammenklappten, er jedoch wieder einmal imstande war, Höchstleistungen zu vollbringen.

Er teilte seine Freizeit zwischen der Pathologie und dem Tierlabor, wo er sehr viel von Kender lernte. Die Verschiedenheit der beiden Männer, die ihn das meiste gelehrt hatten, verblüffte ihn.

Lobsenz war ein kleiner, introspektiver Jude gewesen, mit einem leichten deutschen Akzent, der nur dann hörbar wurde, wenn er müde war. Und Kender…

Kender war eben Kender.

Aber vielleicht hatte er sich zuviel vorgenommen. Zum erstenmal im Leben schlief er regelmäßig schlecht und träumte wieder, nicht den Hochofentraum, sondern den Tauchertraum.

Zu Beginn des Traums kletterte er immer die Leiter in das gleißende Sonnenlicht hinauf. Es war sehr realistisch: Er spürte die Kühle des Stahlgerüsts in seinen Händen vibrieren, wann immer es vom Wind getroffen wurde. Der Wind setzte ihm zu. Im Klettern schaute er unentwegt zu der oberen Plattform hinauf, wo die Leiter hoch über ihm wie eine Bleistiftspitze immer schmäler wurde, bis seine Augen in der Sonne zu tränen begannen und er sie schließen mußte. Er blickte nie hinunter. Wenn er schließlich die Plattform erreichte, schaute er mit angespannten Sitzbacken und trockenem Mund in die Welt hinaus, die sich dreißig Meter tief unter ihm dehnte. Die Plattform schwankte und zitterte im Wind, das Schwimmbecken unten blitzte winzig und hart in der Sonne, mehr eine Hundemarke als ein Fangnetz. Er trat von der Plattform ins Leere hinaus, ließ den Kopf zurückfallen, breitete die Arme aus, als sein Körper sich hoch, hoch in der Luft drehte, während der Wind sich in ihm wie in einem Segel fing, ihn stieß, sein Gleichgewicht störte, ihn von seinem Kurs abdrängte. Er versuchte verzweifelt, es wettzumachen, weil er wußte, daß er das Becken ebensogut völlig verfehlen wie schlecht landen konnte, nur nicht an der tiefsten Stelle, wo das Wasser drei Meter tief als Stoßkissen wirkte. Er würde schlecht landen, dachte er dumpf, während er grotesk in der Luft hing und das Wasser auf ihn zuraste. Er würde sich verletzen, und er würde nie Chirurg werden.

O Gott.

Der Traum endete immer auf halbem Weg zwischen der Spitze des Sprungturms und dem Wasser. Wenn er erwachte und in der Finsternis lag, sagte er sich, daß er nie wieder etwas so Törichtes tun würde, daß er ja bereits Chirurg sei, daß ihn jetzt nichts mehr aufhalten würde.

Warum kam der Traum immer wieder?

Er konnte keine Ursache finden, bis er eines Nachts in der Pathologie die Augen schloß, tief atmete und durch einen Geruch, der herben Essenz von Formaldehyd, über Zeit und Raum hinweg in das Pathologielabor Lobsenz' versetzt wurde, wo er den Tauchertraum zum erstenmal geträumt hatte.

Es war in seinem dritten Jahr an der Medizinischen Schule in Pennsylvania gewesen, in der Zeit seiner größten finanziellen Schwierigkeiten.

Die Schande und der Ekel vor der alternden Geliebten und ihren Almosen lagen hinter ihm. Das Kohlenschaufeln hatte ihn durch den kalten Winter gebracht und versorgte ihn bis zum Frühjahrsbeginn; dann aber begann er regelmäßig während des Unterrichts einzuschlafen und mußte die Arbeit aufgeben, denn hätte er sie behalten, wäre er aus zwei Kursen ausgeschieden. Er gewöhnte sich so sehr an die Verzweiflung, daß er sie die meiste Zeit zu ignorieren vermochte. Seine Schulden waren auf sechstausend Dollar Studentenanleihe angewachsen. Er war mit seiner Miete im Rückstand, aber die Hauswirtin war bereit zu warten. Er strich das Mittagessen mit der Begründung, daß er ohnehin zuviel aß, und zwei Wochen lang überfiel ihn mittags Hunger, nachmittags Schwäche, dann aber machte er von Anfang April bis Mitte Mai Dienst im Krankenhaus und bekam das Stationsessen umsonst, indem er den richtigen Schwestern schöntat.

Im Juni erwog er, eine Stellung als chirurgischer Techniker anzunehmen, mußte jedoch mit Bedauern erkennen, daß er das nicht konnte: Bei der mageren Bezahlung hätte er nicht genug sparen können, um das Abschlußjahr an der Medizinischen zu überleben. Schon begann er zu erwägen, in den Kurort in den Poconos zurückzukehren, als er eine winzige Annonce im *Philadelphia Bulletin* sah, in der Berufstaucher für eine Wassershow am Strand von Jersey gesucht wurden. Barneys Aquacade war mit zwei Filipinos und einem Mexikaner eine Attraktion der Seepromenade, aber sie brauchten fünf Taucher für die Show, und Adam war einer der beiden Collegetaucher, die angestellt wurden. Die Bezahlung betrug fünfunddreißig Dollar pro Tag, sieben Tage in der Woche. Obwohl er noch nie dreißig Meter tief gesprungen war, fiel es ihm nicht schwer, richtig zu tauchen: Einer der Filipinos zeigte ihm in unzähligen Trockenläufen, wie er, sobald er auf die Oberfläche des Schwimmbeckens traf, die Arme zurückwerfen und die Knie an die Brust ziehen mußte, so daß er die drei Meter Wasser in einem Bogen hinunterglitt und schließlich sanft auf dem Grund aufsetzte. Als er zum erstenmal auf dem Turm stand, war die Höhe das Schlimmste an dem Erlebnis.

Die Stahlleiter fühlte sich zu glatt, fast schlüpfrig an, unmöglich, sie im Griff zu behalten. Er kletterte sehr langsam und versicherte sich jedesmal, ob er auch seine Hand fest um eine Sprosse geschlossen hatte, bevor er die andere Hand losließ und seinen Fuß höher setzte. Er versuchte, geradeaus zu schauen, zum Horizont, aber die große untergehende Sonne war noch immer da, und sie erschreckte ihn, ein goldenes böses Auge – er hielt in seinem Aufstieg inne, hängte sich mit der Armbeuge fest um eine Sprosse und machte mit den Fingern das Zeichen der Teufelshörner, *scutta mal occhio, pf, pf, pf* –, dann blickte er entschlossen hinauf und heftete seinen Blick auf die hohe Plattform, die, während er kletterte, mit tödlicher Langsamkeit immer größer wurde und näher rückte, die er aber endlich doch erreichte. Als seine Füße auf der Plattform standen, fielen ihm das Loslassen der Leiter und das Umdrehen sehr schwer, aber es gelang ihm.

Die Höhe betrug, wußte er, nicht mehr als fünf Stockwerke, aber sie erschien ihm höher; zwischen ihm und der Wasseroberfläche lag nichts, und alle Gebäude der Umgebung hockten dicht am Boden. Er stand auf seinem Horst und schaute nach rechts, wo die Seepromenade endete, die Küste abfiel und einen Bogen beschrieb, und nach links, wo weit weg und tief unten winzige Wagen über die Gleise einer Achterbahn krochen.

Hallo, Gott.

»Los«, stieg die ungeduldige Stimme Bensons, des Managers, zu ihm herauf.

Er trat hinaus.

Die Doppelrolle war sehr leicht. Man hatte dafür viel mehr Zeit als vom Viermeterbrett aus. Aber er hatte sich noch nie vorher durch einen so langen Fall steif gehalten. Er begann sich einzurollen, sowie seine Zehen das Wasser berührten. Im nächsten Augenblick war er nach vorn geglitten und landete schräg mit der rechten Hinterbacke auf Grund. Er setzte zwar hart, aber nicht zu hart auf. Dann richtete er sich auf, saß blasenwerfend und grinsend da, stieß sich von dem Zementboden ab und schoß an die Oberfläche.

Kein Mensch schien beeindruckt zu sein, aber nach zwei Übungstagen begann er an der Show teilzunehmen, zweimal täglich.

Der andere neue Mann, der Jensen hieß, erwies sich als prachtvoller Taucher, ein ehemaliger Angehöriger der Universitätsmannschaften in Exeter und in Brown. Er studierte Schriftstellerei an der Universität von Iowa und war unbezahlter Bühnenautor an einem nahe gelegenen Provinztheater. Er gab Adam den Tip für eine billige Pension, wo sich in der Nacht Mäuse, laut wie Löwen, herumtrieben und es auch sonst noch Lärm und Balgereien gab, aber die Matratze war in Ordnung. Das gute Wetter hielt an, ebenso seine Nerven. Ein Mädchen vom Wasserballett mit wunderschönen Brüsten begann mit ihm zu liebäugeln, und er machte Pläne, sie an seinen Busen und *vice versa* zu nehmen. Er führte lange Gespräche über Eliot und Pound mit Jensen, mit dem er sich vielleicht befreunden würde. Er tauchte wie eine Maschine und dachte viel darüber nach, was er anfangen würde, wenn er als ungeheuer reicher Mann an die Schule zurückkehrte.

Die Geschichten über Unglücksfälle erschienen ihm wie Fabeln. Am fünften Tag jedoch krümmte sich Jensen zu früh zusammen und landete auf dem Rücken im Becken. Als er auftauchte, war er weiß vor Schmerzen, konnte jedoch noch weggehen und sich selbst ein Taxi rufen, das ihn ins Krankenhaus brachte. Er kam nie wieder zu der Show zurück. Als Adam im Krankenhaus anrief, hieß es, sein Zustand sei ganz gut und er sei zur Beobachtung aufgenommen worden. Der nächste Tag war grau, aber ohne Regen, der Wind rüttelte an der Leiter, und die Plattform schwankte. Die hoch oben stehen, werden von vielen Windstößen erschüttert. Shakespeare. Adam machte seine Sprünge ohne Zwischenfall und war am nächsten Morgen erleichtert, daß die Sonne herausgekommen und der Wind verschwunden war. Am gleichen Abend machte er seinen ersten Sprung, fast ohne über ihn nachzudenken. In der zweiten Show erkletterte er die Leiter und stand im gelben Licht der großen Scheinwerfer auf der Plattform. Weit draußen im Meer enthüllten ihm die Lichter eines Fischdampfers dessen geheimnisvolle, ferne Anwesenheit, und die Lichter der Seepromenade lagen wie verstreute Juwelen in langer Reihe vor ihm.

Du gottverdammter Narr, sagte er sich.

Er hatte keine Angst. Aber plötzlich wußte er, daß er nicht springen würde, das Geld, das er in diesem Sommer verdienen konnte, wäre nichts wert, wenn er sich derart verletzte, daß es ihn als Arzt beeinträchtigen oder verhindern würde, Chirurg zu werden. Es war sinnlos.

Er drehte sich um und begann die Leiter hinunterzuklettern.

»Fühlen Sie sich nicht wohl?« fragte Benson über das Mikrofon. »Wollen Sie, daß jemand hinaufkommt und Ihnen hinunterhilft?« Wie Insektengeräusche drang das Summen der Menge zu ihm herauf.

Er blieb stehen und machte ein Zeichen, daß er in Ordnung war und keine Hilfe brauchte, aber das zwang ihn, zum erstenmal direkt hinunterzuschauen, und plötzlich war ihm durchaus nicht wohl. Er kletterte sehr vorsichtig weiter abwärts. Er hatte den halben Weg noch nicht hinter sich, als die Buhschreie und das Höhnen begannen; es waren viele junge Leute im Publikum.

Benson war wütend, als Adam den Boden erreichte.

»Sind Sie krank, Silverstone?«

»Nein.«

»Zum Teufel, dann gehen Sie wieder hinauf. Jeder bekommt hie und da einmal Angst. Man wird Ihnen mehr Beifall spenden als sonst, wenn Sie wieder hinaufgehen und tauchen.«

»Nein.«

»Sie werden nie wieder beruflich tauchen, Sie gelber kleiner Judenbastard, das versprech ich Ihnen!«

»Danke«, sagte Adam höflich, und er meinte es ehrlich.

Am nächsten Morgen nahm er den Bus nach Philadelphia zurück. Tags darauf ging er in das Krankenhaus, um als chirurgischer Techniker zu arbeiten, ein Posten, der ihm viele Erfahrungen im Operationssaal vermittelte.

Drei Wochen vor Beginn des Herbstsemesters las er eine Notiz auf der Anschlagtafel der Medizinischen Schule.

Wenn Sie sich für Anatomie interessieren und
Geld brauchen, habe ich vielleicht eine Stellung für Sie.
Wenden Sie sich an das Büro des amtl. Leichenbeschauers
Dr. med. Gerald M. Lobsenz, Medical Examiner,
Philadelphia County, Pennsylvania.

Das Bezirks-Leichenschauhaus war ein altes dreistöckiges Steingebäude, das dringend einen Verputz nötig gehabt hätte, das Büro des Leichenbeschauers ein unaufgeräumtes, staubiges Raritätenkabinett im ersten Stock. Ein mageres farbiges Mädchen saß hinter einem Schreibtisch und klapperte auf der Schreibmaschine.

»Ja.«

»Ich möchte bitte Dr. Lobsenz sprechen.«

Ohne im Tippen innezuhalten, deutete das Mädchen mit dem Kopf auf einen Mann in Hemdsärmeln hinter einem Schreibtisch im Hintergrund des Zimmers.

»Setzen Sie sich«, sagte er. Er kaute an einer Zigarre, die ausgegangen war, und schrieb in einem Verzeichnis der Sektionsfälle. Adam saß auf einem Holzstuhl mit gerader Lehne und schaute um sich. Die Schreibtische, die sonstigen Tischflächen und die Fensterbretter waren mit zum Teil bereits vergilbten Büchern und Papieren beladen. Eine Buntnessel leuchtete in einem billigen rosa Plastikbehälter. Daneben stand ein kleiner Zweig voll absterbender Blätter, den Adam nicht identifizieren konnte und dessen trockene Wurzeln verzweifelt nach einem Zoll trüben Wassers auf dem Grund einer Laborretorte aus Pyrex angelten. Eine Whiskyflasche, halb voll, mit einem Schildchen, stand auf einem Bücherstapel. Auf dem Boden abgetretenes, nacktes Linoleum. Die Fenster waren schmutzig und vorhanglos.

»Sie wünschen?«

Dr. Lobsenz hatte verblichene, aber durchdringende blaue Augen. Sein Haar war grau. Er war schlecht rasiert, und sein weißes Hemd sah nicht mehr ganz frisch aus.

»Ich habe Ihre Notiz in der Schule gelesen. Ich bewerbe mich um den Posten.«

Dr. Lobsenz seufzte. »Sie sind der fünfte Bewerber. Wie heißen Sie?«

Adam sagte es ihm.

»Ich habe eine kleine Arbeit vor. Wollen Sie mitkommen? Ich interviewe Sie unterwegs.«

»Ja«, sagte Adam. Er wunderte sich, warum das Mädchen grinste, während es, ohne aufzublicken, auf seiner Maschine dahinhämmerte.

Dr. Lobsenz führte ihn ins Kellergeschoß, zwei Dutzend Stufen tief, und die Temperatur sank um mindestens ebenso viele Grade.

Auf Tischen und Tragen lagen Leichen, einige mit Tüchern bedeckt, einige nicht. Sie blieben bei der Leiche eines alten mageren und abgezehrten Mannes mit sehr schmutzigen Füßen stehen. Lobsenz wies mit der kalten Zigarre auf die Augen. »Sehen Sie den weißen Ring in der Hornhaut? *Arcus senilis.* Bemerken Sie die Schwellung in der Tiefe der Brust? Das ist Altersemphysem.« Er drehte sich um und sah Adam an. »Werden Sie sich an diese Dinge erinnern, wenn Sie sie das nächstemal sehen?«

»Ja.«

»Hm. Möglich.«

Er ging zu einer der Laden entlang der Wand, zog sie auf und blickte auf den darin liegenden Toten. »Verbrennungstod. Ungefähr fünfundvierzig Jahre alt. Sehen Sie die rosa Farbe? Zwei Ursachen. Erstens Kälte, zweitens Karbonmonoxid im Blut. Wann immer Rauch oder gelbbrennende Flamme vorhanden ist, ist auch Kohlenmonoxid vorhanden.«

»Wie ist er gestorben?«

»Wohnungsbrand. Ging hinein, seine Mutter suchen. Alles, was man je von ihr fand, konnte von der übrigen Asche nicht unterschieden werden.«

Er führte Adam zu einem Lift und nahm ihn schweigend in den dritten Stock mit.

»Noch immer an der Stellung interessiert?«

»Worin besteht die Arbeit?«

»Sich um sie kümmern.« Er deutete mit dem Kopf zu dem kalten Kellerspeicher hinunter.

»Gut«, sagte Adam.

»Und bei Obduktionen assistieren. Haben Sie je einer Obduktion beigewohnt?«

»Nein.«

Er folgte Lobsenz in einen weißgekachelten Raum. Auf dem weißen Seziertisch lag eine winzige Gestalt, eine Puppe, dachte er, und erkannte dann, daß es ein farbiges Baby war, höchstens ein Jahr alt.

»Tot im Kinderbett gefunden. Weiß nicht, warum sie starb. Tausende von Kindern tun uns das jedes Jahr an. Eines der Geheimnisse. Der verdammte Narr von einem jungen Hausarzt machte Mund-zu-Mund-Beatmung bei ihr, bis er es aufgab. Wartete einen Tag und geriet dann allmählich in Panik, als ihm klar wurde, daß sie vielleicht an irgend etwas Ansteckendem gestorben sein konnte. Hepatitis, Tb, wer weiß. Geschähe ihm recht, wenn wir etwas fänden, der Dummkopf.«

Er schob die Hände in die Handschuhe, lockerte die Finger, nahm dann ein Skalpell und machte einen Schnitt, der von jeder Schulter zum Brustbein und dann zum Bauch hinunter verlief. »In Europa macht man das in einer geraden Linie vom Kinn abwärts. Wir ziehen das Y vor.« Die braune Lederhaut teilte sich magisch, darunter lag eine gelbe Schicht – Babyfett, dachte Adam etwas vorschnell – und darunter weißes Gewebe.

»Man muß sich immer vor Augen halten«, sagte Lobsenz nicht unfreundlich, »daß das kein Fleisch ist. Das ist kein menschliches Wesen mehr. Was einen Körper zu einem Menschen macht, ist Leben, Persönlichkeit, die göttliche Seele. Die Seele ist aus diesem Käfig fortgegangen. Was übrigbleibt, ist Ton, eine Art plastisches Material, von einem höchst tüchtigen Hersteller erzeugt.«

Während er sprach, forschten die behandschuhten Hände, das Skalpell schnitt auf, er entnahm Proben, hier ein Stückchen, dort ein Klümpchen, ein Teilchen von diesem, eine kleine Schnitte von jenem. »Die Leber ist wunderschön. Haben Sie je eine hübschere Leber gesehen? Bei Hepatitis wäre sie geschwollen, wahrscheinlich mit Blutungsflecken. Sieht auch nicht nach Tuberkulose aus. Der Dummkopf hat Glück.«

Er ließ die Proben für Laboruntersuchungen in irdene Töpfe fallen, legte alles wieder in die Höhlung zurück und nähte den Brustschnitt zu.

Es hat mir überhaupt nichts ausgemacht, dachte Adam. Ist das alles? Lobsenz führte ihn die Halle entlang in einen weiteren Sezierraum, fast ein Duplikat des ersten. »Wenn wir es eilig haben, richtet der Famulus den einen Raum her, während ich in dem anderen arbeite«, erklärte er. Auf dem Tisch lag eine alte Frau, verbrauchter Körper, schlaffe Zitzen, verrunzeltes Gesicht: Mein Gott, mit einem Lächeln. Die Arme waren über der Brust gefaltet. Lobsenz enfaltete sie, ächzend vor Anstrengung. »Die Lehrbücher erzählen einem, daß der *rigor mortis* in den Kiefern beginnt und sich schön ordentlich den Körper hinunter fortsetzt. Lassen Sie sich von mir gesagt sein: So ist es nie.«

Als sie offen war, duftete sie nicht gerade nach Rosen. Adam hielt die Kiefer fest zusammengepreßt – *rigor vitae* –, atmete so sparsam wie möglich und spürte, wie sich sein Bauch unter seinem leeren Magen zusammenkrampfte. Wer hielt Speien für ein großes Vergnügen? Samuel Butler. Ich werde mir dieses Vergnügen nicht gönnen, sagte er sich energisch.

Schließlich nähte Lobsenz die Brust wieder zu.

Als sie in das Büro zurückkehrten, nahm der amtliche Leichenbeschauer zwei zerkratzte Schnapsgläser aus der Schublade seines Schreibtisches und goß Adam und sich aus der Whiskyflasche mit dem Schildchen puren Schnaps ein. Die Aufschrift lautete »Probe Nummer zwei – Elliot Johnson«. Sie gossen den Whisky hinunter. »Muß aufs Klo«, sagte Lobsenz und nahm einen Schlüssel von einem Nagel an der Wand.

Als er hinausgegangen war, sagte das magere Mädchen, ohne von der Schreibmaschine aufzublicken: »Er wird Ihnen ein Zimmer und monatlich fünfundsiebzig bieten. Nehmen Sie den Job nicht unter hundert. Er wird Ihnen sagen, daß er andere Kandidaten hat, aber es war nur ein Bewerber da, der sich während der Obduktion erbrach.« Die Tasten klapperten weiter. »Er ist ein phantastischer Bursche, aber voller Tricks«, sagte sie.

Dr. Lobsenz kam händereibend zurück. »Nun, was meinen Sie? Wollen Sie den Job? Sie können hier mehr über den menschlichen Körper lernen als in vier medizinischen Schulen. Ich unterrichte Sie, während wir arbeiten.«

»Gut«, sagte Adam.

»Wir haben ein gutes Zimmer für Sie hier. Fünfundsiebzig Dollar monatlich.«

»Das Zimmer und hundert Dollar.«

Lobsenz' Lächeln verschwand. Er blickte mißtrauisch zu dem Mädchen hinter dem Schreibmaschine hinüber, das weitertippte. »Ich habe andere Bewerber.«

Vielleicht war es der Schnaps, der gerade jetzt seinen Magen wie eine Faust traf; er hatte das Gefühl, daß sein Kopf riesengroß wie ein Ballon in der Luft schwebte. »Doktor, in einigen Monaten werde ich verhungern, wenn ich nicht sofort Arbeit bekomme. Wenn es nicht so wäre, würde ich diese schöne Stellung hier nicht mit einem nassen Fetzen anrühren.«

Lobsenz sah ihn an und lächelte plötzlich. »Los, kommen Sie, Silverstone. Ich lade Sie zum Mittagessen ein«, sagte er.

Das Zimmer im zweiten Stock mit der Milchglastür sah von außen wie ein Büro aus, aber es enthielt ein Bett und einen Schreibtisch. Die Laken konnten gewechselt werden, sooft er wollte; er konnte die Dienste der Bezirkswäscherei für seine persönlichen Bedürfnisse in Anspruch nehmen, eine wunderbare Zulage, die Dr. Lobsenz zu erwähnen vergessen hatte. Reinheit des Körpers wurde schon immer als eine Folge von Gottesfurcht erachtet. Francis Bacon.

Die Aufgaben waren für einen, der zwei Jahre medizinischer Schulung hinter sich hatte, nicht schwer. Anfangs störten ihn die Gerüche noch sehr, und er haßte das Kratzen der Säge, wenn sie sich durch einen Schädel biß. Aber Lobsenz unterrichtete während seiner Arbeit, und er war ein guter Lehrer. Im ersten Jahr der Medizinischen Schule hatte Adam in einem Anatomielabor einen konservierten Kadaver namens Cora mit sechs anderen Studenten geteilt. Als er Cora erbte, waren ihre Teile und Organe bis zur Unkenntlichkeit zerschnitten und untersucht. Jetzt hielt er die Augen offen und hörte Lobsenz aufmerksam zu, der sich sichtlich über sein Interesse freute, aber brummte, daß er eigentlich für den Unterricht bezahlt werden sollte. Insgeheim war auch Adam davon überzeugt; es war ein erstklassiger Privatunterricht in Anatomie.

Anfangs waren die Nächte schlimm. Das Nachttelefon stand in seinem Zimmer. Von sieben bis acht Uhr dreißig telefonierten Leichenbestatter, um die fünfunddreißig Dollar einzutreiben, die ihnen die Bezirksverwaltung jedesmal zahlte, wenn sie eine Leiche, um die sich niemand kümmerte, formlos in einer gewöhnlichen Holzkiste bestatteten; es war der gleiche Preis, den Benson für zwei Sprünge vom Turm gezahlt hatte.

In der ersten Nacht nahm er die Anrufe der Leichenbestatter entgegen, studierte zwei Stunden, richtete seinen Wecker, legte sich nieder, schlief ein und träumte vom Tauchen.

Als er erwachte, lachte er sich in der Dunkelheit aus. Typisch für einen Narren wie ihn: Während der Arbeit am Sprungturm war ihm alles egal gewesen, aber jetzt zitterte er in seinem Bett vor dem, was hätte geschehen können.

In der zweiten Nacht sprach er mit den Leichenbestattern am Telefon, studierte bis nach Mitternacht, richtete den Wecker, drehte das Licht ab und lag hellwach in der Dunkelheit.

Er zählte Schafe, kam bis sechsundfünfzig, bis sich jedes Schaf in eine Leiche verwandelte, die langsam über das Drehkreuz schwebte, während er sie abzählte. Er zählte von hinten, begann bei hundert und erreichte zweimal die Eins ohne das geringste Anzeichen von Schlaf, während seine Augen die Dunkelheit um ihn durchforschten.

Er dachte an seine Großmutter, erinnerte sich, wie sie ihn an ihre flache Brust hielt, wenn sie ihn in der Küche in den

Schlaf wiegte. *Fa nana, fa nana,* schlaf ein, Adamo. Bete zum heiligen Michael, er wird den Teufel mit seinem Schwert vertreiben.

Es war ein großes Gebäude, und es machten sich allerlei Geräusche bemerkbar, das Rütteln des Windes am Fensterglas, Knarren und Stöhnen, eine Art Geklingel, das Geräusch von Schritten.

Er war doch angeblich allein im Haus. Er stand auf und machte Licht, um seine Kleider zu finden. Nicht Geister beunruhigten ihn; als Wissenschaftler glaubte er selbstverständlich nicht an das Übernatürliche. Aber das Eingangstor und der Eingang zur Ambulanz waren beide versperrt. Er hatte sie selbst verschlossen. Daher hatte sich vielleicht jemand gewaltsam den Eintritt zu irgendeinem Zweck verschafft.

Er verließ sein Zimmer und drehte die Lichter an, als er durch das Gebäude ging, zuerst hinauf, durch die Sezierkammern, dann an den Büros im zweiten und ersten Stock vorbei. Es war niemand da. Schließlich stieg er in der Kälte des Leichenschauhauses hinab und tastete nervös nach dem Schalter. Auf den Steinplatten außerhalb der Laden lagen vier Leichen, eine von ihnen die alte Frau, bei deren Obduktion er Dr. Lobsenz assistiert hatte. Er betrachtete das erstarrte Lächeln.

Wer warst du, Tantchen?

Er ging zu einem sehr mageren, wahrscheinlich tuberkulösen Chinesen.

Bist du sehr weit weg von daheim gestorben? Hast du Söhne in der Roten Armee, Vettern auf Formosa?

Zweifellos war der Mann in Brooklyn geboren, sagte er sich. Närrische Idee. Er ging den Weg zurück, drehte die Lichter ab, betrat sein Zimmer und stellte das Radio an, ein schönes Haydnkonzert.

Er meinte die Leichen tanzen zu hören und konnte sich vorstellen, wie sich die alte Frau in ihrer Nacktheit vor dem

Orientalen verbeugte und die anderen aus ihren geöffneten Eisboxladen spähten, der stumme Harlekin stand in seinem bunten funkelnden Anzug da, lächelte und wiegte den Kopf im Takt der Musik.

Die Schellenmütze klingelte.

Nach einer Weile verließ er das Zimmer wieder und drehte alle Lichter an. Er versperrte die Tür zur Leichenhalle, stellte seinen Wecker auf sechs Uhr, damit er alle Lichter abdrehen und die Leichenhalle aufsperren konnte, bevor am nächsten Morgen der erste Angestellte eintraf, dann schlief er ein und träumte vom Tauchen.

In der nächsten Nacht ließ er die Lichter brennen und träumte nicht. In der darauffolgenden Nacht vergaß er die Leichenhalle zuzusperren, aber der Traum kam wieder. Schließlich lernte er klopfende Rohre, das Klingeln lockerer Fensterscheiben und andere durchaus erklärbare Geräusche zu unterscheiden, er löste sich von seinem Traum, und sein Schlummer wurde wieder tief und erholsam. Sein Dasein erschien ihm allmählich uninteressant. Zwei Monate nachdem er Famulus geworden war und mit einer Kommilitonin vom Penn in ihrem Zimmer rang, amüsierte es ihn, als sie plötzlich innehielt und ihr Gesicht an seiner Brust barg. »Du hast einen verdammt erotischen Geruch«, sagte sie.

»Du auch, Puppe«, sagte er zu ihr und meinte es ehrlich. Er unterließ es, zu erwähnen, daß es bei ihm der schwache, unzerstörbare Geruch von Formaldehyd war.

Als er jetzt in Dr. Sacks Pathologielabor arbeitete, gewöhnte er sich wieder an den herben Geruch chemischer Schutzmittel, und schließlich träumte er nicht mehr, wenn er einschlief. Es kam niemand dicht genug an ihn heran, um die Essenz des Formaldehyds zu riechen. Er erwog, sich mit der kleinen blonden Lernschwester Anderson zu verabreden, aber irgendwie kam er nie dazu.

Er hatte versucht, Gaby anzurufen.

Susan Haskell, ihre Zimmergenossin, informierte ihn eisig und wiederholt, daß Gaby nicht in der Stadt und nicht zu erreichen war. Schon gar nicht von Dr. Silverstone, hatte der Tonfall des Mädchens angedeutet.

Er hatte ihr fünf Tage nach ihrer Rückkehr aus Truro geschrieben.

Gaby,
immer wieder habe ich die Erfahrung gemacht, daß ich ein verdammter Narr bin.
Wirst Du bitte einen Anruf entgegennehmen oder diesen Brief beantworten?
Ich habe herausgefunden, daß es ganz anders ist mit jemandem, den man liebt.

Adam

Aber es kam kein Antwortbrief, und sie blieb unerreichbar, wenn er anrief.

Der Winter zog sich dahin. Schnee fiel, wurde von dem großstädtischen Schmutz besudelt, fiel wieder und wurde wieder schmutzig, bis sich, wenn Schaufeln die Haufen durchschnitten, der Kreislauf an aufeinanderliegenden Schichten von Weiß und Grau ablesen ließ.

Eines Morgens erzählte Meomartino im Aufenthaltsraum der Chirurgen den kaffeetrinkenden Kollegen, er habe seinen Sohn zu Jordan Marsh mitgenommen, um ihm den Weihnachtsmann zu zeigen.

»Bist du ein Mann?« hatte Miguel gefragt.

Die bärtige Gestalt hatte genickt.

»Ein wirklicher Mann?«

Wieder ein Nicken.

»Hast einen Penis und alles?«

Die Chirurgen brüllten vor Lachen, und selbst Adam lächelte.

»Was hat der Weihnachtsmann dazu gesagt?« fragte Lew Chin.

»Er fand es gar nicht lustig«, sagte Meomartino.

Die Kaufleute Bostons nahmen die bevorstehende Weihnachtszeit gebührend zur Kenntnis. Die Warenhausfenster waren voll Stechpalmen und lebenden Bildern, und an den Wänden der Krankenhauslifts tauchten grüne Plastikkränze auf. Schwestern summten Weihnachtslieder, und Dr. Longwood reagierte auf die Festfreude so, als bestätigte sie seine schlimmsten Befürchtungen über die menschlichen Schwächen junger Chirurgen.

»Ich glaube, mit Longwood geht's abwärts«, sagte Spurgeon zu Adam.

»Ich glaube, er ist ein großer Mann.«

»Vielleicht war er ein großer Mann, aber jetzt kann er nicht praktizieren, weil er krank ist, und benimmt sich wie ein permanentes Ein-Mann-Todeskomitee. Dieser Bursche sieht jedesmal, wenn jemand stirbt, einen ärztlichen Kunstfehler. Man weiß genau, an welchem Vormittag die Exituskonferenz angesetzt ist, allein an der Art, wie der gesamte Stab unter hochgradiger Spannung steht.«

»Wir bezahlen für sein Pech mit ein wenig zusätzlichem Streß. Das ist ein geringer Preis, wenn es ihn noch ein kleines bißchen länger in Gang hält«, sagte Adam.

Ironischerweise war er zwei Stunden später bei Meomartino, als Longwood anrief, um eine Blinddarmoperation in Frage zu stellen, die beide vor zwei Tagen durchgeführt hatten. Der Chefchirurg war nicht überzeugt, daß die Operation nötig gewesen war. Er ordnete an, daß der Fall am nächsten Morgen bei der Hauptvisite vorgelegt werde.

»Treten Sie den Fall nicht breit«, sagte Adam kurz angebunden zu Meomartino. »Die mikroskopischen Gewebeproben der Pathologie zeigen eine starke Entzündung und viele weiße Zellen. Der Fall liegt absolut klar.«

»Ich weiß«, sagte Meomartino. »Ich habe die Objektträger gestern mit heimgenommen und sie eine Zeitlang im Mikroskop betrachtet. Oh, zum Teufel.«

»Was ist?«

»Ich habe vergessen, sie zurückzubringen. Wir werden sie bei der Erörterung des Falles zur Vorlage brauchen.«

»Ich habe in zwei Stunden dienstfrei; dann muß ich sie wohl holen«, sagte Adam.

»Würden Sie das tun? Nehmen Sie meinen Wagen.«

»Nein, danke«, sagte Adam. Es machte ihm jedoch nichts aus, von Spurgeon einen Gefallen anzunehmen, und als er seine Schicht beendet hatte, fuhr ihn Robinson in dem Volkswagenbus durch den düsteren Winterabend quer durch die Stadt. Meomartino hatte ihnen die Route angegeben, aber im letzten Augenblick hatten sie Schwierigkeiten; die Gasse war eher ein Gäßchen, und Schneehaufen, die sich auf beiden Seiten türmten, machten es noch schmäler.

»Schau, ich kann den Bus nicht allein hier stehenlassen und die Straße blockieren. Ich warte unten auf dich«, sagte Spurgeon.

»Gut.«

Meomartino hat einen guten Geschmack und das Geld, sich ihn zu leisten, dachte Adam neiderfüllt, als er läutete. Die umgebauten Stallgebäude ergaben ein reizendes Wohnhaus.

Ein Dienstmädchen mittleren Alters öffnete die Tür. »Ja?«

»Ist Mrs. Meomartino zu Hause?«

»Ich glaube nicht, daß sie jemanden empfangen kann.«

Er erklärte ihr seinen Auftrag.

»Nun, in diesem Fall kommen Sie lieber herein«, sagte sie zögernd.

Er folgte ihr ins Haus und, da er nicht wußte, was sonst

tun, in die Küche, wo ein kleiner Junge am Tisch saß und sein Abendbrot aß.

»Hallo«, sagte Adam lächelnd, als er sich an die Weihnachtsmanngeschichte erinnerte. Es war leicht, Meomartino in dem Kind zu erkennen.

»Hallo.«

»Ich weiß nichts von irgendwelchen Glasplättchen«, sagte das Mädchen mürrisch.

»Sie dürften bei seinem Mikroskop sein. Vielleicht kann ich sie finden.«

»Im Arbeitszimmer«, sagte sie mit einer Kopfbewegung, als sie sich wieder dem Herd zuwandte. »Nicht die erste Tür, das ist das Schlafzimmer. Die zweite.«

Es war ein hübsches Zimmer mit einem teuren Perserteppich und tiefen Lederfauteuils. Die Wände waren mit Bücherborden bedeckt. Die meisten Bücher waren gediegene medizinische Werke, aber es gab auch Biographien und geschichtliche Werke, eine Mischung aus englischen und spanischen Titeln. Sehr wenig Belletristik, mit Ausnahme einer kleinen Abteilung, die auch moderne Lyrik enthielt.

Die Glasplättchen standen direkt neben dem Mikroskop, einige lagen noch auf dem Tisch, und er steckte sie in die Schachtel zurück. Er wollte eben wieder gehen, als sich die Schlafzimmertür öffnete. Sie trug den Pyjama ihres Mannes, der ihr zu groß war. Ihr Haar war zerrauft, die Füße nackt, und vielleicht trug sie sonst eine Brille und vermißte sie jetzt; sie sah ihn mit komisch schielenden Augen an. Der Gesamteindruck war wundervoll anziehend. Er registrierte, daß sie nicht zu den Frauen gehörte, die aufkreischten und um einen Morgenrock rannten.

»Hallo«, sagte er. »Ich bin kein Einbrecher. Ich bin Adam Silverstone.«

»Silverstone. Irgendwie mit den Booksteins verwandt?«

Ihre Stimme klang belegt, aber sowohl das tiefe Register

als auch das kurzsichtige Starren waren vielleicht darauf zurückzuführen, daß sie getrunken hatte. Sie tappte herein und stand schwankend da.

»He«, sagte er, streckte den Arm aus, um sie zu stützen, und entdeckte einen Augenblick später zu seiner Verblüffung, daß sie sich an ihn lehnte, den Kopf an seiner Brust.

»Nicht verwandt«, sagte er. »Ich arbeite mit Rafe. Er hat die Objektträger vergessen.«

Sie ließ den Kopf zurücksinken und sah ihn an, ohne von ihm abzurücken. »Er hat von Ihnen gesprochen. Der Rivale.«

»Ja.«

»Der arme Rafe«, sagte sie. »Guten Tag.« Sie küßte ihn; ihr Mund war warm und bitter von Gin.

»Guten Tag«, sagte er höflich. Diesmal küßte er sie, und der Gedanke war da, bevor der Kuß vorbei war. Als er sie ansah, wußte er, daß er Meomartino auf eine absurd klassische Art vernichten konnte: im eigenen Haus des Gegners, während Spurgeon unten im Wagen wartete und das Dienstmädchen sie jeden Augenblick überraschen konnte.

Aus einem anderen Teil der Wohnung hörte er den kleinen Jungen fröhlich lachen.

Außerdem war die Dame betrunken.

»Entschuldigen Sie mich«, sagte er.

Er machte sich los, nahm die Glasplättchen und ließ die Frau mitten im Zimmer zurück.

Zwei Tage später kam sie ins Krankenhaus.

Sie kamen gerade alle von den Visiten in Adams Büro, und als er die Tür öffnete, sah er als erstes den über seinen Stuhl geworfenen Nerzmantel. Sie trug ein schickes schwarzes Kostüm und sah wie ein Fotomodell aus.

»Liz«, sagte Meomartino.

»Man sagte mir, daß ich dich hier treffen könnte, Rafe.«

»Ich glaube, du kennst diese Herren noch nicht«, sagte Meomartino. »Spurgeon Robinson.«

»Oh, hallo«, sagte Spurgeon und drückte ihr die Hand.

»Adam Silverstone.«

Sie streckte ihm die Hand hin, und er nahm sie, als sei es eine verbotene Frucht. »Guten Tag.«

»Guten Tag«, sagte sie.

Er konnte Meomartino nicht ansehen. Ein Shakespearezitat über einen Hahnrei fiel ihm ein. Er murmelte einen Abschiedsgruß, während die übrigen vorgestellt wurden, kehrte auf die Station zurück, arbeitete schwer, war jedoch unfähig, den Gedanken an die Frau, die sich ihm im Pyjama ihres Mannes angeboten hatte, zu verdrängen.

Mitten am Nachmittag, als er zum Telefon gerufen wurde, wußte er schon, bevor er sich meldete, wer es war.

»Hallo«, sagte sie.

»Wie geht's?« murmelte er schwitzend.

»Ich fürchte, ich habe etwas in Ihrem Büro verloren.«

»Was denn?«

»Einen Handschuh. Schwarzes Ziegenleder.«

»Ich habe ihn nicht gesehen. Leider.«

»O Himmel. Wenn Sie ihn finden, verständigen Sie mich?«

»Ja. Natürlich.«

»Danke. Adieu.«

»Adieu.«

Als er eine Viertelstunde später in sein Büro zurückkehrte, kroch er unter den Schreibtisch, wo der Handschuh noch immer lag und wohin sie ihn zweifellos geworfen hatte. Er holte ihn hervor, saß einen Augenblick da und rieb das weiche teure Leder zwischen den Fingern. Wenn er ihn sich an die Nase hielt, brachte das Parfüm sie zu ihm zurück.

Jetzt ist sie nüchtern, dachte er.

Er suchte die Nummer im Telefonbuch, wählte, und sie antwortete sofort, als hätte sie gewartet.

»Ich habe ihn gefunden«, sagte er.
»Was?«
»Den Handschuh.«
»Oh, fein«, sagte sie. Und wartete.
»Ich kann ihn Rafe mitgeben.«
»Er ist so zerstreut. Er wird ihn nie heimbringen.«
»Nun, ich habe morgen dienstfrei. Ich kann vorbeikommen.«
»Ich hatte vor, Einkäufe zu machen.«
»Ich muß auch verschiedenes besorgen. Treffen wir uns doch, ich übergebe Ihnen den Handschuh und lade Sie auf einen Drink ein.«
»Gut«, sagte sie. »Zwei Uhr?«
»Wo?«
»Kennen Sie The Parlor? Es ist nicht weit vom Prudential Center.«
»Ich werde es finden«, sagte er.

Er war zu früh dran. Er setzte sich auf eine Steinbank im Prudential Center und sah den Eisläufern zu, bis seine Sitzbacken und Füße erstarben, dann gab er es auf, ging die Boylston Street hinunter und in die Halle. Abends würden hier zweifellos einige Quartalssäufer und Männer und Frauen nach Vergnügen jagen. Jetzt waren nur Studenten zu einem späten Mittagessen da. Er bestellte eine Tasse Kaffee.

Als sie hereinkam, waren ihre Wangen vor Kälte hochrot. Er bemerkte zum zweitenmal, daß sie einen ausgezeichneten Geschmack besaß. Sie trug einen schwarzen Tuchmantel mit Biberpelz, und als er ihr heraushalf, sah er anerkennend ein beigefarbenes Strickkleid, sehr einfach geschnitten, als ein einziges Schmuckstück eine alte Kamee.

»Möchten Sie einen Drink?« fragte er.

Sie blickte auf seine Kaffeetasse und schüttelte schnell den Kopf.

»Es ist wirklich zu früh dafür, nicht?«

»Ja.«

Sie bat um eine Tasse Kaffee, und er bestellte ihn, aber als er gebracht wurde, sagte sie, sie wolle ihn nicht. »Fahren wir ein Stück?« fragte sie.

»Ich besitze keinen Wagen.«

»Oh, dann gehen wir zu Fuß.«

Sie zogen die Mäntel an, verließen die Halle und gingen in Richtung Copley Square. Er konnte sie nicht ins Ritz oder ins Plaza oder sonst ein elegantes Hotel führen, dachte er. Sie würden unweigerlich in jemanden hineinlaufen, den sie kannte. Es war sehr kalt, sie begannen beide zu frösteln. Er sah sich verzweifelt nach einem Taxi um.

»Ich fürchte, ich muß einmal verschwinden«, sagte sie. »Macht es Ihnen etwas aus zu warten?«

Auf der gegenüberliegenden Straßenseite lag das Regent, ein drittklassiges Hotel, und er lächelte sie bewundernd an.

»Aber gar nicht«, sagte er.

Während sie in der Damentoilette war, nahm er ein Zimmer. Der Portier nickte uninteressiert, als er sagte, daß ihr Gepäck vom Flughafen Logan nachkommen würde. Als sie in die kleine Halle zurückkam, nahm Adam sie am Ellbogen und führte sie sanft zum Lift. Sie sprachen nicht. Sie hielt den Kopf hoch und starrte vor sich hin. Als er die Tür des Zimmers Nr. 314 hinter sich geschlossen hatte, wandte er sich ihr zu, und sie sahen einander an.

»Ich habe vergessen, den Handschuh mitzubringen.«

Später schlief sie, während er neben ihr in dem überheizten Zimmer lag und rauchte, und schließlich erwachte sie und sah, daß er sie beobachtete. Sie streckte die Hand aus, nahm ihm die Zigarette aus den Lippen, zerdrückte sie sorgfältig in dem Aschenbecher neben dem Bett, dann wandte sie sich ihm zu, und das Ritual begann von neuem, während sich draußen das graue Licht verdunkelte.

Um fünf Uhr stieg sie aus dem Bett und begann sich anzukleiden.

»Muß das sein?«

»Es ist fast Zeit fürs Abendessen.«

»Wir können hinuntertelefonieren. Ich würde aber liebend gern darauf verzichten.«

»Ich habe einen kleinen Jungen zu Hause«, sagte sie. »Er muß gefüttert und ins Bett gebracht werden.«

»Oh.«

Sie kam im Unterkleid zu ihm, setzte sich auf das Bett und küßte ihn. »Warte hier auf mich«, sagte sie. »Ich komme zurück.«

»Gut.«

Als sie gegangen war, versuchte er zu schlafen, konnte aber nicht atmen, das Zimmer war zu heiß. Es roch nach Samen, nach Zigarettenrauch und nach ihr. Er öffnete ein Fenster und ließ die arktisch kalte Luft herein, dann zog er sich an, ging hinunter und bestellte ein Sandwich, das er gar nicht wollte, und eine Tasse Kaffee, ging zum Copley Square, setzte sich in die öffentliche Leihbücherei und las alte Exemplare der *Saturday Review.*

Als er um acht Uhr zurückging, war sie bereits da, unter der Bettdecke. Das Fenster war geschlossen, und es war wieder zu heiß. Die Lampen waren abgedreht, aber das Hotelschild vor dem Fenster blinkte, und wenn es aufblitzte, sah das Zimmer wie eine psychedelische Malerei aus. Sie hatte ihm ein Sandwich mitgebracht. Eiersalat. Sie teilten es miteinander um elf Uhr, und der Geruch von hartgekochtem Ei wurde zu einem Teil der starken Gerüche, die den Tag in sein Gedächtnis einbrannten.

Am Weihnachtsmorgen hatte Adam als Bereitschaftschirurg allein Dienst im OP. Er lag auf der langen Bank in der Küche der chirurgischen Station und hörte den einsamen Geräuschen der Kaffeemaschine zu, als das Telefon läutete.

Es war Meomartino. »Sie werden heute nachmittag irgendwann eine Amputation vornehmen müssen. Ich bin dann schon weg.«

»Schön«, sagte er kalt. »Wie heißt der Patient?«

»Stratton.«

»Den kenne ich gut«, sagte er mehr zu sich als zu Meomartino.

In der vergangenen Woche hatten sie versucht, auf einem arteriellen Umweg die Zirkulation in Mr. Strattons Bein zurückzubringen. Der ursprüngliche Plan war gewesen, die Saphena, die große Vene im Unterschenkel, herauszuziehen und sie als ein arterielles Übertragungsstück umgekehrt einzupflanzen, so daß die Ventile sich in die gleiche Richtung öffnen würden, in der das Blut durch die Arterie floß. Aber Mr. Strattons Venen hatten sich als miserabel erwiesen, nur zwei Zehntel Zentimeter im Durchmesser, ungefähr ein Viertel des Durchmessers, den die Ärzte gern gesehen hätten. Sie hatten die große arteriosklerotische Platte herausgeschnitten, die den Kreislauf blockierte, und hatten die Arterie mit einem Plastikersatz zusammengefügt, was nur für ein oder bestenfalls zwei Jahre gehalten hätte, aber es ging von Anfang an daneben. Nun war das Bein ein weißes, totes Ding, das man abnehmen mußte.

»Wann wird er heraufgebracht?«

»Ich weiß nicht. Wir versuchen, seinen Anwalt zu erreichen, damit er ihn dazu bringt, die Dokumente zu unterzeichnen. Mr. Stratton ist verheiratet, aber seine Frau liegt mit einer gefährlichen Erkrankung im Beth Israel, daher kann nicht sie unterzeichnen. Ich vermute, daß er oben sein wird, sobald der Rechtsanwalt da ist. Wir versuchen ihn seit gestern abend zu erreichen.«

Adam seufzte, als er auflegte, nahm einen grünen Operationsanzug vom Stapel und ging in den Umkleideraum der Jungchirurgen, um seinen weißen Anzug abzulegen. Der Operationsanzug fühlte sich vertraut und behaglich an. Er hob ein Paar schwarze Plastikstiefel auf, riß die perforierten Oberteile ab und legte die so gewonnenen Plastikstreifen zwischen seinen bestrumpften Fuß und seinen Schuh, bevor er die Stiefel mit elastischen Bändern an seinen Knöcheln befestigte. Dann, zum Kampf gegürtet, gestiefelt und gespornt gegen die Möglichkeit eines elektrischen Funkens, der einen sauerstoffgeladenen OP in einer feurigen Explosion hochgehen lassen könnte, kehrte er zu seiner Küchenbank und seinem Buch zurück, aber nicht für lange. Als er sich diesmal am Telefon meldete, war es die Unfallstation.

»Wir schicken euch einen Mesenterialinfarkt hinauf. Sie können schon anfangen, sich die Hände zu schrubben. Dr. Kender treibt eine ganze Versammlung zusammen, um den Fall zu besetzen.«

»Louise«, rief er, als er auflegte. Die OP-Schwester, die am Fenster saß, legte ihre Stickerei hin.

»Fröhliche Weihnachten«, sagte sie.

Es war eine erfreuliche Tatsache, daß man so viele chirurgische Talente in so kurzer Zeit versammeln konnte. Vierzehn Leute – Schwestern, Chirurgen, Anästhesisten – drängten sich in dem kleinen OP mit den vielen Geräten. Der Patient war grauhaarig, unrasiert und im Koma. Er mochte in den späten Fünfzigern oder frühen Sechzigern sein, hatte einen kräftigen Körper, aber einen großen weichen Bierbauch. Die Polizei, die ihn in seiner Wohnung im Koma gefunden hatte, wußte bereits, daß er herzkrank war und Digitalis nahm. Man nahm an, daß sein Kreislauf als Nebeneffekt der Digitalisdosis in Mitleidenschaft gezogen worden war, obwohl man keine Ahnung hatte, wieviel und wann er es genommen hatte.

Man hatte ihn heraufgebracht, während er schon intravenöse Flüssigkeit bekam, und ein Facharztanwärter für Anästhesie betätigte ein fahrbares Sauerstoffgerät, um ihm atmen zu helfen.

Adam beobachtete Spurgeon Robinson, wie er die Brust des Mannes wusch. »He«, sagte Spurgeon und winkte ihn herbei. Eine Tätowierung. Adam las, über den Patienten gebeugt, den Satz, und ihm war lächerlich zumute, als er betete: »Lieber Gott, bitte nimm diesen Mann in den Himmel auf... seine Zeit in der Hölle hat er schon abgedient.« Was für ein Leben mochte wohl eine solche Verzweiflung ausgelöst haben, daß sie den Mann veranlaßt hatte, diesen Gedanken wie eine Rüstung zu tragen? Er prägte ihn sich ein, als Spurgeon mit seinem Bausch darüberfuhr und der Satz unter Betadin verschwand. Falls es eine Quelle für dieses Zitat gab, funktionierte Adams Computer nicht.

Der Patient war bereits an den Schrittmacher angeschlossen. Andere Apparate waren dicht an den Operationstisch gerollt worden, ein Gerät zur Messung der Blutgase, eines zur Messung des Blutvolumens, ein Elektrokardiograph, der wie ein tollwütiges Tier aus Glas und Metall ein Biip-biip-biip von sich gab, und die aufleuchtenden Kurven marschierten über seinen Schirm, während das Herz des Mannes weiter kämpfte.

Kender wartete ungeduldig, bis die Vorbereitungen für die Sterilisation des Operationsfeldes vollendet waren, dann trat er an den Operationstisch heran, nahm das Skalpell von Louise entgegen und machte schnell den Schnitt. Adam stand mit dem Absaugapparat bereit, und der Behälter an der Wand begann wie ein Niagarafall zu tosen, als die peritonäale Flüssigkeit aus der Bauchhöhle des Patienten hineingesogen wurde.

Ein Blick, und er wußte, daß er eine Bauchfellentzündung und Gangräne vor sich hatte. Kenders Hände kneteten und bewegten sich über den geschwollenen und entfärbten Eingeweiden, als streichelte er eine kranke Pythonschlange. »Rufen Sie Dr. Sack zu Hause an«, rief er einem Studenten im vierten Jahr zu. »Sagen Sie ihm, daß wir einen gangränösen Bauch haben, bis hinunter zum Dickdarm. Fragen Sie ihn, ob er sofort mit seiner Ausrüstung ins Krankenhaus kommen kann.«

»Was für einer Ausrüstung?«

»Er weiß schon.«

Unter Kenders Anleitung injizierten sie ein Kontrastmittel in die Hauptschlagader des Bauches, das im Röntgen enthüllen würde, was im Blutkreislauf des Patienten vor sich ging, und es wurde noch ein Apparat hereingebracht, diesmal ein tragbarer Röntgenapparat.

Adam bemerkte, daß das Blut im Operationsgebiet sehr dunkel war. Die Oberarmmuskeln des Patienten begannen zu zucken wie bei einem Pferd, das Fliegen verjagt. »Es sieht aus, als habe er Schwierigkeiten mit dem Sauerstoff«, sagte er.

»Wie steht's mit ihm?« fragte Kender den Anästhesisten.

»Blutdruck kaum der Rede wert. Das Herz verteufelt arhythmisch.«

»Säurewert?«

Spurgeon prüfte ihn. »6,9.«

»Stellt lieber Natriumbikarbonat bereit«, sagte Kender. »Der Herzstillstand kann jeden Augenblick eintreten.«

Die gelben Kurven auf dem Kontrollschirm, deren jede ein Zusammenziehen des sterbenden Herzmuskels bedeutete, lebten immer seltener auf, die kleinen Lichtkämme erschienen als schwächere Linien mit niedrigeren Spitzen, bis schließlich, während sie hinsahen, die Kurven verschwanden.

»Mein Gott, er geht dahin«, sagte Spurgeon.

Kender begann mit seinem Handballen einen regelmäßigen, immer wieder aussetzenden Druck auf die Brustwand auszuüben. »Bikarbonat«, sagte er.

Adam injizierte es in eine Beinvene. Er beobachtete Dr. Kender. Niederdrücken.

Hochheben.

Der regelmäßige Druck mit gestreckten Armen, der Körper des Chirurgen, der vor- und zurückschaukelte, erinnerte ihn – woran? Dann fiel ihm seine italienische Großmutter ein, wie sie Teig für das hausgemachte Brot knetete. In der Küche (zerrissene Jalousien, verschossene gelb-weiße Vorhänge, Kruzifix auf dem Kaminsims, *Il Giornale* der letzten Woche auf der alten Singernähmaschine und der verdammte Kanarienvogel, der ständig trillerte); sie knetete das Brot auf einem großen alten Holzbrett mit den Kerben, die ständig mit weißem hartgewordenem Makkaroniteig gefüllt waren, der dem abkratzenden Messer entgangen war. Mehl auf ihren braunen Armen. Ein sizilianischer Fluch für seinen Vater auf den Lippen unter dem leichten Bartanflug.

Zum Teufel, fragte er sich und versuchte seine Aufmerksamkeit wieder dem Mann auf dem Operationstisch zuzuwenden.

»Epinephrin«, sagte Kender.

Die diensthabende Schwester riß die Glasampulle heraus und kappte sie mit den Fingern. Adam zog mit einer Injektionsspritze das Hormon auf und injizierte es in eine andere Beinvene.

Los, du gottverdammter Muskel, sagte er stumm. Schlag doch.

Er blickte zu der OP-Uhr hinauf, die genauso stillstand wie das versagende Herz. Sämtliche Uhren in den OPs waren nutzlos. Eine Krankenhauslegende behauptete, sie seien jahrelang von einem alten Bezirksingenieur betreut worden, der wußte, wie man sie in Gang brachte, und als er in Pension ging, taten das auch die Uhren.

»Wie lange dauert es schon?« fragte er.

Eine der Schwestern, die nicht keimfrei sein mußte und daher ihre Armbanduhr tragen durfte, blickte kurz auf ihr Handgelenk.

»Vier Minuten und zehn Sekunden.«

O Gott. Nun, wir haben es versucht, wer immer du warst, dachte er. Er sah Kender an und wünschte, daß er mit seinen Bemühungen aufhörte. Nach vier Minuten ohne sauerstoffgeladenes Blut war das Gehirn nur noch ein Brei. Selbst wenn dieser Körper ins Leben zurückgezerrt werden sollte, würde er nie wieder denken oder fühlen; nie mehr wirklich leben.

Kender schien nicht gehört zu haben. Er schaukelte weiter vor und zurück, sein Handballen drückte die Brust zusammen und ließ sie wieder hochschnellen.

Wieder.

Und wieder.

»Dr. Kender?« sagte Adam schließlich.

»Was ist?«

»Es sind fast fünf Minuten.« Laß das arme Schwein gehen, wollte er sagen.

»Versuchen Sie nochmals Bikarbonat.«

Noch eine Injektion in die Vene. Dr. Kender schaukelte weiter und handelte nach dem alten Spruch der amerikanischen Luftwaffe: *No sweat, bombs away, never say die* – Ruhig Blut, Bomben los, nie »sterben« sagen.

Die Sekunden schwanden dahin.

»Jetzt haben wir einen Herzschlag«, sagte der Anästhesist.

»Adrenalin«, sagte Kender, als befehle er Adam, die Napalmbombe auszuklinken.

Auf dem Kontrollschirm erschien eine Nova, dann eine zweite, und die kleinen Lichtkurven begannen zu marschieren; sie nahmen den alten Rhythmus wieder auf, der Muskel zog sich zusammen, erfrischt, pulsierend, und schlug wieder so, wie er es fast für immer vergessen hätte.

Er ist auferstanden, dachte Adam.

Dr. Sack kam mit zwei Kameras herein, eine für Objektträger, eine für Farbfilm.

»Halten Sie den Schnitt weit auseinander«, befahl Kender.

Adam tat es. Die Kamera surrte, und er, jetzt ein Filmstar, zuckte zurück.

Es war nur ein Take, in wenigen Augenblicken hatten die Kameras ausgedient, und sie wurden zu Chirurgen. Er sah zu, während sie das abdominale Ganglion herausschnitten und Medikamente injizierten, um den Muskelkrampf zu lösen und den Blutkreislauf wieder in Gang zu bringen. Der Darm war natürlich inoperabel. Sie machten sich die Mühe, den Bauch mit Drahtnähten zu schließen.

Nach getaner Arbeit rieben Adam und Spurgeon das Feld mit Alkohol ab. Während Blut und Betadin weggewaschen wurden, erschienen langsam wieder die Buchstaben: »Lieber Gott, bitte nimm diesen Mann in den Himmel auf... seine Zeit in der Hölle hat er schon abgedient.«

»Ich brauche ständig zwei Leute, um sein Herz in Gang zu halten«, sagte Kender soeben.

Adam half den Patienten auf die Tragbahre heben. Dann zog er die Stoffmaske von seinem schwitzenden Gesicht und sah ihnen nach, als sie mit einem Anästhesisten, der den Sack des fahrbaren Sauerstoffgeräts betätigte, um für den Patienten zu atmen, das Stück vegetabilen Daseins wegrollten.

Es gab Tage, an denen Adam Chirurgie im Dienst des Lebens praktizierte. Die Operationen, die er durchführte, waren für die Lebenden gedacht, Vorgänge, die ihr Leben leichter, ihr Dasein behaglicher, schmerzfrei machen würden. Es gab andere Tage, an denen er Chirurgie gegen Tod und Verzweiflung praktizierte, an denen er die Menschenschale öffnete, um Zellen zu entdecken, die zu einer Häßlichkeit entartet waren, die man nur wegsperren und verstecken konnte, und er arbeitete verzweifelt, um Gehirn und Hände zu koordinieren, in dem Wissen, daß selbst sein möglichstes unzulänglich war, um großes Leiden und schließlich den Tod zu verhindern.

Heute war so ein Tag; er spürte es.

Spätnachmittags wurde Mr. Stratton in die chirurgische Station hinuntergebracht. Mit ihm kam ein Mann, zweifellos der Rechtsanwalt, dessen Erlaubnis zur Amputation nötig war. Der Mann trug einen ausgebeulten braunen Anzug; sein Hemdkragen war schmutzig und der Krawattenknoten viel zu groß; er hatte ein müdes Gesicht, das zu seinem Hut paßte, der um das Schweißband herum fleckig war. Er sah durchaus nicht wie Melvin Belli oder F. Lee Bailey aus. Er stand im Gang vor dem OP und sprach leise mit Mr. Stratton, bis Adam ihn bat wegzutreten, was er schnell und ohne den Versuch tat, seine Dankbarkeit über diese Bitte zu verhehlen. »Hallo, Mr. Stratton«, sagte Adam. »Wir werden uns Ihrer gut annehmen.«

Der Mann schloß die Augen und nickte.

Helena Manning, Facharztanwärterin im ersten Jahr, kam herein, gefolgt von Spurgeon Robinson. Adam beschloß ihr das Erlebnis einer Amputation zu schenken. Da nur eine Schwester Dienst hatte, bat er sie, die Hilfsarbeiten zu übernehmen, und fragte Spurgeon, ob es ihm etwas ausmache, die OP-Schwester zu spielen. Im Waschraum gab es eine weitere erheiternde Note. Der Heißwasservorrat konnte mit dem alten Rohrsystem nicht Schritt halten; jetzt gaben die Heißwasserhähne, wie das mehrmals in der Woche vorkam, oft eine ganze Stunde lang nur eisigkaltes Wasser her. Keuchend und fluchend schrubbten sich die drei Chirurgen Hände und Arme die vorgeschriebenen zehn Minuten lang unter dem eisigen Strom und gingen dann rücklings, die gefühllos gewordenen Hände hochhaltend, durch die Schwingtüren in den OP.

Die diensthabende Schwester war verhältnismäßig neu

und, wie sie zitternd gestand, nervös, weil sie zum erstenmal allein im OP Dienst tat.

»Das macht nichts«, sagte Adam innerlich stöhnend.

Er sah zu, wie Spurgeon das Amputationsbesteck vorbereitete und die Instrumente in säuberlich glitzernden Reihen anordnete, die Fäden und das Nahtmaterial so unter ein steriles Tuch steckte, daß sie der Reihe nach herausgezogen werden konnten. Die Ärztin rückte den Patienten zurecht und begann unter den Augen des Anästhesisten eine Rückenmarksinjektion zu geben.

Mr. Stratton stöhnte.

Helena Manning schrubbte das Bein hinunter und legte mit Adam zusammen die Tücher zurecht.

»Wo?« fragte er sie.

Mit ihrem behandschuhten Zeigefinger zeichnete sie den Verlauf des Einschnitts unterhalb des Knies.

»Gut. Schneiden Sie lange vordere und kurze hintere Hautlappen, damit die Geschichte ordentlich vernarbt und er es leichter hat, wenn er wieder zu gehen anfängt. Los.«

Spurgeon reichte ihr das Messer und begann Adam Klemmen zu reichen, der die Blutgefäße ebenso schnell abklemmte, wie sie sie durchschnitt. Sie arbeiteten gleichmäßig weiter, dann hielten sie inne, um die Blutgefäße abzubinden und die Klemmen zu entfernen.

»Richten Sie das Licht«, sagte Helena zur Schwester.

Die Schwester stellte sich auf einen Hocker und richtete die Lampe über dem Operationstisch. Als diese um ihre Achse schwang, sah Adam, wie ein Schauer feinen Staubes von der Deckenbefestigung herabschwebte und auf das Operationsfeld niederging. Die OP-Lampen waren ebenso wie die OP-Uhren und die Heißwasserversorgung Überbleibsel aus einer Vergangenheit, die das Krankenhaus einem anderen Zeitalter zuordneten. Seit er aus Georgia gekommen war, hatte er sich immer wieder gefragt, wie ernsthafte Universitätschirurgen so viel Zeit und Geduld für Abbürsten, Desinfizieren und andere aseptische Einzelheiten aufwenden konnten und dann nachlässig das Operationsfeld mit Staub berieseln ließen, sooft die Lampe gerichtet wurde.

Helena verrichtete schlampige Arbeit, sie schnitt zu tief. »Nein«, sagte er. »Sie sollen die *linea aspera* höher legen. Wenn Sie die Beinhaut hinaufschieben, wird sie verknöchern und einen Sporn bilden.«

Sie schnitt noch einmal, diesmal höher, wodurch die Amputationszeit um Minuten verlängert wurde. Die Klimaanlage machte ein schwirrendes Geräusch. Der Kontrollapparat ließ sein einschläferndes Biip-biip-biip hören. Adam spürte das erste sanfte Streicheln des Schlafes und zwang sich zur Konzentration. Er dachte voraus und nahm vorweg, was die Chirurgin brauchen würde.

»Wollen Sie uns etwas reinen Alkohol besorgen?« bat er die Schwester.

»O Himmel.« Sie blickte verstört umher. »Wozu brauchen Sie den?«

»Um ihn in den Nerv zu injizieren.«

»Oh.«

Die Ärztin hatte die Oberschenkelarterie lokalisiert und abgebunden. Jetzt kehrte die Schwester rechtzeitig mit dem Alkohol zurück. Helena fand den Ischiasnerv, klemmte ihn ab, fixierte ihn mit einer Schlinge, verband ihn und injizierte den Alkohol.

»Würden Sie bitte das Knochenwachs holen?« bat Adam die Schwester.

»Aha.« Vor eine neue Herausforderung gestellt, verschwand die Schwester wieder.

Adam reichte Helena die Säge. Hier wurde zu seinem großen Entzücken die Ärztin zur Frau. Sie wußte nicht, wie sie die Säge halten sollte. Sie ergriff sie zimperlich und schob sie mit wackelndem Blatt auf dem Knochen vor und zurück.

»Sie haben in der High-School nie einen Fußschemel für Ihre Mutter gemacht«, sagte er. Sie funkelte ihn an und sägte mit zusammengebissenen Zähnen weiter.

Die Schwester kam zurück. »Wir haben kein Knochenwachs.«

»Was benutzen Sie, um Nähte zu wachsen?«

»Wir ölen Nähte.«

»Nun, verdammt, sie wird aber Knochenwachs brauchen. Sehen Sie in der Orthopädischen nach.« Es war das sichere Ende ihrer herzlichen beruflichen Beziehung, aber sie ging. In wenigen Minuten kam sie damit zurück.

»Kein Knochenwachs?« fragte er lächelnd.

»Nun, oben war keines.«

»Ich danke Ihnen vielmals.«

»Bitte sehr«, sagte sie kühl und ging.

Helena nähte den Lappen sehr genau, zweifellos hatte sie viel Erfahrung mit Puppenkleidernähen gehabt.

»Mr. Stratton«, sagte der Anästhesist soeben, »Sie können jetzt aufwachen. Wachen Sie auf, Mr. Stratton.«

Der Patient öffnete die Augen. »Alles ging einfach wunderbar«, sagte Adam zu ihm. »Es wird Ihnen prima gehen.« Mr. Stratton starrte mit zusammengekniffenen Augen zur Decke des OPs hinauf, in die weihnachtlichen Gedanken eines einbeinigen Lastwagenfahrers vertieft, dessen Frau in einem Krankenhaus an einer so schweren Krankheit litt, daß sie nicht einmal ein Dokument unterzeichnen konnte.

Die Schwester hatte das amputierte Bein in zwei Tücher gehüllt. Als Adam wieder im weißen Anzug war, nahm er es und Helenas Operationsbericht für die Pathologie und ging zum Lift, der endlich ankam. Die Pathologie war im vierten Stock. Im ersten betraten einige Fahrgäste den Lift, und während sich die Kabine zum zweiten hob, bemerkte Adam, wie eine Dame mittleren Alters von der Sorte, die Bulldoggen in Babysprache ansäuselt, das Bündel in seinen Armen anstarrte.

»Darf ich mir das Kleine nur gerade einmal ansehen?« fragte sie und griff nach dem oberen Teil des Tuchs.

»Nein.« Adam trat schnell einen Schritt zurück. »Ich möchte es nicht wecken«, sagte er.

Dies Kind will ich zu mir selbst nehmen. Wordsworth. Den ganzen Weg zum Vierten tätschelte er zärtlich Mr. Strattons Wade.

Von Gaby kam kein Wort. Wieder rief er an und wurde von Susan Haskell, die er nunmehr haßte, abgespeist.

Er fühlte sich Liz Meomartino gegenüber schuldig, weil er sie, genauso wie einst die Griechin, nur für seinen schäbigen Triumph über ihren Mann ausgenutzt hatte.

Er würde sie nie wieder anrufen, sagte er sich erleichtert. Es war eine unwürdige Episode, aber er würde sie begraben.

Und dennoch entdeckte er, daß er an sie dachte. Sie war eine große Überraschung gewesen, nicht von der üblichen Sorte reicher Frauen. Sie besaß Bildung, gutes Aussehen, Geschmack, Geld, sie war so wunderbar sinnlich.

»Hallo?« sagte sie.

»Hier Adam«, sagte er, während er die Tür der Telefonzelle schloß. Sie spielten die gleiche Scharade, trafen sich im Parlor, gingen durch den schmutzigen Schnee zum Regent. Er verlangte dasselbe Zimmer.

»Bleiben Sie lange?« fragte der Portier.

»Nur über Nacht.«

»In drei bis vier Stunden werden wir voll haben. Ein Treffen in der Krieger-Gedenkstätte unten an der Straße. Ich mache Sie lieber aufmerksam, falls Sie das Zimmer für den Rest der Woche zu reservieren wünschen.«

Die Tür der Damentoilette öffnete sich, und er sah sie in die Halle zurückkommen.

Warum nicht? Nichts hielt ihn im Krankenhaus, wenn er nicht arbeitete. »Verrechnen Sie den Wochenpreis«, sagte er.

An diesem Nachmittag lagen sie im Zimmer 314 bei Orchesterbegleitung durch Gekreisch und Gelächter unsichtbarer Männer, die in den blau-goldenen Mützen des Übersee-Einsatzes Beschimpfungen und Botschaften durch Türen brüllten, leere Flaschen und wassergefüllte Säcke den Luftschacht hinunterbombardierten, die irgendwo weit unten aufklatschten.

»Welche Farbe hatte es ursprünglich«, fragte er, ihr strohfarbenes Haar streichelnd.

»Schwarz«, sagte sie stirnrunzelnd.

»Du hättest es so lassen sollen.«

Sie wandte den Kopf ab. »Nicht. Das sagt auch er immer.«

»Deshalb ist es nicht unbedingt falsch. Es sollte seine natürliche Farbe haben«, sagte er sanft. »Es ist dein einziger Fehler.«

»Ich habe andere«, sagte sie.

»Ich habe nicht geglaubt, daß du mich anrufen würdest«, sagte sie nach einer Weile.

Im Flur marschierten sie und zählten im Takt. Er betrachtete die Decke und rauchte seine Zigarette. »Ich hatte es nicht vor.« Er zuckte die Achseln. »Ich konnte dich nicht vergessen.«

»Bei mir war es genauso. Ich habe viele Männer gekannt. Macht dir das etwas aus? Nein« – sie hielt ihm die Lippen mit den Fingerspitzen zu –, »antworte nicht.«

Er küßte ihre Finger. »Warst du je in Mexiko?« fragte sie.

»Nein.«

»Als ich fünfzehn Jahre alt war, fuhr mein Onkel zu einer Medizinerkonferenz, und ich fuhr mit.«

»Oh?«

»Cuernavaca. In den Bergen. Strahlendbunte Häuser. Ein wunderbares Klima, Blumen das ganze Jahr hindurch. Eine hübsche kleine Plaza. Wenn sie die Gehsteige nicht vor Mittag fegen, werden sie zur Polizei vorgeladen.«

»Kein Schnee«, sagte er. Draußen schneite es.

»Nein. Es ist nicht weit bis Mexiko City. Fünfzig Meilen. Sehr international, wie Paris. Große Krankenhäuser. Großes Gesellschaftsleben. Ein talentierter Norteamericano-Doktor kann dort äußerst gut verdienen. Ich habe so viel Geld, um jede Praxis zu kaufen, die dir gefällt.«

»Worüber sprichst du?« sagte er.

»Über dich und mich und Miguel.«

»Wen?«

»Meinen kleinen Jungen.«

»Du bist verrückt.«

»Nein, bin ich nicht. Dir würde der Kleine nichts ausmachen. Ich könnte ihn nicht verlassen.«

»Das heißt, es braucht mir nichts auszumachen. Es ist unmöglich.«

»Versprich mir bloß, daß du darüber nachdenkst.«

»Schau, Liz ...«

»Bitte. Nur darüber nachdenken.«

Sie rollte sich herum und küßte ihn, ihr Körper ein Sommer, in dem er spielte, Honigtau, Brombeeren, Pfirsichflaum, Moschus.

»Ich werde dir den Palast der Cortez zeigen«, sagte sie.

Am frühen Sonntag abend brachte Kender den Peritonitisfall wieder in den OP, und als sie ihn zum zweitenmal aufmachten, entdeckten sie, daß die Maßnahmen vom Samstag morgen offensichtlich den Blutkreislauf angeregt hatten. Es war bereits genügend Gewebe frei von Gangräne, um eine Rückoperation zu erlauben; sie entfernten den größten Teil des Dünndarms und einen Teil des Dickdarms. Während der ganzen Operation schlief der Patient den Schlaf des permanent Komatösen.

Beim Frühstück am Montag morgen hörte Adam, daß das Herz des Mannes erneut zweimal versagt hatte. Er erhielt eine massive Therapie, alles, was Kender tun konnte, um ihn technisch am Leben zu erhalten. Mindestens zwei Ärzte waren ständig bei ihm, beobachteten die Lebenszeichen, verabreichten ihm Sauerstoff und Medikamente, atmeten für ihn, tropften lebenserhaltende Flüssigkeiten in seine Venen.

An diesem Nachmittag schaute Adam in die Küche der chirurgischen Station und sah Kender in einem Sessel in einer Ecke sitzen, schlafend oder einfach nur sehr ruhig mit geschlossenen Augen. Adam schenkte sich so geräuschlos wie möglich eine Tasse Kaffee ein.

»Schenken Sie mir auch eine ein, ja?« Adam reichte sie dem stellvertretenden Chef der Chirurgie, und sie tranken schweigend.

»Ein komischer Beruf, diese Chirurgie«, sagte Kender. »Ich habe mich jahrelang mit Transplantationen herumgeschlagen. Nächstes Jahr wird ein neuer Lehrstuhl für Chirurgie an der Medizinischen Schule geschaffen. Sie wollen ihn mit einem Transplantationsspezialisten besetzen, aber ich werde nicht darauf sitzen. Ich werde Chefchirurg sein.«

»Bedauern Sie es?« fragte Adam.

Kender grinste müde. »Nicht wirklich. Aber ich lerne allmählich, daß Dr. Longwood keinen leichten Job hatte. Ich habe alle seine Fälle übernommen.«

»Ich weiß«, sagte Adam.

»Kennen Sie auch die Sterblichkeitsrate für die Fälle Dr. Longwoods und Dr. Kenders zusammengerechnet in den letzten drei Monaten?«

»Sie muß hoch sein, sonst würden Sie nicht fragen. Fünfzig Prozent?«

»Sagen Sie ruhig hundert«, erwiderte Kender leise. Er griff in seine Tasche und zog eine Zigarre heraus. »In drei Monaten. Das ist eine lange Zeit ohne einen einzigen überlebenden Patienten. Ein Haufen Operationen.«

»Wie kommt das?«

»Weil, gottverdammt, die leichten an euch Burschen gehen. In einem Haus wie diesem bekommt sie der Oberste erst, wenn sie bereits arschtief in der Grube sitzen.«

Zum erstenmal erkannte Adam, daß das stimmte. Gott. »Nächstes Mal, wenn ich einen Bruch oder einen Blinddarm bekomme, bitte ich Sie, mir zu assistieren.«

Kender lächelte. »Dafür wäre ich dankbar«, sagte er. »Sehr.« Er zündete sich die Zigarre an und blies den Rauch zur Decke. »Wir haben eben den Burschen mit den gangränösen Eingeweiden verloren«, sagte er. Adams Mitgefühl zerrann. »Würden Sie nicht sagen, daß wir ihn in Wirklichkeit schon während des ersten Herzstillstands von sechs Minuten verloren haben?«

Kender sah ihn an. »Nein«, sagte er. »Nein, das würde ich nicht sagen.« Er stand auf und ging zum Fenster. »Sehen Sie jenes Backsteinmausoleum gegenüber?«

»Das Tierlabor?«

»Es wurde vor einer teuflisch langen Zeit erbaut, noch vor dem Bürgerkrieg. Oliver Wendell Holmes sezierte einst Katzen in jenem Gebäude.«

Adam wartete unbeeindruckt.

»Nun, Sie und ich und Oliver Wendell Holmes sind nicht die einzigen, die dort gearbeitet haben. Seit langer Zeit haben sich Dr. Longwood und Dr. Sack und einige andere Hunde vorgenommen, die an Gangränen in den Eingeweiden starben, und indem sie mit ihnen dasselbe taten wie wir mit diesem Burschen in unserem OP, konnten sie einige dieser Hunde retten.«

»Das hier aber war ein Mensch«, sagte Adam. »Kein Hund.«

»In den letzten zwei Jahren hatten wir sechzehn solche Patienten. Jeder von ihnen starb, aber jeder hat länger gelebt als sein Vorgänger. Dieser Mann lebte achtundvierzig Stunden lang. Die Experimente haben sich bei ihm ausgewirkt. Sie verwandelten einen inoperablen gangränösen Zustand in einen, den wir chirurgisch behandeln konnten. Wer weiß – der nächste Patient wird vielleicht, falls wir Glück haben, keinen Herzstillstand mehr erleiden.«

Adam sah den älteren Chirurgen an. Alle möglichen Empfindungen strömten gleichzeitig auf ihn ein. »Aber wann sagen Sie sich eigentlich: Dieser Mann ist weg, wir können ihn nie zurückbringen, lassen wir ihn friedlich und in Würde sterben?«

»Das entscheidet jeder Arzt selbst. Ich sage es nie.«

»Nie?«

»Verdammt, mein junger Freund«, sagte Kender, »sehen Sie sich doch einmal an, was in diesem Krankenhaus schon alles geschehen ist, noch gar nicht lange her, Leute, die hier arbeiten, können sich noch gut daran erinnern. Im Jahre 1925 begann ein junger Arzt namens Paul Dudley White ein fünfzehn Jahre altes Mädchen aus Brockton zu behandeln. Drei Jahre später lag sie im Sterben, weil ihr Herz von einem lederartigen pericordialen Überzug zu Tode gewürgt wurde. Er ließ sie acht- oder neunmal in das Massachusetts General Hospital einliefern, und jeder sah sie sich an und behandelte sie, aber keiner konnte etwas unternehmen. Also schickte er das arme Ding wieder heim und wußte, daß es sterben mußte, falls das Pericardium nicht irgendwie entfernt werden konnte. Er grübelte und grübelte darüber nach und ließ Katherine noch einmal in das M. G. H. aufnehmen, in der Hoffnung, daß sich ein chirurgischer Eingriff doch irgendwie als möglich erweisen würde. Durch einen Glücksfall – nennen Sie es einen Fall der zufälligen, ›glücklichen Entdeckungen‹ – war gerade um jene Zeit ein junger Chirurg namens Edward Delos Churchill aus Europa in das Massachusetts General zurückgekehrt, er hatte eben ein, zwei Jahre fortgeschrittener Schulung in Thoraxchirurgie hinter sich sowie eine Zeitlang unter dem großen Ferdinand

Sauerbruch in Berlin gearbeitet. Natürlich sollte Churchill später Chefchirurg am Massachusetts General Hospital werden.

Nun, Dr. White traf ihn in dem alten Backsteinkorridor dort drüben und überredete ihn, in die Station hinaufzukommen und sich Katherine anzusehen. In den Vereinigten Staaten war es noch nie jemandem gelungen, einer konstriktiven Pericarditis mit dem Messer oder mit Medikamenten beizukommen. Dr. White bat jedoch Dr. Churchill, es doch zu versuchen, schließlich –« Kender zuckte die Achseln – »starb das Mädchen langsam dahin.

Nun, Churchill operierte. Und sie lebte. Tatsache ist, daß sie heute Großmutter ist. Und in den letzten vierzig Jahren wurden Hunderte mit konstriktiver Pericarditis erfolgreich operiert.«

Adam sagte nichts. Er saß einfach da und trank seinen Kaffee.

»Wollen Sie noch weitere Beispiele? Dr. George Minot. Glänzender junger Bostoner Forscher, starb fast an Diabetes, als es noch keine wirksame Behandlung gab. Kurz vor seinem Ende erhielt er eine der frühesten Proben eines funkelnagelneuen, von zwei Kanadiern, Dr. Fredrick C. Banting und Dr. Charles H. Best, entdeckten Hormons – Insulin. Er starb nicht. Und weil er nicht starb, bekam er schließlich den Nobelpreis, weil er die Heilmethode für perniziöse Anämie ausarbeitete, und eine ungeheure Zahl anderer Leute wurde gerettet, wer weiß, wie viele davon gerade noch rechtzeitig.« Er schlug Adam kräftig auf den Schenkel und blies ihm Zigarrenrauch ins Gesicht. »Das ist der Grund, warum ich keine eleganten Zugeständnisse an einen leichten Tod mache, mein Sohn. Das ist der Grund, warum ich lieber bis ans Ende kämpfe, obwohl es scheußlich ist und schmerzt.«

Adam, nicht überzeugt, schüttelte den Kopf. »Es spricht trotzdem sehr viel dafür, angesichts einer unvermeidlichen

Niederlage schreckliche und grausame Schmerzen nicht zu verlängern.«

Kender sah ihn an und lächelte. »Sie sind jung«, sagte er. »Ich bin neugierig, ob Sie Ihre Ansichten nicht ändern.«

»Das bezweifle ich.«

Kender blies ihm eine Wolke stinkenden Zigarrenrauch ins Gesicht.

»Wir werden sehen«, sagte er.

Als er mitten in der Nacht in Turnanzug, Handschuhen, Halstuch und Pelzstiefeln über weichen Neuschnee lief, der wie zermalmtes Glas unter den Straßenlampen glitzerte, und er seine Kreise um das Krankenhaus, seine Sonne, zog, bis sich die Kälte des Weltraums in seine Lungen fraß und sein Lebenszentrum mit Speeren durchbohrte, wußte er, daß Spurgeon Robinson recht hatte: Silverstones Plansoll war Scheiße und Kuhmist. Liz Meomartino bot ihm die Erfüllung von Silverstones Plansoll auf einem Silbertablett an, und er erkannte blitzartig, daß es durchaus nicht das war, was er wollte. Er sehnte sich verzweifelt danach, in zwanzig Jahren eine Mischung aus Lobsenz und Sack und Kender und Longwood zu werden, und diese Verwandlung würde sich nicht in Cuernavaca oder sonst irgendwo mit Liz Meomartino vollziehen.

In der Frühe rief er sie an und sagte es ihr so taktvoll wie möglich.

»Bist du sicher?«

»Ja.«

»Treffen wir uns, Adam.«

Er wußte, sie glaubte seinen Entschluß ändern zu können. »Lieber nicht, Liz.«

»Rafe ist heute abend zu Hause, aber ich werde wegkommen. Ich will dir nur Lebewohl sagen.«

»Lebe wohl, Liz. Alles Gute«, sagte er.

»Sei dort. Bitte.« Sie hängte ein.

Er arbeitete den ganzen Tag wie ein freigelassener Sklave, der jetzt auf eigene Rechnung werkte. Er hatte um sechs dienstfrei, aß mit gutem Appetit sein Abendessen und schaltete einige Stunden im Tierlabor ein.

Als er in den sechsten Stock kam, duschte er, lag in der Unterhose auf dem Bett, las drei Zeitschriften und zog dann den Straßenanzug an. Er suchte ein frisches Taschentuch, als sich seine Hand um etwas in der Schreibtischlade schloß, es aufhob, hin und her drehte und untersuchte, als hätte er den schwarzen Ziegenlederhandschuh noch nie im Leben gesehen.

Diesmal war das Regent vollgestopft von Legionären und ihren Frauen, und er mußte sich mühsam durch die Halle drängen.

»Felix, hast du die Karten?« kreischte eine dicke Frau in einer zerknitterten Hilfskräfteuniform.

»Sicher«, sagte ihr Mann und stupste Adam plötzlich aus Jux mit einem Stachelstock in das Gesäß.

Adam fuhr hoch, erregte allgemeines Gelächter, wurde jedoch in den Lift geschoben.

Sie waren in den Gängen, auf den Treppen; er hatte das Gefühl, als säßen sie selbst unter seinen Fingernägeln.

Er steckte den Schlüssel ins Schloß, und als er die Tür von 314 öffnete, blitzte draußen das elektrische Schild auf und knipste ein weiteres psychedelisches Foto, in dessen Brennpunkt die blau-goldene Soldatenmütze des Übersee-Einsatzes auf dem Toilettentisch lag. Adam hob die lächerliche Kopfbedeckung auf. Der Mann im Bett sah ihn unsicher an. Nicht Vietnam. Sogar für Korea zu alt. Jahrgang Zweiter Weltkrieg, dachte Adam. Alte Soldaten scheinen, ich weiß nicht, warum, unansprechbarer zu sein als alte Seeleute. Hawthorne.

Der Mann war ganz offensichtlich sehr erschrocken. »Was wollen Sie? Geld?«

»Hinaus.« Adam reichte ihm die Mütze und hielt die Tür auf, während der Mann in seine Hose schlüpfte und dankbar entfloh.

Sie sah ihn an. Sie war betrunken. »Du hättest mich retten können«, sagte sie.

»Ich bin nicht einmal sicher, ob ich mich selbst retten kann.«

Er hob ihre Strümpfe auf und legte sie und den schwarzen Handschuh in ihre Handtasche.

»Geh«, sagte sie.

»Ich muß dich heimschicken, Liz.«

»Es ist viel zu spät.« Sie lächelte. »Ich sagte, daß ich nur Zigaretten holen gehe.«

Sie hatte ihr Unterkleid an, aber das Kleid machte Schwierigkeiten. Sie half ihm nicht, und es dauerte eine Weile, alles an Ort und Stelle zu bringen. Der Reißverschluß klemmte auf halbem Weg. Schwitzend kämpfte Adam mit ihm, aber es nutzte nichts, der Reißverschluß ging weder vor noch zurück.

Der Mantel würde es verdecken, sagte er sich.

Als er ihr die Schuhe anzog und sie auf die Beine stellte, schwankte sie. Seinen Arm um ihre Taille, ihren um seinen Hals gelegt, führte er sie wie eine Patientin vor die Tür.

Im Flur reichten die Generale Bier und Whisky-Soda herum.

»Nein, danke«, sagte Adam höflich und drückte mit dem Rücken auf den Liftknopf.

Als er sie unten in die Halle brachte, sah er, daß der Mann mit dem Viehstock zu einem neuerlichen Spaß ansetzte.

»Wenn Sie mit diesem Ding einen von uns berühren, Felix«, sagte er, »wickle ich es Ihnen um Ihren gottverdammten Hals.«

Felix sah verletzt drein. »Hast du diesen Schweinehund gehört?« fragte er die dicke Frau.

»Ich habe dir ja gesagt, die Leute hier sind genauso kalt wie ihr Wetter«, sagte sie, als Adam mit seiner Last weiterging. »Das nächstemal wird man auf uns hören und es in Miami abhalten.«

Draußen fiel Schnee wie dünner Haferschleim. Adam wagte nicht, sie gegen die Hauswand zu lehnen; aneinandergeklammert schwankten sie in den nassen Matsch hinaus.

»Taxi!« schrie er.

»Du hast mich im Stich gelassen«, sagte sie.

»Ich liebe dich nicht«, sagte er. »Verzeih.«

Sein Haar war bereits triefnaß; in seinem Nacken schmolz der Schnee und durchweichte seinen Hemdkragen. »Außerdem sehe ich nicht ein, wieso du das Gefühl haben kannst, mich zu lieben. Wir kennen uns kaum.«

»Das macht nichts.«

»Natürlich macht es etwas. Um Christi willen, man muß sich doch wirklich kennen. Taxi!« schrie er einem vorbeifahrenden Schatten zu. »Ich meine, das Lieben. Es wird überschätzt. Ich mag dich einfach.«

»Gott«, sagte er. Wieder schrie er und merkte, daß er heiser wurde. Wie ein Wunder blieb ein Taxi stehen, aber bevor er Liz von der Stelle rühren konnte, war ein listiger Exkorporal mit einer Mütze hineingesprungen und hatte die Tür zugeschlagen. Das Fahrzeug fuhr ab. Wieder kam ein Taxi in Sicht, glitt vorbei, aber dann blieb es stehen, drei Meter vor ihnen, und zwei Männer stiegen aus.

»So komm doch«, sagte er und zog sie hinter sich her. »Bevor es uns entwischt.« Er rief nach dem Taxi, während sie ausrutschten und dahinschlitterten. Die beiden Männer waren jetzt ausgestiegen und kamen auf sie zu, und er sah, daß der eine Meomartino und der andere Dr. Longwood war. Der Alte sollte in einer solchen Nacht nicht ausgehen, dachte er.

Er zog sie nicht weiter. Sie sackten einfach zusammen und warteten. Meomartino starrte sie an, als er sie erreichte, sagte jedoch nichts.

»Wo bist du gewesen?« fragte Dr. Longwood. »Wir haben dich überall gesucht.« Er warf einen Blick auf Adam. »Wo haben Sie sie gefunden?«

»Hier«, sagte Adam.

Er wurde sich bewußt, daß ihr Arm noch immer um seinen Hals lag, daß er sie noch immer um die Taille hielt. Er machte sich los und übergab sie Meomartino, der stumm wie ein Fisch war und ihn anstarrte.

»Ich danke Ihnen sehr«, sagte Longwood steif. »Gute Nacht.«

»Gute Nacht.«

Ihr Mann und ihr Onkel teilten sich die Last und brachten sie zum Taxi. Die Tür öffnete sich und schloß sich endlich, der Motor heulte auf, die Hinterräder drehten durch. Matsch flog zurück und traf ihn wie eine Strafe am rechten Hosenbein, aber das war schon naß, und es kümmerte ihn nicht, denn er erinnerte sich an den verklemmten Reißverschluß.

In den folgenden Tagen wartete er, an einer schweren Erkältung leidend, daß Longwood Blitz und Donner auf den Verführer seines Fleisches und Bluts herunterprasseln lassen würde. Der Alte konnte ihn auf alle möglichen Arten vernichten. Aber zwei Tage nach der Katastrophe vor dem Hotel hielt ihn Meomartino im Aufenthaltsraum der Chirurgen auf. »Meine Frau erzählte mir, daß Sie, als ihr schlecht wurde, so freundlich waren, sich beträchtliche Mühe zu machen, um ihr ein Taxi zu verschaffen.« Seine Augen sahen ihn herausfordernd an.

»Nun …«

»Es war ein Glück, daß Sie sie zufällig getroffen haben. Ich möchte mich bei Ihnen bedanken.«

»Nicht der Rede wert.«

»Sie wird Ihre Hilfe bestimmt nicht wieder brauchen.« Meomartino nickte und ging, irgendwie Sieger. Nie hatte Adam soviel Abneigung und soviel Respekt empfunden. Was war aus seiner Revanche geworden, fragte er sich.

Longwoods Wut brach nicht über ihn herein. Adam arbeitete schwer, blieb im Krankenhaus und verbrachte seine dienstfreien Stunden in seinem Zimmer oder in der Pathologie oder im Tierlabor. Er erbte alle möglichen chirurgischen Fälle, einen Blinddarm, eine Gallenblase, mehrere Magenoperationen, weitere Hautverpflanzungen bei Mr. Grigio.

Mrs. Bergstrom bekam ein Weihnachtsgeschenk: eine Niere. In der vorletzten Dezembernacht schmiß ein plötzlicher sonntäglicher Schneesturm vier Zoll reines Weiß auf die schmutzige Stadt herunter. Jenseits des Flusses, in Cambridge, stahl der sechzehnjährige, stockbesoffene Sohn eines berühmten Gelehrten einen Wagen, und als er vor dem Polizeifahrzeug davonsauste, das ihn vorsichtig über die Schneeglätte des Memorial Drive verfolgte, fuhr er an einen Betonpfeiler und war auf der Stelle tot. Seine kummervollen Eltern verlangten nur, nicht genannt zu werden, um der unbarmherzigen Publicity zu entgehen, und spendeten die Augenhornhaut des Jungen der Augenklinik und je eine Niere dem Bringham- und dem Suffolk-County-Krankenhaus.

Adam saß bei Kender und quälte sich mit dem Problem ab, welche Dosis immunounterdrückende Medikamente man Mrs. Bergstrom mit der neuen Niere geben sollte.

Kender entschied sich für 130 mg Imuran.

»Ihre Nierenfunktion ist sehr gering«, sagte Adam zweifelnd.

»Wären 100 mg nicht genug?«

»Das letztemal habe ich 90 mg gegeben«, sagte Kender, »und sie stieß die Niere entschieden ab. Ich will sie nicht wieder das Ganze durchmachen lassen.« Sie operierten nach Mitternacht, und als man Mrs. Bergstrom aus dem Operationssaal brachte, gab die neue Niere Urin ab.

Am Silvesterabend war Adam wieder im Operationssaal und bereitete sich auf eine Milzoperation bei dem ersten betrunkenen Fahrer vor, der so vernünftig gewesen war, sich die Milz nur zwei Wohnblöcke vom Krankenhaus entfernt auf der Autobahn zu zerreißen. Adam wartete, die behandschuhten Hände auf der Brust gekreuzt, mit Harry Lee als Assistent. Norm Pomerantz gab die allgemeine Anästhesie, wobei die Dosierung nicht einfach war, weil sich der Mann bereits mit Alkohol betäubt hatte. Es war sehr still im OP.

»Es ist zwölf Uhr, Adam«, sagte Lee.

»Ein glückliches neues Jahr, Harry.«

Am folgenden Abend studierte Adam, besorgt über die Medikamentendosierung, die Kender Mrs. Bergstrom gegeben hatte, ihre Aufzeichnungen stundenlang, fand jedoch keine Beruhigung darin, gab schließlich auf und schlief über seinem Heft ein, den Kopf auf den Armen. Er träumte von Zimmer 314 und der Frau; die Gestalt, die sich ihm anbot, verschmolz mit einer anderen, wurde schlanker, fester und weniger reif, bis er Gaby liebte, statt einen Ritus mit Liz Meomartino durchzuführen.

Als er erwachte, lachte er sich aus.

Irgendwie aber wußte er, daß der Mann, der schließlich bei Gaby Pender landete, sich nie sorgen müßte, wenn er einen anderen Arzt heimsandte, um einige Glasplättchen abzuholen.

Bei ihr gab es andere Probleme. Gut, daß er das verrückte kleine Weibsstück los war, sagte er sich.

Eine Stunde später ging er zum Telefon und wählte ihre Nummer. Er erwartete Susan Haskell, aber statt der Stimme der Zimmergenossin war es ihre, die hallo sagte.

»Gaby?«

»Ja.«

»Hier Adam.«

»Oh.«

»Wie ist es dir gegangen?«

»Fein. Das heißt zunächst nicht, aber jetzt.«

»Wirklich?« fragte er sehnsüchtig.

»Ja.«

»Mir nicht. Glückliches neues Jahr, Gaby.«

»Glückliches neues Jahr, Adam.«

»Gaby, ich –«

»Adam.« Sie hatten gleichzeitig gesprochen, und jetzt warteten sie beide.

»Ich muß dich sehen«, sagte er.

»Wann?«

»Ich habe heute abend Dienst. Höre, komm um neun Uhr auf den Parkplatz des Krankenhauses. Falls ich nicht gleich auftauche, warte auf mich.«

»Wieso glaubst du, daß ich gelaufen komme, wenn du mit dem Finger schnalzt?« fragte sie kalt. »Und wartend herumstehe?«

Er erschrak, Verdruß und großes Bedauern erfüllten ihn.

»O Adam, mir geht's auch nicht gut«, platzte sie heraus. Sie lachte und weinte gleichzeitig, seines Wissens das einzige Mädchen, das das zustande brachte. »Ich bin dort, Liebling. Adam-Liebling.« Und legte auf.

DRITTES BUCH

Der Kreis schließt sich
Frühling und Sommer

ADAM SILVERSTONE

Adam hatte ruhig und sehr ausführlich mit Gaby gesprochen, als sie auf dem Parkplatz des Krankenhauses in dem blauen Plymouth saßen, bei aufgedrehter Heizung, während draußen der Schnee fiel; das Blinklicht eines Krankenwagens blinzelte sie an, bis eine Schicht Weiß die Windschutzscheibe so dicht bedeckte, daß die restliche Welt ausgeschlossen war.

»Es war meine Schuld«, sagte er. »Ich werde es nie wieder zulassen, daß wir einander das antun.«

»Du hast mich fast erledigt. Ich konnte nicht einmal mehr mit einem anderen Mann reden.«

Er schwieg.

Es blieben noch andere unerfreuliche Tatsachen, denen man sich stellen mußte.

»Mein Vater ist ein hoffnungsloser Alkoholiker. Derzeit scheint er sich zu beherrschen, wenn man das so nennen kann. Aber er ist schon früher einmal schwer zusammengebrochen und wird es wahrscheinlich wieder. Wenn es soweit ist, werde ich jeden Cent, den ich zusammenkratzen kann, brauchen, um ihn in Pflege zu geben. Ich kann nicht heiraten, solange ich nicht in der Lage bin, etwas Geld zu verdienen.«

»Wann wird das sein?«

»Nächstes Jahr.«

Sie besaß nichts von Liz' triebhafter Sinnlichkeit, und dennoch war sie für ihn soviel begehrenswerter. Lieb und teuer. Er war darauf bedacht gewesen, sie nicht zu berühren, und er machte auch jetzt keinen Versuch, es zu tun.

»Ich will nicht bis nächstes Jahr warten, Adam«, sagte sie fest.

Er erwog, mit jemandem in der psychiatrischen Abteilung des Krankenhauses zu sprechen, und erinnerte sich dann, daß Gerry Thornton, ein ehemaliger Studienkollege, jetzt an der Massachusetts-Nervenklinik arbeitete. Er rief ihn an, und sie plauderten fünf Minuten über das Wie und Wo der anderen früheren Studienkollegen.

»Ah – hast du mich wegen etwas Bestimmtem angerufen?« fragte ihn Thornton schließlich.

»Nun, eigentlich ja«, sagte er. »Ich habe eine Freundin. Eine sehr enge Freundin, die ein Problem hat, und ich dachte, es wäre gut, mich mit jemandem darüber zu unterhalten, der Verständnis hat und schon psychoanalysiert ist.«

»Meine eigene Analyse wird zwar noch einige Jahre dauern«, sagte Thornton gewissenhaft und wartete.

»Gerald, wenn dein Terminkalender sehr besetzt ist, muß es nicht diese Woche sein...«

»Adam«, sagte Thornton vorwurfsvoll, »wenn ich mit einem akuten Blinddarm zu dir käme, würdest du mich bitten, bis nächste Woche zu warten? Wie wär's mit Donnerstag?«

»Mittagessen?«

»Oh, ich glaube, in meinem Büro ist es besser«, sagte Thornton.

»...du siehst also«, sagte er, »die Möglichkeit, daß ihr unsere Affäre seelisch schadet, macht mir Sorgen.«

»Nun, natürlich kenne ich das Mädchen nicht. Aber ich glaube, man kann mit Sicherheit sagen, wenn sie ernsthaft engagiert ist, du aber nur mit ihr herumschmust, falls du den Ausdruck entschuldigen willst...«

»Es geht mir nicht nur ums Schmusen. Aber ich will wissen, du Klugscheißer und Freudianer, wie und ob eine Affäre einem Mädchen schaden kann, das anscheinend an ausgesprochener Hypochondrie leidet.«

»Hm. Nun, ich kann sie ebensowenig diagnostizieren, wie du am Telefon sagen kannst, ob ein Patient Krebs hat.« Thornton langte nach dem Tabak und begann seine Pfeife zu stopfen. »Du sagst, ihre Eltern seien geschieden?«

Adam nickte. »Sie hat sich seit einiger Zeit von beiden getrennt.«

»Nun, das kann es natürlich sein. Wir lernen langsam etwas über eingebildete Krankheiten. Einige Hausärzte schätzen, daß von zehn Patienten in ihrem Wartezimmer acht aus psychosomatischen Gründen da sind. Ihr Schmerz ist natürlich genauso echt wie der anderer Patienten, aber er wird durch den Geist verursacht und nicht durch den Körper.« Er zündete ein Streichholz an und paffte.

»Kennst du die Gedichte von Elizabeth Barrett Browning?«

»Einige.«

»Es gibt einige Zeilen, die sie an ihren Hund Fluff schrieb.«

»Ich glaube, der Hund hieß Flush.«

Thornton war ärgerlich. »Stimmt, Flush.« Er ging zu einem Bücherschrank, zog einen Band heraus und blätterte darin. »Da ist es.«

But of thee it shall be said,
This dog watched beside a bed
Day and nigth unweary.
Watched within a curtained room
Where no sunbeam broketh bloom
Round the sick and dreary.

»Alle Zeugnisse deuten darauf hin, daß sie vierzig Jahre lang ein klassischer Fall von Hypochondrie war. So schwer erkrankt, daß man sie die Treppen hinauf- und hinuntertragen mußte. Dann verliebte sich Robert Browning zuerst in den Geist ihrer Dichtung, dann in sie selbst, berannte die Festung des alten, ehrwürdigen Barrett in der Wimpole Street, und die Hypochondrie war wie vom Winde verweht oder vielleicht vom Hochzeitsbett. Ich weiß es nicht. Sie gebar ihm sogar ein Kind, als sie über vierzig war. Wie heißt dein Mädchen?« fragte er unvermittelt.

»Gaby, Gabriele.«

»Bezaubernder Name. Wie fühlt sich Gabriele derzeit?«

»Derzeit zeigt sie keine Symptome.«

»Hat sie sich je einer Psychotherapie unterzogen?«

»Nein.«

»Weißt du, Leuten mit Ängsten wird täglich geholfen.«

»Willst du sie sehen?«

Thornton runzelte die Stirn. »Lieber nicht. Ich glaube, es wäre besser, wenn sie einen klugen Jungen drüben im Beth Israel aufsuchen würde, der sich sozusagen auf Hypochondrie spezialisiert hat. Laß es mich wissen, wann es ihr paßt, und ich rufe ihn an und vereinbare einen Termin mit ihm.«

Adam drückte ihm die Hand. »Danke, Gerry.«

Gerald, du endest noch als aufgeblasener Hohlkopf, prophezeite er, als er durch den Pfeifenrauch watete und das Büro verließ.

Gaby sah Dorothy sehr häufig. Sie hatten sofort Gefallen aneinander gefunden, und wenn Adam und Spurgeon arbeiteten, trafen sich die beiden Mädchen fast regelmäßig. Es war Dorothy, die Gaby in die Gegend von Beacon Hill mitnahm, wo sie die Wohnung fand.

»Meine Schwester lebt hier in der Nähe«, sagte Dorothy. »Meine Schwester Janet.«

»Oh? Sollen wir bei ihr vorbeigehen und guten Tag sagen?«

»Nein. Wir vertragen uns nicht.«

Gaby spürte, daß Dorothy bedrückt war, stellte jedoch keine Fragen. Zwei Tage später, als sie Adam in die Beacon Street führte, hatte sie den Vorfall vor Aufregung vergessen.

»Wohin führst du mich?« fragte er sie.

»Du wirst schon sehen.«

Die vergoldete Kuppel des State House glühte in der Morgensonne wie der brennende Dornbusch, verbreitete jedoch keine Wärme. Nach einer Weile nahm sie seine Hand in ihren Fäustling und führte ihn aus dem windigen Bostoner Common in die verhältnismäßig geschützte Joy Street.

»Wie weit noch?« fragte er, und sein Atem blies Frostwolken.

»Du wirst schon sehen«, sagte sie wieder.

Sie trug eine rote Skijacke und eine blaue Stretchhose, die sich an das schmiegte, was er am Vorabend streichelnd als das reizendste Glutealgebiet bezeichnet hatte, das er je auf einem Operationstisch oder außerhalb davon gesehen hatte; und eine blaue Wollmütze mit einer weißen Quaste, an der er zupfte, als sie auf halbem Weg den Beacon Hill heruntergekommen waren, damit sie stehenbliebe.

»Ich rühre mich nicht von der Stelle. Keinen Schritt, bevor du mir nicht sagst, wohin wir gehen.«

»Bitte, Adam. Wir sind fast da.«

»Schwöre deinen Sex-Eid.«

»Auf dein Ding.«

Sie gingen durch die Philips Street bis zur Mitte des nächsten Häuserblocks und blieben vor einem vierstöckigen Wohnhaus mit zersprungenen Stuckwänden stehen. »Vorsicht, Stufen«, sagte sie und deutete auf den Eingang, der sehr tief lag.

»Selbstmörderisch«, murmelte er. Die Betonstufen waren mit sechs Zentimeter dickem, zerkratztem Eis bedeckt, über das sie sich vorsichtig bewegten. Unten nahm sie einen Schlüssel aus der Tasche und sperrte auf.

Das eine Fenster ließ nur wenig Licht in das Zimmer.

»Warte einen Augenblick«, sagte sie hastig und drehte alle drei Lampen auf.

Es war ein Atelierraum. Die Tapete war mit einem Braun gestrichen, das für die geringe Beleuchtung zu dunkel war. Der Boden bestand aus ziegelfarbenen, stellenweise zersprungenen Asphaltplatten, von einer Staubschicht bedeckt. Eine ziemlich neue Couch stand da, die zweifellos in ein Bett verwandelt werden konnte, ein dickgepolsterter, mit verblichenem Damast bezogener Sessel und ein zweiter, der aus einer Garnitur geflochtener Verandamöbel stammte.

Sie zog ihre Fäustlinge aus und knabberte am Daumenknöchel, was sie immer tat, wenn sie sich in gespannter Erregung befand. »Nun, was meinst du?«

Er zog ihr die Hand vom Mund. »Was meine ich wozu?«

»Ich habe der Hausfrau gesagt, daß ich sie bis zehn Uhr wissen lasse, ob ich es miete.«

»Es ist ein Keller.«

»Ein Kellergeschoß.«

»Selbst der Boden ist schmutzig.«

»Ich werde ihn schrubben und wachsen, bis er glänzt.«

»Gaby, ist das dein Ernst? Es ist nicht so hübsch wie deine Wohnung in Cambridge. Bei weitem nicht.«

»Außer diesem Wohnschlafzimmer gibt es noch ein Badezimmer und eine Kochnische. Schau einmal.«

»Du kannst mir nicht erzählen, daß es Susan Haskell hier besser gefallen wird als in der anderen Wohnung.«

»Susan Haskell wird nicht hier wohnen.«

Er überlegte einen Augenblick. »Nein?«

»Wir werden hier wohnen. Du und ich.«

Sie standen da und sahen einander an. »Es kostet fünfundsiebzig Dollar monatlich. Ich glaube, es ist ein gutes Geschäft, Adam«, sagte sie.

»Oh, wirklich«, sagte er. »Stimmt.«

Er legte die Arme um sie.

»Gaby, bist du überzeugt, daß du das tatsächlich willst?«

»Fest überzeugt. Außer du willst es nicht.«

»Ich werde die Wände streichen«, sagte er nach einer Pause.

»Sie sind häßlich, aber die Wohnung ist phantastisch gelegen. Die Hochbahnstation ist nur ein paar Häuserblocks entfernt«, sagte sie. »Ebenso das Gefängnis in der Charles Street. Und die Hauswirtin sagte mir, daß man von hier nur drei Minuten zu der Wohnung in der Bowdoin Street braucht, wo Jack Kennedy wohnte.«

Er küßte sie auf die Wange und entdeckte, daß sie naß war. »Wie bequem«, sagte er.

Er hatte sehr wenig einzupacken. Er nahm seine Sachen aus der Kommode und steckte sie in die Reisetasche. Im Schrank hingen nur wenige Kleidungsstücke und lagen einige Bücher, die er in einen braunen Papiersack steckte, damit war die Sache erledigt. Das Zimmer sah genauso aus wie an dem Abend, als er eingezogen war. Nichts blieb von ihm in dieser kleinen Zelle zurück.

Spurgeon hatte Dienst in der Abteilung, und daher war niemand im sechsten Stock, von dem man sich verabschieden konnte.

Sie fuhren zu der Wohnung in Cambridge, und Susan Haskell half Gaby, ihre Sachen zu packen, während er den Inhalt zweier Bücherregale in Pappkartons verstaute.

Susan war sehr aufgeregt, behandelte Adam jedoch mit eisiger Höflichkeit.

»Der Plastikeimer gehört mir«, sagte Gaby schuldbewußt. »Ich habe zwar einen Haufen Vorräte und Sachen gekauft, vergaß aber, einen Eimer zu besorgen. Macht es dir etwas aus, wenn ich ihn mitnehme?«

»Natürlich nicht. Nimm, was du bezahlt hast, Dummes.«

»In einigen Tagen veranstalten wir ein Mittagessen«, sagte Gaby.

»Ich rufe dich an.«

Sie schwiegen beide, als sie über die Harvard-Brücke und dann den Charles River entlang auf der Bostoner Seite fuhren. Der Himmel war aschgrau und ihre Stimmung gesunken, aber als sie in der Philips Street eintrafen, brach das Ausladen den Bann.

Er führte zwar einen bewegten, halsbrecherischen Tanz auf den vereisten Stufen auf, als er die Sachen hineintrug, aber es gelang ihm, nicht zu stürzen. Als der letzte Karton auf dem Fußboden stand, hatte sie die Laden der Kommode mit einem Desinfektionsmittel ausgewischt und legte sie eben mit Butterbrotpapier aus. »Es ist nur die eine Kommode da«, sagte sie. »Ist es dir egal, in welche Laden ich deine Sachen lege?«

»Tu, was dir beliebt«, sagte er plötzlich fröhlich. »Ich will das Eis von den Stufen räumen.«

»Großartige Idee«, sagte sie und machte ihn stolz, daß er ein so verantwortungsbewußter Hausvater war.

Als er ins Haus zurückkam, erfroren, aber über Naturgewalten triumphierend, hinderte sie ihn daran, den Mantel auszuziehen.

»Wir brauchen Bettwäsche«, sagte sie.

Er ging zu Jordan, wo ihn die Frage bewegte, ob weiß oder bunt, glatt oder geschlungen. Schließlich entschied er sich für beige und geschlungen und kaufte vier Garnituren.

Als er die Tür öffnete, sah er sie auf allen vieren den Boden schrubben.

»Dicht an der Wand entlang, Liebling«, sagte sie. »Ich habe einen Streifen für dich ausgespart.«

Er ging rund um das Zimmer. »Kann ich sonst etwas tun?«

»Nun ja, die Böden im Klo und in der Kochnische müssen noch gewaschen werden«, sagte sie. »Du kannst sie schrubben, während ich hier den Boden wachse.«

»Ist das unbedingt nötig?« fragte er schwach.

»Wir können nicht in einer Wohnung leben, ohne sie erst zu säubern«, sagte sie entsetzt.

Daher nahm er den Plastikeimer, schüttete das gebrauchte Wasser weg, spülte ihn aus, bereitete eine neue Seifenlauge, ging ebenfalls in die Knie und schrubbte. Die Böden schienen zu wachsen, wenn man sich niederkniete, aber er sang bei der Arbeit.

Als er fertig war, war es draußen dunkel geworden, und sie waren beide hungrig. Er verließ sie, als sie gerade den Boden des Badezimmers wachste, und obwohl er stark schwitzte, überließ er es seinen Gummibeinen, ihn über die kalte, windige Nordseite des Beacon Hill zur Roastbeefbude neben dem Gefängnis von Charles Street zu tragen, wo er Sandwiches und Limonade bestellte und das deutliche Gefühl hatte, der Mann hinter dem Ladentisch sei überzeugt, er bringe das Essen einem Gefangenen.

Als sie gegessen hatten, wäre er am liebsten tot ins Bett gefallen, aber sie bat ihn, die Schränke in der Kochnische auszuwaschen, während sie die Kästchen und Armaturen im Badezimmer reinigte.

Diesmal sang er nicht. Als es gegen das Ende zuging, arbeiteten beide nur noch mechanisch und verbissen. Sie war zuerst fertig, und während sie duschte, wartete er im Rohrstuhl, zu müde, um etwas anderes zu tun, als zu atmen. Als sie in ihrem Bademantel herauskam, ging er hinein und ließ sich von dem schönen heißen Sprühregen durchweichen, der jedoch schnell kühler wurde, so daß er einen Wettlauf mit der sinkenden Temperatur veranstalten mußte und sich im Bruchteil einer Sekunde einseifte und abspülte, bevor das Wasser unerträglich kalt wurde.

Sie hatte die Couch geöffnet, das Bett gemacht, lag in einem blauen Nachthemd da, las eine Zeitschrift und zeichnete Rezepte an, die ihr gefielen.

»Das ist ein miserables Licht. Du wirst dir die Augen ruinieren«, sagte er.

»Warum löschst du es nicht aus?«

Er drehte der Reihe nach die drei Lampen mit den schwachen Birnen aus und stolperte auf dem Rückweg im Finstern über ihre Schuhe. Vorsichtig ließ er sich neben sie ins Bett gleiten, unterdrückte ein Stöhnen, weil seine Muskeln bereits schrecklich steif geworden waren, und hatte sich ihr gerade zugewandt, als irgendwo eine Frau kreischte; es war ein langgezogener, entsetzter Schrei, dem ein dumpfer Schlag irgendwo vor ihrer Wohnungstür im Kellergeschoß folgte.

»Mein Gott!«

Er sprang aus dem Bett. »Wo hast du meine Arzttasche hingetan?«

»In den Schrank.«

Sie lief, reichte sie ihm, er fuhr mit den bloßen Füßen in die Schuhe, mit den Armen in seinen Bademantel und stürzte hinaus.

Es war sehr kalt, und er konnte nichts sehen. Irgendwo oben kreischte die Frau wieder. Er stürzte die Haupttreppe hinauf, die in die oberen Stockwerke führte, und als er in die Halle kam, öffnete sich die Tür der Wohnung Nr. 1, und eine Frau schaute heraus.

»Ja?«

»Wir haben etwas gehört. Wissen Sie, was das war?«

»Ich habe nichts gehört. Wer sind Sie?«

»Ich bin Dr. Silverstone. Wir sind eben eingezogen. Unten.«

»Oh, ich freue mich, Sie kennenzulernen.« Die Tür öffnete sich weiter und enthüllte einen kleinen untersetzten Körper, angegrautes Haar, ein rundes, schlaffes Gesicht mit einem leichten Bartanflug auf der Oberlippe. »Ich bin Mrs. Walters. Die Hauswirtin. Ihre Gattin ist eine reizende kleine Frau.«

»Danke«, sagte er; die Frau oben kreischte wieder.

»Das«, sagte er.

»Oh, das ist nur Bertha Krol«, sagte die Frau.

»Oh. Bertha Krol.«

»Ja. Lassen Sie sich nicht durch sie stören. Sie hört von selbst wieder auf.« Sie sah ihn an, wie er, barfuß in den Schuhen, in dem aufgekrempelten Pyjama und in dem alten Bademantel dastand, die Arzttasche in der Hand, und ihre Schultern begannen zu zucken.

»Gute Nacht«, sagte er steif.

Als er die erste Treppenflucht der Vorderstiege hinunterging, plumpste etwas nach unten, und mit einem dumpfen Schlag zerplatzte der zweite Sack mit Müll mitten auf der Straße. Verblüfft sah er nun im Licht der Straßenlampe den unsauberen Inhalt des ersten Sacks, den sie vor wenigen Minuten auf die Straße hatten fallen hören. Er blickte rechtzeitig hoch, um oben im Fenster einen Kopf zurückzucken zu sehen.

»Das ist ja fürchterlich!« rief er. »Hören Sie auf damit, Bertha Krol!«

Etwas pfiff an seinem Kopf vorbei und klirrte auf die Stufen.

Eine Bierdose.

Drinnen saß Gaby verängstigt im Sessel. »Was war es?« fragte sie.

»Nur Bertha Krol. Die Hausfrau sagt, sie hört von selbst wieder auf.«

Er stellte die Arzttasche in den Wandschrank zurück, löschte die Lichter aus, warf den Bademantel ab, stieg aus den Schuhen, und sie gingen wieder zu Bett.

»Adam?«

»Was?«

»Ich bin erschöpft«, sagte sie mit einer kleinen Stimme.

»Ich auch«, sagte er erleichtert. »Außerdem steif und wund.«

»Morgen hole ich irgendein Einreibemittel und reibe dich ein«, sagte sie.

»Mmmm. Gute Nacht, Gaby.«

»Gute Nacht, Adam-Liebling.«

Oben heulte die Frau. Draußen klapperte wieder eine Dose auf das eisige Pflaster. Neben ihm fröstelte sie leicht, und er drehte sich herum und legte seinen Arm um ihre Schultern.

Nach einer Weile spürte er, wie es sie unter seinem Arm genauso schüttelte, wie es die Hauswirtin geschüttelt hatte, er konnte jedoch nicht sagen, ob vor Kummer oder Heiterkeit.

»Was ist denn los?« fragte er sanft.

»Ich bin so entsetzlich müde. Und ich denke ständig, so also ist das, wenn man ein gefallenes Mädchen ist.«

Er lachte mit ihr, obwohl es ihm an allen möglichen Stellen weh tat.

Ein kleiner kalter Fuß fand seinen Weg in seinen Spann. Oben jammerte die Frau – betrunken oder geistesgestört? – nicht mehr. Gelegentlich fuhr draußen ein Wagen vorbei, das Eis und Mrs. Krols Mist zermalmend, und ließ kurz aufflammende Schattenbilder über die Wand flitzen. Ihre Hand kam und fiel leicht und warm auf seinen Schenkel. Sie schlief, und er entdeckte, daß sie schnarchte, fand jedoch, daß das leise, rhythmische Zischen musikalisch und anziehend war.

Am Morgen wachten sie früh auf, und trotz großer Muskel- und Knochenschmerzen liebten sie einander voll Entzücken unter der Schicht dicker Decken in dem stillen, kalten Zimmer, und weil es in den Küchenschränken noch nichts zu essen gab, zogen sie sich an und gingen den Berg hinunter, der in der Nacht von weichem weißem Schnee bedeckt worden war, und frühstückten ausgiebig in einer Cafeteria in der Charles Street.

Sie ging mit ihm zur Hochbahnstation, küßte ihn zum Abschied für die nächsten sechsunddreißig Stunden, und sie konnten ihre Freude einander vom Gesicht ablesen; aber keiner von ihnen versuchte, es in Worte zu fassen, vielleicht aus Angst, es dadurch zu zerstören.

Sie ging zum Supermarkt und kaufte ein, wobei sie sehr sparsam und vernünftig zu sein versuchte, weil er einen Komplex hatte, was ihr Leben von seinem Krankenhausscheck betraf; sie wußte, er würde nicht weit reichen, wenn sie mit ihrer üblichen Sorglosigkeit Geld ausgab.

Aber als sie die reifen Avocados sah, konnte sie nicht widerstehen und kaufte zwei. Trotz ihrer Vorsicht und der Tatsache, daß sie nur zu zweit waren, kaufte sie Vorräte, um den leeren Küchenschrank zu füllen; schließlich waren es fünf volle Papiersäcke. Sie überlegte, ob sie den Wagen holen sollte, fragte dann aber den Geschäftsführer, ob sie sich einen Einkaufswagen leihen dürfe. In der Regel war es verboten, aber er war so überwältigt, daß sie sich die Mühe genommen hatte zu fragen. Er half ihr sogar, die Bündel aufzuladen. Zunächst schien es eine gute Lösung, bis sie das Ding den Berg hinaufzuschieben begann. Die Stahlräder waren für den Schnee zu glatt. Sie glitten aus und rutschten, und sie auch.

Ein farbiges Mädchen mit einem grauen Streifen im Haar kam ihr aus dem Nichts zu Hilfe. »Schieben Sie auf der einen und ich auf der anderen Seite«, sagte sie.

»Danke«, keuchte Gaby. Zusammen gelang es ihnen, die Philips Street zu erreichen. »Sie haben mir das Leben gerettet! Kommen Sie auf eine Tasse Tee herein?«

»Gern«, sagte das Mädchen.

Sie trugen die Lebensmittel hinein, zogen die Mäntel aus und ließen sie auf die Couch fallen. Das Mädchen trug verschossene Blue jeans und ein altes Baumwollhemd. Es hatte hohe Backenknochen und eine reizende samtbraune Haut. Es sah aus wie siebzehn. »Wie heißen Sie?« fragte es.

»Oh, Verzeihung. Ich bin Gabriele –« Sie unterbrach sich, weil sie nicht wußte, sollte sie Pender oder Silverstone sagen.

Das Mädchen schien es nicht zu merken. »Ein sehr hübscher Name.«

»Und wie heißen Sie?«

»Janet.«

Gaby stand auf Zehenspitzen, um die Teekanne herunterzuholen.

»Doch nicht Dorothys Janet?«

»Ich habe eine Schwester, die Dorothy heißt.«

»Aber das ist ja meine Freundin!«

»Oh?« sagte das Mädchen fast teilnahmslos.

Gaby braute zum erstenmal Tee in der Kochnische und öffnete ein Päckchen Kekse, sie tranken Tee und aßen ein paar Kekse und plauderten. Janet wohnte in der Joy Street. »Der Name war einer der Gründe, warum wir dort einzogen. In dieses riesengroße Haus.«

Gaby lachte. »Das klingt ja ungeheuer groß.«

»Ist es auch.«

»Wie viele Zimmer?«

»Ich habe sie nie gezählt. Achtzehn, zwanzig. Wir brauchen Platz. Ich lebe in einer ungewöhnlich großen Familie.«

»Wie viele Leute?«

Sie zuckte die Achseln. »Das ist verschieden. Manchmal gehen welche weg, andere kommen und bleiben. Ich weiß nicht, wie viele wir gerade jetzt sind. Eine ganze Menge.«

»Oh«, sagte Gaby und verstand.

»Es funktioniert recht gut«, sagte Janet und nahm noch einen Keks.

»Jeder tut einfach das Seine.«

»Was zum Beispiel?«

»Sie wissen schon, Poster machen. Oder Blumen, oder Sandalen. Alles, was gefragt ist.«

»Was tun Sie?«

»Ich treibe Essen auf. Ich bin ein Digger. Ich geh aus und bring Essen heim.«

»Wo bekommen Sie das?«

»Oh, überall. Auf den Märkten und in Bäckereien. Man gibt uns altbackenes Zeug und verdorbenes Gemüse und so Sachen. Sie würden staunen, wieviel Brauchbares übrigbleibt, wenn man die verdorbenen Teile wegschneidet. Und die Leute hier in der Gegend schenken uns Sachen. Es gibt noch fünf andere Digger in meiner Familie. Wir kommen prima zurecht.«

»Ich verstehe«, sagte Gaby schwach. Nach einer Weile nahm sie die Tassen und stellte sie in das Spülbecken in der Kochnische.

»Ich bringe lieber den Karren zurück«, sagte sie.

»Ich bringe ihn zurück. Ich gehe sowieso dorthin.«

»O nein, wirklich...«

»Trauen Sie mir nicht?«

»Aber natürlich traue ich Ihnen.«

Gaby ging in die Kochnische und steckte ein Glas Erdnußbutter, zwei Gläser Jam, einen Brotlaib und – warum eigentlich? – eine der Avocados in einen Sack. »Darf ich Ihnen das hier schenken?« fragte sie das Mädchen und schämte sich aus einem ihr unverständlichen Grund.

Janet zuckte gleichgültig die Achseln. »Sie haben eine Menge Bücher«, sagte sie und wies auf die auf dem Fußboden gestapelten Bände. »Orangenkisten ergeben großartige Bücherborde. In verschiedenen Farben gestrichen.« Sie winkte mit der Hand und ging. Als sie fort war, wirkte die Wohnung still und verlassen. Gaby räumte ihre Einkäufe weg, wobei ihr einfiel, daß sie jetzt noch einmal um Erdnußbutter, Jam und Brot den Berg hinuntergehen mußte. Sie schnitt zwei Streifen Klebeband ab, tippte »Gabriele Pender« auf das eine und »Dr. med. Adam R. Silverstone« auf das andere und klebte sie dann beide draußen auf den verrosteten schwarzmetallenen Briefkasten.

Im Supermarkt ersetzte sie die Sachen, die sie dem Diggermädchen gegeben hatte, bat impulsiv um Orangenkisten und bekam sechs. Sie füllten den Plymouth aus. Auf dem Heimweg hielt sie bei der Eisenwarenhandlung an und kaufte zwei Pinsel, Farbverdünner und Dosen mit schwarzer, orange und weißer Emailfarbe.

Der Rest des Tages wurde dem geplanten Unternehmen gewidmet. Sie breitete die Morgenzeitung auf dem Boden aus und arbeitete peinlich genau ohne Unterbrechung und strich zwei Kisten in einer Farbe; sie wollte, daß sie gut ausfielen, damit sie Adam überraschen konnte. Als alle sechs Kisten gestrichen waren, reinigte sie die Pinsel und räumte sie samt den Farbdosen unter das Spülbecken, duschte lange und stieg in den Pyjama. Sie war nicht ganz glücklich über die Einordnung ihrer Sachen in den Kommodenschubladen; jetzt nahm sie die Hälfte von Adams Sachen aus seinem und die Hälfte ihrer aus ihrem Fach und vertauschte sie, bis alle Fächer gemischt waren, seine Socken sich an ihre Strümpfe schmiegten, ihre Höschen ordentlich aufgestapelt neben seinen kurzen Unterhosen lagen. Unter ihre Blusen und neben seine Hemden steckte sie die kleine runde Schachtel aus imitiertem Perlmutter mit den Pillen, den Glückssteinen ihrer Beziehung, den magischen Tränken, die ihnen ihr illegitimes Zusammenleben erlaubten.

Sie studierte bis zehn Uhr, versperrte dann die Tür, legte die Kette vor, nahm eine der gräßlichen kleinen Pillen, drehte die Lichter ab und ging zu Bett.

Die Wohnung roch stark nach Farbe. Mrs. Krol kreischte dreimal, war aber anscheinend nicht ganz bei der Sache und schmiß auch nichts aus dem Fenster auf die Straße. Aus der Richtung des Massachusetts General stöhnte eine Ambulanzsirene, und sie fühlte sich Adam nahe. Wenn Autos auf der Philips Street vorbeifuhren, malten ihre Scheinwerfer weiterhin Ungeheuer, die einander von den Wänden jagten.

Sie hatte zu dösen begonnen, als jemand klopfte.

Sie sprang aus dem Bett, stand im Finstern hinter der Tür und öffnete sie nur den Spalt, den die kleine Kette zuließ.

»Wer ist da?«

»Janet schickt mich.«

Im Licht der Straßenlampe konnte sie durch den Spalt einen Mann sehen, nein, einen Burschen. Einen großen Burschen mit langem blonden Haar, das in dem trüben Licht fast die Farbe von Janets Haar hatte.

»Was wollen Sie?«

»Sie schickt etwas.« Er streckte ihr ein formloses Bündel entgegen.

»Können Sie es vor die Tür legen? Ich bin nicht angezogen.«

»Gut«, sagte er heiter. Er legte es hin, und sein bärenhafter Schatten hüpfte weg. Sie zog ihren Bademantel an, drehte alle Lichter an und wartete lange, bis sie Mut gefaßt hatte, dann schob sie rasch die Kette zurück, packte das Bündel, warf die Tür zu, versperrte sie und saß klopfenden Herzens auf dem Bett. In eine lose Hülle aus altem Zeitungspapier war ein großer Strauß bunter Papierblumen eingewickelt. Große Blüten, schwarz, gelb und orange schattiert. Genau die richtigen Farben.

Sie ging ins Bett zurück, ließ das Licht brennen, lag da und blickte weniger ängstlich in das Zimmer. Schließlich hörte sie auf, sich einzubilden, daß sich jemand an ihrer Tür zu schaffen machte, und schlief bald danach ein.

RAFAEL MEOMARTINO

Als Meomartino ein kleiner Junge war, begleitete er Leo, das Familienfaktotum, regelmäßig zur Sankt-Raphaels-Kapelle, einer kleinen weißgekalkten Kirche mitten in den Zuckerrohrfeldern seines Vaters; dort legte ihm Vater Ignacio die kühle Oblate auf die Zunge, ein *guajiro*-Arbeiterpriester mit schlechtem Mundgeruch, dem er regelmäßig die Sünden seiner frühen Jugend beichtete und von dem er die milden, respektvollen Strafen für Privilegierte erhielt.

Ich hatte böse Gedanken, Vater.

Fünf Ave Maria und fünf Bußgebete, mein Sohn.

Ich habe meinen Körper mißbraucht, Vater.

Fünf Ave Maria und fünf Bußgebete. Kämpfe gegen die Schwäche des Fleisches, mein Sohn.

Bei Hochzeiten und Begräbnissen war die Familie an den Prunk der Kathedrale in Havanna gewöhnt, aber zu den gewöhnlichen Gelegenheiten fühlte sich Rafe in der kleinen Kirche zu Hause, die am Tag seiner Geburt von den Arbeitstrupps seines Vaters erbaut worden war. Wenn er in dem dunklen, feuchten Inneren vor der Gipsstatue seines Schutzheiligen kniete, verrichtete er seine Buße und bat dann den Erzengel um Fürsprache gegen einen tyrannischen Lehrer, ihm Latein lernen zu helfen, ihn vor Guillermo zu schützen.

Als Rafe jetzt Schenkel an Schenkel mit seiner schlafenden Frau lag, der er vor einer Stunde kalte, verzweifelte Liebe geschenkt hatte, dachte er an den heiligen Raphael und wünschte brennend, wieder zwölf Jahre alt zu sein.

In Harvard hatte er seinen Glauben aufgegeben. Es war lange her, daß er gebeichtet hatte, Jahre, seit er mit einem Priester aufrichtig gesprochen hatte.

Heiliger Raphael, betete er in das dunkle Zimmer. Zeig mir, wie ich ihr helfen kann.

Hilf mir zu sehen, wo ich sie im Stich gelassen habe, warum ich ihren Durst nicht stillen kann, warum sie zu anderen Männern geht.

Silverstone, dachte er.

Er war ein besserer Mann und ein besserer Chirurg als Silverstone, und dennoch bedrohte Silverstone seine Existenz auf beiden Gebieten.

Er lächelte freudlos und dachte, daß Longwood sichtlich entschieden hatte, es gäbe schlimmere Dinge als einen Kubaner in der Familie. Der Alte war beim Anblick von Liz und Silverstone entsetzt gewesen. Seit jener Nacht war er Rafe gegenüber fast herzlich und freundlich gewesen, als versuchte er anzudeuten, daß er wußte, wie schwierig seine Nichte war.

Jetzt aber setzte ihn Longwood täglich stärker unter Druck, um sicherzustellen, daß er, und nicht Silverstone, die Dozentur bekam.

Meomartino quälte sich mit Zweifeln an sich selbst.

Heiliger Raphael, sagte er. Bin ich nicht Manns genug? Ich bin Arzt. Ich weiß doch, daß sie, sowie wir miteinander fertig sind, befriedigt ist.

Zeige mir, was ich tun muß. Ich verspreche, daß ich beichten gehe, kommuniziere, daß ich wieder ein echter Katholik werde.

Es war still in dem dunklen Zimmer, bis auf das Geräusch ihres tiefen Atmens.

Er erinnerte sich, daß er trotz all seinem Knien vor der Statue in Latein durchgefallen, daß sein Körper von Guillermo gewöhnlich grün und blau geschlagen worden war, bis er stark genug war, seinen älteren Bruder zu besiegen.

Der heilige Raphael hatte auch damals nicht geholfen.

Am Morgen ging er mit müden Augen ins Krankenhaus und kämpfte sich durch die frühen Stunden. Seine Stimmung war schon schlecht, als er die Hausärzte durch die Morgenvisite führte, und sie besserte sich nicht, als er James Roche erreichte, einen neunundsechzigjährigen Herrn mit fortgeschrittenem Dickdarmkrebs, der für den nächsten Morgen sehr früh zur Operation eingeteilt war.

Während Schwestern und Diätspezialisten mit Tabletts

durch die Höhlen der Abteilung eilten, umriß Meomartino den Fall, mit dem die meisten Hausärzte schon vertraut waren, und wollte eben einige Lehrfragen stellen.

Aber er hörte mitten im Satz zu sprechen auf.

»*Christos*, ich kann es nicht glauben.«

Mr. Roche aß eben sein Mittagessen. Auf seinem Teller lagen Huhn, Kartoffeln, grüne Bohnen.

»D. Robinson, wieso ißt dieser Mann das hier?«

»Ich habe keine Ahnung«, sagte Spurgeon. »Die Anordnung, seine Diät zu ändern, steht im Buch. Ich habe sie selbst eingetragen.«

»Bitte geben Sie mir das Auftragsbuch.«

Als er es öffnete, stand tatsächlich die Anordnung drinnen, in Robinsons sauberer, beherrschter Handschrift, aber es besänftigte seinen Zorn nicht.

»Mr. Roche, was hatten Sie zum Frühstück?« fragte er.

»Übliches Frühstück. Obstsaft, ein Ei, Haferflocken. Und ein Glas Milch.«

»Streichen Sie seinen Namen vom Operationsprogramm«, sagte Meomartino. »Setzen Sie ihn für übermorgen an, verdammt.«

»Oh, und Toast auch«, sagte der Patient.

Meomartino sah die Hausärzte an. »Können Sie sich vorstellen, was geschehen wäre, wenn wir den Dickdarm beim Vorhandensein dieses kompakten Stuhls aufgemacht hätten? Können Sie sich vorstellen, durch einen solchen Mist hindurch Blutgefäße abzuklemmen? Können Sie sich das Übermaß an Infektionsmöglichkeiten vorstellen? Nein, wahrscheinlich können Sie es erst, wenn Sie es selbst erlebt haben.«

»Doktor«, sagte der Patient ängstlich, »soll ich den Rest stehenlassen?«

»Sie lassen sich Ihr Huhn jetzt gut schmecken«, sagte er. »Morgen früh werden Sie die Diät bekommen, die Sie heute hätten bekommen sollen, eine flüssige Diät. Wenn irgend jemand versucht, Ihnen morgen etwas Festeres als Gelee zu geben, essen Sie es nicht, und lassen Sie mich sofort holen, *comprende?*«

Der Mann nickte.

Seltsamerweise wußte keine der Schwestern, wer Mr. Roche das Frühstück und Mittagessen serviert hatte.

Zwanzig Minuten später saß Meomartino in seinem Büro. Er bereitete eine Dienstbeschwerde gegen die unbekannte Schwester vor.

Nachmittags kam ein Anruf von Longwood.

»Ich bin durchaus nicht glücklich über die Zahl der Bewilligungsscheine für Obduktionen, die Sie abgeliefert haben.«

»Ich habe mein Bestes getan«, sagte er.

»Surgical Fellows an anderen Stationen haben doppelt so viele Bewilligungen erhalten wie Sie.«

»Vielleicht gab es auf ihren Stationen mehr Todesfälle.«

»An unserer eigenen Abteilung hat ein anderer Chirurg in diesem Jahr weitaus mehr Bewilligungen bekommen als Sie.«

Er brauchte Longwood nicht nach dem Namen des Chirurgen zu fragen. »Ich werde mir in Zukunft größere Mühe geben«, sagte er.

Kurz darauf kam Harry Lee ins Büro.

»Ich habe soeben eins aufs Dach gekriegt, Harry. Dr. Longwood will mehr Obduktionsbewilligungen von mir haben. Ich werde diesen Anschnauzer an jeden Hausarzt weitergeben, der an einem meiner Fälle arbeitet.«

»Wir sind nicht jedesmal, wenn wir einen Patienten verloren haben, vor der Familie auf die Knie gefallen«, sagte der chinesische Facharztanwärter. »Das wissen Sie selbst. Wenn sie einer Obduktion zugestimmt haben, dann haben wir ihre Unterschriften bekommen. Wenn sie triftige persönliche Gründe für die Ablehnung haben …«

Er zuckte die Achseln.

»Longwood wies darauf hin, daß Adam Silverstone viel mehr Zustimmungen eingebracht hat als ich.«

»Ich wußte nicht, daß Sie beide miteinander im Wettstreit liegen.«

Lee sah ihn neugierig an.

»Jetzt wissen Sie es.«

»Jetzt weiß ich es. Soll ich Ihnen verraten, wie einige Stationen die Bewilligungen bekommen?«

Rafe wartete.

»Sie treiben den Hinterbliebenen den Widerstand mit Angst aus, deuten an, daß die ganze Familie den Keim zu irgendeiner geheimnisvollen Krankheit in sich tragen könnte, die auch den Patienten tötete, und daß der Chirurg durch eine Obduktion nur ihr Leben retten will.«

»Das ist ekelhaft.«

»Stimmt. Wollen Sie, daß auch wir damit anfangen?«

Rafe sah ihn an und lächelte. »Nein, tun Sie einfach nur Ihr möglichstes. Wie viele Bewilligungsscheine haben wir letzten Monat eingereicht?«

»Keinen«, sagte Lee.

»Verdammt.«

»Wir konnten nicht gut Obduktionsbewilligungen bekommen«, sagte Lee milde.

»Warum, zum Teufel, nicht?«

»Weil wir letzten Monat auf der Station keinen Patienten verloren haben.«

Ich will mich nicht entschuldigen, dachte er. »Das bedeutet, daß ich euch allen ein Fest schulde.«

Lee nickte. »Sie oder Silverstone.«

»Ich werde es geben«, sagte Meomartino. »Ich habe eine Privatwohnung.«

»Adam hat jetzt auch eine Wohnung, soviel ich höre«, sagte Lee.

»Zumindest wohnt er nicht mehr im Krankenhaus.«

Dort also geht Liz hin, dachte Meomartino betäubt.

Zu seinem Ärger merkte er, daß er wieder die Engel auf der Taschenuhr mit dem Daumenballen rieb.

»Sie können die Nachricht verbreiten«, sagte er. »Das Fest findet bei mir statt.«

Liz war entzückt.

»Oh, ich liebe Feste. Ich werde die Gastgeberin sein, die dir Onkel Harlands Stellung einträgt, wenn er in Pension geht«, sagte sie, zog die langen Beine auf die Couch und füllte einen Schmierblock mit einer Liste all dessen, worum man sich kümmern mußte, Schnaps, Kanapees, Blumen, Servierhilfe...

Er erinnerte sich plötzlich voll Unbehagen, daß die meisten Leute auf der Station nicht an große Blumenrechnungen oder Dienstbotengehälter gewöhnt waren, wenn sie einander bewirteten.

»Wir wollen es ganz einfach machen«, sagte er. Sie schlossen einen Kompromiß: nur einen Barmann und Helga, die Frau, die für sie regelmäßig stundenweise arbeitete.

»Liz«, sagte er, »ich wäre dir dankbar, wenn du nicht...«

»Ich werde keinen Tropfen trinken.«

»Das ist nicht nötig. Nur übertreib es nicht.«

Der Waffenstillstand mit dem Tod war nicht von Dauer. Am Freitag, dem Tag vor dem Fest, bekam Melanie Bergstrom eine Lungenentzündung. Angesichts einer rasch steigenden Temperatur und der Tatsache, daß beide Lungen betroffen waren, pumpte sie Kender mit Antibiotika voll.

Peggy Weld saß neben dem Bett ihrer Schwester und hielt ihre Hand unter dem Rand des Sauerstoffzelts. Meomartino fand Ausreden, um ins Zimmer zu kommen, aber Peggy interessierte sich nicht für ihn. Ihre Augen waren auf das Gesicht ihrer Schwester geheftet. Er hörte nur einmal ein Gespräch.

»Durchhalten, Baby«, befahl Peggy.

Melanie fuhr sich mit der Zunge über die Lippen, die durch ihr mühsames Atmen ausgetrocknet waren. »Du wirst dich um sie kümmern?«

Der Sauerstoff zischte laut.

»Was?«

»Ted und die Mädchen.«

»Hör zu«, fauchte Peggy. »Ich habe dein ganzes Leben lang deine Dreckarbeit gemacht. Du wirst dich selbst um sie kümmern.«

Melanie lächelte. »Ah, Peg.«

»Du wirst jetzt nicht nachgeben!«

Aber am frühen Morgen starb sie in der Abteilung für Intensivpflege. Joan Anderson, die kleine blonde Lernschwester, entdeckte es. Joan war ruhig und diszipliniert, aber nachdem sie Meomartino die Meldung gemacht hatte, begann sie zu zittern.

»Schicken Sie sie heim«, sagte er zu Miß Fultz.

Aber die Oberschwester hatte hundert junge Mädchen erlebt, die plötzlich vor der Realität des Todes gestanden hatten. Für den Rest des Tages teilte sie Miß Anderson den unangenehmsten Patienten der Abteilung zu, Männern und Frauen, die überflossen von Verbitterung und Selbstmitleid.

Meomartino wartete auf Peggy Weld, als sie ins Krankenhaus kam.

»Hallo«, sagte er.

»Guten Morgen. Wissen Sie, wie es meiner Schwester geht?«

»Setzen Sie sich einen Augenblick, und plaudern wir miteinander.«

»Es ist vorbei, nicht?« sagte sie leise.

»Ja«, sagte er.

»Arme Mellie.« Sie wandte sich zum Gehen.

»Peg«, sagte er, aber sie schüttelte den Kopf, ging weiter und verließ das Krankenhaus.

Einige Stunden später kam sie zurück, um die Sachen ihrer Schwester abzuholen. Sie war blaß, hatte jedoch trockene Augen, was ihn bekümmerte. Er hatte das Gefühl, daß sie eine Frau war, die warten würde, bis sie völlig allein war, und wenn es Wochen dauern sollte, dann aber einen hysterischen Anfall bekommen würde.

»Fühlen Sie sich wohl?« fragte er.

»Ja. Ich bin nur spazierengegangen.«

Sie saßen schweigend eine Weile da.

»Sie hat es besser verdient«, sagte sie. »Wirklich. Sie hätten sie kennen sollen, als sie gesund war.«

»Ja. – Was werden Sie jetzt tun?« fragte er sanft.

Sie zuckte die Achseln. »Das einzige, das ich kann. Nach allem... werde ich meinen Agenten anrufen und ihm sagen, daß ich wieder einsatzfähig bin.«

»Das ist gut«, sagte er erleichtert.

Sie sah ihn neugierig an. »Was soll das heißen?«

»Verzeihung, aber ich habe ein Gespräch mit angehört...«

Sie sah ihn an und lächelte wehmütig. »Meine Schwester war sehr unpraktisch. Mein Schwager möchte mich nicht einmal auf einem Silbertablett präsentiert haben«, sagte sie. »Er glaubt, ich sei ein lockeres Dämchen. Um die Wahrheit zu sagen, ich kann den ekelhaften Spießer nicht ausstehen.«

Sie stand auf und streckte ihm die Hand hin. »Leben Sie wohl, Rafe Meomartino«, sagte sie, ohne den Versuch, ihr Bedauern zu verbergen.

Er nahm ihre Hand und dachte, wie sinnlos Menschenleben einander überkreuzen, und fragte sich, was geschehen wäre, wenn er diese Frau vor jener Nacht getroffen hätte, als Liz einen betrunkenen Fremden aus dem Regen zu sich genommen hatte.

»Leben Sie wohl, Peggy Weld«, sagte er und ließ ihre Hand los.

Nachmittags traten die Stationsärzte in Abwesenheit Dr. Longwoods und mit Dr. Kender als Vorsitzendem zur Exituskonferenz zusammen und widmeten die ganze Sitzung dem Fall Melanie Bergstrom.

Dr. Kender stellte sich ohne Umschweife dem Thema und schrieb den Tod der Infektionsempfänglichkeit zu, die durch die Anwendung von zu hohen Dosen unterdrückender Medikamente hervorgerufen worden war. »Dr. Silverstone schlug Dosierungen von 100 mg vor«, sagte er. »Ich entschied mich für 130 mg.«

»Hätte sich Ihrer Meinung nach eine Lungenentzündung auch dann ergeben, wenn Sie ihr die von Dr. Silverstone vorgeschlagenen 100-mg-Dosierungen gegeben hätten?« fragte Dr. Sack.

»Wahrscheinlich nicht«, sagte Kender. »Aber ich bin ziemlich sicher, daß sie mit nur 100 mg das übertragene Organ abgestoßen hätte. Dr. Silverstone hat die Tierexperimente durchgeführt, und er wird Ihnen bestätigen, daß es nicht einfach so ist, daß x Einheiten des Körpergewichts y Einheiten des Medikaments verlangen. Es kommen andere Faktoren hinzu – der Lebenswille der Patientin, die Stärke ihres Herzens, der ihr innewohnende Widerstand gegen Krankheit, zweifellos noch andere Dinge, die wir nicht einmal ahnen.«

»Welchen Weg schlagen Sie jetzt ein, Doktor?« fragte Sack.

Kender zuckte die Achseln. »Es gibt eine Substanz, gewonnen aus Pferden, denen man zermahlene Lymphknoten aus menschlichen Leichen injiziert hat. Sie heißt Anti-Lymphocytenserum, abgekürzt ALS. Bisherigen Berichten zufolge ist es in Fällen wie diesem sehr wirksam. Wir werden mit den Tierexperimenten beginnen.«

»Dr. Kender.« Es war Miriam Parkhurst. »Wann gedenken Sie Harland Longwood eine Niere einzusetzen?«

»Wir suchen einen Spender«, sagte Kender. »Seine Blutgruppe ist B-negativ. Spender an sich sind schon rar, dazu noch die Komplikation einer seltenen Blutgruppe...« Er schüttelte den Kopf.

»Ein verdammtes Hindernis«, sagte Joel Sack. »Kaum zwei von hundert Spendern, die in unsere Blutbank kommen, sind B-negativ.«

»Haben Sie die anderen Krankenhäuser verständigt, daß wir einen B-Negativen suchen?« fragte Miriam.

Kender nickte. »Es gibt noch etwas, das Sie alle wissen sollten«, sagte er. »Wir sind zwar imstande, Dr. Longwoods körperliche Verfassung am Blutwäscheapparat zu erhalten. Aber er ist emotional für die Behandlung ungeeignet. Aus psychischen Gründen kann er nicht länger auf Dialyse gehalten werden.«

»Das meine ich ja«, sagte Miriam Parkhurst. »Wir müssen etwas unternehmen. Einige von uns kennen diesen Mann – diesen großen Chirurgen – seit Jahren als Freund und Lehrer.«

»Dr. Parkhurst«, sagte Kender sanft, »wir tun, was möglich ist. Keiner von uns kann Wunder vollbringen.« Offensichtlich entschlossen, zum eigentlichen Thema der Sitzung zurückzukehren, wandte er sich an Joel Sack. »Ist die Obduktion Bergstrom schon durchgeführt?«

Dr. Sack schüttelte den Kopf. »Ich habe keine Einwilligung für die Autopsie erhalten.«

»Ich habe mit Mr. Bergstrom gesprochen«, sagte Adam Silverstone. »Er weigert sich, eine Obduktion in Betracht zu ziehen.«

Kender runzelte die Stirn. »Glauben Sie, daß seine Entscheidung endgültig ist?«

»Ja«, sagte Silverstone.

»Ich möchte versuchen, seinen Entschluß zu ändern«, sagte Meomartino plötzlich.

Sie starrten ihn an.

»Das heißt, falls Dr. Silverstone nichts dagegen hat.«

»Sicherlich nicht. Ich halte es nicht für wahrscheinlich, daß er das Dokument unterzeichnet, aber wenn Sie es versuchen wollen …«

»Es kann nichts schaden«, sagte Kender und warf Meomartino einen beifälligen Blick zu. Er sah die versammelten Chirurgen an.

»Solange wir nicht die Ergebnisse einer Obduktion haben, ist es sinnlos, in diesem Fall abzustimmen. Aber es scheint auf der Hand zu liegen, daß bei unserem gegenwärtigen Wissensstand über das Abstoßungsphänomen dieser Tod unvermeidlich war.« Er schwieg wegen möglicher Einwände, und als er die allgemeine Zustimmung spürte, nickte er zum Zeichen, daß die Sitzung zu Ende war.

Meomartino rief von seinem Büro aus an.

»Hallo?« sagte Ted Bergstrom.

»Mr. Bergstrom? Hier spricht Dr. Meomartino vom Krankenhaus.«

»Was ist?« fragte Bergstrom mit einer Stimme, in der Meomartino den unterbewußten Haß des Hinterbliebenen gegenüber den Chirurgen, den Verlierern, spürte.

»Es handelt sich um die Obduktion« sagte er.

»Ich habe meine Einstellung bereits dem anderen Doktor mitgeteilt. Es ist vorbei. Wir haben alle genug durchgemacht. Mit ihrem Tod ist der Fall abgeschlossen.«

»Ich meine, ich sollte Ihnen gegenüber noch etwas erwähnen«, sagte er.

»Und das wäre?«

»Sie haben zwei Töchter.«

»Und?«

»Wir halten sie zwar nicht für gefährdet, da wir noch keinen echten Beweis dafür haben, daß eine Veranlagung für ein Versagen der Nieren erblich ist.«

»O mein Gott«, sagte Bergstrom.

»Bestimmt wird die Obduktion zeigen, daß absolut kein Anlaß zu Sorge besteht«, sagte Meomartino.

Bergstrom schwieg. Dann kam ein heiseres Knurren, der Laut eines Tieres in Not.

»Ich schicke sofort jemanden mit dem Einwilligungsformular hinüber. Sie brauchen es nur zu unterzeichnen, Mr. Bergstrom«, sagte Meomartino.

Am Abend um acht Uhr zwanzig, als die Türglocke läutete und den ersten Ankömmling meldete, öffnete er selbst.

»Hei, Doktor«, sagte Maish Meyerson.

Meomartino führte den Ambulanzfahrer herein und stellte ihn Liz vor. Sie war am Vormittag beim Friseur gewesen und hatte Meomartino damit überrascht, daß sie mit schwarzem Haar heimgekommen war.

»Gefällt es dir?« hatte sie fast schüchtern gefragt. »Sie sagten, es würde sich zu meiner eigenen Farbe auswachsen, so daß man es kaum merkt.«

»Sehr.« Es erschreckte ihn etwas, rückte sie noch ferner, machte sie zu einer völlig Fremden. Aber er hatte sie lange dazu gedrängt und war glücklich, daß sie es um seinetwillen getan hatte, voll Hoffnung, daß es ein gutes Zeichen sei.

Meyerson wählte Sour Mash-Bourbon. Sie prosteten einander zu.

»Für Sie nichts, Mrs. Meomartino?«

»Nein, danke.«

Sie gossen den Drink beide auf einen Zug hinunter und schnappten nach Luft.

»Was ist das, Maish?« fragte Meomartino.

»Was?«

»Dieses Teufelszeug.«

»Nicht die leiseste Ahnung.« Sie grinsten einander an, und er füllte Meyersons Glas und dann sein eigenes noch einmal.

Wieder läutete es, und in Liz' Gesicht malte sich Erleichterung, aber nur einen Augenblick lang. Es war Helen Fultz. Sie überließ Helga ihren Mantel und schloß sich ihnen an, wollte jedoch nichts Stärkeres als Tomatensaft nehmen. Die vier saßen da, sahen einander an und versuchten zu plaudern, aber dann begann die Türglocke regelmäßig zu läuten, und die Wohnung füllte sich. Bald standen überall Leute herum, und es gab den bei Gesellschaften üblichen Lärm. Rafe fragte sich plötzlich, ob Peggy Weld schon eine Möglichkeit gehabt hatte zu weinen, dann aber ertrank er als Gastgeber allmählich in einem Menschentümpel.

Einige der Hausärzte waren verheiratet und brachten ihre Frauen mit.

Mike Schneider, dessen Ehe weithin als festgefahren bekannt war, stellte eine leicht fettleibige Rothaarige als seine entfernte Kusine aus Cleveland, Ohio, vor.

Im Gegensatz dazu war Jack Moylan mit der reservierten Joan Anderson gekommen. Die Augen der Lehrschwester strahlten etwas zu stark, aber es schien ihr trotz des Schocks, den sie heute morgen erlitten hatte, nicht schlechtzugehen.

»Ich war noch nie betrunken, Rafe«, sagte sie. »Kann ich das heute abend ändern?«

»Seien Sie mein Gast«, sagte er.

»Ändern ist das Schlüsselwort. Nieder mit dem Establishment«, sagte Moylan und führte sie zur Bar.

Harry Lee, den noch nie jemand mit einem Mädchen gesehen hatte, war mit Alice Tayakawa, der Anästhesistin, gekommen.

Spurgeon Robinson, begleitet von einer schwarzen Athene, der er Meomartino kühl vorstellte, war mit Adam Silverstone und einer kleinen Blonden mit einer Florida-Sonnenbräune eingetroffen. Meomartino beobachtete sie, als ihr Weg den der Gastgeberin kreuzte.

Seine Frau betrachtete sie neugierig. »Guten Tag«, sagte sie.

»Guten Tag.«

Um zehn Uhr dreißig hatte Meyerson Helen Fultz überredet, einen Screw Driver zu versuchen, weil Orangensaft Vitamin C enthält. Harry Lee und Alice Tayakawa saßen in einer Ecke und diskutierten erregt über die Gefahren einer Leberschädigung als negative Folge der Halothan-Narkose. »Nehmen Sie noch einen«, rief Jack Moylan Joan Anderson zu, die in ihrem Programm schon so weit fortgeschritten war, daß sie eine bemerkenswerte Leistung im Limbo vollbrachte, indem sie unter einer Vorhangstange, die nur sechzig Zentimeter über dem Fußboden schwebte, durchschlüpfte, während Moylan und Mike Schneider dasaßen und sie vom klinischen Standpunkt aus studierten.

»Enges Becken«, bemerkte Moylan.

»Masters und Johnson sollten eine Arbeit über die Penisempfänglichkeit junger Schwestern nach Ersterfahrung mit dem Tod schreiben«, sagte Schneider, als das Mädchen den Rücken bog und das enge Becken unter die Stange drückte.

Moylan eilte zur Bar, um ihr Glas wieder zu füllen.

»Kann ich Ihnen etwas holen?« fragte Meyerson Liz Meomartino. Sie lächelte ihn an. »Nein, danke«, sagte sie.

»...und ich nähte gerade die Schnittwunde in ihrem Deltoid«, sagte Spurgeon soeben. »Und ich sagte zu ihr: Du bist also in dem Spektakel verwundet worden, und sie sagte zu mir: Nein, in der Schulter...«

Damit begann eine Runde von Anekdoten, wie Patienten ihre Krankheiten beschrieben: Fibroide des Uterus wurden zu fiebrigen Mutterrissen, Sichelzellen zu Sicherstellen, alte Jungfern mit geschwollenen Drüsen behaupteten, sie hätten Mumps, und Eltern von ihren krätzigen Kindern, sie hätten Windpocken. Meyerson wußte Saftigeres und erzählte von einer Dame, die jahrelang in den Kramladen seines Onkels im West End gekommen war, um statt Farina Tante Vaginas Pfannkuchenmehl zu kaufen.

»Werden Sie nach Formosa zurückkehren?« fragte Alice Tayakawa Harry Lee.

»Wenn ich meine Ausbildung beendet habe.«

»Wie ist es dort?«

Er zuckte die Achseln. »In vieler Hinsicht halten sie noch an alten Bräuchen fest: Achtbare unverheiratete Männer und Frauen würden an einer Zusammenkunft wie dieser nie teilnehmen...«

Alice Tayakawa runzelte die Stirn. Sie war in Darien, Connecticut, geboren. »Sie sind ein sehr ernster Mensch«, sagte sie.

Wieder zuckte er die Achseln.

»Ich möchte Sie etwas fragen«, sagte sie mit schüchterner Förmlichkeit.

»Ja.«

»Ist es wahr, was man über chinesische Burschen sagt?«

Er sah sie verwirrt an. Dann blinzelte er.

Die Sache mit ihrem Haar war ein völliger Fehlschlag, dachte Elizabeth Meomartino niedergeschlagen. Als es blond gewesen war, war es nicht mit der sonnenstreifigen Lichtbronze der kleinen Penderhure vergleichbar, und jetzt, da es wieder seine eigene Farbe hatte, ließ es das schimmernde afrikanische Haar des farbigen Mädchens als das aussehen, was es war: gefärbtes Stroh. Sie sah Dorothy Williams verstimmt an und bemerkte dann, daß Adam Silverstone und Gaby Pender engumschlungen miteinander tanzten. Gaby lächelte, als er ihr etwas zuflüsterte, und berührte seine Wange mit den Lippen.

»Ich glaube, ich werde doch einen ganz winzigen Martini nehmen«, sagte Liz zu Meyerson.

»Es ist so heiß hier drinnen«, sagte Joan Anderson.

»Ich hole Ihnen noch einen Drink«, sagte Moylan.

»Mir ist schwindlig«, flüsterte sie.

»Gehen wir in ein Zimmer, wo mehr Luft ist.«

Händehaltend schlenderten sie in die Küche und dann weiter in ein Schlafzimmer.

Dort lag ein kleiner Junge schlafend im Bett.

»Wohin?« flüsterte sie. Er küßte sie, ohne das Kind aufzuwecken, und sie wanderten durch einen Gang in das Elternschlafzimmer.

»Ich glaube, Sie sollten sich hinlegen«, sagte Moylan und schloß die Tür.

»Da liegen Mäntel auf dem Bett.«

»Wir werden ihnen schon nichts tun.«

Sie lagen auf ihrem Nest von Kleidungsstücken, und sein Mund fand ihr Gesicht, ihren Mund, ihren Hals.

»Darfst du denn das?« fragte sie nach einer Weile.

Er bemühte sich erst gar nicht um eine Antwort.

»Doch«, sagte sie verträumt.

»Jack«, sagte sie einen Augenblick später.

»Jack.«

»Ja, Joannie«, sagte Moylan, jetzt großartig zuversichtlich.

»Jack ...«

»Wir wollen es nicht überstürzen«, sagte er.

»Jack, du verstehst nicht. Ich muß mich übergeben«, sagte sie. Und tat es.

Auf seinen Mantel, sah Moylan zu seinem Entsetzen.

Rafe ging in Miguels Zimmer und steckte die Decken um die kleinen, dünnen Schultern zurecht. Er saß auf dem Bett und sah den schlafenden Jungen an, während aus dem Wohnzimmer noch immer das Geräusch von Lachen und Musik und das Singen der heiseren Rothaarigen drang.

Jemand kam in die Küche. Durch die offene Tür konnte er hören, wie Eis in Gläser geworfen und eingeschenkt wurde.

»Sie sind ganz allein hier draußen?« Es war Liz' Stimme.

»Ja. Nur ein paar letzte Drinks machen.«

Spurgeon Robinson, dachte Meomartino.

»Sie sind zu nett, um allein zu sein.«

»Danke.«

»Sie sind sehr groß, nicht wahr?«

Er hörte sie etwas flüstern.

»Es ist allseits bekannt, daß wir Farbigen begabt sind.« Die Stimme war plötzlich tonlos geworden. »Darin und im Steppen.«

»Von Steppen verstehe ich nichts«, sagte sie.

»Mrs. Meomartino, ich habe ein netteres, süßeres Mädchen in einem grüneren, reineren Land.«

Einen Augenblick Stille.

»Wo liegt das?« fragte sie. »In Afrika?«

Meomartino trat in die Küche.

»Haben Sie alles, was Sie brauchen, Spurgeon?« fragte er.

»Durchaus alles, danke.« Robinson verließ die Küche mit den Drinks.

Meomartino sah sie an. »Nun, glaubst du, daß du mich zum Chefchirurgen gemacht hast?« fragte er.

Später, als sie endlich gegangen waren, brachte er es nicht über sich, sich neben sie zu legen. Er nahm ein Kissen und Decken und legte sich auf die Couch mitten in das verlassene Schlachtfeld, das nach Whiskyresten und kaltem Rauch stank.

Als er in Halbschlaf versank, sah er ihren Körper, die wunderbar blassen Schenkel, blockiert von vielen männlichen Rücken in allen Hautfarben; einige gehörten Fremden, andere waren allzu leicht zu erkennen.

Halb wach, tötete er sie in seiner Phantasie und wußte zugleich, daß er dazu nicht fähig war, ebensowenig wie er es fertigbrachte, die Wohnung zu verlassen und wegzufahren.

Wenn es Narkotika wären, argumentierte er wütend, würde ich sie dann verlassen?

Jetzt war er hellwach.

Heiliger Raphael, sagte er in das dunkle Zimmer hinein.

Er überlegte die ganze Nacht, und am nächsten Morgen rief er vom Krankenhaus aus eine der Nummern im Branchenverzeichnis an.

»Hier Mr. Kittredge«, sagte eine neutrale Stimme.

»Ich heiße Meomartino. Ich wäre Ihnen dankbar, wenn Sie einige Informationen für mich einholen könnten.«

»Möchten Sie mich irgendwo treffen, oder kommen Sie in mein Büro?«

»Können wir es nicht gleich jetzt besprechen?«

»Wir nehmen neue Klienten nie über Telefon an.«

»Nun … ich werde erst um sieben herum in Ihr Büro kommen können.«

»Ausgezeichnet«, sagte die Stimme.

Wieder bat er Harry Lee, in der Abendpause für ihn einzuspringen, und fuhr zu der im Telefonbuch angegebenen Anschrift, die sich als ein baufälliges altes Haus in der Washington Street erwies, in dem sehr viele Firmen des Juwelengroßhandels untergebracht waren. Die Büros sahen wie sehr gewöhnliche Geschäftsräume aus, die auch einer Versicherungsgesellschaft hätten gehören können. Mr. Kittredge war ungefähr vierzig und konservativ gekleidet. Er trug einen Freimaurerring und sah aus, als legte er nie die Füße auf den Tisch.

»Ein Familienproblem?« fragte er.

»Meine Frau.«

»Haben Sie eine Fotografie?«

Meomartino grub eine aus seiner Brieftasche aus: kurz nach der Geburt Miguels aufgenommen, ein Bild, auf das er stolz gewesen war, Liz lachend, den Kopf schief gelegt, Sonnenlicht und Schatten gut ausgenutzt.

Mr. Kittredge warf einen Blick darauf. »Wollen Sie sich von ihr scheiden lassen, Herr Doktor?«

»Nein. Das heißt, vermutlich hängt es davon ab, was Sie herausfinden«, sagte er müde.

Die erste Konzession an eine Niederlage.

»Ich frage nur«, sagte Mr. Kittredge, »um zu wissen, ob schriftliche Berichte nötig sein werden.«

»Oh.«

»Wissen Sie, daß Sie jetzt keine Schlafzimmerbilder und diesen ganzen Unsinn mehr brauchen?«

»Ich weiß wirklich sehr wenig darüber«, sagte Meomartino steif.

»Alles, was das Gesetz verlangt, ist ein Beweis für Zeit, Ort und Gelegenheit, damit Ehebruch als begangen gilt. Das ist der Punkt, an dem meine schriftlichen Berichte aktuell wären.«

»Ich verstehe«, sagte Rafe.

»Für schriftliche Berichte wird keine zusätzliche Gebühr erhoben.«

»Vielleicht nur mündliche Berichte«, sagte Meomartino. »Zumindest vorderhand.«

»Kennen Sie die Namen irgendwelcher Freunde von ihr?«

»Ist das nötig?«

»Nein, aber es könnte mir helfen«, sagte Kittredge geduldig.

Rafe wurde übel, die Wände rückten leicht zusammen. »Ich glaube, Adam Silverstone. Er ist Arzt am Krankenhaus.«

Kittredge notierte es sich.

»Mein Honorar beträgt zehn Dollar pro Stunde, zehn Dollar täglich für Wagenmiete und zehn Cent pro Meile. Zweihundert Dollar Minimum, im voraus zu bezahlen.«

Das war der Grund, warum er keine Klienten über das Telefon annahm, dachte Meomartino. »Genügt ein Scheck?« fragte er.

»Durchaus«, sagte Mr. Kittredge höflich.

Als Meomartino ins Krankenhaus zurückkam, wartete Helen Fultz auf ihn. Ohne die Wohltat des Alkohols war sie wieder eine von Sorgen zermürbte alternde Frau.

»Ich möchte Ihnen sehr gern das hier zurückgeben, Dr. Meomartino«, sagte sie.

Er nahm das Papier und sah, daß es die Dienstbeschwerde war, die er gegen die nicht identifizierte Schwester eingebracht hatte, die Mr. Roche entgegen der schriftlichen Anordnung zwei Mahlzeiten am Tag vor der Operation serviert hatte.

»Was soll ich damit?«

»Ich hoffe, Sie zerreißen es.«

»Warum sollte ich?«

»Ich weiß, welches Mädchen diese Mahlzeiten serviert hat«, sagte sie. »Ich werde mich auf meine Weise der Sache annehmen.«

»Sie verdient einen ernsten Verweis«, sagte Meomartino. »Der alte Mann hat genug gelitten. Mit der Operation konnten wir nur die Schmerzen seiner letzten Tage erleichtern. Weil irgendein Biest zu faul war, die Anordnungen zu lesen, bekam er zu seinem Todesurteil noch zusätzlich zwei Tage Qual.«

Miß Fultz nickte zustimmend. »Als ich angefangen habe, hätten wir sie als Schwester erst gar nicht ernsthaft in Betracht gezogen. Sie ist eine Kuh.«

»Warum verteidigen Sie sie dann?«

»Schwesternmangel – wir brauchen jede Kuh, die wir behalten können. Wenn der Verweis durchgeht, wird sie den Dienst quittieren und hat in einer halben Stunde einen anderen Posten. Man wird sich um sie streiten.«

Er starrte auf das Papier in seiner Hand.

»Es hat Abende gegeben, an denen ich in dieser Abteilung ganz allein war«, sagte sie leise. »Bisher hatten wir Glück. Noch hat uns kein Notfall bei zu knappem Personal erwischt. Verlassen wir uns nicht auf unser Glück. Die Kuh hat ein Paar Hände und ein Paar Beine. Verweigern Sie meinen echten Schwestern nicht die Verwendung dieser Hände und Beine.«

Er riß das Papier zweimal durch und ließ die Fetzen in den Papierkorb fallen.

»Danke«, sagte Helen Fultz. »Ich werde dafür sorgen, daß sie von jetzt an jede Tabelle liest, bevor sie die Mahlzeiten serviert.« Sie lächelte ihn an.

»Helen«, sagte er, »wie würde dieses Haus ohne Sie funktionieren?«

»Wie immer«, sagte sie.

»Sie hetzen sich zu sehr ab. Sie sind nicht mehr sechzehn.«

»Nicht sehr galant heute, was, Doktor?«

»Wie alt sind Sie? Im Ernst?«

»Wozu, was würde das ändern?« sagte sie.

Sie war dem Pensionsalter zu nahe, um darüber sprechen zu wollen, erkannte er. »Es ist nur, weil Sie müde aussehen«, sagte er sanft.

Sie schnitt eine Grimasse. »Alter hat damit nichts zu tun. Ich glaube, daß ich vielleicht ein Geschwür bekomme.«

Er sah sie plötzlich nicht als Helen Fultz, sondern als erschöpfte alte Dame, die Patientin war.

»Wie kommen Sie darauf?«

»Ich habe genug Geschwüre gepflegt, um die Symptome zu kennen. Ich kann vieles nicht mehr essen, was ich früher vertragen habe. Und ich habe leichte rektale Blutungen.«

»Los mit Ihnen ins Untersuchungszimmer«, sagte er.

»Ich will nicht.«

»Schauen Sie, wenn Dr. Longwood routinemäßige Vorsichtsmaßnahmen getroffen hätte, wäre er heute ein gesunder Mann. Nur weil Sie Schwester sind, entbindet Sie das nicht der Verantwortung gegen sich selbst. Ab ins Untersuchungszimmer. Das ist ein dienstlicher Befehl.«

Er grinste, als er ihr in das Zimmer folgte, weil er wußte, daß sie wütend auf ihn war.

Sie war nicht leicht zu untersuchen, aber das Ergebnis brachte keine Überraschungen. Sie litt an zu hohem Blutdruck, 190 zu 90. »Haben Sie je Brustschmerzen gehabt?« fragte er, ihr Herz abhorchend.

»Ich kenne dieses untergründige systolische Gemurmel seit neun Jahren«, sagte sie schroff. »Wie Sie schon andeuteten, bin ich nicht mehr sechzehn.«

Während der Rektaluntersuchung, die sie in gedemütigtem Schweigen über sich ergehen ließ, sah er, daß sie Hämorrhoiden hatte, zweifellos die Ursache der Blutung.

»Na?« fragte sie, als sie angekleidet und ihre Würde wiederhergestellt war.

»Sie dürften eine ziemlich gute Diagnostikerin sein«, sagte er. »Meine Vermutung wäre ein Zwölffingerdarmgeschwür. Aber ich werde Ihnen einen Termin für eine gastrointestinale Untersuchungsreihe festsetzen lassen.«

»Ah, soviel Schererei.« Sie schüttelte den Kopf, unfähig, ihm zu danken, aber dann lächelte sie ihn an. »Ich habe mich gestern abend sehr gut unterhalten, Dr. Meomartino. Ihre Frau ist sehr schön.«

»Ja«, sagte er. Unerklärlicherweise spürte er zum erstenmal seit Guillermos Tod hinter seinen Augenlidern ein scharfes, salziges Brennen, das er ignorierte, bis es, wie alles sonst, verging.

Nach der Übersiedlung Adams in die Wohnung am Beacon Hill blieb Spurgeon ganz allein und einsam im sechsten Stock zurück und begann den alten Wänden immer häufiger auf der Gitarre vorzuspielen; seine Musik war wie der Spiegel eines Lachkabinetts, der das Spiegelbild seiner Seele verzerrte. Er war schwer verliebt und hätte eigentlich in Ekstase sein sollen. Aber die Songs, die er spielte, kicherten mit jener Heiterkeit, die auf eine so tiefe Traurigkeit hindeutete, daß es ihm unerträglich war, darüber nachzudenken. Um glücklichere Musik zu machen, hätte er sich ein Banjo kaufen und auf den Feldern arbeiten müssen.

Es war um ihn herum, und jeden Tag sah er es deutlicher.

»Können Sie mir sagen«, fragte ihn Moylan eines Morgens, »wieso so etwas hier geschehen kann?« Er betrachtete ein Baby mit einer Faszination, die sich aus Entsetzen und Angst zusammensetzte. Sein Ausdruck erinnerte Spurgeon an die Gesichter von Medizinstudenten, die zum erstenmal Fotos abnormaler Föten im Lehrbuch betrachteten.

Das Baby war farbig. Es war schwer, sein Alter zu bestimmen, weil Unterernährung das Babyfett, eine Geburtstagsgabe der Natur, aufgefressen und das magere, runzlige Gesicht eines alten Mannes zurückgelassen hatte. Die Muskeln atrophiert, lag das Kind schwach und sterbend da, und die streichholzdünnen Glieder betonten das aufgeschwollene Bäuchlein.

»Das kann überall geschehen«, sagte Spurgeon. »Überall, wo ein Kind nicht genug Essen bekommt, um das Lebenslicht zu nähren.«

»Nein. Ich kann verstehen, daß man so etwas vielleicht in der Hütte eines Erntearbeiters in Mississippi findet«, sagte Moylan.

»Das können Sie verstehen, Mensch?«

»Zum Teufel, Sie wissen doch, wie ich das meine. Aber hier, in dieser Stadt...« Er schüttelte den Kopf, und sie wandten sich ab.

Spurgeon konnte nicht weit genug fliehen.

Wenn er seine sechsunddreißig Stunden abgedient hatte, nahm er fast gegen seinen Willen die Hochbahn nach Roxbury, stieg an der Pudley-Street-Haltestelle aus, passierte des Ace High, ohne hineinzugehen, wanderte ohne ein bestimmtes Ziel dahin, bis er kein weißes Gesicht mehr sah, nur Häute in allen Schattierungen von Lederbraun bis Schwarz.

Bruchstücke seiner Kindheit tauchten auf, da ein Anblick, dort ein Gestank oder ein Geräusch, die müden Häuser mit zerborstenen Stufen, der Abfall und Mist auf den Straßen, das wilde Kindergeschrei, ein zerbrochenes Fenster mit einer herzzerreißend-rührenden Pflanze in einer Tomatendose auf dem Fensterbrett.

Was war aus Fay Hartnett mit den dicken Schenkeln geworden, was aus Petey und Ted Simpson, Tommy White, Fats McKenna? Wenn er die Macht gehabt hätte, die Leute zu sehen, aus denen sich das Gefüge seiner Kindheit zusammengesetzt hatte – so, wie sie gerade jetzt, in diesem Augenblick waren –, hätte er das gewollt?

Er wußte, daß er es nicht gewollt hätte.

Sie waren wahrscheinlich tot, oder schlimmer: Huren, Zuhälter, Zutreiber, menschliches Strandgut, aktenkundig bei der Polizei, fast selbstverständlich in der mühelosen, von Drogen gebotenen Flucht verstrickt, wenn nicht durch sie getötet.

Ein kleiner Junge mit weichem Wollhaar kam um die Ecke gestürmt, wich ihm mit einer Drehung der Hüfte wie ein laufender Torero aus; fegte dicht an ihm mit einem kurzen, spöttischen Fluch vorbei. Spur blieb stehen und sah dem laufenden Jungen mit einem traurigen Lächeln nach.

Gleichgültig, wie schnell du rennst, Söhnchen, dachte er,

falls du nicht selbst einen Calvin J. Priest triffst, bist du eine Fliege, gefangen im heißen Teer, schon im Schatten der Dampfwalze. Als er die Chancen berechnete, die der Junge zu einer Flucht hatte, blickte er erschrocken im plötzlichen Bewußtsein seiner eigenen wunderbaren Rettung um sich.

Als er ins Krankenhaus zurückkehrte, sah er nach seiner Post, fand aber nur einen Katalog einer pharmazeutischen Firma, den er im Lift öffnete und durchsah, während die alte Kabine gegen die Schwerkraft kämpfte. Auf dem Gang vor seinem Zimmer wartete jemand, ein kleiner rotgesichtiger Mann in einem schwarzen Mantel mit Samtkragen; er trug, wie Spur ungläubig bemerkte, eine Melone.

»Dr. Robinson?«

»Ja.«

Der Mann streckte ihm einen Briefumschlag entgegen. »Für Sie.«

»Ich habe soeben meine Post abgeholt.«

Der Mann kicherte. »Per Eilboten«, sagte er. Spurgeon nahm den Briefumschlag und sah, daß er keine Marke trug. Er tastete nach einer Münze, aber der Mann setzte die Melone auf und wandte sich lächelnd zum Gehen. »Ich bin kein Botenjunge«, sagte er. »Stellvertretender Sheriff.«

Im Zimmer setzte sich Spurgeon auf das Bett und öffnete den Umschlag.

Commonwealth of Massachusetts,
Landesgericht Suffolk, SS:

An Spurgeon Robinson
Boston, Suffolk

Mit Schreiben vom 21. Februar 1968 hat Arthur Donnelly, Boston, Suffolk, eine Klage wegen falscher ärztlicher Behandlung gegen Sie eingebracht und fordert als Schadenersatz die Summe von 200 000 Dollar. Die Verhandlung findet am 20. Mai 1968 statt. Im Falle Ihres Nichterscheinens ergeht das Urteil in Ihrer Abwesenheit.

Bezeugt von R. Harold Montano.
Boston, am 21. September 1967

Homer P. Riley
Schriftführer

Als erstes rief er Onkel Calvin an. Er versuchte, die Geschichte sachlich zu erzählen, und schonte sich nicht, übersah jedoch auch keinen wichtigen Punkt.

»Überlaß nur alles mir«, sagte Calvin.

»Das will ich nicht«, sagte Spurgeon.

»Versicherungswesen ist mein Beruf. Ich kenne viele Leute. Ich kann die Sache ohne viel Aufhebens in die Hand nehmen.«

»Nein, ich will sie selbst in die Hand nehmen.«

»Warum hast du mich dann angerufen?«

»Mein Gott, Calvin, kannst du mich nicht ausnahmsweise einmal verstehen? Ich wollte einen Rat. Ich will nicht, daß du es für mich erledigst. Ich wollte nur, daß du dir mein Problem anhörst und mir sagst, was ich tun soll.«

»Die Versicherungsgesellschaft hat einen guten Anwalt in Boston. Setz dich sofort mit ihm in Verbindung. Wie hoch bist du versichert?«

»Diesbezüglich ist alles in Ordnung, auf 200 000, doppelt so hoch wie die meisten meiner Kollegen.« Es war Calvin gewesen, der darauf bestanden hatte, daß er sich auf mindestens diese Summe gegen ärztliche Kunstfehler versichern ließ.

»Schön. Gut. Brauchst du sonst noch etwas?«

Calvin fühlte sich zurückgewiesen; Spurgeon merkte es an seiner Stimme. »Nein. Wie geht's meiner Mutter?«

»Roe-Ellen?« Die Stimme wurde weich. »Gut. Sie verbringt ihre Vormittage im Geschenkladen der Vereinten Nationen, hat großen Spaß daran und verkauft Dschungeltamtams an kleine weiße Mädchen aus Dubuque.«

»Erzähle ihr nichts von dieser Angelegenheit.«

»Nein. Paß gut auf dich auf, Junge!«

»Auf Wiedersehen, Calvin«, sagte Spur und fragte sich, warum er nach diesem Anruf deprimierter war denn je.

Vier Tage später waren sie in Boston.

»Calvin mußte geschäftlich herkommen«, erzählte ihm Roe-Ellen, als sie ihn im Krankenhaus anrief. »Er meinte, es wäre eine gute Gelegenheit für mich, meinen Sohn zu sehen«, sagte sie bedeutungsvoll.

»Es tut mir leid, daß ich euch nicht öfter besucht habe, Mama«, sagte er bedauernd.

»Nun, wenn der Berg nicht zum Propheten kommt …«

Sie waren im Ritz-Carlton abgestiegen. »Kannst du mit uns hier zu Abend essen?«

»Ja, sicher.«

»Um sieben Uhr?«

Blitzschnell rechnete er, wie lange er brauchen würde, um nach Natick und zurück zu kommen. »Acht Uhr wäre besser. Ich möchte jemanden mitbringen.«

»Oh?«

»Ein Mädchen.«

»O Spurgeon, Liebling! Wie nett.«

Zum Teufel, dachte er resigniert. »Bei näherer Überlegung möchte ich drei Leute mitbringen.«

»Drei Mädchen?« fragte sie hoffnungsvoll.

»Sie hat Mutter und Vater.«

»Wunderbar.«

Er hörte die Vorsicht heraus, die sich während des einen Wortes in ihre Stimme schlich.

Als sie jedoch Dorothy sah, bemerkte Spurgeon die Erleichterung seiner Mutter und wußte, daß sie befürchtet hatte, er habe mit irgendeinem weißen Gänschen angebändelt. Als die Priests sie in ihrem einfachen braunen Seidenkleid und mit ihrem kurzen afrikanischen Haar sahen, schlossen sie sie sofort ins Herz. Ihre Eltern gefielen ihnen. Die Williams' waren noch nie in einem Lokal wie dem Ritz gewesen, aber sie besaßen Würde, und Calvin und Roe-Ellen waren einfache Leute.

Als der Nachtisch serviert wurde, waren sie alle vier Freunde geworden, und die New Yorker hatten versprochen, bei ihrem nächsten Bostonbesuch zum Abendessen in das Haus nach Natick zu kommen.

»Kannst du auf dem Rückweg auf einen Sprung vorbeikommen?« fragte Calvin, als Spur sich bereit machte, Dorothy und ihre Eltern nach Hause zu fahren.

»Wirst du noch aufsein?«

Calvin nickte. »Deine Mutter nicht. Aber ich habe noch einige Schreibarbeiten zu erledigen.«

Als er an die Tür klopfte, kam Calvin sofort und hielt den Finger an die Lippen.

»Sie schläft«, flüsterte er.

Sie hatten zwar einen Salon, aber die beiden Männer beschlossen, in den öffentlichen Park gegenüber zu gehen.

Die Nachtluft war ziemlich kühl, so daß sie die Kragen ihrer Wintermäntel hochschlugen. Sie fanden eine Bank neben einem Hyazinthenbeet, das im Lampenlicht leuchtete. Sie saßen mit dem Gesicht zur Boylston Street und sahen dem vorbeiflutenden späten Verkehr zu.

»Ein nettes Mädchen«, sagte Calvin.

Spurgeon lächelte. »Der Meinung bin ich auch.«

»Deine Mutter hat sich Sorgen um dich gemacht.«

»Das tut mir leid«, sagte Spurgeon. »Das Jahr der Spitalpraxis ist das schwerste. Ich hatte nicht viel Freizeit.«

»Du könntest sie hie und da anrufen.«

»Ich werde von nun an öfter anrufen«, sagte er.

Calvin nickte. »Hübscher Park. Gibt's Fische in dem Teich?«

»Ich weiß nicht. Im Sommer gibt es Paddelboote mit großen weißen Schwänen drauf.«

»Hast du den Anwalt aufgesucht?«

»Ja. Er sagte, ich brauche mir keine Sorgen zu machen. Er meinte, für einen jungen Arzt sei ein Prozeß wegen eines ärztlichen Kunstfehlers heutzutage reine Routinesache, wie man sozusagen erst dann ein Mann ist, wenn man die erste Gonorrhöe gehabt hat.«

Calvin sah ihn an. »Was hast du darauf geantwortet?«

»Ich sagte ihm, ich hätte einige sehr häßliche Fälle von Gonorrhöe gesehen, und einige von ihnen bei äußerst armseligen Exemplaren von Männern.«

Calvin lächelte. »Ich mache mir keine Sorgen um dich«, sagte er.

»Danke.«

»Ich mache mir mehr Sorgen um mich«, sagte er. »Warum weist du mich immer ab, Spurgeon?«

Auf der gegenüberliegenden Seite der Boylston Street erhoben sich Stimmen, Gesang und Gelächter, Wagentüren wurden zugeschlagen.

»Das ist der Playboy-Klub«, sagte Spurgeon. »Ein Haufen aufreizender Weiber mit Hasenschwänzchen am Arsch.«

Calvin nickte. »Ich war in dem New Yorker Klub«, sagte er. »Aber danke für die Definition.«

»Es fällt mir schwer, es in Worte zu fassen«, sagte Spurgeon.

»Es ist aber an der Zeit, daß du es versuchst«, sagte Calvin. »Ich könnte dich nicht mehr lieben, wenn ich dein leiblicher Vater wäre. Das weißt du.«

Spurgeon nickte.

»Du hast mich nie im Leben um etwas gebeten. Nicht einmal als Kind.«

»Du hast mir immer Sachen geschenkt, bevor ich noch darum bitten konnte. Weißt du noch, wie Rap Brown und Stokely gesagt haben, die Weißen schnitten uns die Hoden ab?«

Calvin sah ihn an und nickte.

»Nun, so ungefähr ist es.«

»Ich habe dir die Hoden abgeschnitten?« fragte Calvin leise.

»Nein, nein, so meine ich es nicht. Schau, du hast mir das Leben gerettet. Wohin ich auch schaue, sehe ich es. Du hast mein Leben gerettet.«

»Ich bin kein Lebensretter. Ich will dein Vater sein.«

»Dann hör zu, was ich dir sage. Und versuche zu verstehen. Du bist ein besonderer Mensch. Es wäre leicht, wenn ich dich für den Rest meines Lebens alles für mich tun ließe. Ich müßte ersticken.«

Calvin sah in scharf an und nickte. »Ja. Das verstehe ich.«

»Laß mich ein Mann sein, Calvin. Biete mir keine Hilfe mehr an.«

Calvin sah ihn noch immer an. »Wirst du deine Mutter anrufen? Wirst du heimkommen, wenn es dir möglich ist?«

Spurgeon lächelte und nickte.

»Und falls du mich je brauchst – meine Hilfe wirklich brauchst –, wirst du sie verlangen? Als wäre ich dein leiblicher Vater?«

»Das verspreche ich dir.«

»Was hättest du getan, wenn sie mich gehaßt hätten?« fragte ihn Dorothy, einige Tage nachdem Roe-Ellen und Calvin nach New York zurückgeflogen waren.

»Sie haben dich nicht gehaßt.«

»Aber wenn?«

»Das weißt du«, sagte er.

Ohne viele Worte war zwischen ihnen das Verstehen der gegenseitigen Abhängigkeit entstanden, aber er fand es immer schwieriger, sie zu behandeln, als hätten sie sich eben erst kennengelernt; erschwert wurde dies noch durch den Umstand, daß sie Adam Silverstone und Gaby Pender sehr häufig sahen, die so offenkundig in fleischlicher Lust schwelgten, daß er sich manchmal in ihrer Gegenwart wie ein Voyeur vorkam.

An ruhigen Nachmittagen erforschten sie zu viert Beacon Hill, wanderten über den Hügel mit einem Gefühl, als gehörte er ihnen. Sie bewunderten alles, die elegante alte Bostoner Ordentlichkeit des Louisburg Square, das glatte Kopfsteinpflaster, das noch aus der Zeit stammte, als die Straßenbaukontakte von Politikern vergeben wurden, lächelten spöttisch über die dicken Politiker, die in dem Kaffeehaus hinter dem State House debattierten; sie bewunderten die noch erhaltenen reizenden Laternen in der Revere Street; an dunklen Abenden hatten sie das Gefühl, daß auf der anderen Seite des Hügelkammes noch immer das Jahr 1775 wartete. Immer wenn sie zur plebejischen Nordseite des Hügels zurückkehrten, zu ihrer Seite, hauptsächlich von arbeitenden Menschen und einer schnell wachsenden Kolonie von Bärtigen und leicht Verrückten bewohnt, stimmten sie darin überein, daß es die bessere von beiden war, die lebendigere, die saft- und kraftvollere.

Eines Morgens wanderten die vier nach Anweisungen, die Gaby von ihrer Hauswirtin bekommen hatte, durch einen kalten, nebelfeinen Frühlingsregen und fanden das gewöhnlich aussehende Rathaus in der Bowdon Street Nr. 121, in dem ein außergewöhnlicher Präsident der Vereinigten Staaten seine Wahlrede gehalten hatte, und sie fragten sich, was wohl mit der Welt geschehen wäre, wenn es dem jungen Mann erlaubt gewesen wäre, älter und klüger zu werden.

Plötzlich drehte sich Dorothy um und lief weg.

Spur folgte ihr und holte sie in der Beacon Street auf den Stufen des State House ein, legte die Arme um sie und küßte ihr nasses Gesicht, das nach Salz schmeckte.

»Der Gouverneur des ganzen Staates kann uns jetzt aus einem dieser Fenster zusehen«, sagte sie.

»Dann geben wir ihm etwas zu sehen«, sagte er und zog sie an sich, so daß sie leicht schwankend auf den Stufen im Regen dicht beisammen standen.

»Verzeih«, sagte sie.

»Schon gut. Er war ein großer Mensch.«

»Nein, du verstehst nicht«, sagte sie. »Ich trauere nicht um Kennedy. Ich habe geweint, weil du mich so glücklich machst und ich dich so sehr liebe, und Gaby und Adam so kühl und schön sind, und ich weiß, daß diese herrliche Zeit für keinen von uns von Dauer sein wird.«

»Sie wird von Dauer sein«, sagte er.

»Aber sie wird sich verändern. Nichts bleibt, wie es ist.«

Auf ihrer braunen Haut über der Oberlippe standen Wasserperlen, und er wischte sie sanft mit seinem Daumen weg, wie er an jenem ersten Tag am Strand das trockene Salz weggewischt hatte. »Ich will ja, daß es sich zwischen uns ändert«, sagte er.

»Armer Spurgeon«, sagte sie. »Ist es sehr schwer für dich?«

»Ich werde es überleben. Aber ich wünsche mir verzweifelt, daß es sich ändert.«

»Heirate mich«, sagte sie. »Bitte, Spurgeon.«

»Ich kann nicht. Zumindest nicht, bevor ich meine Spitalpraxis im Juli beendet habe.«

Sie blickte auf die vom Regen trübe goldene Kuppel des

State House. »Dann könnten wir wenigstens manchmal die Wohnung in der Philips Street benutzen. Gaby und ich haben darüber gesprochen.«

Er nahm ihren nassen, wolligen Kopf in seine Hände. »Ich könnte ihnen einen Hund kaufen. Und wir könnten unsere Besuche so einrichten, daß sie inzwischen den Hund um den Häuserblock spazierenführen.«

Sie lächelte ihn an. »Sie könnten mit dem Hund sogar zweimal um den Block gehen.«

»Wir könnten den Hund Bimbam nennen«, sagte er.

»O Spurgeon.« Sie begann wieder zu weinen.

»Nein, danke, Gnädigste«, sagte er. Er vergrub sein Gesicht in der schwarzen Wolle. »Wir heiraten im Juli«, sagte er in ihr nasses Haar hinein. Dann faßte er sie an der Hand, sie winkten dem Gouverneur Lebewohl, gingen zurück und fanden Gaby und Adam. Sie hatten sich nicht abgesprochen, aber in stummer Übereinkunft sagte keiner von beiden den Freunden etwas von der bemerkenswerten Veränderung, die in der Welt stattgefunden hatte.

Am nächsten Morgen holte er sie ab und fuhr mit ihr zum Roxbury-Ghetto. Er parkte den Volkswagen, und sie gingen langsam die Straßen entlang, ohne miteinander zu reden. Der Regen hatte in der Nacht aufgehört, aber die Sonne war grausam.

»Warum hast du mich hierher gebracht?« fragte sie schließlich.

»Ich weiß nicht«, sagte er. »Ich fahre manchmal hierher.«

»Ich hasse diese Gegend. Bitte, bring mich weg.«

»Schön«, sagte er. Sie drehten um und gingen zum Wagen zurück. Auf der Straße spielten einige Jungen Baseball und ignorierten den Winter. »Huh, Charlie«, höhnte der eine am Schlagholz den Werfer. »Du hast Jim Lonborg nicht gevögelt. Dein Arsch ist zu sonnenverbrannt.«

»Aufgepaßt!« brüllte der Werfer und schleuderte den Ball heftig gegen ihn.

»Du hast auch Looey Tiant nicht gevögelt. Du hast nicht einmal Jim Wyatt gevögelt.«

Als sie den Wagen erreicht hatten, verließ er Roxbury ohne jeden Umweg.

»Ich ertrüge es nicht, hier ein Kind aufzuziehen«, sagte sie.

Er summte ein paar Takte einer heiteren Melodie. »Es leben nicht nur arme Leute hier, sondern auch viele Akademiker. Sie schaffen es, ihre Kinder hier aufzuziehen.«

»Dann möchte ich lieber keine Kinder haben.«

»Da kannst du auch unbesorgt sein«, sagte er gereizt. »Du wirst deine Kinder nicht hier aufziehen müssen.«

»Du hast mir einmal eine Insel und Frangipani im Haar versprochen.«

»Das Versprechen halte ich«, sagte er.

»Warum können wir nicht wirklich dorthin?«

»Wohin? Auf eine einsame Insel?«

»Nach Hawaii.«

Er sah sie an, überzeugt, daß es nicht ihr Ernst war.

»Dort gibt es keine Rassenfrage. Es ist genau die Welt, in der ich meine Kinder aufziehen will.«

»Deine Enkel bekämen Schlitzaugen.«

»Oh, ich würde sie lieben. Sie würden deine Nase haben.«

»Das möchte ich ihnen geraten haben.«

»Es ist mein Ernst, Spurgeon«, sagte sie nach einer Weile.

Das konnte er sehen. Er begann sich mit dem Gedanken vertraut zu machen und ihn auf seine schwachen Punkte hin zu prüfen. »Ich habe erst noch meine dreijährige Facharztausbildung zu absolvieren«, sagte er.

»Könnten wir nicht danach hingehen? Ich würde auch nach unserer Heirat arbeiten, und wenn wir wie Geizhälse sparen, könnten wir vielleicht in ein, zwei Jahren hinfahren, uns umsehen und Pläne schmieden.«

»Das könnte so gehen«, sagte er vorsichtig, von ihrem Glück angesteckt.

Als sie nach Natick zurückkamen, entdeckte er, daß jemand die Radkappe vom linken Hinterrad gestohlen hatte. Den ganzen Weg zum Krankenhaus sang er aus voller Kehle.

ADAM SILVERSTONE

Adam gefielen die Bücherregale aus Orangenkisten. Sie inspirierten ihn, weiße Farbe und eine Walze zu kaufen, und bevor die alten Schmerzen nachließen, hatte er sich neue erworben, aber die weißen Wände weiteten den Raum und machten aus ihm ein völlig anderes Zimmer. Gaby kaufte in der Newsbury Street zwei billige Drucke, die Reproduktion einer Bauernmutter mit Kind von Käthe Kollwitz und ein buntes abstraktes Bild voll Kugeln und Würfeln, das gut zu den Papierblumen paßte.

Sie hob eine Avocadohälfte auf, spickte sie mit Zahnstochern und legte sie in ein Wasserglas – sie hatte in einer Zeitschrift darüber gelesen –, wartete und beobachtete sie neugierig. Drei Wochen lang geschah nichts, aber gerade als sie beschlossen hatte, sie wegzuwerfen, keimte eine kleine lichtgrüne Schlange, ein Schößling und dann ein Blatt, das dunkler und glänzend wurde, als sie es in fette schwarze Erde umsetzte, die sie in einem Sack im Supermarkt gekauft hatte. Die Avocadopflanze trieb zwei weitere Blätter, fiederig und glänzend, und wurde in dem immer rasch verschwindenden Sonnenfleck des einzigen Fensters löffelweise mit Liebe und Pflanzendünger aufgepäppelt.

Die Kellerwohnung wurde zum festen Rahmen ihres Lebens; sie hätten sie nicht gegen das Weiße Haus eingetauscht. Sie liebten sich fröhlich und oft und nur mit einem kaum merkbaren Schuldgefühl und lernten einander immer besser kennen. Gaby fühlte sich stark und frei, eine Pionierfrau. Sie wußte, daß sie die ersten und einzigen Liebenden auf der Welt waren, obwohl Adam ihr sagte, daß sie trotz all ihrer Phantasie und aller Bücher, die er in der Medizinischen Schule gelesen hatte, nie eine Erbsünde schaffen würden.

Zum erstenmal in ihrem Leben machte sie sich keine Sorge um ihre Gesundheit. Das einzige Unbehagen, woran sie litt, war dem Hormondruck der Pille zuzuschreiben, der ihr manchmal ekelhafte Anfälle von Morgenübelkeit verursachte, da sie auf die Pille noch nicht eingespielt war. Adam versicherte ihr, daß die Symptome verschwinden würden.

Sie war stolz auf das, was sie aus der Wohnung gemacht hatten, und hätte gern alle ihre und Adams Bekannte eingeladen, traute sich jedoch nur bei Dorothy und Spurgeon. Susan Haskell kam einmal zum Mittagessen, war schüchtern und unglücklich und wartete so offensichtlich auf spannende Enthüllungen, wie Adam Gaby traktierte, daß sie die Einladung nie mehr wiederholen würde. Aber sie merkte, daß ihre Wohnung für einige ihrer Nachbarn aus der Joy Street eine Art zeitweiliger Kneipe darstellte. Janet Williams kam häufig vorbei, aber nicht so oft, daß sie lästig geworden wäre. Mehrmals brachte sie einen zweiten Digger mit, den großen blonden Jungen, der die Papierblumen abgeliefert hatte. Er hieß Charles, war sanft und höflich und wußte eine Menge über Musik und Kunst. Ein andermal brachte sie jemand namens Ralph mit, der einen schütteren Bart trug und aussah, als hätte er schon lange nicht mehr gebadet. Er war benebelt und geistesabwesend und stand offensichtlich unter Einwirkung eines Rauschgiftes. Janet schien es nicht zu bemerken. Sie behandelte ihn genauso wie Charles.

Oder übrigens auch wie Gaby. Nach jedem Besuch trugen die Diggers einen Teil ihres Lebensmittelbudgets davon.

Natürlich kamen sie eines Abends, als Dorothy und Spurgeon da waren.

»Hi«, sagte Janet zu ihrer Schwester.

»Hallo«, sagte Dorothy.

Sie wartete, während alle einander vorgestellt wurden, und sagte dann: »Möchtest du nicht wissen, wie es Midge und Paps und Mama geht?«

»Wie geht's Midge?«

»Gut.«

»Wie geht es Paps und Mama?«

»Gut.«

»Prima«, sagte Janet.

Sie waren sehr höflich. Adam bot Drinks an, mischte sie, reichte Salznüsse herum und beteiligte sich an dem Gespräch. Es begann, als Spurgeon etwas über die Wahlen sagte.

Ralph runzelte die Stirn und blinzelte. Er war auf seinen Stuhl geklettert und saß nun auf der Lehne, die Füße auf dem Sitz, wie auf einem Thron, und schaute auf sie herunter. »Wenn man nur auf uns hören wollte«, sagte er. »Und das Ganze ins Rollen bringen und dann abhauen. Die Schweinehunde hätten dann niemanden, den sie beherrschen könnten. Wir versuchen, es euch zu sagen, aber ihr wollt einfach nicht hören.«

»Sie glauben doch nicht wirklich, daß das funktionieren würde«, sagte Spurgeon milde.

»Halten Sie mir keine Vorträge, was ich glaube oder nicht, Mensch. Ich glaube, alle sollten einfach in die Wälder abhauen und *high* werden und ihr Dings machen.«

»Was würde aus der Welt werden, wenn jeder *high* wäre?«

»Was wird denn jetzt Großartiges aus der Welt, mit euch stocknüchternen Spießern?«

»Ihr braucht uns stocknüchterne Spießer zu eurer bloßen Existenz«, sagte Adam. »Ohne uns könntet ihr euer ›Dings‹ gar nicht machen. Wir ernähren euch, Freundchen, und machen eure Kleider und die Häuser, in denen ihr lebt. Wir stecken die Sachen in die Dosen, die ihr kauft, wenn ihr genügend Blumen und Plakate verkauft, um Dosen kaufen zu können, und wir liefern das Heizöl, das eure Betten im Winter warm hält. Wir machen euch gesund, wenn ihr die schönen Körper, die Gott euch gegeben hat, verderbt.«

Er sah Ralphie an und lächelte. »Jedenfalls würdet ihr, wenn wir alle so wären wir ihr, wieder etwas anderes sein wollen. Ihr könnt es einfach nicht ertragen, so zu sein wie alle übrigen.«

»Mensch, Sie reden Mist.«

»Warum, zum Teufel, sitzen Sie dann so da, thronend wie ein erhabener Guru, der auf die Welt herabblickt?«

»Weil ich eben gern so sitze. Es tut niemandem weh.«

»Es tut Gaby und mir weh«, sagte Adam. »Sie verschmutzen mit Ihren Schuhen den Sitz unseres Stuhls.«

»Psychoanalysieren Sie mich nicht«, sagte Ralphie. »Ich kann den Spieß umdrehen. Sie sind ein richtig aggressiver Hund, wissen Sie das? Wahrscheinlich würden Sie als Schlächter arbeiten statt als Chirurg und Ihre Aggressivität abreagieren, indem Sie Messer in Kühe statt in Menschen stecken, wenn Sie nicht reiche Eltern gehabt hätten, die Sie ins College und an die Medizinische Schule geschickt haben. Haben Sie sich das je überlegt?«

Gaby und Adam waren nicht in der Lage, ihr Gelächter zu beherrschen, und versuchten auch gar nicht, es zu erklären.

Janet brachte die anderen Digger nie wieder mit und kam selbst nie mehr am Abend, aber gelegentlich schaute sie weiterhin zum Morgenkaffee herein.

Eines Tages saß sie auf der Couch, als die Übelkeit Gaby aus dem Zimmer trieb. Als sie endlich wiederkam, mit weißem Gesicht, und sich entschuldigte, sah Janet sie mit einem Mona-Lisa-Gesicht an.

»Sind Sie schwanger?«

»Nein.«

»Aber ich.«

Gaby sah das Mädchen an und fragte dann sehr vorsichtig: »Sind Sie sicher, Janet?«

»Mhm.«

»Was werden Sie tun?«

»Es von der Familie aufziehen lassen.«

»Wie Midge?«

Das Mädchen sah sie kalt an. »Von meiner echten, wirklichen Familie. Hier in der Joy Street. Alle werden seine Eltern sein. Das wird sehr nett sein.«

Das Gespräch verfolgte Gaby. War Charles der Vater des Kindes? Oder Ralphie? Oder, ein noch erschreckenderer Gedanke: Wußte Janet überhaupt, wer der Vater war?

Eines war sicher: Das Mädchen würde ab sofort ärztliche Betreuung brauchen. Als sie mit Adam darüber sprach, schloß er die Augen und schüttelte den Kopf. »Verdammt. Jemand hat also nicht gewußt, wie er das ›Dings‹ zu machen hat.«

»In unserer Situation dürfen wir uns wohl kaum solche Bemerkungen erlauben.«

»Siehst du denn keinen Unterschied?« fragte er sie.

Sie gab nach. »O Adam, natürlich. Aber ich werde nachts nicht schlafen können, wenn wir nicht etwas für diese kleine Närrin tun. Sollen wir es Dorothy sagen?«

»Lieber nicht. Zumindest noch nicht. Wenn sie ins Krankenhaus kommt, werde ich dafür sorgen, daß sie untersucht wird und ihre Vitamine und alles Nötige bekommt.«

Sie küßte ihn und wartete ungeduldig auf Janets nächsten Besuch, aber das Mädchen kam nicht wieder. Sechs Tage später, als sie einen Sack Lebensmittel den Hügel hinaufschleppte, kam ihr Ralphie entgegen.

»Hi. Wie geht's Janet?« fragte sie.

Seine Augen waren glasig. »Was, dem Kind?« fragte er. »Die Familie kümmert sich um sie.« Er ging weiter, zum Takt einer anderen Trommel marschierend.

Zwei Tage später sah sie Charles Plakate abliefern und fragte wieder nach dem Mädchen.

»Sie lebt nicht mehr bei uns.«

»Wo ist sie?«

»Ich glaube, in Milwaukee.«

»Milwaukee?« fragte Gaby schwach.

»Dieser Kerl, den sie kennengelernt hat, ist gekommen und hat sie uns weggenommen.«

»Haben Sie ihre Adresse?«

»Ich habe sie irgendwo zu Hause aufgeschrieben.«

»Könnten Sie sie mir einmal geben? Ich möchte ihr schreiben.«

»Sicher tu ich das.«

Aber er tat es nie.

Gaby vermißte die Kaffeebesuche. Sie hatte das sichere Gefühl, daß Mrs. Walters gern hereingekommen wäre, sich hingesetzt und geklatscht hätte, wenn sie gebeten worden wäre, aber Gaby mochte die Hauswirtin nicht und wich ihr aus. Eine andere Bewohnerin des Hauses faszinierte sie, eine kleine gebeugte Frau, die alle paar Tage, in ihren Schal gewickelt, wegging und immer mit einem einzigen Papiersack zurückkam. Ihr Gesicht war wie gegen eine feindliche Welt fest verkniffen. Das arme Ding sah aus wie eine Hexe mit Katzenjammer, dachte Gaby, und wußte sofort, wer es war.

Eines Morgens öffnete sie die Tür und trat hinaus, um sie abzufangen. »Mrs. Krol«, sagte sie.

Bertha Krol zitterte, als Gabys Hand ihren Ellbogen berührte.

»Ich bin Ihre Nachbarin, Gabriele Pender. Möchten Sie nicht hereinkommen und eine Tasse Tee mit mir trinken?«

Die verschreckten Augen durchforschten die Philips Street wie Vögel, die einem Käfig zu entkommen suchen. »Nein«, flüsterte sie.

Gaby ließ sie gehen.

Es regnete sehr viel, ein nasser Frühling. Die von der Pille verursachte Übelkeit verschwand. Die Erde verwandelte sich, die Tage wurden länger und weniger kalt; alle paar Tage regnete es, und die Abwässer stürzten die gepflasterten Rinnsteine des Hügels hinunter und in kleinen Wasserfällen in die alten Kanäle und Abflußrohe. Adam assistierte im Krankenhaus bei einigen Thoraxfällen, und die Herzchirurgie wirkte wie LSD auf ihn. Nachts, wenn sie im Bett lagen und in der Dunkelheit leise miteinander plauderten, erzählte er ihr, daß er die Hand in die aufgeschnittene Brust gelegt und durch die dünnen Gummihandschuhe das Pulsieren der sich zusammenziehenden rosaroten Pumpe, des lebendigen Herzens, gespürt hatte.

»Wie war das?« fragte sie ihn.

»So, wie wenn ich dich berühre.«

Adam hatte aufgehört, die Hunde beim Namen zu nennen. Es berührte ihn nicht weiter, im Tierlabor von Kazandjian zu erfahren, daß das chirurgische Experiment Nr. 37 ein Fehlschlag gewesen war; es war etwas ganz anderes, vom Tod einer lebendigen Kreatur zu erfahren, die Lovely oder May, Wallace oder Blumenkind hieß. Er zwang sich, die Hundezungen zu übersehen, die versuchten, seine Hand zu küssen, und sich statt dessen auf die mikrokosmischen Kriege zwischen Antigenen und Antikörpern zu konzentrieren, die im Inneren der Hunde wüteten.

Nachdem Kender ihn monatelang vertrauensvoll allein hatte arbeiten lassen, begann er immer wieder das Labor zu besuchen und Adam genau zu beobachten.

»Die Fakultätsernennung dürfte kurz bevorstehen«, sagte er eines Abends zu Gaby und erzählte ihr von Kender, während sie sich unter der Bestrahlungslampe mit Babyöl einrieb.

»Vielleicht ist es gar nicht das«, sagte sie, drehte sich auf den Bauch und reichte ihm das Öl. »Vielleicht interessiert er sich nur so für die Experimente, daß er einfach nicht wegbleiben kann.«

»Er hat sich immer für die Experimente interessiert, ohne mich zu beobachten«, sagte Adam. Seine ölige Handfläche machte saugende Geräusche, als er seine Lieblingsstelle einrieb, die kleine Höhlung, wo ihr Rückgrat endete und die gluteale Erhebung begann. Er atmete den Duft des Öls auf warmem Fleisch ein, und sie konnten es beide nicht aushalten, als er versuchte, ihre Kniekehlen einzureiben. Als sie sich endlich umdrehte, bekamen seine Kleider Fettflecke, und als er am nächsten Tag zur Arbeit ging, scheuerte sein Hemd an dem leichten Sonnenbrand auf seinem Rücken und Nacken.

Zwei Abende später, als Kender ihn bat, ihm einen Vorgang zu erklären, den er bereits in allen Einzelheiten im Arbeitsbuch beschrieben hatte, war Adam sicher.

Er wiederholte das Experiment mündlich, sah dann den älteren Chirurgen an und lächelte.

»Was mich betrifft, sind Sie durchgekommen«, sagte Kender.

»Wie, glauben Sie, werde ich bei den anderen, auf die es ankommt, abschneiden?« fragte Adam, mit dem intuitiven Gefühl, daß dies der richtige Augenblick sei, offen zu sein.

Kender wickelte eine Zigarre aus. »Das ist schwer zu sagen. Ich kann Ihnen nur verraten: Es ist ein kleines Feld. Man zieht nur Sie und einen zweiten in Betracht. Ich nehme an, Sie wissen, wen?«

»Ich bin ziemlich sicher.«

»Es spricht viel für Sie.«

»Wann werden wir verständigt?«

Kender schüttelte den Kopf. »Man verständigt nur einen, denjenigen, der ernannt wird. Der andere Kandidat erfährt davon durch geheime Verbindungskanäle, Gerüchte. Man wird ihm nie sagen, warum er nicht berufen wurde, und er wird nie erfahren, wer gegen ihn gestimmt hat.« Kender zuckte die Achseln. »So ist das System«, sagte er. »Zumindest erlaubt es dem erfolglosen Kandidaten, sich mit dem Gedanken zu trösten, daß er vielleicht deshalb verloren hat, weil irgendeinem voreingenommenen Hund die Wahl seiner Krawatten oder die Farbe seiner Augen nicht gefiel.«

»Ziehen Sie diese Möglichkeit auch in Betracht?«

Kender paffte. Die Zigarrenspitze glühte wie Neonlicht, die Luft des Labors wurde stickig vor Rauch. »Auch das dürfte vermutlich schon vorgekommen sein«, sagte er.

Am selben Abend kam Dr. Longwood ins Tierlabor, und Adam bereitete sich etwas gereizt auf eine weitere Prüfung vor.

Aber der Alte bat bloß, das Laborbuch über die Reihe mit dem Anti-Lymphocytenserum lesen zu dürfen.

Er saß da wie eine tragische Karikatur und las, während seine Hand in seinem Schoß zitterte und Adam gezwungen war wegzuschauen. Vielleicht spürte es der Alte, seine Hand begann mit einem Schlüsselring zu spielen, während er las, und die Schlüssel machten dabei ein leises mißtönendes Geräusch wie … was?

Die Harlekinglöckchen, dachte Adam.

»Sind die Pferde hier, in diesem Gebäude?« fragte Dr. Longwood.

»Nein«, sagte Adam. »Die Tiere gehören zwar dem Krankenhaus, aber sie stehen in den staatlichen biologischen Laboratorien. Wir sammeln Lymphknoten aus Menschenleichen, zermalmen sie und schicken sie in die Staatslabors, wo sie den Pferden zwecks Produktion des Serums injiziert werden.«

Dr. Longwood klopfte mit einem dünnen Finger auf das Heft. »Sie haben einige Ergebnisse erzielt.«

Adam nickte. »Das Serum verzögert den Abstoßungsmechanismus. Wenn wir es verwenden, können wir kräftige immunounterdrückende Medikamente wie Imuran in Dosierungen geben, die klein genug sind, um dem Tier Schutz gegen Infektion zu gewähren.«

Longwood nickte, weil er anscheinend das erfahren hatte, weshalb er gekommen war. »Sie machen diese Tierversuche gern?«

»Sie machen mich, glaube ich, zu einem besseren Chirurgen.«

»Das stimmt.«

Plötzlich fühlte Adam die Gewalt dieser Augen.

»Wohin gehen Sie nächstes Jahr, wenn Sie uns verlassen?«

Die Frage traf ihn wie ein Schlag, weil er darin die Entscheidung Longwoods erkannte, daß alles vorbei war. Dann jedoch tröstete er sich damit, daß Kender dieses Gefühl offenbar nicht gehabt hatte.

»Ich weiß noch nicht.«

»Entscheiden Sie sich doch für eine bestimmte Gegend, und lassen Sie es mich wissen. Ich würde mich freuen, Ihnen helfen zu können, dort etwas zu finden.«

»Danke«, vermochte Adam zu sagen.

»Ich möchte gerne, daß Sie etwas lesen.« Dr. Longwood griff in seine Aktentasche und nahm eine Schachtel heraus. »Es sind ungefähr zwei Drittel eines Buchmanuskripts. Ein Lehrbuch der Allgemeinen Chirurgie.«

Adam nickte. »Wenn Ihnen an der Meinung eines Oberarztes etwas liegt, sollen Sie sie hören.«

»Drei sehr erfahrene Chirurgen in anderen Landesteilen haben schon einige Kapitel gelesen. Ich möchte wissen, welchen Eindruck es auf jemanden macht, der die Medizinische Schule noch vor nicht allzu langer Zeit verlassen hat.«

»Es ist mir eine Ehre.«

»Noch eines.« Wieder hielten ihn die Augen fest. »Ich will nicht, daß jemand von unserem Stab davon erfährt. Ich kann mir meine Arbeitszeit wegen meines Zustandes nicht einteilen. Ich habe keine Zeit mehr.«

Gott, dachte Adam, was sage ich darauf? Aber es war unnötig, etwas zu sagen, weil Longwood nickte und sich aus dem Sessel hochzog.

»Gute Nacht, Sir«, sagte Adam.

Der Alte schien es nicht gehört zu haben.

Er versorgte einige Tiere mit Medikamenten, registrierte wichtige Symptome, brachte das Laborbuch auf den laufenden Stand. Es war sehr spät, als er Schluß machte, und er war versucht, das Lesen des Manuskripts zu verschieben, wußte jedoch, daß er es vielleicht nie lesen würde, wenn er damit nicht wenigstens anfing, solange er die Möglichkeit dazu hatte. Er rief die diensthabende Telefonistin an und sagte ihr, daß er im Labor zu erreichen sei. Dann setzte er sich hinter den alten Eichentisch und nahm das Manuskript aus der Schachtel. Der Kaffee auf dem Bunsenbrenner brodelte, das alte Gebäude knarrte. In den Käfigen bissen einige Hunde nach Flöhen; andere stöhnten und kläfften im Schlaf, vielleicht jagten sie langsame Traumkaninchen oder besprangen läufige Hündinnen, von denen sie in der kalten, wachen Vergangenheit zähnefletschend vertrieben worden waren. Der Lärm weckte einige Tiere, und im nächsten Augenblick hatte ihr Bellen die übrigen aufgeweckt. Das Labor hallte wider vor Hundeprotest.

»Ist schon gut«, sagte er. »Gebt jetzt Ruhe. Geht schlafen, geht schlafen.« Albern, mit ihnen zu sprechen, als seien sie menschliche Patienten und könnten die beruhigenden Töne verstehen.

Aber sie beruhigten sich.

Er schenkte sich eine Tasse heißen schwarzen Kaffee ein, setzte sich wieder hin, schlürfte vorsichtig und begann zu lesen.

Die meisten Kapitel beeindruckten ihn tief. Der Stil war eindringlich und täuschte Einfachheit vor, jene Art leichter wissenschaftlicher Lektüre, die schwer zu schreiben ist. Longwood hatte die erstklassigen chirurgischen Erfahrungen eines ganzen Lebens destilliert und nicht gezögert, sich auf die Arbeit vieler anderer chirurgischer Kapazitäten zu beziehen. Als Adam hundert Seiten des Manuskripts gelesen hatte, läutete das Telefon, und der Gedanke, daß man ihn vielleicht wegholte, erfüllte ihn mit Bedauern. Zum Glück war es Spurgeon mit der Bitte um einen Rat, den er ihm telefonisch geben konnte, ohne weggehen zu müssen. Begierig kehrte er zu dem Manuskript zurück.

Er las die ganze Nacht hindurch.

Als er mit den letzten drei Kapiteln fertig war, hatten sich die Fenster des Labors zu einem düsteren Grau erhellt.

Vielleicht, dachte er, kam es von seiner Müdigkeit. Er rieb sich die Augen, wärmte den Kaffee auf, trank noch eine Tasse und las die letzten drei Kapitel langsam noch einmal.

Es war, als seien sie von einem anderen Menschen geschrieben worden. Trotz seiner verhältnismäßig geringen Erfahrung stieß er auf grobe Irrtümer. Der Stil war unklar, die Satzkonstruktionen gewunden, und es war schwierig, ihnen zu folgen. Im Material tauchten große Lücken auf.

Er las die Seiten noch einmal, und jetzt enthüllte sich ihm die schreckliche Entwicklung, das Bild des Dahinschwindens einer ungeheuren intellektuellen Kapazität.

Der Zerfall eines Genies, erkannte er erschüttert.

Er versuchte zu dösen, konnte aber ausnahmsweise nicht einschlafen. Er verließ das Labor und frühstückte als Maxies erster Gast, ging dann durch die kalte Morgendämmerung wieder ins Tierlabor und legte das Manuskript sorgfältig in die Schachtel zurück.

Drei Stunden später wartete er auf Kender, der in sein Büro kam. »Ich glaube, das sollten Sie lesen«, sagte er.

Als er in der folgenden Nacht im Finstern bei Gaby lag, erzählte er ihr, daß Longwood am Nachmittag von seinem Posten als Chefchirurg zurückgetreten war.

»Der Arme«, sagte sie. »Kann man denn nichts unternehmen?« fragte sie einen Augenblick später.

»Die Chancen, einen Leichenspender mit einer seltenen Blutgruppe zu bekommen, sind gering. Longwood kann durch Dialyse am Leben erhalten werden, aber Kender sagt, der Apparat sei die Ursache seines psychischen Versagens.«

Seite an Seite blickten sie zu einem schwarzen Himmel auf.

»Ich glaube nicht, daß ich die Maschine lange ertragen würde, wenn ich …«, sagte sie.

»Wenn du was?« fragte er schläfrig.

»Zum Tod verurteilt wäre.«

Aber er war schon eingeschlafen.

Nach einer Weile streifte sie ihn mit ihren Zehennägeln zweimal, bis er erwachte und sich ihr zuwandte. Ihre wilden Schreie sandten Klangkreise über das schwarze Meer.

Nachher trieb sie dahin, den Kopf an seiner Brust, während er wieder schlief und sein klopfendes Herz an ihrem Ohr flüsterte. Lebendig, sagte es.

SPURGEON ROBINSON

Der Mann war gebeugt und schwarz und weinte, ein keineswegs seltsamer Anblick im Krankenhaus, aber Spurgeon blieb doch bei der Bank stehen.

»Fühlst du dich nicht wohl, Alterchen?«

»Sie haben ihn umgebracht.«

»Das tut mir leid«, sagte er sanft und fragte sich, ob es ein Sohn oder ein Bruder war, ein Straßenunfall oder Mord.

Zuerst verstand er den Namen nicht.

»Haben ihn erschossen. Tot für immer. Unser Befreier, unser King.«

»Martin Luther?« fragte er schwach.

»Weiße Mütter. Erwischen am Ende alle und jeden von uns.«

Der alte Schwarze wankte fort. Spurgeon haßte ihn für diese ungeheure Lüge.

Aber es war die Wahrheit. Bald bestätigten es sämtliche Rundfunk- und Fernsehapparate im ganzen Krankenhaus.

Spurgeon wollte sich selbst auf die Bank setzen und weinen.

»O Gott, es tut mir so leid«, sagte Adam zu ihm. Andere sagten ähnliches. Er brauchte eine Weile, um zu erkennen, daß die Menschen ihm ihr Beileid genauso ausdrückten, wie er es dem alten Patienten gegenüber getan hatte, in dem Glauben, dieser habe einen persönlichen Verlust erlitten; im wesentlichen ließ es ihn unberührt. Erst später wurde er wütend darüber.

Er hatte keine Zeit, sich den Luxus eines Schocks zu gönnen. Dr. Kender berief das gesamte dienstfreie Personal ein. Das Suffolk County General Hospital hatte erst einmal, im Jahr zuvor, einen Rassenkonflikt erlebt und war damals unvorbereitet gewesen. Jetzt wurde nur das notwendigste Personal in den Abteilungen belassen, die Operationssäle waren vorbereitet, jeder Krankenwagen wurde mit zusätzlichen Tragbahren und Material ausgerüstet.

»In jedem Fahrzeug muß ein zusätzlicher Arzt sein«, sagte Dr. Kender. »Falls die Hölle losbricht, will ich nicht, daß Sie nur mit einem Patienten zurückkommen, sondern mit zwei oder sogar drei.« Er wandte sich an Meomartino und Adam Silverstone. »Einer von Ihnen bleibt hier und leitet die Unfallstation. Der andere soll in dem Krankenwagen mitfahren.«

»Was wollen Sie übernehmen?« fragte Meomartino Adam.

Silverstone zuckte die Achseln und schüttelte den Kopf, als Moylan hereinkam und über Schüsse aus dem Hinterhalt von Dächern berichtete, vor denen der Polizeifunk gewarnt habe.

»Ich kann ebensogut auch in der Unfallstation bleiben«, sagte Meomartino.

Adam teilte die Bemannung der Krankenwagen ein und setzte sich mit Spurgeon in Meyersons Wagen. Ihre erste Fahrt stellte sich als Antiklimax heraus: auf der Schnellstraße waren drei Wagen zusammengestoßen, zwei Verletzte, keiner schwer.

»Ihr habt euch einen schlechten Zeitpunkt ausgesucht«, sagte Meyerson zu dem einen, als sie ihn zum Krankenwagen trugen. Aber das Krankenhaus war ruhig, als sie zurückkamen. Die Berichte über Schießereien hatten sich als unrichtig erwiesen. Die Polizei war zwar weiterhin in Alarmbereitschaft, aber noch hatte sich nichts ereignet.

Ihre nächste Ausfahrt galt einem Mädchen, das in eine zerbrochene Flasche getreten war.

Ihre dritte Fahrt ging nach Roxbury, wo es eine Schießerei in einer Kneipe gegeben hatte.

»Dort fahre ich nicht hin«, sagte Meyerson.

»Warum nicht?« fragte Spurgeon.

»Soviel Geld verdiene ich nicht. Sollen sich die Schweinehunde doch gegenseitig umbringen.«

»Los, heb deinen Arsch«, sagte Spurgeon.

»Ganz wie Sie wollen«, sagte Adam ruhig. »Wenn Sie heute abend nicht fahren, sind Sie hier erledigt. Dafür werde ich sorgen.«

Meyerson sah sie an. »Pfadfinder«, sagte er.

Er stand auf und ging langsam hinaus. Spurgeon dachte, er würde vielleicht einfach am Krankenwagen vorbeigehen, aber er öffnete die Tür und setzte sich hinter das Lenkrad.

Spurgeon ließ Adam in der Mitte sitzen.

Einige Läden in der Blue Hill Avenue waren mit Brettern verschlagen. Die meisten waren dunkel. Die beleuchteten trugen hastig über die Schaufensterscheiben geschmierte Aufschriften: »Seelenbruder«, »Gehört einem Schwarzen«, »Eigentümer ist ein Bruder«. Sie fuhren an einem schon völlig ausgeplünderten Schnapsladen vorbei, einem von Ameisen kahlgefressenen Skelett, und aus den scheibenlosen Auslagen schlüpften Kinder mit Flaschen.

Spurgeons Herz brach um ihretwillen. Trauere, sagte er stumm. Verstehst du nicht zu trauern?

Nicht weit von Grove Hall trafen sie auf die erste Menschenmenge, riesig ergoß sie sich wie eine Viehherde über die Straße, Gruppen, die sich drängend und schiebend von einer Straßenseite zur anderen im Kreis bewegten. Der durch die offenen Wagenfenster dringende Lärm war eine Mischung aus Karnevalsgebrüll, Flüchen und Faschingsdienstags-Gelächter.

»Da kommen wir nicht durch«, sagte Meyerson. Er hupte.

»Wir drehen lieber ab und umfahren sie«, sagte Adam.

Aber hinter ihnen war die Straße bereits von Menschen verstopft.

»Andere Vorschläge?« sagte Meyerson.

»Nein.«

»Pfadfinder.«

Einige Männer und Jungen begannen einen unter einer Straßenlaterne geparkten Wagen zu schaukeln, eine schwarze, viertürige Limousine. Es war ein schweres Modell, ein Buick, aber nach kurzer Zeit schwankte er wie ein Spielzeug vor und zurück. Nach jedem Stoß hoben sich zwei Räder vom Boden und krachten wieder hinunter, bis er schließlich unter Gekreisch und Triumphgeschrei im Gedränge umkippte.

Meyerson stieg mit dem Fuß auf den Sirenenknopf.

»Los, auf ihn!« brüllte jemand.

Der Ruf pflanzte sich fort, und sofort waren sie eine Insel

in einem Menschenmeer. Hände begannen an die metallenen Seiten des Krankenwagens zu hämmern.

Meyerson kurbelte das Fenster an seiner Seite hoch. »Die werden uns umbringen.«

Im nächsten Augenblick begann der Krankenwagen zu schaukeln.

Spurgeon drückte den Türgriff nieder, stieß die Tür mit der Schulter auf, so daß draußen jemand wegflog. Er stieg aus, kletterte auf die Motorhaube und stand mit dem Rücken zu den beiden Männern im Innern da.

»Ich bin ein Bruder«, brüllte er in die fremden Gesichter.

»Und was sind die dort – Vettern?« rief jemand, und alle lachten.

»Wir sind Ärzte auf dem Weg zu einem Verletzten. Er braucht unsere Hilfe, und ihr haltet uns von ihm fern.«

»Ist er ein Bruder?« brüllte eine Stimme.

»Zum Teufel, ja, er ist ein Bruder.«

»Laßt sie durch!«

»Zum Teufel, ja!«

»Ärzte, die einem Bruder helfen sollen!« Er konnte hören, wie die Parole weitergegeben wurde.

Er saß auf der Motorhaube: neun Jahre Studium, um eine Kühlerfigur zu werden. Meyerson drehte den Scheinwerfer wieder auf. Der Krankenwagen fuhr ganz langsam an, und die Menge teilte sich vor ihm, als sei Spurgeon Moses und sie das Rote Meer.

Sie kamen durch.

Sie fanden die Kneipe. Der Verwundete lag mit dem Gesicht nach unten auf dem Boden, seine Hose war von dunklem Blut durchtränkt. Weit und breit niemand, der auf ihn geschossen hatte. Auch keine Waffe. Die Zuschauer wußten von nichts. Spurgeon schnitt die blutdurchtränkte Hose und Unterhose weg.

»Die Kugel ist glatt durch den *glutaeus maximus* gegangen«, sagte er gleich darauf.

»Bist du sicher, daß sie nicht mehr drin ist?« fragte Adam.

Spurgeon berührte die Wunde mit der Fingerspitze und nickte; der Mann zuckte zusammen und stöhnte. Sie legten den Patienten bäuchlings auf die Tragbahre.

»Ist es schlimm?« keuchte der Mann.

»Nein«, sagte Spurgeon.

»Man hat dich in den Arsch geschossen«, sagte Meyerson knurrend, als er sein Ende der Trage aufhob.

Im Krankenwagen gab Adam dem Patienten Sauerstoff, und Spurgeon setzte sich neben Meyerson. Maish benutzte die Sirene nicht. Einige Minuten später erkannte Spurgeon, daß sie sich dem »Frontgebiet« in North Dorchester näherten, einer nicht ganz geheuren Gegend, in der sich die schwarze Bevölkerung in bisher »weiße« Straßen ausbreitete.

»Sie machen einen Umweg«, sagte er zu Meyerson.

»Es ist der kürzeste Weg aus Roxbury«, sagte Meyerson; er schlug das Lenkrad ein, der Krankenwagen bog um eine Ecke und kam quietschend zum Stehen, als Meyerson heftig auf die Bremse trat.

»Was, zum Teufel, ist jetzt wieder los?« fragte er.

Ein geparkter Wagen mit offener Tür blockierte das Ende der schmalen Straße. Das andere Ende war ebenfalls abgeschnitten, durch zwei etwa sechzehnjährige Jungen, einen Farbigen und einen Weißen, die aufeinander eindroschen.

Meyerson hupte und ließ dann die Sirene aufheulen. Blind gegen alles, rauften sie weiter. Es war keine Technik an ihrem Kampf. Sie schlugen einfach so fest wie nur möglich aufeinander los. Wer weiß, wie lange der Kampf schon dauerte. Das linke Auge des weißen Jungen war geschlossen, der schwarze blutete aus der Nase und schluchzte nervös.

Meyerson seufzte. »Entweder wir trennen diese Idioten, oder wir rücken den Wagen weg«, sagte er. Sie stiegen aus.

»Passen Sie auf, daß Sie nicht eins abkriegen«, warnte Meyerson, während sie sich anschlichen.

»Jetzt packen wir sie«, sagte Adam, als die Jungen in einen Clinch gingen und fest umklammert miteinander rangen.

Es war überraschend leicht. Sie leisteten nur Widerstand, um das Gesicht zu wahren, denn beide waren zweifellos erleichtert, daß die Qual vorüber war. Spurgeon hatte die Arme des weißen Jungen von hinten gepackt. »Ist das dein Wagen?« fragte er.

Der Junge schüttelte den Kopf. »Seiner«, sagte er und deutete mit dem Kopf auf seinen Gegner. Jetzt bemerkte Spurgeon, daß Adam die Arme des farbigen Jungen festhielt, während Meyersons große blasse Hände, in wolliges schwarzes Haar – wie das von Dorothy – verkrampft, den Kopf des Jungen nach hinten zwangen.

»Das ist unnötig«, sagte er scharf. Der weiße Junge wimmerte.

Als er einen Blick hinunterwarf, sah er, wie seine eigenen, ihm vertrauten schwarzen Finger sich in sommersprossiges Fleisch gruben. Verblüfft öffnete er sie, und der Junge entfernte sich wie ein befreites Tier, steif vor gespielter Gleichgültigkeit.

Trotzig ließ der schwarze Junge seinen Vergaser aufheulen, als sie zum Krankenwagen zurückgingen.

Spurgeon befiel das gleiche Gefühl, das der alte Mann, der auf der Holzbank geweint hatte, gehabt haben mußte.

»Wir haben Partei ergriffen«, sagte er zu Adam.

»Was meinst du damit?«

»Ich konnte nicht schnell genug hinspringen, um mit dem kleinen weißen Gangster abzurechnen, und ihr beiden tapferen Weißen habt das farbige Kind grob behandelt.«

»Sei kein paranoides Arschloch«, fuhr ihn Adam an.

Auf dem Heimweg zum Krankenhaus stöhnte der Verwundete gelegentlich; die übrigen Insassen des Wagens schwiegen.

In der Unfallstation ließen sich drei Polizisten verarzten, die von Steinen getroffen worden waren, aber sonst merkte man noch immer nichts von den vorausgegangenen Krawallen. Sie mußten noch einmal nach Roxbury zurückfahren, um einen Zimmermann abzuholen, der sich die Hand an der Elektrosäge aufgeschnitten hatte, als er Bretter zum Vernageln von Ladenfenstern zurechtschnitt. Dann wurden sie nach einem Mann ausgeschickt, der einen Herzanfall vor der North Station erlitten hatte. Um neun Uhr zwanzig fuhren sie wieder aus, um jemanden zu holen, der sich angeblich beim Sturz von einer Leiter den Rücken verletzt hatte, als er die Decke seiner Wohnung malte.

Der nächste Ruf kam von einem Wohnhauskomplex im South End. Neben dem großen plätschernden Teich wartete ein Junge in einer schmutzigen weißen Nehrujacke auf sie, ungefähr so alt wie die beiden Straßenkämpfer, aber sehr mager.

»Hier geradeaus, meine Herren«, sagte er und ging in die Dunkelheit hinein. »Ich bringe Sie zu ihm hinauf. Sieht wirklich schwer verletzt aus.«

»Sollen wir die Tragbahre mitnehmen?« fragte Spurgeon.

»He«, rief Adam dem Jungen zu, »welcher Stock?«

»Vierter.«

»Ist ein Lift vorhanden?«

»Kaputt.«

»Zum Teufel«, sagte Meyerson.

»Bleiben Sie hier«, sagte Silverstone und griff nach seiner Arzttasche. »Es ist zu hoch, um die Bahre hinaufzuschleppen, wenn wir sie nicht brauchen sollten. Dr. Robinson und ich sehen ihn uns an. Wenn wir die Bahre brauchen, wird einer von uns herunterkommen und Ihnen tragen helfen.«

Der Komplex bestand aus einer Reihe kastenförmiger Betonbauten. Das Haus II stand neben einem Teich und war noch nicht alt, aber schon ein Elendsquartier. Anatomisch unwahrscheinliche Bleistiftzeichnungen bedeckten die Wände des Vorhauses, waren jedoch auf höheren Treppenabsätzen nicht zu sehen, weil dort gähnende Finsternis herrschte, da die Glühbirnen gestohlen oder zerbrochen waren. Im zweiten Stock stank die Dunkelheit nach altem Müll und Schlimmerem.

Spurgeon hörte, wie Adam den Atem anhielt.

»Welche Wohnung?« fragte er.

»Folgen Sie mir nur.«

Oben spielte jemand eine wüste Sache von Little Richard, es dröhnte wie das Gestampfe wilder Pferde, die in rasender Flucht dahinjagten. Je näher sie kamen, um so lauter wurde es. Im vierten Stock ging der Junge über einen Gang auf eine Tür zu, hinter der die Musik lärmte. Wohnung D. Er hämmerte an die Tür, und drinnen nahm jemand die Nadel von der Platte.

»Aufmachen. Ich bin's.«

»Hast sie mit?«

»Ja. Zwei Doktoren.«

Die Tür öffnete sich, der Junge in der Nehrujacke ging hinein und Adam hinter ihm. Als Spurgeon folgte, kam Adams Warnung.

»Lauf, Spur! Hol –«

Aber er war schon drinnen, und die Tür wurde hinter ihm zugeschlagen. Eine einzige Lampe brannte. In ihrem Lichttümpel sah er vier Männer; nein, fünf zählte er, als noch einer aus der Dunkelheit in den Lichtkegel trat, drei Weiße und zwei Farbige, den Jungen nicht mitgezählt. Er erkannte nur einen von ihnen, einen mageren braunen Mann mit Zuluhaaren und einem strichdünnen Schnurrbart, der ein zu einer schmalen Klinge zugefeiltes Küchenmesser in der Hand hielt.

»Hallo Speed«, sagte er. Nightingale lächelte ihn an. »Nur herein, Doc«, sagte er.

Sie traten näher und standen vor den Männern.

»Wußte nicht, daß Sie es sein würden, Langhaar. Kein Grund zur Aufregung. Wir wollen nur die Tasche Ihres Freundes.«

»Talentverschwendung«, sagte Spurgeon. »Jemand, der so Klavier spielt wie Sie.«

Speed zuckte die Achseln, grinste jedoch geschmeichelt. »Wir haben ein paar Burschen, denen es schlechtgeht. Sie brauchen etwas, ganz schnell. Tatsache ist, daß auch ich selbst zu lange ohne war.«

»Gib ihnen die Tasche, Adam«, sagte Spurgeon.

Aber Adam ging zum Fenster.

»Mach keine Dummheit«, sagte Spurgeon. »Gib ihnen die verdammte Tasche.« Er sah entsetzt, daß Adam auf den Teich hinuntersah. »Einen so guten Taucher gibt es nicht«, sagte Spur.

Jemand lachte.

»Plansch doch«, sagte eine Stimme aus der Dunkelheit.

»Das ist nämlich ein Planschbecken, Mister«, sagte der Kleine.

Speed ging zu Adam und nahm ihm die Arzttasche weg. »Seid ihr alle miteinander besoffen?« sagte er gutmütig. Er reichte Spurgeon die Tasche. »Suchen Sie es für uns heraus, Doc.«

Spurgeon öffnete sie, fand eine Flasche Ipecac, ein Brechmittel, und reichte sie ihm. Nightingale nahm die Kappe ab, steckte seine Zungenspitze in die Flasche und spuckte aus.

»Was ist das?« fragte einer der Männer.

»Vermutlich etwas zum Speien.« Er sah Spurgeon an, diesmal ohne zu lächeln, und ging auf ihn zu.

Adam schlug bereits wild um sich.

Spurgeon versuchte einen Schlag zu landen, aber er war noch ungeschickter als die Straßenkämpfer. Jetzt wurden seine Arme von Händen festgehalten und ein *déja-vu* überwältigte ihn. Als die großen schwarzen Fäuste auf ihn losschlugen, drehte sich die Welt im Kreis, er war wieder vierzehn und verdrosch einen Betrunkenen in einem dunklen Eingang in der 171. West Street zusammen mit seinen Freunden Tommy White und Fats McKenna, wobei er den Platz hinter dem Opfer einnahm. Der Mann, der jetzt die Rolle Fats McKennas übernahm, würde ganze Arbeit leisten, erkannte er, als er mit großer Kraft in den Magen getroffen wurde und ihm der Atem stockte. Etwas stieß gegen seine Schläfe, den Rest spürte er kaum mehr. Er sah durch den Nebel jenen Mann, zu dem er vielleicht geworden wäre, wäre ihm nicht die Gnade Gottes und Calvins widerfahren, der jetzt auf dem Fußboden kniete, die Arzttasche durchwühlte, sie schließlich umdrehte und ihren Inhalt auf den Fußboden stürzte.

»Hast es, Baby?« fragte eine Stimme.

Spurgeon hörte nicht mehr, ob Speed Nightingale es hatte. Jemand stellte die Nadel wieder auf die Platte von Little Richard, und das Dröhnen der wilden Pferde überrannte alles. Auch ihn.

Er kam zweimal zu Bewußtsein.

Als er das erstemal die Augen öffnete, sah er Meyerson.

»Ich weiß nicht«, sagte Maish soeben. »Es ist schwieriger geworden, leere Formulare zu kriegen. Ich werde vielleicht einen Dollar draufschlagen müssen. Sechs Dollar pro Rezept ist nicht zu hoch.« »Wir streiten nicht um den Preis«, sagte Speed. »Bloß her damit, Mensch. Bloß her damit.«

»Der ganze Handel könnte hochgehen, wenn ihr diese beiden Kerle ex gehen laßt«, sagte Meyerson.

»Über die brauchst du dich nicht aufzuregen«, sagte eine Stimme verächtlich.

Spurgeon wollte wissen, wie es ausging, und als die Stimmen schwanden, empfand er eine Art zornigen Bedauerns.

Das Gesicht, in das er das zweitemal blickte, war groß,

irisch und häßlich. »Der Nigger dürfte sich erholen«, sagte er.

»Der andere Bursche auch. Aber ich glaube, seine Würde ist angeknackst.«

Als er sich aufsetzte, übergab er sich und sah, daß zwei Polizisten in der Wohnung standen.

»Wie geht's, Adam?« fragte er mit schmerzendem Kopf.

»Ganz gut. Dir, Spur?«

»Ich werd's überleben.

Speed und seine Freunde waren bereits abgeführt worden.

»Aber wer hat Sie gerufen?« fragte Adam den Polizisten.

»Der Bursche sagte, er sei euer Fahrer. Er sagte, ich solle euch sagen, die Schlüssel des Krankenwagens seien unter dem rechten hinteren Sitz.«

Die beiden Polizisten fuhren sie ins Krankenhaus zurück. In der Halle drehte sich Spurgeon um, um ihnen zu danken. Er war genauso verblüfft wie sie, als er sich sagen hörte:

»Nenn du mich ja nie wieder Nigger, du dickes Schwein.«

Er schlief lange, wachte blaugeschlagen und steif und mit dem Gefühl auf, daß er etwas vergessen habe.

Der Aufruhr.

Aber der Rundfunk unterrichtete ihn, daß es keinen gegeben hatte. Ein paar in Brand gesteckte Läden, geringfügige Plünderungen. Jimmy Brown war in der Stadt, und der Bürgermeister hatte ihn gebeten, eine Rede zu halten, die das Fernsehen aus dem Boston Garden übertrug. Die Leute, die sonst Brände gelegt hatten, blieben daheim und sahen sich Jimmy im Fernsehen an. Die anderen hielten bereits Versammlungen ab und bemühten sich, die Stimmung abzukühlen.

Er blieb fast eine Stunde unter der Dusche und trocknete eben die Haut zwischen den blauen Flecken ab, als das Telefon in der Halle läutete.

Die Polizei hatte Meyerson geholt. Er konnte gegen zweihundert Dollar freigehen. Er brauchte zwanzig Dollar, die zehn Prozent für den Kautionsbürgen.

»Ich komme hinüber«, sagte Spurgeon.

In der Polizeidirektion in der Berkeley Street bezahlte er das Geld und erhielt eine Quittung.

»Sie sehen müde aus«, sagte er, als Maish herauskam.

»Miese Matratze.«

Im Morgen lag die erste Andeutung von Frühlingswärme, und die Luft war zitronengelb vor Sonnenlicht, aber sie gingen in unbehaglichem Schweigen dahin, bis sie den Park Square überquerten.

»Danke, daß Sie die Polizei gerufen haben«, sagte Spurgeon.

Meyerson zuckte die Achseln. »Ich habe es nicht für euch getan. Wenn sie euch umgebracht hätten, wäre ich ein Helfershelfer gewesen.«

Daran hatte Spurgeon noch gar nicht gedacht.

»Sie bekommen Ihre zwanzig Dollar zurück«, sagte Maish.

»Eilt nicht.«

»Ich habe Geld in meinem Zimmer versteckt, mein Spielgeld. Sie haben gestern abend schon auf mich gewartet, als ich es holen ging. Ich schicke Ihnen die zwanzig per Post.«

»Sie werden die Kaution fahrenlassen, nicht wahr?« sagte Spurgeon.

»Ich hab noch was auf dem Konto. Diesmal würde es eine unbedingte Gefängnisstrafe bedeuten.«

Spurgeon nickte. »Ein Philosoph!« sagte er traurig.

Meyerson sah ihn an. »Ich bin ein Vagabund. Ich hab's Ihnen ja gesagt, und wenn Sie ein echter Nigger wären, würden Sie so etwas nicht sagen.«

Sie waren die Boylston Street in Richtung Tremont gegangen. Als sie jetzt stehenblieben und einander anstarrten, kam ein bärtiger, bloßfüßiger Prophet vom Common herüber auf sie zu und verkündete, daß er, falls sie ihm nicht einen Dollar gäben, nichts zum Frühstück haben würde.

»Dann verhungere eben, Schmock«, sagte Meyerson, und der Junge wanderte, ohne beleidigt zu sein, davon.

»Sie wissen nicht, was das heißt, etwas so sehr haben zu wollen, daß Sie alles täten, um es zu bekommen«, sagte Maish. »Sie sind ein weißer Schwarzer, das ist's, warum Sie die Nigger nicht verstehen. Deshalb sind Sie genauso schlimm wie wir übrigen Weißen, die es einen Dreck schert, wie es anderen geht, weil wir nur an uns selbst denken. Oder vielleicht sind Sie noch schlimmer.« Er drehte sich um und ging auf die Haltestelle der Untergrundbahn zu.

Nein, bin ich nicht, versicherte sich Spurgeon.

Und auch sonst keiner.

»Sie sind nicht alle wie du, Meyerson!« schrie er. »Nein, nein, nein!«

Aber Maish war bereits die Treppe hinunter verschwunden.

Wider Willen zog es ihn zum Ghetto.

Der Wind blies von Süden, und noch bevor er über die Grenze gefahren war, füllte sich der VW mit einem schwachen, bitteren Brandgeruch. Nicht alle waren daheim geblieben, um Jimmy Brown zu sehen.

Er fuhr sehr langsam.

Die Bretter über den Auslagen sahen bei Tageslicht kläglich unwirksam aus. Einige waren abgerissen worden. An einem Schnapsladen war das metallene Schutzgitter aus den Angeln gerissen. Die Scheibe war zerbrochen, und er konnte im Inneren flüchtig nackte Gestelle und Trümmer auf dem Fußboden sehen. Die Inschrift auf der Eingangstür – »Seelenbruder« – war durchgestrichen und durch eine andere ersetzt worden: »Verdammter Lügner.«

Die erste Brandstätte lag nicht weit von Ace High, ein Mietshaus. Der Brand war zweifellos von jemandem gelegt worden, der von Ratten und Küchenschaben genug gehabt hatte.

Der zweite Brand, auf den er stieß, lag eine halbe Meile weiter und war kein Brand mehr. Ein halbes Dutzend Feuerwehrleute ließen zwei Schläuche über den Schauplatz einer verlorenen Schlacht spielen. Nichts war übriggeblieben als ein geschwärztes Ziegelfundament und ein paar verkohlte Balken.

Er parkte den Wagen und ging zu der Ruine. »Was war das?« fragte er einen der Feuerwehrleute.

Der Mann warf ihm einen kühlen Blick zu, sagte jedoch nichts. Ein Punkt für Maish, dachte er.

»Ein Möbelgeschäft«, sagte ein anderer.

»Danke.«

Er hockte sich nieder und starrte eine Weile in die rauchenden Trümmer, dann richtete er sich auf und ging zu Fuß weiter.

In jedem Hausblock waren die Läden gegen den Wirbelsturm verschlagen worden. Die meisten, die nicht mit Brettern verschlagen waren, standen leer. An einem hing ein gemaltes Schild, über das er lächeln mußte. »Hilfsstation«. Die Tür war unversperrt, er trat ein, und sein Lächeln erstarb. Es war kein Witz. In einem Kleenexkarton lagen Rollen groben Verbandzeugs, kaum aseptisch zu nennen, zweifellos von schwarzen Frauen in ihren Wohnungen aus alten Hemden und Schürzen zurechtgeschnitten. Wahrscheinlich hatte das zu dem größeren Plan irgendeines Black Panther gehört, vermutlich eines Vietnamheimkehrers, der den Napoleon spielen wollte, nur war diesmal nichts daraus geworden. Zweifellos freute er sich schon auf das nächstemal.

Spurgeon fragte sich, ob sie wohl Antibiotika, Blutspender, geschulte Leute hatten, wußte aber gleichzeitig, daß dies unwahrscheinlich war. Außer ein paar leeren Läden und versteckten Waffen sowie selbstgefertigten Bandagen besaßen sie sicher nur die Überzeugung, daß sie nun lange genug gewartet hatten.

Es war ein sehr großer Laden.

Im Zentrum der schwarzen Gemeinde.

Er erinnerte sich, wie Gertrude Soames, die Hure mit dem gefärbten roten Haar, das Krankenhaus aus eigenen Stücken verlassen hatte, trotz Leberkrebs, weil sie den weißen Händen nicht traute, die bohrten und weh taten, weil sie den Augen der Weißen entfliehen wollte, denen ja in Wirklichkeit nichts an ihr lag.

Er dachte an Thomas Catlett jr., dem er im Krankenwagen auf der Brücke einen Klaps auf den kleinen schwarzen Arsch gegeben hatte, Catlett jr., der acht Geschwister besaß und dessen arbeitsloser Vater jetzt wohl schon wieder die Samen für Nummer zehn in Martha Hendricks Catletts schlaffen Schoß gebettet hatte, weil der Orgasmus gratis ist und niemand sie gelehrt hatte, zu lieben, ohne Babys zu machen.

Er fragte sich, wie die Selbstzerstörung von Menschen wie Speed Nightingale verhindert werden konnte, wer schon bereit war, einem Süchtigen bei dem Versuch, davon loszukommen, zu helfen.

Der Schreiber des Schildes hatte einige zerbrochene Kreidestücke auf den sandigen Fußboden fallen lassen, und Spurgeon hob eines auf und zeichnete gedankenlos auf den Boden neben der Tür: ein Wartezimmer mit einem Empfangstisch, ein Untersuchungszimmer und eine unfallchirurgische Abteilung, eine Ecke für Röntgen, und in der Toilette, die von dicken Spinnweben und drei toten Motten bewohnt war, eine Dunkelkammer.

Dann hockte er sich wieder nieder und studierte die weißen Linien auf dem schmutzigen Fußboden.

Am selben Nachmittag trieb er sich in der chirurgischen Station herum, bis er den Vertreter einer pharmazeutischen Kleinhandelsfirma entdeckte, den er kannte.

Er hieß Horowitz, war ein netter Bursche und soweit Geschäftsmann, um zu wissen, daß junge Spitalärzte manchmal in verhältnismäßig wenigen Jahren wichtige Kunden werden konnten. Er saß bei einer Tasse Kaffee in Maxies Laden und hörte Spurgeon zu.

»Es ist nicht so wild«, sagte er. »Frank Lahey startete die Lahey-Klinik 1923 bloß mit einer einzigen Operationsschwester.«

Er runzelte die Stirn und begann Ziffern auf eine Papierserviette zu kritzeln.

»Gewisse Gegenstände könnte ich Ihnen umsonst verschaffen, weil die pharmazeutische Industrie so etwas unterstützt. Einen Vorrat an Medikamenten, Verbänden. Einen Teil der Ausstattung könnten Sie aus zweiter Hand bekommen. Einen Röntgenapparat brauchen Sie nicht, solche Fälle könnten Sie ins Krankenhaus schicken –«

»Nein, Röntgen wäre wichtig. Es geht ja vor allem darum, eine Klinik in einem schwarzen Stadtteil zu schaffen, in die sie gern und voll Vertrauen mit dem Bewußtsein kommen, daß sie die *ihre* ist. Und diese Leute haben Tuberkulose, Emphyseme, alle möglichen Atembeschwerden. Zum Teufel, sie leben in der vergifteten Luft des Stadtkerns. Röntgen wäre unbedingt nötig.«

Horowitz zuckte die Achseln. »Schön, also auch Röntgen. Für das Wartezimmer könnten Sie alte Möbel besorgen. Sie wissen ja, Faltstühle, einen hölzernen Schreibtisch, solche Dinge.«

»Sicher.«

»Sie brauchen ferner einen Untersuchungstisch, einen Behandlungstisch, chirurgische Instrumente, einen Sterilisator, Untersuchungslampen, EKG. Diathermie. Ein paar Stethoskope, ein Otoskop, ein Mikroskop, ein Ophthalmoskop. Dunkelkammer und Geräte zum Entwickeln. Wahrscheinlich noch diverse Kleinigkeiten, die mir jetzt nicht einfallen.«

»Wieviel?«

Wieder zuckte Horowitz die Achseln. »Schwer zu sagen. Man findet diese Dinge nicht immer aus zweiter Hand.«

»Stellen Sie keine Gebrauchtwarenpreise auf. Diese Menschen haben in ihrem Leben noch nie etwas gehabt, das erstklassig ist. Alte Möbel, schön, aber rechnen Sie mit einer neuen Ausrüstung.«

Der Vertreter addierte noch einiges und steckte dann seinen Kugelschreiber ein. »Neuntausend«, sagte er.

»Hm.«

»Und Sie müßten auch weitermachen können, wenn Sie eröffnet haben. Einige Ihrer Patienten haben vielleicht eine Krankenversicherung, die meisten aber nicht. Viele können nur ein sehr bescheidenes Honorar zahlen.«

»Dazu kommen noch Miete und Stromrechnungen«, sagte Spurgeon. »Glauben Sie, daß man mit zwölftausend über das erste Jahr kommen kann?«

»Klingt realistisch«, sagte Horowitz. »Lassen Sie mich wissen, wenn ich sonst noch etwas für Sie tun kann.«

»Ja. Danke.«

Er blieb sitzen und trank eine zweite Tasse Kaffee und dann noch eine. Schließlich bezahlte er und bat Maxie um Wechselgeld für einen Dollar. Er summte vor sich hin, als er die Zentrale wählte, aber sein Magen krampfte sich vor Nervosität zusammen.

Er kam mühelos durch, bis er die letzte Bastion erreichte, die englische Sekretärin mit der eisigen Stimme, die Calvin Priest vor den gewöhnlichen Sterblichen schützte.

»Mr. Priest hat jemanden bei sich, Dr. Robinson«, sagte sie, wie immer mißbilligend. »Ist es sehr wichtig?«

»Nein, nein«, sagte er, und sofort empfand er Widerwillen

gegen sich. »Ja doch, es ist wichtig. Wollen Sie ihm sagen, daß sein Sohn am Apparat ist und seine Hilfe braucht?«

»O ja, Sir. Wollen Sie warten, oder soll ich Mr. Priest bitten zurückzurufen?«

»Ich werde auf meinen Vater warten«, sagte er.

Am nächsten Tag nahm er Dorothy zu dem Laden mit. Hinter ihm lag eine Nacht voller Zweifel, und er hatte viele Drachen erfunden, die er nicht alle mit Vernunftgründen zu erschlagen vermochte. Der Häuserblock und der Laden sahen irgendwie düsterer aus als zur Zeit, da er ihn verlassen hatte. Jemand hatte ein Kreidestückchen gestohlen und eine Anzahl Bilder von einem Paar in verschiedenen Liebesstellungen gezeichnet, oder vielleicht war es mehr als ein Paar, eine Gehsteigorgie. Der Künstler hatte die Kreide zurückgelassen, und jetzt spielten zwei kleine Mädchen, die sich nicht um das Bacchanal kümmerten, verbissen »Himmel und Hölle«. Der Laden war weniger geräumig als in seiner Erinnerung und schmutziger.

Sie hörte ihm zu, und sie schaute auf die Kreidelinien auf dem Boden. »Klingt ziemlich langfristig«, sagte sie.

»Nun ja.«

»Kurzfristig könntest du es nicht machen«, sagte sie. »Das merke ich schon.« Es entstand ein Schweigen, in dem sie einander nachdenklich ansahen, und er wußte, daß sie Hawaii und den sorgenfreien kleinen Enkelkindern mit den Schlitzaugen adieu sagte.

»Ich habe dir Frangipani versprochen«, sagte er schuldbewußt.

»Ah, Spurgeon«, sagte sie. »Ich hätte ja gar nicht gewußt, daß es Frangipani sind – ich kenne sie doch nicht!« Sie begann zu lachen, und einen Augenblick später lachte er mit ihr und liebte sie leidenschaftlich.

»Hast du Angst?« fragte sie.

»Ja. Du?«

»Todesangst.« Sie suchte in seinem Arm Trost, und er schloß die Augen und vergrub sein Gesicht in der flaumweichen schwarzen Wolle. Die zwei kleinen Mädchen auf dem Gehsteig beobachteten sie durch das Ladenfenster.

Nach dem letzten Kuß ging er ins Ace High, borgte vom Barmann einen Besen, und sie fegte den Boden für ihn. Während er die Spinnen und die Motten aus der Dunkelkammer vertrieb, befeuchtete sie ihr Taschentuch und zerfetzte es beim Wegwaschen der kopulierenden Figuren auf dem Gehsteig. Dann gab sie den kleinen Mädchen Zeichenunterricht. Als er herauskam, hatte die Sonne den Beton getrocknet, und der Gehsteig war mit Kreideblumen bedeckt, einem ganzen Lilienfeld.

ADAM SILVERSTONE

Als der April kam, war es, als müßte eine Uhr in Gaby ein wenig aufgezogen werden. Sie keuchte etwas mehr, wenn sie den Hügel erklomm, sie war etwas weniger zum Lieben bereit, sie begann nachmittags bleischwer zu schlafen. Noch vor einem Jahr hätte sie vor Sorge schlaflose Nächte verbracht und wäre zum Doktor gerast. Jetzt sagte sie sich energisch, daß das alles hinter ihr lag, daß sie kein Hypochonder mehr war.

Sie glaubte, der Winter sei für sie zuviel gewesen und jetzt habe sie die Frühjahrsmüdigkeit gepackt. Sie sagte weder Adam noch dem netten jungen Psychiater am Beth Israel etwas davon, der ihr einmal wöchentlich zuhörte, den interessanten Geschichten über die Ehe ihrer Eltern lauschte und gelegentlich mit schläfriger, fast teilnahmsloser Stimme eine Frage stellte; manchmal brauchte sie Wochen zu einer einzigen Antwort, jedesmal eine unglaublich schmerzhafte Geburt, wenn sie sich durch Narbengewebe wühlte, von dessen Vorhandensein Gaby nicht einmal etwas geahnt hatte. Sie begann ihre Eltern weniger zu hassen und mehr zu bemitleiden. Sie schwänzte einige Vorlesungen und wartete, bis milderes Wetter die öffentlichen Gärten und kleinen privaten Vorgärten auf dem Hügel verändern und den Sträuchern, Blumen und ihr neue Kraft bringen würde. In der Wohnung begann die Avocadopflanze gelb zu werden, und sie nährte sie mit Dünger und Wasser und kränkte sich über sie. Als sie das Bett machte, schlug sie sich das Schienbein an und heimste einen blauen Fleck ein, groß wie eine Steckdose; er wollte nicht vergehen, obwohl sie ihn mit Cold Cream massierte.

»Fühlst du dich wohl?« fragte Adam sie eines Morgens.

»Klage ich denn?«

»Nein.«

»Natürlich fühle ich mich wohl. Du?«

»Mir ist es noch nie bessergegangen.«

»Gut, Darling«, sagte sie stolz. Aber als die Zeit ihrer Periode kam und die Periode ausblieb, wußte sie, starr vor Gewißheit, was sie plagte.

Trotz ihrer großen Müdigkeit konnte sie nicht schlafen, und am Morgen – ein Syndrom von Ereignissen, die sie hatte vermeiden wollen – rief sie den Gesundheitsdienst der Studenten an und ließ sich einen Termin für eine Untersuchung geben.

Der Arzt hieß Williams. Er war grauhaarig, etwas beleibt und trug zwei dicke Zigarren in der Brusttasche.

Viel mehr Vaterfigur als ihr eigener Vater, dachte sie. Als er sie nach ihren Beschwerden fragte, fiel es ihr daher ganz leicht, ihm ihren Verdacht auf eine Schwangerschaft auszusprechen; das Einleitungsgeplauder fiel weg.

Er war seit neunzehn Jahren Collegearzt und hatte vorher als Arzt an einer privaten Vorbereitungsschule für Mädchen gearbeitet. In einem Vierteljahrhundert hatte er es noch immer nicht gelernt, diese Mitteilung ohne Mitgefühl aufzunehmen, wohl aber hatte er sich einigermaßen an sie gewöhnt.

»Nun, wir werden sehen«, sagte er.

Als ein Tropfen ihres Urins – vermischt mit einem Tropfen Antiserum und zwei Tropfen Antigen – auf einem Glasplättchen vor ihren Augen in zwei Minuten agglutinierte, konnte er ihr sagen, daß sie nicht Mutter werden würde.

»Aber meine Periode«, sagte sie.

»Manchmal ist sie wie ein Lokalzug. Fassen Sie sich in Geduld, einmal wird sie ja doch eintreffen.«

Sie lächelte ihn voll törichter Erleichterung an und wollte gehen, aber er hob die Hand. »Wohin laufen Sie?«

»Doktor«, sagte sie, »ich komme mir so dumm vor. Ich gehöre zu jenen Idioten, die ihr Ärzte manchmal galant einen überängstlichen Patienten nennt. Ich dachte, ich sei darüber hinweg, bei jedem Schatten an der Wand aufzukreischen, aber ich fürchte, ich bin's doch nicht.«

Dr. Williams zögerte. Sie war früher schon öfter bei ihm gewesen, und er wußte, daß sie die Wahrheit sagte; ihre Krankengeschichte auf seinem Schreibtisch war von Berichten über eingebildete Leiden angeschwollen, die bis zu ihrem ersten Semester vor sechs Jahren zurückreichten.

»Erzählen Sie mir, wie Sie sich sonst in letzter Zeit gefühlt haben«, sagte er. »Ich glaube, wenn Sie schon einmal da sind, könnten wir genausogut ein paar Tests machen.«

»Nun«, sagte sie fast eine Stunde später zu ihm. »Kann ich zu meinem Psychiater gehen und beichten, daß ich doch wieder rückfällig geworden bin?«

»Nein«, sagte er. »Sie sind müde, weil Sie anämisch sind.«

Sie empfand fast etwas wie Triumph: Anscheinend war sie also doch nicht bloß eine dumme Neurotikerin.

»Was muß ich tun? Viel rohe Leber essen?«

»Ich möchte noch eine Untersuchung machen«, sagte er und reichte ihr ein Uringlas.

»Muß ich mich ausziehen?«

»Bitte.«

Er rief die Schwester, und gleich darauf fühlte sie den kalten Kuß eines Alkoholbausches auf ihrer Hüfte über der linken Backe und den Stich einer Nadel.

»Ist das alles?« fragte sie.

»Ich habe es noch nicht gemacht«, sagte er, und die Schwester kicherte. »Ich habe Ihnen nur etwas Novocain gegeben.«

»Warum? Wird es weh tun?«

»Ich werde Ihnen etwas Rückenmark entnehmen. Es wird ein bißchen unangenehm sein.«

Aber als er es tat, rang sie nach Luft, und Wasser schoß ihr in die Augen. »He!«

»Baby.« Er klatschte ein Pflaster auf die Stelle. »Kommen Sie in einer Stunde wieder«, sagte er ungerührt.

Als sie in das Büro zurückkam, war Dr. Williams in Schreibarbeiten vertieft.

»Hallo. Ich möchte, daß Sie einige Bluttransfusionen bekommen.«

»Transfusionen?«

»Sie haben eine aplastische Anämie. Wissen Sie, was das bedeutet?«

Gaby faltete die Hände fest im Schoß. »Nein.«

»Ihr Knochenmark hat aus irgendeinem Grund aufgehört, genügend Blutzellen zu produzieren, und ist fettig degeneriert. Deshalb brauchen Sie Transfusionen.«

Sie überlegte. »Aber wenn ein Körper keine Blutzellen produziert...«

»Müssen wir sie durch Transfusionen ergänzen.«

Ihre Zunge fühlte sich seltsam an. »Ist die Krankheit tödlich?«

»Manchmal«, sagte er.

»Wie lange kann ein Mensch in meinem Zustand leben?«

»Oh... Jahre und Jahre.«

»Wie viele Jahre?«

»So etwas kann ich nicht voraussagen. Wir werden sehr hart arbeiten, um Sie durch die ersten drei bis sechs Monate zu bringen. Nachher geht's dann fast immer aufwärts.«

»Aber diejenigen, die sterben. Die meisten sterben in drei bis sechs Monaten?«

Er sah sie verärgert an. »Bei so etwas muß man sich an die positiven Seiten halten. Sehr viele werden wieder ganz gesund. Warum sollten Sie nicht eine von ihnen sein?«

»Wieviel Prozent werden gesund?« sagte sie und wußte, daß sie es ihm schwermachte, aber es war ihr egal.

»Zehn Prozent.«

»Nun ja.« Du lieber Gott, dachte sie.

Sie ging in die Wohnung zurück und saß da, ohne Licht zu machen, obwohl das einzige Fenster nicht genug Licht zum Lesen gab.

Niemand kam an die Tür. Das Telefon läutete nicht. Nach langer Zeit bemerkte sie, daß der winzige Sonnenfleck, der jeden Nachmittag drei Stunden lang auf die Avocadopflanze fiel, verschwunden war. Sie untersuchte die vergilbende Pflanze und erwog, ihr mehr Dünger und Wasser zu geben, entschied sich aber dann anders. Das war es ja eben, dachte sie; sie hatte sie überfüttert und durchweicht, zweifellos verfaulten die Wurzeln auf dem Grund des Topfes in einem winzigen Sumpf.

Kurze Zeit später sah sie Mrs. Krol über die Haupttreppe näher kommen, und nach einigen Sekunden packte sie die Avocadopflanze und beeilte sich, Mrs. Krol im Vorhaus einzuholen.

»Hier«, sagte sie.

Bertha Krol sah sie an.

»Kümmern Sie sich um sie. Vielleicht wird sie für Sie wachsen. Stellen Sie sie in die Sonne. Verstehen Sie?«

Bertha Krol ließ nicht erkennen, ob sie verstanden hatte oder nicht. Mit starrem Blick stand sie wie angewurzelt da, bis Gaby sich abwandte und in ihre Wohnung zurückkehrte.

Sie saß auf dem Sofa und fragte sich, warum sie die Pflanze weggegeben hatte.

Schließlich begriff sie, daß sie zwar noch vor einem Augenblick mit dem Gedanken gespielt hatte, bis zum nächsten Morgen warten zu können, wenn Adam heimkam, jedoch genau gewußt hatte, daß sie nicht hier sein würde, wenn er kam.

Sie packte nur ihre Kleider ein. Alles andere ließ sie zurück. Als der Koffer geschlossen war, setzte sie sich nieder und schrieb einen Brief, hastig, aus Angst, daß sie ihn nicht würde schreiben können, wenn sie sich Zeit ließ. Sie legte ihn auf die Couch und beschwerte ihn mit der Papierblumenvase, so daß er ihn bestimmt nicht übersehen konnte.

Instinktiv floh sie aus der Stadt. Als sie es merkte, war sie auf Route 128, fuhr jedoch in die falsche Richtung, nordwärts nach North Hampshire. Wollte sie zu ihrem Vater? Nein, danke, dachte sie. In Stoneham fuhr sie auf die andere Seite der Autobahn, wieder südwärts, den Fuß auf das Gaspedal gedrückt. Weder der grobe Polizist, der ihr einmal auf dieser Strecke ein Strafmandat verpaßt hatte, noch einer seiner Kollegen tauchten auf, um sie zu demütigen, als sie den Plymouth in ein Geschoß verwandelte und ruhig zwischen den großen Betonpfeilern der Überführungen durchraste. Man sah sie in den Zeitungen und im Fernsehen, diese unbeweglichen Klötze, samt dem, was von dem Fahrzeug und den Menschen übriggeblieben war, die sie in periodischen Abständen als Tribut forderten. Aber sie wußte, daß ihr Leben unter einem Bann stand und dazu bestimmt war, zu verrieseln, nicht in einem Blitz oder Donnerschlag zu enden; ihre Hand würde ihr nicht gehorchen, wenn sie den Entschluß fassen sollte, das Lenkrad einzuschlagen, sobald sie sich einer Überführung näherte.

Erst später, als sie sich in halsbrecherischem Tempo durch den Schnellverkehr schlängelte, der über die Route 24 dahinstob, erkannte sie, wie dumm es gewesen war, Mrs. Krol die Pflanze zu geben. Sicher würde sich Bertha Krol betrinken, in ihr Geschrei ausbrechen und die Pflanze aus dem Fenster werfen. Die schwarze Erde aus dem Supermarkt würde sich zusammen mit Berthas Müll über die Philips Street ergießen, und das Pflänzchen würde nie zu einem Avocadobaum heranwachsen.

Er klopfte, fand die Tür versperrt und brummte dann vor Überraschung, als er sah, daß die Morgenzeitung nicht hineingeholt worden war. Die Wohnung war düster, aber er entdeckte den Brief unter seinem blumigen Kennzeichen sofort.

Adam,
zu sagen, daß es nett war, hieße uns beide beleidigen. Ich werde an die Zeit denken, solange ich lebe. Aber wir haben vereinbart, Schluß zu machen, wenn einer von uns die Verbindung lösen möchte. Und leider muß ich sie abbrechen, dringend. Ich wollte es schon seit einiger Zeit tun, hatte jedoch nicht den Mut, es Dir ins Gesicht zu sagen. Denke nicht allzu böse über mich. Aber denke doch manchmal an mich. Ich wünsche Dir ein wunderbares Leben, Doktor-Darling.

Gaby

Er saß auf dem Sofa, las den Brief noch einmal und rief dann den Psychiater im Beth Israel an, der ihm nichts sagen konnte.

Er sah, wie wenig sie mitgenommen hatte. Ihre Bücher waren da. Der Fernsehapparat, der Plattenspieler. Ihre Bestrahlungslampe. Alles. Nur ihre Kleider und ihr Koffer waren weg.

Nach einer Weile rief er Susan Haskell an und fragte sie, ob Gaby dort sei.

»Nein.«

»Wenn Sie von ihr hören, lassen Sie es mich wissen?«

Es entstand eine Pause. »Nein.«

»Was soll das heißen?«

»Sie hat Sie verlassen, nicht wahr?« In ihrer Stimme lag Triumph. »Sonst hätten Sie mich nicht angerufen. Nun, wenn sie herkommt, werden Sie von mir nichts erfahren.«

Sie legte auf, aber es war unwichtig. Gaby war nicht dort. Er überlegte weiter, hob dann den Hörer wieder ab und wählte die Universität.

Als sich die Telefonistin meldete, verlangte er den Studentischen Gesundheitsdienst.

Er lieh sich Spurgeons Volkswagen, und als er über die Sagamore Bridge polterte, fürchtete er sich vor dem, was ihn erwarten würde, wenn er aus dem Wagen stieg. Sowie Hyannis hinter ihm lag, drückte er das Gaspedal durch und fuhr wie sie. Die Saison war noch zu früh für starken Verkehr, und die Autobahn war fast leer. In North Truro lenkte er den Bus von der Route 6 weg, fuhr die schmale Makadamstraße hinunter und bog dann, nachdem er das Licht des Leuchtturms erblickte, mit einem Stoßgebet in die Sandstraße ein, die zum Strand führte.

Als der Volkswagen die Höhe der Bodenwelle erreichte, sah er den blauen Plymouth vor der Tür.

Die Hütte war unversperrt, aber leer. Er ging hinaus und über den Pfad zur Klippe. Von ihrer Höhe konnte er den weißen Strand unten in jeder Richtung meilenweit überblicken, der windgepeitscht und vom Strandgut der Winterstürme bedeckt war. Die Düne war verschwunden. Niemand war zu sehen.

Auf dem Meer kräuselten sich, so weit er sehen konnte, Schaumkämme.

War sie vielleicht irgendwo dort draußen, unter der Wasserfläche? Er verdrängte den Gedanken.

Als er umkehrte, um zum Haus zurückzugehen, sah er sie, eine Viertelmeile entfernt, langsam über den Kamm der Klippe gehen. Schwach vor Erleichterung lief er los, um sie einzuholen; sie schien seine Anwesenheit zu spüren. Noch bevor er sie erreichte, drehte sie sich um.

»Hallo«, sagte er.

»Hallo, Adam.«

»Was ist mit der Düne geschehen?«

»Wahrscheinlich hat sie sich ungefähr eine Viertelmeile verschoben. Gegen Provincetown zu. Manchmal bewirken das die Gezeiten im Winter.«

Sie schlug die Richtung zur Strandhütte ein, und er ging neben ihr. Später würde es hier Beeren geben. Die von ihren Füßen zertretenen Pflanzen erfüllten die Luft mit dem würzigen Duft der Blaubeerstauden.

»O Adam, warum mußtest du herkommen? Es wäre schnell und glatt vorübergegangen, ohne … das hier.«

»Gehen wir hinein, setzen wir uns hin und reden miteinander.«

»Ich will nicht hinein.«

»Dann komm in den Wagen. Wir fahren ein Stück.«

Sie gingen zum Plymouth, aber er hielt die Tür für sie auf der Beifahrerseite auf und setzte sich selbst hinter das Steuer.

Er fuhr eine Weile, ohne zu sprechen, zurück zur Autobahn, dann nordwärts.

»Ich habe mit Dr. Williams gesprochen«, sagte er.

»Oh.«

»Ich habe dir einiges zu sagen. Ich will, daß du aufmerksam zuhörst.« Aber dann wußte er nicht, wie beginnen, er hatte noch nie vorher eine Frau geliebt, und er entdeckte plötzlich, daß es ganz anders ist, wenn man liebt. Im Bett und angesichts des Todes. Gott, betete er, von Panik ergriffen, ich habe es mir überlegt, von nun an werde ich jeden Patienten für jemanden halten, den ich liebe, nur hilf mir jetzt die richtigen Worte finden.

Sie sah aus dem Fenster.

»Wenn du wüßtest, daß ich bei einem Autounfall getötet werden könnte, würdest du dir die kostbare Zeit versagen, die dir mit mir geblieben ist?« Es klang dünn, irgendwie gönnerhaft und durchaus nicht nach dem, was er zu sagen versucht hatte. Er sah, daß ihre Augen schimmerten, aber sie würde nicht weinen.

»Dr. Williams sagte mir, du hättest versucht, ihn auf eine Vorhersage festzunageln. In deinem Fall kannst du leicht an die hundert Jahre alt werden. Wir können fünfzig miteinander verleben.«

»Oder eines, Adam? Oder keines?«

»Oder eines. Stimmt. Vielleicht hast du nur noch ein Jahr zu leben«, sagte er rundheraus. »Aber verdammt, Gaby, siehst du denn nicht, was das Heute bedeutet? Wir leben am Beginn des Goldenen Zeitalters. Man nimmt bereits das menschliche Herz aus einem Körper und überträgt es in einen anderen. Und Nieren, und Hornhaut. Jetzt Lungen und Leber. Man arbeitet an einem kleinen Apparat, der in ganz kurzer Zeit das Herz ersetzen wird. Für einen Patienten ist heute jede Woche eine sehr lange Zeit. Irgendwo in dieser Welt macht ein Team von Menschen Fortschritte bei jedem nur denkbaren wichtigen Problem.«

»Einschließlich aplastischer Anämie?«

»Einschließlich aplastischer Anämie und ordinären Schnupfens. Siehst du denn das nicht ein?« fragte er verzweifelt.

»Hoffnung ist das Herz der Medizin. Ich habe das in diesem Jahr endlich gelernt.«

Sie schüttelte den Kopf. »Es hat keinen Sinn, Adam«, sagte sie leise. »Was wäre das für eine Ehe, wenn das über unseren Köpfen hinge? Nicht nur für dich. Auch für mich.«

»Über unseren Köpfen hängen solche Dinge auf alle Fälle. Die verfluchte Bombe kann morgen losgehen. Ich könnte nächstes Jahr sterben oder auf ein halbes Dutzend verschiedener Arten ums Leben kommen. Es gibt keine Garantien dagegen. Du mußt einfach das Leben leben, solange du kannst, es in beide Hände nehmen und es bis auf den letzten Tropfen ausquetschen.«

Sie schwieg.

»Man braucht Zivilcourage dazu. Vielleicht ziehst du Ralphies Weg vor. Einfach abstellen. Das ist freilich leichter.«

Die Argumente gingen ihm aus. Er war erschöpft und leer und fuhr schweigend weiter, ohne zu wissen, wie er es ihr begreiflich machen sollte. Dann bemerkten sie hoch über sich eine Versammlung von Möwen, die kreisten und kreischten und hinabstießen, als wären sie Falken. Entlang den Straßenseiten waren Autos geparkt.

»Was ist das?« fragte er.

»Vermutlich der Heringszug«, sagte sie.

Er parkte, sie stiegen aus und gingen ans Ufer. Adam hatte so etwas noch nie erlebt. Die Fische schwammen Körper an Körper, eine fast kompakte Masse, eine phantastische Flottille von Rückenflossen, die die Oberfläche des Wassers spalteten, darunter irisierten die grün-grau-silbernen Leiber, die Bauchflossen fächelten anmutig, die gegabelten Schwänze, Hunderttausende gegabelte Schwänze, wogten in sanftem Rhythmus, während sie warteten – worauf?

»Was sind das für Fische?« fragte er.

»Alsenweibchen. Mein Großvater nahm mich jedes Frühjahr mit, um das zu sehen.«

Die Möwen schrien und hielten ein Festmahl ab. An den Ufern holten menschliche Räuber mit Netzen und Eimern, die ihr Ziel nicht verfehlen konnten, zappelnde Fische aus dem Strom. Einige Kinder bewarfen einander mit lebenden Fischen.

Sowie eine Lücke in der Fischmasse entstand, wurde sie auch schon von den geduldigen, langsam schwimmenden, vom Meer heraufziehenden Leibern gefüllt.

»Woher kommen sie?« fragte er.

Sie zuckte die Achseln. »Vielleicht von New Brunswick. Oder Nova Scotia. Sie kommen zurück, um im Süßwasser zu laichen, wo sie selbst geboren wurden.«

»Denk an all die natürlichen Feinde, die sie passieren mußten«, sagte er tief beeindruckt. »Mörderwale, Haie, Streifenbarben, alle anderen großen Fische.«

Sie nickte.

»Aale, Möwen, Menschen.« Sie ging stromaufwärts. Er folgte ihr und konnte bald sehen, weshalb die meisten Fische nicht weiterschwammen.

Das Strombett wies eine Reihe von Stufen auf, vielleicht ein Dutzend, deren Felsränder Becken bildeten, aus denen das Wasser in winzigen Wasserfällen herabfiel, gerade so breit, daß jeder nur einen Fisch fassen konnte. Der Lachs schwamm die Strömung aufwärts in die Stille des nächsthöheren Beckens; jede Stufe war schwerer zu überwinden, weil die vorangegangenen Sprünge an seinen Kräften zehrten.

»Mein Großvater und ich wählten immer einen Fisch und begleiteten ihn stromaufwärts«, sagte sie.

»Tun wir das doch auch«, sagte er. »Such dir einen aus.«

»Schön. Den da.«

Ihr Alsenweibchen war ungefähr fünfundzwanzig Zentimeter lang. Sie sahen zu, wie es geduldig auf einen freien Zugang zur Stufe wartete, dann nach vorn schnellte und durch das Wasser, das von dem oberen Tümpel herunterströmte, aufwärts tauchte und dort neuerlich wartete. Es erklomm die ersten sechs Stufen mit offensichtlicher Leichtigkeit.

»Du hast dir einen Sieger ausgesucht«, sagte Adam.

Vielleicht brachte diese Bemerkung dem Alsenweibchen Pech. Als es sich bemühte, die nächste Stufe zu überwinden, war der herabstürzende Wasserstrom zu gewaltig; er fing seinen Schwung ab und trug es in den Tümpel zurück.

Das nächstemal gelang es der Alse, aber die obere Stufe zwang sie, dreimal zu springen, bevor sie sie überwunden hatte.

»Warum kämpfen sie so, nur um zu laichen?« wunderte er sich.

»Vermutlich Arterhaltung.«

Ihr Fisch bewegte sich jetzt langsamer zwischen den einzelnen Versuchen, als koste selbst das Schwimmen zuviel Anstrengung. Sie hatten das Gefühl, daß die Alse jeden Sprung erfolgreich beendete, nur weil sie es wollten, aber die Kraft versickerte aus ihrem torpedoförmigen Körper. Als sie den Tümpel unterhalb der letzten Stufe erreicht hatte, rastete sie fast bewegungslos auf dem Grund, nur ihre arbeitenden Kiemen und die das Gleichgewicht haltenden Bauchflossen verrieten, daß sie noch lebte.

»O Gott«, sagte Gaby.

»Los«, ermunterte er den Fisch.

»Los, armes Ding.«

Sie sahen zu, als sie viermal vergeblich das letzte Hindernis zu nehmen versuchte. Jedesmal war die Rastzeit länger als die vorangegangene.

»Ich glaube nicht, daß sie es schafft«, sagte Adam. »Ich glaube, ich greife einfach hinein, hebe sie auf und trage sie hinüber.«

»Laß sie.«

Eine Möwe stieß herunter, an ihnen vorbei, auf den Fisch zu.

»Nein, nicht!« schrie Gaby und schlug nach dem Vogel. Plötzlich weinte sie. »Das wirst du nicht, du Mistvieh!«

Die Möwe erhob sich, kreischte empört und flog stromabwärts zu leichterem Fang. Als spürte das Alsenweibchen die eben vorbeigegangene Gefahr, schoß es aufwärts, sprang empor, wurde jedoch unbarmherzig zurückgeschlagen. Diesmal warf es sich, ohne zu rasten, sofort noch einmal vor und schleuderte sich durch das herabstürzende Wasser empor. Oben hing es einen Augenblick am Rand in der Schwebe, wand sich hin und her und platschte dann über ihn hinweg in das stille Wasser auf der anderen Seite.

Gaby weinte noch immer.

Nach einem Augenblick krampfte sich der Schwanz zusammen, krümmte sich in triumphierender Ekstase, und der Fisch verschwand im tiefen Wasser des Tümpels.

Adam preßte Gaby fest an sich.

»Adam«, sagte sie in seine Schulter hinein. »Ich will ein Kind haben.«

»Warum nicht?«

»Wirst du es mich haben lassen?«

»Wir heiraten sofort. Heute noch.«

»Und dein Vater?«

»Wir müssen unser eigenes Leben leben. Solange ich es mir nicht leisten kann, für euch beide zu sorgen, wird er sich einfach um sich selbst kümmern müssen. Ich hätte das schon früher wissen müssen.« Er küßte sie. Ein zweiter Hering plumpste über den Rand und flitzte die letzte Stufe hinauf, als fahre er in einem Lift.

Wieder lachte und weinte sie gleichzeitig. »Du hast überhaupt keine Ahnung«, sagte sie. »Man muß drei Tage warten, um heiraten zu können.«

»Wir haben massenhaft Zeit«, sagte er und dankte Gott und dem armen Fisch.

Am Dienstag morgen ging sie den Beacon Hill hinunter und über den Fiedler-Steg zur Esplanade, wo ihrem Gefühl nach alles begonnen hatte. Am Flußufer öffnete sie die Handtasche und nahm die Pillenschachtel heraus. Sie warf sie, so weit sie nur konnte, und das falsche Perlmutter blitzte in der Sonne, bevor es auf das Wasser traf. Es war ein miserabler Wurf, aber er diente seinem Zweck. Sie setzte sich auf eine Bank am Ufer und dachte vergnügt an die kleine Schachtel in dem sanft dahinströmenden Wasser des Charles River. Vielleicht würde sie von Zeit zu Zeit von einer Wasserschildkröte oder einem Fisch angestoßen werden. Vielleicht würde sie von den Strömungen der Gezeiten in den Bostoner Hafen hinausgetragen und in ferner Zeit von jemandem am Quincy-Strand gefunden werden, zusammen mit Seeigeln und Muscheln, dem Gehäuse einer Krabbe, dem Kiefer eines Hundshais und einer vom Sand abgewetzten, pfandpflichtigen Coca-Cola-Flasche, und man würde sie irgendwo unter Glas legen als Überbleibsel des Homo sapiens aus undenklich grauer Vorzeit, bis ins zwanzigste Jahrhundert zurück.

Am gleichen Nachmittag klopfte Bertha Krol zum erstenmal an Gabys Tür und gab die Pflanze ebenso stumm, wie sie diese entgegengenommen hatte, zurück, als hätte sie gewußt, daß es ein Hochzeitsgeschenk war. Sie hatte die Avocado nicht aus dem Fenster geworfen, auch hing das Laub nicht mehr schlaff herunter. Aber nichts in der Welt brachte sie zum Sprechen, als Gaby sie fragte, womit sie die Pflanze genährt hatte. Mit Bier, meinte Adam.

Sie wurden am Donnerstag vormittag getraut, mit Spurgeon und Dorothy als Brautzeugen. Als sie vom Rathaus heimkamen, riß Gaby als erstes den Klebestreifen unter dem Briefkasten ab, der ihren Mädchennamen trug. Der fehlende Streifen hinterließ eine blasse Stelle, die sie liebte, solange sie in der kleinen Wohnung in der Philips Street lebten.

Kurz danach arbeitete Adam eines Abends im Tierlabor, als Kender auf eine Tasse Kaffee hereinkam.

»Erinnern Sie sich noch an ein Gespräch, das wir einmal hatten, über das Erhalten des Lebens bei einem Patienten mit einer tödlichen Krankheit?« fragte ihn Adam.

»Ja, ich erinnere mich gut«, sagte Kender.

»Sie sollen wissen, daß ich meine Ansicht geändert habe.«

Kenders Augen glänzten vor Neugierde, er nickte, fragte jedoch nicht, was Adams Meinungsänderung bewirkt hatte. Sie saßen und tranken Kaffee in freundschaftlichem Schweigen. Adam fragte nicht nach der Dozentur, die er jetzt nicht nur haben wollte, sondern auch unbedingt brauchte, um da arbeiten zu können, wo bessere Männer als er mit allen Mitteln für Gaby kämpfen konnten.

RAFAEL MEOMARTINO

Meomartino hatte das Gefühl, daß sich die Atome seines Lebens in einer Art und Weise umordneten, über die er wenig Kontrolle hatte. Er traf sich mit dem Privatdetektiv in einer Pizzeria in der Washington Street, und sie wickelten ihr Geschäft bei salzigen *linguini marinara* und geharztem Wein ab.

Kittredge hatte herausgefunden, daß Elizabeth Meomartino wiederholt zu einem Wohnhaus am Memorial Drive in Cambridge fuhr.

»Aber wissen Sie, ob sie sich dort mit jemandem getroffen hat?«

»Ich folgte ihr nur bis zu dem Haus«, sagte Kittredge. »Ich wartete sechsmal draußen, als sie hineinging. Ein paarmal fuhr ich im Lift mit ihr, als wohnte ich dort. Es ist ein sehr gutes Haus, Leute in selbständigen Berufen, oberer Mittelstand.«

»Wie lange bleibt sie?«

»Das ist verschieden.«

»Wissen Sie die Nummer der Wohnung?«

»Nein, noch nicht. Aber sie steigt immer im vierten Stock aus.«

»Nun, das sollte uns weiterbringen«, sagte Meomartino.

»Nicht unbedingt«, sagte Kittredge geduldig. »Sie könnte von dort in den fünften Stock weiterfahren oder auch einen Stock tiefer gehen.«

»Weiß sie, daß Sie ihr folgen?«

»Nein, da bin ich ganz sicher.«

»Nun, nehmen wir an, sie fährt in den vierten Stock«, sagte er angewidert und begann den Professionalismus des Detektivs zu verachten. »Sie ist schließlich keine versierte internationale Spionin.«

»Schön«, sagte Kittredge. Er nahm sein Notizbuch heraus. »Am besten, ich lese Ihnen die Namen der Leute vor, die in dem Stockwerk wohnen, vielleicht sagt Ihnen der eine oder andere etwas.«

Meomartino wartete gespannt.

»Harold Gilmartin.«

»Nein.«

»Peter D. Cohen. Mr. und Mrs. Cohen.«

»Weiter.«

»In der nächsten Wohnung sind zwei unverheiratete Mädchen, Hilda Conway und Marcia Neuhaus.«

Er schüttelte leicht empört den Kopf.

»V. Stephen Samourian.«

»Nein.«

»Bleibt nur noch einer. Ralph Baker.«

»Nein«, sagte Rafe deprimiert, weil er ein solches Spiel mitmachen mußte.

Kittredge zuckte die Achseln. Er nahm eine getippte Liste aus der Tasche und reichte sie Meomartino. »Hier die Namen aller übrigen Hausbewohner.«

Die Liste las sich wie eine Seite des Telefonbuches einer fremden Stadt. »Nein«, sagte Meomartino.

»Einer der Leute im vierten Stock, Samourian, ist ein Doktor.«

»Ich höre diesen Namen zum erstenmal.« Er schwieg eine Weile. »Besteht die Möglichkeit, daß sie etwas ganz Gewöhnliches tut, wie etwa zum Zahnarzt gehen?«

»Als Sie Dienst im Krankenhaus hatten, ging sie zweimal um die Mittagszeit nach Hause und kehrte dann in das Haus am Memorial Drive zurück, um dort den Abend zu verbringen.«

»Oh.«

»Soll ich einen Bericht schreiben?« fragte Kittredge.

»Nein. Hetzen Sie mich nicht«, fuhr er ihn an. Auf Ersuchen des Detektivs schrieb er einen Scheck über hundertsiebzig Dollar aus.

Am selben Abend um elf Uhr kam Helen Fultz zu ihm.

»Dr. Meomartino«, sagte die alte Schwester.

Sie war blaß und verschwitzt und sah aus, als hätte sie einen leichten Schock erhalten. »Was ist los, Helen?«

»Ich blute sehr stark.«

Er hieß sie hinlegen.

»Haben Sie je die Röntgenaufnahmen machen lassen?«

»Ja. Hier in der Klinik«, sagte sie.

Er schickte um Blutkonserven und um ihre Befunde und Filme. Die Röntgenaufnahmen zeigten kein Geschwür, jedoch ein kleines Aortenaneurysma, eine winzige Auftreibung im Hauptstamm der aus der linken Herzkammer aufsteigenden Aorta. Die Leute an der Klinik hatten das Aneurysma für zu klein gehalten, um die Blutungen hervorzurufen, die ihrer Meinung nach durch ein Geschwür verursacht wurden, das im Röntgenbild nicht sichtbar war. Man hatte sie einfach auf Diät gesetzt.

Er untersuchte ihren Unterleib, tastete sie sorgfältig ab und wußte, daß sie nicht recht hatten.

Er wollte den Rat eines älteren Chirurgen einholen. Am Nachrichtenbrett sah er, daß der Konsiliarchirurg auf Abruf Miriam Parkhurst war. Aber als er telefonierte, wurde ihm mitgeteilt, daß sie auf dem Weg zum Mount Auburn Hospital in Cambridge sei.

Er rief Lewis Chin an, doch der Konsiliarius war in New York. Dr. Kender nahm, wie er wußte, an einer Transplantationskonferenz in Cleveland teil, bei der er seinen Nachfolger zu bestellen hoffte. Es war kein anderer vorgesetzter Kollege greifbar.

Nur Silverstone war da.

Er ließ den Oberarzt rufen, und sie untersuchten Helen Fultz gemeinsam. Er führte Adams Hand, bis sie das Aneurysma fand. »Wie groß, würden Sie sagen?«

Silverstone pfiff laut. »Mindestens neun Zentimeter, würde ich sagen.«

Die Blutkonserven kamen, und Silverstone bereitete eine Intravenöse für Helen vor, während Meomartino nochmals zu telefonieren versuchte. Diesmal erreichte er Miriam Parkhurst. Man mußte sie aus dem Waschraum im Mount Auburn Krankenhaus holen, und sie war sehr verdrossen, daß sie die vier Minuten für das Händewaschen vergeudet hatte, beruhigte sich jedoch, als er sie über Helen Fultz informierte.

»Gott, diese Frau war Stationsschwester, als ich Hausärztin war«, sagte sie.

»Nun, dann kommen Sie lieber her, sobald Sie können«, sagte er. »Das Aneurysma kann jeden Augenblick platzen.«

»Sie und Dr. Silverstone werden bereits anfangen müssen, Dr. Meomartino.«

»Sie kommen nicht?«

»Unmöglich. Ich habe selbst einen Notfall. Einer meiner Privatpatienten hat ein großes, blutendes Geschwür, das sich über den Pförtner zum Zwölffingerdarm erstreckt. Ich komme, sobald ich hier fertig bin.«

Er dankte und rief den OP an, er komme mit einem Aneurysmafall hinunter. Dann telefonierte er um einen Konsultanten von der Internen und einen Anästhesisten.

Helen Fultz lächelte ihn an, als er es ihr sagte. »Sie und Dr. Silverstone?« fragte sie.

»Ja.«

»Ich könnte in schlechtere Hände geraten«, sagte sie.

Sie mußten warten, während Norman Pomerantz Helen mit tödlicher Langsamkeit anästhesierte, aber endlich konnte Meomartino doch beginnen. Er machte eine lange mittlere Inzision, die zwischen die Rektusscheiden führte. Wo immer ein kleines Blutgefäß auftauchte, klemmte er ab, und Silverstone band.

Er arbeitete sich vorsichtig durch das Peritoneum, und sobald sie im Abdomen waren, konnte er das Aneurysma sehen, eine große pulsierende Erweiterung an der linken Seite der Schlagader.

»Da hätten wir's«, murmelte Silverstone.

Es ließ Blut in die Eingeweide sickern, die Ursache ihrer Blutung.

»Holen wir's heraus«, sagte er. Miteinander beugten sie sich über Helen Fultz' große pulsierende Aorta.

Miriam Parkhurst kam in das Büro des OP geeilt, nachdem Silverstone Helen in den Erholungsraum gebracht hatte. Sie hörte sich Meomartinos Bericht an und versuchte, ihre Erleichterung zu verbergen. »Ich bin froh, daß wir wenigstens jemandem vom Stab helfen konnten. Haben Sie Retentionsnähte verwendet?«

»Ja«, sagte er. »Wie ist es mit Ihrem Notfall im Mount Auburn gegangen?«

Sie lächelte ihn an. »Wir hatten beide einen erfolgreichen Abend.«

»Das freut mich.«

»Rafe, was soll aus Harland Longwood werden?«

»Ich weiß es nicht«, sagte er.

»Ich liebe diesen alten Mann wirklich«, sagte sie müde. Sie winkte ihm gute Nacht zu und ging.

Meomartino saß da und hörte durch die offenen Türen den Schwestern zu, die leise miteinander plauderten, während sie den Operationssaal reinigten.

Er schloß die Augen. Er war verschwitzt und roch nach Schweiß, aber er fühlte sich fast wie nach einem Koitus, erlöst, erfüllt, durch den Liebesakt berechtigt, einen Platz auf der Erde zu beanspruchen. Es stimmte, was Liz einmal zu ihm gesagt hatte. Das Krankenhaus beanspruchte ihn in einem Maß, wie es eine menschliche Geliebte nicht vermochte.

Schäbige alte Schlampe, dachte er amüsiert.

Als er die Augen öffnete, brachte ihn die Idee in Verlegenheit, und er verfolgte sie nicht weiter. Er streifte die grüne Stoffkappe ab und ließ sie auf den Boden fallen. Auf dem Tisch stand ein Tonbandgerät. Er hob das Mikrofon ab, lehnte sich im Stuhl zurück und legte die Füße, die noch immer in den schwarzen Operationsstiefeln steckten, neben den Apparat auf den Tisch.

Er drückte den Knopf am Mikrofon und begann den Operationsbericht zu diktieren.

Es regnete. Den ganzen nächsten Tag und bis in den Abend hinein fiel jener Regen, den die Farmer in New England zunächst mit Freude begrüßten, dann mit Angst und schließlich mit Zorn verfolgten, je mehr die Saat weggewaschen wurde. Als er in der Nacht dalag und dem Regen lauschte, schwebte sie in einem gelbseidenen Nachthemd wie ein heller Schatten in das dunkle Zimmer.

»Was ist los? Bist du böse auf mich?« fragte sie.

»Nein.«

»Rafe, ich muß mich ändern oder zugrunde gehen«, sagte sie.

»Wann bist du zu dieser Erkenntnis gekommen?« fragte er nicht unfreundlich.

»Ich mache dir keinen Vorwurf, daß du mich haßt.«

»Ich hasse dich nicht, Liz.«

»Wenn wir bloß die Uhr zurückdrehen und unsere Fehler ungeschehen machen könnten.«

»Das wäre schön, nicht?«

Draußen trommelte der Regen immer stärker an die Scheiben.

»Mein Haar ist wieder fast ganz nachgewachsen. Mein eigenes Haar.«

»Es ist fein und weich«, sagte er und streichelte es.

»Du warst so gut zu mir. Es tut mir so leid, Rafe.«

»Sei still.« Er drehte sich herum und nahm sie in die Arme.

»Erinnerst du dich an jene erste Regennacht?«

»Ja«, sagte er.

»Ich möchte so tun als ob«, sagte sie. »Darf ich?«

»Was?«

»Als wärst du wieder ein Junge und ich ein junges Mädchen, als hätten wir es noch nie getan.«

»O Liz.«

»Bitte, bitte, tu so, als hätten wir beide nicht die geringste Erfahrung.«

Also spielten sie wie Kinder, und er erlebte wieder, schemenhaft, halb vergessen, erste Entdeckung, erste Angst. »Amoroso«, nannte sie ihn schließlich. *»Delicioso, mágico, marido«,* Wörter, die er sie in den ersten Wochen ihrer Ehe gelehrt hatte.

Nachher lachte er, und sie wandte sich ab und weinte bitterlich. Er stand auf, öffnete die Balkontüren, ging auf den kleinen Balkon in den Regen hinaus und brach eine Blüte in einem Blumentopf von ihrem Stengel, eine Ringelblume, kam zurück und legte sie auf ihren Nabel.

»Sie ist kalt und naß«, klagte sie, ließ es jedoch zu und hörte zu weinen auf.

»Verzeihst du mir? Läßt du mich versuchen, ganz von vorn zu beginnen?« fragte sie.

»Ich liebe dich«, sagte er.

»Aber verzeihst du mir?«

»Schlafe.«

»Sag ja.«

»Ja«, sagte er froh. Er würde Kittredge anrufen, dachte er schläfrig, und ihm sagen, daß seine Dienste nicht mehr gebraucht würden.

Er schlief ein, ihre Hand haltend, und als er erwachte, war es Morgen. In der Nacht hatte sie sich herumgerollt, die Blume war zerdrückt, auf dem Laken lagen die orangefarbenen Blumenblätter. Sie schlief tief, die Glieder entspannt, das Haar schwarz und zerzaust, das Gesicht ohne Bitterkeit, im Blute des Lammes gewaschen.

Er stand auf und zog sich an, ohne sie zu wecken, verließ die Wohnung und fuhr ins Krankenhaus, ein neuer Mann für einen neuen Tag.

Mittags rief er an, aber es meldete sich niemand. Nachmittags hatte er sehr viel zu tun. Dr. Kender war zurückgekommen und hatte zwei Konsiliarprofessoren namens Powers und Rogerson aus Cleveland mitgebracht, und sie gingen alle zusammen auf Nachmittagsvisite, eine lang hinausgezogene Formalität.

Um sechs Uhr rief er wieder an. Als sich diesmal niemand meldete, bat er Lee einzuspringen und fuhr in seine Wohnung in die Charles Street.

»Liz«, rief er, als er das Haus betrat.

In der Küche war niemand; auch im Wohnzimmer nicht. Das Arbeitszimmer war leer. Im Schlafzimmer standen einige Kommodenschubladen offen, ebenfalls leer. Ihre Kleider fehlten.

Ihr Schmuck.

Hüte, Mäntel, Gepäck.

»Miguel?« rief er leise, aber sein Sohn antwortete nicht, er war mit seiner Mutter verschwunden.

Er ging hinunter und fuhr zur Wohnung Longwoods, in die ihn eine grauhaarige Dame, eine Fremde, einließ.

»Das ist Mrs. Snyder, eine alte Freundin von mir«, sagte Longwood. »Marjorie, das ist Dr. Meomartino.«

»Elizabeth ist weg«, sagte Rafe.

»Ich weiß«, sagte Longwood ruhig.

»Wissen Sie, wohin?«

»Fort, mit einem anderen Mann. Das ist alles, was sie mir sagte. Sie verabschiedete sich heute früh von mir. Sie sagte, sie würde schreiben.« Er sah Meomartino haßerfüllt an.

Rafe schüttelte den Kopf. Anscheinend gab es sonst nichts zu sagen. Er wollte gehen, aber Mrs. Snyder folgte ihm in den dunklen Flur. »Ihre Frau rief mich an, bevor sie wegging«, sagte sie.

»Ja?«

»Deshalb bin ich hergekommen. Sie sagte mir, Harland müsse heute zur Behandlung an irgendeinen Apparat ins Krankenhaus.«

Er nickte und blickte in das besorgte alternde Gesicht, ohne wirklich zu verstehen, was sie sagte.

»Er will aber nicht«, sagte sie.

Was geht das mich an, dachte er zornig.

»Er weigert sich absolut«, sagte sie. »Ich glaube, er ist sehr krank. Manchmal hält er mich für Frances.« Sie sah ihn an. »Was soll ich machen?«

Ihn sterben lassen, dachte er; wußte sie nicht, daß ihn seine Frau verlassen hatte, daß sein Sohn fort war?

»Rufen Sie Dr. Kender im Krankenhaus an«, sagte er. Er ließ sie stehen, und sie starrte ihm nach.

Am nächsten Morgen wurde er im Krankenhaus gesucht, und als er sich meldete, teilte man ihm mit, ein Mr. Samourian warte im Empfang auf ihn.

»Wer?«

»Mr. Samourian.«

Ah, dachte er und erinnerte sich an Kittredges Liste der Mieter im vierten Stock. »Ich komme sofort.«

Der Mann war eine Enttäuschung, Mitte Vierzig, mit ängstlichen braunen Spanielaugen, einer beginnenden Glatze und einem graugesprenkelten Schnurrbart. Unglaublich, daß seine Ehe, sein Familienleben an diesem kleinen untersetzten Mann gescheitert war.

»Mr. Samourian?«

»Ja. Dr. Meomartino?«

Verlegen reichten sie einander die Hand. Es war wenige Minuten nach zehn Uhr, der Kaffeesalon und Maxies Laden würden für ein Gespräch unter vier Augen zu voll sein. »Wir können hier miteinander reden«, sagte er und ging zu einem Beratungszimmer voraus.

»Ich bin gekommen, um wegen Elizabeth mit Ihnen zu sprechen«, sagte Samourian, als sie sich setzten.

»Ich weiß«, sagte Rafe. »Ich habe Sie beide schon seit einiger Zeit von einem Detektiv beobachten lassen.«

Der Mann nickte, den Blick auf ihn geheftet. »Ich verstehe.«

»Was haben Sie für Pläne?«

»Sie und der Junge sind an der Westküste. Ich fahre zu ihnen.«

»Man sagte mir, Sie seien Doktor«, sagte Rafe.

Samourian lächelte. »Der Philosophie. Ich unterrichte Wirtschaftslehre am MIT, aber ab September lese ich in Stanford«, sagte er. »Sie will die Scheidung sofort einreichen. Wir hoffen, daß Sie einwilligen.«

»Ich will meinen Sohn haben«, sagte Rafe. Seine Kehle schnürte sich zusammen. Bis zu diesem Augenblick war ihm nicht so klar gewesen, wie sehr er ihn haben wollte.

»Auch sie will ihn haben. Im allgemeinen sind Scheidungsgerichte der Ansicht, daß es das beste für Kinder ist, bei ihren Müttern zu bleiben.«

»Vielleicht wird es diesmal nicht so sein. Wenn sie versucht, ihn von mir fernzuhalten, werde ich Einspruch erheben und meinerseits die Klage einreichen. Ich habe genügend Beweise. Schriftliche Berichte«, sagte er und dachte verdrossen, daß Kittredge der einzige Gewinner dabei war.

»Wir sollten daran denken, was das beste für das Kind ist.«

»Daran denke ich schon seit langer Zeit«, sagte Rafe. »Ich habe versucht, meine Ehe aufrechtzuerhalten, um ihm ein erträgliches Leben zu sichern.«

Samourian seufzte. »Ich versuche nur, ihr alles so leicht wie möglich zu machen. Sie ist sehr sensibel. Zu viele Kämpfe würde sie nicht überleben. Die Krankheit ihres Onkels hat sie schrecklich mitgenommen, wie Sie wissen. Sie liebt ihn sehr.«

»Wenn das stimmt, ist es seltsam, daß sie gerade jetzt weggegangen ist«, sagte Rafe.

Der andere zuckte die Achseln. »Die Menschen zeigen ihre Liebe auf seltsame Weise. Sie konnte nicht bleiben und ihn leiden sehen.« Er sah Meomartino an. »Soviel ich höre, ist nicht viel Hoffnung.«

»Nein.«

»Ich fürchte, wenn er stirbt, würde es nicht leicht sein, ihr Halt zu geben.«

Meomartino betrachtete ihn aufmerksam. »Das fürchte

ich auch«, sagte er. »Ich wußte nicht, daß Sie sie so gut kennen.«

Samourian lächelte. »Oh, ich kenne Beth«, sagte er leise.

»Beth?«

»Ich nenne sie so. Neuer Name, neues Leben.«

Rafe nickte. »An dem Bild ist nur eines falsch«, sagte er. »Es ist noch immer derselbe kleine Junge wie früher, und der gehört mir.«

»Ja«, sagte Samourian. »Diese Dinge brauchen wahrscheinlich Zeit. Anwälte und Richter haben es nicht eilig. Ich gebe Ihnen mein Wort, daß Miguel bis zur endgültigen Entscheidung ein gutes Heim haben wird. Sobald wir in Palo Alto eine Adresse haben, benachrichtige ich Sie.«

»Danke«, sagte Rafe. Es war ihm unmöglich, ihn zu hassen. »Was bedeutet das V.?« fragte er, als sie aufstanden.

»Oh.« Samourian lächelte. »Vasken, ein alter Familienname.«

Sie verließen zusammen das Krankenhaus. Die Sonne versetzte ihnen einen Schlag, und sie mußten blinzeln, als sie einander die Hand reichten.

»Alles Gute, Vasken«, sagte Rafe. »Vorsicht vor jungen mexikanischen Gärtnern.«

Samourian sah ihn an, als sei er verrückt.

Am selben Nachmittag hielten sie in Anwesenheit der Gastprofessoren aus Cleveland eine Konferenz über die chirurgischen Komplikationen der vergangenen Woche ab. Rafe hörte dem Auf und Ab der Stimmen kaum zu. Er saß da, dachte an vieles und merkte erst nach einer Weile, daß soeben der Fall Longwood diskutiert wurde. »...ich fürchte, er ist am Ende«, sagte Dr. Kender. »Der Apparat kann ihn zwar weiter am Leben erhalten, aber er lehnt es ab, sich weiter behandeln zu lassen, und diesmal ist es ihm ernst damit. Er zieht es vor, sich dem Tod zu stellen.«

»Wir können aber nicht einfach zusehen«, sagte Miriam Parkhurst.

Sack brummte. »Es wäre schön, Miriam, wenn wir in allen diesen Angelegenheiten eine Wahl hätten«, sagte er. »Leider haben wir sie nicht. Wir können einem Patienten die Dialyse anbieten, aber wir können ihn nicht zwingen, sie anzunehmen.«

»Harland Longwood ist nicht bloß ein Patient«, sagte sie.

»Er ist ein Patient«, sagte Sack verletzt. »Wir müssen ihn jetzt als Patienten betrachten. Nicht mehr, aber auch nicht weniger. Es ist das beste für ihn.«

Dr. Parkhurst vermied es, Sack anzusehen. »Selbst wenn wir vergessen, was Harland jedem von uns und der Chirurgie schon gegeben hat«, sagte sie, »ist ein zwingender Grund vorhanden, warum wir nicht einfach zusehen dürfen. Einige von uns haben das Manuskript des Buches gelesen, an dem er arbeitet. Es ist ein wertvoller Beitrag, ein Lehrbuch, das viele Generationen junger Chirurgen entscheidend beeinflussen wird.«

»Dr. Parkhurst«, sagte Kender.

»Nun, das Leben Hunderter von Menschen wird in Mitleidenschaft gezogen, wenn man zuläßt, daß dieser Mann stirbt.«

Sie hat recht, dachte Meomartino.

Sie sah die beiden Gastprofessoren aus Cleveland an. »Sie sind Nierenfachleute«, sagte sie. »Können Sie etwas vorschlagen, das wir versuchen könnten?«

Der Arzt namens Rogerson beugte sich vor. »Sie müssen warten, bis ein Nierenspender mit B-negativer Blutgruppe verfügbar ist«, sagte er.

»Aber das können wir nicht«, sagte sie verächtlich. »Haben Sie nicht zugehört?«

»Miriam«, sagte Dr. Kender, »du mußt dich mit der Situation abfinden. Wir bekommen keinen B-negativen Spender.

Und wir können Harland Longwood nicht ohne B-negativen Spender retten.«

»Ich bin B-negativ«, sagte Meomartino.

Sie befaßten sich zu lange mit dem Risiko seiner eventuell verminderten Lebenserwartung. »Ich habe Nieren wie ein Roß«, sagte er. »Ich werde mit einer genauso lange auskommen wie mit beiden.«

Kender und Miriam Parkhurst sprachen unter vier Augen mit ihm und gaben ihm jede Gelegenheit, das Angebot ehrenhaft zurückzuziehen.

»Wollen Sie es wirklich tun?« fragte Kender zum drittenmal. »Im allgemeinen ist der Spender ein Verwandter.«

»Er ist mein angeheirateter Onkel«, sagte Meomartino.

Kender schnaubte, Rafe aber lächelte. Er wußte, daß sie mit ihren Argumenten am Ende waren. Ihr Gewissen war beruhigt, und sie würden sich gierig auf seine Niere stürzen.

Kender bestätigte es. »Ein nicht verwandter lebender Spender ist viel besser als eine Leiche«, sagte er. »Wir werden Tests machen müssen.« Er sah Rafe an. »Was das Chirurgische dabei betrifft, brauchen Sie sich keine Sorgen zu machen. Einen lebendigen Spender hat noch nie jemand verloren.«

»Ich mache mir keine Sorgen«, sagte Rafe. »Ich habe nur eine Bedingung. Er darf nicht wissen, von wem die Niere stammt.«

Die arme Miriam sah verwirrt aus.

»Er würde sie nicht annehmen. Wir mögen einander nicht.«

»Ich sage ihm, daß der Spender keine Publicity will«, sagte Kender.

»Nehmen wir an, er will sie trotzdem nicht annehmen«, sagte Miriam.

»Dann wiederholen Sie einfach Ihre Rede über das geniale

Werk, das es zu vollenden gilt«, sagte Meomartino. »Dann nimmt er sie.«

»Wir werden diesmal Anti-Lymphocytenserum nehmen«, sagte Kender. »Adam Silverstone hat die Dosis ausgearbeitet.«

Das einzige mögliche Hindernis stellte sich als nicht vorhanden heraus, als man Gewebeproben von ihm und dem alten Mann verglich und fand, daß sie durchaus miteinander verträglich waren. In einer, wie es schien, erschreckend kurzen Zeit lag er im OP 3 auf dem Rücken: Es war ein seltsames Gefühl, jetzt selbst in diesem Haus auf dem Operationstisch zu liegen und von Norman Pomerantz freundlich und schmerzlos anästhesiert zu werden.

»Rafe«, sagte Pomerantz zu ihm, und die Worte kollerten in seine Ohren.

»Rafe? Kannst du mich hören, Freundchen?«

Natürlich kann ich dich hören, versuchte er zu sagen.

Er sah, wie sich Kender dem Tisch näherte, hinter ihm Silverstone. Schneide gut, mein Feind, dachte er.

Ausnahmsweise zufrieden, einmal andere arbeiten zu lassen, schloß er die Augen und schlief ein.

Die Rekonvaleszenz war eine langsam dahinschleichende Unwirklichkeit.

Liz' Abwesenheit fiel auf, und die Leute schienen langsam zu begreifen, daß ihre Ehe gescheitert war.

Die Flut von Besuchern versickerte zu einem Geriesel, als die Zeit verging und sich die Sensation legte. Miriam Parkhurst schenkte ihm einen kleinen trockenen Kuß und einen Korb mit Obst, der viel zu groß war. Im Lauf der Tage wurden die Bananen schwarz, und die Pfirsiche und Orangen entwickelten eine schleichende weiße Fäulnis und verbreiteten einen Geruch, der ihn zwang, alles außer den Äpfeln wegzuwerfen.

Seine Niere funktionierte in dem Alten großartig. Rafe fragte absichtlich nie danach, aber man hielt ihn über Harland Longwoods Fortschritt auf dem laufenden.

Das Fernsehen bot zeitweilige Ablenkung. Eines Tages blätterte er im Fernsehprogramm, als Joan Anderson mit Eiswasser in sein Zimmer kam. »Ist das Spiel heute auch im Fernsehen oder nur im Rundfunk?« fragte er.

»Fernsehen. Wissen Sie schon von Adam Silverstone?«

»Was ist mit ihm?«

»Er ist an die Fakultät ernannt worden.«

»Nein, wußte ich noch nicht.«

»Dozent für Chirurgie.«

»Fein. Auf welchem Kanal ist das Spiel?«

»Fünf.«

»Stellen Sie es mir ein? Seien Sie ein Schatz!« sagte er.

Oft lag er einfach nur da und dachte nach. Eines Nachmittags sah er eine Annonce im *Massachusetts Physician*, und er las sie mehrmals mit zunehmendem Interesse, bis die Idee in ihm Wurzel faßte.

Am Tag seiner Entlassung aus dem Krankenhaus nahm er ein Taxi zum Federal Building und führte dort ein sehr langes Gespräch mit einem Repräsentanten der Behörde für Internationale Entwicklungshilfe, nach dessen Beendigung er die Dokumente für achtzehn Monate Dienst als Zivilchirurg unterzeichnete.

Auf dem Weg zu der leeren Wohnung hielt er bei einem Juweliergeschäft an und kaufte eine rotsamtene Schachtel, nicht unähnlich derjenigen, in der sein Vater die Uhr aufbewahrt hatte, als Rafe noch ein kleiner Junge war. Als er heimkam, setzte er sich in seinem stillen Arbeitszimmer nieder, nahm Feder und Papier und entschloß sich nach mehreren Versuchen mit »Mein lieber Miguel«, »Mein lieber Sohn« schließlich zu folgendem Kompromiß:

Mein lieber Sohn Miguel,
ich muß Dir zunächst für ein Glück danken, das größer war, als ich es je gekannt habe: jemanden – nämlich Dich – zu lieben. In der kurzen Zeit Deines Lebens hast Du mir die schönsten Eigenschaften meiner Familie vor Augen geführt und nicht eine einzige Schwäche, von denen, wie Du noch sehen wirst, die Welt immer zerrissen wurde, und mit der Welt auch wir selbst.
Wenn man Dir diesen Brief irgendwann einmal zu lesen gibt – wenn Du alt genug bist, ihn zu verstehen –, dann deshalb, weil ich von der Reise, die jetzt vor mir liegt, nicht zurückgekehrt bin. Falls ich aber doch zurückkehre, werde ich die gesamte Juristenwelt auf den Kopf stellen, um die Vormundschaft über Dich zu erlangen. Sollte es sich jedoch herausstellen, daß diese Welt unmöglich auf den Kopf zu stellen ist, werde ich es einzurichten wissen, Dich regelmäßig und oft zu sehen.
Es ist jedoch möglich, daß Du diese Worte lesen wirst. Daher wünsche ich, ich könnte sie zu einem Credo machen, nach dem man leben kann, zu all dem, was ein Vater seinem Sohn zu geben vermag, oder zumindest einem wesentlichen Rat, der Dir hilft, den Schmerz des Daseins zu erleichtern. Leider vermag ich das nicht. Ich kann Dir nur raten, Dein Leben so zu leben, daß Du anderen so wenig Schaden wie möglich zufügst. Versuche, bevor Du stirbst, etwas zu tun oder gutzumachen, das nicht geschehen wäre, wenn Du nicht vorhanden gewesen wärst.
Das Beste, was ich in meinem Leben gelernt habe, ist: Wenn man Angst hat, ist es am besten, sich ihr zu stellen und entschlossen darauf loszugehen. Ich weiß, daß dies einem Unbewaffneten, der vor einem hungrigen Tier steht, als fragwürdiger Rat erscheinen mag. Ich gehe nach Vietnam, um dem Tiger zu begegnen und

herauszufinden, welche moralischen Waffen ich als Mensch und als Mann besitze.

Die Uhr, die diesen Brief begleitet, ist viele Generationen hindurch jeweils dem ältesten Sohn weitergegeben worden. Ich bete, daß sie durch Dich noch viele Male weitergegeben wird. Poliere die Engel hie und da und öle das Werk. Sei gut zu Deiner Mutter, die Dich liebt und Deine Liebe und Unterstützung brauchen wird. Denke an die Familie, aus der Du kommst, und daran, daß Du einen Vater hattest, der wußte, daß sehr viel Gutes von Dir kommen wird.

In tiefster Liebe
Rafael Meomartino

Er packte die Uhr sorgfältig ein, indem er die Schachtel zuerst mit zusammengeknüllten Seiten des *Christian Science Monitor* ausstopfte, um die Uhr gegen Stöße abzusichern. Dann schrieb er einen kurzen erklärenden Begleitbrief an Samourian.

Als er fertig war, saß er da, sah sich in dem kühlen, angenehmen Raum um, dachte an Untervermietung, an Möbeleinlagerung. Nach einigen Minuten ging er zum Telefon und rief Ted Bergstrom in Lexington an, bat um eine Telefonnummer in Los Angeles und erhielt sie, wenn auch etwas kühl. Er meldete das Gespräch sofort an, hatte jedoch nicht damit gerechnet, daß es drei Stunden dauern würde, bis die Verbindung zustande kam.

Sein Telefon läutete erst um zehn Uhr abends.

»Hallo, Peg?« sagte er. »Hier spricht Rafe Meomartino. Wie geht es Ihnen? … Gut … Mir geht's fein, einfach prima. Ich bin geschieden, das heißt, ich werde es vermutlich jetzt jeden Augenblick sein … Ja. Nun … Hören Sie, ich fahre in einigen Wochen durch Kalifornien und möchte Sie sehr gern wiedersehen … Ja? Wunderbar! Erinnern Sie sich, daß Sie mir einmal sagten, wir hätten nichts gemeinsam? Nun, das ist verdammt ...«

ADAM SILVERSTONE

Die bevorstehende Vaterschaft hatte Adam zu einem Bauchabtaster gemacht. »Gehen wir doch in den Park und sehen uns die Hippieversammlung an«, sagte er eines Sonntag morgens zu seiner Frau, als er ihren Bauch streichelte. Gaby war erst drei Monate schwanger und die kleine Schwellung noch kaum bemerkbar; sie sagte, es seien Gase, aber er wußte es besser. Die Schwangerschaft hatte sie in eine Rubensfrau en miniature verwandelt, zum erstenmal in ihrem Leben zeigten die kleinen Brüste eine Andeutung von Schwere, ihre Hüften und Sitzbacken einen sanften Schwung, und ihr Bauch, der die Last trug, eine entschieden nach außen gekrümmte Ellipse, viel zu schön, um von Gasen zu stammen. Für seine anbetende Handfläche gab es nichts als die glatte Haut der noch unreifen Fleischknospe, die nur durch den einwärts gezogenen Nabel unterbrochen wurde, aber im Geist sah er durch alle Schichten hindurch das winzige lebendige Ding, das in der amniotischen Flüssigkeit schwebte, derzeit noch ein kleiner Fisch, der jedoch bald ihre Züge, seine Züge, Arme, Beine, Geschlechtsmerkmale entwickeln würde.

»Ich mag nicht mitkommen«, sagte sie.

»Warum nicht?«

»Geh du. Mach einen kleinen Spaziergang, schau dir die hübschen Mädchen an, und während du weg bist, mache ich das Frühstück«, sagte sie.

So verließ er ihr gemeinsames Bett, wusch sich, zog sich an und schlenderte an einem lieblichen Sommermorgen über den Hügel. San Francisco gehörte der Vergangenheit an.

Dieses Jahr spielte sich der Hippie-Aufzug im Bostoner Common ab. Einige Teilnehmer waren Height-Ashbury-Veteranen, andere Neuankömmlinge und Möchtegern-Hippies, die sich nur gelegentlich so kostümierten, aber es war lustig, alle miteinander zu beobachten. Die Männer waren weit weniger interessant als die Frauen, und nicht nur aus physischen Gründen, sagte er sich tugendhaft; die Männer neigten dazu, sklavische Konformisten ihres Nonkonformismus zu sein, und drängten sich mit einer begrenzten Vielfalt struppiger Stammesmerkmale zusammen. Die Frauen zeigten seiner Meinung nach mehr Phantasie und versuchten, nicht neiderfüllt eine nach Bongo schmeckende Rothaarige anzustarren, die trotz der Hitze auf Indianerart in eine graue Decke gehüllt war; sie trug eine Feder in ihrem mit Glasperlen besetzten Haarband, und als sie auf wunderbaren, nackten Füßen an ihm vorbeiging, bewegten sich hinten die Buchstaben U.S. Navy im Rhythmus eines Tamtams auf und ab. Adam machte die Runde, aber nicht einmal das atemberaubendste Hippie-Mädchen ließ ihn bedauern, daß er schon eine Frau hatte.

Er verbrachte jetzt viel Zeit in stummer Dankbarkeit für das, was sie besaßen. Mit jedem Tag wuchsen Gabys Chancen.

Als er die Dozentur bekam, fühlten sie sich einen Augenblick lang reich. Ein Mädchen, das Gaby von der Schule her kannte, gab ihre Wohnung im ersten Stock in der Commonwealth Avenue auf, viel hübscher als die Kellerwohnung in der Philips Street, größer und in einem umgebauten Stadthaus mit einer ehrwürdigen Magnolie hinter dem winzigen Eisengitter. Aber sie hatten sich entschlossen, die Wohnung doch nicht zu nehmen. Einmal würden sie bestimmt umziehen; sie waren sich einig, daß es für ein Kind herrlich wäre, auf Wiesen im weiten Land aufzuwachsen. Aber sie besaßen das Strandgrundstück in Truro, wohin sie fahren konnten, wann immer es ihre Zeit zuließ, und vorderhand wollten sie mit dem Beacon Hill vorliebnehmen. Gaby legte jeden Monat das Geld, das sie für die Wohnung in der Commonwealth Avenue ausgegeben hätten, beiseite. Wenn sie die Babysachen kaufen mußten, waren sie dann schon bezahlt.

Er hingegen fand die Ausrede, die er gebraucht hatte, um das Rauchen aufzugeben. Statt Schuldgefühle anzuhäufen, weil er als Arzt rauchte, ließ er in entsprechenden Abständen den Preis für ein Päckchen Zigaretten in einen Pappbehälter fallen, der für pathologische Proben bestimmt war, und sparte für den Ankauf eines englischen Kinderwagens, wie er und Gaby ihn auf Spaziergängen im Stadtpark bewundert hatten. Die finanzielle Seite des Wochenbetts war geregelt. Gaby stand unter der persönlichen Betreuung von Dr. Irving Gerstein, dem Chef der Gynäkologischen Station des Krankenhauses, der nicht nur der beste Geburtshelfer war, den Adam kannte, sondern auch äußerst verständnisvoll gegenüber werdenden Vätern. Eines Tages saß Adam mit ihm in der Cafeteria des Krankenhauses. Er erörterte Gabys schmales Becken und trank Kaffee, während Gerstein eine Wassermelone aß. Er nahm einen der glatten schwarzen Samen zwischen Daumen und Zeigefinger, drückte ihn zusammen, und das kleine Ei spritzte heraus. »So leicht wird Ihr Baby geboren werden«, sagte er.

Als Adam vom Common heimkam, war er zufrieden und ungeheuer hungrig. Er aß die Gerichte, die sie ihm vorsetzte, Grapefruit, Eier und knusprigen Speck, und häufte reiches Lob auf ihre frisch gebackenen Brötchen vom Supermarkt, aber sie war eigenartig schweigsam.

»Ist etwas nicht in Ordnung?« fragte er, als er mit seiner zweiten Tasse Tee begann.

»Ich wollte dir das Frühstück nicht verderben, Darling.«

Fehlgeburt, dachte er benommen.

»Es handelt sich um deinen Vater, Adam«, sagte sie.

Sie wollte mitkommen, er bestand jedoch darauf, daß sie zu Hause blieb. Er gab den größten Teil des Geldes für den englischen Kinderwagen den Allegheny Airlines und flog nach Pittsburgh. Der Rauch, der einst alles bedeckt hatte, war durch die Technik verbannt worden, und die Luft schien nicht schmutziger zu sein als die von Massachusetts. Es gibt nichts Neues unter der Sonne: Der Verkehr war der gleiche wie in Boston; das Taxi entließ ihn vor einem Krankenhaus, das ganz wie das Suffolk County General aussah; im dritten Stock fand er in einem Bett, für das die Steuerzahler aufkamen, seinen Vater, und der sah ebenfalls genauso aus wie irgendeines der Wracks, denen Dr. Silverstone täglich in seiner Abteilung begegnete. Myron Silberstein war wegen Delirium tremens schwer sediert und würde eine Zeitlang nicht zu sich kommen. Adam saß auf einem Stuhl, den er nahe ans Bett gezogen hatte, und starrte in das hagere Gesicht, dessen Blässe durch die vielsagende Tönung der Gelbsucht noch betont wurde. Aber die Züge waren seine eigenen, erkannte er mit einem Frösteln.

Welch eine Verschwendung menschlicher Kräfte, dachte er. Ein und derselbe Mensch konnte so viel tun oder auch alles wegwerfen. Und dennoch wurde einem menschlichen Wrack oft ein langes Leben geschenkt, ohne daß es das verdiente, während…

Er dachte an Gaby und wünschte, er hätte die Macht, dem einen Körper Krankheit wegzunehmen und sie einem anderen einzupflanzen.

Voll Scham schloß er die Augen und horchte auf die Geräusche des Krankensaals, da ein Stöhnen, dort ein verächtliches Kichern im Delirium, schweres Atmen, ein Seufzer. Eine Schwester kam vorbei, und er bat, den Oberarzt sprechen zu dürfen.

»Dr. Simpson wird später vorbeikommen, auf Visite«, sagte sie. Sie deutete mit dem Kinn auf die Gestalt im Bett. »Sind Sie mit ihm verwandt?«

»Ja.«

»Als man ihn einlieferte, regte er sich schrecklich über irgendwelche Sachen auf, die man dort, wo er wohnte, zurückgelassen hatte. Wissen Sie etwas darüber?«

Sachen? Was konnte er schon Wertvolles besitzen? »Nein«, sagte Adam.

»Haben Sie seine Adresse?«

Eine Viertelstunde später kam sie mit einem Zettel zurück.

So konnte er die Wartezeit wenigstens verkürzen. Er ging hinunter, nahm ein Taxi und war nicht überrascht, als ihn der Wagen vor einer dreistöckigen Fassade mit angeschlagenen roten Ziegeln absetzte, einem alten Wohnhaus, das jetzt eine Pension war.

Durch einen nur widerwillig geöffneten Türspalt sprach er mit der Hausfrau, die, obwohl Mittag schon vorbei war, noch immer einen alten braunen Bademantel trug, das schüttere Haar auf metallenen Lockenwicklern.

Er fragte nach Mr. Silbersteins Zimmer.

»Hier wohnt niemand dieses Namens«, sagte sie.

»Er ist mein Vater. Sie kennen ihn nicht?«

»Das habe ich nicht gesagt. Er war bis vor wenigen Tagen hier Hausmeister.«

»Ich komme seine Sachen holen.«

»Es waren nur Lumpen und Mist. Ich habe sie verbrannt. Ich bekomme einen neuen Hausmeister, der morgen früh einzieht.«

»Oh.« Er wollte gehen.

»Er schuldet mir acht Dollar«, sagte sie und sah ihm zu, als er die Noten aus der Brieftasche nahm und abzählte. Ihre Hand entriß ihm das Geld, als er es hinstreckte. »Er war ein besoffener alter Landstreicher«, kam es, gleichsam als Quittung, durch den sich schließenden Türspalt.

Als er ins Krankenhaus zurückkam, war sein Vater bei Bewußtsein. »Hallo«, sagte er.

»Adam?«

»Ja. Wie geht's dir?«

Die blutunterlaufenen blauen Augen versuchten ihn zu erfassen, der Mund lächelte. Myron Silberstein räusperte sich. »Wie soll's mir schon gehen?«

»Gut.«

»Bist du für lange hier?«

»Nein. Ich komme bald wieder, jetzt muß ich sofort zurück. Heute nacht habe ich meine letzte Schicht als Oberarzt.«

»Bist schon ein großer Mann?«

Adam lächelte hilflos. »Noch nicht.«

»Wirst einen Haufen Geld verdienen?«

»Das bezweifle ich, Paps.«

»Schon gut«, sagte Myron schüchtern. »Ich habe alles, was ich brauche.«

Sein Vater dachte, daß er seine finanziellen Aussichten verkleinerte, um sie vor elterlichen Ansprüchen zu schützen, erkannte er voll Widerwillen. »Ich bin in deine Wohnung gefahren und habe versucht, deine Sachen zu holen«, sagte er unsicher, weil er nicht wußte, was fehlte oder wieviel er ihm erzählen sollte.

»Du hast sie nicht bekommen?« fragte sein Vater.

»Was war es denn?«

»Einige alte Sachen.«

»Sie hat sie verbrannt. Die Hauswirtin.«

Myron nickte.

»Was für Sachen?« fragte Adam neugierig.

»Eine Fiedel. Einen *siddur.*«

»Einen was?«

»Siddur. Hebräische Gebete.«

»Du betest?« Irgendwie fand er den Gedanken unglaubwürdig.

»Ich fand es in einem Antiquariat.« Myron zuckte die Achseln. »Gehst du in die Kirche?«

»Nein.«

»Ich habe dich betrogen.«

Es war keine Entschuldigung, wußte Adam; einfach die nüchterne Feststellung eines Mannes, der durch Lügen nichts mehr zu gewinnen hatte. Ja, das hast du, auf viele Arten, dachte er. Er wollte ihm noch sagen, daß er die verlorenen Sachen ersetzen würde, als das Delirium tremens wieder einsetzte. Sein Vater wurde wie von einem Sturm geschüttelt, die dünne Gestalt bäumte sich in präkordialem Schmerz auf und begann um sich zu schlagen, der Mund öffnete sich in einem stummen Schrei.

»Schwester«, sagte Adam, froh, daß Gaby nicht da war, um das zu sehen. Er half die subkutane Injektion zu verabreichen, diesmal ein leichteres Sedativ, aber in wenigen Augenblicken war der Anfall vorbei, und sein Vater schlief wieder.

Eine Weile saß er da und betrachtete die Gestalt im Bett: ein alter Mann, der nach einer Violine und einem gebrauchten Gebetbuch schrie. Schließlich bemerkte er, daß die Hände seines Vaters nicht ordentlich gereinigt worden waren. Öl oder etwas Ähnliches hatte sich vor langer Zeit eingefressen, und das Team, von dem der eingelieferte Kranke aufgenommen worden war, hatte nicht versucht, es zu entfernen. Er besorgte sich eine Schüssel warmes Wasser und Phisohex und Mull, ließ jede Hand ein wenig weichen und wusch sie sanft, bis sie sauber war.

Als er die rechte Hand trocknete, erforschte er sie fast neugierig, die Kratzer, die gebrochenen Nägel, die blauen Flekken und die Schwielen; die einst langen, schlanken Finger waren verkrümmt und verdickt. Trotz allem, überlegte er, hatte ihn diese Hand nie geschlagen. Unwillkürlich erinnerte er sich an anderes, spürte er, wie die Finger durch sein Haar fuhren und seinen Nacken umklammerten, starr vor Liebe und Qual.

Paps, dachte er.

Er vergewisserte sich, daß sein Vater noch immer schlief, bevor er die feuchte Hand mit den Lippen berührte.

Als er in seine Bostoner Wohnung zurückkehrte, traf er seine Frau auf den Knien an, wie sie ein Kinderbett strich, das er noch nie gesehen hatte.

Sie richtete sich auf und küßte ihn. »Wie geht es ihm?« fragte sie.

»Nicht sehr gut. Woher hast du denn das hier?«

»Mrs. Kender rief heute früh an und fragte, ob ich in dem Geschenkladen mithelfen könnte. Als ich hinkam, stürzte sie sich auf mich und zeigte mir das. Die Matratze war gräßlich, ich habe sie weggeworfen, aber das übrige ist in tadellosem Zustand.« Sie setzten sich.

»Wie schlimm ist es?« fragte sie.

Er erzählte ihr, was der Befund ergeben hatte: eine schlecht funktionierende zirrhotische Leber, Blutarmut, ein möglicher Milzschaden, Delirium tremens, ausgelöst durch schlechte Ernährung und Schlaflosigkeit.

»Was kann man für einen Menschen in dieser Verfassung tun?«

»Sie können ihn nicht entlassen. Noch eine einzige Sauftour, und er ist tot.« Er schüttelte den Kopf. »Seine einzige Chance ist konzentrierte Psychotherapie. Die staatlichen Krankenhäuser haben gute Leute, aber sie sind überfüllt. Es ist zweifelhaft, ob er sie dort bekommt.«

»Wir hätten das Kind nicht machen sollen«, sagte sie.

»Es hat nichts damit zu tun.«

»Wenn wir nicht geheiratet hätten ...«

»Es hätte nichts ausgemacht. Er kommt noch eineinhalb Jahre lang nicht für die staatliche Gesundheitsfürsorge in Betracht, und eine Privatklinik kostet über vierzig Dollar pro Tag. Ich werde als Dozent nicht annähernd soviel verdienen.« Er lehnte sich zurück und sah sie an. »Das Bettchen sieht hübsch aus«, sagte er müde.

»Ich habe es erst einmal gestrichen. Malst du es fertig?«

»Gern.«

»Und wir kaufen ein paar lustige Abziehbilder.«

Er stand auf, nahm ein Hemd und einen frischen weißen Anzug aus der Kommode, ging in das Badezimmer duschen und zog sich um. Er hörte, wie sie eine Nummer wählte und dann das Auf und Ab ihrer Stimme, während er das Wasser einließ.

Als er, die Krawatte bindend, ins Wohnzimmer zurückkam, wartete sie auf ihn.

»Gibt es ein gutes privates Krankenhaus hier irgendwo in der Nähe?« fragte sie.

»Es hat keinen Zweck, darüber zu reden.«

»Doch«, sagte sie. »Ich habe soeben den Grund in Truro verkauft.«

Er vergaß die Krawatte. »Mach es sofort rückgängig.«

»Es war der Realitätenmakler in Provincetown«, sagte sie ruhig. »Er hat mir meiner Meinung nach einen sehr anständigen Preis geboten. Vierundzwanzigtausend. Er sagte, er werde nur dreitausend Dollar dabei verdienen, und ich glaube ihm.«

»Sag ihm, daß du mit deinem Mann gesprochen und beschlossen hast, nicht zu verkaufen.«

»Nein«, sagte sie.

»Ich weiß genau, was dir der Platz dort bedeutet. Du brauchst ihn für deine Kinder.«

»Sollen sie sich doch ihre eigenen Liebesnester suchen«, sagte sie.

»Gaby, ich kann das nicht annehmen.«

Jetzt erst verstand sie. »Ich halte dich nicht aus, Adam. Ich bin deine Frau. Du hast zwar gelernt, mir zu geben, von mir zu nehmen aber ist schwerer, nicht wahr?«

Sie nahm seine Hand und zog ihn zu sich herunter. Er legte sein Gesicht zwischen ihre Brüste; der alte Radcliffe-Pullover roch nach Terpentin, Schweiß und dem Körper, den er so gut kannte. Als er hinunterschaute, sah er auf ihrem bloßen Fuß einen Fleck eingetrockneter weißer Farbe; er streckte die Hand aus und schälte ihn ab. Mein Gott, ich liebe sie, dachte er staunend. Ihre Haut verblaßte. Sie hatte die Bestrahlungen eingestellt, als sie schwanger wurde, und je weiter der Sommer fortschritt, desto bleicher wurde sie, umgekehrt zu der zunehmenden Sonnenbräune anderer Leute.

Er berührte den warmen runden Bauch. »Sind diese Blue jeans nicht zu eng?«

»Noch nicht. Aber ich werde sie nicht mehr sehr lange tragen können«, sagte sie etwas geziert.

Bitte, dachte er. Laß mich noch lange geben und lange nehmen.

»Es wird nicht derselbe sein, aber eines Tages werde ich dir dort unten einen anderen Platz kaufen.«

»Versprich nichts«, sagte sie, seinen Kopf streichelnd, zum erstenmal versucht, ihn zu bemuttern. »Mein Adam. Erwachsen werden tut verteufelt weh, nicht?«

Er kam verspätet ins Krankenhaus, aber es war ein ruhiger Abend, und er verbrachte die erste Stunde in seinem Büro. Er hatte wochenlang auf diese Schicht hingearbeitet und fast alle klinischen Berichte beendet. Jetzt notierte er die letzten Krankengeschichten, und plötzlich kam ihm zu Bewußtsein, daß in diesen Akten zwölf Monate seines Lebens auf dem Papier standen.

Hinter der Tür warteten vier Kartons von Campbells Soup, die er sich vor drei Tagen im Supermarkt in der Charles Street erbettelt hatte; er packte die Bücher und

Zeitschriften von den Borden hinein und stand dann mit Grauen vor der Aufgabe, seinen Schreibtisch auszuräumen, jede vollgestopfte Lade, Ergebnisse seines Hamstertriebes. Die Entscheidung, was behalten und was wegwerfen, war schwierig, aber er blieb hart, und der Papierkorb schwoll an. Als letzter Gegenstand aus der Lade tauchte ein kleiner, glattpolierter weißer Stein auf, das Geschenk eines Patienten, als er das Rauchen aufgab. Es war ein sogenannter Streß-Stein; wenn man ihn rieb, sollte er die Spannung lösen, die die nagende Nikotinsucht verursachte. Adam war überzeugt, daß er wertlos war, aber Gewicht und Beschaffenheit des Steins gefielen ihm, und er nahm ihn als Symbol dafür, daß Dinge Jahrhunderte überlebten. Jetzt allerdings verkehrte sich der Sinn des Symbols: Der Stein erinnerte ihn an das Rauchen, und ein hartnäckiger Drang nach einer Zigarette plagte ihn.

Etwas frische Luft würde ihm guttun, entschied er.

Unten im Krankenwagenhof polierte Brady, ein großer, magerer Mann, der jetzt Meyersons Stelle einnahm, seinen Krankenwagen liebevoll mit einem Rehleder. »'n Abend, Doc«, sagte er.

»'n Abend.«

Die Dunkelheit brach herein. Während er dastand, flackerten und blitzten die Lichter draußen auf, und fast gleichzeitig kamen große Nachtfalter aus der Finsternis und tanzten um die Glühbirnen. Aus der näheren Umgebung hörte man den Lärm von Knallfröschen, wie Schnellfeuergeknatter aus entfernten Frontabschnitten, und er dachte schuldbewußt und staunend an Meomartino, der einem Ort entgegenreiste, der Bensoi oder Nha Hoa oder Da Nang hieß.

»Bis zum vierten Juli sind es noch vier Tage«, sagte der Fahrer. »Man wüßte es nicht, wären nicht diese dummen Kerle. Obendrein sind Feuerwerke verboten.«

Adam nickte. Die Patientenzahl der Unfallstation würde wegen des Feiertags gegen Ende der Woche ansteigen.

»He«, sagte Spurgeon Robinson, aus dem Haus zum Krankenwagen eilend.

»Was gibt's Neues, Spur?«

»Ich weiß nur, daß ich soeben meine letzten Fahrten in diesem verdammten Ding absolviere«, sagte Spurgeon.

»Morgen früh bist du ein ausgewachsener Facharztanwärter«, sagte Adam.

»Nun ja. Dazu muß ich dir noch etwas erzählen. Mir ist auf dem Weg zur Facharztanwartschaft etwas Komisches passiert. Ich bin aus dem chirurgischen Dienst ausgetreten.«

Es gab Adam einen Stich; er hatte fest an Spurgeons chirurgische Begabung geglaubt. »In welches Fach gehst du?«

»Geburtshilfe. Ich habe gestern Gerstein darum gebeten, und glücklicherweise hat er einen Platz für mich. Kender hat mir seinen Segen gegeben.«

»Warum? Bist du überzeugt, daß du das wirklich willst?«

»Ich weiß, daß ich ohne das nicht leben kann. Ich muß Dinge wissen, die mich die Chirurgie nicht lehren kann.«

»Zum Beispiel?« sagte Adam, bereit, mit ihm zu streiten.

»Zum Beispiel alles, was ich über Empfängnisverhütung lernen kann. Und über den Embryo.«

»Wozu?«

»Mensch, es ist der Fötus, in dem der ganze verdammte Mist verewigt wird. Wenn schwangere Mütter unterernährt sind, entwickeln sich die fötalen Gehirne nicht genügend, um später, nachdem die Babys geboren sind, entsprechend lernen zu können. Und dann steigt die Zahl der Holzfäller und Wasserträger. Wenn ich schon in diese Sache einsteige, dann lieber gleich bis zur Quelle vordringen.«

Adam nickte und mußte zugestehen, daß dies etwas für sich hatte.

»Hör mal, Dorothy hat eine Wohnung für uns gefunden«, sagte Spurgeon.

»Hübsch?«

»Nicht schlecht. Billig und in der Nähe der Klinik in Roxbury. Wir machen am 3. August ein großes Einstandsfest. Merk dir den Termin vor.«

»Wir kommen, falls nicht etwas in diesem wundervollen Haus passiert, das mich fernhält. Du weißt ja, wie das ist.«

Im Krankenwagen brummte der Lautsprecher.

»Das ist für uns, Dr. Robinson«, sagte Brady.

Spurgeon stieg in den Wagen. »Weißt du, was mir soeben eingefallen ist?« sagte er, aus dem Fenster herausgrinsend. »Vielleicht kann ich bei der Entbindung deines Babys schon assistieren.«

»Wenn ja, dann pfeife Bach«, sagte Adam. »Gaby liebt Bach.«

Spurgeon sah verletzt aus. »Bach pfeift man doch nicht.«

»Wenn du Gerstein bittest, läßt er dich dort vielleicht ein Klavier aufstellen«, sagte Adam, als der Krankenwagen anfuhr. Er entführte das Gelächter des Spitalarztes.

Adam lächelte ihnen nach, zu müde und zu zufrieden, um sich zu rühren. Er wußte, daß er die Zusammenarbeit mit Spurgeon Robinson vermissen würde. Wenn in einem großen Lehrkrankenhaus die Dinge brenzlig wurden, konnten die Leute der verschiedenen Stationen genausogut auf verschiedenen Kontinenten sein. Sie würden einander gelegentlich sehen, aber es würde nicht mehr dasselbe sein.

Für jeden von ihnen war es aber auch der Beginn von etwas Neuem, und er war überzeugt, daß es etwas Gutes sein würde.

Morgen würden die neuen Spitalärzte und Facharztanwärter über das Krankenhaus hereinbrechen. Die alte Regierung dankte ab, aber die Herrschaft Kenders begann soeben, und es würde genauso befriedigend sein, unter Kender zu arbeiten wie unter Longwood, genauso schwierig und herausfordernd, wann immer die Exituskonferenz zusammentrat. Morgen würden alle Leute des Stabs dasein, und diesmal gehörte er zu ihnen. Er würde die Hausärzte in der Abteilung und im Operationssaal bis September Chirurgie lehren, bis seine ersten Studenten in der Medizinischen Schule eintrafen.

Er stand in dem leeren Hof, rieb den Streß-Stein und dachte an die entscheidende erste Unterrichtsstunde und an alle folgenden Vorlesungen, ein Band, das ihn künftig mit Männern wie Lobsenz und Kender und Longwood verknüpfen würde. Er erinnerte sich leicht verlegen, daß er Gaby ungeheure Leistungen seitens der Medizin versprochen hatte, Lösungen für Probleme wie aplastische Anämie und ordinären Schnupfen. Und dennoch war es nicht unwahrscheinlich, daß er durch die namen- und gesichtslosen jungen Ärzte, deren Leben er beeinflussen würde, vor eindrucksvollen Errungenschaften stehen konnte. Ich habe Gaby nicht angelogen, dachte er, als er sich umdrehte und in das Gebäude zurückging.

Oben in dem ausgeräumten Büro setzte er sich auf den Stuhl, legte den Kopf auf den Schreibtisch und döste einige Minuten.

Wenig später fuhr er aufgeschreckt zusammen. Die Knallfrösche platzten wieder, diesmal in einer längeren unerlaubten Explosionsfolge, und im letzten Knall hörte er durch das offene Fenster das erste unheilverkündende Jammern einer weit entfernten Sirene, einen einfahrenden Krankenwagen, aber das alles war es nicht, was ihn geweckt hatte.

Im Täschchen an seinem Rockaufschlag piepste das Rufgerät, und als er zurückrief, erfuhr er, daß eine von Miriam Parkhursts Patientinnen Schmerzen hatte und nichtbewilligte Opiate verlangte. »Rufen Sie Dr. Moylan, er soll sie sich anschauen«, sagte er, weil er wußte, daß der Spitalarzt Dienst hatte und auf Abruf bereitstand, er aber zögerte, das Büro zu verlassen. Er legte den Hörer auf und lehnte sich in seinem Stuhl zurück. Seine Bücher waren in den Pappkartons, die

Karteikästen mit den Krankengeschichten versperrt und die zerkratzten Metallborde leer. Das Büro sah genauso aus, wie er es angetroffen hatte, einschließlich des alten Kaffeeflecks an der Wand.

Wieder summte das Rufgerät, und diesmal wurde er bei einer chirurgischen Konsultation in der Unfallstation gebraucht.

»Ich komme sofort hinunter«, sagte er.

Langsam sah er sich zum letztenmal um.

Das Rufgerät gab wieder ein Signal von sich, während er dastand und sich, jetzt hellwach, streckte. Es war ein Geräusch, das er immer mit diesem Raum in Verbindung bringen würde, dachte er, lauter als Sirenen, lauter als Knallfrösche, sogar laut genug, falls Gott wollte, das schwache, spöttische Geklingel der Harlekinsglöckchen zu übertönen.

Unwillkürlich machten seine Finger das Zeichen der Hörner, und er grinste, als er die Tür hinter sich schloß. *Scutta mal occhio, pf, pf, pf,* dachte er und benutzte die Hilfe seiner Großmutter, um den Feind zu bannen, während er auf das langsame knarrende Ungeheuer wartete, das ihn zur Unfallstation tragen sollte.

WORTERKLÄRUNGEN

Abdomen:	Unterleib, Bauch
Adrenalin:	Hormon der Nebenniere
agglutinieren:	zur Verklumpung bringen
amniotisch:	die Embryonalhülle (= Haut, die die Leibesfrucht umgibt) betreffend
Anastomose:	1) natürliche Verbindung zwischen Blut- oder Lymphgefäßen oder zwischen Nerven 2) operativ hergestellte künstliche Verbindung zwischen Hohlorganen
Aortenaneurysma:	krankhafte Erweiterung oder Ausbuchtung der Aorta (= Hauptschlagader des Körpers)
aplastisch:	nicht ausgebildet, (von Geburt an) fehlend
Biopsie:	medizinische Untersuchung von Gewebe, das direkt dem lebenden Organismus entnommen ist
Defibrinator:	Apparat zur Entfernung von Fibrin (= Eiweißstoff)
Diathermie:	therapeutische Anwendung von Hochfrequenzströmen zur Erwärmung von Geweben im Körperinnern
Duodenum:	Zwölffingerdarm
Emphysem:	Luftansammlung im Gewebe, Aufblähung von Organen oder Körperteilen
Faszies:	Bindegewebshülle
Ganglion:	1) Nervenknoten 2) Geschwulst, Überbein
Gangräne:	Gewebebrand
gastrointestinal:	Magen und Darm betreffend
glutaeus maximus:	der größte der Gesäßmuskeln

Hepatitis:	Entzündung der Leber
Kolloide:	gallertartige Produkte von Zellen mit durchscheinendem Aussehen
Koma:	Zustand tiefer Bewußtlosigkeit
Laminektomie:	operative Entfernung des hinteren Teiles eines Wirbelbogens
Lithotomie:	operative Entfernung von Steinen
Nephrektomie:	operative Entfernung einer Niere
Ophtalmoskop:	Augenspiegel
Otoskop:	mit einer Lichtquelle versehener Ohrenspiegel
Pericarditis:	Herzbeutelentzündung
Peritonitis:	Bauchfellentzündung
praecordial:	vor dem Herzen liegend
Prostatektomie:	operative Ausschälung der Vorsteherdrüse
rigor mortis:	»Totenstarre«, Erstarrung der Muskulatur 2–3 Stunden nach dem Tod
Sedativ:	Beruhigungsmittel, schmerzstillendes Mittel
Serosa:	die äußere der 3 Hautschichten der Eingeweide
Steroide:	Gruppe sterinähnlicher organischer Verbindungen
subkutan:	unter der Haut liegend
Tracheotomie:	Luftröhrenschnitt
urämisch:	harnvergiftet
Vagotomie:	Durchschneiden des nervus vagus im Bereich der Speiseröhre
zirrhotisch:	geschrumpft, verhärtet